Der Ruf des Falken

ECON Unterhaltung

Im ECON Taschenbuch Verlag sind folgende Titel von Brigitte Blobel lieferbar:
Der Duft des Fremden (TB 27101)
Schöne der Nacht (TB 27096)
Das Haus des Portugiesen (TB 27125)
Die Kolumbianerin (TB 27127)

Zum Buch

Wieder einmal steht der jungen Journalistin Nadine Malten eine todlangweilige Nacht im Büro ihrer Redaktion bevor. Ehrgeizig, aber unterfordert, weil ihr Ressortchef ihr als Frau und Konkurrenz jede Chance mißgönnt, versucht sie, sich in ihrem Traumberuf zu beweisen. Da passiert es: Aus dem Nachrichtenticker zieht sie die Mitteilung, daß der Herrscher des Sultanats Q'uam al Hashid, der von der Welt gefürchtete und rätselhafte Scheich Zayed, in Essaouria eingetroffen ist. Von nun an kennt sie nur noch ein Ziel: Sie will dieses Interview. Gegen alle Widerstände setzt sie sich durch und stürzt sich in eine Kette von Abenteuern. Je mehr sie sich den strengen Gewohnheiten und Geheimnissen der verschleierten Märchenwelt hingibt, desto mehr verliert sie ihr eigentliches Ziel aus den Augen. Auch, weil sie sich der Faszination des schönen fremden Mannes nicht entziehen kann und seinem Charisma verfällt.
Gefangen in der Unergründlichkeit des Orients, muß sie jedoch eines Tages erleben, wie eine junge Frau verurteilt wird – nach den alten, brutalen Scharia-Gesetzen des Islams. Sie erwacht, will entfliehen, aber es ist zu spät. Niemand draußen in Europa soll erfahren, wer der Scheich ist und was dieses Land in Wirklichkeit tut ...

Zur Autorin

Brigitte Blobel ist in Hamburg geboren und aufgewachsen. Sie studierte Theaterwissenschaft und Politik. Heute arbeitet sie als Journalistin, Reporterin (Bunte, Stern) und Drehbuchautorin (»Immenhof«). Einerseits erfolgreiche Jugendbuchautorin, hat Brigitte Blobel bei ECON bereits u. a. die Romane *»Die Botschafterin«* und *»Der Duft des Fremden«* veröffentlicht.

Brigitte Blobel

Der Ruf des Falken

Roman

ECON Taschenbuch Verlag

Lizenzausgabe
2. Auflage 1996

Veröffentlicht im ECON Taschenbuch Verlag GmbH, Düsseldorf, 1996

Umschlaggestaltung: Theodor Bayer-Eynck, Coesfeld
Titelabbildung: The Image Bank
Druck und Bindearbeiten: Ebner Ulm
Printed in Germany
ISBN 3-612-27247-0

Ja, Mami«, sagte Nadine, »es ist alles okay. Das Übliche, du weißt ja, ich habe Spätdienst.« Sie hatte die Schuhe abgestreift, weil sie ohnehin die einzige auf der Etage war, die noch da war – und stieß sich von der Schreibtischkante ab, schaukelte mit dem Stuhl hin und her und drehte Schnecken in die Telefonschnur, während im Nebenraum die Nachrichtenagenturen aus aller Welt ihre langweiligen Nachtmeldungen nach Frankfurt durchtickerten.

Sie sah die Staubschicht auf dem Metallschirm der Schreibtischlampe. Die Putzfrauen, dachte sie, die hier morgens um sechs durchrennen, müssen alle blind sein. Ihr Blick streifte den Blumentopf auf dem Fenstersims. In die Erde der ausgeblühten Orchidee war kopfüber ein Zigarettenstummel gesteckt. Er steckte da schon seit zwei Tagen. Nadine ekelte sich. Lippenstiftspuren waren an dem Filter. Eine Frau, dachte Nadine, macht so was.

»Ich weiß nicht, ob ich am Wochenende vorbeikommen kann. John kommt vielleicht.« Sie verdrehte die Augen, als sie ihrer Mutter zuhörte. »Natürlich weißt du, wer John ist. Der Typ aus Kalifornien. Der Philosophiestudent.« Sie brachte den Stuhl zum Stehen, nahm das Telefon, das sie auf dem Schoß hielt, hoch und stellte es auf den Schreibtisch. »Ja, genau, der Schwarze. Er kommt nur für ein paar Tage. Er macht eine Rundreise durch Europa, Freunde besuchen. Ich hab' gesagt, er kann bei mir wohnen.« Sie wußte, was jetzt kommen würde: Ihre Mutter würde spitz bemerken, daß sie noch niemals in ihrer Wohnung übernachtet hatte, daß sie und ihr Vater überhaupt erst zweimal die Ehre hatten, in ihre Wohnung eingeladen worden zu sein: einmal, als die Einweihung gefeiert wurde, aber nicht mit ihren Freunden, sondern mit dem Rest der Familie, der neugierig genug war, sich für ein mittelmäßiges Abendessen in einer winkeligen

Mansardenwohnung im Frankfurter Westend vom häuslichen Fernseher loszureißen.
Im Nebenzimmer war es eine Weile still gewesen, aber jetzt setzte der Ticker wieder ein. Nadine stand auf und bedachte nicht, daß die Telefonschnur nicht lang genug war, um den Telexraum zu erreichen. Sie blieb in der offenen Tür stehen.
Sie blickte auf einen Papierkorb, der überquoll von Papierschlangen mit unbrauchbaren Nachrichten, auf das Faxgerät, an dem die rote Lampe aufleuchtete und andeutete, daß in der Übermittlung ein Fehler passiert war, auf die Pinnwand, an der die Dienstpläne aller Redakteure und Sekretärinnen des Auslandsressorts angeheftet waren, und das 24bändige Brockhaus-Lexikon, auf dem dicker Staub lag.
»Und wie geht es deinem Rücken?« fragte Nadine. Es gelang ihr, ihrer Stimme genau jene Mischung aus Besorgtheit und Gleichmut zu geben, mit der ihre Mutter bereits rechnete. Ihre Mutter klagte über Rückenschmerzen, so lange Nadine denken konnte, und das war praktisch seit ihrer Geburt vor 31 Jahren. Ihre Mutter hatte sich in diese Rückenschmerzen geflüchtet, seit sie auf ihre Karriere als Pianistin verzichtet hatte, zuliebe der Familie, wie sie immer wieder betonte, zuliebe einer glücklichen Ehe und dem Leben als aufopfernde Gattin eines Rechtsanwaltes mit renommierter Kanzlei, der erwarten durfte, daß seine Frau ihn mit Fürsorge umfing, wenn er abends erschöpft nach Hause kam. Ihre Mutter hatte am Wiener Konservatorium studiert, war mit fünfzehn für eine große Begabung gehalten worden und hatte mit sechzehn ein Konzert gegeben, im Mozarteum, das ein Kritiker der »Salzburger Nachrichten« lyrisch und virtuos genannt hatte.
Fotos ihrer Mutter als junge Pianistin standen noch heute auf dem Flügel, einem Konzertflügel, der die elterliche Wohnung fast sprengte, aber eher würde ihre Mutter auf das Eßzimmer verzichten als auf den Flügel, an dem sie nur noch selten saß und spielte.
Ihre Mutter war eine schöne Frau gewesen, das konnte man auf vergilbten Farbfotos noch heute sehr gut erkennen, eine Frau mit vollem, leicht rötlich schimmerndem Haar, einer hohen Stirn, von der ihr Vater sagte, sie sei byzantinisch, was immer das bedeuten mochte, einer geraden Nase und einem sehr ausdrucksvollen Mund, eine

große, aber dennoch feingliedrige Person, in die sich ein junger aufstrebender Rechtsanwalt durchaus verlieben konnte. Diese durchsichtigen Hände auf den Tasten, lyrisch und virtuos im Anschlag, da hatte der Kritiker von den »Salzburger Nachrichten« sicherlich recht.

»Mich lädst du nie ein«, sagte die Mutter.

»Mami, natürlich kannst du jederzeit in meine Wohnung kommen. Ich würde mich freuen, ehrlich. Ich weiß nur nicht recht, wie du dir die Zeit vertreiben willst in Frankfurt. Du sagst doch immer, du haßt diese Stadt, weil sie so uninspirativ ist. Banken statt Bänkelsänger und Messe statt Messias.« Ihre Mutter unterbrach sie, um ihr zu erklären, daß sie nicht naiv sei, daß sie durchaus jeden Tag Zeitungen lese und wisse, welche kulturellen Leistungen die Stadt hervorbringe. Nadine hörte geduldig zu, während sie den Verschluß einer Mineralwasserflasche aufschraubte und sich nach einem sauberen Glas umschaute.

»Mami, ist doch okay. Wenn du Lust hast, ein paar Tage nach Frankfurt zu kommen, rufst du mich an, und ich organisiere uns Karten fürs Ballett, die Oper, fürs Konzert, was du willst. Du lädst mich zum Essen ein, und ich organisiere dafür morgens das Frühstück. Aber an diesem Wochenende kommt John. Ich hab' ihm schon geschrieben, wo ich die Schlüssel deponiert habe.« Sie seufzte, als ihre Mutter hysterisch aufschrie, daß sie wohl keine Ahnung habe, wie viele Gestalten nachts die Straßen Frankfurts unsicher machten auf der Suche nach jemandem, der so leichtsinnig wie Nadine sei und den Wohnungsschlüssel unter dem Blumenkasten versteckte, und sprach weiter, als ihre Mutter Luft holte: »... vielleicht kommt er schon heute oder morgen. John ist nicht der Typ, der sich gerne festlegt. Er gehört eigentlich eher zu der Sorte, die überhaupt keine Pläne für die Zukunft hat. So ist das nun mal. Ich weiß, daß es zu deiner Zeit anders war, Mami. Ja, ich weiß auch, daß Vater es nie zu dieser Kanzlei gebracht hätte, wenn er nicht schon früh systematisch nach einem Plan vorgegangen wäre. Bitte, Mami, müssen wir das jetzt diskutieren?«

Sie klemmte den Hörer zwischen Schulter und Ohr und schenkte sich das Wasser ein. Sie trank langsam, mit geschlossenen Augen. Im Nebenzimmer klingelte ein Telefon. Es war Viertel nach zehn, um halb elf würde das Telefongespräch ohnehin zu Ende sein, weil ihre Mutter die Tagesthemen einschalten mußte, auch so ein heiliges Ritual wie das Mittwochsgespräch mit ihrer Tochter. Anika Malten, verhinderte Konzertpianistin, Rechtsanwaltsgattin aus Paderborn, hatte ihre Liebe zu einem Moderator entdeckt, zu der sie sich ungeniert bekannte, jeden Abend um halb elf, zwei Wochen im Monat.

Aber drei Minuten vor halb elf fragte Anika Malten, 59 Jahre, ihre Tochter ganz unvermittelt, ob sie überhaupt glücklich sei.

»Glücklich?« Nadine setzte das Glas ab und ging zum Schreibtisch zurück.

»Mami, wieso willst du heute auf einmal wissen, ob ich glücklich bin? So was hast du mich noch nie gefragt.«

In ihrem Wohnzimmer, mit Blick auf die Fotogalerie auf dem Konzertflügel, sagte ihre Mutter: »Ich möchte es einfach wissen. Ist das so schwierig zu verstehen?«

»Nein«, antwortete Nadine, »nur vielleicht ist die Frage ein bißchen unpassend. Ich habe Spätdienst, Mami, ich muß mich jetzt wirklich um die Telexe kümmern. Es rattert hier um mich herum. Vielleicht gibt es irgendwo in Indonesien in diesem Augenblick ein Erdbeben mit hunderttausend Toten, und du fragst mich, ob ich glücklich bin.«

»Sag ja oder nein. Oder ich weiß nicht.«

»Ich weiß nicht.« Nadine atmete tief durch und schaute auf den Bogen, der in ihrer Schreibmaschine steckte. Ein Artikel über die Korruption in Italien, ein Dauerthema in den letzten Monaten.

Sie war zu keinen neuen Erkenntnissen gekommen, aber sie hatte bekannte Affären und Enthüllungen unter einem – wie sie fand – überraschenden Gesichtspunkt geordnet, so daß die gesellschaftspolitische Brisanz deutlich wurde. Aber bereits während der Arbeit an diesem Artikel war ihr klar, daß er nie gedruckt würde: Nadine hatte Probleme mit dem Ressortchef.

Als hätte ihre Mutter Nadines Gedanken erraten, fragte sie: »Hast du dir deinen Beruf interessanter vorgestellt? Bist du vielleicht ein bißchen enttäuscht?«

Aus einem Wohnzimmer in Paderborn, 300 Kilometer von ihrer Frankfurter Redaktion entfernt, so eine Frage! In einem Wohnzim-

mer mit zugezogenen Gardinen, vollgestellt mit wuchtigen Möbeln, zwischen Barock und Biedermeier und Meißner Nippes saß ihre Mutter, die Füße in einen Kaschmirschal gewickelt, und fragte so etwas!

»Denkst du manchmal über dein Leben nach, Mädchen? Denkst du noch an all die Träume, die du einmal hattest, deine verwegenen Zukunftspläne? Ach, ich weiß noch, wie du uns damals angerufen hast, als du diesen Job bekamst, und wie du uns vorgeschwärmt hast von all den Möglichkeiten, den Kreisen, den interessanten Gesprächen, den Interviews ...«

»Ich weiß, was ich damals gesagt habe, Mami.« Nadines Stimme war schärfer, als sie es beabsichtigt hatte. Es gefiel ihr nicht, daß ihre Mutter – trotz soviel Distanz – es immer noch schaffte, ihr weh zu tun.

»Ich frage ja auch nur, Nadine, ob du manchmal daran denkst.«

»Manchmal schon.« Nadine ließ sich in den Schreibtischsessel fallen, der sofort zurückschwang, so daß sie beinahe die Balance verlor. »Manchmal denke ich, ich bin in einer Sackgasse. Dieses heiße, staubige Büro ... diese Intrigen ... diese Mißgunst ... und dann Arne Henscheid«, sie stockte, holte tief Luft und flüsterte, tief und inbrünstig, »dieses Arschloch.« Arne Henscheid war Ressortleiter und ihr erklärter Feind. Ein Mann, der sie niemals hochkommen lassen würde, aus vielerlei Gründen. Der Hauptgrund war, daß er jede Frau im Auslandsressort für eine Fehlbesetzung hielt, aber längst gemerkt hatte, daß Nadine ihm in vielen Dingen überlegen war und in der Gunst des Chefredakteurs stand, was nicht viel zu bedeuten hatte, da Tilman Schröder kurz vor der Pensionierung stand und sich hauptsächlich mit der Frage beschäftigte, ob er sich irgendwo im Süden einkaufen sollte oder nicht.

»Eine Sackgasse«, wiederholte ihre Mutter nachdenklich, »das ist schlimm.« Sie machte eine Pause. »Du hättest eben das Studium nicht abbrechen dürfen, Netti.«

Nadine verkrampfte sich. »Ich hab' das Studium nicht abgebrochen, Mami. Ich habe lediglich mit dem Bachelor aufgehört.«

»Du hättest dein Masters Degree machen sollen, wie dein Vater es dir geraten hat«, sagte Nadines Mutter in der Paderborner Wohnung, immer diesen Konzertflügel vor Augen, der sie an ihr eigenes

Scheitern erinnerte. »Statt dessen hast du in Kalifornien Urlaub gemacht. Surfen, reisen, herumstreunen ...«

»Was soll das jetzt, Mami, du weißt sehr gut, daß ich auch gearbeitet habe. Ich hab' euch nicht mehr als nötig auf der Tasche gelegen.«

»Für dein Masters Degree hätte dein Vater gern noch ein paar Dollar lockergemacht. Statt dessen bist du abgehauen nach New Orleans. Wegen eines Jazzmusikers.«

»Mami, du bringst alles durcheinander. Ich bin nicht wegen des Jazzmusikers nach New Orleans abgehauen, sondern wegen der Jazzmusik – das ist etwas anderes.« Im Nebenraum klingelte wieder das Telefon. Sie hörte auf einmal auch das Hupen der Autos auf der Straße, ein Peterwagen, der mit hoher Geschwindigkeit auf die Hauptwache zuraste, schickte rotierendes Blaulicht gegen die Zimmerdecke.

»Dein Vater«, sagte ihre Mutter, »findet auch, daß du in letzter Zeit nicht sehr glücklich wirkst.«

Nadine lächelte grimmig. »Ihr macht euch Sorgen. Das ist nett.« Sie zögerte und fügte etwas sanfter und versöhnlicher hinzu: »Ich bin 31, Mami. Macht euch um mich keine Sorgen. Bitte. Ich komme zurecht. Ich kriege mein Leben schon in den Griff.«

»Wenn du wenigstens verliebt wärst«, sagte ihre Mutter seufzend. »Manchmal denke ich, das ist es, was dir fehlt: eine schöne, wunderbare, romantische Liebe.«

»Ich hab' das gehabt, Mami. Das weißt du. Ich brauch' das im Moment nicht. Das lenkt nur ab.«

»Es macht dich so hart, Schatz. Du verschließt dich gegen das Schöne. Auch gegen Gefühle. Dein Vater findet das auch. Man spürt es auch in deinen Artikeln.«

»Was?« Nadine richtete sich auf. »Wieso spürt man das in meinen Artikeln? In welchen Artikeln?«

»In allen, Netti. Du verschließt dich gegen Emotionen. Das kommt, weil du nicht verliebt bist. Weil du einsam bist. Gehst jeden Abend allein in deine kleine Wohnung, hast niemanden, der sich freut, wenn du nach Hause kommst, nicht einmal eine Katze ...«

»Mami, bitte, das Gespräch wird peinlich. Du willst mir doch nicht raten, wie eine alte einsame Rentnerin ein Haustier zu halten? Ich bin nicht einsam. Ich habe einen Haufen Freunde. Und darunter sind

auch ein paar Kerle, die gern etwas näher mit mir befreundet wären. Mir fehlt nichts, Mami. Ich schwör's dir. Mach dir die Sorgen doch lieber um deine anderen Kinder.«

»Um die muß ich mir keine Sorgen machen.«

»Nur weil die beiden verheiratet sind, mußt du dir keine Sorgen machen«, rief Nadine wütend. »Ist das das einzige, was dir zum Thema Glück einfällt? Diese alte Nummer, daß eine Frau einen Kerl im Bett und einen Ehering am Finger haben muß? O Mami, wir leben am Ende des zweiten Jahrtausends! Die Dinge haben sich verdammt geändert. Frauen wünschen sich manchmal ganz was anderes vom Leben als einen Mann, einen Bobtail und Alete-Babys, die die Windeln vollscheißen. Hat dir das noch niemand gesagt?«

»Nein«, sagte ihre Mutter. Sie war jetzt beleidigt.

»Dann sag' ich es dir eben jetzt.«

Der Ticker ratterte wieder los. Nadine stand auf, ging mit dem Telefon bis zur offenen Tür des Nachrichtenraumes und sah die lange, weiße Papierschlange, die sich bereits bis zum Boden ringelte. »Ich muß aufhören, ich hab' zu tun, Mami. Ciao. Gib Vater einen Kuß von mir.« Sie legte auf, stellte den Apparat auf den Aktenschrank und ging zum Ticker, der ohne Unterbrechung Zeile für Zeile ausspuckte.

»Essaouira, 29. Januar

Unter strengsten Sicherheitsvorkehrungen ist gestern der Herrscher des Sultanats Q'uam al Hashid, Scheich Zayed bin Sultan al Maktoum, in Essaouira eingetroffen. Mit seinem Privatjet, einer Boeing 737, ist er auf dem Militärflughafen von Essaouria gelandet und dann in einem Konvoi gepanzerter Limousinen in das Hotel Tafoukt am Boulevard Mohammed gefahren worden. Das Hotel ist schon seit zwei Wochen für einheimische und ausländische Gäste gesperrt, was bereits zu Spekulationen geführt hatte. Der Besitzer, ein Mitglied der Chleuh-Berber aus Tafraoute, soll mit einer entfernten Verwandten des Scheichs Zayed bin Sultan al Maktoum verheiratet sein. Die Uferpromenade, die parallel zum breiten Sandstrand verläuft, ist verbarrikadiert, der Strand gesperrt. Patrouillen kontrollieren jeden Abschnitt der kleinen Hafenstadt. Essaouira wirkt für den Betrachter wie eine belagerte Stadt, die Einheimischen jedoch scheinen voller Stolz wegen ihres berühmten Gastes zu sein. Was den Ölscheich, dem Verbindungen zum Iran und Irak nachgesagt werden und der als einer der letzten schillernden Persönlichkeiten in der Nachära des Kalten Krieges gilt, nach Essaouira geführt hat, kann niemand beantworten. Im Hotel selbst hüllt man sich in Schweigen, der Pressesprecher des Scheichtums lehnt jeden Kommentar ab. Ein Mitglied der königlichen Familie jedoch, das schon oft als verläßlicher Informant gegolten hat, meinte auf die neugierigen Fragen von marokkanischen Journalisten: ›Seine Hoheit der Scheich möchte einmal den Atlantik sehen. Er möchte barfuß in dem goldgelben Sand spazierengehen und seine Lungen mit dem gesunden Gemisch von Sauerstoff, Jod und Salz füllen. Warum finden Sie das so bemerkenswert? Tun Sie nicht jeden Sommer dasselbe? Fahren Sie nicht alle ans Meer, um sich zu entspannen und neue Kräfte zu sammeln? Nun, ebendieses tut der Herrscher der Hashiden jetzt auch.‹

Unter Beobachtern kursiert das Gerücht, Scheich Zayed könne mit dem marokkanischen König verabredet sein. Eine unverheiratete Tochter des Königs soll eilig darauf vorbereitet werden, dem Scheich während seines Aufenthaltes die Zeit zu vertreiben. Wie man erfahren konnte, ist der Herrscher ohne weibliche Begleitung gekommen, nur seine engsten Berater begleiten ihn sowie zwei Falkner, die sich um seine Lieblingsfalken kümmern, von denen der Scheich sich niemals trennt. Sie sollen mehr als eine Million Dollar wert sein.«

Der Ticker zuckte noch einmal und spuckte die Uhrzeit aus, die Nadine nur im Unterbewußtsein wahrnahm.

22.36 Uhr MEZ.

Nadine holte ein Lineal, legte es über die erste Zeile und trennte den Bericht von den übrigen Nachrichten.

Dann ging sie mit dem Blatt zu ihrem Schreibtisch, stellte die Lampe neu ein und saß da, lange, nachdenklich, über den Text gebeugt.

Es war der 29. Januar, ein Mittwoch, und sie war allein in der Redaktion.

Irgendwo, in anderen Städten, saßen jetzt andere Journalisten beim Spätdienst und lasen die gleiche Nachricht Nr. 2519 von der Agence France Presse.

Nadine versuchte sich vorzustellen, was diese Kollegen mit der Nachricht anfingen.
Spürten sie wohl, genau wie Nadine, daß in dieser Meldung eine Botschaft steckte?
Oder war es ihr Schicksal, ganz allein zu begreifen, welche Chance sich hier bot?
Sie stand auf, ging zum Aktenschrank und nahm den Ordner mit dem Buchstaben »Q« heraus. Es gab einige englische, eine ganze Menge amerikanische und noch mehr französische Zeitungsausschnitte, die sie unter dem Stichwort »Q'uam al Hashid« gesammelt hatte. Irgend etwas hatte ihr irgendwann gesagt, daß es gut wäre, ein kleines Privatarchiv über die wichtigen und geheimnisvollen Politiker anzulegen, für den Fall, das Zentralarchiv wäre zu der Zeit, wenn sie Informationen brauchte, nicht besetzt. Sie breitete die Artikel auf dem Schreibtisch aus, stützte die Arme auf und fing an, sich durch das Material hindurchzuarbeiten.
Die Informationen waren spärlich. Scheich Zayed regierte sein kleines Land mit zirka zwei Millionen Untertanen mit absolutistischer Strenge. Es herrschte das Gesetz der Scharia, abgeleitet aus dem Koran. Er war, wie alle seine Untertanen, gläubiger Moslem und hatte eine Hadsch, eine Pilgerfahrt zur Kaaba von Mekka, in dem Jahr des großen Aufstandes (nur deshalb hatte man von seiner Anwesenheit in Mekka erfahren) unternommen. Sein Land besaß fünf Ölquellen, von denen zwei mindestens noch die nächsten zweihundert Jahre sprudeln würden. Das Land wurde von zwei Gebirgszügen, im Süden und im Osten, begrenzt, zu dem Sultanat im Norden gab es freundschaftliche Beziehungen, die beiden Staaten betrachteten sich als Brüder, was aber in dieser Gegend, wo einer schneller starb, als er den Säbel ziehen konnte, nicht viel bedeutete.
Ihm wurden gute Kontakte zu Fidel Castro nachgesagt, und er hatte, ebenso wie der Jemen, während des Golfkrieges nicht die Partei der Saudis ergriffen, sondern mit Saddam Hussein sympathisiert und den Amerikanern einen Stützpunkt als Startrampe für die Patriots verweigert. Das Sultanat war praktisch ein geschlossener Staat, die deutsche Regierung unterhielt keine offiziellen Kontakte mit Q'uam al Hashid, es gab keine Botschaft und kein Konsulat, nur Libyen und

der Jemen hatten offizielle diplomatische Beziehungen. Anträge auf Erteilung eines Visums wurden generell zurückgewiesen, Telefonnummern, wenn es überhaupt welche gab, wurden gehandelt wie Staatsgeheimnisse, der Flughafen von Bir ali, einer Wüstenstadt in der Nähe archäologischer Stätten, durfte nur mit Sondergenehmigungen der Scheichfamilie angeflogen werden. Die letzte Gruppe von Archäologen, ein amerikanisch-schwedisches Team, war vor vierzehn Jahren aufgrund eines mysteriösen Mordes aus dem Sultanat gewiesen worden.

Seitdem, dachte Nadine, wehte der Wind mit monotoner Beständigkeit über die Grabungsstätten und bedeckte die Ruinen aus Korallengestein, die Tempelsockel aus Marmor und Granit immer höher mit weißem Wüstensand. Die Schilder und Wegweiser, die zu dem archäologischen Zentrum führten, waren längst weggeweht, die Stacheldrahtzäune, die das Gebiet abgeschirmt hatten, verschwunden, ebenso die Baracken, in denen das Team gelebt und gearbeitet, die Schätze gesammelt und katalogisiert hatte. Beduinen führten ihre Kamele an Hanfseilen wieder über die jahrtausendealten Routen der Weihrauchstraße, die genau über dieses Gebiet führte, und die Leute der Ölgesellschaften in ihren Jeeps kurvten über die ehemaligen Stätten aus der Zeit der Königin von Saba, als das Land noch fruchtbar war und ein Staudamm mit Millionen Kubikmetern Wasser die Ebene in üppige Orangenplantagen und Feigenbaumhaine, Wege für Schafe und Rinder und Gärten für die Paläste verwandelt hatte.

Nadine liebte den Orient, seit sie das Tagebuch von Isabelle Eberhardt gelesen hatte.

Vielleicht, dachte Nadine, während sie stirnrunzelnd über den Texten saß und versuchte, dieses geheimnisvolle Land wie ein Puzzle aus den Informationsteilchen zusammenzusetzen, haben sie dort, wo früher die Anlagen des Staudammes waren, Panzer und Phantom-Flugzeuge, Scud-Raketen und Abfangjäger versteckt. Vielleicht ist das ganze Land ein Hochsicherheitstrakt oder ein High-Tech-Waffenlager, aus dem die Revolutionäre aus aller Welt sich bedienen können. Nicht nur die radikalen Flügel der PLO, auch die führenden Mitglieder der Sendero Luminoso, des Leuchtenden Pfads, der die Einwohner von Peru seit Jahrzehnten terrorisierte, nicht nur die

Generäle der roten Khmer waren bei Kontaktversuchen mit dem Sultanat beobachtet worden, auch Libyen und Syrien, so konnte man zwischen den Zeilen lesen, unterhielten vertragliche Kontakte zu Q'uam al Hashid, dem Land am Rande des Rhubb al Khalid, der großen Wüste in der saudiarabischen Halbinsel, die man auch das leere Viertel nennt.

Kein Zweifel, Scheich Zayed war ein wichtiger, ein geheimnisvoller Mann, geheimnisvoller als Gaddafi, Castro oder Arafat, aber mindestens ebenso mächtig. Seine Macht bestand in seiner Ungreifbarkeit, in seiner Unsichtbarkeit. Er benahm sich konspirativ wie ein ewiger Revolutionär, er ließ sich nicht fotografieren, es gab keine Tonbandaufnahmen von seinen Reden, so daß man ihn nicht einmal an seiner Stimme identifizieren konnte, man wußte weder, ob er groß oder klein, gutaussehend oder häßlich war, sein Alter wurde geschätzt auf vierzig, er konnte aber ebensogut auch älter sein. Er hatte das Land von seinem Vater geerbt, dem Scheich Maktoum bin Fahd al Makam, der von seinen Untertanen fast wie ein Gott verehrt worden war, weil er ihnen nach der Entdeckung der Ölquellen Steuerfreiheit und ein kostenloses Gesundheitswesen geschenkt hatte. Man wußte, daß sein Reichtum täglich wuchs, daß er einen Harem mit 200 Frauen hatte und sich eine Moschee aus schwarzem Marmor errichten ließ mit einem Minarett aus Lapislazuli und in Gold gefaßten Jadezinnen. Das hat eher noch seinen Ruhm gemehrt und ihn als einen gottgläubigen und klugen Herrscher ausgewiesen.

Scheich Maktoum war 1973 gestorben, und sein Sohn Scheich Zayed hatte dem Volk von Q'uam al Hashid eine Trauerzeit verordnet, die bis zum folgenden Ramadan dauern sollte. Da der Ramadan aber erst zwei Monate zurücklag, mußten die Untertanen zehn Monate lang trauern, durften in dieser Zeit weder Musik hören noch Feste feiern, keine Hochzeiten abhalten, und auch die Männer, die von der Pilgerfahrt aus Mekka zurückkehrten, durften nicht mit den üblichen Festtagsspeisen willkommen geheißen werden. Dennoch konnte Nadine in den Aufzeichnungen keinen Hinweis darauf finden, daß dieser strenge Befehl von den Untertanen mißachtet worden war oder daß es dem jungen Scheich geschadet hätte. Er herrschte unangefochten, seine Familie galt als die reichste und mächtigste, und alle Staatsämter waren von seinem Clan besetzt.

Nadine fand auch keinen Hinweis darauf, ob der Scheich verheiratet war und wenn ja, wie viele Frauen er hatte. Der Koran erlaubte ihm vier, aber absolute Herrscher und reiche zudem, wie in den Sultanaten und Scheichtümern dieser Region, konnten sich hundert Frauen und Sklavinnen und Leibeigene halten, ohne daß jemand daran Anstoß genommen hätte.
Es war 23.16 Uhr – dpa tickerte gerade die Ergebnisse des Damenendspiels aus Flushing Meadow durch –, als Nadine sich an den Computer setzte, um ein paar Telex- oder Telefaxnummern aus Essaouira abzufragen. Es hatte den Anschein, als wären alle sonst zugänglichen Nummern blockiert, aber Nadine war nicht Journalistin und Reporterin geworden, um solche Schwierigkeiten nicht als Herausforderung zu nehmen.
Um 23.52 Uhr setzte sie sich an das Faxgerät und gab auf englisch einen Text durch, der folgenden Wortlaut hatte:

Hotel Tafoukt
Essaouira, Marokko
Boulevard Mohammed V.
Seine königliche Hoheit
Scheich Zayed bin Sultan al Maktoum
persönlich
Eilt

Hoheit!
Ich habe alles über Sie gelesen, was man in Europa oder Amerika lesen kann. Aber das, was mich wirklich interessiert, habe ich nicht gefunden. Sie müssen ein wunderbares, faszinierendes Land regieren, aber ich kann über dieses Land nichts erfahren. Wahrscheinlich sind Sie ein großer und weiser Herrscher. Und vielleicht können wir in Europa von Ihnen lernen. Sie lieben Falken. Das durfte man erfahren. Sie sind ein Kämpfer. Das weiß man auch. Sie sind von Ihrem Vater in der Tradition der Beduinen erzogen worden. Sicher können Sie ein Kamel reiten. Aber können Sie es auch melken? Was hat Ihre Mutter Ihnen beigebracht? Ihr Land ist eine Männergesellschaft, in dem Frauen nur die Rechte haben, die der Mann ihnen gewährt. Weniger sogar, als der Koran erlaubt.

Verachten Sie die Frauen?
Dieses alles und vieles mehr würde ich Sie gerne fragen, wenn Sie mir die Möglichkeit zu einem Interview geben könnten.
Ich bin 31 Jahre alt, habe in Deutschland Abitur gemacht und in Amerika studiert. Arbeite seit einem halben Jahr in der Auslandsredaktion. Ich bin neugierig, abenteuerlustig und offen für eine andere Welt, auch wenn sie eine Männerwelt ist.
Geben Sie mir eine Chance?
Nadine Malten
Auslandsressort
Frankfurt/Main
Donnerstag, 30. Januar

Sie hatte auf das Fax ein Paßfoto von sich kopiert, eines, das sie nicht unvorteilhaft fand, es zeigte sie mit hochgestecktem Haar, lachend, ein kleines goldenes Kettchen auf dem Rollkragenpulli. Ein züchtiges Foto.
Nadine schaute zu, wie das Faxgerät den Bogen einzog und versuchte, sich das Zimmer in Essaouira vorzustellen, in dem es zeitgleich aus der Maschine herausfiel. Sie faltete das Telex zusammen und steckte es mit der Archivmappe über Q'uam al Hashid in ihren dunkelbraunen Lederbeutel, groß genug für einen Hockeyschläger.
Dann fiel ihr das Fax ein, das noch immer im Gerät steckte. Sie packte es zu den übrigen Dingen.
Sie schaute auf die Uhr: In einer halben Stunde würde ihr Spätdienst beendet sein, und sie konnte endlich nach Hause gehen.
Sie verbrachte den Rest der Zeit damit, sich das warme Bad mit der Orangenblütenessenz vorzustellen, in das sie eintauchen würde, sobald sie zu Hause war.
Bevor sie die Lichter überall ausknipste, legte sie ihrem Chef, Arne Henscheid, noch eine Notiz auf den Schreibtisch, einen Zettel vom Block »Hausmitteilungen« von Nadine Malten an Arne Henscheid, Ressort Ausland:

Lieber Arne Henscheid,
es ist halb eins, ich gehe jetzt. Keine besonderen Vorkommnisse. Die Nachrichten aus Rußland liegen bei Udo, der will sich gleich drum

kümmern. Aus Washington sind zwei Faxe gekommen, ich nehme an, die sind für Sie. Liegen im A-Körbchen. Komme morgen erst gegen vierzehn Uhr.
Ciao, Nadine.

Mehr schrieb sie nicht.

Der Pförtner, ein ehemaliger Stadtgärtner, kam aus seinem Glashäuschen heraus und humpelte eilig zur Tür. Er lächelte Nadine zu, während er den richtigen Schlüssel an dem großen Schlüsselbund suchte.
»Sie können von der Arbeit wohl gar nicht genug kriegen, Frau Malten«, meinte er, »die anderen sind schon vor Stunden nach Hause gegangen.«
»Ich hatte Spätdienst, Herr Gerken.«
»Ah, Spätdienst. Die anderen haben schon um sechs Uhr Schluß gemacht. Bis auf die Geschäftsleitung.« Er warf einen Blick an die gewölbte Decke der Jugendstilhalle, die kürzlich aufwendig und unter Anleitung des Denkmalschutzamtes renoviert worden war. »Die haben noch bis zehn getagt. Haben alle ernste Gesichter gemacht. War wohl etwas Wichtiges.«
Nadine lächelte. »Zeitungsleute machen immer ernste Gesichter, das wissen Sie doch inzwischen. Alles, was wir tun, ist schrecklich wichtig.«
Sie schaute hinaus, als der Pförtner die schwere Glastür mit dem schmiedeeisernen Dekor aufzog. »Sag bloß, es schneit schon wieder.«
»Seit einer halben Stunde, Frau Malten.«
»Ich hasse Schnee.« Nadine fröstelte und schlug den Mantelkragen hoch, wobei sie den Riemen ihres Lederbeutels festhielt.
»Besonders in Frankfurt. Hier fällt er gleich grau vom Himmel.«
Der Pförtner schüttelte bekümmert den Kopf. Es verletzte ihn, wenn jemand etwas gegen seine Heimatstadt Frankfurt sagte.
»Ich finde, er sieht ziemlich weiß aus. Morgen früh, ja, da ist er dann grau. Wenn erst einmal die Laster drübergefahren sind.« Er deutete auf ihren Beutel. »Sag bloß, Sie haben sich noch Arbeit mitgenommen. Soll ich Ihnen helfen? Wo steht Ihr Auto?«

»Ich fahre doch nie mit dem eigenen Auto in die Redaktion, Herr Gerken. Ich nehm' mir da hinten am Goetheplatz ein Taxi.«
Sie winkte ihm zu, wünschte gute Nacht und verschwand in dem Wirbel der tanzenden Flocken.
Der Pförtner schaute ihr lächelnd nach. Er mochte Nadine Malten. Er mochte überhaupt diese fröhlichen, positiven jungen Leute, die einem Hoffnung machten, daß dieses Land überleben würde.
»Geht allein durch den Schnee. Mitten in der Nacht allein in der Großstadt, so eine schöne, junge Frau. Hat keine Angst«, dachte der Pförtner und schüttelte den Kopf.

Als Nadine den Lift verließ und die Stufen zur Mansardenwohnung hinaufstieg, hörte sie Musik. Die Musik kam eindeutig aus ihrer Wohnung, und es war eindeutig Soul. In einer Lautstärke, bei der die Lehrerin für sprachbehinderte Kinder, die direkt unter ihr wohnte, ganz sicher nicht schlafen konnte. Aber die Frau war so rücksichtsvoll, sie würde niemals auf die Idee kommen, sich über den Lärm zu beklagen. Sie gehörte zu der Sorte von Menschen, die automatisch annahmen, daß das Schicksal ihnen die Rolle des Märtyrers, des Opfers, zugedacht hatte. Auflehnung oder Empörung war etwas, das ihnen völlig fremd war. Nadine stellte sich vor, wie Gertrud Rose in ihrem kargen Zimmer, umgeben von pädagogischer Fachliteratur, jetzt auf ihrem Rheumakissen lag und litt. Vielleicht verschaffte ihr das Leiden auch eine gewisse Lust, das war ein Punkt, den Nadine noch nicht geklärt hatte und vielleicht nie klären würde, denn Menschen mit diesem sanften, entsagungsvollen Lächeln waren ihr zutiefst unheimlich.
Nadine hatte immer dafür gesorgt, daß die Dinge sich zu ihren Gunsten entwickelten. Sie hatte dafür gekämpft. Es war ein hartes Stück Arbeit gewesen, sich dieses Selbstbewußtsein anzutrainieren, diese Kenntnis, daß fast alles möglich ist, wenn man nur genug Mut hat, es sich vorzustellen.
Sie ließ den schweren Beutel fallen und drückte auf den Klingelknopf. Es dauerte zehn Sekunden, dann hörte sie Schritte.
»Who is it?« Das war Johns Stimme. Der vorsichtige Amerikaner, der lieber durch die geschlossene Wohnungstür sprach, bevor er sie öffnete.

»Nadine?«
John riß die Tür auf. Er trug ein Sweatshirt mit der Aufschrift eines Baseballclubs und eine Trainingshose. Seine großen Füße steckten in knallroten Wollsocken, seine Haare waren so kurz rasiert, daß es fast aussah, als hätte er eine Glatze. Sein großer Mund war ein einziges Lachen, und er breitete die Arme aus.
»Hey, Baby, oh this is good.«
John roch nach diesem Duschgel, das in Amerika gerade Mode war und das »Jump-Start« hieß. Sie mochte den Geruch. Er brachte die Erinnerung an San Franzisko zurück, L. A. und San Diego, an die Tage am Pazifik, an das Licht am Morgen auf der Holzveranda des kleinen Hauses, das sie gemeinsam mit ein paar anderen Studenten gemietet hatte, auf einem der Hügel über dem Meer, den die Nebel nicht mehr erreichten, eingetaucht in blendendes Licht vom Morgen bis zum späten Abend, wenn die Clique sich zum Sun-downer um den morschen Korbtisch versammelte, auf diesem Berg von Sofakissen aus brüchigem Brokat, die Nadine damals auf einem Flohmarkt in Carmel Valley für ein paar Dollar gekauft hatte.
»O John«, murmelte Nadine, sich an seine breiten Schultern lehnend, »das ist toll, daß du schon da bist.« Sie bog den Kopf zurück und ließ sich von ihm auf die Stirn küssen. Er hatte diese großen, weichen Lippen, so warm und zärtlich. »Aber ich bin todmüde, ich hab' mittwochs immer Spätdienst.«
»Das ist okay, Baby, mach es dir bequem. Du willst bestimmt sofort ein Bad, oder?«
Nadine schaute ihn fassungslos an. Woher wußte ein Typ wie John immer genau, was sie wollte, während es hier, im Umkreis von hundert Kilometern nicht einen einzigen Menschen gab, der sie verstand?
»Dein Bad ist klasse. Ich hab' es auch schon zwei Stunden lang unter Dampf gesetzt. Mein Jet-lag, weißt du. Und dann hab' ich auf deinem Kelim ein bißchen Gymnastik gemacht.«
»Das ist kein Kelim, sondern ein Dhurry«, sagte Nadine, »Baumwollteppich. Kommt aus Indien. Hat vielleicht mal im Palast eines Maharadschas gelegen.« John grinste. »Und so was kannst du dir leisten? Kann ich da auch einen Job bekommen?«
»Philosophen sind bei uns nicht gefragt.« Nadine zog sich aus, wäh-

rend sie durch die kleine Wohnung ging und John ihr auf Schritt und Tritt folgte. »Bei uns sind nur Jasager gefragt. Mein Chef, Arne Henscheid ...« Sie stockte, schüttelte den Kopf und lachte. »Ich will nicht über ihn sprechen. Ich will ihn einfach vergessen. Ich geh' jetzt ins Bad, und wenn ich wieder rauskomme, mache ich uns einen Drink.«

»Yes, Mylady, was für einen Drink?«

»Da muß ein Chablis im Kühlschrank sein. Und irgendwo gibt es auch noch ein paar Scheiben Salami und Käse.«

»Hab' ich schon gefunden. Wird hergerichtet. Sonst noch was?«

John legte den Kopf schief und breitete die Arme aus, Nadine lachte.

»Das wär's fürs erste. Wo kommst du jetzt eigentlich her?«

»L. A. Direktflug nach Frankfurt. Studententarif bei Delta. Ich wollte erst am Wochenende fliegen, und dann haben die mich angerufen, da war schon eher ein Platz frei, last minute, noch hundert Dollar billiger. Da hab' ich nicht nein gesagt.«

»Das war schlau«. Nadine ließ die Badezimmertür offen und drehte den Wasserhahn auf. »Und wie lange kannst du bleiben?«

»Nur bis Freitag. Freitag nachmittag hab' ich einen Termin bei Wassilowitsch in München.«

»Und wer ist Wassilowitsch? Muß man den kennen?«

»Du nicht«, sagte John grinsend, »aber ich. Er arbeitet gerade an einer neuen Phänomenologie des Seins.«

»Aha.« Nadine riß die Augen auf. Dann schüttelte sie den Kopf. »Ist es schlimm, wenn wir heute abend nicht über so was Kluges reden? Ich bin einfach viel zu müde. Morgen muß ich übrigens erst um zwei Uhr im Laden sein. Wir können schlafen bis in die Puppen.«

»Das ist gut.« John nickte erleichtert. »Ich hab' die Bettwäsche schon gefunden. Das Bett in dem kleinen Zimmer ist meins, nehme ich an?«

»Richtig.«

Nadine lächelte ihm zu und schloß die Tür. Sie stieg in die Wanne durch die Schaumberge hindurch und ließ sie sich in das warme Wasser gleiten.

Schön, daß John da war. Einer von früher. Einer aus der wunderbaren unbeschwerten Studentenzeit in Kalifornien. Sie schloß die Augen und versuchte, sich an das Licht zu erinnern, morgens, auf der Holzveranda des kleinen, verwohnten Chalets, für das sie zu viert 300 Dollar zahlten im Monat ...

Nadine war als Siebzehnjährige zum erstenmal nach Amerika gekommen, im Rahmen eines Austauschprogramms der Landesregierung von Nordrhein-Westfalen. Drei Schüler ihres Gymnasiums hatten sich gemeldet, und im Losverfahren wurden die Gasteltern ermittelt.

Nadine glaubte noch immer, daß sie das größte Glück gehabt hatte. Eine jüdische, künstlerische Familie, aber anders als das Künstlertum, das sie von zu Hause in Paderborn kannte (ganz anders!). Ruth war Fotografin. Sie hatte ein Studio in New York und eines in New Hampshire, wo die verfallene Tudor-Villa stand, in der die versprengten Familienmitglieder sich von Zeit zu Zeit trafen. Stephen, der Ehemann, arbeitete als Architekt in einem großen Büro, das einen Wettbewerb nach dem anderen gewann. Er flog ständig zwischen Singapore, Stockholm und so abwegigen Orten wie Dakar und Quito hin und her. Während des einen Jahres, das Nadine in der Familie Cohen verbrachte, bekam sie Stephen höchstens sechs- oder siebenmal zu Gesicht. Die Brüder, Joshua und Ben, zwei kraftstrotzende Rabauken, hatte sie immer nur in einem Sportoutfit in Erinnerung, auf dem Weg zum Hockey, zum Football, Tennis oder Schwimmen, während die kleine Clara, ein sechsjähriges Mädchen, wie Alice im Wunderland herumging, mit riesengroßen Augen, stumm, mit den Fingern alles berührend, vorsichtig und zärtlich, die Gardine, den Apfel, das Pony auf der Hausweide, Nadines Nase, Augen und Stirn. Nadine hatte nie richtig erfahren, was es mit Claras Krankheit auf sich hatte. Eine Nanny kümmerte sich von morgens bis abends hingebungsvoll um das stumme Kind, zog es dreimal am Tag um und ging mit ihr an der Hand spazieren wie mit einer Käthe-Kruse-Puppe. Nadine wußte nur, daß Clara als kleines Mädchen ein Eisenbahnunglück miterlebt und davon wohl einen Schock zurückbehalten hatte.

Ruth brachte an den Wochenenden Gäste mit, Freunde aus New York und Boston, Galeristen und Maler, Models und Modejournalisten, einmal auch den Chefredakteur von »Harpers Bazaar«, der während des improvisierten Buffets draußen zwischen den Rhododendron im Park so etwas wie name-dropping betrieb, das Nadine faszinierte.

Er schaffte es, in einem Atemzug die Kennedys in Hyannis Port, die Villa von Jane Fonda in Malibu, den Rote-Kreuz-Ball in Monte Carlo und ein Gespräch mit Luciano Pavarotti zu nennen. Offenbar kannte er jeden, küßte sie alle und haßte sie gleichzeitig von ganzem Herzen. Nadine, die diesen Mann beobachtete, wie er in hellen Leinenhosen mit einem weißen Leinenhut, ein Glas Maracujasaft in der Hand, über den Rasen schlenderte, bekam so zum erstenmal einen Eindruck davon, wie das Leben eines Journalisten wohl sein konnte.

Daß dies ein ganz falscher Eindruck war, wurde ihr erst klar, als sie sich längst selbst für diesen Beruf entschieden hatte.

Nach dem Jahr in den Staaten war Nadine zurückgekehrt. Sie hatte wieder ihr Mädchenzimmer mit den dänischen Fichtenmöbeln in der Wohnung der Eltern bezogen, hatte die Pferdeposter von den Wänden gerissen, die Laura-Ashley-Decke und die Stofftiere weggeworfen, die Kinderbücher und Hörspielkassetten auf den Dachboden geschleppt und es sich zwischen Postern von Hollywoodfilmen, Rockstars und einem Riesenfoto der New Yorker Skyline bequem gemacht.

Der Aufenthalt in Amerika hatte ihr die Augen geöffnet für die Enge und Unfreiheit, in der ihre Eltern die Tage und Jahre verlebten, diese verkniffene Unzufriedenheit der Mutter, die sich mit dem Schicksal nicht aussöhnen konnte, die verpaßte Karriere, das verschenkte Leben. Auch wenn sie lächelte, blieb in ihren Augen diese stille Melancholie, die Bitterkeit, und manchmal, in den ungeeignetsten Momenten, entschlüpfte ihr im Gespräch mit ihrem Mann ein Satz, ein Wort nur, das so voller Haß und Enttäuschung war, daß alle am Tisch verstummten.

Nadine wuchs, ebenso wie ihre Schwester Anna und ihr Bruder Max, in dem Bewußtsein auf, daß sie schuld an dem tragischen Schicksal der Mutter waren, daß die Mutter schließlich ihretwegen die Karriere als Künstlerin aufgegeben hatte, die Meisterkurse bei Professor Schlapproth in Salzburg, die Teilnahme am Tschaikowsky-Wettbewerb in Wien, die Einladung zum Vorspiel nach Hamburg, alles immer abgelehnt, weil sie gerade schwanger war oder ihr

Mann verlangte, daß sie ihn auf einer Reise zu einem Juristenkongreß begleitete.
Wenn man den Erzählungen der Mutter glaubte, schien es so, als seien die drei Kinder unentwegt krank gewesen, hätten Mumps und Scharlach, die Diphtherie und die Mittelohrentzündung nur bekommen, um die Mutter ans Haus zu fesseln, um sie daran zu hindern, zusammen mit ihrem Lehrer einen Zug zu besteigen, um nach Salzburg oder Wien zu reisen, den Koffer zu packen mit schönen Kleidern und dicken Notenbänden für Hamburg oder Brüssel. Die Kinder hatten ihr das Leben verpfuscht. Jetzt war sie nichts als eine Rechtsanwaltsgattin, mit einem eigenen Konto allerdings, einer eigenen Kreditkarte, aber das, wonach sie sich am meisten sehnte, konnte sie mit dieser Kreditkarte nicht kaufen: ihr Name groß auf einem Plakat, das einen Schubert-Abend ankündigte, denn Schuberts Liedern galt ihre ganz große Liebe und Verehrung.
Nach dem Abitur ging Nadine so schnell wie möglich nach Amerika zurück. Sie begann ihr Studium in Kalifornien, und es stimmte, was ihre Eltern ihr in Briefen und am Telefon immer wieder vorwarfen: Du studierst doch gar nicht, du genießt das Leben.
Sie reiste, manchmal allein, manchmal in Begleitung von Kommilitonen oder Leuten, die sie bei den Gelegenheitsjobs kennengelernt hatte. Mit Charlotte zum Beispiel war sie in El Paso gewesen und in den Indianerreservaten, und Charlotte war es auch, die ihre Tagebücher, Reisetagebücher, gelesen und ausgerufen hatte: »Aber das mußt du an eine Zeitung schicken! Das muß gedruckt werden, Nadine! Du bist ja begabt!« Und nie würde Nadine Charlottes unverhohlene Bewunderung vergessen, mit der sie Nadine dabei beobachtete, wie sie, das Tagebuch auf den Knien, mit ihrer großen, runden, etwas nachlässigen Schrift Seite um Seite beschrieb.
»Du bist eine Dichterin«, sagte Charlotte, abends, als sie in einer mexikanischen Kneipe sich durch die verschiedenen scharfen Tacos aßen, »ich bin mit einer Dichterin befreundet!«
»Das bin ich nicht.«
»Aber du kannst schreiben! Du schreibst, daß man beim Lesen eine Gänsehaut bekommt!«
Nadine lächelte. Es gefiel ihr, solche Komplimente zu hören. Sie war daran gewöhnt, Komplimente für ihr Aussehen zu bekommen. Ihre

Beine zum Beispiel, lang und sehnig, oder ihr Gesicht mit der klaren, rosigen Haut, die nie einen Sonnenbrand bekam, sondern sich immer nur leicht tönte, wie ein Pfirsich, Spalierobst an der Südseite des Hauses, dem man beim Reifen zusehen konnte. Sie hatte diese hellen Augenbrauen, buschig und hochgebogen über sehr hellen, klaren Augen. Überhaupt war das Kennzeichen ihres Gesichts Offenheit, Wachheit. Sie war neugierig. Auf alles. Jeden Tag wieder. Vielleicht war es das.

»Kann sein, daß ich einmal Journalistin werde«, hatte Nadine beim vierten Taco zu Charlotte gesagt, »kann sein.«

»Journalistin?« Charlotte, die sich für ihr Leben nicht viel mehr vorgenommen hatte als einen Job, der sie redlich ernährte und ihr erlaubte herumzuziehen, starrte sie an.

»Aber das ist großartig.«

Nadine lächelte. »Vielleicht bei ›Harpers Bazaar‹ oder so. Ich kenn' den Chefredakteur.«

»Du kennst den Chefredakteur von ›Harpers Bazaar‹?«

Charlotte schrie diese Neuigkeit in die Gaststube, und der Cowboy, der am Nebentisch mit vier Mexikanern zusammenhockte, griff sofort zum Colt, der im Gürtel steckte. »Mann, habt ihr Weiber mich erschreckt. Wieso schreit deine Freundin so?«

»Keine Ahnung.« Nadine ließ sich überreden, als Entschädigung ein Bier für den Cowboy zu bestellen, und der Chefredakteur von »Harpers Bazaar« wurde nie wieder erwähnt.

Aber dennoch war an diesem Abend etwas passiert: Nadine, damals 22 Jahre, hatte auf einmal ein Ziel. Sie hatte etwas, auf das sie hinarbeiten würde. Journalistin, Reporterin. Eine Frau, die herumfährt und Storys aufreißt. Eine Frau, wie Jane Fonda sie in diesem Film »Der elektrische Reiter« verkörpert hatte: jung, schön, schlau und unerbittlich. Nadine sah sich den Film viermal hintereinander an.

Sie jobbte etwas häufiger im Café, um dafür noch mehr Zeitungen und Zeitschriften zu abonnieren. Sie las alles, was ihr in die Finger kam, interessierte sich allmählich auch für Politik und Wirtschaft, etwas, mit dem man sich in ihrem Studienfach – Literatur – weiß Gott nicht befaßte. In der restlichen Zeit saß sie auf der Holzveranda des kleinen Chalets, in einem der brüchigen, verwitterten Korbsessel, die Knie angezogen, balancierte ein Notizbuch darauf und schrieb.

Sie las die Interviews von Oriana Fallaci und dachte nicht: wie großartig, wie einmalig, wie mutig, wie raffiniert. Nadine las die Interviews und dachte: Das kann ich eines Tages auch.

Dann kam die Zeit von Tom Wolfe. Alle waren fasziniert. Der »New Yorker« druckte seine Geschichten über das New Yorker Leben, und alle Zeitungen, von Boston bis Bilbao, druckten sie nach. Nadine las sie und dachte: Das kann ich auch. Irgendwann. Hemingway war von einer amerikanischen Zeitung als Kriegsberichterstatter nach Europa geschickt worden, Martha Gellhorn, seine Geliebte, hatte ihn in Madrid besucht und war mitten in den Spanischen Bürgerkrieg geraten. Sie schickte Storys nach Washington, und diese Geschichten waren so gut, daß man sie noch vierzig Jahre später kaufen konnte. Nadine las sie und dachte: Das kann ich auch. Sie tippte seitenweise ihre Tagebücher ab und schickte sie in kleinen Portionen an die wenigen Zeitungen in Deutschland, die sie kannte.

Tilman Schröder, Chefredakteur einer Frankfurter Tageszeitung, war der Mann, der ihre erste Geschichte druckte: »Jazz in New Orleans«.

Und Tilman Schröder gab ihr die Chance. Redakteurin im Auslandsressort. Ein Anfangsgehalt von DM 4500,–. Eine Mansardenwohnung im Westend, ein geleastes Auto, Möbel, die alle schon abgezahlt waren, und im Kühlschrank immer ein guter Wein.

Nadine stieg aus der Wanne und wickelte sich in ein großes Badetuch. Sie hörte John in der Küche rumoren.

»Ich bin wie neugeboren«, rief Nadine durch die offene Tür.

»Sag mir nur noch, wo du den Korkenzieher versteckt hast«, die Geräusche in der Küche wurden lauter, »ich finde alles, nur nicht das Wichtigste.«

»Hängt an dem Metallgitter über dem Herd.«

Einen Augenblick war es still. Nadine öffnete die Badezimmertür. »Gefunden?«

»O Mann«, John kam aus der Küche und fuchtelte mit dem Korkenzieher in der Luft, »noch ein paar Minuten, und ich wäre verdurstet.« Er legte den Kopf schief und schaute sie anerkennend an. »Kann es sein, daß du noch schöner geworden bist?«

»Keine Ahnung.« Kokett drehte Nadine sich einmal um sich selbst, das Badetuch fest um den Busen geschlungen.
»Wie machst du das, in dieser Stadt? Bei diesem Wetter?« fragte John. »Das ist ein Wunder.« Er deutete mit dem Kopf Richtung Wohnzimmer. »Schau nach, ob was fehlt. Ich hab' mich an meine Zeit als Kellner an der Salatbar von Wimpeys erinnert und ein bißchen gezaubert.«
Das war typisch John. Er schüttelte solche Sachen wie ein Late-Night-Dinner aus dem Ärmel. Er konnte noch ganz andere Sachen: Socken stricken und Hemden bügeln. In der Zeit, als er das kleine Ostzimmer im Chalet bewohnte, hatte er erklärt, beim Bügeln könne man am besten nachdenken. Da wird alles so luzide. Er sagte nicht klar oder transparent, er sagte lucide. Nadine nahm an, daß das etwas mit der Phänomenologie des Seins zu tun hatte, aber davon wollte sie nicht anfangen. Sie warf sich aufs Sofa und schnappte sich ein Roggenbroteckchen, das mit gehacktem Ei und kleingewürfelter Salami gedeckt war, gekrönt von einem Kressesträußchen. Sie schloß die Augen. »Mhmh, köstlich, John.«
Er ließ sich neben sie fallen. »Natürlich ist es köstlich. Es ist ja auch von mir.« Er zog den Korken aus der Flasche und schenkte die Gläser ein. »Erzähl.«
»Was?« Nadine probierte den Käse, den er mit irgend etwas angerührt hatte. Offenbar hatte er auch die Pistazien oben im Fach entdeckt.
»Irgend etwas von deinem Tag heute. Irgendein Ding, das du gut gefunden hast. Das dir Spaß gemacht hat.« Nadine lehnte sich zurück. Sie nahm das Glas und drehte es zwischen den Fingern. Sie lehnte den Kopf an die Rückenlehne und starrte in das gebündelte Licht des Spotlights an der Decke.
»Ich habe ein Fax nach Essaouira geschickt«, sagte sie, »an Scheich Zayed bin Sultan al Maktoum.« Sie wandte den Kopf um ein paar Grade und schaute ihn an. »Weißt du, wer das ist?«
John starrte sie an. »Ich weiß, daß ihr uns Philosophen für weltfremd haltet, aber Zayed bin Sultan al Maktoum ist mir durchaus ein Begriff. Ich dachte, der Mann ist eine Erfindung der Geheimdienste. Es gibt ihn wirklich?«
»Natürlich gibt es ihn. Er regiert ein Land. Ein kleines, reiches Land.

Da sprudeln fünf Ölquellen. Das Minarett seiner Moschee ist mit Jade und Blattgold gedeckt.«
»Und seine Lieblingsfrau hat einen Smaragd im Hintern.« John grinste. »Ehrlich, es gibt ihn wirklich? Ich dachte, er ist erfunden worden, weil man jemanden wie ihn braucht. Wenn irgend etwas schiefgeht in der Weltpolitik, dann muß man doch einen Buhmann haben. Einen, den man für alles verantwortlich machen kann. Und möglichst einen, der sich nicht wehrt.«
Nadine lachte. »Er wehrt sich, aber wie. Die Waffenhändler gehen bei ihm ein und aus. Er ist sehr lebendig, das schwöre ich dir. Frag einen der großen amerikanischen Waffendealer, und die kennen wahrscheinlich seine dreißig verschiedenen Telefonnummern aus dem Kopf. Leute wie Oliver North oder so. Natürlich darfst du keinen Diplomaten fragen. Die haben alle Beziehungen abgebrochen. Wenn sie überhaupt je welche hatten. Aber frag die al-Fatah. Oder die Leute von der kurdischen PKK. Die kennen ihn genau.«
»Also ein Revolutionär? Keine schönen Geschichten aus Tausendundeiner Nacht?«
»Er ist mit seinem Stab nach Marokko gefahren, in ein Hotel in Essaouira, das nie von Europäern besucht wird. Alles hermetisch abgeschlossen. Der Strand, die Promenade, das Hotel.«
John verzog sein Gesicht. »Wahrscheinlich zu Recht. Wahrscheinlich gibt es auf der Welt hundert Leute, die ihm mit Vergnügen einen Dolch in den Leib stoßen würden.«
»Hundert? Ich wette, das sind mehr.« Nadine trank einen Schluck und drehte das Glas weiter in der Hand. »In seiner Begleitung sind zwei Beduinen, zwei Falkner. Und seine Lieblingsfalken.«
»Was kann man in Marokko jagen um diese Zeit?«
»Keine Ahnung. Es heißt, er trennt sich nie von seinen Lieblingsfalken.«
John grinste. »Tja, die einen haben einen Harem, die anderen einen Vogel. Oder auch zwei. Ein Mann, der Falken liebt, also. Sollen wir ihn nun für einen freundlichen Menschen halten? Einen Humanisten gar? Ich erinnere mich an Geschichten über die Falkenjagd, eine eher blutige Geschichte, wenn mich nicht alles täuscht. Was hast du ihm geschrieben?«
»Daß ich ihn treffen möchte.«

John lehnte sich zurück. Er streckte die Beine aus und massierte seine Oberschenkel. »Einfach so?«
»Ich habe geschrieben, daß ich ein Interview mit ihm machen möchte.«
»Ich denke, er gibt keine Interviews.«
»Bis heute.«
»Bis eine so schöne, junge, deutsche Frau kommt und sagt: Hey, ich heiße Nadine, ich würde gern mal mit Ihnen plaudern, schicken Sie doch mal einen Privatjet nach Frankfurt.« John lachte. »Das gefällt mir, nicht übel. Hat er schon geantwortet?«
»Natürlich nicht.« Nadine hatte aufgehört zu lächeln. Sie beugte sich vor, betrachtete die kleinen Häppchen, ohne eins anzufassen. »Es war eine Chance, verstehst du? Ich hatte auf einmal eine Adresse. Eine Faxnummer. Ich dachte, ein Versuch kostet nichts. Vielleicht ist er gerade in der Stimmung zu reden. Vielleicht hat er etwas zu sagen, das er die Welt wissen lassen möchte.«
»Und er läßt es die Welt wissen durch die Feder einer gewissen Nadine Malten aus Frankfurt.«
Nadine schüttelte gereizt den Kopf. »Du kannst dich ruhig lustig machen, John. Das berührt mich gar nicht. Ich habe es einfach versucht. Vielleicht liegt das Fax jetzt schon zerknüllt in der Hotellobby im Kamin.«
»Oder die Falken spielen mit den Papierschnipseln.« John berührte sanft ihre Schulter. »Ich mache mich nicht lustig über dich, Baby, ich habe das nie getan, wie du weißt. Ich war immer überzeugt, daß aus dir etwas Großes wird.«
Nadine schaute ihn mißtrauisch an. »Wieso das?«
»Keine Ahnung. Du strahlst das aus. Das Selbstbewußtsein. Du bist nicht bestechlich, du hast wirklich einen vollkommen unbestechlichen Verstand. Du bist respektlos. Das gefällt mir auch. Ich glaube, du kannst eines Tages einen wirklich guten Journalisten abgeben.«
»Wenn schon, dann lieber Journalistin.« Es war ein dünner Scherz, über den beide mehr lachten als nötig. Aber sie wollten diese Spannung, diese Empfindlichkeit aus dem Gespräch herausbringen. John hatte begriffen, daß es ihr ernst war. Sie wollte dieses Interview mit dem Scheich. Und sie rechnete sich eine Chance aus.

Besser nicht mehr daran rühren.
Nadine aß ein Eckchen mit Tomate und kleingeschnittener Zwiebel und dann ein Eckchen mit etwas, das wie Curryketchup aussah, aber nach Gorgonzola schmeckte. Sie leckte die Fingerkuppen ab und schaute John an.
»Das ist gut. Wirklich. Das Beste, was es seit langem in meinem Haushalt gegeben hat. Wenn Arne Henscheid das erfährt, bringt er mich um.«
»Wer ist Arne Henscheid?«
»Mein Ressortleiter.«
»Er darf nicht wissen, daß man in deinem Haus gut ißt?«
»Idiot.« Nadine stand auf. Hob die Flasche ans Licht und stellte fest, daß sie schon halbleer war. Sie schenkte die Gläser wieder voll. »Er darf nicht wissen, daß ich das Fax nach Essaouira geschickt habe.«
»Wieso nicht?«
Nadine sah ihn an. »Arne Henscheid, John, ist ein Arschloch, ein riesengroßes Rindvieh. Er mag was von Politik verstehen, aber nicht halb soviel, wie er vorgibt. Er kocht auch nur mit Wasser, wie die meisten Journalisten, die ich kenne. Aber er tut, als könne er jeden Augenblick den Pulitzerpreis gewinnen.«
John grinste. »Ich dachte, der ist nur für Beiträge in amerikanischen Zeitungen.«
»Okay, okay«, Nadine schwenkte die Flasche, bevor sie sie schwungvoll abstellte, »dann eben der Egon-Erwin-Kisch-Preis. In Wirklichkeit kann er nicht schreiben.«
Sie stellte sich vor John und schaute zu ihm herunter. Er hatte die Arme auf der Sofalehne ausgebreitet und die Beine weit von sich gestreckt. »Er schreibt einen beschissenen Stil. Alle wissen es. Aber keiner wagt, es ihm zu sagen.«
»Und warum wagt das keiner?«
»Weil es alle Feiglinge sind, John, deshalb. Er reißt sich alle guten Geschichten unter den Nagel und macht aus ihnen Scheiße. Er kriegt die Einladungen zu den Staatsempfängen, weißt du, zu den Reisen, die der Bundespräsident macht, er fährt hin, wenn in Paris ein neuer Botschafter in die Residenz einzieht und mit Champagner um sich schmeißt. Er würde in seinem ganzen Leben nicht auf die Idee kom-

men, einen von seinen Leuten mal zu so einem Termin zu schicken. Wozu hat er sich all die dunkelblauen Anzüge machen lassen? Und den Smoking? Doch nicht, damit andere Leute in Schloß Augustusburg herumflanieren, wenn der Kanzler ein Abendessen gibt für irgendeinen Regierungschef.«

»Mann«, sagte John strahlend, »du haßt den Typen ja!«

»Und das schlimmste an der Sache«, Nadine trank wieder einen Schluck, »das schlimmste ist, daß er dann mit so einer lausigen Geschichte nach Hause kommt. Mit so einer mittelprächtigen, blöden Story, die du drucken oder auch gleich in den Papierkorb werfen kannst. Kein Feuer, keine Idee, keine Philosophie.«

John hob amüsiert die Augenbrauen. »Philosophie? Ich dachte, das ist bei euch verpönt?«

»Jedenfalls eine Pseudophilosophie. So was Populistisches, verstehst du, so daß der Leser das Gefühl hat, er durfte an einem schlauen Gedankengang teilnehmen. Der Mann ist aber zu einem schlauen Gedanken gar nicht fähig.« Nadine ließ sich wieder aufs Sofa fallen. »Ach, ich hasse ihn wirklich. Innig und von Herzen. Er würde mich nie zum Scheich lassen. Nie. Und wenn ich noch zehn Jahre auf diesem verrotteten Schreibtischstuhl absitze.«

»Was willst du aber tun, wenn er wirklich antwortet? Wenn du wirklich ein Interview kriegst?«

»Ich werde mit Tilman Schröder reden«, sagte Nadine, »mit meinem Chefredakteur, »und zwar schon morgen.«

Tilman Schröder hatte schlecht geschlafen. Er schlief in der letzten Zeit überhaupt sehr schlecht, das mochte an dem atlantischen Tiefausläufer liegen, der wie eine Saugglocke über dem Rhein-Main-Gebiet hing. Schneetreiben wechselte mit Tauwetter, Regen mit Glatteis, und immer war der Himmel bleiern und schwer. Die Leute schlugen automatisch den Mantelkragen hoch, wenn sie über die Straße hasteten, und kein Obsthändler kam mehr auf die Idee, einen Korb mit roten Äpfeln oder wenigstens ein paar Kohlköpfe vor seinem Laden zu dekorieren. Die Kaffeeläden hatten ihre Stehtische, die im Sommer mit Ketten an die Bäume gefesselt waren, endgültig in die Schuppen geräumt, selbst die Weihnachtsbeleuchtung, die jedes Jahr verschwenderischer und sinnloser in Schaufenster, Baumkronen und die gläsernen Kuppeln der Kaufpassagen gehängt wurde, war abmontiert. Deutschland war in den letzten Januartagen noch dunkler geworden. Deutschland war einfach unerträglich. Tilman Schröder steuerte seinen Mercedes selbst. Der Verleger hatte ihm einen Chauffeur angeboten, der ihm von Sonntag bis Freitag zur Verfügung stand. Aber Tilman Schröder hatte abgelehnt. Es war mit seinen sozialdemokratischen Grundsätzen nicht zu vereinbaren, daß er sich wie ein Industriemagnat kutschieren ließ, auch das gepanzerte Fahrzeug hatte er abgelehnt, das der Verleger anschaffen wollte nach der Enthüllung der Korruptionsaffäre im Bundestag, die auf das Konto des Inlandsressorts ging. Tilman Schröder war jetzt in seinem 64. Lebensjahr, er hatte seit dem Ende des Studiums ununterbrochen gearbeitet, für Zeitungen und Nachrichtenagenturen, hatte eine Redaktion für eine politische Zeitschrift aufgebaut, die dem »Spiegel« Konkurrenz machen sollte und dann doch nicht auf den Markt gekommen war, weil der Verleger (ein anderer als der, bei dem er jetzt im Sold stand) im letzten

Augenblick kalte Füße bekommen hatte. Es erfüllte ihn mit Grimm, jede Woche neu zu sehen, daß seine Idee doch funktioniert hätte. Zwischendurch hatte er ein paar Jahre als Pressesprecher des Bremer Senats gearbeitet, aber das Handtuch geworfen, als man von ihm verlangte, Dinge schönzureden, die man nicht schönreden konnte, ohne sein Gesicht zu verlieren.
Er war vierzig Jahre praktisch nie wirklich krank gewesen, wenn man von ein paar schweren Erkältungen und einer Fischvergiftung – die er sich im Urlaub in Ligurien zugezogen hatte – absah. Seine chronische Darmträgheit gehörte nicht zu den Belästigungen, die ihn jemals für länger vom Schreibtisch abgehalten hätte, beeinflußte aber dennoch nachhaltig seine Stimmung. Er hatte irgendwo gelesen, daß Leute, die an Darmträgheit leiden, zu Melancholie neigen, und wahrscheinlich, dachte er an diesem Morgen, als er sich, von Dreieich kommend, in den Berufsverkehr einfädelte, traf das auch auf ihn zu. In einem südlichen Land würde er sich besser fühlen. Der Kreislauf, das Herz, das vegetative Nervensystem, er war ganz sicher, daß es eine richtige Entscheidung war, Deutschland nach seiner Pensionierung zu verlassen.
Aber wohin? Seine Frau war für Mallorca, er aber fand Mallorca im Winter indiskutabel. Er neigte eher zu Teneriffa oder Gran Canaria, wenn er auch zugeben mußte, daß die Sorte von Urlaubern, die man dort traf, nicht gerade seinem Niveau entsprach. Seine Frau war 55 und arbeitete in der Devisenabteilung der Deutschen Bank. Sie hatte dort einen verantwortungsvollen, wenn auch nicht besonders spannenden Job. Sie verließ morgens eine Stunde vor ihm das Haus, kam dafür aber abends drei Stunden früher heim.
Louisa Schröder würde, wie sie ihm immer wieder versicherte, leichten Herzens ihren Beruf aufgeben, um ihm in die Sonne zu folgen. Am Abend hatten sie, bei einer Flasche Sauvignon, auf einmal die wahnwitzige Idee entwickelt, ein Weingut zu kaufen, womöglich sogar in Südafrika. Die Idee hatte beide dermaßen elektrisiert, daß sie nachts keinen Schlaf finden konnten. Am Morgen, als Tilman Schröder vor dem Spiegel stand und sich einem Mann gegenübersah, der für seine Körpergröße (er war 1,72 groß) zu korpulent und für die Tageszeit zu bleich war und mindestens drei Jahre älter wirkte, stellte er den Rasierer ab, pustete die Bartstoppeln ins Wasch-

becken und sagte: »Mensch, du bist verrückt. In deinem Alter denkt man über einen Platz im Seniorenheim nach, aber nicht über ein Weingut in Südafrika. Und überhaupt: ausgerechnet Südafrika!« Er zog den Bademantel über und setzte sich zu seiner Frau, die bereits frisiert und geschminkt und korrekt gekleidet die »Financial Times« las, an den Frühstückstisch.

»Glaubst du, daß der Wein wirklich gut war?« fragte er sie, sich müde die Stirn reibend.

»Der Sauvignon? Den trinken wir doch immer. Willst du wissen, was wir für die Zwölfer-Kiste bezahlen?«

»Nein, nein, war nur so eine Frage. Du, Louischen«, er legte seine Hand auf ihren Arm und zwang sie, ihn anzusehen, »ich glaube, wir haben uns da gestern abend in etwas ganz Blödes verrannt.«

»Was genau meinst du?«

»Diese Sache mit dem Weingut ...«, er hob die Schultern. »Ich bin 63, Schatz.«

»Ist diese Erkenntnis dir heute nacht gekommen? Ich habe immer gewußt, wie alt du bist.«

»Aber ein Weingut? Wir haben doch keine Ahnung, wieviel Arbeit darin steckt.«

»Wir waren uns doch einig, die Arbeit dem Verwalter zu überlassen.«

»Ja, mag schon sein. Aber ein Verwalter in Südafrika? Was wird das für ein Verwalter sein? Ein Südafrikaner? Ein Schwarzer? Ein Weißer?«

Louisa Schröder legte die Zeitung weg. Sie schaute ihren Mann neugierig an. »Das macht dir Probleme?« fragte sie sanft. »Ausgerechnet dir?«

Er lächelte unsicher. »Klingt komisch. Ich weiß. Ich frage mich nur plötzlich ...«, er zögerte.

»Was?« fragte seine Frau forschend.

»Ich frage mich, wie ich damit zurechtkommen werde. Ohne Redaktion.« Er lachte verlegen. »Keinen Einfluß mehr zu haben. Von einem Tag zum anderen raus aus dem Betrieb. Es wird mir womöglich viel schwerer fallen, als ich mal dachte.« Er atmete tief durch, glücklich, diese Sätze einigermaßen gut formuliert losgeworden zu sein. Er lächelte. »Ich hänge an dem Job, Schatz. Ich hänge an den Leuten. Die Konferenz morgens um elf. Komisch.« Er schaute aus

dem Fenster auf das traurige Grün der Fichten, die der Nachbar angepflanzt hatte, um sich von ihnen abzuschotten.
»Weißt du, ich habe es dir nicht gesagt, aber heute nachmittag treffe ich den Verleger. Hausbesuch. Wir werden Orange Pekoe trinken, seine Buddha-Sammlung bewundern, und er wird mich fragen, wann ich aufhören will, und wir werden über meinen Nachfolger reden. Und das«, seufzte er wieder, »wird nicht leicht sein.« Er schaute seine Frau an, als suche er ihren Rat. »Ich weiß nicht, was ich ihm sagen soll, Schatz.«
Louisa Schröder legte den Toast, den sie eben aus dem Brotkorb genommen hatte, wieder zurück.
»Und das sagst du mir erst jetzt? Das sagst du mir heute? Wir reden seit einem halben Jahr über nichts anderes als deine Pensionierung, wir machen Pläne. Ich habe meinem Chef Bescheid gesagt, daß ich irgendwann die Sachen hinschmeiße, ich richte mich seelisch seit einem halben Jahr darauf ein, ein Rentnerleben zu führen, oder sagen wir mal, ich suche seit einem halben Jahr eine gute Alternative zu dem Leben, das wir hatten, und dann kommst du und sagst: Ich möchte eigentlich gar nicht aufhören. Ich kann mich von meinem Job nicht trennen. Ich kann von der Macht nicht lassen. Die Macht schmeckt so süß.«
Tilman Schröder starrte seine Frau an. »Hab' ich das so gesagt?« murmelte er.
»Nicht mit diesen Worten. Aber ich habe es so verstanden.« Louisa Schröder stand auf, trug ihre Tasse, ihren Teller und die Untertasse in die Küche und stellte sie in die Spülmaschine. Sie ging ins Bad, wusch sich die Hände, zog noch einmal die Lippen nach, nahm den pelzgefütterten Trench vom Bügel und kam ins Wohnzimmer zurück, wo ihr Mann noch in der gleichen, nachdenklich-bekümmerten Haltung saß, und sagte: »Es ist unglaublich. Es ist wirklich unglaublich, wie du mit mir umspringst. Was bedeute ich dir denn? Was bedeutet dir denn mein Gefühl? Meine Wünsche? Meine Pläne?«
Er hob den Kopf. »Schatz.«
Sie sprach unbeirrt weiter. »Wahrscheinlich willst du mir das alles schon seit Wochen sagen, warst aber zu feige. Du bist ja schon immer zu feige gewesen, dich der Realität zu stellen. Ganz besonders der Realität unserer Ehe.«

»Louisa, bitte, ich habe ...«, er zögerte, seufzte. »Der Gedanke ist mir eben gerade gekommen. Beim Rasieren.«
Seine Frau lachte verbittert. »Beim Rasieren sollen den Männern ja die abenteuerlichsten Ideen kommen. Ich muß jetzt los. Frau Worblewski kommt in einer halben Stunde. Ich hab' ihr einen Zettel hingelegt, was alles zu tun ist.« Sie knöpfte den Mantel zu und nahm die Zeitung vom Tisch, rollte sie zusammen und steckte sie in die Manteltasche. Sie lächelte ihm nicht zu, sie gab ihm auch keinen Abschiedskuß. Sie ging einfach und warf die Tür hinter sich zu. Tilman Schröder lehnte sich zurück, schaute aus dem Fenster und massierte seinen trägen Bauch.

Die Elf-Uhr-Konferenz verlief friedlich. Die Themen für die nächste Ausgabe wurden festgelegt, das Wirtschaftsressort stellte ein Gespräch mit dem Finanzminister in Aussicht, zu dem das Inlandsressort unbedingt auch einen Redakteur mitschicken wollte, dann erlaubte sich noch Friedrichsen aus der Kultur, einen Aidsfilm gut zu finden, der am Vorabend in der ARD gelaufen war und den andere verheerend gefunden hatten, das brachte die Gemüter ein bißchen in Wallung, aber das war's auch schon.
Sie saßen in dem Konferenzraum im fünften Stock, vor der weißen Rauhfasertapete, aufgereiht wie Hühner auf der Stange, auf den unbequemen Metallstühlen, balancierten ihre Notizen auf den Knien, schnipsten die Zigarettenasche in Aschenbecher, die sie neben die Füße gestellt hatten. Nur die Ressortleiter hatten einen festen Platz am Tisch an der Artusrunde, wie sie in der Redaktion genannt wurde, am Kopfende natürlich Tilman Schröder, rechts und links die beiden Stellvertreter und gegenüber Udo Brinkama, der Verlagsleiter, der so gerne Journalist geworden wäre, aber von seinem Vater zu einer kaufmännischen Laufbahn gezwungen worden war und nun, als Verlagsleiter, immerhin einen Kompromiß erreicht hatte.
Tilman warf einen Blick in die Runde. »Dann wäre alles klar?«
Es sah so aus, als hätte keiner mehr Fragen. Die ersten klappten ihre Agenda zusammen, steckten die Zigaretten ein und verließen den Raum.
Tilman Schröder spielte mit dem silbernen Drehbleistift, dem Weih-

nachtsgeschenk des Verlegers. »Der Aufmacher für den Auslandsteil«, sagte er, mit einem Blick auf Arne Henscheid, der sich auch gerade erheben wollte, »hat mich nicht sehr überzeugt. Ich meine, eine Geschichte über Blauhelmeinsätze ist doch nichts, was die Leute vom Stuhl reißt, oder? Bis die 27 russischen Kleinstaaten sich alle von den Amis in die Knie haben zwingen lassen und das Papier unterschreiben, könnte man die doch mal alleine ihre Suppe kochen lassen und dann erst zu einem großen Rundumschlag ausholen.«
Sofort fing Arne Henscheid an, sich mit der linken Hand an dem rechten Fingerknöchel zu kratzen. Das tat er immer, wenn er sich ärgerte. »Was hast du auf einmal gegen die START-Verhandlungen? Das ist etwas, das die Leute beschäftigt. Wenigstens seit Tschernobyl.«
Noack, der Kulturchef, erhob sich. »Werde ich noch gebraucht? Ich muß zu einer Pressevorführung.«
Tilman lächelte. »Man geht wieder ins Kino? Ein Traumjob. Während der Dienstzeit in weichen Sesseln sitzen.« Er zwinkerte Arne Henscheid zu. »Komm, wir gehen auch ins Kino.«
Noack räusperte sich pikiert. »Es handelt sich um den Film eines polnischen Avantgarde-Regisseurs. Es geht um sexuellen Mißbrauch in einem Säuglingsheim in Krakau. Offenbar eine authentische Geschichte.«
Tilman Schröder runzelte die Stirn. »So genau wollten wir es nicht wissen, Noack.«
»Ich dachte nur.« Noack schob seine Papiere in die Innentasche des Cordsakkos. »Nur für den Fall, daß man mir die roten Samtsessel neidet.« Er verabschiedete sich grußlos.
»Um noch mal auf unseren Aufmacher zurückzukommen«, sagte Arne Henscheid, »wir haben echt nichts Besseres. Ich würde dir gern einen saftigen Skandal aus dem Weißen Haus präsentieren, bloß, den gibt es im Moment nicht.«
»Haiti?« fragte Tilman Schröder. »Burundi? Pakistan? Mensch, die Welt rückt immer enger zusammen, Arne. Ich hab' das Gefühl, wir stecken mit unserer Berichterstattung immer noch mitten im Kalten Krieg. Entweder wir bringen die großen Storys aus Amerika oder aus der ehemaligen Sowjetunion.«
»Das ist doch Unsinn«, Henscheids Stimme erhob sich, »das weißt

du genau. In den letzten Monaten haben wir uns bis zum Erbrechen mit Europa beschäftigt, und da hast du auch gesagt, es reißt keinen vom Stuhl.«

»Hat es ja auch nicht, wie die Leseranalysen beweisen.« Tilman Schröder seufzte. »Manchmal denke ich, diese Nachrichtenagenturen spucken Stunde um Stunde so viele Meldungen aus, aus allen Ecken der Welt, aber wir selektieren schon, bevor wir sie überhaupt gelesen haben.«

»Das mußt du mir erst mal beweisen«. Arne kratzte noch wütender an seinem Knöchel herum. Vor einem Jahr, als die Scheidung mit seiner Frau lief, hatte es so ausgesehen, als würde die Neurodermitis, unter der er seit der Pubertät litt, wieder ausbrechen.

Da mußte er mit einer Mütze in der Redaktion herumlaufen. Das mit den Knöcheln jedoch war mehr eine Angewohnheit. Ein Signal an die Kollegen: Reizt mich nicht.

Aber Tilman Schröder mißachtete diese Signale für gewöhnlich, und er konnte sich das leisten. Er war der Ziehvater von Arne Henscheid, hatte ihn aus der Lokalredaktion einer Münchner Zeitung geholt, hatte ihn systematisch aufgebaut, erstens, weil er die Arbeitswut und den Wissensdrang von Henscheid schätzte, und zweitens, weil das Leben ihn gelehrt hatte, wie wichtig es war, einen loyalen Mitarbeiter zu haben. Arne war loyal. Er vergaß nie, daß er Tilman Schröder seine Karriere verdankte, diesen Posten, um den ihn nicht wenige beneideten, mit der Freiheit zu reisen, wohin er wollte, und mit einem Jahresgehalt, das ihm einen Porsche und eine Eigentumswohnung in Sachsenhausen erlaubt hatte. Arne Henscheid war 49 und rechnete sich Chancen aus, eines Tages der Nachfolger von Tilman Schröder zu werden. Wenigstens Stellvertreter.

»Ich kann es nicht beweisen«, sagte Tilman Schröder, »ich sage ja, es ist nur so eine dumpfe Vermutung. Auf dieser Erde, verdammt noch mal, wimmelt es doch bestimmt von Geschichten, Schicksalen, Affären, Putschversuchen, Staatsstreichen, und ich wette, in Korea bahnt sich eine Katastrophe an, oder der Machtkampf in Indien, bei uns finden diese Themen doch überhaupt nicht statt.«

»Soll ich dir eine Liste machen, wie oft wir die bisher behandelt haben?«

Arne Henscheids Stimme wurde schneidend. »Was genau willst du damit sagen? Über all das, was du eben angeschnitten hast, haben wir berichtet, und zwar mehr als einmal. Ich glaube nach wie vor, daß die Leser sich mehr dafür interessieren, wenn in Amerika ein Senator hustet, als wenn in China ein Sack Reis umfällt.«
»Wenn du findest, daß ein Sack Reis ungefähr das ist, was ich mit dem Aufhängen von Oppositionellen meinte, dann hast du wahrscheinlich recht. Dann können wir das Thema beenden.« Tilman Schröder war gereizt, ohne genau zu wissen warum. Diese Unterhaltungen führte er mit Arne Henscheid in regelmäßigen Abständen, es war der Schlagabtausch, der einfach nötig war zwischen ihm und dem Ressortleiter, schon um klarzumachen, daß er sich nicht zu viel darauf einbilden sollte, daß sie sich duzten. Was er vor allen Dingen verhindern wollte, war der Ruch von Kumpanei oder Günstlingswirtschaft, denn in der Redaktion wußten natürlich alle, daß Arne sein Kronprinz war. Das Thema war unergiebig, die Konferenz löste sich auf.
Tilman Schröder erhob sich. »Ich habe Nadine nicht gesehen«, sagte er, als er seine Papiere zusammenräumte und seinen Blick über die leere Stuhlreihe gleiten ließ. »Ist sie krank?«
»Sie hatte Spätdienst. Sie fängt um vierzehn Uhr an.«
»Ah, Spätdienst.« Tilman lächelte. »Vielleicht liest man die Agenturberichte beim Spätdienst genauer, dann hat man Zeit. Vielleicht sitzt sie schon an der großen Story.«
Arne Henscheid reagierte verächtlich. Er wußte, daß Tilman das Mädchen mochte. Sie war, ebenso wie er, ein Ziehkind des Chefs. Er hatte Nadine die Chance gegeben, vor 16 Monaten, als sie, eben aus Amerika eingetroffen, plötzlich in seinem Büro stand. Er hatte ihn nicht einmal gefragt, sondern ihr einfach den Schreibtisch ihres Vorgängers zugewiesen, der eben frei geworden war. Der Vorgänger, ein Wichtigtuer, der immer glaubte, seine Talente seien unter Wert verkauft in dieser Redaktion. Tilman war froh gewesen, als er seine Kündigung eingereicht hatte, und auch er, Arne Henscheid, hatte sich insgeheim gefreut.
Seine Freude hatte allerdings nur siebzehn Tage gedauert, denn da hatte Tilman ihm Nadine Malten präsentiert. Das war eigentlich ein Affront. Arne hatte die Entscheidung des Chefredakteurs mit

zusammengekniffenen Lippen akzeptiert. Das Mädel, wie er Nadine immer nannte, lag ihm einfach nicht. Sie irritierte ihn. Sie störte. Er wünschte, sie würde wie ihr Vorgänger irgendwann die Kündigung einreichen. Aber bislang sah es nicht so aus, daß seine systematischen Bemühungen, sie in ihrem Job zu behindern, Erfolg hätten.

»Solange das Mädel Spätdienst hatte«, sagte Arne verächtlich, »hat sie nicht eine gute Story aufgegabelt. Ich habe dir schon immer gesagt, daß sie nicht halb so gut ist, wie sie aussieht.«

Tilman Schröder lächelte. »Ah, das gibst du immerhin zu. Ich finde, sie sieht großartig aus.«

Arne Henscheid kratzte an seinen Knöcheln. »Ich würde sagen, das ist Geschmacksache. Mein Typ ist sie nicht.«

Tilman Schröder lachte. »Das weiß nun wirklich jeder, Arne. Junge, sei ein bißchen locker. Was hast du gegen sie?«

»Nichts, außer daß ich auf diesem Posten einen besseren Mann gebraucht hätte.«

»Mann oder Frau?«

Arne sah auf. »Du weißt, daß ich kein Anhänger der Quotenregelung bin. Ich glaube nach wie vor, daß die SPD sich damit einen Strick geknüpft hat, an dem sie eines Tages baumeln wird. Frauen taugen für vieles, nur nicht für das politische Geschäft. Das ist nun einmal so. Und jede Ausnahme bestätigt nur die Regel.«

Tilman lächelte gutmütig. »Gut, daß sie alle gegangen sind. Ich sag's nicht weiter, daß du so ein Macho bist. Ich glaube, die Malten ist gut.«

»Ich will dir deinen Glauben nicht rauben«, schnaubte Arne.

»Sie hat so etwas Frisches, Offenes, so eine Neugier, weißt du. Das gefällt mir. Mir gefällt auch ihre Art, die Themen immer noch einmal zu hinterfragen, sie denkt nicht so gradlinig wie wir.«

»Hältst du das wirklich für einen Vorteil?« fragte Arne bitter.

»Außerdem erlaubt sie sich immer, auch bei angeblich neutralen und sachlichen Themen, ein paar Emotionen. Sie bringt immer das menschliche Element in ihre Geschichten. Das gefällt mir.«

Arne war an einem Punkt, wo er das Gespräch nicht länger ertrug. »Man kann es auch naiv nennen«, sagte er spitz. Tilman nickte, ganz ernst. »Ja, das stimmt. Man kann es auch naiv nennen.« Er schaute

Arne an. »Wenn man die eigene Einstellung für die alleinseligmachende hält, dann ja.« Er schaute auf die Uhr. »Was machst du heute mittag? Kantine, oder gehst du raus?«
»Kantine«, sagte Arne, »es gibt Gemüsepfannkuchen. Das ist ungefähr das einzige, was diese neue Köchin anständig hinkriegt.«

Nadine kam um zwölf Minuten nach zwei, schleuderte ihren Lederbeutel auf den Stuhl, warf einen Blick auf den Schreibtisch, durchwühlte die Briefe, die neben der Schreibmaschine lagen und die von Gerti alle schon aufgeschlitzt waren (etwas, das Nadine empörte), und stieß die Tür zum Nebenraum auf.
Die Ticker liefen wie immer, das Faxgerät war auf Empfang gestellt, in den Körbchen, sorgfältig nach Datum und Agenturen getrennt, lagen die einzelnen Nachrichten. Arne Henscheid stand über den AP-Ticker gebeugt, die Hände rechts und links aufgestützt, und verfolgte die Nachrichten, die der Ticker ausspuckte.
»Hallo«, sagte Nadine, während sie sich suchend umschaute. »Was gibt's Neues?«
»Das fragen Sie mich?« Henscheid hob den Kopf. »Sie haben sich doch einen fröhlichen Vormittag gemacht. Waren Shopping. Oder bei der Kosmetik. Oder vielleicht zum Fitneßtraining?«
Nadine lachte. Sie beugte sich über das Körbchen, in dem die eingegangenen Faxe gesammelt wurden. »Ich hab' nie Fitneßtraining gemacht, dafür aber einen Karatekurs. Aber den hab' ich nach drei Stunden abgebrochen.«
»Wie schade. Warum denn?«
Nadine wandte sich um. »Keine Ahnung. Ich hatte plötzlich das Gefühl, man muß euch Männer mit anderen Waffen bekämpfen.« Sie grinste. »War ein kleiner Scherz von mir. Wahrheit ist, daß ich einen Hexenschuß bekommen habe bei den abartigen Übungen. Da hab' ich einfach aufgegeben. Was wird denn der Aufmacher morgen?«
»Blauhelmeinsätze.«
»Mhmh, und wer schreibt den?«
»Theo, der brütet schon über den Akten.« Arne Henscheid verschränkte die Arme und lehnte sich in den Türrahmen.
»Und Sie?«

»Was, ich?«
Nadine war alarmiert. Irgend etwas im Ton des Ressortleiters hatte sich verändert, er wirkte noch distanzierter, um nicht zu sagen mißtrauischer. Sie war auf der Hut. »Was soll mit mir sein?«
»Keine Ahnung.« Henscheid streckte seinen Arm und betrachtete die geschundene Hand. »Vielleicht ist Ihnen in all den Stunden, die Sie beim Spätdienst mit Nachdenken verbracht haben, eine zündende Idee gekommen.« Er machte eine Pause. Seine Stimme wurde milder. »Der Chef wartet dringend auf eine Idee. Er findet, unsere Themen haben die Leser in der letzten Zeit nicht vom Hocker gerissen.«
Nadine sagte nichts.
»Na ja«, Henscheid lächelte schief, »die Leseranalysen waren uns ja auch nicht gerade wohlgesonnen. Aber was, verdammt noch mal, können wir dafür, wenn die sich in der Welt alle in den Armen liegen, anstatt sich zu zanken?«
Nadine lachte laut auf. »In den Armen? Wer liegt sich denn in den Armen? Doch höchstens wie die Grizzlybären. Die liegen sich in den Armen, um sich gegenseitig zu zerdrücken. Nur für den Artgenossen ist das durchschaubar.« Sie hob die Schultern und ging in ihr Zimmer zurück. »Ich finde, es knistert überall.«
»Und warum, bitte schön?« Arne Henscheid war ihr gefolgt, hatte sich neben ihrem Schreibtisch aufgebaut und dabei wie nebenbei die Briefe betrachtet, die wirr durcheinander auf ihrem Schreibtisch lagen. »Warum schreiben Sie uns nicht einen knisternden Bericht? Der Chef wartet händeringend auf einen Beweis Ihres Könnens.«
Nadine schob die Briefe zusammen. »Ach ja?« Sie schaute auf. »Wirklich?«
Henscheid nickte.
»Er wartet?«
Als Henscheid wieder nickte, atmete sie tief durch und sagte: »Dann geh' ich doch gleich mal zu ihm. Ist er in seinem Büro?«
»So hab' ich das nicht gemeint.« Arne Henscheid war fast versucht, sie festzuhalten, besann sich aber im letzten Augenblick. »Das war nur ein allgemeines Gespräch. Ich bin eigentlich hier, um Sie zu fragen, ob Sie in der Rumänien-Sache schon weitergekommen sind?«

»Ich arbeite daran. Die geben sich ziemlich zugeknöpft.«
»Wundert Sie das?« Henscheid lächelte süffisant. »Sie haben das Thema vorgeschlagen. Ich habe Sie damals schon darauf aufmerksam gemacht, daß nichts schwieriger ist, als den Weg von Spendengeldern zu verfolgen, besonders in einem Land, das so verfilzt ist, daß selbst die Motten darin ersticken.«
»Schön gesagt.« Nadine zwinkerte ihm anerkennend zu.
»Ich geh' aber trotzdem zum Chef. Ich wollte ihm ohnehin etwas erzählen.«
»Hat es was mit unserem Ressort zu tun?«
Nadine nickte. Sie öffnete den Lederbeutel und nahm ihre prall gefüllte Agenda heraus.
»Dürfte ich dann freundlicherweise wissen, um was es geht?« Arne Henscheid versperrte ihr die Tür. Er schaute sie an mit diesem kalten Blick, einer Mischung aus Verachtung und Kampfbereitschaft, der Nadine immer wieder zeigte, daß dieser Mann wirklich ihr Feind war. Irgendwann im Laufe der letzten 16 Monate muß ihm das Gefühl abhanden gekommen sein, daß die Leute eines Ressorts miteinander statt gegeneinander zu arbeiten hatten. Aber vielleicht war dieses Gefühl ohnehin nie stark entwickelt bei ihm. Sie drängte sich an ihm vorbei. »Ich will ihm ein Thema vorschlagen.«
»Ach«, Arne ballte vor Schreck die Hände, »ein Thema vorschlagen. Vor Ihnen steht der Ressortchef. Der ist zuständig für Themen, die aus der Redaktion vorgeschlagen werden.«
Nadine lächelte. »Ich weiß.«
»Also bitte, lassen Sie hören.«
»Das Thema ist zu gut, um es zwischen Tür und Angel zu besprechen.«
»Dann kommen Sie in mein Zimmer.« Arne breitete die Arme aus und deutete den Gang entlang. Er hatte das hintere Zimmer, das Eckzimmer, mit drei Fenstern. Etwas, das ihm den Neid der ganzen Redaktion einbrachte.
»Bitte«, Nadine atmete tief durch. Sie warf den Kopf in den Nacken, »ich möchte das mit dem Chef besprechen.«
»Ich bin Ihr Chef.«
»Aber ich meine den Schröder. Ich möchte das zuerst Tilman Schröder vorschlagen. Ich halte das für den besseren Weg.« Sie zwang sich

zu einem Lächeln, um das Spiel nicht auf die Spitze zu treiben, ohnehin war es nur eine Frage der Zeit, wann Arne Henscheid aus der Haut fahren würde. »Ich möchte es erst sozusagen an die große Glocke hängen. An die ganz große Glocke.«
»Und warum darf ich es nicht vorher wissen? Habe ich Ihnen je ein gutes Thema verweigert?« Nadine schüttelte den Kopf. »Verweigert nicht.«
»Also, was dann?«
»Ich möchte nur verhindern«, sagte Nadine leise, »daß Sie mir das Thema wegnehmen.«
Henscheid erstarrte. Das war eine Ungeheuerlichkeit, die er sich eigentlich nicht gefallen lassen durfte. Er konnte sich an keinen einzigen Fall erinnern, wo er je einem Kollegen ein Thema weggenommen hatte. Tatsache war, daß er immer die besten Themen brachte, daß er am meisten reiste. Mehr wichtige Interviews machte als alle anderen zusammen.
Er war sprachlos.
Er schaute der jungen Frau hinterher, die forsch den Gang hinunterschritt, mit dem kurzen, schwarzen Strickrock, den schwarzen Wollstrumpfhosen und braunen Stiefeletten mit Pelzbesatz. Oben trug sie auch etwas Braunes, Langes, das wie eine Kaschmirjacke aussah. Tilman Schröder hatte recht. Man konnte gegen Nadine sagen, was man wollte: Man konnte nur nicht sagen, daß sie schlecht aussah. Sie stieg in den Paternoster, sie machte das elegant. Als Henscheid ihr dabei zusah, wie sie irgendwie die Knie zusammenbehielt, obgleich sie einen großen Schritt machen mußte, dachte er unwillkürlich an die illustrierten Serien, in denen man Prinzen und VIPs beim Ein- und Aussteigen aus Limousinen fotografiert hatte. Nadines Foto wäre tadellos gewesen.
Er ging in sein Zimmer zurück und verbiß sich in die Arbeit.
Es gab etwas, wofür Arne Henscheid seiner Mitarbeiterin, Nadine Malten, dankbar war: daß sie ihn nach dieser peinlichen Geschichte weiterhin siezte, daß sie diese peinliche Geschichte mit keiner Silbe, aber auch mit keinem Augenaufschlag erwähnte. Vielleicht war sie doch eine Lady, hatte er manchmal gedacht, in Augenblicken, in denen es so einfach gewesen wäre, ihn lächerlich zu machen. Und ein Gefühl von warmer Dankbarkeit hatte sich in ihm breitgemacht,

wenn er ihr zuschaute, wie sie lachte, unter Kollegen herumging, lässig, fröhlich, selbstbewußt, wie eine Frau, die keine Geheimnisse hatte.

Dabei war er sicher, ganz sicher, daß Nadine Malten eine Menge Geheimnisse mit sich herumtrug. Ganz sicher. Denn er, Arne Henscheid, war Teil eines dieser Geheimnisse, das sich während eines Kneipenbummels in Sachsenhausen angebahnt hatte, eine Art Betriebsfete, spontan von Noack organisiert an einem lauen Frühherbstabend, als keiner Lust hatte, nach Hause zu gehen. Als alle glaubten, sie würden etwas verpassen, wenn sie sich jetzt in ihre vier Wände verkrochen. Sie waren in diese Kneipe gegangen auf der Schweizer Straße, die man durch einen Torbogen erreichte, ein Innenhof, vollgestellt mit grünen Tischchen und Bänken, eine Kneipe, in der man einen guten Wein bekam, in der die Kellnerinnen sich nicht anbiederten und die Gäste nicht ausfallend wurden, wenn sie zuviel getrunken hatten. Mit einem Wort, es war genau das Lokal, das die Taxifahrer den Messebesuchern im allgemeinen nicht empfahlen, aus dem untrüglichen Instinkt, daß die Frankfurter auch irgend etwas für sich behalten sollten.

Nadine hatte einen dieser unverschämten Sommerfummel getragen. Geblümter Stoff, beinahe durchsichtig. Nackte Beine. Flache Sandalen. Die Haare aus dem Nacken hochgesteckt, die kleinen Nackenlöckchen feucht vom Schweiß, die feinen Härchen auf den Armen, bis zur Schulterkugel seidiger Flaum. Das hatte er nicht erwartet. Es war das erste Mal, daß sie halbnackt in der Redaktion erschienen war, vielleicht wollte sie den Abschied vom Sommer feiern, vielleicht auch etwas anderes, schwer zu sagen. Er hatte sich neben sie gesetzt, hin und wieder wie unabsichtlich seine Schenkel gegen ihre gepreßt, was sie gar nicht wahrzunehmen schien, denn sie lachte und redete mit Susi, seiner Sekretärin, die an dem Abend einen Schwips hatte und wirklich sehr komisch war.

Arne hatte Nadines Lachen zugehört. Hatte ihr beim Trinken zugeschaut, beim Kopf-in-den-Nacken-Werfen, bei den großen Gesten, die sie mit ihren schlanken Armen machte, beim Spiel ihrer Finger, seltsam sensible Finger, wie die einer Puppenspielerin. Er war mitten in seiner Scheidung und brauchte ganz dringend den Beweis, daß es auch noch gute Frauen gab. Sinnliche Frauen, hingebungsvolle, zärtliche Frauen. Frauen, die einem Mann zuhörten mit halboffenem Mund, Frauen, die glänzende Lippen hatten und strahlende Augen. Frauen, die lachen konnten, und nicht solche, die einem das Frühstücksgeschirr vor die Füße warfen und die Pullis mit der Schere zerschnitten. Frauen, die nicht immerfort eine Migräne vortäuschten, wenn man sich an sie schmiegte in diesem Ehebett, das längst kein Ehebett mehr war. Frauen wie Nadine. Jung, strahlend, verlokkend.

Er hatte ihr angeboten, sie nach Hause zu bringen, und sie hatte das dankbar angenommen. Sie benutzte ihr Auto in der Stadt nie, sie hatte ihm an dem Abend auch erklärt, warum. Er hatte es vergessen, er hatte nicht zugehört, weil er darauf bedacht war, beim Schalten immer wieder wie unabsichtlich dieses schlanke, braune Knie zu berühren.

Sie war ausgestiegen, hatte sich artig bedankt, und er, die Hände um das Lederlenkrad, hatte gefragt: »Krieg' ich noch einen Kaffee?«

Sie hatte gestutzt, überlegt, dann den Kopf geschüttelt.

»Besser nicht.«

»Besser für wen?« hatte er gefragt.

Sie hatte gelacht. »Keine Ahnung. Nur so. Besser für alles. Das Betriebsklima. Unsere berufliche Beziehung. Wirklich besser.« Sie hatte sich vorgebeugt, in dem plötzlichen Gefühl, ihm etwas schuldig zu sein, und einen Kuß auf seine Wange gehaucht. Er hatte ihr Parfüm noch deutlicher wahrgenommen, ein Jasminduft.

»Danke fürs Bringen«, hatte sie leise gesagt und sich schon wieder aufgerichtet, bevor er einen Blick in ihren Ausschnitt werfen konnte. »Bis morgen dann.«

Und die Tür zugeschlagen.

Er hatte am Steuer seines metallicblauen Porsche gesessen und ihr nachgeschaut. Wie sie die vier Stufen hinauflief zur Haustür, minutenlang in der Tiefe ihrer Handtasche herumgrub, bis sie endlich den Schlüssel fand, sich umwandte, triumphierend den Schlüssel hob und gleichzeitig eine Geste mit den Schultern machte, die bedeuten sollte: »Wir Frauen haben einen Knall, was? Immer so viele Sachen in der Tasche herumtragen, daß man das Wichtigste nicht mehr findet.«

Das Licht im Treppenhaus war angegangen. Er hatte gewartet.

Irgendwann war oben in den Gaubenfenstern ein schwacher Lichtschein zu sehen, als wenn sie mit einer Taschenlampe herumliefe, so spazierte das Licht durch den Raum. Bis ihm einfiel, daß sie vielleicht eine Kerze angezündet hatte, daß sie sich jetzt vielleicht auf ihrem Sofa räkelte und Musik hörte.

Er startete den Wagen, fuhr bis zur nächsten Telefonzelle und wählte ihre Nummer, die er in seinem Notizbuch bei sich trug. Alle Redakteure kannten die Privatnummern ihrer Kollegen. Für den Notfall, falls etwas Wichtiges passierte und sie nachts in den Laden zurückbeordert werden müßten.

Sie war sofort am Telefon.

»Ich bin's«, sagte er, und sie wußte auch gleich Bescheid.

»Das finde ich jetzt nicht okay«, sagte sie nach einer kurzen Pause. »Was soll das?«

»Ich will bei dir einen Kaffee trinken. Ich hab' keine Lust, heute nach Hause zu fahren. Ich brauche einen Kaffee, bevor ich mich auf den Heimweg mache.«

»Da gibt es ein Café, in der Menkestraße, das hat bis zwei Uhr morgens geöffnet.«

»Ich will in kein Café, ich will zu dir.«

Sie schwieg. Er lehnte sich an die Wand. Er schloß die Augen. Er stellte sich vor, wie sie jetzt mit ihm telefonierte, die Schnur zwischen den nackten Beinen. »Du bist scharf«, murmelte er, »das weißt du. Das kannst du mit mir nicht machen. Ich spür' noch deine Schenkel.« Wieder diese Pause.

»Meine Schenkel?« rief sie alarmiert. »Wann denn?«

»Als wir gegessen haben. Du hast sie immer gegen meine Beine gepreßt, nun tu nicht so, als wenn du das nicht wüßtest.«

Pause. Dann ihre Stimme, kalt. »Ich habe es nicht gemerkt. Ich lege jetzt auf.«

Er umklammerte den Hörer mit beiden Händen. »Nein, nicht, bitte. Ich will mit dir schlafen. Ich will deine Brüste in die Hand nehmen, deine Nippel in den Mund.«

Sie warf den Hörer auf die Gabel.

Er schwitzte. Er stand in dieser Zelle, die ohne Sauerstoff war, in dieser letzten, schönen Sommernacht, Pärchen flanierten vorbei, Leute in Cabrios mit aufgedrehter Musik machten ihre Faxen, und er

stand in der Telefonzelle und schwitzte. Er wartete, bis er ruhiger war.
Stieß die Tür auf und stellte seinen Fuß dazwischen.
Atmete die Luft ein.
Schloß die Augen.
Dachte, ich bin ein Idiot.
Dachte, jetzt hat sie mich in der Hand. Sie wird mich lächerlich machen. Der geile Bock. Der Chef, der sich an seine Untergebenen ranmacht, und sie, die ihn abblitzen läßt.
Er hörte schon das Wiehern der Kollegen. Er ging zu seinem Porsche zurück, stieg ein und fuhr nach Hause.
Am nächsten Tag war sie wie immer. Kühl, ausgeschlafen, wach, fröhlich. Sie war immer alles gleichzeitig.
»Guten Morgen, Herr Henscheid«, sagte sie, als sie sein Zimmer betrat, »das war ein netter Abend, nicht? Ich kann mich zwar an nichts mehr erinnern, ich muß zuviel getrunken haben. Offensichtlich sind Sie gut nach Hause gekommen.«
Er mußte zweimal schlucken. »Ja, sehr gut, danke, Frau Malten«, sagte er und streckte die Hand nach dem Manuskript aus, das sie ihm zeigen wollte.
Sie hatte ihn geschützt. Sie hatte ihn nicht verraten. Er war sich sicher, daß sie ihn auch nicht mehr verraten würde. Dennoch wäre es ihm lieber, sie würde eines Tages vor seinem Schreibtisch stehen und die Kündigung auf den Tisch legen. Wirklich sehr viel lieber. Aber den Gefallen tat sie ihm nicht.

Tilman Schröder saß an seinem Schreibtisch, die Arme vor der Brust verschränkt und betrachtete die Seiten, die der Layouter vor ihm ausbreitete.
»Stör' ich?« Nadine steckte den Kopf in die Tür. »Frau Jessen sagte, ich kann ruhig reinkommen.«
»Warum zögern Sie dann?« Der Chefredakteur nickte ihr zu. »Schauen Sie sich das an. Das wird eine farbige Beilage. Thema: Europa 2000.« Er winkte. »Kommen Sie näher. Was sagen Sie dazu?«
Der Layouter räusperte sich und trat einen Schritt zurück. Er haßte es, wenn jeder, der den Chef besuchte, gleich nach seiner Meinung

gefragt wurde. Eben hatte der Chef noch wohlwollend genickt, aber wenn jetzt eine käme und sagte »Das verkauft sich nicht«, würde der Chef womöglich schon wieder in tiefe Zweifel gestürzt.
»Zuviel Rot im Titel, was?« Tilman schaute schräg zu Nadine hoch. »Wirkt zu aggressiv, oder?«
Nadine schob eine Haarsträhne hinter das Ohr. Sie schaute sich die Seiten genau an. Dann wanderten ihre Blicke zum Titel zurück. »Die Farbe finde ich okay, aber der Schrifttyp gefällt mir nicht.«
Der Layouter schloß die Augen. Er hatte es kommen sehen. »Dieser Schrifttyp ...«, begann er.
»Ist zu betulich.« Nadine wandte sich mit strahlendem Lächeln zu ihm um. »Den hast du auch schon genommen, als wir damals das Gartensonderheft gemacht haben, weißt du noch? Damals fand ich ihn toll. Aber dies, das wird doch so ein High-Tech-Heft mit Computer- und Gen-Technologie, geklonten Kindern und synthetischen Life-style ...«
Tilman Schröder lächelte. Das gefiel ihm. Wenn seine Leute sich engagierten. Wenn sie eine Meinung hatten und diese auch artikulieren konnten.
»Ist das wahr, Paul?« fragte er. »Hatten wir den Schrifttyp für das Gartenheft?«
Paul runzelte die Stirn. »Das weiß ich nicht mehr«, knurrte er.
Nadine strahlte. »Aber ich kann mich genau erinnern. Ich hab' ein unheimlich gutes optisches Gedächtnis.«
Der Layouter schob die Seiten zusammen. »Und wieso machst du dann Texte? Wieso bist du nicht Grafikerin geworden?«
Der Chefredakteur hob amüsiert die Arme. »Kein Streit, Leute. Wir wollen uns gegenseitig mit Kritik befruchten, wollen zu besseren Ergebnissen kommen. Aber doch nicht diese Schärfe im Ton, Freunde. Sei doch nicht beleidigt, Paul. Ich bin sicher, Nadine hat es nicht beleidigend gemeint.« Er legte seine Hand auf den Arm des Layouters. »Ich komme nachher noch mal zu euch rüber. Über das Rot müssen wir noch reden. Vielleicht kann man etwas weniger Blau beimischen. Blau ist immer so kalt.« Der Layouter schwieg. Wortlos verließ er den Raum.
»Setzen Sie sich.« Tilman Schröder deutete mit einer einladenden Handbewegung auf das Besuchersofa. Er erhob sich vom Schreib-

tisch, nahm das mobile Telefon und trug es zu dem kleinen Glastisch. »Also?« fragte er in diesem freundlichen, väterlichen Ton, den er für seine jüngeren Mitarbeiter bereit hatte. »Wo brennt's?«

»Ich weiß noch nicht, ob es brennt.« Nadine zögerte. Sie lächelte hilflos. »Kann sein, daß ich eine Riesendummheit gemacht hab'.«

»Das glaub' ich nicht. Sie machen keine Riesendummheit. Das paßt nicht zu Ihnen.« Tilman Schröder musterte Nadine. »Dann hätte ich mich ja in Ihnen geirrt. Was ist passiert?«

Nadine umklammerte die Agenda, das prall gefüllte Notizbuch mit der Adressenkartei, den Zeitungsschnipseln und Visitenkarten, die sie immer mit sich herumtrug. »Was würden Sie sagen, wenn ich ein Interview mit Scheich Zayed bekomme?«

Der Chefredakteur ließ sich zurückfallen. Er schüttelte die Hosenbeine, legte die Hände auf die Knie und sagte. »Dann würde ich sagen, Sie sind eine Zauberin.« Er lächelte väterlich-allwissend. Er spielte gern den freundlichen Herrgott.

»Sie können es nicht wissen, Nadine. Sie sind noch so jung. Und natürlich noch nicht lange genug in diesem knallharten News-Business: Der Scheich Zayed gibt keine Interviews. Überhaupt keine.«

»Das weiß ich auch.«

»Also«, Tilman Schröder hob die Schultern »worüber unterhalten wir uns dann?«

»Er hat bis jetzt keine Interviews gegeben.«

»Nicht nur das. Er hat nicht einmal Journalisten in sein Land gelassen. Unsere Leute sind ja schon bei dem Versuch gescheitert, ein Visum zu beantragen. Barscher wird man nirgends zurückgewiesen. Es gibt nicht einmal eine Fluggesellschaft, die das Sultanat anfliegt.«

»Es sei denn, seine eigene«, sagte Nadine. »Daß er einen modernen Flughafen besitzt, wissen wir schließlich.«

»Natürlich, weil diese Araber hochneurotisch sind in ihrem Sicherheitsbedürfnis. Er muß eine Startbahn haben, von der er jederzeit Abfangjäger aufsteigen lassen kann, falls jemand auf die Idee kommt, sein Land zu überrollen. Aber wer außer Saddam Hussein würde auf die Idee kommen?« Er breitete die Arme aus. »Und der ist zufällig sein Freund.« Er beugte sich vor. »Wie kommen Sie auf die absurde Idee, ein Interview mit Scheich Zayed machen zu wollen?«

»Ein Zufall«, sagte Nadine, während sie ihre Agenda aufschlug und das Telex suchte. »Ich hatte gestern Spätdienst.«
Tilman Schröder hob die Augenbrauen. »Ja?« fragte er sanft.
»Und da kam aus dem Ticker eine Nachricht von AFP. Scheich Zayed macht offenbar zum erstenmal in seinem Leben Ferien. Soweit wir das überhaupt wissen.«
»Genau.« Tilman Schröder lachte. »Vielleicht fliegt er jedes Jahr im Winter zum Skifahren nach Sankt Moritz. Wohnt dort feudal in einem Chalet mit unterirdischem Atombunker. Wird vom Palace-Hotel mit Champagner, Kaviar und geröstetem Kapaun versorgt. Alles möglich. Wir wissen ja, wo diese Kerle aus der Gegend sich während des Golfkrieges rumgetrieben haben. Jetzt ist er also irgendwo und macht Ferien.«
Nadine hatte das Telex gefunden. Sie breitete es auf dem Tisch aus und strich zärtlich mit der flachen Hand über die zerknitterten Stellen.
»Er ist in Essaouira. Im Hotel Tafoukt. Offenbar gibt es irgendwelche verwandtschaftlichen Beziehungen des Hotelbesitzers zur Herrscherfamilie. Alles natürlich hermetisch abgeriegelt. Keine Nachricht an die Außenwelt. Strandpromenade gesperrt. Flughafen dicht. Ich hab' mich erkundigt: Sicherheitsstufe eins.«
»Klar«, Tilman Schröder lächelte, während er Nadine musterte. Ihr Eifer gefiel ihm. Das intensive Rot ihrer Wangen, das Strahlen der Augen, die lebhafte Miene. Er war ganz anderer Ansicht als Arne Henscheid, der Nadine für kein großes Licht hielt. Er hielt sie für eine Begabung. Er traute ihr zu, eines Tages eine große Karriere zu machen. Nicht in fünf Jahren, nicht in zehn Jahren, aber irgendwann. Mädels, die in diesem Job Karriere machen wollten, mußten so sein wie Nadine, aus hartem Holz geschnitzt, mußten ehrgeizig sein, Power haben und immer ausgeschlafen wirken. Den Männern in allen Dingen um eine Nasenlänge voraus. Und dennoch durften sie nicht den Fehler begehen, ihre Weiblichkeit zu leugnen. Sie durften nicht auf Gefühle verzichten, auf Emotionen. Sie mußten trotz allem etwas Sinnliches ausstrahlen. Das war die Wunderwaffe, mit der man Männer überzeugte, die mit sachlichen Argumenten nicht zu überzeugen waren.
Möglich, dachte er, daß ich mich in Nadine täusche, aber nicht

wahrscheinlich. Ich habe mich selten getäuscht. »Gestern abend«, sagte Nadine, »hab' ich ganz spontan ein Fax nach Essaouira geschickt. Hab' um ein Gespräch gebeten, um eine Einladung nach Q'uam al Hashid.« Sie öffnete ihre klaren, großen Augen und schaute den Chefredakteur an. »Wer weiß, vielleicht ist er gerade in der Stimmung. Vielleicht findet er es ganz witzig, eine deutsche Journalistin einzuladen.«

»Ganz witzig«, murmelte Tilman. »Na ja.«

»Ich kann mir vorstellen, daß ich als Frau mehr Chancen habe als ein Mann. Leute wie er nehmen Frauen nicht wirklich ernst. Er denkt vielleicht, er kann mich manipulieren, kann mich als Spielball benutzen.« Sie lachte, hob die Schultern. »Keine Ahnung, was er denkt.«

»Genau«, murmelte Tilman, während er Nadine scharf beobachtete, »Sie haben keine Ahnung.«

»Es ist ja kein Risiko. Ich habe einfach nur ein Fax geschickt.«

»Wenn er nicht weiß, wie Sie aussehen«, sagte Tilman Schröder, »ist es ja kein Risiko.«

»Aber er weiß, wie ich aussehe.« Nadine lachte fröhlich. »Ich hab' auch ein Foto von mir gefaxt.« Sie errötete, als sie den Blick des Chefredakteurs bemerkte. »Ich dachte, einmal muß ich das ausspielen.«

»Was?« fragte Tilman Schröder sanft.

Nadine nahm das Telex, auf das der Chefredakteur keinen Blick geworfen hatte, und schob es wieder zwischen die Seiten ihrer Agenda. »Ich hab' gehört, die mögen blonde Frauen, die Araber.« Sie lachte unsicher. Das Gespräch begann, peinlich zu werden. »Ich bin zufällig blond.«

Sie stand auf und zog ihren Strickrock so weit wie möglich über ihre langen, schlanken, schwarzbestrumpften Beine.

»Was ich nur wissen wollte: Habe ich ihr Okay, wenn eine positive Antwort kommt?«

»Es kommt keine positive Antwort, Nadine.«

Der Chefredakteur erhob sich ebenfalls. Er nickte ihr zu, öffnete die Tür zum Sekretariat und rief: »Sagen Sie Diedrichs, er kann jetzt kommen.« Er lächelte Nadine zu. »Gefällt mir trotzdem, daß Sie es versucht haben. Gefällt mir wirklich. Haben Spätdienst, lesen alle

Agenturmeldungen und kommen auf die Idee.« Er legte Nadine eine Hand auf die Schulter und schob sie zur Tür. »Das ist in Ordnung. Meinen Segen haben Sie.«
Nadine wandte sich heftig um. »Das heißt, ich darf fliegen?«
»Wenn er ja sagt, sage ich auch ja. Das ist doch klar.«
»Und Sie fallen nicht in der letzten Sekunde um und schicken Arne Henscheid?«
Der Chefredakteur lachte unbehaglich. »Warum sollte ich das tun?«
»Weil Sie vielleicht finden, daß für diese Aufgabe der Ressortleiter besser geeignet wäre.« Nadine biß sich auf die Lippen, zögerte und fügte hinzu. »Und weil Arne Henscheid alles dransetzen würde, sich diese Geschichte unter den Nagel zu reißen.«
Der Chefredakteur lachte unbehaglich. »Hat er diesen Ruf?«
»Ja«, sagte Nadine, »und zu Recht.« Sie atmete tief durch. »Ich danke Ihnen, Herr Schröder. Ich habe nicht vergessen, was Sie bei meiner Einstellung gesagt haben.« Sie ging zur Tür, warf einen Blick auf die Sekretärin, die am Schreibcomputer saß, und fügte hinzu: »Ich hatte nur befürchtet, daß Sie es vielleicht vergessen haben.« Der Chefredakteur schaute Nadine an und schüttelte langsam den Kopf. »Ich bin zwar 63«, sagte er, »aber nicht so vergeßlich, wie Sie vielleicht meinen.«

Was war nicht alles geschehen? Sie war eben zurück aus den Staaten, hatte noch die Weite Amerikas im Kopf, das Selbstbewußtsein der Leute, die aus dem Land der unbegrenzten Möglichkeiten kommen. Ihre Haut, bildete sie sich ein, schmeckte noch ein bißchen nach dem Salzwasser des Pazifiks, in dem sie einen Monat zuvor gebadet hatte, bei 15 Grad Wassertemperatur und mannshohen Wellen. Am Mississippi hatte sie mit Leuten gesprochen, Arbeitern auf den endlosen Baumwollfeldern, deren Vorfahren noch als Sklaven auf denselben Feldern gearbeitet hatten. Sie war in Hütten eingeladen worden, die sich noch nicht einmal von jenen Hütten unterschieden, in die man die Landarbeiter vor hundert Jahren gesteckt hatte. Sie hatte Austern mit Ketchup gegessen und war nachts in New Orleans mit einem Kanadier durch die Kneipen gezogen, einem Typen mit Rastalocken und Rhythmus im Blut, den sie irgendwann, morgens gegen

sieben, als die Sonne durch die Baumwollfetzen vor den Fenstern drang, ohne ein Wort verlassen hatte. Manchmal dachte sie an ihn, wie er bäuchlings auf dem Bett gelegen hatte, die Hände in das Kopfkissen gekrallt, schlafend mit offenem Mund, auf dem Boden seine Trompete, ein kostbares Stück, das er jeden Morgen mit einem weichen Lappen polierte, und den Stapel von Notenbüchern, den er mit sich herumschleppte, eigene Kompositionen, die er eines Tages, so sagte er Nadine, dem Musikchef von Warner Brothers verkaufen würde: der Soundtrack für den ultimativen Western.
Sie war geflüchtet an diesem Morgen, weil sie fürchtete, sich sonst ganz in diesem Leben zu verlieren, in dem man nicht an den nächsten Tag und schon gar nicht an den kommenden Winter dachte, er hatte einen Haufen Geld verdient, in der Kneipe, die Preservatory Hall hieß und wo die Leute abends ab sieben anstanden, um für zehn Dollar guten Jazz zu hören. Norbert verstand etwas von gutem Jazz, aber noch mehr verstand er davon, seine eigene Musik zu machen. Er versuchte die Leute, die abends auf der Suche nach Vergnügen durch die Straßen des French Quarter zogen, für diese Art von Musik zu begeistern, er spielte ihnen gratis etwas vor, an Straßenkreuzungen, vor dem Latin Café, gegenüber der Coconut Bar, in der die Leute für schlechte Cocktails gute Dollars zahlen mußten. Aber sie lächelten ihm nur zu, schlugen ihm auf die Schulter und gingen weiter. Nur wenn er den klassischen Jazz spielte auf seiner klassischen Trompete, dann zückten sie die Brieftaschen und ließen Dollarnoten in seinen schwarzen Filzhut flattern.
Nadine hatte eine Geschichte über Norbert geschrieben und über all die anderen Freaks und Besessenen, die sie auf ihrem Weg durch Louisiana getroffen hatte. Über Norbert, in den sie eine Weile wirklich verliebt war, aber auch über O'Neill und Steven und Imago, und alle Geschichten waren gedruckt worden, und das Geld landete auf einem Konto in Frankfurt, und als sie müde, mit geschwollenen Füßen, schließlich nach einer Odyssee von Stopover, ewigen Flugzeugwechseln, Verspätungen und Annullierungen von Flügen fragwürdiger Airlines endlich in Frankfurt landete, nahm sie den Bus und dann die Straßenbahn und betrat die kühle, glänzende Marmorhalle ihrer Bank, legte den Paß auf den Tresen und sagte. »Ich glaube, ich habe hier ein Konto. Darf ich mal wissen, wieviel Geld drauf ist?«

Der Bankbeamte warf einen Blick auf ihren Paß, dann musterte er sie, eine junge Frau mit fahler Haut, mit überdrehter Gestik und einer fast hysterischen Stimme, Resultat der vielen Gedanken, die sie sich während des langen Fluges gemacht hatte, verschwand und kam wenig später mit einem Computerauszug zurück.

»Siebentausendvierhundertdreiundzwanzig Mark achtzig«, sagte er, sie über den Brillenrand musternd.

»Ist das ungefähr die Summe, die Sie im Kopf hatten?« Sie nahm den Computerauszug, runzelte die Stirn, versuchte sich die Summe in Geldscheinen vorzustellen, versuchte sich zu erinnern, was man noch vor ein paar Jahren in Deutschland für dieses Geld hatte kaufen können, nickte und gab ihm den Zettel zurück. »In meinem Kopf habe ich andere Sachen als Kontoauszüge«, sagte sie, »aber das gefällt mir trotzdem.«

»Sie können den Ausdruck behalten. Da Sie uns keine Anweisungen gegeben haben, ein Sparbuch für Sie anzulegen, haben wir es einfach auf dem Girokonto gelassen.«

»Und da muß es auch bleiben«, sagte Nadine, »wenn auch nicht für lange. Ich habe nämlich nur noch ein paar Dollars in der Tasche.« Sie lächelte dem Bankbeamten, der ihr allmählich vertraut wurde mit seiner korrekten Distanziertheit, freundlich zu und holte ihre Geldbörse heraus, einen handgearbeiteten Geldbeutel, den sie in einem Indianerdorf in der Nähe von Santa Fe gekauft hatte, mit Perlenstikkerei und denkbar unpraktischem Verschluß, und zog die verknitterten, in der Tropenluft aufgequollenen und dann wieder zusammengeschrumpften Dollarnoten heraus. »Kann ich das hier irgendwo wechseln?«

Der Schalterbeamte nickte, nahm die Geldscheine mit spitzen Fingern und zählte sie. »Eigentlich haben wir dafür einen Wechselschalter, aber ich erledige das gern für Sie.« Sie war dann mit der nächsten Bahn zu ihrer Schwester gefahren, hatte dort eine Stunde unter der Dusche gestanden, mit den Kindern Mikado gespielt und ein paar Bruchstücke ihres befremdlichen Lebens unter das skeptisch lauschende Volk geworfen und hatte beschlossen, daß sie es keine Nacht unter dem schwesterlichen Dach aushalten würde.

Als sie sich von ihrer Schwester in den geliehenen Klamotten verabschiedete, fragte ihr Schwager: »Und was wird jetzt?«

Sie strahlte ihn an. »Jetzt suche ich mir einen Job.«
»Ach ja«, höhnte ihr Schwager, der Hals-Nasen-Ohren-Arzt, »einen Job suchen! Einfach so! Du meinst, in Deutschland wartet man auf Leute, die ein bißchen ins Blaue studiert haben und nicht einmal mit einem richtigen Abschluß von einer richtigen Universität zurückkommen. Du meinst, das reißt die Leute vom Stuhl, daß du in Amerika studiert hast oder was?«
»Oder was«, sagte Nadine. Sie küßte die Kinder, fuhr ihrer Schwester durch die praktische Kurzhaarfrisur, murmelte: »Ich bring' dir die Klamotten so schnell wie möglich zurück«, und war schon wieder im Vorgarten des Reihenhauses.
Ihr Gepäck befand sich immer noch in der Gepäckaufbewahrung des Hauptbahnhofes. Der nächste Zug nach Paderborn würde in zwei Stunden abfahren. Aber ihr war auf einmal klar, daß sie jetzt noch keine Lust hatte, ihre Eltern zu sehen. Es würde ein Fiasko werden, wie der Besuch bei ihrer Schwester.
Sie brauchte erst einen Job. Erst einen Halt. Sie mußte sich erst beweisen vor dieser Familie von aufrechten Bürgern, etwas, das sie gleichberechtigt machte, etwas, das ihre Kritik und ihr Mißtrauen im Keim erstickte.
Deshalb mietete sie sich in einem Pensionszimmer in Sachsenhausen ein und hängte sich ans Telefon, bis sie Tilman Schröder am Apparat hatte.
»Nadine Malten«, rief er, »natürlich weiß ich, wer Sie sind. Schließlich drucken wir seit Monaten Ihre Geschichten, haben Sie das Geld überhaupt erhalten?«
»Hab' ich, danke. Das ist nicht das Problem.«
»Was ist denn das Problem?«
»Ich würde gerne mit Ihnen reden«, Nadine saß auf der Bettkante des Pensionszimmers, von dem aus man den Güterbahnhof von Frankfurt-Süd sehen konnte, »ich suche einen Job.«
Einen Augenblick war es still. Sie stellte sich vor, wie Tilman Schröder tief ein- und dann wieder ausatmete. Sie stellte sich vor, daß ein Chefredakteur wie Tilman Schröder, der eine der größten Zeitungen Deutschlands machte, die Augen verdrehte bei der Erkenntnis, daß schon wieder einer einen Job suchte. Sie war darauf vorbereitet, daß er sie abblitzen lassen würde, aber zu ihrer Überraschung sagte er:

»In Ordnung, kommen Sie vorbei. Versprechen kann ich nichts. Wann haben Sie Zeit?«
»Ich könnte sofort kommen«, sagte Nadine, »in zwanzig Minuten könnte ich da sein.«
Er lachte. Er war überrascht, wenn nicht überrumpelt.
»Sagen wir gegen fünfzehn Uhr? Melden Sie sich bei Frau Nissen. Das ist meine Sekretärin. Ich geb' ihr Bescheid.« Und hatte aufgelegt.

»Einen Job«, Tilman Schröder wippte mit seinem Schreibtischstuhl hin und her. Er hatte sie gebeten, auf der Besuchercouch Platz zu nehmen, war aber selber an seinem Schreibtisch sitzengeblieben. »Was ist eigentlich in euch gefahren? Wieso wollt ihr alle Journalisten werden? Es gibt doch so viele wunderbare Berufe auf der Welt.«
»Ich kenne nicht so viele wunderbare Berufe, die mir gefallen, und für die meisten bin ich nicht ausgebildet.«
»Und das wäre zum Beispiel?«
Nadine überlegte. »Polarforscher? Leiter eines Hilfswerks in Zentralafrika. Jazzsängerin. Botschafterin in Paris.«
»Wieso gerade in Paris?«
Nadine lachte. »Ich hab' irgendwann im Fernsehen einen Bericht über die Residenz des deutschen Botschafters gesehen. Das hatte was. Ein Hauch von Richelieu.«
Tilman Schröder lächelte nicht. Er musterte Nadine. »Sie haben gute Sachen geschrieben. Ich glaube, bis auf ein paar Storys haben wir alles gedruckt, was Sie uns geschickt haben.«
»Und die Geschichten hätten Sie auch drucken können«, sagte Nadine.
Er lachte. Er war ein bißchen irritiert. »Das entscheiden wir immer noch gerne selbst.«
»Es war eine Geschichte über Grenada«, sagte Nadine. »Und eine Story über einen Haitianer, der den Tontons Macoutes entkommen war. Der Mann ohne Fingernägel.« Schröder nickte. Vielleicht erinnerte er sich, vielleicht aber auch nicht. Er schob seinen Schreibtischstuhl etwas zurück und betrachtete seine Fingerspitzen.
»Und jetzt suchen Sie einen Job.« Er schaute auf. »Keine Lust mehr zum Herumreisen?«

Nadine lachte. »Es wird Zeit, eine ordentliche Karriere anzufangen. Sonst verpasse ich den Moment.«
»Wie alt sind Sie?«
»Fast dreißig.«
Schröder nickte. Er rieb sein Kinn. »Und an welcher Universität haben Sie studiert?«
»San Diego, Kalifornien.«
»Haben Sie dort Ihr Masters Degree gemacht?«
Nadine schüttelte den Kopf. »Nur den Bachelor-Abschluß.« Sie lachte, weil sie die Offensive für die beste Verteidigung hielt, und sagte: »Mein Vater hält das für einen Fehler. Er findet, ohne einen richtigen Masters-Abschluß taugt das ganze Studium nichts.«
»Und was meinen Sie?«
»Ich denke, ich habe alles gelernt, was ich lernen wollte. Ich kann systematisch und analytisch arbeiten, ich versteh' etwas von Anglistik und Literatur, ich habe Leute kennengelernt aus einem Haufen anderer Kulturkreise, ich habe mir Gedanken gemacht, ich habe mich durch die politische Fachliteratur gelesen. Irgendwann war Schluß.« Sie hob die Schultern. »Ich hatte das Gefühl, das Studium ist abgeschlossen.«
»Welchen Beruf hat Ihr Vater? Oder ist die Frage zu indiskret?«
Nadine schüttelte den Kopf. »Er ist Jurist. Er hat eine eigene Kanzlei. In Paderborn.«
Schröder nickte. Er betrachtete immer noch eingehend seine Fingernägel. »Internationale Politik, wäre das etwas für Sie?«
Nadine bekam glänzende Augen. Schröder räusperte sich, um ihre Begeisterung in Grenzen zu halten. »Es ist nicht unwahrscheinlich, daß dort etwas frei wird. Ein Kollege«, er räusperte sich noch einmal, »ist gerade auf dem Wege, seine Kündigung zu formulieren.« Er schaute sie an, lachte entwaffnend offen. »Um ehrlich zu sein, ich erwarte diese Kündigung seit zwei Wochen, habe aber für den Posten noch keinen Ersatz. Wenn ich Sie einstelle, gehe ich wahrscheinlich ein ziemlich hohes Risiko ein.«
»Warum?« fragte Nadine überrascht. Sie hielt sich nicht einen Augenblick für ein Risiko. Sie war von ihren Fähigkeiten zutiefst überzeugt.

Schröder lächelte. »Nun, Sie sind ein unbeschriebenes Blatt.«
»Nicht ganz. Sie haben neun Berichte von mir gedruckt.«
»Stimmt, aber jetzt werden Sie als Redakteurin arbeiten. Man muß auch delegieren können, redigieren, aus schlechten Manuskripten gute machen, man muß kürzen und griffige Titel für komplizierte Themen finden, man muß Kontakte knüpfen und Geschichten aufreißen. Man muß jeden Tag mindestens neun Stunden am Schreibtisch sitzen, inklusive Sonntag. Man muß mit dem Apparat zurechtkommen, das heißt, mit einem Haufen von Kollegen, die vielleicht hilfsbereit, vielleicht aber auch mißgünstig sind«, er legte den Kopf schief und betrachtete sie. »Sie haben noch nie in einer Redaktion gearbeitet. Sie wissen nicht, was das bedeutet.«
»Ich nehme an, Sie werden es mir gleich sagen.«
»Ein Haifischteich. Alles Egomanen. Jeder glaubt, er sei der Beste. Und ich lasse alle in dem Glauben. Ich lasse sie gegeneinander kämpfen. Natürlich nur, wenn es um die Sache geht. Ich möchte einen verbindlichen Ton, aber gegen Härte und Ehrgeiz meiner Mitarbeiter habe ich nichts. Oder gegen Machtkämpfe. Das setzt Adrenalin frei. Wenn wir jede Woche eine Zeitung machen wollen, hinter der wir uns nicht verstecken müssen, dann geht das nicht ohne kollektive Anstrengung. Da wird manchmal mit harten Bandagen gekämpft. Glauben Sie, daß Sie das aushalten werden?«
Nadine zögerte nicht einen Augenblick. Sie schaute den Chefredakteur an und sagte ruhig und gelassen: »Ja, das glaube ich.«
Zwei Wochen später unterschrieb sie den Redakteursvertrag, und dann lernte sie Arne Henscheid kennen, ihren Vorgesetzten, Ressortleiter Ausland, der gerade aus dem Urlaub zurückkam, und ihre Anstellung als ein Fait accompli hinnehmen mußte. Ein unverzeihlicher Fehler von Schröder, aber vielleicht ein Fehler, den er mit Absicht gemacht hatte, um Arne Henscheid in seine Grenzen zu verweisen. Nadine würde das vielleicht einmal herausfinden.
»Ihr Job«, hatte Schröder gesagt, »ist zu neunzig Prozent ein Schreibtischjob.«
»Und die anderen zehn Prozent?«
»Interviews, Reisen, Reportagen, wenn Sie eine gute Geschichte anbringen, können Sie sich sofort ein Ticket bei der Reiseabteilung abholen.«

»Wohin ich will?«
Schröder lachte. »So stellen Sie sich die Arbeit einer Journalistin vor, was? Natürlich nicht, wohin Sie wollen, sondern, wohin wir es für richtig halten. Wir sind nicht der ›Stern‹. Aber wenn Sie einen Termin bei Castro bekommen: guten Flug.«
»Und was ist mit Arafat?«
»Ebenso. Business class. Was immer Sie wollen.«
Nadine lächelte. Ihre Augen glänzten. Sie streckte Schröder die Hand hin und machte vor Aufregung einen Klein-Mädchen-Knicks. Ihm schien das zu gefallen. Er schenkte ihr sein väterlichstes Lächeln.
»Sie werden das nicht bereuen«, sagte Nadine.

Tilman Schröder und sein Auslandsressortchef verließen fast gleichzeitig den Frankfurter Flughafen. Arne Henscheid hatte einen Stapel ausländischer Zeitungen an den Körper gepreßt, gespickt mit kleinen gelben Klebezetteln.
Schröder warf einen Blick zum Himmel, stellte fest, daß der Schnee in Regen übergegangen war, seufzte und schlug den Kragen hoch, als er Arne Henscheid, der auf ein Taxi wartete, sanft auf die Schulter klopfte. »Fährst du in die Redaktion?« fragte er.
Arne Henscheid fuhr herum. Wie immer, wenn etwas Unvorhergesehenes geschah, war er im ersten Moment aus dem Gleichgewicht gebracht. Er nickte, machte eine hastige Bewegung, bei der ihm um ein Haar alle Zeitungen aus den Armen gerutscht wären. »Ich hab' dich gar nicht gesehen.«
»Konntest du auch nicht«, sagte Schröder freundlich, »du hattest deine Augen ja, wie es sich für einen vorausschauenden Journalisten gehört, nach vorn gerichtet. Nimmst du mich mit? Das freut den Verleger. Das spart Kosten.«
Arne Henscheid hatte sich gefangen. Er freute sich eigentlich immer über Gelegenheiten, etwas privater mit Schröder zusammenzutreffen. Schröder wirkte außerhalb der Redaktionsräume gesprächiger, auch offener. Sein Ton war vertraulicher, und Arne Henscheid fühlte sich ermutigt, manchmal Dinge zu sagen, die ihm sonst vielleicht nicht über die Lippen gekommen wären.
»Du warst in Bonn?« fragte Schröder, als sie in das Taxi stiegen.

»Wie war das Wetter?«
»Darauf habe ich nicht geachtet. Wir hatten ein Hintergrundgespräch mit dem Außenminister vor seiner Amerikareise. Nur im engsten Kreis.«
Schröder nickte. Er nannte dem Taxifahrer die Adresse der Redaktion, lehnte sich entspannt zurück und machte den Mantel auf. »Können wir was damit anfangen?«
»Mit Hintergrundgesprächen kann man immer etwas anfangen. Clemens hat ein paar gute Sachen über das Verhältnis zwischen Außenministerium und Kanzleramt gesagt.« Er lächelte. »Und dann hat der neue Staatssekretär sich von uns etwas in die Zange nehmen lassen, er ist noch nicht so geübt im Umgang mit kniffligen Fragen, und ein paar sehr gute Statements abgegeben über die Akzeptanz unserer gegenwärtigen Politik in Washington.« Er schichtete den Zeitungsstapel auf den Knien, beklopfte die Kanten, um daraus ein handliches Paket zu machen. Er hätte jetzt gerne gewußt, woher Schröder kam, aber solche Fragen überschritten seine Kompetenz. Deshalb entschloß er sich, die zweite Hälfte der Frage zu beantworten. »Gestern nachmittag, als ich in Bonn ankam, war der Himmel aufgerissen. So ein fahles Sonnenuntergangslicht. Bin dann noch in meiner alten Bonner Stammkneipe ein bißchen versackt, und heute morgen, der Acht-Uhr-Flieger, na, du weißt ja, da interessiert einen das Wetter noch nicht.«
Schröder nickte. Er dachte an das Abendessen mit der Agentur, die das neue Konzept für eine offensive Werbung während des Sommerlochs vorgestellt hatte. Das Restaurant war besser gewesen als die Präsentation der Kampagne, das Essen hervorragend, und auch die junge Französin, die man ihm an die Seite gesetzt hatte, hatte es durchaus verstanden, ihn angeregt zu unterhalten. Sie war offensichtlich erst vor einem halben Jahr als Juniorpartnerin in die Firma eingetreten, mit welchem Geld sie sich eingekauft hatte, das war offengeblieben. Er hatte ihren Akzent charmant gefunden und ihre Komplimente über seine Kommentare auf Seite 2. Wobei Schröder nicht ganz sicher war, ob sie die Kommentare wirklich immer gelesen hatte oder vor dem Essen von einem der Kollegen aus der Firma gebrieft worden war. Die alten Hasen wußten, was ein Journalist gerne hörte: daß er eine Edelfeder war, daß er einen geschliffenen

Stil schrieb und gute Fragen auf Antworten hatte, die so gar nicht gestellt waren. Er hatte die Französin gefragt, wo sie am liebsten wohnen würde, wenn sie nicht in Hamburg arbeiten müßte, und sie hatte ohne zu zögern geantwortet: »In der Wärme natürlich, im Licht.«

»Und wo genau?«

»Oh, in der Karibik, nehme ich an. Martinique, Moustique. Eine von diesen schönen Inseln, wo das Meer smaragdgrün ist, der Sand schneeweiß und die Baguettes so frisch wie in Paris.« Sie hatte ihm ein strahlendes Lächeln geschenkt, mit Augen, in denen er die Palmen sich im Winde wiegen sah und ein langbeiniges schönes Mädchen im Apreo, mit einer Hibiskusblüte im Haar, wie sie einem weißgekleideten schwarzen Kellner das Glas mit dem Tropic-Drink abnahm. Er hatte zu viele Reiseprospekte gesehen, das war sein Problem, er dachte immer nur in Klischees. Arne zum Beispiel, der es besser wußte, dachte bei der Erwähnung von Martinique wahrscheinlich an die Wellblechhütten, die die alte koloniale Hauptstadt Fort-de-France wie ein Gürtel einschnürten, an die Arbeitslosigkeit von 40 % (oder waren es sogar mehr?), an den Rassismus, der immer wieder zu Unruhen und Überfällen führte. Er beschloß, seiner Frau abends nichts von dem Gespräch mit der Französin zu erzählen, sie besser gar nicht zu erwähnen, weil er in den vielen Ehejahren gelernt hatte, daß seine Frau niemals aufhörte, eifersüchtig zu werden bei der Erwähnung einer jungen, schönen Frau. Dennoch trug er in seiner Jackentasche einen Zettel aus dem Quittungsblock des Restaurants, auf dem Véronique den Namen eines kleinen Strandhotels notiert hatte. Dabei vertrug seine Frau das feuchte tropische Klima der Karibik gar nicht, und die Zeiten, wo er heimlich mit einer der sporadisch wechselnden Geliebten Kurzurlaube an exotische Plätze buchte, waren längst vorbei. Er war ein 63jähriger alter Mann, der über seine Pensionierung nachdachte. Einer von jenen Deutschen, die schließlich in einem Wohnpark auf Teneriffa landen würden, den Rest seines Lebens damit beschäftigt, Geranien zu gießen und sich beim Supermarkt darüber zu beschweren, daß die Leberwurst eben doch keine Hausmacherwurst sei, wie er sie aus Frankfurt gewohnt war. Er zwang sich, an etwas anderes zu denken. Sie hatten inzwischen das Stadtzentrum erreicht, als er sagte: »Gestern, oder nein, es

war schon vorgestern, habe ich ein Gespräch mit Nadine Malten gehabt.«
»Ich weiß.« Arne beugte sich etwas vor. War sofort aufmerksam. »Darf ich fragen, worum es ging?«
Schröder lächelte. »Natürlich darfst du fragen. Ich wollte gleich anschließend schon mit dir darüber reden, aber ...« Er machte eine vage Handbewegung. »Du kennst den Laden ja. Die lassen einen keine Sekunde in Ruhe.« Arne nickte, dabei war er nicht so sicher, ob der Chef wirklich sofort mit ihm über das Gespräch hatte reden wollen. Er kannte den Chef besser, als es diesem vielleicht lieb war. Er wußte, daß er gerne dann, wenn man es am wenigsten erwartete, mit einem Wissen auftrumpfte, das alle Leute irritierte.
»Sie will diesen Scheich besuchen«, sagte Schröder so beiläufig wie möglich, während er einer alten Frau nachschaute, die ihre Habe in einem Handkarren hinter sich herzog, ein Bild, das ihn irgendwie an den letzten Krieg erinnerte und von dem er gehofft hatte, daß es endgültig der Vergangenheit angehörte.
»Welchen Scheich?« fragte Henscheid. Er war jetzt hellwach.
»Na, welchen Scheich schon. Es gibt doch nur einen, für den wir uns alle interessieren. Der große Unbekannte. Der weiße Fleck auf der Landkarte.«
»Scheich Zayed? Aus Q'uam al Hashid? Aus dem Sultanat? Soll das ein Witz sein?« fragte Henscheid scharf. Er legte den Zeitungsstapel auf den Beifahrersitz vorn und wandte sich ganz seinem Chef zu. »Wie kommt sie auf den?«
»Das hab' ich sie auch gefragt.« Schröder lächelte. »Und soll ich dir was sagen? Sie hat mir eine Antwort gegeben, die mir gut gefallen hat: Sie hatte Spätdienst an einem der Abende.«
Henscheid nickte ungeduldig. »Weiß ich. Da war aber nichts.«
»Offenbar doch. Sie hat ein Telex gelesen, in dem stand, wo dieser Scheich in Marokko Urlaub macht.«
Henscheid runzelte die Stirn. »Das Telex habe ich nicht gesehen.«
»Vielleicht ist es dir nur nicht aufgefallen«, sagte Schröder sanft.
Henscheid schüttelte den Kopf. »Mir fällt alles auf, was wichtig ist. Das ist mein Job. Dafür werde ich bezahlt.« Er schnaubte ärgerlich. »In Marokko! Ferien! Scheich Zayed. Das glaubt kein Mensch.«

»Offenbar ist es aber eine Tatsache. Nadine hat jedenfalls ein Fax geschickt und um ein Interview gebeten.« Er lehnte sich zurück und schaute den Ressortleiter mit breitem Lächeln an. »Das ist doch irgendwie ganz smart, oder?«
Arne zog die Augenbrauen zusammen. »Smart«, schnaubte er. »Smart.«
Das Taxi bog in die Schumann-Straße ein. Es waren nur noch ein paar Häuserblocks zur Redaktion.
»Nun, was auch immer. Vielleicht wird nichts draus. Vielleicht aber doch.« Er legte eine Hand auf Henscheids Arm. »Dann hätten wir eine gute Story, was meinst du? Ein Besuch im Sultanat Q'uam al Hashid, darum bemüht ihr euch doch schon seit dem Golfkrieg.« Er lachte. »Oder nein, schon viel früher. Hat es nicht auch Kontakte zwischen diesem Scheich und Hassan gegeben? Was ist mit Syrien?«
Henscheid war jetzt so ärgerlich, daß er bereits wieder das Jucken an den Handknöcheln spürte.
»Wir sind nicht die einzigen, die es seit Jahren versuchen. Das Problem ist nur, er ist im Westen eine unerwünschte Person, weil Washington es so entscheiden hat, und deshalb haben Seine Hoheit beschlossen, daß alle Journalisten aus dem Westen eben auch unerwünschte Personen sind. Natürlich ist er interessant. Übrigens ein fabelhaft aussehender Mann. Ich hab' ein Foto von ihm gesehen, bei einem Treffen mit Gaddafi. Vielleicht hat Nadine das Foto auch gesehen. Vielleicht hat sie seitdem schlaflose Nächte.«
Schröder warf Arne Henscheid einen argwöhnischen Blick zu. »Hältst du das Mädel für so naiv?«
»Was hat das mit Naivität zu tun? Frauen haben doch alle einen Tick, was den Orient angeht. Hier in Europa bekämpfen sie die Macho-Männer, aber wenn sie einem Beduinen begegnen, der sein Kamel durch die Wüste führt, dann kriegen sie sofort einen Orgasmus.«
Schröder lachte. Es amüsierte ihn, daß sein Ressortleiter so heftig reagierte. Es amüsierte ihn immer, wenn er seine Leute aus der Reserve locken konnte.
»Nun muß es ja nicht gerade ein Beduine mit Kamel sein. Ich glaube, Scheich Zayed hat es mehr mit der Falkenjagd.«

»Weil diese Kerle nicht wissen, wohin mit dem Petrodollar. Diese Falkenjagd wird doch immer perverser. Die Leute lassen sich die Boeings 747 in Amerika so umbauen, daß sie den ganzen Krempel, den sie für die Jagd in Pakistan brauchen, im Bauch dieses Jumbos verstauen können. Jeeps mit hochbaubarem Sitz, natürlich um 360 Grad drehbar, Ausstattungen für Zelte, sogar ein Zelt für eine komplette Satellitenstation. Diese Kerle, die früher in ihrer Oase gehockt und Datteln geerntet haben, glauben jetzt, daß sie jede Minute rund um die Uhr telefonieren müssen. Die sind alle übergeschnappt.«
Schröder lachte. »Irgend etwas muß an diesem Scheich Zayed ja dran sein, wenn die ganze Welt versucht, mit ihm ein Interview zu bekommen.« Er beobachtete Schröder von der Seite. »Kann es sein, daß du den Knaben ein bißchen unterschätzt?«
Henscheid betrachtete die feuerroten Fingerknöchel. »Ich würde eher sagen, du überschätzt Nadine. Wenn es wirklich zu diesem Interview kommt – was ich keine Minute glaube, dann ...«
Der Taxifahrer bremste und schaute sich um. »Da sind wir.«
Schröder nickte. »Eine Quittung bitte über fünfunddreißig.« Er wandte sich seinem Mitarbeiter zu. »Was ist dann?«
Henscheid holte tief Luft. »Dann können wir natürlich nicht Nadine schicken.«
»Nein?« fragte Schröder sanft. Er musterte den Kollegen aufmerksam, wie er sich über den Vordersitz beugte und die Zeitungen einsammelte. »Warum nicht?«
»Dann muß jemand hin, der über jahrelange Erfahrung verfügt, über Erfahrung im Umgang mit diesen schwierigen Leuten.« Er lachte, als er Schröders reserviertes Lächeln sah. »Du lachst, aber ich kenne diese Burschen. Die sind aalglatt. Die lassen Nadine abtropfen. Am ausgestreckten Arm verhungern. Die kriegt doch nicht eine gescheite Antwort auf ihre Fragen. Wenn diese arabischen Burschen etwas können, dann ist es, einer direkten Frage auszuweichen. Die muß man umkreisen, einkreisen, die muß man umschmeicheln, bis sie in der Aufmerksamkeit nachlassen, und dann zuschlagen. Man muß sie mit ihren eigenen Methoden schlagen.«
Sie stiegen aus. Der Taxifahrer zog von innen die Türen zu. Es regnete heftiger.
»Mit einem Wort«, sagte Schröder, »du willst selber fahren.«

Arne Henscheid schaute an der Fassade des Verlagshauses empor. Es war ein Sandsteinbau, Ende der zwanziger Jahre entstanden, mit zuviel Stuck und Stein und zu kleinen Fenstern. Dafür hatte es aber ein imposantes wie auch abweisendes Portal und eine Jugendstilhalle, in der jeder Volontär zum erstenmal Respekt vor seinem künftigen Beruf bekam.
Arne Henscheid hatte diesen Respekt in den Jahren verloren. Aber hungrig war er immer noch. Für eine gute Story würde er immer noch einen Monat seines Lebens opfern, wenn nicht mehr, und dies wäre natürlich eine gute Story. Und er gehörte nicht zu den Leuten, die sich eine gute Story wegnehmen ließen. »Ich habe nichts gegen Nadine, wie du weißt«, sagte er, als sie nebeneinander auf das Portal zugingen, »aber diese Geschichte wäre echt zwei Nummern zu groß für sie.«

Der Brief lag eine Woche später auf ihrem Schreibtisch. Briefmarken mit arabischen Schriftzeichen, auf denen Kamele, Gazellen und Falken abgebildet waren, und die goldene Kuppe einer Moschee.

Ihr Name war korrekt geschrieben, die Redaktion richtig angegeben, die Straße, Stadt, sogar die neue Postleitzahl. Nadine knöpfte ihren Mantel auf, während sie sich über den Brief beugte. Sie zerrte an dem Schal, den sie mehrfach um den Hals geschlungen und im Nacken verknotet hatte. An diesem Tag fuhr ein eisiger Wind durch die Häuserschluchten der Frankfurter Innenstadt, ihre Nase war gerötet, und die Stirn schmerzte.

Arne Henscheid lehnte hinter ihr im Türrahmen. Er sah zu, wie Nadine den Brief hochhob und umdrehte.

Ministry of Information
Muhammed Abdul bin Saleh
Sultanat of Q'uam al Hashid

»Na«, fragte Arne Henscheid so lässig wie möglich, »was steht denn drin?«

»Keine Ahnung.« Nadine drehte sich zu ihm um. »Ich hab' ihn noch nicht gelesen.« Sie sah, daß der Brief, wie alle anderen auch, aufgeschlitzt war. »Aber Sie vielleicht?«

Arne Henscheid lachte. »Da hätte ich viel zu tun, wenn ich mich um die Post meiner Mitarbeiter kümmern würde. Sie wissen, daß das Gertis Arbeit ist. Sie wissen, warum es die Anweisung gibt, alle Briefe zu öffnen.«

Nadine wußte es, sie nickte schulterzuckend. Es hatte, während der Hoch-Zeit der RAF-Aktivitäten, einige Bombendrohungen in der

Redaktion gegeben, weil die RAF-Leute einen Spitzel in ihren Kreisen vermuteten, der von der Redaktion eingeschleust war und der Informationen aus der Szene weitergab. Sie versuchten es mit Einschüchterungsterror, schickten Pakete mit präparierten Jiffytüten, in denen das Zeug steckte, aus dem man Stinkbomben machte, oder Briefe mit Juckpulver, das die Augen reizte. Einem Nachtportier hatte es beim Öffnen eines Umschlages die Fingerkuppe abgerissen. Seit dieser Zeit kamen keine unkontrollierten Briefe mehr auf den Tisch der Redakteure, auch wenn der damalige Sicherheitsbeamte längst abgezogen war und Gerti die Post mit nachlässiger Routine aufmachte.

Nadine nahm den Brief heraus und entfaltete ihn. Teures Briefpapier, Prägedruck, ein anderes goldenes Wappen und darunter kunstvolle kalligraphische arabische Zeichen.

Sie überflog den englisch abgefaßten Text. Langsam zog sie den Stuhl zu sich heran und setzte sich.

Arne Henscheid kam näher. »Na? Gute Nachrichten?«

»Dieser Brief ist an mich gerichtet, Herr Henscheid. Darf ich ihn erst einmal in Ruhe lesen?«

Arne Henscheid lächelte. »Aber natürlich!« Er breitete die Arme aus. »Ich wußte nicht, daß es ein Liebesbrief ist. Ich dachte, es handelt sich um etwas, das die Redaktion und unsere Zeitung angeht. Schließlich werden Sie vom Verlag bezahlt, für die Zeitung zu arbeiten, und nicht für Ihren Persönlichkeitskult.«

Er war ein bißchen zu weit gegangen, das spürte er sofort, andererseits wollte er es gar nicht erst dahin kommen lassen, daß Nadine glaubte, eine Extrarolle spielen zu können. Sie war die einzige Frau im Auslandsressort, sowieso etwas, das Henscheid nicht gefiel. Besonders mißfiel ihm, daß Tilman Schröder oft, wenn Arne Henscheid ein Interview mit einem wichtigen Gesprächspartner ankündigte, zu ihm sagte. »Schick auch die Nadine mit. Eine schöne junge Frau in der Runde lockert die Atmosphäre auf. Da wird das Gespräch mit Sicherheit ergiebiger. Laß das Mädel ruhig die kniffligen Fragen stellen. Die bekommt eher eine Antwort als wir Männer.«

Arne Henscheid mußte in den wenigen Augenblicken, in denen er zu einer ehrlichen Erkenntnis fähig war, zugeben, daß Nadine keine

Schuld an dieser Entwicklung hatte. Es sei denn, man wollte ihr vorwerfen, daß sie eine Frau war. Und so weit ging selbst er nicht. Er hielt nur an der Auffassung fest, sie für weniger kompetent und informiert zu halten als die anderen Redakteure des Auslandsressorts, vor allem sich selber.
Nadine merkte, daß sie den Brief nicht lesen konnte, solange Arne Henscheid ihr mißtrauisch über die Schulter schaute.
»Wenn Sie das Gefühl haben«, sagte sie empört, »daß ich hier nur sitze, um an meiner Legende als Superjournalistin zu stricken, dann sagen Sie das ruhig laut. Dann gehe ich sofort zu Schröder und schmeiß alles hin.«
Arne Henscheid betrachtete seine roten Fingerknöchel. »Das tun Sie doch sowieso nicht«, sagte er, »Sie doch nicht.«
Nadine legte den Brief mit der beschriebenen Seite nach unten auf die Schreibmaschine. Sie atmete tief durch. Sie mußte ruhig bleiben. Ganz ruhig.
»Haben Sie heute irgendein Problem, Herr Henscheid?« fragte sie sanft. »Bekommt Ihnen der Ostwind nicht? Oder hat Ihr Porsche einen Kratzer abbekommen von den Schneeräumern? Oder was ist los?«
Arne Henscheid trat einen Schritt zurück, um Gerti durchzulassen, die mit einem dampfenden Teebecher in Nadines Zimmer trat. Gerti hatte gerade ihr zwanzigjähriges Dienstjubiläum gefeiert und war in den Augen aller Redakteure einfach unersetzlich. Sie versorgte die Mannschaft mit Aspirin und Alka-Seltzer, erfand Notlügen für mißtrauische Ehepartner und sorgte dafür, daß der Spätdienst immer einen entkorkten Weißwein im Kühlschrank vorfand. Außerdem gehörte sie zu der aussterbenden Sorte von Sekretärinnen, denen niemals ein Tippfehler unterlief, die alle Termine im Kopf hatte und zudem so wenig attraktiv war, daß es ihretwegen niemals zu Eifersüchteleien im Ressort gekommen war. Gerti hatte die 35. Diät (eine Kartoffeldiät) gerade beendet und ihr Gewicht von 89 Kilo auf 86 Kilo reduziert, was niemand in der Redaktion bemerkt hatte.
»So, Herzchen«, sagte sie zu Nadine, »jetzt trinken Sie das Zeug, solange es heiß ist. Ich habe zwei Löffel Honig reingerührt.«
»Ist sie krank?« fragte Arne Henscheid, als er Gerti wieder durchließ. Gerti war so breit, daß sie fast den Türrahmen ausfüllte.

»Noch nicht. Aber sie soll es auch nicht werden.« Gerti hob den Kopf. »Für Sie hab' ich übrigens zwei Hausmitteilungen. Von oben. Wollen Sie gleich mitkommen?«
Oben – das war immer die Geschäftsleitung –, das war so wichtig, daß Arne Henscheid sofort Gertis Aufforderung folgte. Nadine entspannte sich. Sie legte die kalten Hände um den Becher und sog den Honiggeruch ein. Gerti hatte gleich am Morgen bemerkt, daß Nadine ein Kratzen im Hals hatte. Nur ein Frosch, hatte Nadine abgewehrt, aber Gerti hatte beschlossen, daß Nadine den Virus erwischt hatte, der im zweiten Stock – da saß die Kultur – grassierte, und sofort zu Gegenmaßnahmen gegriffen. Es reicht, wenn die Kultur verschnupft ist, hatte sie gemeint, das Ausland kann sich so was nicht leisten.
Nadine drehte den Brief wieder um und las.

»Sehr geehrte Frau Malten,
wir haben Ihr Fax vom 29. Januar an das Hotel Tafoukt in Essaouira, adressiert an Seine Königliche Hoheit, Scheich Zayed bin Sultan al Maktoum, erhalten.
Wir verstehen, daß Sie an einer Reportage über unser Land interessiert sind. Und an einem eventuellen Interview mit Seiner Hoheit.
Bevor wir diese Anfrage definitiv beantworten, möchten wir Sie bitten, uns genauere Angaben über Ihre Person und über den Verlag zu geben, für den Sie arbeiten.
Wir wüßten gerne etwas über Ihren familiären Hintergrund (wo leben Ihre Eltern, welches ist der Beruf Ihres Vaters/Ihrer Mutter), sind oder waren Sie verheiratet, welche Auslandsreisen haben Sie gemacht, wie oft und wie sind Sie in arabische Länder gereist, welche Kontakte haben Sie nach Israel und Südafrika?
Wenn Sie uns freundlicherweise auch mitteilen würden, welchen Grund Ihr Interesse an unserem Land hat. Bitte geben Sie außerdem Ihre Paßnummer an und das Datum der Paßausfertigung.
Bis dahin empfehlen wir uns mit verbindlichem Gruß
gez. Mohammed Abdul bin Saleh.«

Nadine las den Brief zweimal.
Dann legte sie ihn auf den Schreibtisch, trank ihren Tee und schaute aus dem Fenster.

Eine Windbö rüttelte an der blattlosen Ulme und scheuchte einen Krähenschwarm auf, der sich in den oberen Zweigen niedergelassen hatte.
In den Fenstern des gegenüberliegenden Bürogebäudes brannte Licht. Es war die Jahreszeit, in der Nadine sich vorkam wie ein Maulwurf. Ein Leben in der Dunkelheit. Wenn sie morgens aufstand, war es noch nicht Tag, wenn sie abends die Redaktion verließ, war es längst wieder Nacht. Und in der Zeit dazwischen war das Tageslicht so schwach, daß man ohne 100-Watt-Lampen nicht arbeiten konnte. Nadine versuchte, sich das Licht auf der Arabischen Halbinsel vorzustellen. Diese Helligkeit, diese strahlende, blendende Helligkeit über dem gelben Wüstensand, über dem grünen Wasser des Persischen Golfs, über dem schroffen Massiv des Hadjargebirges. Häuser, einstöckig, mit flachen Dächern, weißgetüncht mit blauen Holztüren, staubige, ungepflasterte Straßen, gesäumt von Dattelpalmen, der barfüßige Junge, der übermütig eine Ziegenherde in die dornige Steppe trieb, verschleierte Mädchen, die am Brunnen lachten und schwatzten, ein Wadi, ein ausgetrocknetes Flußbett, an dessen Ufer Bauern Hirse anpflanzten, Dattelpalmen am Rand eines Wüstendorfes, die weißen nackten, mannshohen Mauern um den offenen Gebetsplatz, auf dem die Disteln in der Sonne verdorrten.
Eine Piste, die schnurgerade nach Süden führte, durch eine baumlose Dürre, zu einer Oase, grün und fruchtbar, das Wasser klar, wo die Frauen in schattigen Innenhöfen an den Hochzeitskleidern stickten, während die Männer im Café ihre Wasserpfeifen rauchten.
Nadine seufzte tief. Die Sehnsucht, dieses Frankfurt zu verlassen, in ein Flugzeug zu steigen, diesen traurigen Himmel zu durchstoßen und Kurs Richtung Südosten zu nehmen, brannte wie ein Schmerz.
Sie stand auf, nahm den Brief und trat auf den Gang, wo der Fotokopierer stand. Sie machte zwei Kopien, legte eine im Sekretariat in das Fach von Arne Henscheid und die andere in das mit der Aufschrift »Chefredakteur« und machte sich auf den Weg ins Archiv. Sie wollte mehr wissen über Scheich Zayed und sein Sultanat.

»Dieser Brief!« Arne Henscheid saß ihr in der Kantine gegenüber. Er hatte die Fotokopie zusammengefaltet in seine Hemdentasche

gesteckt und klopfte jetzt mit der flachen Hand dagegen. »Dieser Brief besagt gar nichts, liebe Nadine. Es ist eine getarnte Warnung, die Finger davon zu lassen.«
Nadine stocherte in dem Essen herum. Kasseler und Kraut, schwimmend in Fett. Dazu matschige Kartoffeln.
Sie ärgerte sich, daß sie sich nicht für die Gemüseplatte entschieden hatte. Nur weil sie Fenchel nicht leiden konnte. Aber den Fenchel hätte sie nicht anrühren müssen.
»Eine Absage?« Nadine lächelte. »Das glauben Sie doch selbst nicht. Wieso sollten diese Leute mich bitten, meinen Lebenslauf zu schikken, wenn sie mir eine Absage schicken wollen?«
»Es ist der arabische Trick, Nadine.« Arne beugte sich vor. »Diese Leute ticken anders als wir. Sie schreiben keine Briefe, in denen steht: Wir bedauern, Ihnen mitteilen zu müssen, daß unser Land generell keine Journalisten empfängt. Nein, sie machen es anders. Wiegen einen erst in Hoffnung, wollen zeigen, daß sie durchaus gewillt sind, das Anliegen zu prüfen.« Er grinste. »Nur: Sie prüfen es gar nicht. Den Lebenslauf können Sie sich sparen. Der kommt sofort zum Altpapier.«
Nadine glaubte ihm nicht. Sie wollte ihm nicht glauben.
»Und dann?«
»Dann nichts. Dann wartet man, Wochen, in der Hoffnung, irgendwann kommt der erlösende Brief. So lange, bis es irgendwann in Vergessenheit gerät und ein anderes Thema plötzlich wichtig ist. Was glauben Sie, wie oft ich so was schon erlebt habe?«
»Keine Ahnung.« Nadine schob den Teller von sich weg. »Aber ich würde nicht wochenlang warten, ich würde nachhaken. Die Leute zwingen, mir eine Antwort zu schicken.«
Henscheid lachte. Er schaute sich in der Kantine um, ob jemand sein lautes, fröhliches Lachen bemerkt habe. Und in der Tat: Bettina aus dem Innenressort hob den Kopf und winkte ihm zu. Nachher würde er bei ihr vorbeigehen und sich einen Espresso abholen.
»Zwingen kann man die Burschen schon gar nicht. Wenn etwas absolut sinnlos ist, dann dies. Das sind Araber, Nadine. Und nicht nur das: Es sind reiche Araber. Steinreiche Araber, deren Vorfahren noch Kamele gezüchtet haben und von einer Oase zur anderen gewandert sind. Kulturlose Nomaden.« Er lachte wieder und schob

seine Hände in den Hosenbund. »Und vor denen üben wir jetzt Kniefälle. Von denen ist unsere Kultur jetzt abhängig, unsere Zivilisation. Wenn die uns den Ölhahn zudrehen, ist es aus mit uns.« Er seufzte und stand auf. »Wahrscheinlich ist es schon ein Fehler, diese Leute überhaupt um ein Interview zu bitten. Scheich Zayed ist ein Diktator in seinem Land, und zwar ein fürchterlicher Diktator. Er übt Terror aus. Auf alle, die anderer Meinung und anderen Glaubens sind. Er sorgt für Instabilität auf diesem Globus. Liefert Waffen an die falsche Seite. Unterstützt Leute, die eine Unterstützung nicht verdient haben.« Er preßte die Hände auf die Tischplatte und beugte sich vor. »Verzeihung, aber Ihr Scheich Zayed ist ein Arschloch. Und dem wollen Sie Ihren Lebenslauf schicken?«

Nadine schaute ihm in die Augen. Sie erwiderte seinen Blick ruhig, ohne auszuweichen. Und nicht eine Spur von Nachgiebigkeit in ihrem Lächeln, als sie sagte: »Ja, das will ich. Ich schicke ihm die Sachen noch heute. Sie an meiner Stelle würden es ja auch tun. Aber dies ist meine Story.«

Arne Henscheid zögerte. Er musterte Nadine, ärgerte sich ein weiteres Mal über diese provozierende Offenheit und Klarheit ihres Gesichts, nickte, preßte die Lippen zusammen und wandte sich ab.

Nadine sah, wie er die Hände lässig in die Taschen seiner Strickjacke steckte, die er immer offen trug, und zu dem Tisch hinüberschlenderte, an dem Bettina aus dem Innenressort saß. Er beugte sich zu ihr hinunter, küßte sie flüchtig, nickte den anderen in der Runde zu, nahm Bettinas Hand und führte sie aus dem Kantinenraum. Nadine beschloß, ein Dessert zu versuchen. Grießflammeri mit Kirschen. Vom Hauptgericht hatte sie fast nichts gegessen. Den Grießflammeri würde sie sich leisten können. Etwas Süßes, dachte sie, während sie zur Dessertvitrine ging, beruhigt die Nerven.

Samstags frühstückte Nadine immer im Café Eisenstein, einer umgebauten Fabrikhalle mit eisernen Sprossenfenstern, die bis auf den Boden reichten und den Blick freiließen auf einen Katzenkopfpflasterhof mit Holzbottichen, in denen hochgebundene Palmen sich durch den deutschen Winter quälten. Meist gab es sonntags Matineen im Eisenstein, Jazzkonzerte oder Talk-Shows, Frauenkabarett und Dichterlesungen. Aber Sonntag mittags mußte Nadine schon wieder in der Redaktion über Manuskripten und Fahnen sitzen. Das Eisenstein lag nur ein paar Häuserblocks von ihrer Mansardenwohnung entfernt, Nadine machte für gewöhnlich einen Umweg zum Wochenmarkt, um für das Wochenende einzukaufen. In dem Schreibwarenladen, der dem Expansionsdrang der Commerzbank bislang getrotzt hatte, versorgte sie sich mit Zeitungen (hier bekam sie sogar ihre Lieblingszeitschrift, den »New Yorker«, und die französische Satirezeitung »Canard enchaîné«).
Nadine trudelte immer so gegen halb zwölf im Eisenstein ein, dann hatte sie außer einer Tasse Pfefferminztee, die sie sich morgens aufbrühte, während das Badewasser einlief, noch nichts zu sich genommen und einen richtigen, ordinären Frühstückshunger, wie sie das immer nannte. Meistens fand sie einen Tisch am Fenster, breitete die Zeitungen und ihre Einkäufe so auf den anderen drei Stühlen aus, daß niemand wagte, sich zu ihr zu setzen, bestellte eine große Portion Milchkaffee und amerikanisches Frühstück: Corn-flakes, Orangensaft, Pancakes mit Maplesirup oder wahlweise Spiegeleier mit Bratkartoffeln. Manchmal ließ es sich nicht vermeiden, daß Freunde oder Bekannte zu ihr an den Tisch kamen, sich schnell einen Capuccino oder einen Tee bestellten und den neuesten Klatsch aus der Verlags- und Werbeszene erzählten. Im Laufe ihrer Frankfurter Zeit hatte Nadine schon eine Menge Leute kennengelernt, nette

Leute, Lektoren der großen Verlage, eine Buchhändlerin, die sich auf lateinamerikanische Autoren beschränkte und die interessantesten Lesungen der Stadt Frankfurt organisierte, ein paar Politiker aus der Bürgerschaft (meist aus der SPD, obgleich Nadine das eher für einen Zufall hielt), eine Modern-Dance-Choreographin und Leute, mit denen sie eher beiläufig auf irgendeiner Stehparty ein Glas Prosecco zusammen getrunken hatte und die ins Eisenstein kamen, um diese lockeren Kontakte zu dauerhaften Beziehungen auszubauen.
Nadine mochte das Stimmengewirr in dem großen Raum, sie liebte den alten Mahagonitresen, hinter dem die beiden Kellner in den schwarz-weiß gestreiften Westen hektisch arbeiteten, ihr gefielen die Mädchen, meist Studentinnen der Grafikschule, die hier arbeiteten, es war eine entspannte, angenehme Atmosphäre, in der sie gut lesen, plaudern und arbeiten konnte.
An diesem Samstag wollte sie im Eisenstein arbeiten. Ihr Hausmeister hatte vergessen, rechtzeitig Heizöl nachzubestellen, und es sah so aus, als stünde ihr ein eisiges Wochenende bevor. Einen Augenblick lang hatte sie erwogen, ihre Eltern zu besuchen oder ihre Schwester, aber dann hatte sie sich erinnert, daß man sie dort niemals in Ruhe arbeiten lassen würde, und so war sie lieber geblieben.
»Hallo, Nadine«, Ria, die Kellnerin mit dem Afro-Look, die Nadine schon einmal ihre ganze unglückliche Kindheit erzählt hatte, wischte mit der Hand die Brotkrümel vom Tisch. »Das ist ein Winter, was? Einen Tag Regen, zwei Tage Schnee, aber niemals Sonne.«
»Man müßte auswandern«, sagte Nadine und rieb ihre eisigen Fingerspitzen gegeneinander. Sie hatte wieder einmal ihre Handschuhe irgendwo liegengelassen. »Ich sage immer, dieses Land ist für eine menschliche Besiedlung nicht geeignet.«
Ria schaute auf. Sie lachte gutmütig. »Sollen wir alle nach Miami, oder was? Dann ist es da auch unerträglich.«
Nadine setzte sich, nahm die Speisekarte, die sie auswendig kannte, und sagte, während sie die Empfehlungen des Tages studierte. »Ich fahr' vielleicht in die Sonne.«
»Ah, toll.« Ria stellte den Zuckertopf, den Aschenbecher und das Usambaraveilchen wieder an seinen Platz und zückte Papier und Bleistift. »Und wohin genau?«

»In dic Wüste.« Nadine legte die Speisekarte weg. »Ich nehme das gleiche wie immer, amerikanisches Frühstück.«
»Pancakes oder Spiegelei?«
Nadine schaute nach draußen. Eine junge Frau band gerade ihren riesengroßen Bobtail am Fahrradständer fest und gab ihm mit erhobenem Zeigefinger Ermahnungen.
»Heute mal Spiegeleier.«
Ria nickte. »Große Portion Milchkaffee?« Sie lächelte Nadine an. »In die Wüste. Das ist Wahnsinn. Die Wüste ist mein absoluter Traum. Ich hab' mal einen Film über Tuaregs gesehen. Das war einfach irre. Diese Bilder. Und diese Menschen hatten alle so wunderbare Gesichter. Gehst du etwa zu den Tuaregs?«
Nadine schüttelte den Kopf. »In eine andere Gegend. Aber da gibt es auch Beduinen. Allerdings steinreiche Beduinen.« Sie deutete auf den Stapel kopierter Zeitungsausschnitte. »Was mich sonst noch erwartet, werde ich wissen, wenn ich das da gelesen habe.« Sie schaute sich in dem großen Raum um, in dem um diese Zeit höchstens jeder zweite Tisch besetzt war. »Ich bleibe heute ein bißchen länger, ja? Ich würde hier gerne arbeiten. Meine Bude ist eiskalt, kein Heizöl.« Sie verzog das Gesicht. »Stört euch doch nicht, oder?«
»Ach was. Samstag nachmittag ist hier doch tote Hose. Das geht schon in Ordnung. Wenn du zwischendurch immer mal wieder einen Milchkaffee bestellst.«
Nadine grinste. »Bis er mir zu den Ohren wieder rausläuft. Ist doch klar.«
Sie zog unter dem Tisch ihre Schuhe aus und massierte die eiskalten Zehen, während sie die Titelzeilen der Zeitungen überflog. Nichts, das sie fesselte. Sie konnte es nicht erwarten, sich an die eigentliche Arbeit zu machen.
Ria kam mit dem Kaffee zurück. »Und wie sicher ist es, daß du in die Wüste fährst?«
»Ich würde sagen: achtzig Prozent.«
»Und wovon hängt das ab?«
»Ob ich eine Einreisegenehmigung bekomme, ein Visum. Und einen Termin für ein Interview mit dem höchsten Scheich.«
Ria schenkte den Kaffee ein. Sie trödelte immer gern ein bißchen bei Nadine herum. Irgendwann würde sie Nadine einmal fragen, ob es

eine Möglichkeit gab, in ihrem Verlag ein Volontariat zu machen. Oder wenigstens ein Praktikum. Denn irgendwann wollte auch Ria einmal Journalistin werden, obwohl sie im Augenblick noch Grafik studierte. Nadine rechnete schon eine Weile damit und war jedesmal froh, wenn Ria die Frage nicht gestellt hatte.

»Bei einem Scheich!« Ria staunte. »Irre. Da stell' ich mir so einen Typen im Nachthemd vor, mit Palästinensertuch und einer Kordel um den Kopf...«

»Deine Vorstellungen sind ziemlich korrekt«, sagte Nadine trokken.

»Und wie sieht dein Scheich aus? Ich meine, ist er alt oder jung?«

»Das versuche ich gerade herauszufinden. Wahrscheinlich ist er klein, dick und häßlich, hat vier legale Frauen und einen Harem von Sklavinnen, die das Wort Freiheit nicht einmal buchstabieren können.« Sie seufzte. »Es ist ziemlich sicher, daß er ein Finsterling ist. Und dennoch reißen sich die Reporter aus aller Welt darum, ihn zu treffen und ein Interview mit ihm zu führen. Verrückt, was?«

»Ziemlich logisch für unsere Gesellschaft.« Ria warf einen ängstlichen Blick auf den Chef, der schon zweimal ein Zeichen gegeben hatte, daß Ria auch noch andere Tische zu betreuen hatte als den von Nadine. »In dieser Gesellschaft bist du nie interessant, wenn du gut bist. Ich meine, wenn du ein guter Mensch bist, damit kommst du nicht in die Schlagzeilen. Aber sobald du dich wie ein Monster aufführst, reißen sich alle um dich. Ich muß weiter. Viel Spaß bei der Arbeit. Die Spiegeleier kommen gleich und der Saft und der ganze Rest.«

Während Ria am Nebentisch eine Bestellung aufnahm, dachte Nadine einen Augenblick über das nach, was Ria gesagt hatte: Stimmte das eigentlich? War sie auch so? Interessierte sie sich nur für die Berühmtheiten der Welt? Würde sie ebenso gerne mit einer namenlosen Krankenschwester einer Aids-Klinik in London reden wie mit diesem mysteriösen Scheich, der Saddam Hussein einen Bruder nannte?

Nadine überflog die Berichte, wählte einige aus, die ihr besonders ergiebig schienen, und legte sie neben den Teller. Sie verschlang die Spiegeleier, trank drei Tassen Milchkaffee, aß zwei Scheiben Toast mit hausgemachter Orangenmarmelade, begrüßte einen jungen

Mann aus dem zweiten Stock, der offenbar eine Geliebte mit Kind hatte.
Ein blasser, artiger Junge, der, während die beiden ein Weißbier tranken, seinen kleinen Rennwagen aus Blech um seinen Eisbecher kreisen ließ.
Der Bobtail am Fahrradständer hatte sich in seiner eigenen Leine verheddert und bellte wütend, eine junge Frau mit geblümtem Kopftuch und dreifach übereinander geschichteten Rüschenröcken wiegte ihr vermummtes Baby im Arm und streckte bettelnd jedem, der das Eisenstein betreten wollte, die gestopften Fäustlinge entgegen.
Nadine schaute nur flüchtig auf, um die Veränderungen im Raum und draußen vor dem Fenster wahrzunehmen, und las weiter.
Scheich Zayed war der zweitälteste Sohn des wie eine Gottheit verehrten Vaters.
Der älteste Sohn, Scheich Dahir, ausgebildet als Luftwaffenpilot – wozu, dachte Nadine, braucht ein so winziges Land eine eigene Luftwaffe? –, war bei einem Übungsflug abgestürzt. Er hatte in Harvard studiert und war jahrelang auf sein Amt als Kronprinz vorbereitet worden. Es gab ein offizielles Foto von Scheich Dahir, in der traditionellen, bodenlangen, schneeweißen Dischdascha, das ihn beim Empfang von arabischen Würdenträgern zeigte anläßlich des Jahrestages der Unabhängigkeit von der englischen Krone.
Ein Mann, der seine beiden Töchter auf den Knien schaukelte, hinreißend schöne Mädchen mit kohlschwarzen Augen und dicken Ringellocken. Er lächelte, während er in die Kamera schaute. Offenbar war das Foto in einem seiner Paläste aufgenommen, maurische Bögen und Kristall, Goldrosetten und Stuck an den Wänden. Ein Diener, in der Tracht der Pakistani gekleidet (dünne weiße Hosen unter einem langen weißen Hemd), servierte Tee.
Nadine sah sich das Foto lange an. Das Bild sollte offenbar Vertrauen einflößen, sollte dem Volk von Q'uam al Hashid klarmachen, daß ihr Herrscher ein so allmächtiger wie gütiger Vater war, einer, der ihnen die täglichen Sorgen abnehmen und ihren Wohlstand weiter mehren würde.
Von Scheich Zayed gab es ein solches Foto nicht. Nur eines, das ihn bei einem Staatsbesuch in Libyen zeigte, an der Seite von Gaddafi. Nadine hatte irgendwo gelesen, daß er seine Uniformen von Armani

schneidern ließ. Scheich Zayed war halb verdeckt, er trug eine Spiegelsonnenbrille, die seinem Profil etwas Habichtartiges verlieh, seine Nase war groß, das Kinn markant, offenbar trug er einen Anzug von europäischem Schnitt. Es hieß, Scheich Zayed sei 25 gewesen, als sein Bruder tödlich verunglückte. Er mußte nun also Ende Dreißig sein, vielleicht schon vierzig. Auch aus solchen Daten wie Geburt und Tod machten die Araber ein Geheimnis. Es gehörte zu ihrem übersteigerten Sicherheitsbedürfnis, daß nichts über ihr Privatleben, über die Person in irgendwelchen Akten auftauchte. Alles, aber auch alles blieb im dunkeln verborgen.

Der Vater von Scheich Zayed hatte einen italienischen Leibarzt, einen Mann, der es im Laufe seines Lebens zu großem Reichtum gebracht hatte. Wer der Leibarzt von Scheich Zayed war, stand nicht in den Akten. Natürlich war Scheich Zayed ein gläubiger Moslem, natürlich pflegte er einen engen Kontakt und Gedankenaustausch mit den Imamen, den geistlichen Herrschern Arabiens. Auch in den Souks von Q'uam al Hashid, so las Nadine, liefen die Mullahs in ihren braunen Umhängen zur Stunde des Gebetes durch die Gassen und schlugen mit ihrem Stock gegen die Fensterläden, um die Besitzer an die Einhaltung der islamischen Gesetze zu erinnern.

Wie in vielen islamischen Ländern erlaubten es die Imame von Q'uam al Hashid den Frauen nur im Fastenmonat Ramadan, die Moscheen zu betreten. Ansonsten war ihr Platz zu Hause, hinter den hohen Mauern und den festverschlossenen Toren der Höfe. Für Mädchen galt die Schulpflicht nur für vier Jahre, danach, mit zehn, wurden sie ins Haus verbannt und mußten sich verschleiern, wenn sie ihren Müttern auf den Markt oder ins Badehaus folgten. Mit zwölf wurden sie verheiratet, manches zwanzigjährige Mädchen, so berichtete eine Ärztin, hatte schon fünf oder sechs Kinder, dazu noch ein paar Fehlgeburten, weil der kleine Mädchenkörper noch nicht reif genug für die Schwangerschaft war.

»Auch am Samstag arbeitet die fleißige Frau?« Jemand beugte sich von hinten über sie und küßte ihren Nacken. Nadine schaute auf und lächelte.

»Hi, Martin. Was treibt dich hierher?«

Martin verzog das Gesicht, nahm einen Stuhl und setzte sich, ohne zu fragen, rittlings darauf.
»Kleiner Ehekrach«, sagte er, »nicht der Rede wert. Die meine will, daß wir ihre Eltern über Fasching zu uns einladen.«
»Und du willst das natürlich nicht«, sagte Nadine lachend. »Damit die Schwiegereltern nicht Zeuge werden, wie du frühmorgens mit einer Pappnase torkelnd das Bett erreichst.«
Martin war ein Kollege aus dem Ressort »Modernes Leben«. Er war verantwortlich für die Wochenendbeilage, und er machte das, wie alle im Haus fanden, sehr gut, auch wenn er nicht gerade zu den pflichteifrigsten Redakteuren des Hauses gehörte. Nadine hatte ihn ein- oder zweimal auf seinen nächtlichen Streifzügen durch die Szenekneipen begleitet und viel Spaß gehabt.
Martin war Mitte Dreißig, sein Haar lichtete sich bereits an den Schläfen, ringelte sich dafür aber im Nacken bis auf die Schultern, er kleidete sich grundsätzlich nur in Schwarz, schwarze Hemden, Pullis und Sakkos, zog darüber jedoch immer einen hellen Trench, der im Winter mit Kaninchenfell gefüttert war. Den schwarzen Borsalino tief ins Gesicht gezogen, sah man ihn, die Hände in den Taschen des Trenchs vergraben, in der Mittagspause durch die Freßgasse schlendern, immer leicht schnuppernd und voller Hoffnung, daß ihn aus einem der Bistros und Restaurants, der Schnellimbisse und Dim Sums einmal ein Duft erreichen würde, dem er nicht widerstehen konnte. Meistens widerstand er, deshalb war er dünn wie ein Asket. Nadine kannte seine Lebensgefährtin, eine besonders nette, fröhliche Person, die sich im Kulturamt der Stadt um Jugendprojekte kümmerte, und nur aus Solidarität mit dieser Frau war sie auf Martins verschiedene Annäherungsversuche nicht eingegangen.
»Was liest du da seit Stunden?« fragte Martin mit einem neugierigen Blick auf ihre Notizen und Zeitungsausschnitte.
»Ich lese mich durch das kümmerliche Archiv, das wir über diese Ölscheichs haben.«
»Saudi-Arabien? Über die gibt es doch tonnenschwere Wälzer.«
»Das soll es eben gerade nicht sein. Ich interessiere mich mehr für Scheich Zayed, das dunkle Geheimnis.«
Martin pfiff durch die Zähne. Er schaute Nadine neugierig an.

»Irgendwelche aktuellen Umstände, die das erfordern? Hat der Typ wieder Scheiß gebaut?«

Nadine lachte. »Nicht daß ich wüßte. Ich will mich nur ganz allgemein informieren. Auch über das Land. Um gewappnet zu sein.«

»Gewappnet wofür?«

Nadine lehnte sich zurück und schenkte Martin ein strahlendes Lächeln des Triumphs. »Es sieht so aus, als bekäme ich ein Einreisevisum. Als gäbe es vielleicht eine Möglichkeit zu einem Interview mit Seiner Königlichen Hoheit.« Sie lachte und breitete die Arme aus. »Sag selbst, das wäre eine Bombe. Oder? Willst du einen Hintergrundbericht für die Wochenendausgabe? Dann red mit Schröder!«

Martin grinste. »Das ist nicht wahr, oder?«

»Und ob es wahr ist.«

»Aber der Kerl läßt niemanden in sein gottgesegnetes Land.« Er grinste noch ein bißchen breiter. »Vielleicht, weil schon auf dem Flughafen die Tretminen liegen, die sofort hochgehen, wenn einer ein normales Zivilflugzeug verläßt. Vielleicht, weil sein Land gar nicht so gottgesegnet ist.«

»Mit Sicherheit ist es in gewisser Hinsicht ein lausiges Land.« Nadine lächelte, korrigierte sich aber sofort.

»Anders gesagt: eine lausige politische Situation, ein lausiger Tyrann, aber eine Landschaft, die einem die Seele öffnet.«

»In der Wüste geht einem nicht die Seele auf. In der Wüste verdurstet man, Schatz. Die Wüste ist der größtmögliche Horror.«

»Wenn du ein Kamel besitzt und eine Dattelpalmenoase, dann nicht.«

»Oder einen Four-wheel-Drive mit mobilem Telefon, Kühlbox und zehn Flaschen Vittel im Kofferraum.« Martin lachte. »Klar, für diese Scheichs verliert auch die Wüste langsam ihren Schrecken. In Dubai lassen sie ja schon Palmen rechts und links der Straße nach Al Ain pflanzen. Das sind ungefähr hundertfünfzig Kilometer durch die nackte Wüste. Pro Tag werden sie fünf Millionen Gallonen Wasser brauchen, um diese verdammten Palmen zu wässern.« Er stand auf und schob den Stuhl wieder unter den Tisch. »War schön, mit dir zu reden. Ich sehe, du steckst schon tief im Thema. Wann erfährst du, ob es klappt?«

»Keine Ahnung.« Nadine winkte Ria, um noch eine Tasse Milchkaffee zu bestellen. »In einer Woche? In einem Monat? Im Augenblick ...«, sie stockte und schaute hinaus, ein leichter Nieselregen brachte das Kopfsteinpflaster zum Glänzen. Die Frau mit dem Baby war verschwunden. Der Hund stand inzwischen in der Kneipe, schüttelte sich und versprühte Wasserfontänen.
»Was ist im Augenblick?«
»Da finde ich es schon schön, von der Hoffnung zu leben. Schau doch raus. Hat der Gedanke an den Himmel über der Wüste nicht etwas unheimlich Faszinierendes?«
Martin sah sie an. Aufmerksam. Er kam zu ihr, strich eine Haarsträhne hinter ihr Ohr und küßte sie. »Ich hab' das immer gespürt. Du bleibst nicht in diesem Land. Du stehst irgendwann auf und haust ab. Wahrscheinlich hab' ich dir deshalb nie einen Antrag gemacht. Ich hasse es, von Frauen verlassen zu werden. Ganz besonders wegen eines Wüstenscheichs. Aber sag mir Bescheid, wenn es ernst wird, ich hab' ein unheimlich gutes marokkanisches Restaurant entdeckt. Die machen eine Tajine zum Niederknien. Da gehen wir hin, um dich einzustimmen. Okay?«
Nadine nickte. Sie lächelte dankbar, nahm seine Hand und spielte mit seinen langen Fingern. »Klar, das mach' ich. Grüß deine Liebste. Sag ihr, sie hat trotzdem Glück mit dir.«
»Natürlich hat sie Glück mit mir. Was meinst du mit trotzdem?«
»Ich meine, obwohl du ihre Eltern nicht in der Wohnung haben willst. Bleib hart. Sie liebt dich trotzdem.«
Martin grinste. »Davon gehe ich aus. Ciao, bella.« Er warf ihr noch eine Kußhand zu, nahm im Hinausgehen den Trench und den Borsalino vom Haken und verschwand.
Nadine sah seiner leicht vornübergebeugten Gestalt nach, die sich langsam in dem immer stärker werdenden Regen entfernte. Das Gespräch mit ihrer Mutter fiel ihr plötzlich ein. Vielleicht hatte ihre Mutter auch in diesem Punkt recht: Vielleicht fehlte einfach nur der richtige Mann in ihrem Leben. Es gab viele Abende, an denen Nadine erschöpft und ausgelaugt die Tür zu ihrer Mansardenwohnung öffnete, froh und dankbar, daß niemand da war, für den sie eine fröhliche Miene aufsetzen mußte und der ihr erwartungsvoll entgegenkam, womöglich mit dem Vorschlag, noch eine Nachtvorstel-

lung im Kino anzusehen oder eine späte Pizza beim Italiener zu essen. Nicht einmal einen freudig winselnden Hund hätte sie an solchen Abenden ertragen, einen, der erwartete, daß man auch bei Regen und Schnee noch Gassi ging und Stöckchen warf.
Sie warf sich dann aufs Sofa, zog sich beim Fernsehen aus, bereitete sich, in abenteuerlichster Kleidung, irgendein Fertiggericht aus dem Tiefkühlschrank und ging mit Wärmflasche und Wollsocken ins Bett, wo sie las, bis ihr die Augen zufielen.
Es gab aber auch andere Tage, an denen die Stille ihrer Wohnung sie bedrückte, wo sie Blumen dekorierte und eine Flasche Wein in den Kühlschrank stellte, in der irrsinnigen Hoffnung, gleich würde es klingeln und ein Mensch vor der Tür stehen, dem sie einfach in die Arme fallen konnte. Ein Mensch wie Martin mit einem warmen Lächeln und diesem Gang, der sie unweigerlich an Sex denken ließ.
Ihr Dilemma war, daß für sie Sex und Liebe untrennbar miteinander verbunden waren. Sie konnte Frauen verstehen, die sich abends aus einer Kneipe oder von einer Betriebsfeier abschleppen ließen, aber für sie war das nichts. Sie brauchte, bevor sie mit einem Mann ins Bett ging, die Gewißheit, daß ihr an dem Mann mehr gefiel als nur sein Körper. Es müßte ein Mann sein, der sich um sie sorgte, großzügig und verständnisvoll, und der ihr dennoch ihre Freiheit ließ. Mit dem sie wunderbar schmusen, im Kino heulen und mit einem Tretboot über den Schilfsee fahren konnte, der sie aber kein bißchen einengte in ihrem Beruf, in ihrem Ehrgeiz, es weiterzubringen.
Einer, der sich zum Beispiel mit ihr freute über den Brief aus Q'uam al Hashid. Einer, der ihr Mut machen würde, nicht nachzulassen in ihren Bemühungen. »Du kriegst den Kerl«, würde er sagen und sie in die Arme nehmen, »und schreibst dann die beste Story deines Lebens.«
Und dann würde er mit ihr ins Bett gehen und sie lieben. Sie einfach nur lieben.

Ihre Papiere waren seit zwei Wochen nach Q'uam al Hashid unterwegs. Sie hatte so genau wie möglich auf alle Fragen geantwortet, hatte den Brief aber insgesamt nicht in Stichpunkten, sondern in einem flüssigen Stil abgefaßt, so daß er sich wie eine Geschichte las. Dadurch klang ihr Leben nicht ganz so langweilig und kleinbürgerlich, wie es ihr schien. Es gab Leute, die fanden es schon aufregend, daß sie nicht in Deutschland, sondern in Amerika studiert hatte, aber ansonsten hatten sich in ihrem Leben keine Dramen ereignet. Konfrontiert mit ihrem Leben, das ihr viel zu ruhig und beschaulich, zu behütet und wohlanständig vorkam, überkam sie mehr und mehr die Lust, eine richtige Begierde, nach Veränderung, nach Abenteuer, nach etwas, das nicht vorauszusehen war.
Es war inzwischen Ende März, der Winter hatte sich in die Berge zurückgezogen und schickte von dorther nur noch vereinzelte Kältewellen mit schüchternen Schneeschauern, die die Frankfurter City für einen kurzen Anblick in ein sauberes, weißes Tuch hüllten. Im Botanischen Garten und der Taunusanlage wagten sich schon die ersten Krokusse heraus, und wenn die Sonne es schaffte, sich durch den grauen Smog und die Wolkenschicht zu kämpfen, knöpften die Menschen ihre Mäntel auf und breiteten Zeitungen auf den Parkbänken aus, das Gesicht zur Sonne.
An einem dieser Tage, als Nadine wegen des Vorfrühlingswetters zu Fuß in die Redaktion gegangen war und mit diesem Hochgefühl das Büro betrat, fing Gerti sie schon an der Drehtür ab.
»Der Chef will dich sprechen.«
»Der Chef? Schröder?« fragte Nadine verblüfft. »Vor der Konferenz?«
Gerti nickte. Sie machte ein geheimnisvolles Gesicht. »Vor der Konferenz. Aber jetzt ist Henscheid noch drin.« Sie beugte sich vor und

dämpfte ihre Stimme konspirativ, was ganz unnötig war, da sie und Nadine ohnehin die einzigen auf dem Flur waren.
»Henscheid hatte Spätdienst. Es ist ein Fax gekommen. Offenbar etwas Besonderes. Henscheid ist schon zweimal heute morgen zum Chef gelaufen. Sie haben die Tür hinter sich zugemacht.«
Das Hochgefühl, das Nadine eigentlich durch den ganzen Tag hatte retten wollen, verschwand augenblicklich, und eine böse Vorahnung befiel sie.
»Hast du eine Ahnung, von wem das Fax war?« fragte sie. Gerti schüttelte den Kopf. Sie ging zur Kaffeemaschine, die gerade durchgelaufen war. »Willst du einen Kaffee, Herzchen? Das stärkt.«
»Mich hat Kaffee noch nie gestärkt.« Nadine warf einen Blick in ihr Fach, in dem sich nur das Leseexemplar eines Verlages befand, das sie angefordert hatte. »Die islamische Verschwörung.« Sie hoffte, aus diesem aktuellen Buch etwas mehr zu erfahren.
»Sagst du mir Bescheid, wenn der Chef frei ist?« fragte sie.
Gerti lachte. »Das kann ich nicht. Er sitzt im siebenten Stock. Ruf die Thomsen selber an, damit sie dir einen Wink gibt. Ich ersticke in Arbeit.« Sie hielt einen Computerausdruck hoch, der aussah, als habe jemand konfuse Schriftzeichen geübt. »So sehen Henscheids Manuskripte aus.« Sie zog eine Grimasse und wandte sich wieder dem Computer zu.
Nadine nahm das Buch, schob den Riemen ihres Lederbeutels über die Schulter und verließ den Raum. Auf ihrem Schreibtisch lag Post, unwichtiger Kram, zwei, drei Leserbriefe zu einer Geschichte über die Auswirkungen von GATT, die sie zu einem großen Teil aus einem Dienst abgeschrieben hatte, eine Postkarte von John, der inzwischen in München eingetroffen war und seinen Eindruck von der Bierschwemme im Hofbräuhaus schilderte (»wie bei Hieronymus Bosch«), und ein paar Pressedienste.
Nadine setzte sich und schaute aus dem Fenster. Der Himmel hatte noch immer dieses blasse, verheißungsvolle Blau. Die Spatzen zankten sich in der Dachrinne und zwitscherten vergnügt. Gegenüber im Büro waren ein paar Fenster geöffnet. Nadine stand auf und schob den Fensterriegel zurück. Als sie sich aus dem Fenster lehnte, erschien in einem der gegenüberliegenden Fenster ein roter Lockenkopf. Eine Frau, die Nadine noch nie gesehen hatte, winkte fröhlich.

Nadine winkte zurück. Es war der Tag des Versprechens. Der Tag, an dem man sicher war, daß der Frühling zurückkommen würde, die gute Jahreszeit, die Wärme, die Heiterkeit, das Licht. Sie hatte sich auf dem Fußweg in die Redaktion vorgenommen, mittags beim Türken ein Kebab zu kaufen und es auf einer Parkbank in der Taunusanlage zu essen. Jetzt war sie nicht mehr so sicher, daß sie das in zwei Stunden immer noch für eine gute Idee halten würde. Das Telefon klingelte. Es war Inga Thomsen, Schröders langjährige Sekretärin.

»Frau Malten? Hat Gerti Ihnen Bescheid gesagt? Der Chef würde sich freuen, wenn Sie möglichst bald einmal bei ihm vorbeischauen.«

»In zwanzig Minuten ist Konferenz.«

»Genau.« Inga Thomsen haßte es, wenn man sie an irgend etwas erinnerte, das sie ohnehin im Kopf hatte. »Deshalb wäre es schön, wenn Sie vorher raufkämen.«

Tilman Schröder stapfte in seinem Büro auf und ab und massierte seinen trägen Bauch, als Nadine ins Zimmer kam. Er hatte eine steile Falte auf der Stirn, die aber sofort verschwand, als Nadine leise »Guten Morgen« sagte.

Er lächelte. Das Lächeln geriet ein bißchen schief. Nadine spürte sofort seine Verlegenheit. Sie blieb wartend an der Tür stehen.

»Nadine. Meine liebe Nadine. Bitte, setzen Sie sich. Kaffee?«

»Danke«, Nadine schüttelte den Kopf. »Ich sollte noch vor der Konferenz zu Ihnen kommen.«

Tilman Schröder nickte. Er nahm die Brille ab, klappte sie zusammen und schob sie in die Jackentasche. Er rieb die Augen, lange und bedächtig, und als er die Fäuste wegnahm, waren die Lider gerötet und die Pupillen noch kleiner als sonst.

»Ich tue das, was ich jetzt tue, nicht gern. Das müssen Sie mir glauben«, sagte er. Seine Stimme war milde, so milde, daß Nadine ihn nur mit Mühe verstand.

»Aber ich bin sicher, daß Henscheid und ich zu der richtigen Entscheidung gekommen sind. Es ist ein zu heikler Auftrag, eine zu brisante Story. Wir dürfen kein Risiko eingehen. Wir müssen jede Gefahr ausschließen, daß noch im letzten Augenblick etwas schief-

geht.« Seine Augen wurden klarer. Sein Lächeln war jetzt gelöster. Je länger er sprach, desto sicherer fühlte er sich, desto mehr verschwand seine Verlegenheit. »Es kann die Story des Jahres werden, Nadine. Was heißt, die Story. Wir werden versuchen, soviel wie möglich aus der Sache zu machen, eine Serie wahrscheinlich. Schwerpunktthema. Alles drum und dran und dann, tataratta, das Interview. Eine heiße Kiste, Nadine. Es gibt keine westliche Zeitung, die so was in den letzten zehn Jahren geschafft hätte.«
Nadine hatte ruhig zugehört. Sie war angespannt von den Haarwurzeln bis zum kleinen Zeh. Sie mußte sich räuspern, bevor sie einen Ton herausbrachte.
»Würden Sie mir sagen, worum es eigentlich geht?«
Tilman Schröder erschrak. Er schaute Nadine an, ganz betroffen, fuhr sich mit der Hand über die Schläfe, als erinnere er sich plötzlich, daß er den entscheidenen Satz bislang nicht gesagt hatte. Nadine würde ihm diesen Satz nicht ersparen, auch wenn sie längst wußte, was er ihr zu sagen hatte.
»Die Einladung aus Q'uam al Hashid ist gekommen. Gestern abend. Glücklicherweise hatte Henscheid Dienst.« Nadine lächelte bitter. Sie schwieg. Glücklicherweise. So sah Schröder das also.
»Um es kurz zu machen, und zwar ganz präzise, so daß ein Mißverständnis ausgeschlossen ist: Arne Henscheid wird nächsten Samstag das Flugzeug besteigen, auf dem man Sie gebucht hat. Arne Henscheid wird sich in dem Hotel einquartieren, in dem man Ihnen für die ersten fünf Tage ein Zimmer reserviert hat.«
Nadine schwieg noch immer. Sie konnte es nicht fassen. Obgleich sie es ja geahnt hatte. Es wollte einfach nicht in ihren Kopf, daß man so etwas mit ihr machte.
»Und Sie glauben, das funktioniert?« fragte sie nach einer langen, quälenden Pause.
Schröder rieb seine Hände. »Warum sollte es nicht?«
»Aber ich habe MEINE Papiere hingeschickt. Die Kopie MEINES Passes. Die haben MEINE Lebensgeschichte und nicht die von Henscheid.«
Schröder lächelte. »Glauben Sie, wir haben daran nicht gedacht? In dieser Minute sitzt Henscheid schon am Fax und schickt seine eigenen Daten raus.«

»Und wie haben Sie erklärt, daß ich nicht komme?«
Schröder warf Nadine einen flüchtigen, fast scheuen Blick zu und trat dann ans Fenster. Er hielt sich am Fenstergriff fest. »Das überlasse ich Henscheid. Ihm wird schon etwas einfallen. Vielleicht sind Sie krank.« Er drehte sich wieder zu ihr um. »Ja, vielleicht sind Sie ganz plötzlich krank geworden.«

Nadine konnte nicht aufstehen. Sie konnte zwar aufrecht dasitzen, auf dem Besuchersessel, aber sie war sicher, wenn sie aufstand, würde etwas Fürchterliches passieren. Die Knie würden nachgeben, sie würde stürzen und den Glastisch mit sich reißen. Oder sie würde zu Schröder ans Fenster gehen und ihn ohrfeigen. Rechts, links, rechts, links.

Schröder fuhr mit der Zunge über die spröden Lippen. »Tja«, sagte er noch einmal, »tja, tja.«

Er sah auf die Uhr. Es war fünf Minuten vor elf. Ganz geschickt, dachte Nadine grimmig, mir das noch vor der Konferenz zu sagen. Das kürzte das Verfahren schön ab. Da hatte sie keine Chance, etwas zu erwidern, ihrer Empörung Luft zu machen.

»Fünf vor elf«, Tilman Schröder schüttelte bekümmert den Kopf. »Wie die Zeit rast.«

Er ging zu Nadine und half ihr aus dem Sessel.

»Natürlich wissen wir, daß Sie zu Zayeds geheimnisvollem Reich uns die Tür geöffnet haben. Das vergessen wir nicht.« Er klopfte ihr auf die Schulter. »Ich habe gewußt, daß Sie gut sind, Nadine. Mein Instinkt hat mich noch selten getrogen. Wir sind froh, daß wir Sie bei uns haben, Nadine.«

Nadine wandte sich um. Ihre ruhigen, klaren Augen studierten sein Gesicht, als wolle sie sich diesen Ausdruck für immer einprägen.

Schröder zuckte nur ein ganz kleines bißchen mit den geröteten Lidern. »Das meine ich ernst, Nadine. Wir sind sehr froh.«

Während der Konferenz saß Arne Henscheid ihr an der Schmalseite des Raumes gegenüber, weit genug entfernt, um ihr den Anblick seines selbstgefälligen Grinsens zu ersparen.

Nadine wußte genau, wie der Ressortleiter sich jetzt fühlte. Wie ein Gladiator nach einem Zweikampf, der vor den Augen des Imperators stattgefunden hatte. Eine Machtprobe hatte er gewonnen. Hatte sein Ansehen wiederhergestellt, von dem er wahrscheinlich immerfort annahm, es würde durch ihre bloße Gegenwart beschädigt. Als wenn Nadine ihm jemals seinen Job streitig gemacht hätte. Als wenn sie je scharf darauf gewesen wäre, wie ein Kettenhund die anderen anzutreiben, zu verbessern, zu maßregeln, zu tadeln. Natürlich konnte ein Ressortleiter seine Mitarbeiter auch loben, aber das lag Arne Henscheid weniger. Umgekehrt hatte das dazu geführt, daß auch niemand im Ressort auf die Idee kam, seine Texte zu loben, selbst wenn sie gut waren. Für Arne Henscheid ein weiterer Beweis der Unfähigkeit und Mittelmäßigkeit seiner Leute. Ein weiterer Beweis dafür, daß er an seinem Platz unersetzlich war.

Nadine hörte überhaupt nicht auf das, was während der Konferenz besprochen wurde. Es rauschte an ihr vorbei wie der Straßenlärm, wie das Stimmengewirr, untermalt von Musik im Eisenstein, es hatte nichts mit ihr zu tun. Sie war unfähig, überhaupt für irgendein anderes Thema, für irgendeinen Satz eines Kollegen auch nur Interesse zu heucheln.

Henscheid hat mir meine Story weggenommen, dachte sie. Dieser Hund. Wieso, verdammt noch mal, gönnt er mir das nicht? ICH habe die Geschichte in Gang gebracht, ICH hatte die Idee, ein Fax nach Essaouira zu schicken, MIR galt der Brief, den das Informationsministerium geschickt hat. Mich haben sie eingeladen, mich, mich, mich ...

Nadine ließ ihre Blicke über die Gesichter der Kollegen wandern, interessierte, aufgeblasene, arrogante oder zynische, leidenschaftliche und gelangweilte Gesichter. Vielleicht, dachte sie, haben alle schon einmal so ein Ding vor den Kopf kriegt. Vielleicht ist ihnen allen ihr Rückgrat gebrochen durch so eine Geschichte, sie haben getobt, aber nur in ihrer kleinen Kammer, haben geschrien, aber nur zu Hause im Kreis ihrer Familie, haben sich abends vollaufen lassen und am nächsten Morgen nur noch genickt. Ja und amen. Okay. So ist der Job. Es geht ja allein nur um die Sache. Keine persönlichen Eitelkeiten bitte, kein persönlicher Ehrgeiz. Was wir wollen, und zwar in einer großen gemeinsamen Anstrengung, das ist doch, ein gutes Blatt zu machen. Spielt es da eine Rolle, ob einer der Kollegen für ein zwei Tage mal ein bißchen beleidigt ist? Aber ich bin nicht nur ein bißchen beleidigt, dachte Nadine, ich bin total beleidigt.

Mein Q'uam al Hashid, dachte sie.
Meine Story.
Mein Flug. Erst Adschman mit Umsteigen in Bahrain, und dann weiter nach Q'uam al Hashid, sie hatte das alles schon recherchiert. Sie wußte, daß es keine Linienflüge in das Sultanat gab, wußte aber auch, daß das Sultanat einen großzügig ausgebauten Flugplatz besaß, auf dem die Privatjets der Bruderscheichs aus den anderen Öllländern landeten, wenn der Scheich Zayed zu einer Konferenz bat. Scheich Zayed liebte Konferenzen mit seinen arabischen Brüdern, und war es auch nur, um dem Westen zu demonstrieren, daß er mit seinen radikalen politischen Ansichten nicht allein stand. Der Scheich liebte auch das große Fest, das am Tag der Befreiung gefeiert wurde, er ließ prachtvolle Zelte aufbauen, in denen die Gäste sich während der Pausen des Kamelrennens erfrischen konnten. Man sagte, daß sein Palast mehr Zimmer als der Buckinghampalast hat. Er wurde errichtet von einem französischen Architekten, den er als Dank mit Gold hatte aufwiegen lassen. Der Innenarchitekt jedoch, ein Engländer, saß seit vier Jahren im Corniche-Hotel fest. Als er, einen Scheck über eine Million Pfund in der Hand, das kleine Privatflugzeug besteigen wollte, das ihn zurück nach Bahrain bringen sollte, zurück zu einem internationalen Flughafen, erschien ein General des Scheichs, konfiszierte den Paß, nahm dem Innenarchitekten den Scheck wieder ab und eskortierte ihn zurück in das Hotel, wo er seitdem auf einen Prozeß wegen schlechter Arbeit wartete und seiner Frau verschlüsselte Nachrichten schickte, die Hilferufen gleichkamen. Aber ob das alles so stimmte?
Dem Scheich hatten, so stand es in einer französischen Zeitung, auf einmal die Farben der Vorhänge und die Stoffe der Sofakissen nicht mehr gefallen.
Seitdem versuchte die Frau des Innenarchitekten mit allen diplomatischen Mitteln, ihrem Mann zu helfen. Aber wie kann einem Menschen geholfen werden in einem Land, zu dem der Westen keine diplomatischen Kontakte pflegt?
Nadine wußte das alles, Nadine wußte noch viel mehr, sie hatte in Tagen und Nächten alles verschlungen an Informationen, an die sie nur herankommen konnte, hatte sie in ihrem Kopf wie in einem Computer gespeichert. Sie war auf alles vorbereitet. Sie wußte jetzt

schon, welche Fragen sie dem Scheich stellen würde und welche Orte in dem kleinen Sultanat ganz oben auf ihrer Liste standen.
Das machte sie so zornig, bis zur Ohnmacht rasend, daß man ihr nicht einmal die Chance gegeben hatte, dieses Wissen vor Henscheid und Schröder auszubreiten. Sie hätte die beiden überzeugen können, daß sie die richtige Frau für den Job war, sie hätte Argumente gefunden, ein Dutzend waren ihr eingefallen, sie hatte sie alle in ihre Agenda geschrieben, sogar nachts, wenn sie aufgewacht war und über die Möglichkeit nachgrübelte, daß Henscheid ihr die Reise nicht gönnen würde.

1. Ich bin ideal für diesen Auftrag.
2. Ich habe keine Angst, vor nichts und niemandem (siehe Mutproben als Kind!).
3. Ich bin vorsichtig (siehe Geschichte in New Orleans, in der Dealer-Kneipe!).
4. Ich habe keine Probleme mit Machos (die Lateinamerika-Reise, der Typ in dem Bus nach Rosario!).
5. Ich kann zwar nicht Arabisch, aber mein Englisch ist ziemlich perfekt, mein Französisch besser als von jedem anderen in der Redaktion.
6. Ich bin keine Traumtänzerin. Ich weiß, was machbar ist und was nicht.
7. Ich habe mich gegen den Widerstand von Henscheid durchgesetzt.
8. Ich will Tilman Schröder nicht enttäuschen.
9. Ich bin eine Einzelkämpferin. Ich kann mich alleine durchbeißen (siehe Amerika).
10. Ich komme aus jeder heiklen Situation heraus (der Kerl in El Paso, der behauptet hatte, mein Paß sei gefälscht!).
11. Ich bin zäh. Ich halte viel aus. Ich schreie nicht hysterisch, wenn es im Bad von Kakerlaken wimmelt (Sumatra!!!).
12. Ich bin eine Frau.
13. Ich weiß, daß ich gut bin, Arne Henscheid!!!

Und nun gab man ihr nicht einmal die Chance. Man unterrichtete sie, tunlichst erst vierzehn Minuten vor Beginn der großen Konfe-

renz, um ihr auch noch die Möglichkeit zu einer Erwiderung zu nehmen. Man behandelte sie wie eine Volontärin. Sie würde sich das nicht gefallen lassen, o nein, sie nicht. Sie war nicht wie diese Kollegen, die mit ihrer Vogel-Strauß-Politik immer den Kopf in den Sand steckten, wenn es brenzlig wurde. Die sich unsichtbar machten in den Zeiten, in denen ihre Kritik gefragt war, die in Deckung gingen, wenn es besser wäre, mit der Faust auf den Tisch zu hauen. Immer aus Angst um den Job, der zugegebenermaßen gut dotiert war, aus Angst um die noch nicht abbezahlten Raten des Reihenhauses, des Zweitautos, dem alten Turm in der Toskana.
O ja, es gab viele Gründe, warum man Dinge hinnahm, die man eigentlich nicht hinnehmen durfte. Aber ich, dachte Nadine, habe keine Eigentumswohnung, habe keinen einzigen Kredit aufgenommen, ich bin niemandem Rechenschaft schuldig, habe keine Familie, für die ich die Verantwortung trage, ich bin frei. Irgendwo gibt es mit Sicherheit Leute, die meine Arbeit zu schätzen wissen.
Ich kann aufstehen und gehen.
Sie schaute noch einmal in die Gesichter, aber schon so, wie man Fremde betrachtet, die einem in der U-Bahn gegenübersaßen, sammelte ihre Papiere zusammen, stopfte alles in die Agenda zurück und stieg über die Beine der Kollegen hinweg, öffnete die Tür und verschwand kommentarlos unter den verdutzten Blicken der Kollegen.

Gerti saß immer noch über Henscheids Manuskript, als Nadine, bereits zum Weggehen angezogen, vor ihrem Schreibtisch stand.
»Ich geh' nach Hause, Gerti«, sagte Nadine.
Gerti schaute auf. »Was?«
»Ich geh' nach Hause.«
Gerti stieß sich von der Schreibtischkante ab und rollte mit dem Stuhl zurück.
»Was ist das?« fragte sie Nadine, die einen vollen Karton mit beiden Armen hielt, daß sie kaum darüber hinwegsehen konnte.
»Das sind meine Sachen.«
»Was für Sachen?« Gertis Stimme wurde schrill. »Was soll das heißen, Herzchen? Was ist passiert?«
Nadine lächelte. »Nichts. Ich gehe nur einfach. Henscheid wird es dir erklären, falls es wichtig ist. Er weiß Bescheid.«

»Soll das heißen, du verläßt uns?« Gerti riß die Augen auf.
»So ungefähr. Erst einmal bin ich krank.«
»Und was ist das für eine Krankheit?«
Nadine lächelte. »Ihr könnt euch was aussuchen. Frag Henscheid. Der wird dir den Namen irgendeiner schönen Krankheit nennen. Die Kündigung schick' ich dann mit der Post, pünktlich zum nächsten Kündigungstermin. Eilboten/Einschreiben, damit ja nichts schiefgeht. Ciao, Gerti. War schön, mit dir zu arbeiten. Ist die Kartoffeldiät erfolgreich? Wieviel hast du schon abgenommen?«
Gerti starrte sie an. Sie legte die dicken Wurstfinger gegeneinander und schüttelte bekümmert den Kopf. »Ich faß es nicht. Es geht nicht in meinen Schädel. Wir dachten alle, dir gefällt es hier.« Sie erhob sich und folgte Nadine, die eben ihren Karton aus dem Zimmer tragen wollte. »Schröder ist doch hochzufrieden mit dir.«
»Gewesen«, sagte Nadine, »bis zu dem Tag, als es drauf ankam, das zu beweisen. Ich muß los. Unten wartet das Taxi. Mach's gut.«
Als sie den unförmigen Karton durch die Drehtür manövrierte, schaute sie noch einmal zurück. Gerti stand da, bebend vor Erregung, während sie mit fuchtelnden Gebärden etwas rief, das Nadine aber nicht mehr verstand.

Arne Henscheid reagierte mit keiner Silbe auf das, was Gerti ihm mit hochrotem Kopf vortrug, als er aus der Konferenz zurückkam.
»Was sagen Sie dazu?« rief Gerti schrill. »Da muß doch etwas vorgefallen sein!«
Arne hob die Schultern. »Wenn sie krank ist, ist sie krank.«
»Aber sie hat gesagt, sie schickt die Kündigung!«
Arne Henscheid betrachtete seine Hände, die an diesem Morgen makellos weiß waren, ohne die geringste Rötung, ohne einen Anflug von Juckreiz. »Das mit der Kündigung glaube ich erst, wenn sie auf dem Tisch liegt.« Er warf Gerti unter den herabhängenden Lidern einen maliziösen Blick zu. »Wo sollte sie denn hingehen? Keine Suppe wird so heiß gegessen, wie sie gekocht wird.« Er ging zu seinem Fach und schaute die eingegangenen Faxe und Hausmitteilungen durch.
»Noch keine Antwort aus Q'uam al Hashid?«
Gerti schüttelte den Kopf.

Die Antwort aus Q'uam al Hashid ließ auf sich warten. Arne Henscheid versuchte, seine Nervosität zu überspielen, indem er die lauernden Kollegen mit Arbeit eindeckte, unsinniger Arbeit, da in diesen Tagen kaum etwas passierte und der meiste Platz durch Anzeigen blockiert war.

Arne Henscheid hatte eine Kopie seines Passes geschickt, hatte vorsorglich neue Paßfotos machen lassen, hatte bereits einen Termin bei dem Tropenarzt hinter sich, der ihm zu einer Hepatitis-Prophylaxe geraten hatte. Abends beschäftigte er sich damit, seine Sommergarderobe durchzusehen, machte in der Mittagspause auch einen Shoppingbummel, um mit drei bunten Polohemden in die Redaktion zurückzukehren. Einmal brachte er von einem Ausflug zur Drogerie eine Auswahl von Sonnencremes und Mückenabwehrsprays mit. All dies blieb in der Redaktion natürlich nicht unbemerkt.

Tilman Schröder fragte jeden Tag einmal telefonisch an, ob Q'uam al Hashid sich schon gemeldet hatte, und es wurde Arne Henscheid zunehmend peinlicher, daß er mit keinen positiven Nachrichten aufwarten konnte. Seine Gereiztheit stieg von Tag zu Tag.

Nadine verbrachte die Tage in einem Zustand aus Zorn und Verzweiflung. Sie brachte ihre Wohnung auf Vordermann, kaufte zwei eiserne Kerzenleuchter, ging ins Kino, in den neuen Jeremy-Irons-Film, der sie merkwürdigerweise gar nicht berührte, traf sich mit Freunden zum Essen, ohne mit einem Wort auf ihre Situation einzugehen.

Jedesmal, wenn sie in die Wohnung zurückkehrte, lief sie als erstes zum Telefon und hörte den Anrufbeantworter ab. Sie wartete auf eine Nachricht, ein Signal, ohne genau zu wissen, auf was sie wartete.

Sie hatte damit gerechnet, daß Tilman Schröder sich meldete. Sie

hatte damit gerechnet, daß Arne Henscheid wenigstens ein Interesse an ihrer plötzlichen Krankheit heuchelte, daß er versuchte, sie umzustimmen, versöhnlich zu stimmen. Nichts von allem geschah. Statt dessen Mitleidsbekundungen von Kollegen aus dem Ressort, aber auch aus der Kultur, die sie zu vermissen schienen. Martin bat um Rückruf, aber sie rief nicht an.
Am vierten Tag fuhr sie zu ihren Eltern nach Paderborn, stellte fest, daß ihre Mutter noch dünner und erschöpfter aussah. Ihre Augen waren ohne Glanz, ihre Gesten gedämpft und ohne Schwung, am Klavier schlug sie nur hin und wieder mit einem melancholischen Lächeln ein paar Tasten an, während der kleine Bastardwelpe die Teppiche zerbiß und die Täfelung in der Diele zerkratzte.
»Es sind die Wechseljahre, Schätzchen«, sagte ihre Mutter, als Nadine sich besorgt über ihr Aussehen äußerte, »sie haben mich richtig gepackt. Mit voller Wucht.« Sie lächelte, ging zum Spiegel und betrachtete lange ihr einst so schönes Gesicht. »Manche Frauen altern jeden Tag ein bißchen«, sagte sie, »sie können sich diesem fast unmerklichen Prozeß anpassen. Aber ich«, sie drehte sich um, »bin in einer Nacht gealtert. Der Doktor ist reizend. Er verschreibt mir Mittel gegen meine Depressionen.«
Nadine paßte einen Augenblick ab, um mit ihrem Vater zu reden. Er hatte einen Stapel Prozeßakten mit nach Hause gebracht, er sah blendend aus, ein Mann mit grauem, gepflegtem Haar, ein paar sehr markante Falten auf der Stirn, er benutzte das gleiche Rasierwasser wie immer, trug gestreifte Hemden zu rotgrundigen Krawatten, Anzüge aus Kaschmir und Seide, seine Schritte waren federnd, seine Stimme kraftvoll, seine Augen lebhaft.
Nadine betrachtete ihren Vater und wollte nicht glauben, daß beide Eltern gleich alt waren, bis auf zwei Monate, die sie voneinander trennten. Ihre Mutter war im November, der Vater im September geboren.
»Schön, dich zu sehen, Schatz«, sagte der Vater und küßte sie auf die Stirn. »Du siehst gut aus. Geht es dir auch gut?«
»Danke«, sagte Nadine.
Er merkte gar nicht, daß das keine Antwort war. »Und wieso gibst du uns die Ehre an einem ganz normalen Wochentag? Brauchen sie dich in der Redaktion nicht mehr?« Das sollte ein Scherz sein. Inzwi-

schen war ihr Vater fest davon überzeugt, daß Nadine einen unaufhaltsamen Aufstieg bei ihrer Zeitung machen würde, daß ihre Energie, ihre positive Lebenseinstellung, ihr Wissensdurst, ihre Zuverlässigkeit (alles Wesenszüge, die sie seiner Meinung nach von ihm geerbt hatte) in der Redaktion längst erkannt worden waren. Er erwartete eigentlich täglich die Nachricht, daß Nadine befördert worden war, wenn nicht gleich zur Ressortleiterin, so doch mindestens zur Stellvertreterin. Nadine wischte die Frage, die ohnehin nicht ernst gemeint war, mit einer Handbewegung weg. Sie stand ihrem Vater in dem kleinen Zimmer gegenüber, das Bibliothek genannt wurde, obgleich es eigentlich nur als Arbeitszimmer für ihren Vater diente, zur Nachtarbeit über Akten, die er am Tage nicht bewältigt hatte.

Das Schachspiel aus Jade und Ebenholz, ein Mitbringsel aus Thailand, war seit Jahren nicht mehr angerührt worden.

»Ich wollte dich fragen, was du zu Mami sagst.« Nadine setzte sich auf einen Biedermeierstuhl, der leise knarrte.

»Zu Mami?« Ihr Vater schaute sie an. »Was soll ich zu ihr sagen?«

»Findest du nicht, daß sie erschreckend aussieht?«

Ihr Vater runzelte die Stirn. Legte die flachen Hände auf den Aktenberg, schaute sich im Zimmer um, als suche er einen Ausweg aus diesem Gespräch, und schüttelte den Kopf.

»Nein, das finde ich nicht.«

»Sie sieht aus, als würde sie in einer handfesten Depression stecken.« Nadine seufzte, macht eine vage Gebärde mit der Hand. »Wieso habt ihr mir nicht Bescheid gesagt? Ich hätte mich doch gekümmert.«

Ihr Vater lächelte. »Aber warum sollten wir dir Bescheid sagen? Du hast deinen Beruf, du hast dein Leben. Wir kommen zurecht. Deine Mutter wirkt etwas müde, das stimmt. Ich kann sie zur Zeit nicht bewegen, mich zu Veranstaltungen zu begleiten. Neulich hat ein wichtiger Mandant von mir ein Hauskonzert gegeben, ein litauischer Pianist, Leonid Dorfman, ein furios begabter junger Mann, anschließend ein sehr stilvolles Candle-light-Dinner«, er seufzte und hob die Schultern, »aber sie wollte nicht mitkommen. Sie war morgens zum Friseur gegangen, hatte auch das Kleid rausgehängt, das sie abends anziehen wollte, aber als ich nach Hause kam, um sie abzuholen, da saß sie im Morgenmantel vor dem Fernseher, die Haare zerzaust.« Er lächelte. »Sie sagte, sie hätte auf einmal keine Lust. Sie wünschte, ich würde alleine gehen und mich gut amüsieren. Sie wäre so müde. Sie fühlte sich nicht danach, unter Menschen zu gehen.« Er legte die Handflächen aneinander und beugte sich vor. »Was sollte ich machen?«

»Was hast du gemacht?«

»Ich bin allein gegangen. Selbstverständlich.«

»Selbstverständlich«, echote Nadine. Es war eine gewisse Schärfe in diesem Echo.

Ihr Vater schaute auf. »Nadine, der Gastgeber ist ein sehr wichtiger Mandant. Der größte Arbeitgeber hier im weiten Umkreis. Ein fabelhafter Mann, dem ich viele großartige Kontakte verdanke. Den soll ich brüskieren, nur weil meine Frau einen melancholischen Anfall hat?«

»Vielleicht konnte sie es nicht aushalten, einen Pianisten am Anfang seiner Karriere zu erleben. Die Bravos, das Lob, die Begeisterung. Vielleicht tut so etwas weh, wenn man weiß, daß man das selber hätte haben können.«

Ihr Vater warf die Arme in die Luft. Die Anzugärmel rutschten zurück und entblößten die sehr schönen Manschettenknöpfe, schlicht gefaßte und geschliffene Saphire. »Mädchen! Deine Mutter ist über fünfzig. Ich bitte dich. Wenn sie es jetzt immer noch nicht überwunden hat, daß sie keine Pianistin geworden ist, wann wird sie das je schaffen?«

Nadine stand auf. »Wahrscheinlich nie«, sagte sie, ging um den Schreibtisch herum, küßte ihren Vater, streichelte im Hinausgehen den Welpen, der sich vor ihr auf den Boden warf und mit den Beinen strampelte, aber als sie sich von ihrer Mutter verabschieden wollte, stand sie vor verschlossener Tür.

Nachdenklich fuhr Nadine in der Dunkelheit den weiten Weg nach Frankfurt zurück. Auf dem Rücksitz lag ihre Reisetasche, in die sie alle Dinge für eine Übernachtung bei den Eltern eingepackt hatte. Unberührt.

Sie war erleichtert, als sie die Tasche wieder nach oben in ihre Wohnung trug, das Licht einschaltete, die Post von der Fußmatte aufhob. Sie nahm die Briefe und ging zum Telefon. Mechanisch, während sie

die Post durchschaute und dabei mit den Gedanken immer noch bei ihrer Mutter war, drückte sie auf die Wiedergabetaste des Anrufbeantworters.
Arne Henscheids Stimme. Verlegen, rauh. Er bitte dringend um ihren Rückruf. Er nannte die Zeit. Elf Uhr vierzig, vormittags. Dann ein weiterer Anruf von Arne Henscheid gegen sechzehn Uhr. Um achtzehn Uhr war Tilman Schröder dran.
»Liebe Frau Malten, wir brauchen Sie dringend. Wo stecken Sie? Ihre Kündigung liegt auf meinem Schreibtisch, aber ich weigere mich, sie zur Kenntnis zu nehmen. Melden Sie sich bitte heute noch. Meine Privatnummer haben Sie. Ich bin bis Mitternacht zu erreichen.«
Nadine runzelte die Stirn. Aber da war Tilman schon wieder in der Leitung.
»Hier noch einmal Schröder. Es ist jetzt fast sieben. Was ich eben zu sagen vergessen habe: Sie fliegen selbstverständlich nach Q'uam al Hashid. Warum, das werde ich Ihnen persönlich sagen, wenn Sie sich endlich melden.«
Nadine ließ die Post fallen, streifte die Schuhe ab und ging mit sehr langsamen Schritten zum Sofa. Sie ließ sich aufs Sofa fallen, breitete die Arme auf der Rückenlehne aus und lehnte den Kopf zurück. Ihr Herz schlug wie verrückt. Sie lächelte. Sie schaute zur Deckenlampe, die sie scheußlich fand, und fuhr sich mit den Händen ganz langsam über das Gesicht.

Tilman Schröder lehnte an der Fensterbank, die Hände hinter dem Rücken auf den Sims gestützt, und lächelte milde, während Arne Henscheid mit vorgerecktem Hals wie ein Kampfhahn den Raum immer wieder der Länge nach durchmaß und erst innehielt, wenn seine Stirn fast gegen die Wand prallte. Er zog dann den Kopf ein, drehte seinen Körper um 180 Grad, schoß einen Blick auf Nadine ab, der treffen sollte, reckte den Hals wieder vor und schoß in die andere Richtung.
»Arne«, sagte Tilman sanft, »setz dich hin, du machst uns nervös.«
Arne Henscheid blieb stehen. Starrte seinen Chef an. »Nervös? Wieso denn? Ich bin kein bißchen nervös.«

»Ich sagte ja auch, du machst uns nervös.«
»Gut«, Arne Henscheid holte tief Luft, blies die Backen auf. Er warf sich in einen Besuchersessel. »Fangen wir endlich an.«
Nadine saß bereits. Sie saß schon eine ganze Weile unbeweglich in ihrem Sessel und ließ die Augen zwischen dem Ressortleiter und dem Chefredakteur hin und her wandern.
Sie war die Ruhe selbst. Sie bewunderte sich dafür ein bißchen. Noch vor ein paar Tagen hätte ein solcher Auftritt sie in eine Krise gestürzt, dieser offensichtliche Haß von Henscheid, diese unverhüllte Wut, die in ihm brannte und für die eine kleine Redakteurin, die vor sechzehn Monaten sozusagen aus dem Nichts aufgetaucht war, verantwortlich gemacht werden konnte. Wer war er denn, Arne Henscheid, gestandener Journalist, sechs Jahre Auslandserfahrung?! Zwar nur Wien, was nicht gerade seine Sprachkenntnisse erweitert hatte, aber immerhin: Die Österreicher waren ein anderes Volk, Wien war nicht zu vergleichen mit Frankfurt. In Wien, hatte er resümiert, herrschte eine Art kollektiver Wahnsinn, der irgendwie ausging vom Burgtheater, von der Intendanz und sich dann ausbreitete bis zu den Ministerien, der Staatskanzlei und selbst die Leute der internationalen Nachrichtendienste wie Spione wirken ließ. Arne Henscheid hatte seine subjektiven Erfahrungen und Erkenntnisse, die er in Wien gesammelt hatte, übertragen auf fast alle Länder dieser Erde, er hatte die gleichen Strukturen in Amerika und Nordirland, auf Haiti und in Ungarn festgestellt, ohne je länger als einen Monat dort gewesen zu sein, mit einem Wort, Arne Henscheid wußte immer ein bißchen mehr als seine Leute vor Ort. Das war allgemein bekannt, darüber mußte man nicht richten und lamentieren, davon konnte man ausgehen, seit Henscheid den Thron des Ressortleiters bestiegen hatte.
Und dann war Nadine gekommen. Nadine Malten, ein etwas zu blasses, blondes Mädchen mit etwas zu dünnen, langen Beinen, einem Mund, der sich gern zum Schmollen verzog, und dieser Aura von Unberührbarkeit, die ihn bereits im ersten Augenblick gereizt hatte.
Im Tiefsten seiner Seele war Arne Henscheid überzeugt, daß Nadine Malten hinter ihrer kühlen, kompetenten Freundlichkeit Unsicherheit und Angst verbarg. Er wußte einfach, daß sie nicht so gut

war, wie alle Leute glaubten, und daß die Angst sie paralysierte, eines Tages enttarnt zu werden. Es hatte schon andere Hochstapler gegeben, und sie hatten alle ihre Studien irgendwo getrieben, im Ausland, wo man nicht nachprüfen konnte, ob sie wirklich zu den Guten gehört hatten oder unter dem Durchschnitt geblieben waren, und Arne Henscheid war überzeugt, daß Nadine dem Chefredakteur ihre Examenszeugnisse nicht einmal gezeigt hatte. Falls sie überhaupt da drüben in Kalifornien so was wie ein Examen gemacht hatte.
Wahrscheinlich war Tilman Schröder in den Wochen, als er in Urlaub war, mit ihr zum Essen gegangen, zu diesem Japaner, den er so liebte, weil das Essen seinem gequälten Magen bekam und weil es so anders war als das, was die Gattin ihm daheim vorsetzte. Oder zum Franzosen, ein paar Austern in diesem Bistro, über das der Lifestyle-Redakteur so große Worte verbreitet hatte, Austern mit Zitrone und Pfeffer, dazu ein Gläschen Chablis und ein wenig geplauderter Schwachsinn, während man sich in die Augen schaute. Man prostet sich zu, die Gläser mit dem trockenen Chablis klingen fein gegeneinander, Nadine plappert über kalifornische Austern und Surfen im Pazifik, über das Studentenleben zwischen San Diego und Frisco, und Tilman Schröder, dieser in seinem Herzen zutiefst spießige Mensch, ist entzückt und fasziniert. Er bestellt noch einen Chablis und dann eine Seezunge oder Lammkotelettes mit Haricots Verts, er ißt, trinkt, plaudert, die Zeit vergeht, aber das kümmert ihn nicht, denn Arne Henscheid, der Mann, der den Laden eigentlich zusammenhält, ist in Urlaub, und alles verkommt ein bißchen, womit wir schon wieder in Wien wären, man dehnt die Kaffeepausen, geht nachmittags schnell während der Arbeitszeit die Einkäufe erledigen, und abends spendiert einer Sekt. Arne Henscheid weiß, wie es in Redaktionen zugeht, und das hält er sich zugute, daß er in seinem Laden immer für Disziplin gesorgt hatte. Keine Alkoholiker in seinem Ressort, keine Drückeberger und Faulpelze, keine Neurotiker und Hypochonder. Deshalb kann Arne Henscheid sich im Urlaub nie wirklich erholen, weil er davon ausgeht, daß in der Redaktion in seiner Abwesenheit alles den Bach heruntergeht. Die Recherchen schlampig, die Texte hingeschleudert, die Arbeitszeiten aberwitzig verkürzt, die Mittagessen von levantinischer Ausdauer,

und mittendrin Tilman Schröder, der väterliche Freund seiner Mitarbeiter, der Chef, der so gerne ein guter Mensch sein möchte, der so leicht verführt werden kann von einem blassen, blonden Kind, aus dessen Augen der Ehrgeiz flutet, Chablis am Mittag und Austern, das kann nicht gutgehen, da muß er gar nicht mehr die Examina sehen, da muß er gar keine Referenzen einholen und Probezeiten vereinbaren, da wird nicht erst ein Vertrag über redaktionelle Mitarbeit und dann, ein halbes Jahr später, nachdem der Redakteur auf Herz und Nieren geprüft ist, ein Redakteursvertrag gemacht, nein, sofort die Zusammenarbeit skizziert, auf der Rückseite der Spesenquittung, vier Mille pro Monat bei dreizehn Monatsgehältern und die ganzen übrigen Segnungen des Verlages wie Weihnachtsgeld und Urlaubsanspruch, Tantiemen und so weiter, und so weiter. Er kann es sich denken. Die Sonne wird geschienen, sie werden am Fenster gesessen haben, draußen flanieren die Leute und lachen, und drinnen klingen die Gläser, und das blasse, blonde Kind gaukelt ihm vor, es könne den Journalismus neu erfinden, werde Storys aufreißen, von denen man bislang nur geträumt habe, es traue sich alles zu, es sei zu allem bereit. Na, und so weiter.

»Arne«, sagte Tilman Schröder milde, »du reißt dir schon wieder die Hände auf. Schau doch mal hin.«

Arne zuckte zusammen, er hatte vergessen, daß er sich im Zimmer des Chefs befand, er hatte vergessen, worum es ging, aber eigentlich ging es ja immer um dasselbe, um seine Enttäuschung, daß man ihn nicht genügend schätzte, seine ständigen Bemühungen und Anstrengungen um das Blatt nicht anerkannte, jedenfalls nicht genug, daß andere ihm vorgezogen wurden, nur weil sie liebenswürdiger, beflissener, arschkriecherischer waren oder einfach nur lange Beine hatten, weibliche natürlich.

Arne Henscheid betrachtete seine Hand. Die Haut war schuppig, rauh, die Knöchel blaurot, rissig, und aus den aufgerissenen Furchen drängte das dicke, dunkle Blut.

Er nahm hastig die Faust in den Mund und leckte das Blut ab.

»Nicht doch«, sagte Tilman Schröder tadelnd, »nimm ein Taschentuch.«

Arne Henscheid errötete. Vor Zorn. Über sich, über die Situation. Er stopfte die Hand in die Hosentasche, schlug die Beine übereinander, wenigstens trug er neue Schuhe, dunkelbraunes Leder, gesteppte Ränder, glänzend, mit feiner, polierter Sohle. »Also«, sagte er.

Sein Blick konzentrierte sich jetzt auf Nadine.

Nadine umfaßte mit den Händen, die vorher auf den Knien gelegen hatten, die Sessellehnen. Sie lächelte. »Also?« fragte sie.

Tilman Schröder räusperte sich. »Frau Malten weiß ja im Grunde, worum es geht«, sagte er, sich vom Fensterbrett abstoßend. »Ich habe es auf dem Band ja bereits angedeutet, und ich bin sicher, Gerti hat längst geplaudert, alle Details«, er lachte grimmig, »sogar jene, die wir selbst nicht kennen, was, Henscheid?«

Er ging um seinen Schreibtisch herum und ließ den Blick über die vielen Akten, Manuskripte, Druckfahnen und Layouts gleiten, als wolle er sich vergewissern, daß das Leben nach diesem Gespräch seinen normalen Gang gehen würde.

Eine Pause entstand. Ein Schweigen. Nadine warf den Kopf zurück, um die Haare aus der Stirn zu bekommen, und lächelte. Sie wartete. Sie war immer noch ruhig, obgleich ihr Herz inzwischen etwas heftiger schlug. Sie hatte verstohlen einen Blick auf die Uhr geworfen. Elf Minuten waren verstrichen, ohne daß wirklich etwas gesagt worden war, ein Zeichen, daß die Situation ungewöhnlich und für die Beteiligten offenbar auch peinlich wurde. Nadine fühlte sich im Zustand der Unschuld. Sie hatte nichts falsch gemacht, sie mußte sich bei niemandem entschuldigen, wenn ein falsches Wort fiel, wüßte sie, was zu tun war: aufstehen und gehen. Die Kündigung lag ja immer noch auf dem Tisch. Jedenfalls nahm sie das an. Ebensogut war es allerdings auch möglich, daß der Chef sie schon in den Papierkorb geworfen hatte, aber so etwas ließ sich ja wieder herstellen, und außerdem hatte Nadine eine Kopie und die Quittung mit Poststempel des Postamtes, bei dem sie den Brief aufgegeben hatte.

»Sagen Sie doch auch etwas, Frau Malten«, sagte Tilman Schröder plötzlich. Arne hatte seine Hand wieder aus der Hosentasche gezogen und war nun tatsächlich bereit, ein frisches Batisttaschentuch darumzuwickeln.

Batisttaschentücher bekam er jeden Nikolaus von seiner Mutter, seit seinem zwanzigsten Geburtstag. Ein sinnvolles, vernünftiges und auch zärtliches Geschenk, wie Arne fand, seine Mutter war der einzige Mensch, der ermessen konnte, wie sehr er unter der Neurodermitis litt.

»Was soll ich sagen? Sie bestimmen doch, wo es langgeht.« Nadine lachte. Sie hob die Hände mit den frisch manikürten Nägeln und strich damit durch die Frisur. Sie war beim Friseur gewesen, hatte einen Vormittag bei der Kosmetikerin verbracht, alles das, womit Frauen ihre Seele trösten. Sie wußte, daß sie gut aussah. Und sie wußte auch, daß sie die beiden Männer in eine gewisse Verlegenheit stürzte. Lieber wäre ihnen eine bleiche, zerknirschte, scheue Nadine gewesen, der man väterlich, großmütig ein Geschenk machen konnte. »Bestimmen tut hier keiner. Wir versuchen immer, meine liebe Nadine, einen Konsens herbeizuführen, das wissen Sie doch.«

Nadine lächelte den Chefredakteur an. Sie hob die Schultern.

»Oder nicht?«

»Doch, ich nehme schon an, meistens jedenfalls.«

»Natürlich gelingt das nicht immer, wie wir im vorliegenden Fall ja erleben mußten.« Tilman Schröder ließ sich auf seinem Schreibtischstuhl nieder, beugte sich vor und verschlang die Hände. Er schaute Nadine an. »Möglicherweise erwarten Sie von uns Zerknirschung.«

Nadine lachte. »Bewahre, wieso denn?«

»Ich nehme an, Sie haben sogar so etwas wie einen Anspruch darauf.«

Nadine lehnte den Kopf an den Sessel, schloß sekundenlang die Augen und überlegte, was sie darauf erwidern sollte. Aber Henscheid kam ihr zuvor. Er rettete sie, und dafür war sie ihm dankbar.

»Das führt uns doch alles nicht weiter«, rief er gereizt, »wir bauschen diese Geschichte unnötig auf. Das hat sie nicht verdient.«

»Wer?« fragte Nadine freundlich, während ihr Oberkörper sich ein paar Grade dem Ressortleiter zuwandte. »Ich oder die Geschichte?«

Der Chefredakteur kicherte. Er spielte mit dem goldenen Füllfederhalter, den der Verleger ihm geschenkt hatte. Es beruhigte ihn, daß die beiden wieder in eine Art Dialog traten, wenn auch Arne Henscheid es offensichtlich nicht über sich brachte, Nadine gerade ins Gesicht zu schauen.

»Nun, bleiben wir also bei den Tatsachen.« Tilman Schröder legte den Schreiber behutsam in die gläserne Federschale. »Tatsache ist, daß Frau Malten die Story in Gang gebracht hat, daß wir für einen Augenblick der Meinung waren, sie ihr aus der Hand nehmen zu müssen …«

»Allerdings aus gutem Grund, wie ich bemerken möchte«, rief Arne Henscheid. Er knüllte das Batisttuch zusammen und stopfte es in die Hosentasche zurück. »Wir wollen jetzt nicht alles unter den Teppich kehren. Du warst genau wie ich der Meinung, daß diese Geschichte zu heikel, zu delikat ist, um damit einen Neuling …« Er räusperte sich und warf Nadine einen flüchtigen Blick zu. »Ich möchte mir das Weitere ersparen.«

Nadine wurde rot. »Ich arbeite seit sechzehn Monaten im Auslandsressort, Herr Henscheid«, sagte sie, »und ich hätte diese Sache niemals angeleiert, wenn ich mich ihr nicht gewachsen fühlen würde. Auch wenn Sie das vielleicht anders sehen.«

Tilman Schröder ließ die Hände auf die Tischplatte fallen. Er beugte sich noch weiter vor. »Genug«, sagte er streng, »keine Animositäten, ja? Ich bitte dich sehr, so lange haben wir es verstanden, ruhig zu bleiben. Es geht um die Sache, meine Lieben, um nichts sonst als um die Sache.«

»So ist es«, sagte Arne Henscheid, »über nichts anderes habe ich geredet.«

Tilman Schröder wühlte auf dem Schreibtisch, bis er ein Schriftstück gefunden hatte, hob es hoch und wedelte damit in der Luft herum. »Das ist vorgestern gekommen. Ein offizieller Brief des Ministeriums für Information aus dem Sultanat Q'uam al Hashid, in dem unmißverständlich mitgeteilt wird, daß die Einladung für die Journalistin Nadine Malten ausgesprochen ist und für niemanden sonst.« Er lächelte und ließ das Blatt wieder fallen. »Ich gebe zu, das war ein bißchen peinlich für uns alle, ganz besonders natürlich für dich, Arne.« Henscheid wollte aufspringen, hielt sich aber zurück, als Tilman Schröder weitersprach. »Aber nachdem wir eine Nacht darüber geschlafen haben und unser Zorn ein bißchen verraucht war, sind wir zu der Erkenntnis gekommen, daß es besser ist, eine Story von Nadine Malten zu bekommen als gar keine Story.«

Nadine lächelte spitz. »Sehr schmeichelhaft.«

»Ich meine es so, wie ich es sage, Frau Malten.« Die Stimme des Chefredakteurs hatte jetzt etwas von der väterlichen Milde verloren.

»Wir glauben, daß dies eine wirklich große Geschichte wird. Eine Exklusivstory. Und wir möchten keinen Fehler machen. Dazu gehört ganz einfach, daß man den besten Mann schicken muß, das ist normal, das ist in allen Redaktionen der Welt so üblich. Daraus können Sie Ihrem Ressortleiter keinen Vorwurf machen.«
»Ohne mich«, sagte Nadine, »wäre diese Story überhaupt nicht zustande gekommen.«
Tilman Schröder hob ergeben die Arme. »Das wissen wir doch, meine Liebe, das wissen wir, und dafür haben wir Sie bereits ausführlich gelobt.«
»Ach ja?« Nadine hob erstaunt die Augenbrauen. »Das muß mir irgendwie entgangen sein.«
»So ist sie eben«, sagte Henscheid spitz, »sie braucht immer ein paar mehr Streicheleinheiten als meine anderen Leute. Schon deshalb arbeite ich ungern mit Frauen. Die bringen immer soviel Emotionen ins Spiel. Da, wo nur Ratio gefragt ist.«
»Ach!« Nadine warf ihm einen Blick zu, so vieldeutig, so amüsiert, daß er errötete und schnell wegsah. Tilman Schröder fing den Blick auf, stutzte, konnte aber nichts damit anfangen.
»Sie werden also fliegen, Madame«, sagte er, mit einer leichten, ironisch gemeinten Verbeugung, »und haben den Segen der Redaktion. Wir legen alle unsere Hoffnungen und Erwartungen in Sie und bitten Sie herzlich, uns nicht zu enttäuschen.«
Nadine schluckte. Die Stimme des Chefs war etwas zu ernst und nachdrücklich gewesen. Auf einmal spürte sie eine Beklemmung.
»Ich habe Sie doch bis jetzt noch nie enttäuscht«, sagte sie rauh.
»Bis jetzt haben Sie auch noch nie eine Geschichte machen müssen wie diese«, sagte Henscheid. Und damit hatte er recht. Gegen diese Sache war alles, was sie bisher gemacht hatte, Kleckerkram, Kinkerlitzchen, wie er sagte.
»Es ist ein schwieriges Land«, begann der Chefredakteur.
»Das weiß ich«, sagte Nadine, »ich habe mich informiert. Ich hatte Ihnen das schon bei unserem letzten Gespräch sagen wollen, daß ich wirklich weiß, was diese Reise bedeutet. Ich habe wochenlang alle Informationen über das Land und den Scheich gesammelt. Über seine Familie, über die gesellschaftlichen Strukturen, über die wirtschaftlichen Bedingungen, das Verhältnis zu ...«

Henscheid lachte. Es war ein Lachen, das tief aus der verletzten Seele nach oben stieg. »Du liebe Güte. Sollen wir jetzt aufstehen und Ihnen um den Hals fallen? Wollen Sie uns zuschütten mit Ihrem Wissen? Sollen wir vor Ehrfurcht erstarren?«
»Arne«, sagte Tilman Schröder sanft, »es ist gut. Übertreib es nicht. Nadine Malten hat mein Vertrauen.«
Nadine begann plötzlich zu zittern. Ihre Gelassenheit war wie weggeblasen, ihre Ruhe, ihre Selbstsicherheit. Sie spürte, daß sie dieses Theater nicht lange mehr aushalten würde.
Schwerfällig erhob sie sich aus dem Ledersessel. Sie schluckte.
Mit steifen, etwas unsicheren Schritten ging sie zum Schreibtisch.
»Bitte«, sagte sie, »müssen wir dieses Gespräch weiter fortsetzen? Ich gestehe, daß ich es anstrengend finde.« Sie holte tief, aber vorsichtig Luft. Ihre Finger umspannten die Tischkante.
Tilman Schröder verstand. Er nickte. Er lächelte. Der Vater in ihm gewann wieder Oberhand.
»Natürlich, Frau Malten, natürlich. Aber das werden Sie im Laufe ihrer Karriere noch öfter erleben. Das sind die heiklen Stunden des Jobs, in denen man alles hinschmeißen möchte, aber dann«, er lachte gutmütig, »wenn es überstanden ist, stürzt man sich um so ehrgeiziger in das neue Abenteuer. Ihr Flugzeug geht am Samstag, ich nehme an, Sie werden mit Henscheid noch über Details reden müssen. Das Interview mit dem Scheich. Und die Hintergrundberichte, die wir von Ihnen erwarten.« Er zwinkerte ihr zu. »Wir rechnen natürlich mindestens mit dem Kisch-Preis, das wissen Sie.«
Henscheid hatte sich inzwischen, vielleicht auch nur, weil Nadine ihm jetzt den Rücken zukehrte, erholt. Er fand endlich wieder seinen lockeren Ton.
»Und eine Auflagensteigerung von mindestens fünfundzwanzig Prozent. Das ist doch klar.«
Tilman Schröder stand auf und streckte Nadine die Hand hin. »Ich bin in den nächsten zwei Tagen in Bonn. Wir werden uns vor Ihrer Abreise nicht mehr sehen. Seien Sie vorsichtig, Nadine. Passen Sie auf sich auf. Das ist kein Land, in dem das Leben einer Frau sehr viel gilt, das wissen Sie.«
»Und wir haben keine diplomatische Vertretung dort«, fügte Henscheid, der es nicht lassen konnte, hinzu. »Falls Sie in irgendeines der

vielen aufgestellten Fettnäpfchen treten, müssen Sie selber sehen, wie Sie wieder rauskommen.«

»Klar«, Nadine lachte, »weiß ich doch.«

»Wir wissen ja nicht einmal«, sagte Henscheid, »ob wir eine Telefonleitung zu Ihnen zustande kriegen. Das ist die Crux. Möglich, daß Sie völlig abgeschnitten sein werden vom Kommunikationsfluß.«

»Das Hotel«, sagte Nadine, »in dem ich zuerst wohnen soll, hat einen internationalen Anschluß. Das habe ich bereits geprüft.«

Henscheid nickte. »Okay, hoffen wir, daß der Anschluß auch in Ordnung ist. Aber Sie wissen, was Rotermund und Jacobs in Libyen erlebt haben?« Nadine nickte. Sie wußte es. Henscheid sprach dennoch weiter, vielleicht auch, um vor dem Chefredakteur noch einmal seine ganze Wichtigkeit zu unterstreichen. »Die saßen erst eine Woche in diesem lausigen Hotel fest, wurden immer wieder vertröstet, und dann kam auf einmal ein Flieger und brachte sie in die Wüste. Hunderte von Kilometern. Und schließlich landeten sie in einer kleinen Oase, wurden in einem Gästezelt untergebracht, bewirtet wie Gäste, aber gehalten wie Gefangene, und als sie fragten: Was sollen wir hier?, da bekamen sie zur Antwort: Ihr wollt doch mit Gaddafi reden. Also haben sie gewartet.« Zehn Tage später tauchte Gaddafi auf, nachts, mit einer Maschine, die ohne Scheinwerfer, offenbar geleitet von Radar, ihre Landepiste gefunden hatte. Nachts fand auch das Interview statt, und am nächsten Morgen, als sie in ihren kleinen Hüpfer stiegen, war von Gaddafis Flugzeug keine Spur mehr.

»Die hätten da verrecken können, die beiden, und wir hätten nichts für sie tun können.«

»Aber sie sind nicht verreckt«, sagte der Chefredakteur freundlich. »Gott sei Dank. Immerhin wußten zu viele Leute, daß die beiden dort unten waren.«

»Dort unten!« schnaubte Henscheid. »Was heißt das schon? Dort unten beginnt die Sahara. Und in der Wüste herrschen andere Gesetze. Wir hätten nichts für die beiden tun können, nichts.«

Tilman lächelte. »Wir hätten Möllemann gebeten, für uns tätig zu werden.«

Nadine lachte. Tilman Schröder warf ihr einen dankbaren Blick zu. Er begleitete Nadine und Henscheid zur Tür, legte ihr seine Hand auf die Schulter und murmelte, fast beiläufig, schon im Hinausgehen

und während er mit seiner Sekretärin Augenkontakt aufnahm, die ihm einen Hörer entgegenhielt: »Und das mit der Kündigung, das vergessen wir einfach, okay?«
Nadine nickte.
»Der Brief ist nie geschrieben, und ich habe ihn nie bekommen.« Er zwinkerte Nadine zu, nahm den Hörer und fragte seine Sekretärin: »Wer ist es?«
Die Sekretärin rollte mit den Augen und schürzte die Lippen. »Das Kanzleramt«, raunte sie.
Tilman Schröder zögerte einen Augenblick. Er warf einen nachdenklichen Blick auf die beiden.
»Stellen Sie das Gespräch rüber in mein Zimmer.« Er breitete die Arme aus und wiegte den Kopf wie jemand, der sich des Mitleids seiner Mitarbeiter bewußt ist. »Keine Sekunde Ruhe in diesem Laden, was? Viel Glück, Nadine.«
Er wandte sich um und schloß hinter sich die Tür. Henscheid und Nadine sahen sich erst in die Augen, als sie gemeinsam auf den Aufzug warteten.
»Ja, dann«, sagte Henscheid mit einem Schulterzucken, »alle Klarheiten beseitigt, oder?«
Nadine lächelte. Die Aufzugtür öffnete sich, und die beiden stiegen ein. Als der Fahrstuhl langsam in die Tiefe sank, lehnte Henscheid sich gegen die Wand, schloß kurz die Augen und seufzte. »Ich hätte diese Geschichte gern selber gemacht«, sagte er, »das geb' ich unumwunden zu.«
»Es ist meine Story, Herr Henscheid«, sagte Nadine sanft. »Das wissen Sie.«
Henscheid öffnete die Augen. Der Lift kam mit einem Ruck zum Stehen, die Tür öffnete sich.
»Okay, es ist Ihre Story.« Er ließ ihr den Vortritt und folgte ihr durch den neonerleuchteten Flur, vorbei an geöffneten Türen, aus denen das Geklapper von Schreibmaschinen, das Stimmengewirr und das Klingeln von Telefonen klang. »Aber wenn Sie diese Geschichte verhauen, Frau Malten, dann gnade Ihnen Gott, dann kriegen Sie bei uns kein Bein mehr auf den Boden.«
Nadine blieb vor ihrer Zimmertür stehen. Sie schaute Arne ruhig an. »Ich werde Ihnen eine gute Story liefern. Verlassen Sie sich darauf.«

Als Nadine in der Halle B zu dem Flug nach Bahrain eincheckte und ihr Ticket vorzeigte, hob die Stewardeß den Kopf und strahlte sie an.

»Guten Tag, Frau Malten«, sagte sie freundlich, »wir freuen uns, daß Sie mit Emirates fliegen.«

Nadine lächelte. »Das habe ich mir nicht ausgesucht. Die Flüge sind gebucht worden.«

»Ich weiß, natürlich, selbstverständlich.« Sie schaute auf ihren Computer. »Sitzen Sie lieber im Raucher oder Nichtraucher?«

»Beim Fliegen bin ich leidenschaftliche Nichtraucherin«, sagte Nadine, »wenn Sie es irgendwie einrichten können, daß ich so weit wie möglich von den Raucherplätzen entfernt sitze ...«

Die Stewardeß lächelte. »Wir können alles einrichten. Die Reihe eins ist leider schon reserviert, aber wie wäre es mit einem Fensterplatz in Reihe 2?«

Nadine deutete auf das Ticket. »Ich habe einen Economy-Flug gebucht. Haben Sie das bemerkt?«

»Natürlich.« Die Stewardeß riß das oberste Blatt des Flugtickets ab. »Aber hier liegt ein Telex. Sie sind umgebucht in die First.«

»Oh«, Nadine fragte lieber nicht weiter, von wem das Telex war und wer die Differenz bezahlen würde. Die Aussicht, in der ersten Klasse einer der schönsten Fluglinien der Welt zu sitzen, reizte zu sehr.

Die Bodenstewardeß gab ihr das Ticket und die Bordkarte. »Wir wünschen Ihnen einen besonders angenehmen Flug«, sagte sie, »wenn Sie bitte gleich zum Gate durchgehen würden. Wir fliegen pünktlich ab. Um Ihr Gepäck kümmere ich mich.« Sie deutete auf den kleinen Schreibcomputer, den Nadine auf den Tresen gestellt hatte. »Geben Sie den auch auf?«

Nadine nahm ihn hastig an sich. »Den behalte ich bei mir.« Sie zeigte auf ihre große Schultertasche. »Und die auch. Da sind alle meine Unterlagen drin. Von denen trenne ich mich ungern.«

»Aber das ist doch selbstverständlich. In der First ist genug Platz, da können Sie sich ausbreiten. Einen Augenblick, ich schau mal, wie viele Gäste wir in der First haben ...«

Sie drückte wieder ein paar Tasten und blickte aufmerksam auf den Bildschirm. »Vier Passagiere.« Sie strahlte. »Das wird sicher ein sehr angenehmer Flug. Ich bin sicher, Sie werden es genießen.«

Nadine nahm die Bordkarte und kämpfte sich durch die Passagiere, die die Flughalle belagerten, zur Paßkontrolle durch. Die portugiesische Fluggesellschaft TAP streikte wieder, und bei der Air France gab es auch Probleme, die Halle war voll von Leuten, die übermüdet und unrasiert auf ihren Koffern saßen und die trübe Blicke auf die Anzeigetafel warfen. Nadine war voller Mitgefühl. Oft genug war sie bei ihren Billigflügen zwischen Europa und Amerika irgendwo auf einem Zwischenstopp gestrandet, weil die Maschine entweder überbucht war, einen Motorschaden hatte oder der Kontrollturm keine Startgenehmigung gab. Manchmal war der Reiseveranstalter, bei dem sie das Billigticket gebucht hatte, in der Zwischenzeit in Konkurs gegangen, und die anderen Fluggesellschaften weigerten sich, diese Passagiere auf ihre Maschinen umzubuchen.

Aber an diesem Tag war sie stolze Besitzerin einer First-class-Bordkarte. Ein Gefühl, an das sie sich erst langsam gewöhnen mußte.

Die Zuvorkommenheit, mit der sie am Gate abgefertigt wurde, die liebenswürdige Aufmerksamkeit, die man ihr schon beim Betreten des Flugzeuges zukommen ließ. Natürlich mußte sie nicht im Transitraum warten, sondern wurde sofort an ihren Platz in der zweiten Reihe geleitet, einen Sitz, der wie der Thron eines Paschas war, breit und weich und nach allen Seiten verstellbar, mit ausfahrbarer Beinstütze, mit einem eigenen Videoschirm, mit Armlehnen, die breit genug für ihren Schreibcomputer waren. Die Stewardeß, eine Engländerin, deren Uniform zwischen arabischer Folklore und europäischem Karrierekostüm schwankte, am Käppi ein kleiner, duftiger Schleier, verstaute ihr Handgepäck, hängte ihre Jacke auf einen Bügel, brachte ihr gemütliche Slipper und ein dampfendes Gesichtstuch, das nach Minze und Jasmin duftete, türmte auf dem Nachbarsitz alle erdenklichen internationalen Gazetten auf, lächelte unent-

wegt liebenswürdig und sprach sie immerfort mit ihrem Namen an. »Wenn Sie irgendeinen Wunsch haben, Frau Malten, bitte zögern Sie nicht, ihn auszusprechen. Was immer wir tun können, um Ihr Wohlbefinden an Bord zu gewährleisten, wir werden es tun.«
Nadine ließ sich in die weichen Polster zurückfallen. »Ich glaube, es geht mir bereits so prächtig«, sagte sie, »daß ich einfach wunschlos glücklich bin.«
Die Stewardeß lächelte ungläubig. »Aber ein kleines Gläschen Champagner zum Start, das könnte das Wohlbefinden noch steigern, oder? Ich komme gleich mit den Kanapees. Bevorzugen Sie arabische oder europäische Küche?«
Nadine lachte. »Ich denke, Europa lassen wir hinter uns.« In diesem Augenblick wurde die Aufmerksamkeit der Stewardeß abgelenkt. Sie eilte zum Eingang des Flugzeuges, verbeugte sich mehrfach, die Handflächen gegeneinandergelegt, und murmelte etwas in einer arabischen Sprache, von der Nadine kein Wort verstand.
Sie wandte sich neugierig um. Ein älterer Herr, gekleidet in ein traditionelles arabisches Gewand, schneeweiß, mit einem schwarzen, goldumrandeten Überwurf, betrat das Flugzeug. Er stützte sich auf einen Ebenholzstock mit goldenem Knauf. Sein Gesicht war unbewegt.
Er folgte der Stewardeß zu einem Platz auf der anderen Seite des Flugzeuges, in der ersten Reihe. Die Stewardeß versperrte eine Weile die Sicht auf den Mann, und als sie schließlich nach vorne eilte, hatte der Passagier bereits die Rücklehne zurückklappen lassen, die Hände im Schoß gefaltet und die Augen geschlossen. Später, als Nadine ihren Champagner trank, spürte sie den aufmerksamen Falkenblick des Mannes auf sich gerichtet. Sie wandte ein wenig den Kopf, deutete ein Lächeln an und nickte. Der Mann nickte auch, senkte den Kopf, aber sein Gesicht war ernst und ohne Regung. Später beobachtete sie ihn, wie er die Amethystkugeln an seiner Gebetsschnur durch die Finger gleiten ließ, mit halbgeschlossenen Augen, unentwegt murmelnd.
Zwei andere Gäste stiegen ein. Ein Mann, europäisch gekleidet, aber mit unverkennbar arabischen Gesichtszügen, den Nadine auf etwa vierzig schätzte, ein Mann mit gepflegtem Schnurrbart und rasiertem Hals über einem schneeweißen Hemdkragen. Er fuhr sich wie-

derholt mit den Fingern durch die blauschwarzen, gewellten Haare und gab Nadine so Gelegenheit, den Brillantring am kleinen Finger und die zweifellos besonders kostbare Uhr am Handgelenk zu bewundern. Die Manschettenknöpfe waren wunderbar schlicht gefaßte Lapislazuli. Er bestellte arabische Zeitungen, dazu die »Financial Times«, und vertiefte sich in die Lektüre, ohne Nadine auch nur eines Blickes zu würdigen.

Der vierte Passagier war ganz offensichtlich ein Amerikaner, ein Geschäftsmann, der wohl Stammgast dieser Fluglinie war. Die Stewardeß begrüßte ihn mit Handschlag, und er rief in seiner lärmenden Heiterkeit: »It's Kate! I can't believe it! It's my beautiful Kate again!« Er nahm sie in die Arme und schmatzte einen Kuß auf ihre Wange. Sie kicherte, wand sich ein bißchen verlegen und brachte ihm sofort einen Bourbon, mit viel Eis, wie er ihn bestellt hatte und wie er ihn im weiteren Verlaufe des Fluges unablässig in sich hineinkippen würde. Sooft Nadine sich während des Fluges zu ihm umschaute, spielte er mit der Videoanlage, auch mit der am Nachbarsitz, so daß er zwei Filme gleichzeitig sehen konnte. Er verschmähte dankenswerterweise den Kaviar, so daß Nadine, die eine Schwäche dafür hatte, seit sie einmal einen Teelöffel probieren durfte, in den Genuß von zwei Portionen kam.

Nadine zappte ein bißchen durch die Filmprogramme, probierte die Musikkanäle, blätterte in dem Archivmaterial, das sie mitgenommen hatte, schaute hinaus auf das Wattemeer, das von der untergehenden Sonne einen rosigen Schimmer bekam, trank erst Champagner und dann einen Pouilly Fuissé, aß scharf gewürztes Lamm und später mit Marzipan gefüllte frische Datteln, trank arabischen Kaffee, der nach Nelken und Kardamom roch, und schlief irgendwann ein.

Als sie aufwachte, war es dunkel. Der arabisch gekleidete Passagier auf der anderen Seite des Flugzeuges hatte sich erhoben und war nach vorn gegangen. Als er zurückkehrte, trug er einen kleinen, zusammengerollten Teppich unter dem Arm. Er warf einen flüchtigen Blick auf Nadine, die instinktiv die Augen schloß. Der Passagier rollte den Teppich auf dem schmalen Gang aus und kniete nieder. Er entschwand Nadines Blicken. Im nächsten Augenblick erhob sich auch der Geschäftsmann in der ersten Reihe vor ihr und ging nach vorn.

Als er wieder vor den Vorhang trat, hielt auch er einen bereits ausgerollten Teppich, rotgrundig, mit orientalischem Muster, vor dem Körper. Er stellte sich neben Nadines Reihe und verbeugte sich.
»Verzeihung«, sagte er in tadellosem Deutsch, »es stört Sie nicht, wenn ich den Teppich hier ausbreite?« Er deutete auf den anderen Gang. »Der ist leider schon besetzt.«
»Aber wieso sollte es mich stören?« sagte Nadine lächelnd.
»Ich dachte, vielleicht wollten Sie sich die Beine vertreten.«
»Wünschen Sie, daß ich mir die Beine vertrete?«
Der Araber lächelte. Er wiegte den Kopf. »Meine Wünsche sind nicht maßgebend.«
»Bitte.« Nadine machte eine etwas unbeholfene Handbewegung, von der sie hoffte, daß man sie als Aufforderung verstehen würde. »Ich bleibe ganz ruhig hier an meinem Platz.«
Der Araber verbeugte sich. »Es ist die Stunde des Gebetes«, sagte er.
Nadine antwortete nicht, aber das wurde wohl auch nicht erwartet. Sie wandte den Kopf und starrte aus dem Fenster, während der Geschäftsmann auf dem ausgerollten Teppich niederkniete, die Handflächen rechts und links vorn aufstütze und mit dem rituellen Kopfneigen begann. Er murmelte dabei halblaut seine Gebete. Nadine konnte die Bewegungen schemenhaft an der spiegelnden Fensterscheibe verfolgen.
Es dauerte nicht länger als zehn Minuten. Der Araber erhob sich, klopfte seine Hände ab und rollte den Teppich zusammen. »Herzlichen Dank«, sagte er und verbeugte sich vor Nadine.
»Wofür?« Nadine lächelte.
Der Mann brachte den Teppich zurück und verschwand dann im Waschraum. Als er wieder herauskam, verströmte er den etwas zu aufdringlichen Duft eines französischen Toilettenwassers. Er setzte sich und wandte sich zu Nadine um. »Genießen Sie den Flug?« fragte er freundlich. Nadine nickte. »Es ist fantastisch«, sagte sie, »so viel Platz! Wenn ich denke, wie ich sonst immer reise ...« Sie lachte.
Der Araber nickte bedächtig. »An Luxus kann man sich schnell gewöhnen. Schneller als an irgend etwas sonst.« Sein Gesicht wurde ernst. »Das ist eines der Probleme, das die Golfstaaten zur Zeit

beschäftigt. Es wird von Generation zu Generation schwerer. Die Leute sind zu sehr verwöhnt. Denken nur an ihr Vergnügen und nicht mehr an die Aufgaben, die Allah ihnen gestellt hat.«
Er lächelte und hob resignierend die Arme. »Ich hoffe, daß man die verwöhnte Jugend rechtzeitig auf den richtigen Weg zurückführen kann.«
»Darf ich fragen, aus welchem Land Sie kommen?« fragte Nadine.
Der Mann wandte sich noch ein bißchen weiter um, so daß er Nadine voll ins Gesicht schauen konnte. Er hatte große, sehr schwarze Augen, die in tiefen, schattigen Höhlen lagen. Seine Lippen waren schmal, die Haut unter dem Olivton wirkte blaß und fast krank.
»Ich komme aus dem Land, in das Sie reisen«, sagte er.
Nadine lachte. »Aber ich fliege nicht nach Bahrain. Das ist nur eine Zwischenstation.«
Der Mann nickte. »Ich weiß.« Er wandte sich wieder um, nahm die »Financial Times« und begann zu lesen.
Nadine ließ sich stirnrunzelnd in die Polster zurückfallen. Woher, dachte sie, weiß dieser Mensch, in welches Land ich fliege? Sie zog verstohlen die Bordkarte aus ihrer Handtasche und studierte sie. Kein Hinweis auf die weiteren Flugverbindungen. Die Stewardeß kam und fragte Nadine nach ihren Wünschen.
Nadine schüttelte den Kopf, folgte der Stewardeß jedoch in die Pantry. Sie dämpfte ihre Stimme, obgleich das Brummen der Motoren ohnehin die Geräusche übertönen würde und der arabische Geschäftsmann in der ersten Reihe gerade die Kopfhörer aufgesetzt hatte.
»Kennen Sie zufällig den Passagier in der ersten Reihe?« fragte Nadine.
Die Stewardeß schüttelte den Kopf und lugte durch den Vorhangschlitz. »Die Namensliste bekommen wir immer erst kurz vor dem Abflug aus Frankfurt. Ich glaube, er ist ein Geschäftsmann. Er sieht aus wie ein Geschäftsmann. Vielleicht Öl. Er liest die ›Financial Times‹.«
Nadine nickte. »Könnten Sie mir seinen Namen sagen?«
»Aber natürlich.« Die Stewardeß lachte. »Wir haben keine Geheimnisse.«
Sie ging zu einer Ledertasche, in der kleine Namenskärtchen steck-

ten. Sie zog eine Karte heraus und reichte sie Nadine. »Tahir al Machmout.« Sie lächelte.
»Diese Namen ähneln sich irgendwie alle, nicht wahr?«
Nadine nickte. Sie versuchte, sich den Namen zu merken, und gab das Kärtchen zurück.
»Er sieht sehr gut aus.« Die Stewardeß schob den Vorhang zurück und ließ Nadine wieder auf ihren Platz. »Aber an Ihrer Stelle wäre ich vorsichtig.«
Nadine wandte sich fragend um. Die Stewardeß lächelte und zog den Vorhang wieder zu.
Als Nadine auf ihren Platz zurückging, hob der Araber leicht die Lider und lächelte ihr zu. Nadine nickte und setzte sich auf ihren Platz.
Sie sprachen nicht mehr miteinander, bis sie in Bahrain landeten, ihre Gesichter in heiße Tücher gepreßt hatten und die Slipper mit den Straßenschuhen vertauscht hatten. Der Araber verstaute die Zeitungen in seiner Aktenmappe und ließ sich von der Stewardeß in das Kaschmirsakko helfen, das sie für ihn auf den Bügel gehängt hatte. Er verbeugte sich vor Nadine. »Gute Reise«, sagte er, »und viel Glück.«
»Danke.« Nadine lächelte. Sie suchte ihre Sachen zusammen, stirnrunzelnd und konzentriert, weil sie dazu neigte, immer irgend etwas liegen zu lassen unter dem Wust von Decken, Kissen und Zeitungen.
Als sie wieder aufschaute, ihre Tasche schulterte, und dem Araber zum Ausgang folgte, fragte sie: »Woher wissen Sie, in welches Land ich fliege?«
Der Araber schaute sie nicht an. »Habe ich das gesagt?«
»Sie haben es angedeutet.«
Der Araber lächelte. »Ich würde aus Andeutungen nicht allzu wichtige Schlüsse zu ziehen.« Als sie das Flugzeug verließen, wandte er sich noch einmal zu ihr um. »Ihr Flugzeug geht in einer Stunde von Gate zwölf. Ich würde Ihnen raten, sofort zum Gate zu gehen. Ich bin sicher, daß man Sie dort schon erwartet.«
Nadine blieb stehen. »Das gefällt mir nicht«, sagte sie laut. Die Passagiere aus der Business- und der Economyclass, die von hinten drängten, schoben Nadine zur Seite.

Sie verlor den Araber aus den Augen. Als er sich von ihr entfernt hatte, war ihr aufgefallen, daß er das rechte Bein etwas nachzog.
»Es gefällt mir nicht«, wiederholte Nadine. Aber niemand hörte ihr zu.

Der Airbus der Emirates Airline hatte Frankfurt am Nachmittag verlassen. Als sie in Bahrain landeten, war es dort fast Mitternacht. Dennoch herrschte reger Betrieb auf dem Flughafen, den viele Fluglinien zum Stop-over und Auftanken auf dem Weg nach Südostasien, nach Bangkok, Singapore und Hongkong benutzen.
Ein internationaler Flughafen, in dem man auch um Mitternacht noch Schmuck, Hi-Fi-Geräte und Kosmetika kaufen konnte, im Transitraum war der Konsum von Alkohol erlaubt, und nur die sorgsam aufgereihten Schuhpaare vor einer ziselisierten Messingtür, die offenbar zu einer Moschee mitten im Flughafengebäude führte, erinnerten Nadine daran, daß sie sich in einem arabischen Land befand.
Sie schlenderte durch die Einkaufspassage, blätterte in arabischen Zeitschriften, die verschleierte Frauen auf dem Titel zeigten, und anderen Zeitungen, westliche, bei denen die nackten Brüste der Frauen mit schwarzem Balken unkenntlich gemacht worden waren.
Aus den Lautsprechern rieselte ein Klangteppich aus Lauten- und Panflötenmusik, ein Kulturenmix, der unerträglich wäre, würde man ihn wirklich zur Kenntnis nehmen.
Der Flug von Gate zwölf wurde nicht aufgerufen. Er war auch nicht angezeigt an der Tafel, Nadine mußte ihr Ticket mehrfach dem Flughafenpersonal aushändigen, bis sie sicher war, daß es diesen Flug auch wirklich gab.
Am Gate zwölf befand sich niemand.
Nadine setzte sich in einen der bequemen Ledersessel, dem Abfertigungsschalter gegenüber, und wartete.
Zwei Frauen, in schwarze Arabeyas gehüllt, nahmen ihr gegenüber Platz. Sie wurden begleitet von Frauen, die offenbar Philippininnen waren und eine Unmenge von unförmigen Gepäckstücken trugen. Es gab auch kleine Kinder, die sich an ihre Nannies schmiegten, den Daumen im Mund, und Nadine mit tellergroßen schwarzen Augen anstarrten. Nadine lächelte, aber die Kinder versteckten sofort ihre Gesichter in den Plisseeröcken ihrer Nannies.

Es erschienen ein paar Männer mit wichtigen Gesichtern, einige in Uniform, zwei in arabischer Tracht, sie setzten sich nicht, blieben aber des öfteren vor den beiden schwarzgekleideten Frauen stehen und richteten ihr Wort an sie. Die Frauen hatten inzwischen ihre Schleier über das Gesicht gezogen, und nur ihre Augen wanderten neugierig herum. Sie schwiegen. Sie sprachen kein einziges Mal miteinander und erwiderten auch nichts auf die langen Monologe, die die Männer vor ihnen hielten. Irgendwann, als Nadine schon nicht mehr an die Existenz des Flugzeuges glaubte, erschien ein offiziell gekleideter Beamter und beugte sich zu ihr herunter.
»Are you Miss Nadine Malten?« fragte er in tadellosem Englisch.
Nadine richtete sich ruckartig auf. Sie nickte, fuhr mit der Hand verlegen über die Haare. Sie lächelte. »Yes, it's me.« Der Mann nickte. Er erwiderte ihr Lächeln nicht. »Kann ich Ihren Paß sehen?«
»Natürlich.« Nadine kramte den Paß aus ihrer Handtasche und reichte ihn dem Beamten, der sorgfältig Seite für Seite umblätterte. Er verglich ganz offensichtlich das Foto mit der Wirklichkeit, er studierte die Visa, ausgestellt auf südamerikanische Länder, auf Syrien und die Volksrepublik China.
»Das Visum für Q'uam al Hashid habe ich hier.« Nadine reichte dem Beamten einen Briefumschlag.
Er nahm den Umschlag wortlos und entfaltete den mehrfach abgestempelten Bogen. Er nickte, legte das Visum in den Paß und sagte. »Kommen Sie bitte mit.«
Nadine zögerte. Sie spürte die aufmerksamen Augen der beiden verschleierten Frauen auf sich gerichtet. Die Männer, die eben noch heftig diskutiert hatten, waren verstummt. Die Kinder hockten im Schneidersitz auf dem Fußboden und schauten Nadine an. Etwas weiter entfernt plätscherte ein Springbrunnen, Wasser ergoß sich über kunstvoll glasierte Keramikfliesen in Blau und Grün, vor einem rotgoldenen Mosaik umarmte sich ein japanisches Pärchen.
»Wohin?« fragte Nadine.
Der Mann lächelte nicht. Er wirkte auch nicht nervös. Er flößte Nadine weder Ehrfurcht noch Angst ein, dennoch war sie nicht so ohne weiteres bereit, ihm zu folgen. »Es dauert nur einen Moment«, sagte der Beamte. Nadine seufzte, nahm ihre Sachen und folgte dem Beamten durch zwei Sperren, die er mit einer Codekarte löste, einen

schmalen Gang entlang, vorbei an Türen, an denen Visitenkarten befestigt waren. Schließlich stieß er eine Tür auf und sagte. »Bitte.«

Nadine befand sich in einem hellerleuchteten, spärlich möblierten Zimmer. Es gab an den Wänden dicke Brokatkissen, zwischen denen Tischchen mit Wasserpfeifen standen. Vor dem Fenster ein Schreibtisch aus geschnitztem Zedernholz, ein schwerer, lederbezogener Stuhl, mehrere Telefone. Der Schreibtisch war vollständig leer. Hinter dem Schreibtisch saß ein Mann in Dischdascha und schneeweißer Kafyiah, die schwarze Kordel, die die Kafyiah hielt, lief unten in einer dicken Quaste zusammen. Er trug eine Brille. Seine untere Gesichtshälfte war fast vollständig von einem krausen Bart verdeckt, er streckte die Hand aus, als Nadine zögernd eintrat, und sagte: »Miss Malten, das ist nett, daß Sie unserer Einladung so schnell gefolgt sind.«

»Welcher Einladung?« fragte Nadine.

In diesem Augenblick drehte sich der Mann, der ihr bislang den Rükken gekehrt hatte, um. Es war der Passagier aus der ersten Reihe, Tahir al Machmout. Er zog seine schneeweißen Manschetten unter dem Kaschmirsakko hervor, verbeugte sich tief und sagte. »Meiner Einladung, Miss Malten.«

Seine Stimme war dunkel, aber weich. Er schaute ihr in die Augen, was er während des ganzes Fluges vermieden hatte.

Nadine zwang sich, nicht in Panik zu geraten. Sie hatte zwar keine Vorstellung, was dies alles bedeutete, aber man würde es ihr zweifellos gleich erklären.

Immerhin befand sie sich noch in Bahrain, einem Land, mit dem die Bundesrepublik gute diplomatische Beziehungen pflegte, auf einem internationalen Flughafen, und hier sogar im internationalen Teil des Flughafens. Sie ertappte sich dabei, daß sie versuchte, sich zu erinnern, unter wessen Hoheit eigentlich der internationale Teil eines Flughafens fiel. Galten hier die Gesetze des jeweiligen Landes oder die Regeln der IATA? Sie war eine Transitreisende, sie mußte nicht einmal ein Visum dieses Landes vorweisen, da sie ja nur auf der Durchreise war. Aber dabei wußte sie nicht einmal, ob Bahrain von den Europäern ein Visum verlangte.

»Setzen Sie sich doch, Miss Malten.« Der Mann hinter dem Schreib-

tisch machte eine einladende Handbewegung zu den weichen Brokatkissen.
Nadine umklammerte ihre Schultertasche und preßte den Schreibcomputer an sich. »Danke«, sagte sie so ruhig und selbstsicher wie möglich, »ich bleibe lieber stehen. Mein Flugzeug geht in einer Viertelstunde.«
»Ihr Flugzeug hat leider Verspätung«, sagte Tahir mit einer liebenswürdigen Verbeugung. »Wir bedauern das sehr. Aber ein kleines Problem am Triebwerk ...« Er breitete die Arme aus. »Ich bin kein Techniker. Ich bewundere diese Leute, die Flugzeuge bauen und reparieren und sie in die Luft bringen. Sie auch, Miss Malten?«
Nadine hob die Schultern.
Tahir musterte sie aufmerksam, dann nickte er. »Sie haben recht. Natürlich erwarten Sie, daß wir Ihnen rechtzeitig Bescheid geben. Dazu muß ich Ihnen sagen, daß man durchaus bereits eine Durchsage gemacht hat. Allerdings in der Sprache unseres Landes.« Er verbeugte sich wieder, lächelte, »denn es kommt nur äußerst selten vor, daß ein Fremder, der nicht die Sprache unseres Volkes spricht, diese Maschine besteigt. Man wird es einfach vergessen haben, daß eine Deutsche an Bord ist. Ein Fehler, ich bitte um Verzeihung, obgleich ich weiß, daß es ein unverzeihlicher Fehler ist. Bei der Lufthansa ist man immer so effizient, nicht wahr, so perfekt. Da unterlaufen diese Fehler nie.« Er lächelte wieder.
»Sie haben eine bessere Meinung von der Lufthansa als ich«, sagte Nadine, um Lockerheit bemüht. Sie warf einen Blick auf die Uhr. »Kennt man schon die neue Abflugzeit?«
»Bedauere, zur Zeit noch nicht. Unsere Ingenieure arbeiten noch an dem Problem. Aber es wird nicht mehr lange dauern, ganz sicher nicht.« Tahir lächelte wieder. »In ein paar Stunden wird es hell. Vielleicht werden sie Allah danken für die Fügung. Wenn Sie nämlich bei Sonnenaufgang unsere schöne Hauptstadt anfliegen und wie ein Falke aus dem Himmel herabstoßen auf diese goldene Stadt. Wissen Sie, daß die Kuppeln unserer Moscheen alle vergoldet sind?«
»Ich habe es gelesen«, sagte Nadine.
»Ach ja, natürlich, Sie haben alles gelesen, Sie sind eine Journalistin.«
Nadine hielt die Luft an. Woher wußte er das?

»Das, verehrte Miss Malten, bringt mich dazu, Ihnen die Wahrheit zu offenbaren.« Er breitete die Arme aus, wiegte den Kopf und verzog bekümmert sein Gesicht. »Sie werden all diese wunderbaren, wichtigen Papiere leider nicht mitnehmen können, die sich dort in Ihrer Tasche befinden.« Er richtete seine Augen auf die Schultertasche, als habe er einen Röntgenblick und könne den Inhalt der Dossiers durch die Lederhaut entziffern.

Nadine umklammerte die Tasche noch fester. »Das sind keine wichtigen Papiere«, sagte sie. »Das ist für niemanden wichtig. Nur für mich. Arbeitsmaterial.«

Tahir lächelte. »Ich bedauere außerordentlich.«

Nadine schaute zu dem Menschen, der hinter seinem Zedernholzschreibtisch saß und die Fingernägel mit einem Zahnstocher reinigte, ohne sich um das Gespräch zu kümmern, das die beiden auf deutsch führten.

Nadine wandte sich an den Mann. »Bitte«, sagte sie auf englisch, »ich versteh' nicht, was das bedeutet?«

Der Mann schaute hinter seinem Schreibtisch auf.

»Nein?« fragte er. Seine Stimme war nicht ganz so weich und verbindlich wie die von Tahir. »Warum verstehen Sie das nicht?«

»Wenn man es mir erklären würde«, sagte Nadine, »ich habe eine Einladung nach Q'uam al Hashid, eine offizielle Einladung vom Ministerium für Information. Wenn Sie bitte diesen Brief ...«

Tahir winkte ab. »Wir kennen diesen Brief, Miss Malten.«

Nadine ließ den Arm sinken. »Sie kennen den Brief?« fragte sie tonlos.

Tahir senkte den Kopf. Er lehnte sich an den Schreibtisch und schlug die Beine übereinander. Seine Schuhe waren schwarz, weiches Nappaleder, die Socken schwarz, leicht durchscheinende Seide. Offenbar hatte Tahir eine sehr helle Haut.

»Sie haben eine Einladung in unser Land, Miss Malten«, sagte Tahir freundlich, »aber in dem Brief steht nicht, daß Sie mit ein paar Kilo Informationsmaterial einreisen sollen. Wissen Sie«, er stieß sich von dem Schreibtisch ab und kam auf Nadine zu, immer noch umgab ihn der leicht süßliche Duft des Eau de Toilette, »wissen Sie, in unserem Land legt man nicht soviel Wert auf die Druckerzeugnisse der Ungläubigen. Wir lesen lieber unsere Wahrheiten als dieses Gespinst aus Lügen, Arroganz und Unverständnis, das man im Westen webt.«

»Ich verstehe Sie nicht«, Nadine zwang sich zu kühler Beherrschtheit.

Tahir streckte seine Hand aus. »Wir möchten Ihnen nichts wegnehmen. Wir bitten Sie nur, Ihr Material hier zu deponieren, auf neutralem Gebiet sozusagen, um es dann auf dem Rückflug hier wieder abzuholen. Wir möchten verhindern, daß Ihr Material bei uns in falsche Hände kommt.«

»Aber wie soll es in falsche Hände kommen«, rief Nadine störrisch, »wenn ich es immer bei mir behalte ...?«

»Woher wollen Sie das jetzt schon so genau wissen?« fragte Tahir mit hochgezogenen Augenbrauen. »Sie haben noch keinen Fuß in unser Land gesetzt und wollen jetzt schon wissen, wie alles abläuft?« Er lächelte bekümmert. »Das werfe ich euch Europäern vor. Ihr kennt die Antworten schon, wenn wir noch nicht einmal Fragen gestellt haben. Und darauf seid ihr stolz. Ihr haltet das für einen Beweis eurer alten Kultur, eurer Überlegenheit. Wir jedoch verweisen darauf, daß wir schon Epochen gegründet und Wissenschaftler hervorgebracht haben, als Europa ...« er zögerte, kicherte in sich hinein und beschloß, den Satz nicht zu beenden. »Bitte, Miss Malten, Ihre Papiere sind hier sicher. Niemand wird sich dafür interessieren. Wir haben Safes hier. Wir haben alles, Sie bekommen eine Quittung, mit Datum und Stempel und Unterschrift. Es ist alles ganz legal, glauben Sie mir.«

»Aber ich brauche diese Papiere für meine Arbeit!« rief Nadine.

Tahir lächelte. »Welche Arbeit?«

»Nun, für meine Berichte über das Land. Für das Interview, das ich mit Scheich Zayed ...«

»Ich dachte«, Tahir unterbrach sie sanft, »Sie wollen mit offenen Augen und ohne Vorurteile unser Land bereisen? Ich dachte, Sie wollen mit Seiner Königlichen Hoheit, Scheich Zayed bin Sultan al Maktoum, ein wirklich offenes, neugieriges und unbelastetes Gespräch führen?«

Nadine errötete. »Natürlich, aber dennoch brauche ich doch Hintergrundmaterial, ich möchte nicht wie eine unwissende, naive Besucherin ...«

Wieder unterbrach sie Tahir. »Wir halten Naivität für eine Tugend,

Miss Malten«, sagte er weich. »Jedenfalls eine gewisse Naivität, die man auch Unbefangenheit nennen könnte. Ich weiß, daß das in Ihrem Land anders gesehen wird.« Er lächelte etwas intensiver. »Ich kenne Ihr Land sehr gut.« Er dämpfte seine Stimme und wurde etwas leiser. »Es wäre besser, Sie würden sich nicht so sehr sperren, Miss Malten. Es macht nur einen schlechten Eindruck in dem Bericht.«

Nadine schluckte. »In welchem Bericht?« fragte sie scharf.

»Nun, in dem Bericht, den man über sie anfertigt.« Er lachte. »Sie glauben doch nicht, daß Sie die einzige sind, die Berichte schreiben kann? Dieser Herr am Schreibtisch, Miss Malten, ist ein sehr freundlicher, nachsichtiger Mann, er ist ein Freund von mir. Er spricht nicht deutsch. Aber, selbst wenn er unser Gespräch verstünde, würde er darüber nicht reden. Ich meine es gut mit Ihnen, Miss Malten. Sie verstehen mich falsch, wenn Sie denken, ich wollte Ihnen schaden. Je eher Sie das einsehen, daß ich Ihnen helfen möchte, desto besser.« Er schaute sie an, musterte sie jetzt unverhohlen von Kopf bis Fuß. »Sie sind nicht nur sehr klug, Miss Malten, sondern auch sehr schön. Ich hoffe, Sie wissen, daß das für Sie sehr schwierig sein kann in einem Land, in dem Sie es nur mit Männern zu tun haben werden.«

Eine tiefe Röte überzog Nadines Gesicht. »Ich weiß sehr wohl, daß ich in eine Männergesellschaft komme«, sagte sie, »und ich glaube, daß ich mich auch zu benehmen weiß.«

Tahir schaute ihr in die Augen. »Daran zweifle ich keinen Augenblick. Aber werden unsere Männer sich immer zu benehmen wissen? Was meinen Sie? Haben Sie darüber nachgedacht? Es wäre besser, Sie würden mir das Material jetzt geben. Dann kann das Flugzeug bald starten.«

Nadine lachte hysterisch. »Ach ja? Ich dachte, es gibt ein Problem mit den Triebwerken.«

Tahir erwiderte ruhig ihren Blick. »Das Problem ist soeben behoben, Miss Malten.« Er streckte die Hand aus.

Nadine wußte, daß ihr nichts übrigbleiben würde, als ihr Material hier abzuliefern.

Während sie die Klarsichtordner aus der Tasche zog, dachte sie flüchtig an Arne Henscheid. Sie hörte ihn lachen. Das Lachen hallte in den leeren Gängen der Redaktion wider.

Der zweistrahlige Learjet, der in Bahrain abhob und in einer weiten Schleife nach Südwesten zog, war, obgleich er höchstens über dreißig Plätze verfügte, nur zur Hälfte besetzt. Nadine erkannte die beiden verschleierten Frauen an den auffallenden Armreifen wieder, die bei ihren heftigen Gesten immer unter der schwarzen Arabeya aufblitzten. Auf die Kinder im hinteren Teil des Flugzeuges paßten ihre Nannies auf, die Ehemänner saßen im Raucherabteil, eingehüllt in Wolken von parfümiertem Tabak, und schenkten den restlichen Familienangehörigen keinen Blick.

Nadine hatte schon beim Betreten des Flugzeuges festgestellt, daß sie – bis auf eine etwa fünfzigjährige, grauhaarige Frau in der gleichen Sitzreihe – die einzige Europäerin war. Die Frau trug ein praktisches, unauffälliges Kostüm mit wadenlangem Faltenrock, mausgrau, darunter eine hochgeschlossene Baumwollbluse. Ihre Fingernägel waren nicht lackiert, sie trug kein Make-up, aber wenn sie von Zeit zu Zeit von der Lektüre aufsah und Nadines Blick begegnete, verschönte ein Lächeln ihre herben Züge und glättete für einen kurzen Augenblick die tiefen Falten, die sich von der Nasenwurzel bis zum Mundwinkel eingegraben hatten. Nadine lächelte zurück, dankbar darüber, jemanden in der Nähe zu wissen, der Nabokov las und offenbar ganz ohne Angst und Mißtrauen den Flug über sich ergehen ließ. Nadine hatte Magenschmerzen. Sie wußte nicht, ob es an diesen mit Marzipan gefüllten Datteln lag, von denen sie viel zu viele gegessen hatte, oder ob ihr womöglich eines dieser arabischen Gewürze nicht bekam, der Kardamom im Kaffee? Die Nelken? Der Zimt?

Wahrscheinlicher jedoch war, daß ihr das Gespräch im Flughafen mit diesem unbeteiligten Airport-Chef und Tahir auf den Magen geschlagen war.

Immer wieder versuchte sie herauszufinden, wann Tahir die Möglichkeit gehabt hatte, sich über ihr Zeitungsmaterial zu informieren. Woher wußte er, daß es brisant war? Hatte er verstohlen die Seiten studiert, als Nadine im Waschraum war? Hatte er einen Stapel der Kopien einfach herausgezogen, als Nadine sich einmal aus Neugier hinten in der Economyclass umgeschaut hatte, und die Papiere geschickt wieder an ihren Platz zurückgebracht, während Nadine schlief?
Sie hatte keine Ahnung. Sie hatte nichts gemerkt, nicht das geringste.
Diese Erkenntnis, daß es offenbar möglich war, sie so leicht zu übertölpeln, war vielleicht die wahre Ursache des Sodbrennens, unter dem sie jetzt litt. Sie kramte in ihrem Make-up-Täschchen nach einer Alka-Seltzer und bat die Stewardeß um ein Glas Wasser. Es wurde sofort gebracht.
Die Dame neben ihr schaute besorgt zu ihr hinüber, als sie sah, wie Nadine die Tablette in das Glas fallen ließ.
»Anything wrong?« fragte sie.
Nadine lächelte. »Nichts Schlimmes«, erwiderte sie auf englisch, »es ist nur eine Alka-Seltzer.«
»Sie sehen blaß aus«, sagte die Frau. Sie musterte Nadine jetzt unverhohlener. »Sind Sie sicher, daß alles in Ordnung ist? Es ist mir schon aufgefallen, wie blaß Sie waren, als Sie ins Flugzeug stiegen.«
»Der lange Flug«, meinte Nadine, sichtlich um eine unbekümmerten Tonfall bemüht. »Ich müßte seit Stunden im Bett liegen.«
»Woher kommen Sie?«
»Aus Frankfurt.«
Die Frau lächelte, sie schob ihre Bordkarte als Lesezeichen in das Buch und schlug es zu. »Aus Frankfurt, dann ist es natürlich auch der Klimawechsel.«
»Ach, von dem habe ich nichts gemerkt. Heutzutage wird man ja beim Transit von einem klimatisierten Raum in den nächsten geschleust. Wie ist das Wetter denn jetzt in Bahrain?«
»Heiß und zu feucht für die Jahreszeit«, sagte die Dame, »eigentlich ist der März einer der besten Monate.« Sie hob mit einem resignierten Lächeln die Schultern. »Irgend etwas müssen wir falsch machen.

Allah bestraft uns jedes Jahr mit einem noch elenderen Klima.« Sie lächelte wieder. »Oder vielleicht werde ich auch nur alt. Es wird immer anstrengender, hier zu leben. In Adschman ist es übrigens trockener. Aber auch heißer. Im ganzen ein etwas gesünderes Klima.«

»Ich bleibe nicht in Adschman«, sagte Nadine, »ich fliege gleich weiter.«

Die Frau hob amüsiert die Augenbrauen. »Wohin kann man denn von Adschman noch fliegen? Ich dachte, das sei schon das Ende der Welt.«

Nadine zögerte. Sie wollte nicht wieder einen Fehler begehen. Es war sicherlich unklug, jeden neugierigen Frager mit genauen Informationen und Details ihrer Reise zu füttern. Woher wußte sie, ob diese Frau nicht mit Tahir oder dem Beamten des Bahrain-Airports zusammenarbeitete? Wer garantierte ihr, daß sie nicht schon wieder unter Beobachtung stand?

»Ich weiß selbst den Namen nicht genau«, sagte Nadine ausweichend, »ich werde mit einem Privatflugzeug abgeholt.«

Die Dame nickte. Ihre Augen hefteten sich auf Nadines Gesicht, bis sie glaubte, es klebe vielleicht noch ein Speiserest am Mundwinkel. Sie nahm nervös ein Kleenex aus der Box in der Rückenlehne des Vordersitzes und rieb damit über ihr Gesicht.

»Ein Privatflugzeug.« Die Dame nickte. »Entschuldigen Sie, daß ich Sie so angestarrt habe. Ihr Make-up ist vollkommen in Ordnung. Ich schaue mir nur so gerne geschminkte, unverschleierte Gesichter an.« Sie lächelte wieder, als müsse sie sich dafür entschuldigen. »In der Öffentlichkeit sieht man das so selten. Es gefällt mir. Entschuldigen Sie.«

»Oh, bitte.« Nadine zerknüllte das Kleenex und schob es in den Schlitz zwischen den beiden Sitzen.

»Privat«, sagte die Dame nach einer Weile, als habe sie über Nadines Antwort so lange nachgedacht, »sind hier ja praktisch alle Flugzeuge. Auch dieses ist ein privates Flugzeug einer privaten Fluglinie. Sie gehört dem Scheich Saif bin Nasser al Baweardi.« Sie lächelte. »Ein steinreicher Mann. Und sehr mächtig. Sehr, sehr mächtig. Er könnte uns abstürzen lassen, einfach so, mit einem Fingerschnippen könnte er es befehlen, und niemand würde je etwas davon erfahren.«

Nadines Kopf glühte. »Es würde in den Zeitungen stehen. Man würde im Fernsehen darüber berichten.«
»In welchen Zeitungen? In welchem Fernsehen? Das wird hier doch alles kontrolliert«, sagte die Dame amüsiert. Sie schaute aus dem Fenster. »Wir sind über der Wüste. Lange nicht mehr in den Staatsgrenzen von Bahrain. Wir fliegen über menschenleeres Gebiet. So scheint es jedenfalls. Ich wollte Sie nicht erschrecken. Der Scheich ist ein kluger und freundlicher Mensch, wenn er möchte. Er wird unser Flugzeug nicht abstürzen lassen.« Sie lehnte den Kopf zurück und lachte. »Das weiß ich zufällig genau.«
»Und warum wissen Sie das so genau?« fragte Nadine, eine Spur gereizt. Sie kam sich vor wie ein naives, junges Ding, dem man offenbar alles erklären mußte.
Die Dame wandte Nadine das Gesicht zu. »Weil ich in diesem Flugzeug sitze.«
Die Stewardeß räumte das Glas weg und fragte Nadine, ob sie sich besser fühle. Nadine nickte. Die Dame sprach – in fließendem Arabisch, wie Nadine fand – auf die Stewardeß ein, die einen flüchtigen Blick auf Nadine warf und dann hinter dem Vorhang der Pantry verschwand. Nadine fühlte sich in ihrem Argwohn bestätigt. Sie war froh, daß sie nichts über sich preisgegeben hatte. Die Dame lächelte.
»Ich heiße Mary Gibbs«, sagte sie. Sie spielte mit ihren blassen, ungeschmückten Fingern, als überlege sie noch, ob sie Nadine diese Finger zu einem europäischen Händedruck überlassen sollte. »Ich bin Ärztin. Der Scheich Saif bin Nasser läßt mich manchmal aus Bahrain einfliegen, wenn eine seiner Lieblingsfrauen krank ist.« Sie nickte Nadine zu. »Diesesmal ist es Maila, die wichtigste Frau in seinem Harem. Da darf nichts schiefgehen.«
Nadine verzog ihr Gesicht. »Gut zu wissen.«
Eine Weile schwiegen sie. Mary Gibbs klappte wieder den Nabokov auf, nahm die Bordkarte heraus und vertiefte sich in die Lektüre. Nadine schaute aus dem Fenster auf das schattenlose graue Land, über das sie flogen. Die Maschine durchstieß immer wieder graue Wolkenschleier, die hin und wieder den Blick in einen rosig angehauchten Himmel erlaubten, und je länger sie unterwegs waren, desto mehr Farbe kam in die Landschaft. Die Wüste war erst blau,

dann rot, dann gelb, der Himmel bleich und durchsichtig, bis er in ein immer tieferes, intensives und endloses Blau überging. Die Wolkenschleier zerrissen und blieben hinter ihnen zurück, in der Ferne zeichneten sich die bizarren Linien eines Bergkammes ab. Der Motor brummte gleichmäßig und ruhig, die beiden verschleierten Frauen hinter Nadine plapperten unaufhörlich, die Kinder schliefen, die Männer versanken in ihrem Tabakqualm, dem offenbar auch etwas Weihrauch beigemischt war. Nadine spürte einen leichten Schwindel, eine Art trägen Wohligseins, aus dem sie erst erwachte, als Mary Gibbs sich über den Gang zu ihr beugte, eine kühle Hand auf ihren Arm legte und sagte. »Da vorn, das ist Adschman.«
Nadine schaute hinaus. In dem gelben Licht der aufgehenden Sonne lag der Wüstenort schwarz wie ein Krater inmitten von gelbem, hügeligem Wüstensand. Flache Häuser, gelbe Straßenbeleuchtungen, Glühbirnen, an extrem hohen Masten wahllos irgendwie aufgestellt, aufragend aus einem Labyrinth von flachen grauen Dächern, zwischen denen Palmen und Feigenbäume wuchsen, dann eine breite vierspurige Straße, auf der absolute Leere war, eine Kreuzung, eine Tankstelle, eine Fabrik, ein Schuppen, eine Flugzeughalle, und schon setzten sie auf.
»Adschman«, sagte Mary Gibbs, während sie ihren Seidenschal um die Haare band, »ist nichts Besonderes, wirklich. Ich bin immer froh, wenn ich wieder nach Bahrain zurückkehre. Ich weiß zwar nicht, wohin Sie noch mit Ihrem Privatflugzeug weiterreisen, aber auch Sie werden wahrscheinlich froh sein, wenn Sie die Zivilisation wieder erreicht haben.«
Nadine haßte es, wenn man ihr sagte, was sie empfinden solle. Das war immer schon so gewesen. Deshalb fiel ihre Antwort auch um einige Grade schnippischer aus, als die Freundlichkeit von Mary Gibbs es verdient hätte. »Kommt ganz darauf an, was man unter Zivilisation versteht.« Mary schaute sie an, ihre Augenbrauen hoben sich, die Nase kräuselte sich. »Oh, natürlich, darauf kommt es immer an.«
»Ich finde Beduinen nicht kulturlos. Ich finde Nomaden nicht unzivilisiert«, sagte Nadine, als verlangte das Gespräch noch diese Erklärung.
»Natürlich, ich habe verstanden.« Mary schenkte ihr ein reizendes

Lächeln. Sie nahm ihre große, schwarze Ledertasche und ließ Nadine den Vortritt. Die Stewardeß hatte den Schleier von ihrem Hütchen heruntergezogen und senkte schamhaft den Kopf, als der Ingenieur über die Bordtreppe das Flugzeug betrat und mürrisch etwas zu ihr sagte. Nadine hielt die Stewardeß für eine Ägypterin. Natürlich war sie emanzipiert, sonst wäre sie nicht Stewardeß geworden. Und den emanzipierten Frauen gehörte in dieser Gegend die Verachtung der Männer, das wußte sie. Damit müßte sie auch fertig werden. Aber wenn sie Mary Gibbs betrachtete, die jetzt mit einem unbekümmerten Lächeln dem Kontrolleur entgegentrat und ihren Paß zeigte (noch vor dem Verlassen des Flugzeuges war Nadine merkwürdig zumute) – wie gesagt: Wenn sie Mary Gibbs beobachtete, dann mußte man auch davor keine Angst haben.
Auf Mary Gibbs wartete ein kleiner offener Buggy mit Segeltuchdach. Ein sehr schwarzer Junge in weißer Uniform saß am Steuer. Mary winkte Nadine, die gerade die Treppe hinunterstieg und zum erstenmal die heiße Luft einatmete. Es war wie ein Schock, wie brennende Pfeile in ihrer Lunge. Sie zögerte und stieg sehr langsam und vorsichtig auf weichen Beinen die Treppe hinunter. Ihre Füße waren geschwollen, alles tat weh. Inzwischen spürte sie den langen Flug, die Aufregungen, das Schlafdefizit.
»Kommen Sie!« rief Mary Gibbs freundlich. »Hier ist noch Platz!« Sie klopfte auf das rote Lederpolster.
Aber ein anderer Beamter, der aus dem Nichts aufgetaucht war und Nadine am Fuße der Flugzeugtreppe erwartete, machte eine herrische Bewegung zum Fahrer hin und rief etwas. Der Fahrer gab Gas. Mary lachte und breitete hilflos die Arme aus. »Tut mir leid!« rief sie. »Und Sie haben mir nicht einmal Ihren Namen genannt!«
Nadine schaute dem kleinen Buggy nach, der behende über das Rollfeld kurvte, auf das Flughafengebäude zu, das wie ein Palast in der Morgensonne glitzerte, weiß getüncht mit farbigen Fayencen und grünglasierten Ziegeln, mit orientalischen Fensterbögen und bunt bemalten, geschnitzten Zedernholztoren. Davor blühten üppig feuerrote Strelitzien.
Nadine winkte. Sie lächelte zum Abschied.
»Miss Malten?« schnarrte der Beamte in rauhem Englisch.
»Please follow me.« Er machte eine Handbewegung und deutete auf

den Asphalt, der jetzt schon in der Hitze flimmerte. Kein Buggy für sie. Sie würde mit ihren geschwollenen Füßen und den Schuhen, die viel zu elegant und unbequem waren, zu Fuß gehen müssen. Sie drehte sich um. Hinter ihr standen die Araber und schauten mürrisch zu ihr herab. Sie versperrte den Weg. Die Nannies trugen die schlafenden Kinder in den Armen, die beiden Frauen zogen ihre Schleier über die Augen und tasteten nach dem Treppengeländer.
»Please!« bellte der Beamte. »Come this way.«
Nadine gehorchte. Sie schob die Schulterriemen ihrer leichten Tasche höher und preßte den Schreibcomputer an den Bauch. Der Buggy, in dem Mary Gibbs saß, hatte jetzt ein schattiges Dach vor einem hohen Portal erreicht.
Jemand verbeugte sich und reichte Mary Gibbs die Hand, die sie ihm huldvoll reichte.
Nadine schien es, als schaue Mary Gibbs sich noch einmal nach ihr um. Es war ihr, als hebe Mary Gibbs die Hand, um ihr zu winken, ein letztes Adieu, ein freundlich gemeinter Gruß. Nadine war geblendet von der tiefstehenden Sonne. Sie lächelte. Egal, wer diese Mary Gibbs in Wirklichkeit war, dennoch war es ein gutes Gefühl, wenigstens einen Menschen in Adschman schon zu kennen.
Als Nadine in einen hohen Raum mit vergitterten Fenstern geführt wurde, am Ende des Flughafengebäudes und sehr weit von der offiziellen Empfangshalle entfernt, als man sie aufforderte, sich zu setzen und zu warten, da bereute Nadine zum erstenmal, daß sie Mary Gibbs ihr Reiseziel nicht genannt hatte.
Jemand kam und stellte, ohne sie dabei anzusehen, eine Wasserkaraffe und ein Glas auf den staubigen Tisch.
»Schukran«, sagte Nadine. Sie wußte, daß das »Danke« heißt, und zwar in fast allen arabischen Sprachen. Der Mann zeigte keine Reaktion. Er warf Nadine nicht einen einzigen flüchtigen oder neugierigen Blick zu. Er ging einfach wieder und zog die Türe hinter sich zu.
An der gegenüberliegenden Wand hing ein Ölbild. Das Porträt eines arabischen Scheichs. Er lächelte gütig, aber seine Augen waren kalt und klar. Er hatte ein weiches, fast weibliches Kinn und sehr volle Lippen. Seine Hände waren im Schoß gefaltet. Der Maler hatte nicht versäumt, auch die Rolex abzubilden, die der Scheich am Handgelenk trug.

Die Tür öffnete sich wieder. Der gleiche Beamte, der ihr das Wasser gebracht hatte, trug jetzt eine Schale mit Obst herein. Dazu einen Stapel Papierservietten.
»Schukran«, sagte Nadine zum zweitenmal.
Der Mann ging zur Tür. Er reckte sich, hob die Schultern und drehte sich dann zu ihr um. Er war noch jung. Vielleicht zwanzig, zweiundzwanzig. Er hatte hellblaue Augen in einem sehr dunklen Gesicht.
»Zabach alcher«, murmelte er, verbeugte sich und zog wieder sehr behutsam hinter sich die Tür ins Schloß.
Nadine zog den Stuhl näher an den Tisch heran und studierte das Früchteangebot. Feigen, Datteln, Kiwis, Lychees, Pfirsiche und Erdbeeren, entweder gab es hier Treibhäuser, in denen alles wuchs, oder einen blühenden Handel mit allen Ländern der Welt. Die Lychees waren wunderbar, die Pfirsiche so reif, das der süße Saft an ihrem Kinn herablief. Sie griff gerade nach einer Papierserviette, als der junge Mann wiederkam, einen Blick auf den Früchtekorb warf, anerkennend lächelte und sagte: »Passport.« Er streckte die Hand aus.
Nadine wischte mit einer Serviette den Obstsaft vom Kinn.
»Warum?« fragte sie. »Ich habe den Paß schon gezeigt.«
»Visum«, sagte der junge Mann. Er schaute sie nicht an. Er blickte haarscharf an ihrem rechten Ohr vorbei. Nadine hatte irgendwo gelesen, daß dies keine Verachtung bedeutete, sondern eine Höflichkeit des Mannes war, der eine Frau nicht durch einen direkten, schamlosen Blick entwürdigen wollte, sie hoffte, daß auch dieser Blick so gemeint war, aber sie schüttelte störrisch den Kopf.
»Mein Paß bleibt bei mir«, sagte sie, »und das Visum auch. Ich bleibe nicht hier in Adschman, ich fliege weiter nach Q'uam al Hashid. Ist mein Flugzeug schon da?«
Der junge Mann schaute sie an. Er hatte sehr lange schwarze Wimpern, die diese hellen himmelblauen Augen wie ein Vorhang beschützten. Er schüttelte langsam den Kopf. Nadine erstarrte.
»Das Flugzeug ist nicht da?«
Der junge Mann schüttelte den Kopf.
»Wissen Sie, wann es kommt?«
»La«, sagte der Mann. La bedeutete nein. Soviel wußte Nadine immerhin.

Nadine seufzte. Sie schaute zu dem vergitterten, hohen Fenster. Es waren schöne Gitter, zweifellos, aber es waren dennoch Gitter, und Nadine hatte keine Ahnung, was es bedeutete, daß man sie in ein solches Zimmer gesteckt hatte.
»Ich möchte den Chef sprechen«, sagte sie streng, »den Direktor.«
Der junge Mann riß seine blauen Augen noch weiter auf.
»Haben Sie verstanden? Ich gebe den Paß nicht. Ich gebe das Visum nicht. Den Direktor.« Ihre Stimme wurde lauter, fast schrill, sie war kurz davor, hysterisch zu werden, einfach nur aus Müdigkeit, aus Angst, einen Fehler zu machen, aus Panik vor dem Unbekannten, Ungewissen. Und wenn es gar kein Flugzeug nach Q'uam al Hashid gab? Wenn man sie hier schmoren ließ? Wenn Scheich Zayed auf einmal keine Lust mehr hatte, einer kleinen deutschen Journalistin Rede und Antwort zu stehen? Wenn er auf einmal keine Notwendigkeit mehr sah, einer kleinen deutschen Journalistin sein Land zu zeigen? Dinge zu erklären, die er noch nie erklärt hatte? Warum sollte er das eigentlich tun? Was hatte er eigentlich davon?
Sie, die kleine deutsche Journalistin, würde auf seine Kosten berühmt werden, womöglich sogar Karriere machen durch schreckliche und zudem noch unwahre, verzerrte Ansichten über sein Land. Sein Land. Das Land, das so war, wie er es haben wollte. Ein islamisches Land, welches das Wohlgefallen von Allah hatte, wenngleich es auch das Wohlgefallen ganz anderer Leute hatte, die nicht im Himmel wohnten, aber das war eine andere Geschichte. Der junge Mann öffnete seine Lippen und murmelte. »One moment.«
Er verschwand. Nadine ließ sich wieder auf ihren Stuhl fallen, der zwar angenehm gepolstert war, ihr aber trotzdem mittlerweile unbequem wurde. Sie schwitzte trotz der Klimaanlage, die unablässig leise summte und schubweise kalten Wind ausstieß.
Und wenn sie mich hier sitzen lassen? dachte Nadine. Wenn sie mich hier schmoren lassen? Was dann? Sie nahm die Brieftasche heraus und betrachtete ihren Paß. Das Visum lag zusammengefaltet gleich hinter dem Deckblatt. Sie umschloß den Paß mit beiden Händen. Den, flüsterte sie, gebe ich nie aus der Hand. Da können die machen, was sie wollen.
Sie schob den Paß zurück, nahm eine Erdbeere und steckte sie in den Mund.

Die kühlen, reifen Früchte beruhigten sie. Der Geschmack der Erdbeere war vertraut und besänftigend. Nadine kam für einen Augenblick der Gedanke, daß diese steinreichen Ölscheichs vielleicht sogar Psychologen beschäftigen, die solche Dinge empfahlen: Erdbeeren als Sedativum für erschreckte Europäer, die in das Land kamen und sofort argwöhnten, man wolle ihnen ans Leben.
Sie haben mir meine Unterlagen weggenommen, dachte Nadine, mein Arbeitsmaterial. Die haben nur die Hand ausgestreckt, und ich habe ihnen alles gegeben, was sie haben wollten.
Bin ich verrückt?
Wieso habe ich nicht wenigstens gekämpft?
Wieso habe ich alles wie ein Opferlamm über mich ergehen lassen?
Als die Tür wieder aufgestoßen wurde, sprang Nadine sofort auf. »Hören Sie!« rief sie in englisch. Und verstummte.
Vor ihr stand ein Mann, westlich gekleidet, dennoch unzweifelhaft ein Araber.
Er lächelte Nadine an, ohne ihr die Hand zu reichen, und steuerte auf die andere Seite des Tisches zu.
»Miss Malten«, sagte er in tadellosem Englisch, während er eine herrische Geste machte in Richtung Tür, die daraufhin sofort lautlos zugezogen wurde, »Miss Malten, Sie stellen uns vor ein großes Problem.«
»Ich?« fragte Nadine verblüfft. »Wieso? Ich bin nur auf der Durchreise. Ich warte auf den Abflug meiner Maschine nach Q'uam al Hashid.«
Der Mann hob überrascht die Augen. »Sie sprechen Englisch wie eine Amerikanerin«, sagte er, »ich dachte, Sie seien Deutsche? Deutsche haben alle einen Akzent.«
»Ich habe in Amerika studiert«, gab Nadine ungeduldig zurück. Sie wollte sich nicht ablenken lassen. »Warum hält man mich hier fest?«
Der Araber breitete die Arme aus und lächelte. »Oh, wir halten Sie nicht fest. Warum sollten wir das tun?«
»Es kommt mir aber so vor. Warum hat man mich nicht in den Transitraum gebracht?«
Der Araber seufzte und schaute auf seine gepflegten Hände. »Wir

haben nicht so etwas wie einen Transitraum. Dies ist kein Transitland. Wir haben nur einen Wartesaal für Touristen und Geschäftsleute, die zurück in die Emirate, nach Dschidda, Kairo oder Damaskus fliegen, und dann haben wir einen Warteraum, der ausschließlich für Mitglieder der Königlichen Familie und ihre Freunde ist.« Er lächelte. »Tut mir leid.«

»Aber ich bin geschäftlich hier«, sagte Nadine, »ich bin Journalistin. Ich habe eine Einladung nach Q'uam al Hashid.«

»Ja«, sagte der Araber, »das haben wir erfahren. Wir wollten es zuerst gar nicht glauben. Wie haben Sie das geschafft? Man ist normalerweise nicht so entgegenkommend zu Fremden in dem Land.«

Nadine bemühte sich um Gelassenheit. »Ich habe dem Scheich ein Fax geschickt.«

Der Araber beugte sich vor. »Dem Scheich Zayed bin Sultan al Maktoum?«

Nadine nickte gereizt. »Ja, und daraufhin habe ich eine Einladung bekommen.«

»Schriftlich?« fragte der Araber.

Nadine war inzwischen überzeugt, daß man sie nicht weiterreisen lassen würde, bevor sie geredet hatte, und deshalb zerrte sie den Brief (von dem sie noch mehrere Kopien besaß) aus der Brieftasche und reichte ihn hinüber. »Ich weiß zwar nicht«, sagte sie, »wieso Sie das etwas angeht ...«

Der Araber studierte den Brief eingehend. Dann gab er ihn zurück. »Danke für Ihr Vertrauen«, sagte er freundlich. »Sie haben recht, es geht uns eigentlich nichts an und dann doch wieder sehr viel. Sie reisen über unser Land nach Q'uam al Hashid.« Er hob die Schultern. »Es ist unser Pech, daß wir immer die erste und letzte Station sind.«

»Sie haben doch diplomatische Beziehungen mit Q'uam al Hashid«, gab Nadine zurück.

»Natürlich, und deshalb geben sich bei uns die Diplomaten die Klinke in die Hand. Sie erhoffen sich immer von unserer Regierung Hilfe bei ihren Problemen. Aber meist können wir gar nichts tun.«

»Und was sind das für Probleme?« fragte Nadine.

Der Araber schaute zur Tür, dann auf das Porträt seines Herrschers

oben an der Wand, dann zum vergitterten Fenster. Er zögerte die Antwort ein wenig hinaus, vielleicht, um sie dadurch wirkungsvoller zu machen.
»Viele Leute, die in dieses Land eingereist sind«, sagte der Araber, »haben wir nie wieder gesehen.«
Nadine runzelte ungläubig die Stirn. »Nie wieder? Was heißt das? Sind sie nicht über Adschman gekommen?«
»Und auch nicht über ein anderes Land«, sagte der Araber sanft. Er drehte die Handflächen um und betrachtete sie eingehend. Dann schaute er auf. »Es ist unsere Pflicht, Sie zu warnen, Miss Malten. Auch wenn Sie eine Einladung von Scheich Zayed haben, den wir sehr schätzen und mit dem unser Land sich brüderlich im islamischen Glauben verbunden fühlt. Wir können, sobald Sie Adschman verlassen haben, nichts mehr für Sie tun.« Er atmete tief durch und lächelte resigniert. »Nichts. Der Scheich bestimmt, was in seinem Lande geschieht. Und wir haben kein Recht, uns einzumischen.« Er erhob sich und knöpfte das Sakko zu. »Ich wünsche Ihnen dennoch eine gute Reise.«
Nadine saß auf dem Stuhl wie gelähmt. Die freundlichen Worte des Arabers, so sanft und beiläufig sie auch geäußert waren, mußte sie als ernste Warnung verstehen. Sie war nicht dumm. Sie lief nicht blind in eine Gefahr.
»Es sind wirklich Menschen einfach verschwunden?« fragte sie rauh. Sie mußte sich räuspern, um die Kehle freizubekommen.
Der Araber war schon auf dem Weg zur Tür. Er drehte sich noch einmal um. Er nickte. »Und sie hatten alle eine Einladung. Eine persönliche des Ministeriums. Mit Datum und Stempel. Alles ganz offiziell.« Er lächelte. »Ohne diese Einladung kommt man ja ohnehin nicht nach Q'uam al Hashid. Unsere Regierung verfolgt eine andere Strategie. Wir öffnen uns den neuen Zeiten. Wir lassen Fremde in unser Land, sie sind uns willkommen, solange sie sich nicht einmischen. Wir lernen von ihnen, und sie lernen von uns. Wir glauben, daß dies der richtige Weg ist.« Er verbeugte sich. »Ahmed wird gleich kommen und Ihnen den Weg zeigen. Guten Flug.«
Nadine nickte. Sie fuhr sich mit der Hand an den Hals, als der Araber den Raum verlassen hatte.

Einen kurzen Augenblick später erschien der junge Mann, der offenbar Ahmed hieß. Er schaute an ihr vorbei, als er sagte: »Come.«
Nadine raffte ihre Sachen zusammen und folgte Ahmed über neonbeleuchtete Flure mit Sisalteppichen, vorbei an einer Zentrale, in der Männer mit Kopfhörern eifrig in Mikrofone sprachen und gleichzeitig die Monitore beobachteten, bis zu einer ledergepolsterten Doppeltür. Ahmed stieß die Tür auf und bedeutete ihr einzutreten.
Nadine fand sich auf einmal in einem feudalen Raum mit orientalischen Mosaiken an den Wänden, weichen Polstermöbeln, sechsfüßigen Tischen mit Messingtabletts, groß genug, ein ganzes, am Spieß gebratenes Lamm aufzunehmen. Es waren nur Männer in dem Raum, Männer in traditionellen Kleidern, manche trugen breite Gürtel mit einem Krummdolch, andere eine Aktenmappe von Louis Vuitton. Niemand beachtete sie, als sie sich unschlüssig in dem Raum umsah. Das Personal, wiederum nur Männer in weißen, bodenlangen Seidenmänteln, reichte Kaffeetassen herum, und es roch nach einem sehr intensiven und süßen Parfum. Nadine glaubte, ihr würde übel werden, aber da berührte Ahmed schon vorsichtig ihren Ellenbogen und deutete mit dem Kopf auf eine Glastür, die auf das Rollfeld hinausführte.
»Ich kann gehen?« fragte Nadine fassungslos.
Auf dem Weg zur Tür wäre sie beinahe über die ausgestreckten bloßen Füße eines Mannes gestolpert, der im Polstersessel lag und mit seiner Gebetskette spielte.
»Verzeihung«, murmelte Nadine und schenkte dem Mann ein Lächeln.
Für einen winzigen Augenblick blitzten zwei schwarze Augen sie an. Aber dann wandte der Mann sofort sein Gesicht wieder ab und zog die Beine zu sich heran. Als Ahmed die Glastür für sie aufstieß, umfing sie die brennende Hitze der Wüste.
Die Trockenheit dörrte sofort ihre Kehle aus, und es war ihr, als zögen sich alle Schleimhäute schmerzhaft wie in einem Feuer zusammen, genauso wie früher, als Kind, wenn sie im Haus ihrer Tante zu dicht an den Kamin getreten war, da hatten die Augen auch immer gebrannt, und die Lippen waren rissig geworden.
Am Rande des Rollfelds sah sie das Flugzeug. Eine kleine Sportmaschine, vielleicht für zehn oder zwanzig Personen, blendend weiß

mit goldenen Sternen am Heck und einem nach unten gebogenen Schnabel, ähnlich einer Concorde, nur kleiner. Zweifellos war es ein sehr kostspieliges Flugzeug. Und die beiden Männer, die rechts und links neben der Flugzeugtreppe warteten, hatten goldene Litzen an ihren grünen Uniformen. Ahmed sprach arabisch mit ihnen. Sie nickten und würdigten Nadine keines Blickes.
Ahmed machte eine Geste, die bedeutete, sie solle jetzt endlich einsteigen. Nadine zögerte. »Und mein Gepäck?«
»Wir haben Ihr Gepäck bereits verladen, Miss Malten«, sagte einer der Männer in der grüner Uniform in perfektem Englisch. »Wir warten nur darauf, daß Sie einsteigen. Dann können wir sofort abfliegen.«
»Sind die anderen Passagiere schon alle an Bord?« fragte Nadine überrascht. Sie schaute zu dem Flughafengebäude zurück, aus dieser Perspektive wirkte es weniger wie ein maurischer Palast, mehr wie eine Fasanerie aus der Zeit des Sonnenkönigs.
»Es gibt keine anderen Passagiere, Miss Malten«, sagte der Mann, von dem Nadine nun annahm, daß es der Pilot war. »Sie sind unser einziger Passagier.« Er verbeugte sich. Nadine sah sich hilfesuchend zu Ahmed um. Ahmed hob die Schultern, um klarzumachen, daß ihn die ganze Sache nichts anginge.
»Ein schönes Flugzeug«, sagte er anerkennend. »Ich wünsche einen guten Flug.« Er wartete nicht, bis sie in der Maschine verschwunden war. Er ging, die Hände mit einem Taschentuch trockenreibend, zurück. Als Nadine auf der obersten Treppenstufe sich noch einmal umwandte, sah sie, wie Ahmed sich mit dem Tuch den Hals wischte und dabei merkwürdige Kopfverrenkungen machte. Es war in der Tat wahnsinnig heiß.
Sie wählte einen Platz in der dritten Reihe, obgleich sie auch die erste oder die fünfte oder die sechste Reihe hätte nehmen können.
Die Motoren wurden angelassen, sie rollten zum Start.
Sie dachte an die englische Ärztin, die offenbar tausendundeine Geschichte parat hatte. Nadine hatte keine Erklärung dafür, daß sie sie nicht in ein Gespräch verwickelt hatte, daß sie es versäumt hatte, ihr Fragen zu stellen oder wenigstens die Visitenkarten zu tauschen. Hatte der Vorfall in Bahrain sie dermaßen erschreckt, daß sie auf einmal alle journalistischen Grundregeln vergessen hat-

te? Sie wurde rot vor Scham, als sie sich Arne Henscheids Kommentar ausmalte.

Wir haben keine Journalistin nach Q'uam al Hashid geschickt, sondern eine naive Touristin, die mit kuhäugigem Staunen auf fremde Weiden glotzt. Sie sah ihn, wie er sich in der Konferenz aufplusterte und mit dieser Stimme, die immer leiser wurde, je zynischer der Kommentar, von ihrem ersten Tag auf dem Weg nach Q'uam al Hashid berichtete.

Nadine schloß die Augen. Sie legte die heißen Handflächen an das Gesicht.

Von nun an würde sie keine Fehler mehr machen. Von nun an würde sie die Redaktion, Tilman Schröder und besonders Arne Henscheid zum Staunen bringen.

Schon heute abend, dachte sie, setze ich mich in meinem Hotelzimmer hin und entwerfe den ersten Bericht, und wenn es in diesem Hotel ein Faxgerät gibt, dann hat Arne die erste Story morgen auf dem Schreibtisch. Einen ersten Stimmungsbericht. Sie schloß die Augen.

»Miss Malten?« Der Ingenieur beugte sich über sie. »Schnallen Sie sich bitte an! Wir beginnen jetzt mit dem Landeanflug.«

Der Jet setzte weich auf der Landebahn auf. Er rollte vorbei an einer Reihe von Militärhubschraubern, die bedrohlich am Rande der Piste parkten. Außer Geröll und Sand und einer Windhose aus Staub, die über die freie Fläche raste, konnte Nadine nichts erkennen, bis plötzlich eine Zeile einstöckiger Baracken auftauchte, auf deren glänzenden Aluminiumdächern die Fahne von Q'uam al Hashid flatterte – rot und weiß mit einem gelben Halbmond im grünen Dreieck. Stacheldrahtrollen, ein patrouillierender Posten, dann schwenkte die Maschine und kam zum Stillstand. Der Bordingenieur stieß die Cockpittür auf – er trug jetzt die korrekte Uniform, mit Mütze – und sagte, während seine Augen einen imaginären Punkt im hinteren Teil des Flugzeuges fixierten: »Welcome to Shamal Airport.«
Kein Lächeln, keine weitere Erklärung, dennoch dankte Nadine mit einem höflichen Kopfnicken, obgleich der Ingenieur bereits mit den Hebeln hantierte, die die Tür mit der integrierten Treppe in Bewegung setzten.
Eine Wolke aus heißem Staub wehte herein, der Ingenieur hustete und schob die Mütze tiefer in die Stirn.
Mit steinerner Miene wartete er, bis Nadine in ihre Schuhe geschlüpft war, die Kostümjacke angezogen hatte – auch sie wollte korrekt aussehen bei ihrem ersten Auftritt in Q'uam al Hashid –, die Utensilien verstaut und den Schreibcomputer aus dem Handgepäckfach genommen hatte.
Der Ingenieur machte keine Anstalten, ihr zu helfen, als sie die Tasche schulterte, und reagierte auch nicht auf ihr Abschiedslächeln. Vom Piloten war ohnehin nichts zu sehen. Nadine kletterte die Metallstufen auf die glühendheiße Betonpiste hinunter. Als sie sich

umschaute, war der Ingenieur bereits wieder in das dämmrige Halbdunkel des Flugzeuginnern getaucht.
Die Sonne stand sehr hoch. Nadine hatte vergessen, wie hell das Licht um diese Jahreszeit in anderen Teilen der Welt sein konnte, wie hoch der Himmel, wie heiß die Luft.
Sie hatte 22 Stunden nicht geschlafen. Sie hatte in Bahrain etwas erlebt, das sie noch nicht verarbeitet hatte. In Adschman hatte man ihr Dinge gesagt, die sie nicht verstand. Anstatt sich über das Licht und die Hitze zu freuen, spürte sie eine unendliche Erschöpfung, die ihren Beinen jede Kraft nahm. Sie wartete, aber nichts geschah. Das Flughafengelände, so weit sie es überblicken konnte, war menschenleer. Es gab auch keine Busse, mit denen Passagiere befördert werden könnten, keine Gepäckkarren, keine Stewardessen, die ankommenden Passagieren freundlich den Weg wiesen. Etwa 200 Meter von ihr entfernt, hinter einem Schleier von Hitze und Staub, sah sie das Flughafengebäude. Eine Art maurischer Palast, mit azurblauen Keramikziegeln auf den geschwungenen Dächern und einer goldenen Kuppel, auf der wiederum die Fahne von Q'uam al Hashid flatterte. Nach einem letzten unschlüssigen Blick auf die Maschine schulterte Nadine ihre Tasche und machte sich auf den Weg. Es war, nachdem der Pilot die Motoren abgestellt hatte, vollkommen still.
Nadine spürte die Hitze durch ihre dünnen Schuhsohlen. Die Füße waren geschwollen, und sie war sicher, daß sich an ihren Fersen Blasen bildeten, während sie ging. In ihren Schläfen pochte ein rhythmischer Schmerz, der bei jedem Schritt heftiger wurde.
Sie hatte fast das Flughafengebäude erreicht und eine Glastür, über der ARRIVAL stand, als ein Dröhnen die Luft erfüllte und die Fensterscheiben des Gebäudes erzittern ließ.
Es war ein Hubschrauber, der sich keine fünfzig Meter entfernt langsam herabsenkte. Ihr Rock bauschte sich, und die Luftwirbel zerrten an ihrer Friseur. Aus einer anderen Tür stürzten zwei Soldaten und gaben hektisch, mit ausladenden Handbewegungen, irgendwelche Anweisungen, aber da setzte der Hubschrauber schon seine Kufen auf den Boden.
Nadine bemerkte, ohne sich umzudrehen, wie die Glastür von innen geöffnet wurde, und glaubte, ihren Namen zu hören, aber sie ver-

folgte gebannt, wie die Tür des Hubschraubers aufflog, ein Pilot in einer khakifarbenen Uniform heraussprang, den beiden Soldaten etwas zurief.
Auf dem Rumpf des Hubschraubers prangte ein gelber Halbmond in einem grünen Dreieck. Nadine faszinierte aber etwas anderes: Am Heck gab es ein Wappen. Ein goldenes Wappen, das einen Falken im Flug zeigte.
Der Instinkt des Reporters sagte Nadine, daß sie warten und zuschauen müsse.
Der Passagier sprang heraus. Er trug geschnürte Stiefel, deren polierte Kappen im Sonnenlicht aufblitzten, eine sandfarbene Hose mit aufgesetzten Taschen, eine Wildlederweste. Der Mann war nicht groß, aber sein Körper athletisch, die Bewegungen von einer sparsamen Präzision. Er trug seinen Kopf mit der rot-weiß gemusterten Kafyiah und der schwarzen Seidenkordel stolz. Er strahlte Macht aus. Auf seiner Faust, die er von sich wegstreckte, saß ein Falke, mit eingezogenem Kopf, eine Lederkappe als Schutz vor den Augen, reglos.
Nadine spürte für eine Sekunde die scharfen, mißtrauischen Augen des Mannes, da wurde sie von hinten an den Schultern gezogen, und eine Stimme sagte an ihrem Ohr:
»Miss Malten? Welcome to Q'uam al Hashid.«
Nadine schaute sich um. Vor ihr stand ein Soldat in einer Uniform, bei deren Anblick man unwillkürlich an ein Corps der Fremdenlegion denken mußte, in schäbigen, immer wieder aufgebügelten Hosen, mit Schuhen, die von Generationen von Legionären ausgetreten waren. Der Soldat lächelte nicht. In seinem bleichen Gesicht glühten Augen hinter geröteten Lidern.
»Wer ist da eben angekommen?« fragte Nadine, als sie dem Soldaten in einem heruntergekühlten Empfangsraum folgte, der steril war wie ein Warteraum im Hospital. »Jemand Wichtiges?«
»Ich darf Ihnen keine Informationen geben, Miss Malten«, sagte der Soldat barsch, »ich bin nur hier, um Ihren Paß und Ihr Visum zu prüfen.«
Nadine öffnete ihre Handtasche. Der Soldat schaute zur Seite, als sie Lippenstift und Kleenex, einen Cremetopf und ein Sonnenbrillenetui hervorholte. Schließlich hatte sie den Paß und das Visumdokument gefunden.

»Gibt es keine Paßkontrolle?« fragte sie.
Der Soldat schüttelte den Kopf.
»Das ist hier nicht nötig«, sagte er.
Nadine warf einen Blick auf seine schäbige Uniform und die Schuhe, die offensichtlich zwei Nummern zu groß waren. Sie fragte sich, warum der Herrscher eines Landes, in dem Ölquellen sprudelten, seine Soldaten so schlecht besoldete, daß sie sich offenbar nicht einmal gutes Schuhwerk leisten konnten. Der Soldat verschwand und bedeutete ihr mit einer Kopfbewegung zu warten.
Als Nadine ihre Sachen auf einem Stuhl absetzte und dabei einen Blick durch die verdunkelten Spiegelglasscheiben warf, sah sie gerade noch eine schwarze Limousine mit verdunkelten Scheiben, die sich rasch von dem weißen Hubschrauber entfernte. Im Fond ein Mann, der einen Falken auf dem Arm hielt.
Auch an dem Flugzeug, mit dem sie eingeflogen war, herrschte jetzt reger Betrieb. Ein Tankwagen parkte neben der Maschine, zwei Ingenieure in weißem Overall kletterten eben die Treppe zum Flugzeug hinauf, ein junger Mann in dunkelblauem Overall war mit dem Messen des Reifendrucks beschäftigt.
Nadine seufzte erleichtert. Es war also doch ein normaler Flughafen mit einem normalen Flugbetrieb.
Diese gespenstische Stille eben, dafür würde es sicher eine Erklärung geben.
Die Schwingtür, durch die der junge Soldat verschwunden war, war immer noch nicht zur Ruhe gekommen.
In dem Aschenbecher auf dem kleinen Beistelltisch entdeckte Nadine ein paar Kippen und eine Zigarette, die nur angeraucht und dann ausgedrückt worden war. Daneben ein leeres Streichholzmäppchen. Nadine beugte sich vor, um die Schrift zu entziffern. Hotel Negresco, Nice. Sie hob das Mäppchen auf und lächelte.
Der Gedanke beruhigte sie, daß vor ihr jemand hier angekommen – oder abgeflogen? – war, der einmal im Negresco in Nizza gewohnt hatte. Ein Hotel im Zuckerbäckerstil an der Promenade des Anglais, Symbol des dekadenten Jahrhundertwende-Europas, Treffpunkt dieser Demimonde aus Starlets und Künstlern und verarmtem Adel aus osteuropäischen Ländern, roter Plüsch, geflüsterte Gerüchte von Affären und Amouren ... Nadine lächelte, während sie das zer-

knitterte Streichholzmäppchen betrachtete. Es war wie ein Gruß aus der Welt, zu der sie gehörte. Es war wie ein Zeichen.
Einen Augenblick kämpfte sie mit dem Impuls, das Mäppchen an sich zu nehmen, aber dann wurde ihr gerade noch rechtzeitig bewußt, wie lächerlich sie sich benahm, und legte es zurück. Das war die Müdigkeit. Die Anspannung während eines langen Fluges in die Ungewißheit. Das war der Druck, der niemals nachgelassen hatte, seit sie von Frankfurt abgeflogen war: Ich muß eine gute Geschichte mitbringen. Ich muß es ihnen zeigen. Henscheid, Schröder, Martin und den anderen. Ich muß beweisen, daß ich gut bin. Sie brannte vor Ehrgeiz und Unternehmungslust, und gleichzeitig waren ihre Beine so schwer, als hingen Zentnergewichte daran, und ihre Lider brannten, wenn sie versuchte, die Augen offenzuhalten. Sie lehnte sich in dem Sessel zurück und schloß behutsam die entzündeten Lider über den Augen. Wie gut das tat ...
Bis auf das monotone Surren der Klimaanlage war es vollkommen still in dem Raum. Aus den angrenzenden Räumen drang kein Laut hierher. Es gab auch keine Durchsagen aus dem Lautsprecher, den sie über der Schwingtür entdeckt hatte, es gab nichts außer diesem feinen, kalten Luftstrom, der aus der Klimaanlage kam und über ihr Gesicht strich.
Nadine fragte sich, wie viele Stunden sie schon wach war und wie viele Stunden noch vergehen würden, bis sie endlich die Schuhe ausziehen, ein Bad nehmen und ihr erschöpfter Körper sich zwischen sauberen Laken ausruhen könnte.
Ihr Herz beruhigte sich. Das Pochen wurde langsamer, nahm den normalen Rhythmus wieder an. Der Schmerz in den Schläfen ließ nach. Wenn sie tief durch die Nase einatmete, konnte sie den Tabakgeruch wahrnehmen, der in dem Raum hing, süß und schwer, wie von orientalischen Zigaretten. Es war nicht unangenehm. Ihre Arme fielen rechts und links von den Sessellehnen herab. Die Armreifen klirrten leise, und davon wachte Nadine auf.
Die Schwingtür wurde im gleichen Augenblick aufgestoßen, und der junge Soldat in seiner rührenden Uniform erschien, sein Gesicht hatte jetzt mehr Farbe, und der Gang war militärischer. Jemand folgte ihm. Ein Mann, vielleicht doppelt so alt wie der junge Soldat und sicherlich doppelt so wichtig. Khakihosen und Jacke, mit vielen

Außentaschen, wie bei den Westen, die Fotografen gerne tragen, breiter Ledergürtel, der seine schmale Taille und die sehr schmalen Hüften betonte, am Gürtel eine Ledertasche für den Revolver und eine Schlaufe, in der sein Dolch hing, sein Khanjar, Zeichen der Würde und der Beduinenabstammung. Der Dolch hatte einen silbernen, gehämmerten Knauf. Er war sehr schön. Die schmalen, gepflegten Finger seines Besitzers streichelten den Knauf. Er grüßte militärisch. Als er sich Nadine näherte, begann er geschäftig seine Handflächen gegeneinanderzureiben. Nadine hatte augenblicklich den Verdacht, daß er damit einen Händedruck vermeiden wollte. Sie wartete, die Hände auf der Tasche.
Er blieb vor ihr stehen, musterte sie flüchtig und schaute dann aus dem Fenster. »Verzeihen Sie, daß ich Sie nicht auf dem Flugfeld empfangen habe. Ich bin General Faiadsch, Direktor des Flughafens.« Sein Englisch war korrekt, aber rauh und hölzern, wie bei einem, der die Sprache aus Büchern gelernt hat, ohne Gelegenheit, das Land zu bereisen.
»Aber es ist Ramadan, und Sie sind in der Stunde des Gebetes angekommen.« Er deutete ein Lächeln an. »Es war der Fehler des Piloten. Er ist eine Viertelstunde zu spät gelandet. Sie wissen vielleicht, daß wir in Q'uam al Hashid die islamischen Gesetze sehr ernst nehmen.«
Nadine nickte. »Das habe ich gelesen. Ich kann warten. Es ist nicht schlimm.«
»Sie müssen nicht warten, wir haben ja mit Ihrem Besuch gerechnet. Der Wagen steht schon draußen. Er bringt Sie zum Hotel.«
Nadine machte eine unsichere Handbewegung. »Und mein Gepäck?«
»Darum wird man sich kümmern.« Der General wandte sich an den jungen Soldaten und stieß mit strenger Stimme auf arabisch Befehle aus. Augenblicklich verschwand der Soldat.
»Meine Papiere«, sagte Nadine schüchtern, »ich habe ihm den Paß und das Visum ...«
»Machen Sie sich keine Gedanken«, der Araber wiederholte sich, das war offenbar seine Standardformulierung, »wir behalten die Papiere hier. Sie sind hier in Sicherheit.«
»Aber mein Paß ...«, begann Nadine erschrocken.

»Auch der Paß.«
Der Araber führte sie zu der Tür, durch die der Soldat verschwunden war. »In Q'uam al Hashid benötigen Sie keinen Paß. Niemand wird Sie nach Ihrem Paß fragen. Dies hier ist ein freies Land. Im Gegenteil, er behindert Sie nur. Und Sie würden immer in der Angst leben, das wichtige Papier zu verlieren.« Er lächelte, während er der Schwingtür einen Schubs gab und Nadine in den Nachbarraum stieß. »Ich weiß, wie es in Europa zugeht. Ich weiß, wieviel Angst die Menschen dort immerzu haben müssen, ihre Papiere zu verlieren.«
Das kleine Büro war ausgestattet mit alten Schreibtischen und Rollschränken, vollgestopft mit Akten, die aussahen, als habe man sie seit Jahren nicht angerührt. Nadine schaute sich verstört um, aber der General schob sie weiter. Sie standen jetzt in einem Flur, einem langen Flur, ausgelegt mit einem roten Sisalteppich. An den Wänden großformatige Fotos. Bilder von Oasen und der Wüste. Von Ausgrabungsstätten und botanischen Palmenhainen. Nadine eilte an den Fotos vorbei und versuchte, mit dem Araber Schritt zu halten. Er erbot sich nicht, ihre Tasche zu tragen.
»Ich fühle mich aber wohler«, keuchte sie, »wenn ich meinen Paß bei mir habe.« Sie lächelte flehend: »Verstehen Sie das?«
Der Araber hatte wortlos die Tür zur Straße geöffnet. In der Ferne donnerte ein Armeelastwagen vorbei, eine Wolke von Staub aufwirbelnd. Dahinter konnte Nadine die Silhouette einer Stadt erkennen. Lehmfarbene Bauten vor einem staubigen Horizont. Die Hibiskussträucher in den Blumenkübeln vor dem Flughafengebäude waren staubbedeckt. Ein paar alte Limousinen parkten am Straßenrand, mit getönten Scheiben, zwei oder drei Jeeps.
Der Araber deutete auf den ersten Jeep. Ein Mann saß am Steuer und schrie mit heiserer Stimme in ein Autotelefon.
»Ich werde nicht bezahlt, um zu verstehen, Miss Malten«, sagte der Araber trocken. »Das ist Ihr Jeep. Der Fahrer heißt Mohammed und hat genaue Anweisungen. Ihr Gepäck wird mit einem anderen Wagen ins Hotel gebracht.«
»Warum kann ich es nicht gleich mitnehmen? Es ist nur ein Koffer.«
»Sie müßten zu lange warten, Miss Malten.«
Nadine verstand nicht. Sie runzelte die Stirn. Sie war müde,

erschöpft, und dieser aalglatte Typ reizte sie zum Widerspruch. »Wieso dauert es lange? Ich war der einzige Passagier. Ich hätte meinen Koffer auch selber vom Flugzeug tragen können, er ist nicht so schwer.«
»Wir müssen ihn erst untersuchen.« Der General klopfte gegen die Fensterscheibe des Jeeps. Der Fahrer unterbrach sofort das Telefongespräch. »Diese Länder, über die Sie gekommen sind, Bahrain, Adschman, wissen Sie, es sind unsere Brüder, natürlich vertrauen wir ihnen, aber doch nicht so, daß wir ein Gepäckstück, welches dort ein paar Stunden herumgelegen hat, einfach in unser Land lassen. Es wird schnell gehen, Miss Malten.«
»Ich würde mir gerne etwas anderes anziehen«, sagte Nadine hilflos. Sie war auf einmal den Tränen nahe. Der Gedanke, daß sie ihren Koffer durchsuchten, Stück für Stück, beunruhigte sie. »Ich habe mich seit zweiundzwanzig Stunden nicht gewaschen ...«
Der General unterbrach sie mit einem Lachen. »In der Wüste«, sagte er, »waschen die Beduinen sich manchmal wochenlang nicht. Was sind zweiundzwanzig Stunden? Sie werden sich auf unser Land einstellen müssen, Miss Malten. Wir sind ein fortschrittliches Land, aber dennoch achten wir die Traditionen unserer Väter und Vorväter.«
»Was haben die Traditionen mit meinem Koffer zu tun?« fragte Nadine. »Und damit, daß Sie mir den Paß nicht wiedergeben wollen?«
Mohammed, der Chauffeur, stieg aus. Er spuckte ein Streichholz oder etwas Ähnliches aus und schaute Nadine an. Mohammed war ein großer Mann mit breiten Schultern und Händen, denen man zutraute, daß er den Jeep ohne Schaufel aus einer Sanddüne ausgraben konnte.
Nadine bemerkte den flüchtigen Blickwechsel zwischen dem General und Mohammed, bevor er auf englisch sagte:
»Miss Malten macht sich Gedanken um ihren Paß.«
Mohammed schaute Nadine ein zweites Mal an. Dann wandte er sich um, betrachtete die Straße, eine einsame Straße, auf der ein einziger Armeejeep entlangbretterte, die Kuppel der Moschee, deren Gold vom Wüstenstaub stumpf geworden war. Alle drei verfolgten die Fahrt der Mercedes-Limousine, die lautlos an den Bordstein

fuhr. Die Türen wurden von innen geöffnet, und zwei Herren stiegen aus, in dunklen Anzügen, mit dunklen Aktenmappen, und verschwanden im Flughafengebäude.
»Sie müssen sich keine Gedanken um Ihren Paß machen, Miss«, sagte Mohammed.
»Das hat der General auch schon gesagt. Aber warum nicht?«
»Weil es zu nichts führt.«
»Ah«, sagte Nadine. Sie verstand es nicht, aber sie ahnte, daß in diesem kurzen Satz eine Drohung lag. Der Araber öffnete die Tür. »Steigen Sie ein, Miss Malten, bitte, im Hotel erwartet man Sie schon, Sie haben das schönste Zimmer, mit einem Blick auf die Al-Fellaj-Oase. Sie werden es nicht bereuen, zu uns gekommen zu sein. Und: Machen Sie sich keine Sorgen. Das Gepäck ist so gut wie unterwegs. Es wird nichts fehlen.«
Nadine kletterte in den Jeep, Mohammed ließ den Motor an, und sie rollten über die schmale Flughafenstraße auf eine andere Straße, die sie nach zirka vier Kilometern kreuzten. Mohammed nahm das Telefon, drückte ein paar Knöpfe und fing an, in einem sprudelnden Wortschwall zu reden. Er stoppte nur manchmal und nur für Bruchteile von Sekunden, um seinem Gesprächspartner zuzuhören, dann setzte sein heiserer Redestrom wieder ein. Nadine lehnte den Kopf an das Fenster. Sie war so müde, daß sie kaum die Augen offenhalten konnte. Ihre Lider brannten. Ihre Kehle war wie ausgetrocknet. Hinter ihnen bildete sich eine Schlange von Lastwagen, hochbeladen mit Kartons und Holzkisten, niemand überholte merkwürdigerweise. Mohammed fuhr nicht schnell. Er kurbelte ein Fenster herunter, lehnte den Arm hinaus und redete ins Telefon. Er tat, als sei Nadine gar nicht vorhanden. An seinem Handgelenk blitzte eine Rolex.
Sie bogen von der Schnellstraße ab, fuhren durch ein Tor aus gebrannten Lehmziegeln, in das arabische Schriftzeichen gemeißelt waren, und auf einmal gab es rechts und links Häuser, zweistöckig, mit flachen Dächern, fensterlos zur Straße hin, nur hellblau lackierte Holztüren mit großen, eindrucksvollen Schlössern und Türklopfern aus Eisen oder Messing. Einmal sah Nadine eine schwarzgekleidete, verschleierte Frau, die sich an einer Hauswand entlangdrückte und in einer schmalen, schattigen Seitengasse verschwand.

Dann kamen sie zu einer Geschäftsstraße, aber alle Läden waren geschlossen, Holztüren verriegelt, Eisenrollos heruntergelassen, nur die bemalten Schilder über den Türen deuteten an, daß hier ein Schneider, ein Mopedhändler, ein Verkäufer für Elektrogeräte sein Geschäft betrieb. Später kamen sie an einem Café vorbei, das offenbar am Straßenrand auch Tische und Stühle aufstellte, denn die waren unter dem Vordach gestapelt und mit Eisenketten gesichert.
Mohammed nahm kurz den Hörer vom Mund und wandte sich zu ihr. »Ramadan«, sagte er, »alles geschlossen, alle Geschäfte tot«, er lächelte, »die Stadt ist tot.«
Nadine nickte und schaute weiter aus dem Fenster. Mohammed steuerte den Jeep mit drei Fingern der linken Hand. Er redete ununterbrochen, Nadine fragte sich, mit wem er sprach und was er beredete. Er hatte sie nicht gefragt, ob sie arabisch sprach. Aber sie nahm an, daß jeder inzwischen wußte, wer sie war.
Sie kamen an einem Brunnen vorbei, einem scheußlichen Granitklotz mit drei Säulen, die eine Art Schale trugen, in der ein Löwe kauerte. Im Nacken des Löwen saß ein Falke mit ausgebreiteten Schwingen, seine Krallen tief ins Fleisch des Löwen gegraben.
Sie umkreisten den Brunnen halb und bogen in eine von Jacarandabäumen gesäumte Allee ein, die Bürgersteige waren übersät mit blauen Blüten. Der Verkehr wurde jetzt dichter. Mopeds mit Beiwagen, Fahrräder mit geschlossenen Holzkarren, moderne Luxuskarossen, alte japanische Modelle, Lastwagen und immer wieder Armeefahrzeuge.
Mohammed legte das Telefon weg. Er deutete auf ein Tor, blau, mit polierten Messingbeschlägen, auf den Rest einer antiken Lehmmauer, vor der ein Junge seine Ziegen hütete. Er hatte ihnen ein Bündel Heu hingeworfen und hockte jetzt im Schneidersitz, den Rücken gegen die Mauer gelehnt, und las in einem Buch. Das Tor hatte eine breite Einfahrt für Autos und einen schmalen Gang für Fußgänger.
»Das Bab al Sahrja«, erklärte Mohammed. »Das Tor in den Souk. Jetzt ist Ramadan. Alles ist geschlossen. Aber abends ist hier Leben. Sie werden es sehen. Der schönste Souk Arabiens.«
Nadine lächelte müde. Vielleicht war es wirklich der schönste Souk

Arabiens, alles war möglich, aber sie fühlte sich zu erschöpft, um neugierig zu sein. Ihr Gepäck war nicht da, sie hatte ihren Paß abgegeben und wurde von einem Menschen, der unentwegt Unverständliches in ein Autotelefon brabbelte, an ein unbekanntes Ziel gebracht. Ich bin verrückt, dachte Nadine. Sie zitterte. Ihre Zähne schlugen aufeinander. Ich muß verrückt gewesen sein, als ich mich auf diese Reise eingelassen habe.
Mohammed warf ihr einen Blick zu, als habe er ihre Gedanken erraten. Er legte ganz leicht seine Hand auf ihre Schulter, und schon das beruhigte sie ein wenig. »Noch zwei Minuten«, sagte er, »dann sind wir da. Es wird Ihnen gefallen.«
Sie bogen in eine andere Allee ein, vierspurig, mit Oleanderbüschen in der Mitte und hohen Straßenlaternen, die an die Laternen auf dem »Pont Alexandre« in Paris erinnerten, die Mauer, an der sie entlangfuhren, war von einem leichten Ockerton, gestampfter Lehm, dahinter lag offenbar ein Park oder ein Palmengarten, Nadine konnte die Wipfel der Bäume erkennen, dann die grün glasierten Emailleziegel der Dächer, kleine Türme, Erker mit verzierten Fenstergittern, Balkone mit weißen Sonnenblenden, ein Tor, durch das sie flüchtig eine Art Säulentempel sah, ein zweites Tor, das für einen winzigen Moment den Blick auf einen Swimmingpool freigab, und dann die pompöse Einfahrt zum Hotel. Blumen, üppig, bunt, betörend duftend, ein Springbrunnen, dessen Wasser sich plätschernd in einen Seerosenteich ergoß, in dem träge Goldfische schwammen.
Der Jeep fuhr die Auffahrt hinauf und hielt unter einem Baldachin.
Jemand riß den Wagenschlag auf, ein Portier in einer Operettenuniform, rot und blau und gold, mit einer Art Turban und weißen Gamaschen über den Militärstiefeln.
»Welcome to the Al Fellaj Guesthouse«, sagte er mit einem weichen, melodischen Akzent. »Ich hoffe, Sie hatten eine angenehme Reise. Bitte kümmern Sie sich um nichts, ich werde Ihr Gepäck bringen. Dort links ist die Anmeldung. Man erwartet Sie schon.«
»Mein Gepäck ist noch im Flugzeug, es kommt später«, sagte Nadine hilflos, aber der Portier winkte lächelnd ab.
»Wir wissen Bescheid, machen Sie sich keine Sorgen. Sie müssen sich dort nur anmelden.«

»Aber ich habe keinen Paß!« sagte Nadine. »Den hat man mir auf dem Flughafen abgenommen.«
Mohammed lachte. Er sagte etwas zu dem Portier auf arabisch und schlug ihm lachend auf die Schulter. Der Portier verzog sein Gesicht und wartete, bis Mohammed breitbeinig davongestapft war. »Es ist in Ordnung, Miss Malten. Wir brauchen Ihren Paß nicht. Wir haben eine Kopie.«
»Woher wissen Sie das?« fragte Nadine verblüfft.
Der Portier verbeugte sich. »Weil es immer so ist. Wenn ich vorangehen darf.« Er trug ihre Schultertasche und ihren Schreibcomputer. Nadine hatte sofort Vertrauen zu ihm gefaßt. Vielleicht einfach nur deshalb, weil er so redete und sich genauso bewegte wie Hotelportiers überall auf der Welt. Als sie die Halle betrat, ein aus geschnitztem Zedernholz getäfelter hoher Raum, von dessen kuppelartiger Decke ein Leuchter aus bunten Kristallglasprismen herabhing, ging es ihr besser.
Sie folgte lächelnd dem Portier zur Rezeption. Er stellte ihre Sachen ab und beugte sich über den Tresen. »Abdul!« rief er halblaut. »Abdul!«
Abdul erschien augenblicklich. Er trug einen schwarzen Anzug und weiße Handschuhe, er hatte einen Schnurrbart und schwarze, blinzelnde Augen, er lächelte und schaute Nadine an. »Miss Malten?«
Als Nadine nickte, streckte er die Hand über den Tresen und Nadine fühlte sich genötigt, sie zu schütteln.
»Welcome to the Al Fellaj Guesthouse.« Offenbar war Abdul der Empfangschef.
»Danke«, Nadine atmete tief durch und schaute sich um.
»Ich hatte keine Ahnung, daß es hier so ein wunderschönes Hotel gibt.«
»Das ist unser Problem, Madame. Niemand weiß, wie schön unser Land ist, niemand.« Er hob bedauernd die Schultern. Nadine lachte. »Aber es ist Ihre eigene Schuld. Sie lassen ja niemanden ins Land.«
Der Empfangschef zog die Augenbrauen zusammen, bekümmert senkte er den Kopf. »Das ist das Problem, Madame. Sie haben es genau erkannt. Für ein Hotel eine unglaubliche Situation. Aber was kann man machen?«
Er fing sich augenblicklich, als Mohammed in die Halle schlenderte.

»Wir haben ein sehr schönes Zimmer für Sie hergerichtet, Miss Malten. Es wird Ihnen gefallen. Da bin ich ganz sicher. Es sind zur Zeit nicht viele Gäste da. Der Ramadan. Aber in drei Tagen ist die Fastenzeit vorbei, dann wird es auch wieder etwas lebhafter, hoffe ich.«
Er nahm schwungvoll einen Schlüssel von einem Bord, das unter dem Tresen verborgen war, und schwenkte ihn.
»Wenn Sie mir folgen würden, Miss Malten.«
Mohammed wartete. Er stand, die Hände in die Hosentaschen vergraben, breitbeinig mitten in der Halle. Erst jetzt bemerkte Nadine den Revolver in seinem Gürtel. Er beobachtete Nadine und den Empfangschef, wie sie in den rechten Bogengang einbogen und dann die Freitreppe hinaufstiegen. Er grinste und breitete die Arme aus, als wolle er sagen: Na, habe ich zuviel versprochen?
»Hoffentlich finden Sie die Treppen nicht zu beschwerlich.«
Abdul war beflissen wie alle Angestellten von Grandhotels, beflügelt von dem Wunsch, es dem Gast so leicht und angenehm wie möglich zu machen. In manchen Ländern führte das automatisch zu großzügigen Trinkgeldern, aber Nadine war nicht sicher, ob man das auch hier erwartete.
»Wir haben in diesem Hotel keinen Lift, nur eine Art Lastenaufzug. Es ist ungewöhnlich, nicht wahr, wenn man bedenkt, daß dieses Haus erst vor neun Jahren erbaut wurde.«
»Aber es wirkt sehr alt«, rief Nadine überrascht. »Es sieht aus, als sei es mindestens hundert Jahre alt!«
Abdul lachte höflich: »Madame, vor hundert Jahren war dies nur eine kleine Oase, rundherum Wüste. Da lebten hier ein paar Beduinenstämme von dem Geld, das sie mit Kamelen verdienten. Ein Hotel? Vor hundert Jahren? Wie kommen Sie darauf? Die Ölquellen von Q'uam al Hashid wurden erst 1956 entdeckt!«
Natürlich hatte Abdul recht. Nadine hatte sich nur für einen Augenblick blenden lassen von der orientalischen Pracht dieses Hotels, die in so merkwürdigem Kontrast zu allem stand, was sie bislang erlebt hatte. Aber vielleicht hatte das auch nur etwas mit ihrer Müdigkeit zu tun, mit ihrer Erschöpfung. Sie sehnte sich nach einem Bad. Danach, endlich die Schuhe abzustreifen und die Kleider vom Leib reißen zu können. Sie war wohl doch nicht so tough und zäh und widerstandsfähig, wie sie immer vorgab. Im Grunde hielt sie nicht

allzuviel aus. 22 Stunden ohne Schlaf war ungefähr die Grenze des Erträglichen für sie.

»Es war der Wunsch unseres weisen und gütigen Herrschers, Scheich Zayed bin Sultan al Maktoum«, sagte Abdul, während er vor einer Tür stehenblieb, neben der in Gold eine arabische Zahl prangte, die Nadine natürlich wieder nicht entziffern konnte. »Er wünschte sich einen Palast wie Tausendundeine Nacht. Er wünschte sich ein Grandhotel wie das Mamounia in Marrakesch, das El Mansour in Casablanca oder das Palais Jamais in Fes.« Er schaute sie an. »Sind Sie schon einmal in diesen Hotels gewesen, Madame?«

Nadine schüttelte den Kopf. »Aber ich habe Fotos vom Mamounia gesehen«, sagte sie, »wunderschön.«

»Das ist wahr.« Abdul schloß die Tür auf, drückte aber nicht die Klinke herunter. »Ich war einmal dort, Madame, es war ein Zufall, sagen wir besser: ein Mißgeschick. Ich danke Allah noch heute für dieses Mißgeschick. So etwas Wunderbares. Seitdem hat mein Leben ein Ziel.« Er drückte die Klinke herunter.

»Und?« fragte Nadine. Sie fragte es aus Höflichkeit. Nicht weil sie sich wirklich für die Lebensziele von Abdul interessierte. »Was ist das?«

»Ich möchte, daß die Gäste, die unser kleines Land kennenlernen wollen, sich ebenso geborgen fühlen hier im Al-Fellaj-Hotel wie im Mamounia in Marrakesch.« Er stieß die Tür auf. »Glauben Sie, es wird eines Tages gelingen, Madame? Glauben Sie, daß ich es noch erleben werde?«

Nadine trat ein.

Sie schaute sich um, wortlos.

Dann wandte sie sich an Abdul. Sie lächelte. »Ich bin ganz sicher, daß es eines Tages gelingen wird. Nachdem ich dieses hier gesehen habe.« Sie breitete die Arme aus und drehte sich zu einer halben Pirouette. »Das ist ja unglaublich.«

Abdul, dessen Gesicht zuerst noch Zweifel ausgedrückt hatte, strahlte.

»Es ist eines unser schönsten Zimmer. Hier im ersten Stock sind die Staatszimmer. Für besondere Gäste. Die anderen sind nicht ganz so groß. Und die Balkons ...« Er ging durch das Zimmer und öffnete die Flügeltüren, die zu einem Balkon führten. Orangenblütenduft strömte herein. Man hörte das Zwitschern von Vögeln. Ein Geflirr und Geflimmer war in der Luft. Man hörte sogar Stimmen.

»Die Balkone sind wunderbar.« Nadine stellte sich neben ihn und betachtete den Garten. »Schattig. Beinahe kühl. Herrlich.«

»Ich freue mich, daß es Ihnen gefällt. Wenn Sie irgend etwas brauchen ...«, Abdul warf einen prüfenden Blick auf den Messingtisch, auf dem ein Früchtekorb, ein Schälchen mit süßen Datteln, eine Flasche Mineralwasser und ein Teller mit Konfekt standen, »lassen Sie es mich wissen.«

Nadine konnte der Versuchung nicht mehr widerstehen, die Schuhe abzustreifen. Sie hoffte, die arabische Hotelfachschule hatte Abdul auf solche unkeuschen Momente vorbereitet. Sie rieb ihre Fersen.

»Wenn etwas fehlt, werde ich Sie anrufen.«

Abdul, schon an der Tür, wandte sich zu ihr um. Er breitete die Arme aus. Bekümmert sagte er. »Ein Telefon gibt es leider nicht auf diesem Zimmer. Aber wenn Sie an der roten Kordel neben dem Bettpfosten ziehen, wird sofort jemand Ihre Wünsche entgegennehmen.«

Er senkte die Stimme. »Auf diesem Flur gibt es einen Service von vierundzwanzig Stunden. Der Flur ist immer bewacht, Miss Malten.« Er verbeugte sich, besann sich, daß er immer noch den Zimmerschlüssel in der Hand hielt, legte ihn mit einer nochmaligen Verbeugung auf den Tisch neben den Teller mit Konfekt und verschwand.

Nadine ließ ihren Blick durch das Zimmer gleiten,

Safranfarbene Wände, mit orientalischen Ornamenten und Bögen an der Tür zum Bad und zum Schlafzimmer, eine Stuckdecke aus Gips, die sie an die Verzierungen in der Alhambra erinnerten, handbemalte blaue und grüne Kacheln im Bad, gelbe Seidenkissen auf dem Bett, grüne Seidenkissen auf den Sesseln und der Recamiere, ein Schlafzimmer mit einem Himmelbett und marokkanischen Kissen, die entlang der Wände aufgeschichtet waren. Der Fußboden aus blanken Emaillekacheln, goldene Ornamente auf grünem und blauem Untergrund, ein wunderbar weiches Gefühl, mit bloßen Füßen darauf zu gehen. Die Teppiche handgewebt, aus weißer Schafwolle.

Aber kein Telefon.

Nadine setzte sich aufs Bett.

Kein Telefon.

Sie stand wieder auf, ging ins Bad und inspizierte die Wanne. Sie ließ das Wasser einlaufen und schälte das Seifenstückchen aus dem Seidenpapier, als es klopfte. Sie öffnete. Jemand brachte den Koffer. Als sie noch nach Trinkgeld suchte, kam ein weiterer Page. Er brachte einen Strauß stark duftender, frischer Jasminknospen.
»Seine Hoheit, Scheich Zayed, sendet die Blumen und wünscht einen angenehmen Aufenthalt. Er wird sich melden, wenn Sie sich eingelebt haben.«
Der Page verbeugte sich und verschwand.
»Warten Sie! Hören Sie!« Nadine lief hinter ihm her. Sie schaute den Flur entlang. Der Flur war menschenleer. Als sie sich umdrehte, ging der Gepäckträger mit gesenktem Kopf an ihr vorbei. Sie wollte ihm einen Dollarschein in die Hand drücken, aber er nahm schnell die Hand auf den Rücken und schüttelte heftig den Kopf.
»No, Miss, no, please«, murmelte er, »no Dollars.«
»Und warum keine Dollars?« fragte Nadine erstaunt. Überall auf der Welt, in allen Ländern, die sie bisher bereist hatte, wurden die Dollarnoten als Trinkgeld gern gesehen.
Der Page schluckte. Er warf einen mißtrauischen Blick den breiten, leeren Flur entlang. »Es ist zu gefährlich, Miss«, flüsterte er und zog sanft die Tür hinter sich zu.
Nadine war allein. Ihr Kopf tat weh. Sie rieb sich die Schläfen, während sie ins Bad ging, um den Wasserhahn abzustellen.
Langsam kleidete sie sich aus, rollte die Wäsche zu einem Bündel zusammen und warf alles in das unterste Fach des Kleiderschrankes. Dann öffnete sie den Koffer. Die Dinge sahen aus, als seien sie nicht berührt worden. Die Kleider glatt, die Blusen sorgfältig zusammengelegt, die elastischen Kofferbänder genauso verhakt, wie sie sie zu Hause in ihrer kleinen Frankfurter Dachwohnung geschlossen hatte.
Aber Nadine war sicher, hundertprozentig sicher, daß sie zu alleroberst die Blusen gelegt hatte und nicht das rote Kleid.
Wirklich absolut sicher.

Sie hatte einen großen Auftritt, als sie eine Stunde später in die Hotelhalle kam.
Es war ihr unmöglich, auf dem Bett zu entspannen, schlafen konnte sie ohnehin um diese Uhrzeit nicht, offenbar war sie über das Alter hinaus, in dem sie an jedem x-beliebigen Ort sofort in einen tiefen Schlaf fallen konnte. Eine ernüchternde Erkenntnis.
Sie hatte die Balkontür aufgelassen, aber der Lärm hinter der hohen Mauer war so fremd gewesen, er hatte sie unruhig und neugierig gemacht.
Außerdem wartete sie auf eine Nachricht. Irgend jemand mußte sich doch bei ihr melden, um ihren Terminplan abzustimmen, ihr die nötigen Informationen zu geben über die Möglichkeit, sich in dem Land zu bewegen, über die Institutionen, die Landschaften, die Orte, die sie gerne kennenlernen wollte. Und, vor allen Dingen: das Interview mit Scheich Zayed.
Nadine hatte damit gerechnet, daß in dem Hotelzimmer bereits eine Nachricht für sie lag. Jemand vom Informationsministerium – was auch immer das war – müßte sich doch bei ihr melden. Sie hatte sich vorgenommen, um einen Dolmetscher zu bitten, damit sie in der Medina, in den Souks, auf dem Dorf, in der Stadt, jederzeit mit den Einheimischen ins Gespräch kommen konnte. Schließlich war sie keine Journalistin, die eine Reisereportage über die Qualität der Hotelzimmer und die Taxikosten vom Flughafen zur Moschee schreiben wollte.
Sie war unruhig. Am liebsten hätte sie sofort mit ihren Erkundungen begonnen, einen Blick auf die Stadt geworden, sich einen Plan besorgt und Erkundigungen darüber eingezogen, wie man sich am unauffälligsten in den Souks bewegt. Deshalb erschien sie eine Stunde nach ihrem Eintreffen im Hotel schon wieder in der Halle.

Sie trug einen langen, geblümten Baumwollrock, eine helle, weite Leinenjacke mit Flügelärmeln und darüber ein dreieckiges Seidentuch, das sie wie einen Schleier über das Gesicht und die Haare legen konnte.
Sie hatte gebadet, ihre Haare gewaschen und mit dem Fön, der im Schlafzimmer bereitlag, getrocknet. Sie hatte sich geschminkt, dezent zwar, aber sie war so daran gewöhnt, Make-up und Rouge aufzulegen, Lidschatten und ein bißchen Lippenstift, daß sie sich sonst wie nackt vorgekommen wäre.
Die Halle, die bei ihrer Ankunft menschenleer gewesen war, summte und brummte vor Leben.
Aus unsichtbaren Lautsprechern kam Musik, eine monotone, arabische Musik, Flötenmelodie, begleitet von einem Instrument, das einer Zither ähnlich sein mußte. Eine dunkle Frauenstimme sang. Es klang traurig, das Lied, aber vielleicht nur für europäische Ohren.
In den breiten Brokatsesseln, die zu einem weiträumigen Kreis unter dem zeltartigen Dach der Halle aufgestellt waren, saßen Männer im traditionellen weißen Gewand, tranken Tee, spielten mit ihren Gebetsketten und plauderten.
Einer hatte seinen Sohn mitgebracht, einen Jungen von vielleicht fünf oder sechs Jahren, der Nadine wie eine Erscheinung anstarrte. Seine Augen wurden groß wie Kastanien, und er zupfte seinen Vater aufgeregt am Ärmel und flüsterte ihm etwas ins Ohr, die Augen nicht von Nadine lassend. Langsam wandte der Vater sich um. Nur für den Bruchteil einer Sekunde glitt sein Blick über ihre Gestalt. Dann wandte er wieder den Kopf und führte das Gespräch mit einem alten Mann fort, der zwei Sessel weiter saß und eine Wasserpfeife rauchte. Der Junge aber starrte sie weiter an.
Nadine hatte sehr wohl bemerkt, daß für einen Moment alle Gespräche verstummt waren, als sie in die Lobby trat. Alle Augen musterten sie verstohlen. Sie spürte die Blicke in ihrem Rücken, als sie zur Rezeption ging, um den Schlüssel abzugeben.
Abdul war nicht da. Niemand war da, der ihr Auskunft geben konnte. Über dem geschnitzten Wandpaneel hing ein Ölbild des Scheichs. Bestimmt sieht er in Wirklichkeit ganz anders aus. Solche Staatsbildnisse waren immer geschönt. Auf dem Tresen lagen einige arabische Zeitungen, und offenbar gab es einen Videoservice, denn Nadine

entdeckte einen Prospekt, der Filme anbot, die sie erkannte, obgleich sie den arabischen Text nicht lesen konnte. »Crocodile Dundee« oder »Indiana Jones«. Nadine hatte einen Fernseher in ihrem Zimmer noch gar nicht bemerkt.
Sie durchquerte den Vorraum, stieg die beiden Stufen hinunter, die zur Eingangstür führten, und stieß sie auf. Die Hitze, die ihr entgegen schlug, traf sie wie eine Wand. Sie vergaß in den klimatisierten Räumen immer sofort, wie heiß es draußen war. Die Trockenheit, eine Mischung aus Staub und Hitze, in die das Plätschern des Springbrunnens vor dem Entree drang. Feiner Blütenduft mischte sich in den Geruch von trockenem Pferdemist, ein vorbeiknatterndes Moped stieß eine Wolke von blauem Qualm aus, und Nadine mußte husten. Augenblicklich trat ihr der Schweiß auf die Stirn, sie nahm das Tuch ab und faltete es achtlos zusammen.
Langsam schlenderte sie an den Blumenrabatten vorbei, in denen ein Gärtner kniete und mit behutsamen, fast zärtlichen Bewegungen die winzigen Unkrauthalme herauszupfte.
Der Gärtner schaute nicht auf. Er trug einen Strohhut mit breiter Krempe und einen grünen Drillichanzug. Er hatte sehr schwarze Hände. Vielleicht waren seine Vorfahren noch als Sklaven nach Saudi-Arabien gekommen. Vielleicht stammte seine Familie aus dem Sudan. Nadine hätte ihm gerne ins Gesicht gesehen, aber sie spürte, daß es unmöglich war. Er durfte nicht zu ihr aufsehen. Es wäre eine Beleidigung, eine Schamlosigkeit, die man nicht entschuldigen konnte. Vielleicht wurde man in diesem Land für so eine Schande heute noch gesteinigt, ging es Nadine durch den Kopf. Nadine ließ den Verkehr an sich vorbeirollen. Der Bürgersteig war im Schachbrettmuster gepflastert, weißer und roter Granit, die zweispurige Straße asphaltiert. Auf der Seite des Hotels hatte man im Bürgersteig kleine Löcher gegraben und Palmenschößlinge eingesetzt, die offenbar über ein zentrales System bewässert wurden.
Nadine betrachtete eine Weile die kleinen Wassertröpfchen, die aus den winzigen Poren des Gummischlauches quollen und in der lehmigen Erde versickerten. Und genau in diesem Augenblick, ohne daß sie einen Zusammenhang erkennen konnte, fiel ihr Arne Henscheid ein. Sie stellte ihn sich vor, mit schmalen Lippen über einem Manuskript in dem dämmrigen Büro, das Gesicht von einer 100-Watt-Bir-

ne beleuchtet. Sie stellte sich das Summen der Schreibmaschinen, das Geräusch der Computer, das Rattern der Nachrichtenticker vor. Sie sah Gerti, die ein Kaffeetablett an den großen Busen preßte, und Tilman Schröder, der mit gequältem Gesicht in seinem Büro auf und ab ging und seinen Unterbauch massierte.
Und als sie sich all die Gesichter aus ihrer Redaktion, all die Sprücheklopfer und Zyniker, die Karrieristen und jene, die eine Karriere längst abgeschrieben hatten, vorstellte, war sie zum erstenmal wirklich glücklich, in Q'uam al Hashid zu sein. Sie ließ ihren Blick zum Himmel wandern, der hinter einem Schleier aus gelbem Wüstenstaub azurblau schimmerte, verheißungsvoll. Bald würde die Sonne untergehen. Sie würde Sterne sehen, Milliarden Sterne, mehr, als man je in Europa am Nachthimmel sehen konnte. Sie würde die Milchstraße erkennen und ein paar ihrer Lieblingssterne, Kastor und Pollux und das schiefe W der Kassiopeia. Vielleicht würde sie eine Sternschnuppe sehen, später, in der Wüste irgendwo, wo es keine Straßenlaternen und keine Autoscheinwerfer gab. Wo die Wüste schwarz und der Himmel ein dunkelblau durchlöchertes Tuch war, das man vor eine riesige Lichtquelle gehängt hatte. So hatte ihr jemand einmal die Sterne erklärt. Sie war damals ein Kind gewesen, aber sie hatte das nie vergessen. Dieses große, wie von Motten zerfressene Tuch, das der Himmel war. Eine Limousine mit verhängten Fenstern rollte lautlos vorbei. Einen Augenblick war ihr, als würden die Gardinen einen Spalt geöffnet und sie könnte rote Lippen erkennen und große, neugierige Augen, aber dann war das Auto vorbei. Ein Lastwagen, auf dessen Ladefläche lauter junge Männer standen, in kurzärmeligen Hemden. Ein Moped mit zwei Jugendlichen in schwarzen Lederjacken und Sonnenbrillen, die Nadine ungeniert zuwinkten und auf die Hupe drückten.
Auf der anderen Seite eine Frau in der schwarzen Arabeya, das Gesicht verschleiert, mit einem kleinen Mädchen an der Hand. Das Mädchen trug rote Plastiksandalen und ein gelbes, ärmelloses Kleid. Es ließ sich ziehen von seiner Mutter, Tante oder Großmutter, Nadine hatte keine Übung darin, die Frauen hinter dieser Vermummung zu identifizieren. Das Mädchen hatte die schwarzen, dicken Haare zu zwei Zöpfen gebunden. Ein niedliches Mädchen. Süß und unbekümmert. Als es Nadine entdeckte, blieb es abrupt stehen und rea-

gierte auch nicht auf das heftige Zerren der Hand, von der es gehalten wurde. Nadine lächelte und winkte flüchtig. Das Mädchen starrte reglos zu ihr herüber. Plötzlich wirbelte es um die schwarzverschleierte Frau herum und verbarg das Gesicht in dem Umhang. Die Frau hob das Mädchen auf und hastete davon.
Kleine, gelbe Autos, auf denen TAXI stand, fuhren vorbei. Die Fahrgäste bepackt mit großen Bündeln und unförmigen Kartons, über die sie kaum hinwegsehen konnten. Ein Lastwagenkonvoi, der einen Schulbus überholte. Plötzlich bog ein Mercedes in die Auffahrt zum Hotel und hielt.
Der Chauffeur, ein Soldat, sprang heraus und riß die Wagentür auf, zwei Männer, beide in imponierenden Uniformen, stiegen aus und gingen an Nadine vorbei, ohne die Augen zu heben.
Nadine umrundete den Springbrunnen, schaute den künstlichen Wasserfall an und überquerte dann die Straße, um das Hotel aus größerer Entfernung betrachten zu können. Es sah aus wie ein Palast für Lawrence von Arabien, dahinter die alten Stadtmauern aus Lehm, mit Türmchen und Zinnen aus grün glasierter Emaille. Es sah unwirklich aus.
Ein Wagen fuhr dicht am Bürgersteig entlang. Junge Männer saßen in dem Auto, zwei vorne und zwei hinten, die Fenster waren heruntergekurbelt. Sie bremsten, als sie auf gleicher Höhe mit Nadine waren.
Einer schrie: »Rock me Baby!«
Und der andere machte eine obszöne Handbewegung. Sie brachen in grölendes Gelächter aus, gaben Gas und fuhren mit quietschenden Reifen davon. Nadine atmete tief durch.
Da sah sie Abdul, den Empfangschef. Er eilte um den Springbrunnen herum und lief mit fuchtelnden Armen über die Straße.
»Miss Malten!« rief er ängstlich. »Please! Madame!« Nadine wartete gelassen, bis er vor ihr stand und wieder Atem geschöpft hatte. Sein Gesicht war vor Aufregung gerötet. Er keuchte, er zitterte.
»Wie sind Sie hierhergekommen?« fragte er fassungslos.
Nadine lachte amüsiert. »Hierher? Wie meinen Sie das? Ich habe das Hotel verlassen und die Straße überquert.«
»Aber hat Sie denn niemand aufgehalten?«
»Nein«, sagte Nadine freundlich, »warum auch?«

Abdul rang die Hände. Er sah jetzt wirklich verzweifelt aus. »Weil Sie doch das Hotel nicht verlassen dürfen!« Ein Überlandbus mit Fenstern, die blind von Staub waren und abenteuerlichen Gepäckstücken oben auf dem Dach, fuhr stinkend vorbei und hüllte sie für einen Augenblick in eine Qualmwolke. Als Nadine wieder Luft holen konnte, sagte sie sanft: »Ich habe mich verhört, oder? Das haben Sie eben nicht gesagt. Es ist ein Mißverständnis.«
Abduls Augen verdunkelten sich vor Kümmernis. Er schüttelte den Kopf. »Wir haben unsere Anweisungen, Miss Malten. Wenn wir diese Anweisungen nicht befolgen, dann ...« Sein Blick irrte ab, er wandte sich halb um und starrte zum Hotel hinüber. Der Wagen, mit dem die Generäle gekommen waren, parkte direkt vor dem Eingang. Der Chauffeur stand, reglos wie ein Zinnsoldat, neben der Standarte vorn am Kühler und schaute nicht nach rechts und nicht nach links.
»Aber wie soll ich über dieses Land schreiben, wenn ich nicht einmal das Hotel verlassen darf!« rief Nadine entrüstet. Erst jetzt wurde ihr klar, was dieser Satz bedeutete. »Wollen Sie damit sagen, ich darf mir nicht einmal die Stadt ansehen?«
»Bitte, Miss Malten, seien Sie nicht böse mit uns. Nicht mit mir. Ich bin hier, um die Befehle zu befolgen, die ich bekomme. Sie können nicht in der Stadt herumgehen, das ist leider ganz unmöglich. Niemand kann das.«
»Niemand?« rief Nadine empört. Sie deutete auf eine Gruppe von westlich gekleideten Männern, die gerade etwas weiter entfernt die Straße überquerten, ein Pferdefuhrwerk vorbeiließen und lebhaft schwatzend weitergingen. »Und was ist mit denen?«
»Das sind keine Ausländer. Das sind Araber«, flüsterte Abdul. »Bitte, Miss Malten, kommen Sie zurück ins Hotel. Bitte, ich würde Ihnen gerne unseren wunderschönen Garten zeigen. Die Orangenplantage. Die Dattelpalmenoase. Den Pavillon. Der Vater von Seiner Hoheit, Scheich Zayed, hat ihn anbauen lassen, nachdem er in England gewesen ist und dort die wunderschönen Gewächshäuser gesehen hat ... Miss Malten, bitte, kommen Sie zurück ins Hotel.«
Nadine zögerte. Sie war so empört, daß ihr die Worte fehlten. Stumm folgte sie Abdul über die Straße. Ein amerikanischer Stra-

ßenkreuzer aus den sechziger Jahren fuhr einen Slalom um sie herum. Nadine sah im Fond eine Frau mit einem weißen Schleier über dem Gesicht, ein Baby in den Armen. Sie schaute dem Wagen nach, aber Abdul flüsterte eindrücklich: »Bitte, Sie werden beobachtet, Miss.«

»Ich werde beobachtet?« Nadine blieb abrupt stehen. Mit flimmerndem Zorn starrte sie Abdul an. »Von wem? Wer beobachtet mich? Warum werde ich beobachtet?«

Abdul hob die Schultern. Er sah so bekümmert aus, so verzagt, als habe er wirklich Mitleid mit dieser armen, jungen Frau aus Europa, die allein nach Q'uam al Hashid gekommen war, so sorglos und unbekümmert, wie man nach Amerika reist oder nach Marokko.

»Woher soll ich das wissen, Miss Malten? Wir werden alle beobachtet, immerzu.« Er lächelte versöhnlich. »Sie müssen nichts befürchten. Wir alle haben keine Angst. Niemand in diesem Land hat Angst. Solange wir die Gesetze des Koran beachten und die Anordnungen befolgen, die der Imam uns beim Freitagsgebet erteilt, müssen wir nichts befürchten.«

Sie hatten den Baldachin erreicht und betraten die Halle. Die Araber saßen immer noch in ihren Fauteuils, die Arme aufgelehnt, und plauderten. Sie wirkten wie Müßiggänger, Millionäre, die es nicht mehr nötig hatten zu arbeiten. Vielleicht besitzen sie alle eine Ölquelle, dachte Nadine, vielleicht sprudeln die Dollars ganz von alleine.

»Sitzen diese Männer immer hier?« fragte Nadine halblaut. Abdul drehte die Handflächen nach außen. »Nicht immer, aber oft. Sie haben ja Geschäfte, um die sie sich kümmern müssen.«

»Und was sind das für Geschäfte?«

»Oh, ich weiß es nicht. Ich nehme an, es handelt sich um Öl. Um internationale Geschäfte. Wir haben ja auch ein paar Bodenschätze. Wir haben ja auch Devisen, nicht wahr, mit denen wir gerne Luxusgüter in der Neuen Welt einkaufen.« Er lächelte. »Die Ungläubigen stellen sehr schöne Dinge her. Ich habe mir jetzt einen Videorecorder gekauft. Meine Frau und ich sehen abends immer Filme. Die neuesten Filme aus Amerika.« Er lachte. »Mit Michelle Pfeiffer und Sharon Stone.«

»Mich wundert, daß das erlaubt ist.«

Abdul runzelte die Stirn. »Nun ja, für gewisse Leute, möchte ich sagen. Wir hier im Hotel, wir haben ja Kontakt mit internationalem Publikum. Das erwartet einfach, daß wir uns auskennen, nicht wahr? Man kann uns ja nicht unwissend halten. Wir leben doch in einem Jahrhundert der Kommunikation, nicht wahr? Sie müßten einmal die Satellitenschüsseln sehen im Palastgarten von Scheich Zayed. Das ist unglaublich. Ein Wunder.«

Seine Haltung veränderte sich plötzlich. Seine Stimme stockte und brach plötzlich ab.

Er schaute zum Eingangsportal, durch das eben ein Mann schritt, auf einen schwarzen Stock mit silbernem Griff gestützt, ein Mann, der das rechte Bein nachzog. Nadine erkannte ihn nur an seinem Hinken. Tahir al Machmout hatte sich zurückverwandelt in einen Einheimischen. Er trug die Dischdascha mit einem Überhang aus feinem Seidenmusseline, mit einer breiten goldbestickten Borte. Er gehörte also irgendwie zum Herrscherclan, wenn sein Name das auch nicht zu erkennen gab. Aber vielleicht, dachte Nadine, während sie Tahir auf sich zukommen sah, war der Name ja auch gar nicht echt.

Er lächelte. Er strahlte. Er wiegte fröhlich den Kopf hin und her und machte kleine schnalzende Geräusche mit der Zunge, die bei ihm vielleicht ein Ausdruck von Fröhlichkeit waren.

»Miss Malten! Ich freue mich! Willkommen im Al Fellaj Guesthouse! Willkommen in Q'uam al Hashid! Ich hoffe, es ist alles zu Ihrer Zufriedenheit?« Er musterte sie aufmerksam. »Keine Beschwerden?«

»Keine«, sagte Nadine.

»Und Ihr Gepäck? Alles zur Stelle?«

Nadine betrachtete das Gesicht des Mannes. Es war voller Offenheit, ohne Argwohn, ohne Verschlagenheit. Dabei war er es doch, der angeordnet hatte, daß sie ihr ganzes Arbeitsmaterial in Bahrain zurücklassen mußte. Und vielleicht war er es auch, der ihren Paß hatte überprüfen lassen. Und der den Befehl erteilt hatte, daß sie das Hotel nicht verlassen durfte.

»Ich vermisse nur meinen Paß«, sagte Nadine.

Tahir nickte bekümmert. »Ja, das ist eine dumme Sache, unsere Gäste sind immer sehr verwirrt, wenn wir ihre Pässe einziehen. Aber es gehört nun einmal zu unseren Obliegenheiten. Sie sind unser

Gast, wir sind dafür verantwortlich, daß es Ihnen gutgeht, daß Ihnen nichts passiert.« Er lächelte. »Sie sind sozusagen in unserer Hand, Miss Malten.«

»So kommt es mir auch vor«, Nadine folgte der einladenden Handbewegung von Tahir und setzte sich in einen dieser weichen, breiten Sessel – sie achtete darauf, daß ihr Rock sittsam bis über die Waden fiel, und stellte die Füße artig nebeneinander. Nichts war ihr mehr zuwider als die lüsternen Blicke von Männern, die selten eine Gelegenheit hatten, die Schenkel einer Frau zu sehen.

»Man hat mir gesagt«, Nadine schaute sich nach Abdul um, aber er war wie vom Erdboden verschluckt. Statt dessen bemerkte sie auf einmal eine Gruppe von Männern in Uniformen, die in einer Nische saßen, vorgebeugt, und sich miteinander unterhielten, so angeregt, als nähmen sie ihre Umgebung gar nicht wahr.

»Ja? Was hat man Ihnen gesagt?«

»Ich darf nicht das Hotel verlassen. Das kann doch nur ein Mißverständnis sein. Abdul hat es mir gesagt. Er habe einen entsprechenden Befehl bekommen.«

Tahir warf sich in seinen Sessel zurück, spreizte die Finger auf der Lehne und lachte. Den Stock hatte er zwischen die Knie geklemmt.

»Das hat Abdul gesagt? Ich glaube es nicht.« Er lachte und tat, als müsse er sich die Tränen aus den Augenwinkeln wischen. »Nein, so etwas.«

»Stimmt es denn nicht?« fragte Nadine.

»Natürlich stimmt es nicht!« Tahir beruhigte sich. Er lächelte, streifte die Ärmel ein wenig zurück – er trug auch eine goldene Rolex – und holte tief Atem.

»Selbstverständlich haben wir einige Vorschriften, die es zu beachten gilt«, sagte er ruhig.

»Ach ja.« Nadine spürte, wie sie sich schon wieder verkrampfte. »Und was sind das für Vorschriften?«

»Nun, Sie sind eine Frau. Das ist nicht zu übersehen. Und dieses Land ist den Anblick von unverschleierten Frauen nicht gewöhnt.«

»Eine Männergesellschaft«, sagte Nadine.

»Nennen Sie es, wie Sie mögen. Wir treffen solche Anordnungen nur

zum Wohlbefinden unserer Gäste. Sie würden sich nicht wohl fühlen, Miss Malten, wenn Sie unbegleitet durch eine Stadt gehen würden, in der die Männer Ihnen glühende Blicke hinterherwerfen, nicht wahr? Außerdem, verzeihen Sie, verletzt es unser Schamgefühl, das unverschleierte Gesicht einer fremden Frau zu betrachten.«
»Im Flugzeug von Frankfurt und Bahrain hatte ich nicht den Eindruck, daß Ihr Schamgefühl verletzt war.« Tahir winkte einem Kellner. »Haben Sie schon den arabischen Kaffee probiert? Wir mischen Kardamom und Ingwer in das Kaffeepulver und ein bißchen von der Kaffeeschale. Das gibt unserem Kaffee ein ganz besonderes Aroma. Haben Sie schon einmal den Kaffee im Jemen getrunken? Sie nennen es Gisher. Es wird nur aus Kaffeeschalen gebraut. Unser Kaffee ist natürlich viel raffinierter, aber er schmeckt ein bißchen ähnlich.«
Nadine schwieg, bis der Kaffee kam. Sie spürte immer wieder Tahirs aufmerksamen, forschenden Blick. Sie gab sich keine Mühe, nett und freundlich zu sein. Auf ihrem Gesicht spiegelten sich der Zorn und die Empörung, die sie empfand. Es war ihr gleich.
»Miss Malten ...«, begann Tahir vorsichtig. Nadine fiel ihm schneidend ins Wort. »Ja? Was noch? Gibt es noch ein paar Regeln, die Sie mir erklären wollen? Darf ich mich in diesem Hotel vielleicht frei bewegen?«
Tahir schüttelte rügend den Kopf. »Sie sind immer gleich so aufbrausend.« Nadine konnte sich nicht erinnern, daß sie schon einmal in seiner Gegenwart aufbrausend gewesen war. »Aber Sie werden bald einsehen, daß es zu nichts führt. Um Ihre Frage zu beantworten: Natürlich können Sie sich vollkommen frei in diesem Hotel bewegen. Allerdings würde ich davon abraten, den Pool zu benutzen.«
Nadine warf ihm einen flammenden Blick zu. »Und warum? Sind Piranhas darin ausgesetzt?«
Tahir quittierte das mit einem Lächeln. Er konnte offenbar mit ihrer Ironie nicht umgehen.
»Wir empfehlen generell den weiblichen Gästen, den Pool nicht zu benutzen.«
Nadine schloß die Augen. Das war doch unglaublich. In dieser Hitze, mitten in der Wüste gab es einen Pool, aber man durfte ihn nicht benutzen!
»Es ist nur zu Ihrer eigenen Sicherheit. Dieser Pool ist nicht sehr gün-

stig angelegt vom Architekten. Er ist leicht einsehbar von einem gewissen Flügel dieses Hotels. Man könnte Sie also beobachten, wenn Sie Ihr Bad nehmen.« Er strahlte sie an, als wolle er damit alle ihre Einwände hinwegfegen. »Und ich bin ganz sicher, daß Sie das auf jeden Fall vermeiden wollen.«

Nadine holte tief Luft. »Ich würde Ihnen jetzt gerne sagen, in wie vielen Pools ich schon gebadet habe, die vollkommen einsehbar waren. Und daß es mir nicht das geringste ausgemacht hat. Und allen anderen Frauen, die mit mir den Pool benutzen, hat es auch nicht das geringste ausgemacht. Aber ich nehme an, das interessiert Sie gar nicht.«

Tahir senkte artig den Kopf. »So ist es, Miss Malten. Dieses ist ein arabisches Land. Ein islamisches Land. Wir befolgen die Gesetze des Korans.«

»Warum haben Sie denn überhaupt einen Pool gebaut?«

»Für unsere männlichen Gäste, Miss Malten. Und für die Kinder. Die Töchter und Söhne. Sie lieben den Pool. Am Sonntag kommen manchmal einheimische Familien, die eine Sondergenehmigung haben, und lassen ihren Kindern im Pool Schwimmunterricht geben. Sie sollten sich das anschauen. Es ist entzückend.«

Nadine erhob sich. Sie konnte das Gespräch nicht mehr ertragen. Sie wußte, daß sie etwas Spektakuläres tun mußte, um Tahir zu beunruhigen.

»Ich möchte meinen Paß zurück.« Sie schaute ihn an, die Arme vor der Brust verschränkt. Sie gab sich nicht die geringste Mühe, weiblich, charmant und sexy zu wirken. Sie wußte, all diese kleinen Listen würden diesen Mann nicht beeindrucken. Irgendwo hatte man ihm beigebracht, immun gegen dererlei Reize zu sein. »Und dann möchte ich wissen, wie ich so schnell wie möglich nach Bahrain zurückkomme. Kann ich mit dem Flughafen telefonieren? Von der Rezeption? Gibt es irgendwelche offiziellen Flüge nach Adschman?«

Tahir erhob sich ebenfalls. Sie standen sich in einer Entfernung von einigen Zentimetern gegenüber. Nadine roch sein Parfum oder Toilettenwasser, ein ganz einzigartiger, harziger Duft. Sie wich einen halben Schritt zurück. Er wirkte bestürzt. Aber vielleicht war auch das nur gespielt.

»Aber warum wollen Sie das Land verlassen, Miss Malten? Sie sind eben erst angekommen. Sie sind nervös, ein wenig gereizt. All die neuen Einflüsse, Sie haben zuwenig Schlaf gehabt, ich gebe das gerne zu. Ich komme ja auch aus Frankfurt, ich weiß, wieviel Schlaf uns fehlt. Aber das sollte Sie nicht verleiten, vorschnelle Schlüsse zu ziehen. Ich habe Ihnen soviel zu sagen. Ich habe Ihnen soviel zu zeigen, Miss Malten. Das Land, unser Q'uam al Hashid«, er breitete die Arme aus, »wird Sie mit offenen Armen empfangen. Was wir versprochen haben, das halten wir auch.«
»Sie haben gar nichts versprochen«, sagte Nadine. »Sie haben nicht einmal ein Interview mit Scheich Zayed bestätigt. Sie haben meine Wünsche nur zur Kenntnis genommen.«
Tahir riß die Augen auf. »Aber selbstverständlich werden Sie unseren Herrscher kennenlernen, Miss Malten! Aber das ist doch gar keine Frage! Wir wissen, daß Sie eine politische Journalistin sind und für ein wichtiges Blatt arbeiten! Es ist dem Scheich Zayed bin Sultan al Maktoum sehr wichtig, Ihnen seine Ansichten über die Weltlage zu erklären und die Haltung unseres kleinen Landes zu den gärenden Konflikten aufzuzeigen. Wirklich, sehr, sehr wichtig.«
Nadine zögerte. Tahir trat einen Schritt näher an sie heran und legte vertraulich für eine Sekunde seine Fingerspitzen auf ihren Arm. »Seine Hoheit läßt übrigens aufrichtige Grüße bestellen. Und ich soll Ihnen seinen aufrichtigen Wunsch übermitteln, daß dieser Aufenthalt unvergeßlich für Sie sein wird.«
Nadine schwieg. Sie schaute über die Köpfe der Gäste in der Hotelhalle hinweg zum Ausgang. Es dämmerte bereits.
Alles war mit einem rosigen Hauch übergossen. Abdul kam hinter einer Säule vor und eilte schnell zu seinem Arbeitsplatz. Nadine fragte sich einen Augenblick, ob er ihr Gespräch wohl belauscht habe. Aber das wäre zu offensichtlich. Er würde sowieso alles erfahren, dessen war sie sicher. Wahrscheinlich arbeitete er hauptsächlich als Spitzel, der auf englischsprechende Gäste angesetzt war. Nadine hielt inzwischen alles für möglich.
»Ich werde den Scheich also sprechen?« fragte Nadine mißtrauisch.
»Aber natürlich! Hundertprozentig!«
»Und wann?«

»Das, bei Allah«, Tahir breitete die Arme aus, »das liegt nicht in meiner Macht. Inschallah, vielleicht noch diese Woche, vielleicht erst nächste Woche.«

»Aber Sie haben doch mit dem Scheich gesprochen. Was hat er gesagt?«

»Über den Termin für das Interview? Er hat nichts gesagt. Nichts Konkretes.«

Nadines Stimmung sank. Also doch nur wieder eine Hinhaltetaktik. Sie dachte an Arne Henscheids Warnungen und Vorbehalte. Sie wollte nicht, daß er recht behielt.

»Wo ist er denn jetzt? In diesem Augenblick?«

Tahir lachte. »Woher soll ich das wissen? Seine Hoheit ist immerzu an mindestens drei Orten gleichzeitig. Das ist auch eine Frage der Sicherheit, verstehen Sie. Es gibt zu viele Leute, die eine große Summe dafür zahlen würden, daß unser Herrscher sich nicht mehr in die Weltpolitik einmischen kann. Er schläft jede Nacht in einem anderen Zelt.«

Nadine schnaubte ärgerlich durch die Nase. Die Anspannung fiel von ihr ab, ebenso die Neugierde. Sie war nicht mehr aufgeregt, nicht mehr wißbegierig, nur noch müde und enttäuscht. Zutiefst müde und enttäuscht. Sie wandte sich ab, um an der Rezeption ihren Schlüssel zu holen. Tahir nahm hastig seinen Stock und folgte ihr. Sie hörte seine leise, eindringliche Stimme nah an ihrem Ohr, als sie die Halle durchquerten.

»Ich werde sehen, was ich tun kann, Miss Malten. Seien Sie bitte nicht beunruhigt. Ich würde vorschlagen, daß Sie jetzt schlafen gehen. Und morgen, nach einem sehr gemütlichen Frühstück auf Ihrem Balkon, werden Sie eine Nachricht von mir bekommen.«

Nadine blieb stehen.

»Und wann darf ich die Stadt ansehen? Und das Land? Ich dachte, ich würde herumreisen können.«

Tahir lächelte. »Natürlich, wir wissen das. Wir kennen Ihre Wünsche, wir werden unser Möglichstes tun.«

Er wartete neben ihr, bis Abdul ihr – ohne sie anzuschauen – den Schlüssel reichte. »Gute Nacht, Miss Malten. Ich wünsche einen angenehmen Schlaf.«

Nadine schenkte ihm kein Lächeln. Das hatte er nicht verdient. Sie wandte sich an Abdul. »Kann ich telefonieren?«

»Mit Europa?« Abdul riß erschrocken die Augen auf. Nadine bemerkte einen Blickkontakt zwischen ihm und Tahir und sagte gereizt: »In meinem Zimmer gibt es kein Telefon.«
»Ich fürchte, Madame, das wird im Augenblick nicht möglich sein. Der Satellit, die Leitungen, Satellit für Europa ...« Er verhaspelte sich. Er wurde rot. Er wich ihrem Blick aus und beschäftigte sich eingehend mit einem großen, roten Ledertuch, das vor ihm auf dem Tisch lag. Nadines Stimme war eisig. »Ich verstehe Sie nicht.« Tahir lächelte versöhnlich. »Der Satellit wird jeden Augenblick wieder einsatzfähig sein, da bin ich ganz sicher. In jedem Fall können sie ein Fax nach Frankfurt schicken. Das ist immer möglich.«
Und ihr werdet es vorher lesen, kopieren und zu den Akten legen, dachte Nadine grimmig. Und wenn ich jemals den Scheich treffen werde, wird er jeden einzelnen Satz kennen, den ich nach Deutschland übermittelt habe. Ein wunderbares Land.
Sie war auf einmal zum Sterben müde.
Tahir und Abdul blickten ihr nach.
»Eine sehr schöne Frau«, murmelte Tahir.
Abdul nickte. »Haare wie Gold. Ich habe so etwas selten gesehen.«

Telefax von Nadine Malten an Arne Henscheid, Frankfurter Redaktion.

Mittwoch, den 23. März
Al Fellaj, Q'uam al Hashid, gegen Abend.

Hallo Frankfurt,
dieses ist nur eine kurze Nachricht, daß ich nach einem 22stündigen Flug endlich im Hotel angekommen bin. Das Hotel ist wunderschön, es erinnert an das La Mamounia in Marrakesch. Morgen werde ich jemanden vom Informationsministerium treffen, der mit mir den Terminplan ausarbeitet. Ich hoffe, daß ich dann schon nähere Angaben machen kann. Ich mußte meinen Paß abgeben.
Ich habe übrigens kein Telefon im Zimmer! Alle Gespräche muß ich unten von der Halle aus führen, derzeit scheint aber der Satellit kaputt zu sein. Vielleicht könnten Sie einmal von Frankfurt aus ver-

suchen, mich anzurufen. Im Flugzeug nach Bahrain saß ein Mitglied der Regierung von Q'uam al Hashid. Er hat mit mir in Bahrain ein kurzes Gespräch geführt und sich für meine Unterlagen über Q'uam al Hashid interessiert. Sein Name ist Tahir al Machmout. Gibt es über ihn Informationen, die ich kennen sollte?
Ich fühle mich hier, umgeben von einem Orangenhain und Dattelpalmen, in einer Stadt, die ich bislang nur durch die Fenster eines Armeejeeps kennengelernt habe, etwas abgeschnitten von der Welt und vom Informationsfluß. Ohne meine Papiere! Aber ich gehe davon aus, daß alles nur besser werden kann. Hier ist man sehr freundlich und versucht, hilfsbereit zu sein. Ich werde jetzt den versäumten Schlaf nachholen und vom Frankfurter Nieselregen träumen.
Ihre Nadine

PS: Keine Angst, Arne Henscheid, Sie kriegen Ihre Story!

Nadine wachte auf, als es an die Zimmertür klopfte. Verwirrt richtete sie sich auf und versuchte, sich zu erinnern. Die Vorhänge, golddurchwirkter Brokat, waren zugezogen, aber ein Lichtstreifen fiel aus dem angrenzenden Wohnzimmer auf die Keramikfliesen. Es war offenbar heller Tag.

Nadine sprang aus dem Bett, wickelte ein Handtuch um den Körper und öffnete die Tür einen Spalt.

Ein Page stand da, strahlend, und reichte ihr auf einem Silbertablett zwei Umschläge. »Good morning, Miss Malten. This has arrived for you.«

Nadine fiel in diesem Augenblick ein, daß sie immer noch kein Geld getauscht hatte. Ein zweites Mal wollte sie nicht den Fehler begehen, und den armen Kerl mit einer Dollarnote in Verlegenheit bringen. Sie zeigte hilflos auf ihre Tasche, die im Sessel lag. »Later.«

»What?« fragte der Page.

»Das Trinkgeld, ich vergesse es nicht. Ich gebe es Ihnen später. Wir sehen uns ja noch.«

Der Page schaute sie an, mit einer Mischung aus Enttäuschung und Verachtung, und wandte sich zum Gehen.

Nadine zog sanft hinter ihm die Tür ins Schloß. Sie öffnete die Gardinen, stieß die Balkontür auf und trat hinaus. In den Zweigen der Orangenbäume schwirrten die Vögel, alles war erfüllt von ihrem Gezwitscher und Gezänk. Der Straßenlärm schien weit weg. Die Luft war angenehm frisch. Unten im Garten waren Heerscharen von Gärtnern damit beschäftigt, die Bäume und Blumenrabatten zu wässern.

Nadine ließ sich auf einen der Korbsessel fallen, legte die nackten Füße auf die Balkonbrüstung und öffnete den ersten Brief.

Telefax to
Miss Nadine Malten
Al Fellaj, Q'uam al Hashid

Guten Morgen, Nadine,
hoffentlich haben Sie inzwischen ausgeschlafen. Unser Mitleid mit der anstrengenden Reise hält sich, wie Sie sich denken können, in Grenzen. Hier ist tatsächlich Nieselregen, und zwar unaufhörlich, seit Ihrer Abreise. War das Ihr Racheakt?
Ich habe versucht, Ihr Fax so zu interpretieren, wie es vielleicht gemeint war. Wir werden versuchen, Ihnen soviel Material wie möglich zukommen zu lassen. Über Herrn T. haben wir – jedenfalls zur Zeit – noch keine Informationen. Aber wir bleiben am Ball.
Vergessen Sie über der Schönheit Arabiens und dem Abenteuer, dort als Frau allein unterwegs zu sein, nicht, daß wir diese Reise bezahlen. Also: Es ist keine Lustreise, Nadine. Behalten Sie das immer im Hinterkopf, dann wird es schon schiefgehen.
Ihr Arne Henscheid.

Nadine ließ das Fax sinken und blickte über die lehmfarbenen Mauern des Palastgartens nach Süden, dorthin, wo sie die Medina vermutete, mit dem alten Kamelmarkt, hinter dem Bab Abu Hanifa, dem ältesten der Stadttore. Q'uam al Hashid war einmal eine Karawanserei gewesen, auf der alten Weihrauchroute. Hier hatten die Kamelkarawanen Station gemacht, waren von Beduinen vor räuberischen Banden beschützt worden, die Kamele wurden getränkt, kranke Tiere versorgt, die Menschen bekamen ein Lager und eine Mahlzeit, konnten frische Waren kaufen, Datteln und Schaffleisch, Hirse, Tomaten und Zwiebeln, Ziegenkäse und süßes Gebäck. Für all das wurde ihnen sehr viel Geld abgenommen, aber das war immer noch besser als in die Hände brutaler Banditen zu fallen. Es ist immer ein räuberisches Land gewesen, dachte Nadine, ein grausames Leben in einer grausamen Landschaft. Sie beobachtete eine Windhose aus flimmerndem Sand und Staub, die sich über der Medina erhob und weiterraste, von dem Hotel weg, in Richtung Süden. Die Sonne verdunkelte sich, wurde blutrot, als der Sandwirbel senkrecht in den Himmel stieg. Nadine hörte den gequälten Schrei eines Kamels, die

Vögel ließen sich aus den Zweigen fallen und hockten reglos auf der Erde. Aus einem der Nachbarzimmer drang arabische Musik.
Ob Arne Henscheid sich das so vorstellte? dachte Nadine. Ob er die Phantasie hat, sich das hier auszumalen? Offenbar hatte er jedenfalls ihren Hilferuf verstanden. Er wußte, daß sie kein Telefon auf dem Zimmer hatte, er mußte damit rechnen, daß die Faxe kontrolliert würden. Daß sie vielleicht keine Möglichkeit bekommen würde, mit ihm zu reden, ohne daß man das Gespräch abhörte – wenn sie überhaupt eine Gelegenheit zum Telefonieren bekommen würde.
Sie öffnete den zweiten Brief.

To Miss Nadine Malten
Al Fellaj Hotel
Room 116

Liebe Miss Malten,
hoffentlich hat der Schlaf Sie erquickt, so daß Sie den ersten freien Tag in Q'uam al Hashid wirklich genießen können. (Nadine verzog empört das Gesicht: Wie kam man auf die Idee, daß sie hier Ferien machte?)
Wir möchten Sie gerne heute zu einem Mittagessen in das Gartenrestaurant des Hotels einladen, um Sie mit unserer einheimischen Küche vertraut zu machen. Dort können wir dann alle weiteren Details Ihres Aufenthaltes besprechen.
Seien Sie versichert, daß wir Ihnen jede Hilfe zukommen lassen, die Sie benötigen.
Hochachtungsvoll
Tahir al Machmout

PS: Ich erwarte Sie um 13 Uhr in der Hotelhalle.

Es klopfte wieder an der Zimmertür. Nadine war immer noch in das Handtuch gewickelt. Als sie sich erhob, rutschte es von ihrem Busen, und sie warf einen erschrockenen Blick über die Balkonbrüstung. Einer der Gärtner schaute fassungslos zu ihr hoch. Sie flüchtete ins Innere des Zimmers, schlug die Balkontür zu, rief »One moment

please!« und zog den Kaftan über, der zusammengefaltet auf einem Badezimmerhocker gelegen hatte.
Als sie die Zimmertür öffnete, war sie korrekt von Kopf bis Fuß bedeckt.
Ein Zimmerkellner brachte das Frühstück, das sie noch gar nicht bestellt hatte.
Nadine folgte ihm wortlos, schaute zu, wie er die Balkontür mit dem Fuß aufstieß und das schwere Tablett auf dem Messingtisch absetzte.
Der Kellner hob die schönen verzierten Tonhauben von den Schüsseln und nannte auf arabisch die Namen der Gerichte, die sich darunter verbargen.
Nadine verstand nichts. Ein köstlicher Duft von Zimt und Honig stieg aus einer der Schüsseln auf, in der anderen sah sie eine Art Hackbrei, auf dem ein kleines, gebratenes Wachtelei wie ein Auge lag. In der dritten Schüssel waren trockene Müsliriegel, die in Kamelmilch badeten. Dazu gab es eine Messingkanne mit Kaffee, einen Topf heißer Milch, eine Schale mit braunem Zucker. Der Kellner schlug die große Leinenserviette aus und reichte sie Nadine an einem Zipfel. »Guten Appetit.«
»Aber ich habe das alles nicht bestellt«, sagte Nadine unsicher. »Sie haben sich nicht in der Zimmernummer geirrt?«
»Zimmer 116«, sagte der Kellner.
Nadine lächelte. »Okay, wenn Sie es sagen.«
»Alle bekommen dasselbe Frühstück«, erklärte der Kellner, »etwas anderes haben wir nicht.« Er hob den Deckel von einem Bastkorb, in dem sich warme, hauchdünne Brotfladen befanden, die einen köstlichen Duft von Holzkohlenfeuer verströmten. »Ist es genug Ful?«
»Ah, das heißt also Ful.« Nadine lächelte. Sie nahm ein dünnes Fladenbrot und biß hinein. »Schmeckt köstlich, danke. Schukran. Danke sehr. Ich ... ich werde Ihnen nachher ein Trinkgeld geben. Verzeihung. Ich habe noch kein Geld gewechselt.« Sie lächelte wieder.
Der Kellner zögerte. Er trat etwas näher an sie heran. Er dämpfte seine Stimme zu einem Flüstern. »Wollen Sie tauschen? Wieviel wollen Sie tauschen? Was haben Sie? Dollar?«
Nadine nickte verwirrt. »Ja, Dollar.«

»Ich kann Ihnen Dirham besorgen. Auf dem Schwarzmarkt. Ich mache Ihnen einen guten Preis. Wieviel wollen Sie? Wieviel haben Sie? Fünfzig Dollar? Hundert Dollar?«

Nadine schaute sich um. Sie blickte über die Balkonbrüstung. Sie sah an der Hotelfassade entlang. Die Musik hatte aufgehört. Die Vögel waren wieder in ihre Baumkronen zurückgekehrt und hatten das alte Gezänk wieder aufgenommen.

»Sie müssen keine Angst haben«, flüsterte der Kellner, »es ist sicher. Ganz sicher hier. Ich gebe Ihnen für hundert Dollar 30000 Dirham.«

Nadine starrte ihn an. Sie verstand nicht. Das war ungefähr das Zehnfache von dem Kurs, den der Bankbeamte auf dem Frankfurter Flughafen ihr genannt hatte.

»Ich kann Ihnen keine hashidischen Dirham geben«, hatte er bedauernd gesagt. »Es ist streng verboten. Sie müssen im Land tauschen. Sie dürfen auch keine hashidischen Dirham ausführen. Das wird kontrolliert.«

Aber auf dem Shamal-Flughafen von Q'uam al Hashid hatte Nadine vergessen, nach einer Wechselstube zu fragen. Sie war auch nicht sicher, ob es dort so etwas überhaupt gab. Für wen eine Wechselstube? Für die Handvoll von Fremden, die hier ankamen?

Nadine trat vom Balkon ins Zimmer. Sie hielt immer noch das Fladenbrot in der Hand und legte es unsicher auf dem Messingtischchen ab. Sie nahm ihre Handtasche und zog das Portemonnaie heraus.

»Sind Sie sicher?« fragte sie. »Ich werde bestimmt keine Schwierigkeiten bekommen?«

Der Kellner lachte. Ein lautloses Lachen. Er schüttelte vehement den Kopf. »Gar keine Schwierigkeiten.«

»Und Sie?« fragte Nadine, während sie ihm hundert Dollar gab.

»Ich? Ich kenne mich aus. Dies ist mein Land. Dies ist meine Stadt. Ich bin in der Medina von Q'uam al Hashid geboren, Miss. Ich kenne jede Gasse. Jedes Staubkorn auf der Gasse. Ich kenne jedes Haus, Miss. Auf dem Goldsouk kenne ich jeden Händler. Ein Freund macht mir den guten Preis.« Er steckte das Geld unter sein Hemd, knöpfte es wieder zu und ging zur Tür.

»Heute mittag bringe ich Ihnen das Geld.« Er warf einen Blick auf

den Frühstückstisch. »Die Pastilla wird kalt. Sie schmeckt besser, wenn sie heiß ist, Miss.«
Nadine brachte ihn zur Tür. Sie schaute den leeren Flur entlang. »Um ein Uhr bin ich verabredet«, sagte sie, »zum Mittagessen.«
Der Kellner lächelte. Er nickte. »Ich weiß, ich bin vorher wieder da. Machen Sie sich keine Gedanken.«
Nadine schloß nachdenklich hinter ihm die Tür. Ihr Herz klopfte. Sie war nicht sicher, ob sie einen Fehler gemacht hatte. Natürlich hatte sie gegen die Regeln, gegen die Gesetze verstoßen. Schwarzer Geldtausch war überall verboten, jedenfalls in all jenen Ländern, die nicht dem freien Welthandel angehörten. Aber es war doch interessant, dieses Geschäft. Wenn es stimmte, daß es einen astronomischen Schwarzmarktpreis für Dollar gab ... Dann war es mit der wirtschaftlichen Stabilität des Landes doch wohl nicht so weit her.
Nadine ging zu ihrem Frühstück zurück. Sie schenkte den Kaffee ein, probierte das Hackfleisch, das stark nach Ingwer schmeckte, schob das Wachtelei in den Mund, spülte mit dem Kaffee nach und vertilgte, nachdem sie erst vorsichtig einen Gabelbissen gekostet hatte, gierig die ganze Pastilla. Sie hatte so eine köstliche Blätterteigspeise mit einer Füllung aus gehackten Mandeln, Täubchenfleisch und Honig noch niemals gegessen.
Arne Henscheid, dachte Nadine, wenn du wüßtest. Wenn du mich jetzt hier sehen könntest, wie eine Wüstenprinzessin, frühstückend in einer Wolke von Orangenblütenduft, unter einem gelben Himmel, mit dem Blick auf die Medina von Q'uam al Hashid, auf Palastmauern, hinter denen die Kronen von Dattelpalmen aufragen, Minarette von Moscheen, so filigran, daß man im Innern das Gebetsglöckchen an dem hölzernen Galgen erkennt.
Als sie aufsah, blickte sie direkt in die kohlenschwarzen Augen eines Zimmerboys, der sie von der Nachbarloggia beobachtete. Sofort nahm Nadine die Beine von der Sessellehne und zog den Rock bis zu den nackten Füßen herunter. Der Zimmerboy, ein sehr dunkelhäutiger Junge von vielleicht zwanzig Jahren, wahrscheinlich indischer Abstammung, verbeugte sich höflich. »Enjoying your breakfast, Lady?« Jetzt war Nadine sicher, daß der Boy aus Indien stammte, sein Dialekt war unverkennbar.

»Danke«, sagte Nadine, »es ist wunderbar.«
Der Boy strahlte. »Hasher wird gleich zurück sein. Hasher ist sehr schnell. Sie können sich auf ihn verlassen.« Seine Stimme war auf Zimmerlautstärke gedämpft, und er schaute sich, während er mit ihr redete, verstohlen um, als erwarte er, daß jeden Augenblick ein Aufpasser in das Zimmer trat.
»Ich kenne keinen Hasher«, sagte Nadine zurückhaltend.
»Doch, Lady, Sie wissen.« Der Boy machte eine Handbewegung, als zählte er Geldscheine. »Hundert Dollar.«
Schritte knirschten auf dem Kies. Der Boy beugte sich vor. Unten auf dem Parkweg zogen zwei Gärtner einen Gartenschlauch zum nächsten Wasseranschluß. Sie schauten neugierig nach oben. Wie ein Spuk war der indische Boy verschwunden.
Nadine hob den Deckel vom nächsten Teller. Eine Art Hirsebrei, nach Lamm und Minze duftend. Köstlich. Dennoch hatte sie plötzlich keinen Hunger mehr. Das Gespräch mit dem Boy war ihr auf den Magen geschlagen. Ich bin ein Idiot, dachte sie, während sie den Deckel von der Kaffeekanne nahm und daran schnupperte. Wie konnte ich mich auf diesen Geldumtausch einlassen? Wie konnte ich darauf vertrauen, daß dieser Hasher verschwiegen ist? Auch der Kaffee schmeckte ihr nicht mehr.
Sie legte die Deckel auf die Teller zurück, damit die Vögel sich nicht darüber hermachten, und ging ins Bad. Die Gärtner, die eben noch unter Nadines Balkon an dem Wasserhahn hantiert hatten, schraubten den Schlauch wieder ab und zogen weiter.

Es war keine Stunde vergangen, da war Hasher zurück. Er zog ein in Zeitungspapier gewickeltes Bündel unter seinem Hemd hervor, nachdem er sorgfältig die Zimmertür abgeschlossen hatte. Etwas, das Nadine höchst mißtrauisch gemacht hatte. Aber Hasher hatte nur beruhigend mit dem Kopf geschüttelt. »Keine Angst, Miss, es ist alles in Ordnung. Alles. Schöne Grüße von meinem Vetter. Er sagte, er kann Ihnen heute leider nur achtundzwanzigtausend Dirham für hundert Dollar geben.«
Er lächelte und breitete die Arme aus. »Der Kurs ist seit vorgestern gefallen. Ich habe das nicht gewußt.« Er schlug seine Augen nieder. »Sind Sie jetzt böse, Miss?«

»Natürlich nicht.« Nadine lehnte an dem Schreibtisch. Sie schaute zu, wie Hasher geschickt die Hanfschnur aufknotete, das Zeitungspapier auseinanderfaltete und zwei Bündel hochhob, mit einem Gummiband zusammengehaltene, vergilbte, schmutzige, schmierige Geldlappen.
»Alles Hunderter, Miss. Sie können nachzählen, wenn Sie wollen.« Er lächelte. »Aber ist nicht nötig. Sie können uns vertrauen. Die Leute auf dem Goldsouk sind ehrliche Kaufleute. Alles ehrliche Händler. Die betrügen nicht.«
»Gut.« Nadine nahm die Bündel und bedeutete Hasher, daß er jetzt gehen könne. Ihr Gesicht war kühl und geschäftsmäßig. Sie wollte nicht in dieses Komplizengrinsen mit einstimmen, das sie wie eine Wand näherkommen fühlte. Sie wollte sich bereits distanzieren von diesem Handel, noch bevor er sichtlich abgeschlossen war. Hasher wußte, daß das nicht möglich war, und lächelte.
Er schlenderte zur Tür und drehte den Schlüssel um. »Sagen Sie Bescheid, wenn Sie mehr Geld brauchen.«

Tahir erwartete sie in der Halle. Als er sich erhob, um Nadine zu begrüßen, standen gleichzeitig zwei andere Männer auf. Alle drei trugen die Dischdascha und die traditionelle Kopfbedeckung, aber Nadine hatte inzwischen etwas Übung, die Männer trotzdem auseinanderzuhalten. Tahir war zweifellos der wichtigste von den dreien. Er zeigte es an der Art, wie er ihr die Hand entgegenstreckte, wie er den Kopf neigte, und man sah es an seinem strahlenden Lächeln.

Die anderen hatten ihre Arme vor dem Bauch verschränkt und schauten an Nadine vorbei. Aber nur um einige Zentimeter.

»Miss Malten! Ich freue mich, daß Sie es einrichten konnten, so pünktlich zu erscheinen.«

»Das war einfach. Ich kann das Hotel nicht verlassen, den Pool darf ich auch nicht benutzen. Ich habe die Zeit totgeschlagen, indem ich die Vögel in den Orangenbäumen beobachtet habe. Sagen Sie, sind das wirklich alles Schwalben?«

»Und ein paar Spatzen, nehme ich an.« Tahir deutete auf einen Mann mit bleichem, schwammigem Gesicht, der gerade anfing, seine Fingernägel zu säubern. »Darf ich Ihnen den Chef meines Büros vorstellen: Saif bin Naser.«

Saif senkte den Kopf und murmelte. »Salam Aleikum.« Tahir lächelte. »Saif spricht viele Sprachen. Englisch ist leider nicht darunter. Französisch auch nicht.«

»Wie schade«, sagte Nadine trocken, nachdem sie sich vergewissert hatte, daß Saif nicht die Absicht hatte, ihr die Hand zu geben. »Dann ist er also nur gekommen, um Mittag zu essen.«

Tahir lachte. Offenbar war das ein gelungener Witz. Er lachte noch immer, als er sich an seinen zweiten Begleiter wandte, einen jungen Mann mit unreiner Haut und goldgeränderter Brille.

»Das ist Freddy. Er wird Ihr Dolmetscher sein. Und Ihr Chauffeur. Und Ihr Bodyguard, wenn Sie so wollen.«
»Freddy«, wiederholte Nadine, als sie ihm die Hand entgegenstreckte.
»Welcome to Q'uam al Hashid, Miss Malten.«
Freddys Händedruck war fest. Erschrocken schaute Nadine ihn an, aber er verzog keine Miene.
»Freddy ist unser bester Mann«, sagte Tahir. »Er kennt jeden Winkel unseres Landes. Er weiß immer Rat. Er kann jede Situation meistern. Oder nicht, Freddy?« Tahir schlug ihm auf die Schulter.
Freddy grinste. »Das weiß man erst, wenn man alle Situationen einmal durchlebt hat, und so etwas ist nicht möglich. Nicht einmal Allah hat alle Situationen des Lebens selber erfahren.«
»Wie wahr.« Tahir seufzte und schaute sich um. »Wir sollten uns auf den Weg in den Garten machen. Sonst vermißt man uns und schickt die Suchhunde los.« Er lachte. »Keine Angst, Miss Malten, wir sind nicht so martialisch wie die deutsche Polizei. Wir laufen nicht mit scharfen Hunden herum.« Er legte seine Hand leicht an Nadines Ellenbogen. Sie verließen die Hotelhalle durch eine Tür, die das Gartenrestaurant mit dem Hotel durch einen laubenartigen Gang verband, mit weißem Segeltuch gegen die Sonne geschützt.
»Ich hoffe, Sie haben den Terminplan mitgebracht«, sagte Nadine, während sie im Gleichschritt mit Tahir den beiden anderen Männern folgte, die sich auf arabisch unterhielten. »Ich habe jetzt schon einen Nachmittag und einen Vormittag mit Nichtstun verbracht. Dafür werde ich nicht bezahlt.«
»Aber Miss Malten! Jeder Mensch hat das Recht, sich nach so einer langen Flugreise zu entspannen. Wir sind doch keine Menschenschinder. Wir wollen, daß es Ihnen gutgeht! Nur wenn Sie entspannt und heiter sind, können Sie unser schönes Land wirklich genießen. Sie müssen sich auf Q'uam al Hashid einlassen, Miss Malten. Ich hoffe«, er warf ihr einen lauernden Blick zu, »daß Sie dazu bereit sind?«
»Wenn das Land mir die Chance gibt.« Nadine schaute sich um. Der Laubengang führte durch eine Dattelpalmenoase, rissige, lehmige Erde, trocken wie nach Jahren ohne einen einzigen Regenschauer, und dennoch wuchs Gras aus den Erdfurchen, und junge Ziegen rupften die zarten Büschel bedächtig heraus.
Dieser Teil des Gartens war nicht so künstlich wie der übrige Park.

Hier blühten keine europäischen Blumen, hier standen keine toskanischen Tontöpfe herum. Ein Arbeiter mit einer Karre, hochbeladen mit vertrockneten Palmblättern, durchquerte den Palmenhain. Irgendwo schrie ein Pfau.
»Ich bin sicher«, sagte Nadine, »daß Ihr Land aufregend und reizvoll ist. Aber wie soll ich darüber schreiben, wenn ich im Hotel eingesperrt bin?«
Tahir blieb stehen. Entrüstet rief er. »Aber Sie sind nicht eingesperrt, Miss Malten!«
»Ich fühle mich aber so, als wenn ich mich aus dem Hotel nie entfernen darf.«
»Aber jederzeit, Miss Malten! Das eben wollen wir doch gerade besprechen. Freddy fährt Sie, wohin Sie möchten. Sie können die ganze Stadt besichtigen.« Er hob die Arme. »Wenigstens den Teil, der nicht militärisches Sperrgebiet ist.«
»Warum«, fragte Nadine, »nehmen wir das Mittagessen nicht in irgendeinem Restaurant in der Stadt ein?«
»Weil Ramadan ist und weil es kein Restaurant in der Stadt gibt, das Ihren Ansprüchen genügt, Miss Malten.«
»Und woher kennen Sie meine Ansprüche?«
Tahir schaute sie an, sein Lächeln war milde, vielleicht sogar ein bißchen gerührt. Er schüttelte den Kopf und berührte wieder leicht ihren Ellenbogen, um sie zum Weitergehen zu bewegen. »Diese Restaurants in der Stadt sind für die Einheimischen. Schlichte Gaststuben mit Neonbeleuchtung und schmutzigen Tischen, an denen die einfachen Arbeiter sitzen.«
»Aber ich würde gerne einmal einfache Arbeiter kennenlernen. Ich bin doch hier, um mit den Einheimischen zu sprechen.«
»Die Arbeiter sind keine Einheimischen, Miss Malten. In unserem Land verdient jeder Bürger, der einen hashidischen Paß besitzt, so viel Geld, daß er gar nicht arbeiten muß. Die Arbeit verrichten bei uns die Brüder aus anderen moslemischen Ländern, denen es finanziell nicht so gutgeht. Pakistan, Sri Lanka, den Philippinen. Waren Sie nicht einmal in Kuwait? Nun, bei uns ist es ähnlich. Unsere Leute sind verwöhnt wie Kinder. Sie wollen jeden Tag Geschenke. Und der Scheich, nun«, er hob die Schultern und lächelte melancholisch, »der Scheich gibt sie ihnen.«

»Haben Sie mit dem Scheich gesprochen seit gestern abend?«
»Ja, das habe ich.«
»Und?«
»Er will Sie kennenlernen.« Tahir lachte. »Nachdem ich ihm geschildert habe, wie schön Sie sind, will er Sie so schnell wie möglich kennenlernen.«
»Und was ist so schnell wie möglich?«
Tahir hob die Schultern. »Inschallah.«
Sie hatten das Restaurant erreicht. Ein Zeltdach, schneeweiß, im Inneren mit dünner, himmelblauer Seide bespannt, inmitten der Palmenoase. Acht oder zehn runde Tische, für vier oder mehr Personen. Es war nur ein Tisch gedeckt. Die Kellner standen mit auf dem Rükken verschränkten Armen am Eingang zum Küchenzelt und schauten ungerührt zu, wie Tahir, Freddy und Saif auf den Tisch zusteuerten, Nadine einen Platz wiesen, von dem sie den schönsten Blick auf die Palmenoase und das dahinter aufragende Gebirge hatte. Danach setzten sie sich, falteten die Servietten auseinander und warteten darauf, daß die Kellner kamen, aus einer Messingkanne Rosenwasser über die Fingerspitzen der rechten Hand gossen und eine Wasserkaraffe auf den Tisch stellten.
Tahir schob sein Gedeck etwas von der Tischkante weg. »Sie müssen verzeihen, aber es ist unser Fastenmonat. Wir werden Ihnen beim Essen zuschauen.« Nadine starrte ihn an, dann die anderen beiden Männer, die freundlich lächelten.
»Ich soll alleine essen?«
»Aber das ist kein Problem, für uns nicht. Wirklich nicht.« Tahir schaute die beiden Begleiter an und sagte zu ihnen etwas auf arabisch. Daraufhin hoben sie die Arme und sagten wie auf Befehl: »No problem, Miss, go ahead. Enjoy your meal.«
Nadine konnte es nicht fassen. Diese Männer hatten sie zum Mittagessen eingeladen, und verlangten jetzt, daß sie ihnen etwas voraß, während sie sich in Verzicht übten. Und ihr damit zeigten, daß sie die besseren Menschen waren, die gläubigeren in jedem Fall, denn Nadine hatte in ihrem ganzen Leben nicht einen christlichen Fastentag eingelegt.
»Das kann ich nicht.« Nadine faltete die Serviette, die sie schon auf dem Schoß ausgebreitet hatte, wieder zusammen. »Das ist unmöglich, das ist lächerlich.«

»Aber ich flehe Sie an, Miss Malten. Sie dürfen uns keinen Korb geben. Sie sind unser Gast. Wir müssen dafür sorgen, daß es Ihnen gutgeht. Sie haben Hunger. Europäer sind daran gewöhnt, mindestens dreimal am Tag zu essen.«
»Sie doch auch«, sagte Nadine.
»Wir sind Beduinen, Miss Malten. Wir essen, wenn es etwas zu essen gibt, und fasten, wenn die Vorräte aufgebraucht sind. Wir sind wie die Kamele«, er lachte, weil er das für einen guten Witz hielt, »wir können sehr lange ohne Wasser und Nahrung durch die Wüste wandern. Länger übrigens, als man sich das in Amerika vorstellt. Möchten Sie Wein trinken? Oder Bier?«
»Keinen Alkohol, bitte.«
»Gut, dann einen Fruchtsaft. Wir haben einen sehr guten Saft vom Granatapfel, haben Sie den schon versucht?«
Nadine schüttelte hilflos den Kopf. Sie war gereizt, weil sie nicht wußte, wie sie mit dieser Situation umgehen sollte. Tahir gab dem Kellner auf arabisch Befehle. Der sammelte das Besteck der drei anderen ein, stapelte die Teller und trug alles zurück zu dem Bufett. Dann brachte er eine Glaskaraffe, die in einem Silberkübel mit gestoßenem Eis ruhte, und schenkte ihr ein.
»Sie trinken nicht einmal Saft?« Nadines Stimme war fast flehend. »Ich finde es schrecklich, daß ich hier ganz alleine . . ., warum haben wir uns nicht irgendwo anders verabredet?«
»Aber wir wollten Ihnen diesen schönen Platz zeigen.« Tahir studierte die Speisekarte. Sein Gesicht war ganz ernst, während er ihr Vorschläge machte. Er sprach von Dingen, die ihm wahrscheinlich das Wasser im Mund zusammenlaufen ließen. »Eine Pastilla, Blätterteig, gefüllt mit Täubchen.«
»Ich glaube, das habe ich heute zum Frühstück gegessen. Es war köstlich.«
Tahir lächelte. »Aber es gibt so viele andere Köstlichkeiten, Miss Malten, Sie sollten eine Tajine versuchen. Oder Mechoui, das kennen Sie vielleicht aus Marokko.«
»Und was ist das?«
»Ein Hammel, am Rost gebraten. Oder Sie nehmen Choua, das ist Hammel mit Kümmel. Und vorher müssen Sie ein Chouled essen. Eine Paste aus Auberginen und Zwiebeln. Sie werden sehen, das ist

gut. Das wird gebacken und in warmer Kamelmilch serviert. Stammen Sie aus einer Bauernfamilie?«
Nadine lachte fassungslos. »Bauern? Wieso?«
»Es gibt doch dieses Sprichwort in Deutschland: Was der Bauer nicht kennt, das ißt er nicht. Deshalb frage ich.«
Nadine lachte. »Ich bin neugierig. Ich bin Journalistin. Ich esse immer das, was man im Land ißt.«
Tahir schaute sie an. Aufmerksam. »Sie werden es nicht bereuen.« Er tauschte ein paar Sätze mit den beiden Begleitern und bestellte. Freddy, der ihr Chauffeur werden sollte, beugte sich vor. Seine rechte Hand spielte mit dem Glas, in dem das frische Wasser perlte. Er hatte noch keinen Schluck getrunken. »Diese Küche ist sehr gut, sehr berühmt«, sagte er, »Sie werden sehen. Wenn Sie nach Hause kommen, werden Sie vom Al-Bustan-Restaurant schwärmen.«
»Und ich werde alle Leute hierherschicken«, sagte Nadine. »Ganze Busladungen voller Touristen. Da werden Ihre Leute sich aber wundern.«
Freddy lehnte sich zurück. Sein Gesicht verzog sich zu einem gequälten Lächeln. Er schaute Tahir an, aber der verhandelte mit dem Kellner. Saif, der wortkarge Begleiter, erhob sich, ging ein paar Schritte von der Terrasse in den Garten, hob einen Stein auf und schleuderte ihn in die Richtung einer Herde neugieriger Ziegen, die eben aus dem Schatten der Olivenbäume herausgetreten war. Während er sich bückte, hatte sich für einen Augenblick ganz deutlich unter dem dünnen Stoff seiner Dischdascha ein Revolver abgezeichnet.
Tahir sah, daß Nadine es bemerkte, sagte aber nichts. Erst als Saif sich wieder zu ihnen setzte und diskret den Schweiß von der Stirn wischte, machte er eine halblaute Bemerkung auf arabisch. Saifs Augen verdüsterten sich, aber er sagte kein Wort.
Sie aß als Vorspeise diese Pastete aus Auberginen und Zwiebeln, die Tahir ihr empfohlen hatte und die in der Tat noch besser geschmeckt hätte ohne die fremdartige Kamelmilch, fett und süßlich. Die Pastete war sehr scharf und machte Nadine durstig. Immer, wenn sie zum Glas griff, schenkte sie allen Beteiligten, die diskret ihren Blick abwandten, ein entschuldigendes Lächeln.
»Wann werde ich den Scheich Zayed treffen?« Nadine machte keine Umwege, um ans Ziel zu gelangen. »Sie wissen, daß meine Reporta-

ge von diesem Interview lebt. Alles andere ist auch wichtig, aber nur dann, wenn ich dieses Interview bekomme.«
Tahir nickte. Saif schnippte mit den Fingern und deutete auf Nadines leeren Teller. Der Kellner verschwand.
»Wollen Sie sich nicht erst ein bißchen umschauen?«
Freddy mischte sich unvermittelt in die Unterhaltung ein. »Wenn Sie erst einmal einen Eindruck von unserem Land haben, wenn ich Ihnen erst einmal ein paar Zusammenhänge erklärt habe ...« Er strich seine Hände an der Serviette ab, die er über die Knie gebreitet hatte. »Wir kennen die Artikel, die über unser Land und über den Scheich Zayed kursieren, wir kennen alle Vorurteile und die Kritik an der Politik unseres Herrschers. Aber wie kann man, frage ich mich, etwas kritisieren, das man nicht kennt?«
Nadine lachte. »Ich bin ganz Ihrer Meinung. Wann zeigen Sie mir alles? Jetzt gleich?« Sie machte Anstalten, sich von ihrem Stuhl zu erheben. »Ich bin längst satt. Wir können sofort beginnen.« Sie schob den Teller beiseite, den der Kellner gerade gebracht hatte.
Tahir lachte. Er wandte sich an Saif und sagte etwas auf arabisch, und dann lachte auch Saif und nickte.
»Ihr Leute habt sowenig Geduld«, sagte Tahir mit einem wehmütigen Lächeln. »Das ist schon mal ein großes Verständigungsproblem, ein generelles Verständigungsproblem zwischen Ihrem und unserem Land. Probieren Sie das Couscous.«
»Kennen Sie Deutschland gut?« fragte Nadine. Tahir nickte. »Ziemlich gut. Ich habe zwei Jahre dort gelebt. Im Auftrag meiner Regierung.«
Nadine wurde sofort aufmerksam. »Und was haben Sie da gemacht?«
Tahir lächelte. »Das ist auch ein Unterschied zwischen Ihrem und meinem Volk. Sie wollen über alles reden, und wir wollen lieber über alles schweigen. Wie schmeckt Ihnen das Couscous?«
Nach dem Essen, dem Kaffee, dem rituellen Händewaschen in dieser mit Rosenblüten gefüllten Schale, nachdem sie sich gegenseitig versichert hatten, wie ergiebig und angenehm das Gespräch gewesen sei, wie freundschaftlich und vertrauensvoll, erhoben sich alle gleichzeitig.
Ein Kellner in einem blauen Kaftan bestäubte sie mit Rosenwasser

aus einem alten silbernen Gefäß, das wie eine Wasserpfeife aussah.
Sie bedankten sich und ließen einander den Vortritt. Aber der Kellner überholte sie noch einmal und überreichte Nadine eine Rose.

»Es war angenehm, nicht wahr?« fragte Tahir, als sie wieder die klimatisierte Hotelhalle betraten.
»Sehr angenehm. Wenn man von der Peinlichkeit absieht, daß vier hungrig waren und nur einer gegessen hat.«
Tahir schaute sich in der Halle um. Das übliche Szenario. Männer in orientalischen Gewändern, lässig und untätig in breiten Sesseln lagernd, Kaffee trinkend, rauchend, schwatzend. Weit und breit nicht eine einzige Frau, nicht ein einziger Europäer.
»Sie werden unser Land kennenlernen. Besser als alle anderen Journalisten«, murmelte Tahir. »Das verspreche ich.«
»Werden Sie mir auch einmal Ihr Haus zeigen?« fragte Nadine mutig.
Tahir zuckte zusammen. Dann lächelte er hilflos. »Mein Haus?« Seine Augen glitten über ihr Gesicht, ohne ihre Augen zu streifen. »Oh, mein Haus ist nichts Besonderes. Es ist ziemlich modern. Ziemlich langweilig.« Er lachte. »Wir haben auch nicht so einen schönen Park. Nur ein oder zwei Olivenbäume und einen Granatapfelbaum, ein paar Blumen in Töpfen. Und einen Brunnen im Hof. Wirklich, nichts Besonderes.«
»Sind Sie verheiratet?«
Tahir schaute auf den Boden, dann wieder zur Zimmerdecke. Es war unhöflich, solche direkten Fragen zu stellen, das wollte er mit dieser Geste andeuten. Aber er wußte auch, daß Europäer immer viel zuwenig Rücksicht auf die Scham der Araber nahmen, über Persönliches zu sprechen.
»Ja«, sagte er zögernd, »ich bin verheiratet. Ich habe zwei Frauen und vier Kinder.«
»Werde ich auch einmal Ihre Frauen kennenlernen?«
Tahir seufzte. Er lächelte melancholisch. »Das sind sehr viele Fragen auf einmal, Miss Malten. Wir kennen uns erst seit ein paar Stunden, und Sie wollen von mir wissen ...« Er schüttelte lächelnd den Kopf. »Unsere Familie ... das heißt ... die Frauen ... sie bleiben immer in

dem anderen Teil des Hauses, wenn Besuch kommt. Es ist nicht üblich, einem Gast seine Frauen vorzuführen wie ein Rennkamel oder einen Jagdfalken.«

Nadine wurde rot. »Das habe ich auch nicht gemeint. Aber ich bin Journalistin, und ...«

»Ich weiß, daß Sie Journalistin sind.« Tahir fiel ihr hart, ungewohnt schroff ins Wort. Seine Nachgiebigkeit hatte offenbar eine Grenze erreicht. Er wechselte das Thema.

»Ich nehme an, Sie wollen etwas Geld tauschen ... Wenn Sie nachher mit Freddy eine erste Erkundungsfahrt machen, werden Sie vielleicht irgend etwas kaufen wollen ...«

Die Röte in Nadines Gesicht vertiefte sich. Sie senkte den Kopf. »Das ist eine gute Idee. Ich wollte Sie auch gerade darum bitten.«

Tahir wandte ruckartig den Kopf und schaute sie an. »Oder sollten Sie schon Geld getauscht haben?« Nadine zwang sich, ihm in die Augen zu sehen. »In Deutschland«, sagte sie, »habe ich es versucht, aber man sagte mir, daß es nicht möglich wäre, außerhalb der Landesgrenze hachidische Dirham einzutauschen.« Das war keine Antwort auf seine Frage, also auch keine Lüge. Tahir zuckte nicht mit der Wimper. »Wieviel Geld möchten Sie wechseln? Ich werde das für Sie veranlassen.« Nadine überlegte. »Hundert Dollar?« sagte sie fragend.

Tahir nickte. »Dafür bekommen Sie dreitausendfünfhundert Dirham. Ich werde an der Rezeption Bescheid sagen, daß man das Geld für Sie bereithält.« Er verbeugte sich, drehte sich auf der Schuhspitze um 180 Grad und ging davon, schwer auf seinen Stock gestützt. Es kam Nadine vor, als habe sich sein Hinken verstärkt.

Am Nachmittag machte Freddy mit ihr den ersten Ausflug in die Stadt.

Sie saß, bekleidet mit einem langen Leinenrock, einer langärmeligen, blaßgelben Baumwolljacke und einem bunten Seidentuch, das sie über die blonden Haare gebunden hatte, neben Freddy in einem Armeejeep, dessen Sitze so hochgeschraubt waren, daß man sich wie auf einem Panzerspähwagen fühlte. Der Jeep hatte ein Verdeck aus grüner Persenning, das im Luftzug hin- und herschlug, der Dieselmotor machte einen solchen Höllenlärm, daß sie sich nur schreiend verständigen konnten.

Freddy trug jetzt eine khakifarbene Uniform mit hohen braunen Lederstiefeln und eine khakifarbene, weiche Mütze, die er fast bis zum Brillenrand in die Stirn gezogen hatte. Er wirkte anders, gelöster und selbstsicherer, seit er mit Nadine allein war. Er hatte ihr schon beim Einsteigen ein Kompliment über ihr Aussehen gemacht, und fand, kaum daß sie gestartet waren, immer wieder eine Gelegenheit, wie zufällig mit der Hand über ihren halb entblößten Unterarm (Nadine hatte die Angewohnheit, ihre Ärmel immer bis zum Ellenbogen zurückzuschieben) oder ihre züchtig bedeckten Knie zu streifen.

Freddy lachte, wenn sie vor der Berührung auswich und angestrengt nach draußen blickte. Er machte eine Bemerkung über europäische Frauen, die Nadine nicht verstand. Sie hielt es für klüger, nicht nachzufragen, sie spürte, daß es für Freddy wie eine Einladung zu einem Gespräch gewesen wäre, das Nadine nicht zu führen beabsichtigte.

Freddy zeigte ihr zuerst das neue Büroviertel westlich des Bab es Djedid, ein Viertel aus Glas, Granit und Beton, das aussah wie all die modernen Viertel in den arabischen Ölstaaten, wie Viertel, die Nadine von Fotos aus Dschidda, Dubai oder Katar kannte. Sie fuhren an menschenleeren Boulevards vorbei, an prächtigen Schaufenstern, über denen Namen wie Christian Dior und Sony prangten, die aber alle verschlossen waren.

»Ramadan«, meinte Freddy entschuldigend, »da müssen sie geschlossen sein. Übermorgen machen sie auf. Da können Sie einkaufen. Zollfrei. Parfüms, Kleider ...«

»Ich bin nicht gekommen, um französische Parfüms und Kleider zu kaufen«, sagte Nadine streng.

Freddy lachte. »Alle Frauen lieben diese Sachen. Was glauben Sie, wie verrückt die Frauen hier danach sind. Französische Seide, Wäsche, Corsagen und Bustiers, Strapse und ...«

Nadine warf ihm einen eiskalten Blick zu. »Ich weiß, wie solche Sachen aussehen. Für mich ist das nicht besonders aufregend.«

»Aber das muß Ihnen gut stehen. Sie mit Ihrer Figur. Wenn ich mir vorstelle ... Spitze und Seide ...«

»Stellen Sie es sich lieber nicht vor.« Nadine deutete fragend auf ein Gebäude, an dem sie zufällig gerade vorbeikamen. Ein sechsstöckiges Hochhaus aus Glas und Stahl.

»Gehört einem amerikanischen Konzern. Sie wollen mit uns ins Geschäft kommen. Sie stellen besondere Erdgasleitungen her. Vor fünf Jahren haben wir große Erdgasvorkommen in der Wüste östlich der Oase Chaecahouen entdeckt. Wußten Sie das?«

Nadine nickte. »Ich habe es gelesen. Es war in meinen Akten ...« Sie zögerte. Sie war einen Augenblick versucht, Freddy die Geschichte von der Beschlagnahmung ihres Archivs zu erzählen, aber dann besann sie sich. Sie hob die Schultern. »Und? Kommen die Amerikaner mit Ihrer Regierung ins Geschäft?«

Freddy lachte. »Ich glaube nicht. Die Regierung läßt sie zappeln. Sie sind seit fünf Jahren hier, haben inzwischen alle bestochen, haben Geld gespendet für eine internationale Schule.« Er lachte. »Können Sie sich vorstellen, wofür wir eine internationale Schule brauchen? Die Ausländer werden immer wieder rausgeschmissen, wenn sie eine Weile hier sind. Der Scheich will nicht, daß sie anfangen, sich hier heimisch zu fühlen. Aber wir bauen die Schule trotzdem. Ich werde sie Ihnen zeigen. Sie ist in der Nähe des neuen Villenviertels.«

Freddy fuhr mit ihr durch Straßen, die an Miami oder Cannes erinnerten: breite Boulevards, gesäumt von Palmen oder Oleanderbüschen, die von einem Heer von Gärtnern betreut wurden. »Eine Million Gallonen Wasser verbraucht unser Land täglich für die Gartenanlagen«, sagte Freddy stolz, »das können wir uns jetzt leisten. Vorher war dies ein armseliger Marktflecken, ein Souk aus Gassen und Hütten, die mit löchrigen Bastmatten gedeckt waren, der Kamelmarkt, die Moschee, und sonst nur Staub, Sand und Hitze.« Er lachte stolz. »Das können Sie sich nicht vorstellen, das Leben früher. Die kleinen Mädchen, die barfuß durch die Disteln liefen und die Ziegen hüteten, die Frauen, die das Wasser aus dem Brunnen holen mußten, Bauern, die nach drei Jahren Dürre ruiniert waren. Man hat mit Kamelmist geheizt und Häuser gebaut. Das ist keine hundert Jahre her oder zweihundert, sondern vierzig, vielleicht fünfzig. Allah hat Arabien dieses große Geschenk gemacht, die Ölquellen unter dem Wüstensand, als Anerkennung dafür, daß wir Araber die besten Moslems sind, die treuesten Gläubigen.« Er schaute Nadine an. »So ist es.« Nadine sagte nichts.

»Ich werde Ihnen auch den Kamelmarkt zeigen, die alte Karawanserei. Das sind heute Ruinen. Aus Lehm und Kameldung damals gebaut. Daneben haben wir einen neuen Kamelmarkt. Ein schattiger Park, mit einer Mauer aus Ziegeln und einem schweren Eisentor. Hierher fahren die Scheichs mit ihrem Rolls-Royce und zahlen eine halbe Million Dollar für ein Rennkamel. Früher hat man für tausend Dirham ein klappriges Kamel gekauft, um es für die Hochzeitsfeier zu schlachten. Der Rennplatz mit den Tribünen für die Kamelrennen, das ist auch alles ganz neu, ein Geschenk von Scheich Zayed an sein Volk. Vor fünf Jahren eröffnet. Alle waren da, die Scheichs aus den Nachbarländern, Assad aus Syrien und die Beduinenscheichs aus dem Jemen, König Hassan II. war hier und der tunesische Präsident. Scheich Zayed ist beliebt bei seinen arabischen Brüdern, Miss Malten, er hat ein hohes Ansehen. Egal, was man in der westlichen Welt über ihn sagt.«

Dann kamen sie in das Villenviertel. Nadine hatte so etwas noch nie gesehen. Aus der Wüste, aus dem kargen dürren Boden ragten Mauern auf, und dahinter, gebettet in saftiggrüne Rasenflächen, lagen die Villen. Manche im andalusischen Stil, andere erinnerten Nadine an die Häuser der Hollywoodstars in Malibu, dann gab es welche im

Tudor-Stil wie englische Landhäuser und Schlösser wie an der Loire. Überall liefen die Rasensprenger, in den rotierenden Fontänen aus winzigen Wassertropfen bildeten sich Regenbogen.
»Wie kann man Rasen auf Wüstensand züchten?« fragte Nadine fassungslos.
Freddy lachte. »Der wurde importiert von den Bermudas. Wir haben hier einen englischen Spezialisten, der versteht sich darauf, so etwas anzulegen. Wir werden auch bald einen Golfplatz haben, der englische Spezialist arbeitet schon daran. Ich kann Ihnen das Gelände zeigen.«
»Und wo ist der englische Spezialist jetzt?« fragte Nadine. »Wohnt er zufällig auch in meinem Hotel? Ich könnte ein Interview mit ihm machen. Das wäre ein interessanter Nebenaspekt.«
Freddys Stirn legte sich in Falten. »Ich weiß nicht, ob er noch im Land ist. Es hat geheißen, der Scheich habe die Lust an dem Golfplatz verloren. Es muß eine Meinungsverschiedenheit zwischen ihm und dem Rasenspezialisten gegeben haben. Er wohnte in dem Hotel. Aber seit einem Monat hat man ihn nicht mehr gesehen.«
Nadine wollte nähere Einzelheiten wissen, aber Freddy war auf einmal sehr verschlossen. Er fuhr Nadine wortlos durch das Labyrinth der leeren, in der Hitze flimmernden Villenstraßen. Zweimal sahen sie einen Armeejeep, der an einer Straßenkreuzung parkte. Freddy wechselte mit dem Fahrer Blinksignale. Sie konnten unbelästigt weiterfahren.
Nadine bemerkte, daß alle Häuser einen verlassenen Eindruck machten.
»Wieso sieht man nie einen Menschen? Kein Auto? Nicht mal irgendwelche Arbeiter, geschweige denn eine Mülltonne?«
Freddy kicherte. »Das ist leicht zu erklären: Die Häuser sind alle nicht bewohnt.«
»Und wieso nicht? Sie sehen vollkommen fertig aus.«
»Sie sind auch fertig. Man könnte sofort einziehen, das Licht einschalten und den Wasserhahn aufdrehen.«
Sie verließen jetzt das Villenviertel und fuhren auf einer schnurgeraden, zweispurigen Asphaltstraße, die nur noch spärlich an den Rändern mit kümmerlichen Oleanderbüschen bepflanzt war, der Abstand der Straßenlaternen, der Ampeln und Warnschilder wurde

immer größer. Es war ein Weg, der geradewegs ins Nichts zu führen schien.
»Ich verstehe das nicht«, sagte Nadine. »Wieso baut man Villen, wenn man nicht möchte, daß sie bewohnt werden?«
Freddys Gesicht verschloß sich. »Danach müssen Sie Tahir fragen. Solche Fragen müssen Sie ihm stellen. Er wird von der Regierung dafür bezahlt, daß er die richtigen Antworten hat.«
Freddy deutete nach vorn. »Da kommt die Schule. Die Internationale Schule. Da steckt das Geld der Amerikaner drin.«
»Erzählen Sie mir von den Villen. Das interessiert mich. Was war passiert?«
»Keine Ahnung. Der Scheich kam aus dem Irak zurück, von einem Gespräch mit Saddam Hussein ...« Er hob die Schultern. »Man hat nicht darüber gesprochen, in unseren Zeitungen hat nicht viel darüber gestanden. Aber ein paar Monate später haben wir einen großen Staatsempfang für Saddam Hussein gegeben. Alle Kinder mußten am Straßenrand Fähnchen schwingen, als er vom Flughafen ins Al-Fellaj-Hotel eskortiert wurde ...«
»Er hat im gleichen Hotel gewohnt?« fragte Nadine aufgeregt. »Saddam Hussein? Als Staatsgast? In einem normalen Hotel?«
Freddy schaute sie an. »Wie kommen Sie darauf, daß das Al Fellaj ein normales Hotel ist?«
Bevor Nadine darauf etwas antworten konnte, deutete er nach vorn. Mitten aus dem Staub erhoben sich weiße Mauern. Ein Viereck, groß wie ein Fußballfeld. Die Mauer war vielleicht zwei Meter hoch und oben mit scharfen, grünen Glassplittern gespickt. Dahinter ragten Baukräne auf. Das Tor, an dem sie langsam vorbeirollten, war aus Stahl. Schwere Eisenketten versperrten es.
»Das soll die Schule sein?« fragte Nadine ungläubig.
Freddy fuhr bis zum Ende der langen Mauer, wendete auf dem staubigen Bauhof, auf dem Betonmischer dicht nebeneinander parkten, die Kühlernasen wie mit einem Lineal gezogen.
»Es wird nun wohl doch keine Schule werden. Man spricht davon, daß dies das Hauptquartier des Geheimdienstes werden soll. Wenn man mich fragt: sehr ungewöhnlich. So weit weg vom Zentrum. So weit weg vom Flughafen. Vielleicht wird es auch ganz etwas anderes.«

»Und zwar?«
»Weiß nicht. Vielleicht ein Gefängnis? Vielleicht ein Ausbildungslager für ausländische Söldner? Das müssen Sie Tahir fragen. Tahir wird von der Regierung bezahlt, um solche Fragen zu beantworten.«
»Sie wiederholen sich«, sagte Nadine seufzend. Sie nahm einen Stenoblock und einen Kuli aus ihrer Tasche und balancierte den Block auf den Knien. Als sie zu schreiben begann, fragte Freddy: »Was schreiben Sie?«
»Was ich sehe.«
»Aber Sie sehen doch nichts. Sie sehen doch nur eine Mauer.« Sie fuhren an dem Eisentor vorbei.
Nadine beugte sich vor. Sie hatte eben durch einen winzigen Spalt schauen können. »Bitte, fahren Sie noch einmal ein paar Meter zurück.«
»Warum?«
»Ich möchte durch das Tor schauen.«
»Das ist nicht erlaubt.« Freddy fuhr unbeirrt weiter. Langsam zwar, aber er fuhr. »Wir dürfen nicht anhalten, wenn wir anhalten, bekommen wir Probleme.«
»Was für Probleme?«
»Weiß ich nicht. Möchte ich auch nicht wissen. Aber es werden ganz bestimmt sehr unangenehme Probleme sein.«
»Wer sieht uns denn?«
»Augen.«
Nadine schaute sich um. Sie kniete auf ihrem Sitz und beugte sich vor, um die Baukräne zu betrachten, die über die Mauern ragten. »Kein Mensch sieht uns. Da arbeitet doch niemand. Es ist doch Ramadan.«
»An Ramadan arbeitet in diesem Land niemand außer dem Geheimdienst«, sagte Freddy, »der arbeitet immer. Tag und Nacht. Auch an den Feiertagen. Besonders an den Feiertagen.«
Als Nadine sich wieder zurechtgesetzt hatte und weiter Notizen machte, sagte Freddy eine Zeitlang gar nichts. Sie brummten über diese schnurgerade Straße, auf der ihnen nur zwei Autos entgegenkamen, mit verhängten Fensterscheiben, Limousinen, die in sehr hohem Tempo und mit aufgeblendeten Scheinwerfern dahinrasten.

»Wer war das?« fragte Nadine.
»Wichtige Männer«, sagte Freddy.
»Und was sind wichtige Männer?«
»Scheichs, Mitglieder der Regierung, Geistliche. Ein Imam vielleicht. Mullahs aus dem Iran vielleicht, was weiß ich. Während des Ramadan kommen viele Mullahs, um beim Freitagsgebet Ansprachen zu halten. Sie sollten nicht soviel schreiben, Miss.«
Nadine lachte. »Aber das ist mein Beruf.«
»Trotzdem, es ist nicht gut. Sie bekommen Probleme.«
»Sie wissen doch gar nicht, was ich schreibe.«
»Ich weiß es nicht. Aber andere werden es wissen. Miss, dies ist nicht England.«
Nadine seufzte. Sie band das Seidentuch ab. Ihre Haare klebten an der Stirn. »Ich weiß, daß dies nicht England ist.«
»Es ist auch nicht irgendein anderes Land, das Sie kennen. Es ist fremd. Es hat eigene Gesetze. Wer gegen die Gesetze verstößt, bekommt Probleme.«
Nadine warf ihm einen argwöhnischen Blick zu. »Soll das eine Drohung sein?«
»Keine Drohung, Miss. Ich kann Ihnen nicht drohen. Ich bin nicht wichtig. Andere Leute sind wichtig. Ich bin nur ein Nichts. Ein Nobody. Jetzt zeige ich Ihnen das modernste Gebäude der Stadt. Es wurde vor vier Monaten eröffnet. Noch kein Ausländer aus dem Westen hat es gesehen.« Sie waren an die Kreuzung zurückgekommen, an der man links in das Villenviertel abbiegen konnte. Die Straßenschilder waren nur auf arabisch. Nadine hatte keine Ahnung, was auf den Schildern stand. »In allen anderen arabischen Ländern, die ich bereist habe«, sagte Nadine, »waren die Straßenschilder auch in englisch oder französisch.«
»Ich weiß«, sagte Freddy, »aber hier ist das nicht nötig.«
»Wieso nicht? Hier kann man sich auch verfahren.«
»Wer soll sich hier verfahren, Miss? Ausländer, die zu uns kommen, werden automatisch von einem Fahrer begleitet. Niemand kann sich einfach ins Auto setzen und hinfahren, wohin er möchte. Hier kann man keine Autos mieten wie an dem Flughafen von Tanger oder Tunis, Miss. Das gibt es nicht. Diese Regierung kennt jeden Augenblick jede Position jedes Ausländers, der in Q'uam al

Hashid herumfährt.« Er schaute sie an. »Das haben Sie doch gewußt?«
Nadine antwortete nicht.
Freddy lächelte in sich hinein und legte flüchtig seine Hand auf Nadines Knie. »Sie müssen noch viel lernen, Miss.«
Nadine rückte ein Stück zur Seite. Freddy nahm seine Hand wieder weg. »Sie sollten nicht so dünne Kleider tragen, Miss. Man kann alles sehen.«
»Man kann nichts sehen!« rief Nadine empört.
Freddy lachte. »Sehen vielleicht nicht, aber ahnen. Hier bei uns tragen die Frauen sehr weite, schwarze, undurchsichtige Arabeyas. Die verbergen alles. Aber Sie verbergen nichts.« Er lachte in sich hinein. »Das gefällt mir. Sie sind schön, Miss. Sie haben schöne schlanke, weiße Arme. Sehr schön.«
»Hören Sie auf«, sagte Nadine ärgerlich. Sie rückte ganz an die Seite. »Wohin fahren wir jetzt?«
»Zum Schlachthaus.« Freddy schaute sie an. »Es wird Ihnen gefallen. Darüber können Sie in Ihrer Zeitung schreiben. Ein Geschenk unseres Scheichs an die Bevölkerung. Das modernste Schlachthaus von ganz Arabien. Sie werden sehen. Es ist einfach wunderbar. Ich fahre oft dahin und schaue es mir an. Ich bin sicher, Sie dürfen auch fotografieren.«
Nadine sah ihn fassungslos an. »Warum sollte ich ein Schlachthaus fotografieren?«
Freddy lachte. »Keine Ahnung. Machen Sie überhaupt keine Fotos?«
Nadine schüttelte den Kopf. »Wir sind keine Reiseillustrierte. Ich bin eine politische Journalistin, Freddy. Ich mache Interviews, ich beobachte, ich lese Analysen und mache mir meine Gedanken.«
Freddy warf ihr einen flüchtigen Blick zu. Sein Gesicht war ernst. »Sie sollten vorsichtig sein mit den Gedanken, die Sie sich machen.« Er bremste und bog rechts ab. »Da ist es.«
Das Schlachthaus war das letzte in einer Reihe langgezogener Gebäude, die durch überdachte Glaspassagen verbunden waren. Unter dem Glasdach waren Leinensegel gespannt, die Schatten spenden sollten. Einige der Läden rechts und links der überdachten Gasse waren geöffnet. Obstgeschäfte, Gewürzhändler, Getreidehändler,

Berge von Hirse und Reis, neben denen ein Händler im hellbraunen Burnus saß und eine Pfeife rauchte. Ein paar Kinder spielten auf der Gasse mit einer Art Kreisel, der an einer Schnur befestigt war.
Das alles sah sauber und sehr neu aus, aber am modernsten war zweifellos das Schlachthaus. Blendend weiß, mit einem kostbaren Mosaik über der großen Eingangshalle. Innen alles blaugekachelt, neonhell. Es herrschte ein reges Treiben in dem Schlachthaus, obwohl doch Ramadan war.
Nadine verstand das nicht, und Freddy erklärte es auch nicht. Auf dem Platz mit den Palmenkübeln drängten sich die Kleinlaster. Viehtransporter, auf deren vergitterten Ladeflächen sich die Schlachttiere drängten. Das Blöken und Schreien der Tiere übertönte noch die Geräusche aus dem Schlachthaus.
Männer standen in Gruppen zwischen den Lastern, hockten auf dem Boden und redeten aufeinander ein. Vorn, am Eingang, stand ein Mann mit imposantem Bart und schwarzem Kaftan. Seine Dischdascha war schneeweiß, obgleich er sich zwischen den schmutzigen Viehhändlern und den Stieren mit ihrem staubigen, lehmverkrusteten Fell bewegte. Er achtete darauf, daß immer ein Abstand zwischen ihm und den anderen blieb. Er hatte einen Stock in der Hand, eine Art Rohrstock, mit dem er auf den Boden schlug, auf die Tiere zeigte oder die Bauern, damit sie sich nicht vordrängten, denn die Schlange der Wartenden war lang.
Obwohl eine flimmernde, erstickende Hitze über dem Platz lag, roch Nadine kein Blut. Es roch auch nicht nach dem Kot oder dem Angstschweiß der Tiere. Das verstand sie nicht. Es war beinahe gespenstisch. Manchmal fing sie, zwischen den Gitterstäben der Verlader, einen Blick aus weitaufgerissenen Tieraugen auf.
»Kommen Sie, wir steigen aus!« rief Freddy fröhlich. Das Schlachthaus hatte statt Fenstern nur vergitterte, grüngestrichene Löcher, durch die man in die blaugekachelte Halle schauen konnte.
»Warum aussteigen?« fragte Nadine. »Ich sehe doch alles.«
»Nein, nein, kommen Sie.« Freddy öffnete ihre Wagentür und zog sie heraus. »Es ist gut hier, wirklich. Sie müssen keine Angst haben.«
»Ich habe keine Angst.«
»Alles ganz hygienisch. Ganz sauber. Keine Bakterien. Keine Salmo-

nellen. Keine Krankheiten. Nichts. Schauen Sie«, er wedelte mit der Hand in der Luft herum, »nicht einmal Fliegen.«
Das stimmte. Nadine verstand es nicht. Freddy kicherte stolz und schlug die Jeeptür hinter ihr zu, ohne abzuschließen.
Er schlenderte mit ihr zu dem Mann mit dem Stock. »Das ist der Tierarzt«, flüsterte er. »So etwas gibt es nur in Q'uam al Hashid. Ein Tierarzt, der Tiere vor dem Schlachten mustert. Was krank ist, wird aussortiert. Die muß der Bauer wieder mitnehmen. Krankes Fleisch gibt es bei unseren Schlachtern nicht. Aber auch die Bauern können kein krankes Fleisch essen, denn alle Tiere müssen hier geschlachtet werden. Alle. Wir haben Möglichkeiten, das zu kontrollieren.«
Als sie an den vergitterten Fensterhöhlen vorbeigingen, konnte Nadine einen Blick auf das an der Decke befestigte Laufband nicht verhindern. An Fleischhaken hingen die Köpfe von Ziegen und Schafen, mit heraushängender Zunge und glasig großen Augen. Dann kamen die Ziegenfüße, dann die Mägen, die Euter, die Schwänze. Die Schlachter in Gummistiefeln und mit blutigen Schürzen stapften in dem gekachelten Raum herum, stumm, alles funktionierte mechanisch, das Töten vor allen Dingen.
»Die Tiere haben es gut in unserem Land«, flüsterte Freddy, der an ihrer Seite ging, ihr zu. »Sie müssen nicht leiden, bevor sie getötet werden.« Als Nadine ihn ansah, grinste er nur.
Freddy trat, als die Schlachter gerade nicht hinschauten, ein paar Schritte in den Raum und legte seine rechte Hand in den ausgeweideten Bauch einer Ziege, als er sie herausnahm, war sie rot von Blut. Er kam zu Nadine zurück, die stirnrunzelnd zugeschaut hatte.
»Riechen Sie!« Er fuchtelte mit der Hand vor ihrer Nase. »Reines Blut, sauberes Blut. Ein gesundes Tier mit schmackhaftem Fleisch. Wissen Sie, wie viele Menschen auf der Welt verdorbenes Fleisch essen müssen? Hier, in Q'uam al Hashid, gibt es so etwas nicht. Schauen Sie.« Er deutete auf den Tierarzt, der gerade einen Bauern mit seinem Tier zurückschickte. Das Tier sah in der Tat jämmerlich aus, räudig und abgemagert. Der Bauer schimpfte, die anderen lachten und riefen ihm etwas nach, als er das Tier auf die Ladefläche warf, sich in seinen Wagen setzte und davonbrauste. Der Tierarzt aber verzog keine Miene, sondern klopfte mit dem Stock auf den Steinboden, um den nächsten aufzufordern, sein Tier zu zeigen.

Freddy führte Nadine zurück zum Jeep. »Wollen Sie Ihre Hand nicht waschen?« fragte Nadine. Angewidert starrte sie auf das helle Blut, das langsam an den Handknöcheln trocknete. Freddy lachte. »Wissen Sie was? Ich denke, ich lass' es ein bißchen an der Haut. Ein Medizinmann hat mir gesagt, daß es gesund ist, gegen Rheuma.«

»Ein Medizinmann?« Nadine lachte. »Sind Sie abergläubisch?«

»Nicht abergläubisch, aber es gibt nun einmal Krankheiten, die können mit modernen medizinischen Mitteln nicht geheilt werden. Aber wenn es Sie stört, wische ich es ab.« Er zog ein Taschentuch heraus und rieb ein bißchen an der Hand herum. Am Schluß war immer noch genausoviel Blut an der Hand, aber auch das Taschentuch war blutig, und das warf Freddy auf den Rücksitz. »Diese Hand«, sagte Freddy, während er den Motor anließ und rückwärts auf die Straße rollte, »hat ein Problem.«

»Rheuma ist eine ganz normale Krankheit.«

»Nein, es ist kein Rheuma. Ich habe kein Gefühl in der Hand, verstehen Sie? Ich fühle nicht heiß, nicht kalt, nichts, wenn Sie mit der Nadel in die Haut stechen. Die Hand ist nicht gelähmt, aber trotzdem gehört sie nicht mehr richtig zu mir.«

»Und seit wann ist das so?«

Freddy schaute sie an. Seine Augen blitzten hinter den hellen Gläsern. »Seit fünf Jahren und zwei Monaten. Da hatte ich ein paar kleine Schwierigkeiten. Man wollte von mir etwas wissen, aber ich wollte es nicht sagen. Deshalb hat man Methoden angewandt«, er hupte, als ein Moped dicht vor ihm die Straßenseite wechselte. »Sie kennen so was sicherlich.«

Nadine starrte ihn an. »Sie sind gefoltert worden?«

»So kann man es auch nennen. Wollen Sie jetzt den Souk sehen? Wir haben allerdings keinen Goldbasar wie unsere arabischen Brüder in Dubai und Abu Dhabi. Unsere Frauen legen nicht soviel Wert auf Schmuck. Sie wollen lieber, daß die Männer das Geld für Dinge ausgeben, die wichtiger sind für unser Vaterland.«

»Und was sind das für Sachen?« fragte Nadine. »Waffen?« Freddy warf ihr einen flüchtigen Blick zu. Aber er sagte nichts.

»Panzer? Flugzeuge? Trainingslager für Terroristen?«

Freddy fuhr an den Straßenrand und bremste scharf.

»Wollen Sie dem Scheich Zayed bin Sultan Maktoum solche Fragen stellen, Miss Malten?«
Nadine schob seine Hand weg.
»Das weiß ich noch nicht.«
Freddy warf einen Blick in den Rückspiegel. Ein Bus kam schnell näher, ein Schulbus offenbar, überholte, und einen Augenblick sah Nadine lauter schwarzfunkelnde Augenpaare, die zu ihnen herüberstarrten.
Freddy machte einen zweiten Versuch. Er malte mit dem Zeigefinger kleine Kreise auf ihren Oberschenkel. »Sie haben schöne Beine, Miss Malten. Sie sind eine schöne Frau.«
Nadine rutschte ganz zum äußeren Rand des Sitzes. Ihre Stimme war eisig und ihr Gesicht bleich vor Zorn, als sie flüsterte: »Wenn Sie nicht augenblicklich weiterfahren, Freddy, kann das unangenehme Folgen für Sie haben.«
Freddy lachte. Er schaute sie an, mit einem schamlosen Blick, der Nadine so empörte, daß sie die Luft anhielt. »Wegen so etwas, Miss Malten, bekommt ein Mann in diesem Land keine Unannehmlichkeiten. Wissen Sie, es kommen nicht viele Frauen, ich meine ungläubige Frauen, in unser Land. Und schon gar nicht ohne Begleitung. Wo ist Ihr Mann? Warum hat er Sie nicht begleitet?« sagte er, als er wieder anfuhr.
»Ich bin nicht verheiratet. Bitte, fahren Sie mich zum Hotel zurück. Ich bin es gewohnt, alleine zu reisen.«
»Aber in diesen Ländern macht das einen schlechten Eindruck, Miss Malten. Wir Araber würden unsere Frauen niemals ohne Begleitung reisen lassen«, er lachte. »Wir lassen sie nicht einmal ohne männliche Begleitung in die Souks. Darf ich fragen, warum Sie nicht verheiratet sind? Eine so schöne, intelligente Frau wie Sie? Es muß doch Tausende von Männern geben, die Ihnen schon einen Antrag gemacht haben. Die diesen Busen gern berühren würden.«
Nadine antwortete nicht. Sie preßte die Lippen zusammen und schaute durch die Frontscheibe auf den brodelnden, orientalischen Verkehr. Das Hupen von Autos, das Knirschen von Bremsen, Esel, die im stoischen Trab ihre Karren durch das Gewühl von Bussen und Lastern zogen, eine Kutsche, in denen zwei verschleierte Frauen und ein alter Mann saßen. Als Nadine sie näher betrachten wollte, bogen

sie in eine Toreinfahrt. Sekunden später wurde das schwere, eisenbeschlagene Holztor von innen zugeschlagen. Nadine hatte schon wieder einen Fehler gemacht. Sie hätte Freddy niemals sagen dürfen, daß sie nicht verheiratet war. In diesem Augenblick wurde ihr klar, daß sie für ihn nun Freiwild war. Alle europäischen Frauen mit ihrer – in den Augen der Araber – schamlosen Kleidung wurden ja wie Nutten betrachtet. Frauen, an denen sich die Phantasie der Männer entzündete. Das jedenfalls, dachte Nadine, dieses Problem haben die einheimischen Frauen nicht, als sie eine verschleierte Frau beobachtete, die an einer Hauswand entlanghuschte, einen Einkaufskorb an die Brust gepreßt. Ihre bodenlange Arabeya wischte den Staub von der Straße. Sie ähnelte mehr einem unheilvollen Fabelwesen als einer Frau, die lüsterne Gedanken heraufbeschwor.
Freddy bog in die Straße zum Hotel ein. »Ich kenne Abdul sehr gut, den Portier«, sagte er. »Ich weiß, welche Zimmernummer Sie haben. Es ist für mich kein Problem. Wenn Sie möchten, daß ich heute nacht komme, um Ihnen ein paar arabische Märchen zu erzählen ...«
Nadine zischte: »Das meinen Sie nicht im Ernst. Sie wollen mich in meinem Hotelzimmer besuchen? Warum?«
»Ich weiß nicht.« Freddy strahlte sie an. Ihre eisige Zurückhaltung schien er gar nicht zu bemerken. »Ich könnte Sie glücklich machen. Ich weiß, was Frauen gerne haben, Miss Malten. Ich verspreche nicht zuviel.«
Sie hatten das Hotel erreicht. Nadine stieg aus und schlug die Jeeptür zu.
Freddy sprang vom Fahrersitz und eilte hinter ihr her. »Was ist, Miss?« flüsterte er. »Wann soll ich kommen? Elf Uhr? Zwölf Uhr? Oder später?«
Nadine wirbelte herum. »Sie sollen überhaupt nicht kommen!« sagte sie außer sich. »Ich werde mich bei Tahir beschweren. Ich werde einen anderen Chauffeur verlangen.« Sie holte tief Luft. »Das ist unglaublich. Das ist wirklich unglaublich, was Sie sich erlauben.«
Ein Page erschien. Er eilte die Stufen hinunter und rief Freddy etwas zu.
Freddy schüttelte unwirsch den Kopf. »Diese Dummköpfe«, empörte er sich, »begreifen nichts. Er hat gefragt, ob Sie Gepäck haben. Dieses Hotel hat nur zehn Gäste, und er kann sich die Gesichter

trotzdem nicht merken. Und Sie sind die einzige Frau. Wofür bekommen diese Schwachköpfe eigentlich ihr Geld? Also, elf Uhr?«

»Ich habe Ihnen meine Antwort gesagt. Ich bin es nicht gewohnt, alles fünfmal wiederholen zu müssen.«

Nadine wandte sich ab und schritt die Stufen zur Hotellobby hinauf. Ohne sich umzuschauen, wußte sie, daß Freddy mit verschränkten Armen am Jeep lehnte und ihr nachsah.

Abdul eilte ihr mit dem Schlüssel entgegen.

»Wie war die Tour, Miss Malten? Hat Ihnen unsere Medina gefallen? Was hat man Ihnen alles gezeigt?«

Nadine lächelte ausweichend. »Ich möchte telefonieren, Abdul. Mit Tahir al Machmout. Sobald wie möglich. Können Sie das arrangieren?«

Abduls Augen verdunkelten sich. »Sie hatten ein Problem?« Nadine sah an ihm vorbei. »Man kann es so nennen.«

Abdul machte eine abschätzige Bewegung und schnalzte mit der Zunge. »Diese Männer sind ein Problem. Sie halten die europäischen Frauen für leichte Beute, Miss Malten. Das ist furchtbar. Ich schäme mich für meine Brüder. Aber Sie müssen nicht denken, daß alle Männer so sind. Auf mich, Miss Malten, können Sie sich verlassen. Wenn Sie dort in der Halle einen Augenblick Platz nehmen, ich werde sofort versuchen, Tahir al Machmout zu erreichen.«

Nur zehn Gäste im ganzen Hotel, dachte Nadine, als sie sich einen Platz in der Halle suchte. Wieder waren einige arabisch gekleidete Männer da, die Tee tranken, rauchten, mit ihren Gebetsketten spielten und sich müßig umschauten. Mindestens ebenso viele Kellner standen an den Säulen herum, um sofort herbeizueilen, wenn ein Gast mit dem Finger schnippte. Der Brunnen plätscherte, in dem weiß-blauen Holzkäfig gurrten zwei Täubchen, und in dem Auffangbecken des Springbrunnens trieben rosa Rosenblütenblätter von einem kleinen Strudel zum anderen. Es roch stark nach einem sehr schweren Parfüm, das offenbar jeden Morgen in der Halle versprüht wurde.

Nadine hatte seit ihrer Ankunft noch keinen Europäer gesehen, keine Abreise und keine Ankunft beobachtet. Im Restaurant mittags waren sie die einzigen Gäste gewesen.

War dieses Hotel eine Tarnung? Hatte es eigentlich eine ganz andere

Bedeutung? Was passierte im zweiten und dritten Stock? Gab es vielleicht deshalb keinen Lift, weil man ungebetene Gäste von den oberen Stockwerken fernhalten wollte?
Nadine öffnete ihre Tasche und zog ein Zigarettenpäckchen heraus. Sie hatte plötzlich Lust zu rauchen. Es war ihre erste Zigarette seit Tagen an diesem Tag. Sie suchte noch nach dem Feuerzeug, als ein Mann sich vor ihr verbeugte. In tadellosem Englisch sagte er: »Darf ich Ihnen helfen?«
Nadine hob den Blick. Der Mann trug einen Anzug von westlichem Schnitt, wahrscheinlich italienische Konfektionsware, ein blau-weiß gestreiftes Button-down-Hemd und eine Krawatte mit vielen Teddybären. Er war ungefähr vierzig Jahre alt, groß, schlank und hatte einen Schnurrbart.
»Gern.« Nadine ließ sich Feuer geben und inhalierte tief. Das gab ihr Zeit, sich den Mann genauer anzusehen. Sie wußte nicht, ob er Araber war. Vielleicht hatte er ein bißchen europäisches Blut, vielleicht kam er aus dem Libanon. Nadine hatte in Amerika ein paar Libanesen kennengelernt, die eine gewisse Ähnlichkeit mit diesem Mann hatten.
Der Fremde ließ sich die Musterung gleichmütig gefallen. »Gefällt Ihnen Q'uam al Hashid?« fragte er.
»Ich habe noch nicht viel kennengelernt.«
»Aber Sie haben wenigstens die Stadt gesehen, oder nicht?« Der Mann nahm auch ein Zigarettenpäckchen (arabische Zigaretten, wie Nadine sofort feststellte) aus seiner Sakkotasche. Seine Hände waren schmal und sehr gepflegt. Er fingerte eine Zigarette aus der Packung. Er zündete sie nicht an, sondern spielte mit ihr wie mit einem chinesischen Elfenbeinstäbchen. Es waren fast Zaubertricks, die er vorführte. Nadine konnte ihren Blick gar nicht von seinen geschickten Fingern abwenden.
»Wenn Sie die Stadt gesehen haben, kennen Sie das Land. Es gibt sonst nichts als Wüste.«
»Und ein paar Ölquellen, wie man mir gesagt hat«, meinte Nadine locker, »und ein oder zwei schöne Oasen, nicht wahr?«
Der Mann schaute sie an. »Das stimmt. Ein oder zwei schöne Oasen. Aber die sind im Sperrgebiet.« Er deutete auf den unbenutzten Sessel neben dem Messingtisch. »Gestatten Sie?« Er schaute durch die

Halle. »Ich warte auf einen Geschäftsfreund. Ich dachte, wenn Sie hier vielleicht auch warten, können wir uns die Zeit ein bißchen verkürzen.«

Nadine war froh, daß jemand mit ihr redete. Sie war hungrig nach Informationen. Der Mann stellte sich nicht vor, deshalb hielt sie das auch nicht für nötig.

»Ins Sperrgebiet«, sagte er, »darf man nur mit ausdrücklicher Einladung Seiner Hoheit. Und der Scheich ist nicht großzügig mit Einladungen.«

Nadine lächelte. »Was würden Sie sagen, wenn ich vielleicht eine solche Einladung hätte?«

Der Mann schaute sie an. Jetzt auch ganz unverhohlen. Er ließ seine Augen lange auf dem Stückchen nackter Haut zwischen ihrem wadenlangen, sandfarbenen Leinenrock und den Sandalen ruhen.

»Seine Hoheit liebt europäische Frauen«, sagte er. »Junge Frauen. Attraktive Frauen. Ich halte es nicht für ausgeschlossen, daß Sie eine Chance haben. Über wen haben Sie die Kontakte gemacht?« Er hatte sich nun doch die Zigarette angezündet, ein oder zwei Züge getan und dabei die Asche mit einem leichten Antippen des manikürten Zeigefingers abgestreift. Er schlug die Beine übereinander und gab Nadine Gelegenheit, seine seidenen Socken zu bewundern.

Konnte man so einem Mann vertrauen? Konnte sie ihm den Namen von Tahir al Machmout nennen?

Sie zögerte. Sie schaute sich um. Niemand schien an ihrem Gespräch interessiert.

»Warum sollte ich Ihnen das sagen?« erwiderte Nadine, während sie ein Rauchwölkchen gegen das orientalische Zeltdach der Hotellobby blies. »Ich kenne Sie doch gar nicht. Ich weiß nicht, in wessen Auftrag Sie all diese Fragen stellen.«

Der Mann verbeugte sich. Er senkte die Lider und drückte die Zigarette im Aschenbecher aus. Er wischte die Fingerspitzen an einem hauchfeinen Taschentuch ab. »Sie haben recht. Sie dürfen nicht so leichtgläubig sein. In diesem Land schon gar nicht. In diesem Land behält jeder sein Wissen für sich. Das ist ungefährlicher. Das ist vernünftiger. Ich verstehe Sie gut.« Er lächelte. »Sie sind eine kluge Frau. Hat man Ihnen diesen Ratschlag in Deutschland gegeben, oder sind Sie selbst darauf gekommen?«

»Ich nehme nicht sehr gerne Ratschläge an«, sagte Nadine. »Ich gehöre zu den Frauen, die ihre Erfahrungen lieber selber machen.«
»Das ist eine interessante Bemerkung.« Seine Pupillen weiteten sich. Beim Lächeln entblößte er makellose Zähne. Zweifellos war er der bestaussehende Mann, dem Nadine bisher in Q'uam al Hashid begegnet war. Dennoch hatte sein Wesen etwas zu Glattes, Raffiniertes. Nadine fand seine Art ein bißchen zu geschmeidig. Sie beschloß dennoch, die Gelegenheit für ein paar Informationen zu nutzen.
»Ist es unhöflich, Sie nach Ihrem Namen zu fragen?« Nadine schenkte ihm ihr erprobtes Recherchierlächeln. »Oder womöglich, was Sie hierher geführt hat?«
»Ganz und gar nicht unhöflich. Ich nehme an, so ist das in Europa jetzt Brauch. Ich erlebe das immer wieder.« Er erwiderte ihr Lächeln. »Wenn auch in einem traditionellen arabischen Land wie diesem sehr ungewöhnlich. Darf ich Ihnen etwas zu trinken anbieten? Mein Name ist übrigens Chaif al Saoud. Und ich arbeite für die Regierung.«
Ah, dachte Nadine, natürlich, ich hätte es mir denken können. Also auf der Hut sein.
»Kaffee oder Tee?«
»Gerne den arabischen, der ist köstlich.«
Chaif lächelte und schnippste mit den Fingern. »Das ist nicht das einzig Köstliche, was dieses Land zu bieten hat.« Er gab beim Kellner die Bestellung auf und wandte sich ihr dann wieder zu. »Und Sie?«
Nadine lachte. »Sie wissen meinen Namen doch längst. Tun Sie nicht so. Hier weiß jeder meinen Namen. Ich bin doch weit und breit die einzige Europäerin.«
Chaif runzelte die Stirn. »Sie sind wohl zufällig Miss Nadine Malten?«
»Zufällig haben Sie recht.«
Er lächelte. »Noch eine Zigarette? Vielleicht eine von meinen? Sie sind ein bißchen parfümiert, aber sehr bekömmlich.« Als Nadine ablehnte, steckte er bekümmert die Packung wieder ein. »Wir empfangen sehr selten Journalisten in diesem Land.«
»Ich weiß, deshalb war ich ja so neugierig.«
Chaif lachte. »Was glauben Sie, wie neugierig wir sind? Auf eine so

neugierige Frau. Wissen Sie«, er lehnte sich zurück und schaute nach oben, »wir haben uns gefragt, seit Sie das Fax geschickt haben: Was will diese Frau eigentlich?« Er löste den Blick von der Decke und wandte das Gesicht ihr zu. Seine Stimme wurde um zwei Grad kühler. »Was wollen Sie wirklich, Miss Malten?«

Der Kellner brachte den Kaffee und sorgte für eine kleine Frist. Nadine tat zwei Löffel braunen Zucker in den Kaffee und rührte ihn mit einem winzigen silbernen Löffel um. Ihre Stimme war sehr konzentriert, als sie sich an einer Antwort versuchte. »Ihr Land gehört zu den geheimnisvollsten Ländern der Erde. Es gibt ja gar nicht mehr soviel zu entdecken. Wir Europäer können in unzählige Länder reisen, ohne Visum, ja oft sogar ohne unseren Paß. Das Fernsehen bringt uns Bilder von den meisten Ländern der Erde ins Haus. Wenn wir wollen, können wir täglich Sendungen aus irgendeinem entfernten Winkel empfangen.« Sie nahm einen Schluck Kaffee. »Nur über Ihr Land weiß man so gut wie nichts.«

Chaif dachte einen Augenblick über ihre Worte nach, betrachtete seine Fingernägel (Nadine mußte plötzlich an Arne Henscheid denken) und sagte: »Sie haben recht. Ich verstehe, was Sie meinen. Sie wollen einfach etwas sehen, das die anderen noch nicht gesehen haben.«

»Ja, und es den Lesern unserer Zeitung beschreiben. Sie wissen, daß ich Journalistin bin.«

Chaif nickte. »Aber was genau wollen Sie sehen?«

»Alles.«

Chaif musterte sie. Das Lächeln war aus seinem Gesicht verschwunden. »Ich muß Ihnen nicht sagen, daß so etwas unmöglich ist. Nie wird ein Fremder alles in einem fremden Land sehen. Er schaut mit anderen Augen. Er versteht das meiste nicht.«

»Ich weiß.« Nadine bemerkte Abdul, der vorsichtig näher kam und ihr ein Zeichen gab. »Aber ich bin schon ziemlich weit, und ich werde noch weiter kommen.« Sie erhob sich, trank schnell noch einen zweiten Schluck Kaffee und lächelte. »War das eine Einladung?« Sie zeigte auf die Tasse. Als Chaif nickte, schenkte sie ihm ein strahlendes Lächeln. »Es war schön, mit Ihnen zu plaudern. Da hier jeder weiß, was ich jeden Augenblick tue, werden Sie sich ja auf dem laufenden halten über meine Unternehmungen, nicht wahr?«

Chaif nickte. Seine Augen waren ernst. »Sie wollen nicht mehr mit mir sprechen? Das ist schade.«
»Ich erwarte ein Telefongespräch. Abdul macht mir schon Zeichen.«
»Sie könnten nach dem Gespräch zurückkommen, wir könnten danach weiterreden.«
Nadine lächelte. »Sie sagen in solchen Fällen immer Inschallah, nicht wahr? Auf deutsch sagt man (und Nadine wechselte von der englischen in die deutsche Sprache, obgleich sie sicher war, daß Chaif sie nicht verstand): Schau'n wir mal.«
Chaif senkte den Kopf. Nadine wandte sich zu Abdul, dessen Armbewegungen immer hektischer und nervöser wurden.
»Miss Malten, ich habe Mister Tahir al Machmout am Telefon. Wenn Sie bitte jetzt gleich ...«
»Ich bin schon da.«
»Dort ist die Telefonzelle. Hinter der Schmuckvitrine. Wenn Sie bitte den Hörer abnehmen, sobald es klingelt.«
»Gut.« Nadine wandte sich zum Gehen, aber Abdul folgte ihr. Seine Stimme war nur ein Flüstern. »Ich würde Ihnen raten, nicht zuviel mit Mister Chaif zu sprechen, Miss Malten.«
Nadine gab sich überrascht. »Warum?«
Abdul schob Nadine sanft vorwärts. »Es ist nur ein Ratschlag, Miss Malten. Sie können ihn befolgen oder auch nicht. Ganz wie Sie wünschen. Ich werde jetzt zurück zur Rezeption gehen.«
Von hinten sah er aus wie alle Angestellten in Fünf-Sterne-Hotels (aber war dies ein Fünf-Sterne-Hotel?). Er trug einen Frack, gestreifte Hosen, ein weißes Hemd mit sehr hohem Kragen, seine schwarzen Schuhe waren poliert, wenn auch nicht mehr ganz neu, mit dicken Gummisohlen, die ihm erlaubten, lautlos zwischen den Gästen hin- und herzuwandeln. Er setzte die Füße nach auswärts und erinnerte Nadine ein ganz klein wenig an Charlie Chaplin.
In der Telefonzelle klingelte es. Nadine öffnete hastig die Tür und nahm den Hörer ab.
»This is Nadine Malten.«
»O yes, and this is Tahir.«
Nadine entspannte sich, als sie seine Stimme hörte. Von allen hashidischen Männern, mit denen sie bislang gesprochen hatte, war er ihr

noch der angenehmste. Er hatte ihr beim Mittagessen ein aufregendes Programm unterbreitet, das ihr viele Möglichkeiten zu Interviews, persönlichen Beobachtungen und Begegnungen versprach. Und spannende Ausflugsziele: Eine Fahrt zu der berühmten Al-Fellaj-Oase. Eine andere zu den Ruinen einer Karawanserei aus dem neunten Jahrhundert, und außerdem wollte man Nadine auch die Ruinen eines alten Bewässerungssystems zeigen, das schon zu Zeiten der Königin von Saaba, also vor 2500 Jahren, mit mathematischer Genauigkeit errichtet worden war. Ein ausgeklügeltes Bewässerungssystem von der Größe der Hansestadt Hamburg, mit einem Obstgarten wie das Alte Land. Tahir nannte Details, die sie staunen ließen. Irgendwann würde sie herausfinden, was er in Deutschland gemacht hatte ...

»Ich höre, Sie wollten mich unbedingt sprechen, Miss Malten.«

Nadine zögerte. Plötzlich erschien ihr der Vorfall mit Freddy gar nicht mehr so besorgniserregend. Sie fragte sich auf einmal, ob man von einer alleinreisenden, europäischen Frau erwartete, daß sie mit solchen Annäherungsversuchen und Schamlosigkeiten fertig wurde? Sie wußte es einfach nicht. Sie wußte nicht, was man in diesem Land von ihr erwartete. Das war das Problem.

»Es geht um Freddy«, sagte Nadine zögernd.

Eine kleine Pause entstand.

»Ja?« sagte Tahir.

»Ich ...« Nadine räusperte sich. Sie fuhr sich mit der gespreizten Hand durch die Haare. Sie lächelte die Wand an, als könnte sie sich bei Tahir für ihr Mißtrauen entschuldigen.

»Ich wüßte zum Beispiel gern, warum ein Araber einen so unarabischen Namen hat.«

Wieder eine Pause.

»Deshalb rufen Sie mich an? Ich war in einem wichtigen Gespräch, Miss Malten.«

»Das tut mir leid. Ich hatte Abdul nicht gebeten, Sie in einem wichtigen Gespräch zu stören.«

»Warum haben Sie Freddy das nicht selber gefragt?«

»Es war mir nicht eingefallen.«

»Nun ... Freddy ... also natürlich ist das nicht sein richtiger Name. Freddy ist Palästinenser, das hat er Ihnen sicherlich gesagt?«

Nadine lehnte sich an die Wand der engen Kabine. Ihre Finger spielten mit der Telefonschnur. »Nein«, sagte sie, »ich hatte keine Ahnung. Ist es wichtig?«

»Ich stehe auf dem Standpunkt, Miss Malten, daß für eine Journalistin alles wichtig sein sollte. Wir sind nicht verantwortlich für das, was ein Palästinenser in unserem Land tut.«

Nadine lachte laut auf. »Das glaube ich nicht. Sie sind für alles verantwortlich. Sie wollen doch für alles verantwortlich sein!«

»Freddy hat eine Behandlung erfahren. Ich weiß nicht, ob er Ihnen davon zufällig erzählt hat. Eine Sache, die fünf oder sechs Jahre zurückliegt.«

»Sie meinen, daß er gefoltert wurde?« Nadine hatte beschlossen, nur noch den direkten Weg zu gehen.

»Das hat er Ihnen also erzählt? Schon gleich in den ersten Stunden?« Als Nadine nicht antwortete, räusperte Tahir sich. »Diese – äh – Behandlungsmethode nennen manche Leute die amerikanische.« Er lachte. »Vielleicht träumen manche davon, das mit einem Amerikaner zu machen. Deshalb gibt man Leuten während der Behandlung gern amerikanische Namen. Sie werden das vielleicht nicht verstehen, Miss Malten, weil Ihr Land mit Amerika befreundet ist. In Palästina und manchen anderen Gegenden, nun ja, liegt der Fall ein bißchen anders. Also, das ist die Geschichte, wie Mohammed zu dem Spitznamen Freddy kam. Übrigens hat unsere Regierung mit der Sache nichts zu tun.«

Nadine schloß die Augen. Sie dachte plötzlich an die blutverschmierte Hand, an dieses merkwürdige Leuchten in Freddys Augen, als er mit der Hand vor ihrem Gesicht herumfuchtelte. Sie fragte sich, ob Freddy vielleicht ein kleines bißchen verrückt war. Menschen, die Folter erlebt haben, konnten nicht einfach so weiterleben wie andere, oder?

Nadine schwitzte. Die Luft in der kleinen Kabine wurde knapp. Obgleich sie sich dagegen sperrte, hatte sie plötzlich das Bild einer Folterkammer vor Augen. Blaugekachelt, mit einem Folterstuhl aus Eisen und Stahl, mit Lederschlaufen für Hände, Füße und Kopf. Grelle Scheinwerfer und das wachsbleiche Gesicht eines Menschen, der stumm seinen Mund aufriß …

»Miss Malten? Sind Sie noch da?«

Nadine räusperte sich. Sie öffnete die Augen. »Ich verstehe nicht«, flüsterte sie tonlos, »ich meine, wie kann ein Mensch zulassen, daß er einen Spitznamen erhält, der ihn immer an die Folterqualen erinnert? Wie geht so etwas?«

Tahir seufzte. »Ich nehme an, er hatte keine andere Wahl«, sagte er sanft. »Ich nehme ferner an, daß er sich inzwischen daran gewöhnt hat. Hat Freddy Ihnen die Stadt gezeigt? Haben Sie jetzt einen Eindruck?«

Nadine schluckte. »Ja«, flüsterte sie, »ja, danke, ich habe einen Eindruck.«

»Und sonst? Keine Klagen?« Tahir lachte trocken. »Um ganz ehrlich zu sein, Miss Malten, ich fürchtete schon, Sie würden mit den üblichen Klagen kommen.«

»Welchen üblichen Klagen?« fragte Nadine hohl.

»Nun, über das Verhalten arabischer Männer. Über deren – nennen wir es – Anzüglichkeit. Es ist das Problem des Islam, wie Sie sicher wissen, weil Sie eine kluge Frau sind. Der Mann begehrt das am meisten, was er nicht kennt. Moslemische Männer denken den ganzen Tag an Sex, Miss Malten. Das ist nun einmal so. Aber ich nehme an, ich erzähle Ihnen nichts Neues. Sie sind eine erfahrene Frau. Sie können damit umgehen.«

Nadine schwieg. Sie hörte, wie Tahir mit Papieren raschelte.

»Heute abend«, sagte er, »werde ich mir erlauben, Sie in Ihrem Zimmer aufzusuchen. Ich habe ein paar Dinge mit Ihnen zu besprechen, bei denen ich lieber keine Mitwisser hätte. In diesem Haus haben die Wände Ohren. Aber das haben Sie sicherlich schon bemerkt.«

»Und was ist mit meinem Zimmer?«

»Oh, Ihr Zimmer ist sauber. Ihr Zimmer ist okay. Miss Malten, glauben Sie, wir behandeln unsere Gäste wie Gangster?« Er lachte leise. »Wir machen, wie alle übrigen Regierungen auch, sehr feine Unterschiede. Sie haben nichts zu befürchten. Das wissen Sie doch.«

Nadine wollte erwidern, daß sie das nicht so genau wußte, aber da fuhr Tahir schon fort. »Ist neun Uhr Ihnen recht? Ich werde dafür sorgen, daß das Abendessen auf Ihr Zimmer gebracht wird. Für zwei. Und wundern Sie sich nicht: Es werden riesige Portionen kom-

men. Wenn man den ganzen Tag über nichts gegessen hat ... oh, das ist furchtbar. Das endet immer mit Bauchschmerzen.«
»Und ich dachte, Allah hätte alles so weise eingerichtet. Der Fastenmonat Ramadan ...«
»Das liegt nicht am Propheten Mohammed. Wenn man sich genau an den Koran hielte, wenn man wirklich nichts essen würde am Abend außer der Milchsuppe ... aber ...«, er seufzte, als müßte er Nadine dafür um Vergebung bitten, »das Fleisch ist schwach, Miss Malten.«
Als Nadine aus der Telefonkabine trat und in die Halle zurückkehrte, war der Mann in dem italienischen Sakko verschwunden.

Zurück in ihrem Zimmer, als sie die Balkontüren aufstieß, hörte sie, getragen von einem Windhauch, der von der Wüste kommend über die Medina streifte, die Stimme des Muezzin, der zum Gebet rief. »Allah akbar ...« – Keiner ist größer als Allah.
Es war die magische Stunde nach Sonnenuntergang. Die Farben waren intensiv wie nie sonst in vierundzwanzig Stunden. Das Blau des Himmels färbte sich im Westen violett, während von Osten ein tiefdunkler Schleier über das Firmament gezogen wurde. Der Mond stand wie eine Sichel über der heiligen großen Moschee, an der sie nachmittags vorbeigefahren waren und deren Kuppel tatsächlich aus reinem Blattgold sein sollte. Die kleinen gelbweißen Blüten leuchteten im grünen Dickicht der Orangenbäume. Die lehmfarbenen Gartenmauern des Palastes waren erst fast gelb, dann dunkellila, und schließlich leuchteten sie noch einmal in einem Ockerton auf, bevor die Nacht wie ein Vorhang über das Land fiel.
Die Vögel, deren Gesang sich in geradezu bizarrer Weise mit jedem Wechsel des Himmelslichtes gesteigert hatte, ein Crescendo und Furioso, hörten ganz plötzlich auf. Es war so still, daß Nadine die Flügelschläge des Nachtfalters hören konnte, der gegen das Fenster stieß. In diesem Augenblick fand Nadine die Welt vollkommen. Das Wunder des Orients. Der Zauber Arabiens legte sich wie eine Hülle um ihren Körper und wärmte ihr Herz. Nadine, flüsterte sie, du bist sentimental. Nadine, du bist eine unverbesserliche Romantikerin.
Sie hörte in der Stille die schlurfenden Schritte der Männer, die hinter den Gartenmauern über die staubigen Wege zur Moschee eilten,

stumm, mit gesenktem Kopf, die Finger um die Gebetsschnur geknotet. Sie stellte sich vor, wie diese Männer das Heiligtum betraten, den Raum, den Frauen niemals sehen durften, ihre Schuhe abstreiften und barfuß über die mit Bastmatten ausgelegten, kostbar geschmückten Mosaikböden gingen, wie sie das Buch der Bücher aufschlugen und zu lesen begannen, stumm, wie sie niederknieten, die Stirn auf den Boden preßten, demütig vor Gott und seinen unergründlichen Beschlüssen. Ein Esel schrie in der Ferne. Die Sterne gingen über ihr auf. Nadine löste sich mit Anstrengung von dem Zauber, schloß die Balkontüren, schaltete das Licht an und setzte sich an den Schreibtisch.

Auf einen Zettel schrieb sie die Namen der Männer, die ihr beim Mittagessen Gesellschaft geleistet hatten.

Tahir al Machmout
Saif bin Naser
Freddy (?)

Sie zögerte, runzelte die Stirn und setzte noch einen Namen darunter: Chaif al Saoud.

Tilman Schröder hatte schlecht geschlafen. Gegen jede Vernunft hatte er von dem Spanferkel, das seine Frau am Vorabend auf den Tisch gebracht hatte, fast die gesamte Kruste gegessen, kroß gebraten, mit diesem Kümmelgeschmack, den er so liebte, obwohl er Kümmel noch nie vertragen hatte.
Es gehörte in den Augen von Tilman Schröder zu den großen Niederträchtigkeiten des Lebens, daß einem immer das so gut schmeckte, was dem Körper nicht bekam. Seine Tante war Diabetikerin gewesen, eine Frau mit rosigem Gesicht und Unterarmen wie Götterspeise, die es schaffte, jedes Gespräch früher oder später auf Sahnebaisers, mit Vanillecreme gefüllten Blätterteig, auf Geleedrops und Schokoladentrüffel zu lenken. Sie hatte bis zu ihrem Tod jede Nacht von einem Himmel voller Krapfen geträumt. Ihm, Tilman Schröder, würde es im Alter ähnlich gehen, das spürte er. Der Tag war nicht mehr fern, an dem er nur noch passiertes Gemüse und Haferschleim essen könnte. Aber im Traum würde er die Nächte in spanischen Bodegas verbringen, saufend und fressend, oder auf einem westfälischen Schlachtfest, wo es Blutwurst mit Hirse gab und Innereien, die in großen Waschzubern dampften. Als Kind hatte er dort die Ferien verbracht.
Als Tilman Schröder schweißgebadet aufwachte, lag seine Frau auf dem Rücken, die Arme auf der Bettdecke ausgestreckt, den Kopf auf zwei Kissen gebettet, und schnarchte leicht mit weit geöffnetem Mund.
Tilman erhob sich vorsichtig, um seine Frau nicht zu stören, und schloß sich im Badezimmer ein.
Während er sich rasierte, ging er das Programm für den Tag durch. Was mußte vor der Elf-Uhr-Konferenz erledigt werden?
Den Rolf in der Druckerei anrufen wegen der Osterausgabe. Apro-

pos Osterausgabe: Wer schrieb einen Essay zu diesem Thema? Irgend etwas locker Flockiges über Hasen, Eier oder die launigen Bemühungen der CDU-Abgeordneten, die jeden Ostersonntag zum großen Eiersuchen ihre Parteihäschen zusammentrommelten? Wer konnte so was schreiben?
Dann die Geschichte mit Gerti. Gerti hatte um eine Versetzung in ein anderes Ressort gebeten. Es war ein unangenehmes Gespräch gewesen. Anscheinend konnte sie den ruppigen Ton von Arne Henscheid nicht mehr ertragen. Tilman Schröder seufzte. Er fuhr mit der Hand prüfend über das Kinn, ob auch kein Barthaar stehengeblieben war. Er klopfte ein bißchen Rasierwasser in die Haut und verzog wie jeden Morgen das Gesicht, weil es brannte. Aber seine Frau hatte ihm das Rasierwasser geschenkt, offenbar hielt sie seinen Körpergeruch nicht mehr aus. Es wunderte ihn nicht, konnte er sich doch selbst kaum noch ertragen. Wenn er ihr am Frühstückstisch den Gutenmorgenkuß gab (und aus Trägheit auf das Rasierwasser verzichtet hatte), wandte sie sich ab. Er hatte keine Chance. Dieses Guten-Morgen-Kuß-Ritual war wichtig. Das Brennen ließ außerdem nach wenigen Minuten nach. Es war auszuhalten.
Arne Henscheid. Wieso mochten die Leute ihn nicht?
Schröder verstand das nicht. Er hatte Henscheid immer für einen fähigen Mann gehalten, für einen guten, gestandenen Journalisten, solide ausgebildet, hartgesotten, unerschrocken. Henscheid hatte immer noch Biß.
Ganz anders als mancher von der nachwachsenden Generation. Aber das durfte er denen, die kamen, um sich über Henscheids Ton zu beschweren, nicht sagen. Sie würden ihn sofort als jemanden abstempeln, der jungen Leuten nichts zutraute, sie nicht förderte. Der sich lieber mit alten Haudegen umgab, einem Küchenkabinett von im Kampf ergrauten Veteranen. Tilman ging in die Kammer, die seine Frau das »Ankleidezimmer« nannte, zog aus dem Regal ein hellblaues Baumwollhemd und stellte erst fest, daß ein Manschettenknopf fehlte, als er bereits fertig angezogen war.
Seine Frau hantierte in der Küche, das Radio lief auf voller Lautstärke. Sie liebte das morgens als »Wachmacher«.
»Gut geschlafen?« rief er, während er das Hemd zuknöpfte. Schon bei der Berührung seiner Fingerspitzen mit der Haut in der Magen-

gegend spürte er den Schmerz. In der Nähe des Zwölffingerdarms wahrscheinlich. Vielleicht ein bißchen tiefer.
Ich werde zum Doktor gehen müssen, dachte er, während er die Ärmel hochkrempelte, es wird sich nicht mehr länger hinausschieben lassen. Besser, ich erledige das noch vor diesem Gespräch mit Schultz. Ich muß Schultz einen Namen nennen für einen zweiten Stellvertreter. Weiß der Himmel, wieso er es damit auf einmal so eilig hat. Traut er mir nicht mehr zu, den Laden alleine zu führen? Glaubt er, die anderen Zeitungen graben uns das Wasser ab? Immer wenn er von einem Treffen der Zeitungsverleger zurückkommt, verbreitet er Hektik. Der Mann hat zu viel Angst. Wenn ich so schnell in Panik geraten würde wie mein Verleger, könnte ich nie eine Zeitung machen. Das Schiff wird nicht auf Kurs gehalten in schwerer See. Aber gut, er will einen Namen. Soll er einen Namen bekommen.
Louisa kam in den Flur. Sie trug diesen gefütterten, eisblauen Morgenrock über ihrem Flanellnachthemd und sah aus wie eine dieser Frauen in den Fernsehserien, die er immer für satirisch überzogen hielt, obgleich sie Abbilder des normalen Lebens sein sollten. Man konnte im Grunde nichts gegen Louisa einwenden. Sie hatte weder Lockenwickler im Haar, noch steckten ihre Füße in Satinpuschen mit Plüschrand. Ihr Haar war gekämmt, ihre Haut wirkte für das Alter erstaunlich glatt und rosig, der Hals war faltenlos, und sie roch irgendwie frisch, als sie jetzt zu ihm kam und die Hemdenknöpfe, die er eben zugemacht hatte, alle wieder öffnete.
»Schief«, sagte sie nur.
Er atmete tief durch. Er wollte ihr nicht sagen, daß ein Manschettenknopf fehlte. Sie nahm so etwas immer falsch auf, als behandele er sie wie sie eine Hausangestellte. Er war weit davon entfernt, das zu denken.
»Ich werde Henscheid vorschlagen«, sagte er.
»Henscheid?« Sie schaute zu ihm auf. »Als was?«
»Morgen ist das Gespräch mit Schultz. Ich dachte, ich könnte das noch ein bißchen rauszögern. Er will einen Namen.«
Louisa musterte ihren Mann. Wenn sie feststellte, daß er eine ungesunde Hautfarbe hatte, verschwieg sie es. Sie hielt den Augenblick auch nicht für geeignet, ihm eine andere Frisur vorzuschlagen, obgleich sie das schon lange sagen wollte.

»Einen Namen für was?«
»Stellvertreter. Schultz ist der Ansicht, ich müsse mein Haus bestellen.« Er verzog das Gesicht. »Ich tue seit einem Jahr nichts anderes, als mit Schultz über die Ära nach Tilman Schröder zu reden, sozusagen. Es scheint ihm einen Heidenspaß zu machen, das Jonglieren mit Namen, das Personenkarussell, er zieht daraus irgendeine heimliche Befriedigung. Vielleicht hat er auch Zukunftsängste. Dabei läuft der Laden doch so. Ich weiß nicht, was er will.«
»Du hast es eben gesagt«, erwiderte Louisa sanft, »einen Namen.«
»Eben. Ich werde Henscheid vorschlagen. Keinen von außen. Ich will auf diesem Posten keinen von außen. Ich habe keine Lust, mich an ein neues Gesicht zu gewöhnen. Jedenfalls nicht so nah. Er bekommt das Zimmer nebenan, das wir jetzt als Handarchiv nutzen. Schönes Zimmer, Eckfenster. Weiß auch nicht, wieso ich da nicht eingezogen bin. Soll ich Orangen auspressen? Magst du einen Saft?«
»Du solltest lieber keinen trinken«, sagte Louisa, »wenn es deinem Magen so schlechtgeht.«
Er blieb in der Küchentür stehen und schaute sie an. »Woher weißt du das? Ich hab' mich heute nacht doch gar nicht gerührt.«
Louisa lächelte. Sie stellte den Milchtopf auf den Herd. Sie tat alles mit diesen ruhigen, besonnenen Bewegungen, die ihn mit einem Gefühl von Wärme und Zuversicht erfüllten.
»Eine Ehefrau weiß so etwas.«
»Ach«, er lächelte. Er liebte sie noch immer. Das wußte er in diesem Augenblick. Er würde ihr nicht sagen, daß er sie beim Schnarchen ertappt hatte. Das wäre uncharmant.
»Arne Henscheid ist loyal. Er war immer loyal. Ich kann mir seiner ewigen Dankbarkeit gewiß sein, wenn ich ihn zu meinem Stellvertreter mache. Er träumt davon bestimmt seit Jahren. Auch wenn er nie etwas gesagt hat.«
Louisa stellte mit ruhigen Bewegungen Geschirr, Besteck, Honigtopf und Brotkorb auf das Tablett und reichte es ihm. Sie lächelte. Hinter ihr auf dem Fensterbrett blühten in einer Keramikschale Narzissen. Er hatte die noch gar nicht bemerkt. Aber an diesem Morgen fiel ein Sonnenstrahl direkt in einen gelben Blütenkelch.

»Ich muß auch an die Zeit nach meiner Pensionierung denken. Es ist immer gut, wenn man dann noch einen Mann an Deck hat. Einen, mit dem man reden und abends ein Bier trinken kann.« Er lachte, er war auf einmal gut gelaunt. »Außerdem würde ich natürlich gerne hin und wieder einen Kommentar schreiben. Oder einen Essay. Meinetwegen auch was ganz Journalistisches, die Jungs begleiten zu einem Politiker der alten Garde. Zu einem wie Johnny, weißt du, den ich ja aus dem Effeff kenne. Jede Gehirnwindung kenne ich von dem. Da kann ich den Jungs noch was vormachen. Dann können die von meiner Erfahrung profitieren. Und ein Mann wie Henscheid kann dafür sorgen, daß man mich immer wieder mal einsetzt.«

»Journalisten sind ein komischer Menschenschlag.« Louisa folgte ihm mit der Kaffeekanne ins Wohnzimmer. »Für euch gibt es kein Leben nach dem Ende der Dienstzeit, was?«

Tilman sah zu ihr auf. Er zog sie zu sich heran. Ihre Hüften waren weich, ihre Wirbelsäule biegsam wie bei einem jungen Mädchen. »Es gibt doch auch kein Leben nach der Liebe«, sagte er zärtlich. »Hab' ich heute morgen eigentlich schon einen Kuß bekommen?« Er schloß die Augen und legte den Kopf in den Nacken.

Louisa beugte sich über ihn und drückte ihre warmen Lippen auf seinen Mund. »Du bist heute ja so schmusig«, sagte sie überrascht. »Was ist los?«

»Ich bin froh. Ich habe eine Entscheidung getroffen.« Er zog die Serviette aus dem Ring und breitete sie auf seinen Schoß. »Wer weiß, vielleicht ist das ja auch gut für meinen Magen. Was er am meisten haßt, ist Unsicherheit.«

Louisa lächelte. Sie schüttelte den Kopf. »Am meisten haßt er fette Kruste vom Spanferkel. Es tut mir leid, Lieber. Heute abend gibt es Fisch.« Tilman Schröder schaute sie an. Er seufzte tief und lächelte. »Keine Zeitungen heute morgen?«

Arne Henscheid saß an seinem Schreibtisch. Er saß da schon seit zwei Stunden. Er hatte über einem schlechten Manuskript gebrütet, das er bei einem Fernsehmann bestellt hatte, einem Auslandskorrespondenten aus Peking, aber der Mann konnte nicht schreiben. Er hatte etwas zu sagen, aber er konnte es nicht rüberbringen. Arne Henscheid fand die Geschichte gut, das Thema, die Aussage, er woll-

te die unbedingt ins Blatt haben, und er wußte, daß Tilman Schröder sie auch haben wollte. Fernsehnamen schmücken, war seine Devise. Das lesen die Leute automatisch, weil sie zu diesen Fernsehleuten irgendwie eine private Beziehung haben. Was denn für eine private Beziehung? hatte Henscheid, als er das erstemal die These hörte, verblüfft gefragt. Na, die haben doch mit allen schon im Wohnzimmer ein Bier getrunken, die waren doch alle schon bei denen zu Gast, zum Abendessen, ganz privat. Tilman Schröder hatte gelacht, aber Henscheid wußte, daß ein Körnchen Wahrheit in dieser Sache steckte. Deshalb gab er sich so viel Mühe, aus diesem schlechten Text einen guten zu machen. Gerti war zwanzig Minuten zu spät gekommen. Unterstöger übrigens eine halbe Stunde. Er hatte Unterstöger sowieso im Verdacht, daß der seine Dienstzeit nur auf die Kernstunden beschränkte. Aber das mit Gerti war ärgerlich, weil er sich in der Zeit bemüßigt gefühlt hatte, die Telefonate entgegenzunehmen.
Jetzt stand sie vor ihm, kein bißchen schlechtes Gewissen sprach aus ihrer gemütlichen Fülle, und nicht die geringste Spur von Eifer konnte er in ihrem Gesicht erkennen.
Arne schlug auf den Tisch. Der Becher mit den Stiften begann zu tanzen. Er hielt ihn fest. Er wurde rot. Er wurde immer rot, wenn er sich empörte.
»Das ist doch nicht möglich. Dieses Hotel muß es geben. Nadine Malten wohnt dort. Ich bitte Sie, Gerti: Wir haben die Fax-Nummer.«
Gerti zuckte die Schulter. »Das weiß ich auch. Aber das bedeutet nicht, daß wir damit auf die Telefonnummer schließen können.«
Henscheid starrte sie an. Er haßte es, wenn Gerti ihm auf diese impertinente Art widersprach.
»Das weiß ich auch, verdammt noch mal. Aber es gibt doch eine Auskunft, oder nicht? Eine Auslandsauskunft! Möchten Sie, daß ich Ihre Arbeit übernehme? Wollen wir die Schreibtische tauschen, ja? Soll ich für Sie die Nummer der Auskunft heraussuchen? Wollen Sie dafür dieses Manuskript in anständiges Deutsch bringen?«
Gerti schaute ihn an. »Schreien Sie nur. Mir macht das nichts mehr aus. Ich bleibe höchstens noch bis zum Ende des Monats. Dann können Sie eine andere anschreien. Eine, deren Nerven noch okay sind. Meine haben Sie auf dem Gewissen.«

Henscheid schob ganz bedächtig seinen Schreibtischstuhl vom Tisch zurück. Er verengte die Augen zu einem Spalt. »Sie haben gekündigt?«
Gerti lächelte süß. »Ich wechsle nur die Abteilung. Ich bin zu alt für diesen Streß hier. Für dieses Chaos. Ich hab' keine Lust, immer für alles verantwortlich zu sein. Immer die Dumme. Ich möchte zu einem Chef, der nett ist und meine Arbeit respektiert. Wenn Sie das übrigens vorhin wirklich ernst gemeint haben: die Nummer der Auslandsauskunft ist 0 01 18. Aber da werden Sie nichts erfahren. Da habe ich nämlich schon angerufen.«
Henscheid starrte auf seine Fingerknöchel. Er sah, daß sie sich röteten. Und der Ärger darüber überflutete sein Gesicht. Drei Tage lang hatte die verdammte Neurodermitis sich nicht gemeldet. Drei ganze Tage. Seine Haut war glatt und zart. Und dann kam Gerti und ließ einen Hammer nach dem anderen auf ihn niedersausen.
»Es gibt bei der Auslandsauskunft eine Abteilung für komplizierte Fälle«, sagte er mit einer Stimme, die von der Anstrengung, nicht zu explodieren, fast heiser war.
»Wußten Sie das? Und wenn man Ihnen da nicht weiterhilft, können Sie dem Vorgesetzten dieser Auskunftsdienststelle Dampf machen, und wenn das nicht weiterhilft, gibt es da ja auch noch ein Konsulat, nicht wahr, bei dem man nachfragen kann.«
Gerti war heute durch nichts aus der Ruhe zu bringen. »Q'uam al Hashid hat keine diplomatischen Beziehungen zur Bundesrepublik, Herr Henscheid. Ich dachte, das wüßten Sie?«
Diese Frau macht mich wahnsinnig, dachte Henscheid, um Fassung ringend. Die Zeit zerrann ihm unter den Händen. Er wollte vor der Elf-Uhr-Konferenz so viele Dinge erledigt haben, vor allen Dingen aber wollte er endlich Nadine Malten an die Strippe kriegen. Das verdammte Luder meldete sich nicht. Ein Fax und dann Funkstille. Wie stellte sie sich das vor? Was glaubte sie, was man von ihr erwartete? Daß sie sich in der Wüste eingrub und nach vier Wochen wieder auftauchte mit einer Geschichte von vierhundert Zeilen? Oder was?
»Q'uam al Hashid pflegt diplomatische Beziehungen zu Syrien, nicht wahr? Und wenn mich nicht alles täuscht, haben wir eine Botschaft in Damaskus. Und es könnte doch immerhin möglich sein«,

seine Stimme war sanft, als habe er die Stimmbänder in Öl getränkt, »es könnte doch immerhin möglich sein, daß man dort auf Hilfsbereitschaft stößt, oder nicht? Schließlich wollen wir keine Geheimprotokolle entwenden, sondern nur die Nummer eines Hotels.« Er schüttelte verbissen den Kopf. »So etwas gibt es doch gar nicht. Ein Hotel! Die müssen doch irgendwo registriert sein! Haben Sie das große Hotelregister? Ich meine diesen dicken, schwarzen Wälzer, der bei Cooks rumliegt?«

»Ich war noch nie bei Cooks«, sagte Gerti eisig, »ich geh' immer zu dem Reisebüro, mit dem wir einen Vertrag haben.«

»Vergessen Sie für einen Moment den Vertrag. Es geht um das Buch, das weltweite Hotelverzeichnis.« Er zwang sich, ihr nicht an die Gurgel zu fahren und seinen Blick so zu bändigen, daß sie nicht merkte, für was für ein Monster er sie hielt. »Jedes Hotel der Welt ist irgendwo verzeichnet. Das ist doch logisch.«

Gerti lehnte ihren Kopf gegen die Türfüllung. »Und wenn es nun gar kein Hotel ist?« fragte sie trotzig. Arne Henscheid starrte sie an. Er verstand nicht. »Ich meine, vielleicht ist es gar kein wirkliches Hotel.«

»Sondern?« fragte Arne Henscheid so sanft, wie man mit einem Geisteskranken spricht.

»Was weiß ich. Irgend etwas anderes. Jedenfalls irgend etwas, das nicht in diesem großen, schwarzen Buch steht, das sie bei Cooks haben.«

»Sie hat uns aus diesem Hotel ein Fax geschickt.« Gerti seufzte. »Das weiß ich auch. Aber da stand nicht Hotel, sondern Guest House.«

»Und was ist ein Guest House anderes als ein Hotel?« Henscheid brüllte jetzt. Seine Faust krachte auf die Schreibtischplatte. Gerti zuckte zusammen und biß sich dann auf die Lippen. Ihre Augen waren haßerfüllt.

»Woher soll ich das wissen? Bin ich schon einmal in Q'uam al Hashid gewesen? Woher soll ich mich in diesen komischen Ländern auskennen? Mit diesen Ölscheichs? Die sind doch alle verrückt. Das weiß man doch.«

Unterstöger schob sich an Gerti vorbei ins Zimmer. Er rieb die Hände und schaute begeistert von einem zum anderen.

»Na, wieder Zoff? Darf man mitschreien? Worum geht es denn?«
»Es könnte zum Beispiel darum gehen, daß Sie heute eine halbe Stunde zu spät gekommen sind«, sagte Arne. »Aber Sie werden einen Grund gehabt haben.«
»Allerdings.« Unterstöger war blaß geworden. Das gefiel Henscheid.
Er wehrte gönnerhaft ab. »Bitte, schon in Ordnung. Sie müssen sich nicht rechtfertigen. Wir sind doch alle erwachsene Menschen. Ich kenne Ihr Pflichtgefühl.«
Unterstöger war Ende Dreißig. Ein Mann, der in seiner Jugend Fußball gespielt hatte, und das sah man ihm irgendwie immer noch an. Außerdem St.-Pauli-Fan. Er hatte in Hamburg die Journalistenschule besucht und in der Zeit kein Heimspiel des FC St. Pauli versäumt. Manchmal, wenn sie abends im »Loch Ness« noch ein Bier zusammen tranken, gab er Storys von diesem Fußballclub zu besten, die wahrhaft abenteuerlich waren. Aber Unterstöger wurde nicht für seine Fußballkenntnisse bezahlt, sondern für seine Arbeit als Redakteur im Auslandsressort.
»Herr Henscheid will Nadine anrufen«, erklärte Gerti, »und weiß die Nummer nicht.«
Arne Henscheid raufte sich die Haare. »Weiß die Nummer nicht! Wie das klingt! Als wäre ich nicht ganz bei Trost!« Er wandte sich an Unterstöger, sich im gleichen Augenblick mit dem Journalisten gegen die Schreibkraft solidarisierend. »Nadine hat vor zwei Tagen ein Fax geschickt. Nur ihre Ankunft gemeldet, schönes Hotel, angenehmer Flug und einen Namen fallen lassen. Ein Typ, der sie offenbar auf dem Flug schon begleitet hat. Wollte Näheres über ihn wissen.« Er hob die Schultern. »Keine Ahnung, was das bedeutet.«
»Vielleicht nichts. Vielleicht viel.« Unterstöger setzte sich auf den Stuhl neben dem Schreibtisch. »Kann ich das Fax mal sehen?«
Henscheid zögerte. Er wußte nicht, ob es klug war, Unterstöger auch noch in diese Sache mit reinzuziehen. Aber schließlich fischte er doch das Fax aus seinem Korrespondenzkörbchen und reichte es über den Schreibtisch.
Unterstöger las.
»Haben wir was über diesen Tahir al Machmout?«
»Bis jetzt nicht. Hier im Archiv nichts. Aber ich hab' schon jeman-

den in Bonn angesetzt. Ich denke, wenn wir fündig werden können, dann nur in Bonn.«
Unterstöger lächelte. »Der schnelle Egon?« fragte er.
Der schnelle Egon war der Mann fürs Grobe. Gute Kontakte zum BND, gute Kontakte zur Waffenindustrie, bester Informant. Bekam auch anständig Kohle dafür. Die Auskünfte des schnellen Egon hatten schon die Basis für manche brandheiße Story geliefert.
Aber auch der schnelle Egon hatte sich noch nicht gerührt. Henscheid wartete seit 36 Stunden auf seinen Rückruf.
»Haben Sie Angst, daß etwas passiert ist?« fragte Unterstöger.
Henscheid runzelte die Stirn. »Passiert? Wieso?«
»Ich meine mit Nadine.«
Henscheid schüttelte den Kopf, als wolle er den Gedanken von sich abschütteln. »Unsinn, was soll passiert sein? Das Fax klingt doch absolut harmlos, oder nicht? Außerdem ist sie in ein zivilisiertes Land geflogen. Das ist nicht Papua-Neuguinea.«
»In gewisser Weise ist Papua-Neuguinea vielleicht zivilisierter. Man kann jedenfalls mit einer Chartermaschine da wieder wegkommen. Und es gibt registrierte Hotels, auch wenn es nur Pfahlbauten sind. Aus Q'uam al Hashid kommt man offenbar nur heraus, wenn der Scheich gnädig befiehlt, die Motoren seines Learjets anzuwerfen.«
Gerti räusperte sich. »Also, was wollen Sie jetzt? Was soll ich tun?«
»Nichts.« Henscheid warf einen Blick auf die Uhr. In fünf Minuten würde die Elf- Uhr-Konferenz beginnen. Er stand auf und nahm das Sakko von der Lehne.
»Ich mach' das schon selbst. Ich kümmere mich schon. Vielen Dank.« Er zwängte sich an Gerti vorbei, die fast den Türrahmen ausfüllte. Sie hielt die Luft an, aber dadurch wölbte sich ihr Busen nur noch mehr vor, für den sich leider niemand in diesem Ressort interessierte.
Unterstöger folgte ihm auf den Flur. »Wollen Sie mit dem Alten darüber reden?«
»Über was?« Sie standen vor dem Lift.
»Nadine. Ich meine, über die Probleme.«
Henscheid lächelte. »Probleme? Bis jetzt sehe ich noch keine Probleme.«

Tahir erschien im Anzug. Leichter, heller Sommeranzug, wie ihn Fellini für seine römischen Filmhelden ausgesucht hätte. Der Stock, Ebenholz und Silber, lag leicht in seiner manikürten Hand, er wirbelte ihn herum wie ein Magier, der die strahlende Arena betritt. Nadine saß an ihrem Schreibtisch, als er, nach einem kurzen Klopfen, sofort eintrat.
»Die Lady arbeitet noch?« fragte er mit einem leichten Hochziehen der Augenbrauen. »Aber das sollten Sie nicht tun. Wir möchten doch, daß Sie sich ausruhen, daß Sie sich entspannen.«
Sein Blick glitt durch das Appartement, Nadine hatte die Schiebetüren aus bemaltem Zedernholz, die Verbindungstür zum Schlafzimmer, geschlossen. Dem Zimmerboy hatte sie aufgetragen, das Bett nicht abzudecken und die Vorbereitungen für die Nacht noch nicht zu treffen. »Ich erwarte einen Gast zum Abendessen.«
Der Boy, einer, den sie noch nicht vorher gesehen hatte, in weißer Uniform, hatte sich verbeugt. »Ich weiß, Miss. Ich wünsche einen schönen Abend.«
»Es ist geschäftlich«, hatte Nadine stirnrunzelnd erwidert. Woher wußte dieser Mensch, daß sie abends einen Gast erwartete? War das ein Zeichen für ein besonders perfekt geführtes Hotel oder für ein besonders gelungenes Überwachungssystem?
»Das Abendessen wird in einer Viertelstunde kommen«, sagte der Boy, brachte einen Strauß frischer Jasminblüten herein und stellte ihn neben den Schreibcomputer, an dem sie gerade arbeitete. »Das ist ein schöner Computer.«
»Ich weiß. Er arbeitet sogar ohne Strom. Mit Batterie.«
»Hier gibt es überall Strom«, sagte der Zimmerboy. »Überall. Dies ist ein modernes Land.«
»Und in der Wüste?« fragte Nadine »Im Zelt? Gibt es da auch Strom?«

»Wir haben Generatoren. Wir leben doch nicht mehr im Mittelalter. In Q'uam al Hashid hat jedes Haus Strom, Miss, auch die Bauern haben Strom. Auch die Beduinen in der Wüste, alle.«
Er bückte sich, um ihren Papierkorb auszuleeren. Nadine warf einen Blick auf die zusammengeknüllten Notizzettel. Spontan nahm sie dem Boy den Papierkorb aus der Hand. »Lassen Sie das hier, ich brauch' das vielleicht noch.«
»Aber das ist doch Abfall, Miss. Wenn mein Chef kontrolliert und sieht, daß ich nicht ordentlich gearbeitet habe ...«
»Ich werde es ihm erklären. Bitte, lassen Sie das hier.« Der Boy warf ihr einen Blick zu, ungeschützt, nur für den Bruchteil einer Sekunde. Nadine hielt die Luft an. Also doch, dachte sie, also war mein Instinkt richtig. Er will diesen Papierkorb. Er interessiert sich für meine Notizen. Irgend jemand interessiert sich für meine Notizen. Der Boy nahm die gebrauchten Handtücher, die benutzten Obstteller und verschwand.
Nadine schloß hinter ihm die Tür. Einen Augenblick stand sie reglos, tief nach Luft schöpfend. Dann sammelte sie die zerknüllten Zettel auf, zerriß sie in winzige Fetzen und legte sie in den Aschenbecher. Sie schaute zu, wie die kleine Flamme gierig über das Papier leckte, als Tahir ins Zimmer trat.
»Ich dachte, ich hätte abgeschlossen«, sagte Nadine überrascht.
Tahir lächelte. »Abgeschlossen? Das glaube ich nicht. Diese Zimmer kann man gar nicht abschließen. Wenn Sie den Schlüssel umdrehen, leuchtet draußen ein Lämpchen auf, das anzeigt, Sie sind im Zimmer. Mehr nicht.« Er schnupperte und runzelte die Stirn. »Es riecht merkwürdig, verbrannt.«
Nadine zeigte auf den Aschenbecher. »Ich hab' ein kleines Feuerchen gemacht.«
Ihre Augen trafen sich. Tahir lächelte. »Ich habe schrecklichen Hunger. Hoffentlich ist das Essen gut. Haben Sie Wein bestellt?«
»Ich dachte, Sie trinken keinen Alkohol.«
»Nicht für mich. Für Sie. Ich genieße es, den europäischen Frauen zuzusehen, wie sie Wein trinken. Es hat so etwas ...« Er zögerte.
»So etwas?« fragte Nadine.
»Ja, wie soll ich es sagen? Dekadentes? Elegantes? Verruchtes? Ich weiß nicht, es erinnert mich an die Filme, in denen Frauen Charle-

ston tanzen und aus Zigarettenspitzen rauchen, an ihre leuchtend roten Lippen, an ihre Ponyfransen, an die hohen Schuhe mit den Spangen, an Bilder von Toulouse Lautrec.« Er lachte, als er Nadines Gesicht betrachtete. »Sie finden das komisch, nicht wahr? Aber so sehen manche Araber Ihre Welt.«
»Ich finde es überhaupt nicht komisch.« Nadine trat an den gedeckten Tisch, über den Rosenblütenblätter gestreut waren. »Wir sollen klingeln, wenn wir Bedienung brauchen.« Sie deutete auf die rote Quaste, die neben der Zimmertür von der Decke herabbaumelte. »Vielleicht sollte ich tatsächlich einen Wein bestellen?«
»Unbedingt. Einen roten? Einen Burgunder? Oder lieben Sie mehr Bordeaux? Ich bin sicher, es gibt alles.« Er lachte. »Vielleicht sogar Chateau Laffite. Den habe ich einmal in Paris getrunken, übrigens mit einem Kollegen von Ihnen. Er arbeitet für ›Le Point‹. Er interessiert sich genauso für unser Land wie Sie. Wir hatten einen sehr angenehmen Abend in Paris. Er bestand darauf, die Rechnung zu bezahlen. Wir waren im Chez Julien. Ein Jugendstilrestaurant in der Nähe des Montmartre. Sehr schön. Allerdings sollte man bei Nacht dort in den Straßen nicht spazierengehen. Man hat mich anschließend überfallen und mir meine Brieftasche geraubt. Das war sehr ärgerlich.«
»War der Journalist da noch bei Ihnen?«
Tahir schüttelte den Kopf. »Er wollte, daß ich ein Taxi nehme. Aber ich brauchte frische Luft. Wissen Sie, der Tabak, der Rauch, der Wein . . .« Er lächelte entschuldigend. »Ich fürchte, mir war ein bißchen übel geworden. Ich wollte einfach etwas laufen. In diesem Land, Miss Malten, könnten Sie die ganze Nacht über spazierengehen, und nichts würde passieren. Q'uam al Hashid ist ein sicheres Land. Wir schützen unsere Bürger. Und unsere Gäste. Kriminalität kennen wir nicht.«
»Weil Sie jedem Dieb, der erwischt wird, die rechte Hand abhakken.«
Tahir seufzte. »Das sind Ihre Vorurteile gegenüber moslemischen Ländern. Wir leben nicht mehr im Mittelalter.«
»Das hat mir der Zimmerboy vorhin auch gesagt.« Nadine zog an der roten Kordel. »Aber es stimmt doch, daß die Scharia-Gesetze in Q'uam al Hashid angewendet werden?«

Tahir beugte sich vor, um die Vorspeisen zu inspizieren, die in winzigen Messingschälchen über den Tisch verteilt waren. Er nahm eine mit Ziegenkäse gefüllte Feige in den Mund und schloß sekundenlang die Augen. »Die ist wunderbar. Die müssen Sie probieren.« Er hielt ihr das Schälchen hin.

»Sie haben meine Frage nicht beantwortet: das Scharia-Gesetz. Was ist damit?«

»Was soll damit sein? Wir leben nach dem Gesetz des Koran. Also betrachten wir die Scharia als Richtschnur für unser Leben.«

»Und was machen Sie mit Dieben, die erwischt werden?«

Tahir lächelte. »Wir haben sehr moderne Kliniken in Q'uam al Hashid, Miss Malten. Ich werde Freddy sagen, daß er Sie morgen zu einer dieser Kliniken fährt. Dort arbeiten anerkannte Chirurgen aus aller Welt. Aus Indien, Pakistan, auch französische Ärzte, die zum Islam übergetreten sind. Wir amputieren den Dieben die Hand, Miss Malten, unter Vollnarkose, unter Beachtung aller medizinischen Regeln. Der Mensch empfindet während der Operation nicht den geringsten Schmerz. Es gibt später keine Komplikationen, keine Eiterungen, Nachblutungen, nichts.«

»Nur, daß der arme Mensch keine rechte Hand mehr hat«, bemerkte Nadine trocken. »Daß er als Unreiner gilt, weil er mit einer Hand beides tun muß: unsaubere Arbeiten verrichten und essen. Nur, daß er für immer ein Gezeichneter ist. Und ein Krüppel.«

Tahir lächelte. »Haben Sie so einen Mann schon einmal auf den Straßen der Medina gesehen?«

»Ich bin erst einen Tag hier. Wie soll ich da alles gesehen haben?«

»Und ich sage Ihnen: Sie werden auch niemanden sehen.«

»Und warum nicht? Weil es keine Diebe gibt?«

Jemand klopfte. Ein Kellner steckte den Kopf in die Tür. Er sagte etwas, und Tahir knurrte eine Antwort. Der Mann schob einen Servierwagen herein. Dichtgedrängt die Tajines, die Tonschalen mit kunstvoll verzierten Deckeln. Tahir verhandelte mit dem Keller. Nach einer Weile wandte er sich an Nadine. »Sie haben hier einen sehr guten Rotwein aus dem Medoc. Wollen Sie den probieren?«

»Nur wenn Sie einen Schluck mit mir trinken.« Tahir lächelte. »Ich darf nicht, meine Religion verbietet es.«

»Und was war in Paris?«
Tahir lächelte noch etwas trauriger. »Das war etwas anderes. Hier bin ich in meinem Vaterland. Hier muß ich mich nach den mohammedanischen Gesetzen richten. Sonst komme ich in große Schwierigkeiten. Also einen Medoc?«
»Eine halbe Flasche. Gibt es das?«
Tahir verhandelte wieder mit dem Mann, der sogleich verschwand.
»Es gibt halbe Flaschen«, sagte Tahir. Er hob die Deckel und schnupperte hingerissen. »Das riecht köstlich«, sagte er. »Sie werden sehen, es schmeckt auch so.«
Der Kellner brachte die Schüssel und die Wasserkaraffe. Hingebungsvoll wusch Tahir seine Hände. Er hatte besonders schlanke, schöne Finger. »Endlich essen, endlich. Mein Magen ist schon ganz klein. Wußten Sie, daß wir in Q'uam al Hashid auch Mineralwasserquellen haben? Dies ist ein gesegnetes Land.«
Perlendes Wasser stand in einer Karaffe auf dem Tisch. Tahir schenkte Nadine und sich ein und trank mit geschlossenen Augen. Sie sah, wie seine Gesichtsmuskeln sich bewegten. Seine Art zu trinken hatte etwas Elementares, etwas Intensives, Inbrünstiges. Er trank wie einer, der aus der Wüste zurückkommt, mit aufgeplatzten Lippen, vor Trockenheit brennenden Augen und wirrem Blick. Er trank wie einer, dessen Leute über Generationen so aus der Wüste zurückgekommen waren und auf diesen ersten Schluck Wasser gewartet hatten. Davon geträumt hatten. Halluzinationen hatten. Er trank wie einer, in dessen Familie seit Generationen die Leute in der Wüste verdurstet sind, abgekommen vom Kamelpfad, überfallen, ausgeraubt, verstümmelt. Er trank wie einer, dem das Wasser heilig ist. Nadine war ergriffen. Als Tahir das Glas absetzte und sie lächelnd anschaute, blickte sie beschämt zur Seite. Sie wagte nicht zu trinken.
In die Stille hinein sagte Tahir: »Übermorgen bringe ich Sie zu Scheich Zayed bin Sultan. Bereiten Sie sich darauf vor, daß Sie mehrere Tage von al Fellaj fort sein werden. Packen Sie Ihre wichtigen Dinge ein. Alles, was Sie für mehrere Tage und Nächte brauchen. Es wird ein weiter Weg sein.«
Auf ihre Frage, wo sie den Scheich treffen würde, antwortete Tahir während des ganzen Abends nicht, obgleich sie die Frage von Zeit zu

Zeit wiederholte. Schließlich wurde ihr klar, daß Tahir es selber noch nicht wußte.
Sie hatten ausgiebig gegessen. Während Nadine – die ja bereits am Mittag ein mehrgängiges Menü zu sich nehmen mußte – etwas zurückhaltend blieb, langte Tahir kräftig zu. Er aß wie einer, der sich Allahs Wohlwollen sicher war. Füllte mehrfach den Teller nach, zerteilte geschickt mit einer Hand das gekochte Lammfleisch zu mundgerechten Stückchen, formte mit drei Fingern Bällchen aus der Hirse und dem Kichererbsenbrei und warf sie mit einem geschickten Schwung in den geöffneten Mund, wobei manchmal eine Goldkrone aufblitzte.
Später übernahm er galant die Aufgaben des Kellners: Er hob die Silberschale mit dem Rosenwasser, bat sie, ihre Hände hineinzutauchen, und reichte ihr das duftende, warme Frotteetuch, das zusammengerollt neben der Silberschale gelegen hatte.
Als Nadine sich zufrieden zurücklehnte und durch die geöffnete Balkontür in den schwarzen Nachthimmel schaute, fragte Tahir sanft: »Alles gut, Miss Malten?« Nadine wandte ihm ihr Gesicht zu. Sie war aufmerksam, vorsichtig.
»Ich denke doch, ja.«
Tahir nickte. »Ihnen schmeckt die hashidische Küche. Ihnen gefällt unser Land ein bißchen, nicht wahr?«
Während Tahir bisher seine Augen höflich immer von ihrem Gesicht abgelenkt und sich kein einziges Mal einen Blick auf ihre Figur gestattet hatte, so waren seine Augen jetzt direkt auf sie gerichtet. Er beobachtete jeder ihrer Bewegungen. Und als sie ihre Beine übereinanderschlug, sah sie, wie seine Pupillen sich weiteten. Er beugte sich vor. »Miss Malten«, sagte er sanft, »Sie sind eine sehr schöne Frau. Wir Araber wissen Schönheit zu schätzen. Wir Araber lieben Schönheit. Wir umgeben uns gern mit schönen Dingen. Ich bin froh, daß Sie in unser Land gekommen sind.«
Nadine erhob sich. Tahir hatte ihr besser gefallen, als er ihr noch keine Komplimente gemacht und mit sachlicher Nüchternheit über ihr Programm verhandelt hatte. Sie hatte gewußt, daß es schwierig sein würde, in einer Männergesellschaft als berufstätige Frau akzeptiert zu werden. Zudem war sie gewarnt worden. Von Henscheid, von Schröder, auch Martin hatte ihr in einem langen Gespräch zu erklä-

ren versucht, wie hirnverbrannt es war, als Frau nach Q'uam al Hashid zu reisen. »Du wirst mit doppelten Schwierigkeiten fertig werden müssen«, hatte er gesagt, »mit den Vorurteilen, die man in dem Land gegen Journalisten hat, und mit dem Vorurteil gegen Frauen als Gesprächspartner. Du wirst immer und überall doppelt so viele Probleme haben wie ein Mann.« Nadine hatte gelacht und gelassen erwidert, daß ihr das klar sei.
Aber erst in diesem Augenblick, als sie Tahirs ungenierten Blick auf sich fühlte, wußte sie, daß Martin recht hatte. Und natürlich auch Henscheid. Höchstwahrscheinlich war sie diesen Leuten wirklich nicht gewachsen.
Ob man so etwas in der Diplomatenschule lernte? Den geschickten Umgang mit Menschen wie Tahir, die wichtig waren, von denen man etwas wollte, ohne ihnen zu weit entgegenzukommen?
Nadine fragte sich, was wohl passieren würde, wenn sie mit einem Mann wie Tahir ins Bett gehen würde. Würde das Türen öffnen? Ihr Möglichkeiten zuspielen, die sie sonst nie bekäme?
Oder würde Tahir sie fortan mit Verachtung behandeln wie eine Nutte, deren Dienst man flüchtig genossen hatte? Sie hatte keine Ahnung. Das war in diesem Augenblick ihr Problem. Sie hatte keine Ahnung, was Tahir eigentlich wirklich von ihr wollte.
Spielte er mit ihr?
Wollte er sie aushorchen? Wollte er seine Erkenntnisse über sie dann weiterleiten?
Tahir schien ihre Gedanken zu lesen. Er nahm lachend ein Bällchen aus Rosinen und Mandelteig. Er zeigte es ihr, bevor er es in den Mund schob. »Wußten Sie, daß diese Rosinen aus Libyen sind? Es sind die besten. In Libyen machen sie auch einen guten Wein. Ebensogut wie der algerische«, er lachte, »jedenfalls fast. Ein bißchen zu schwer und zu süß, sagen manche.«
»Und wer trinkt libyschen Wein?« fragte Nadine. »Das ist auch ein moslemisches Land. Wer darf den trinken?«
»Oh, Ihre Landsleute zum Beispiel. Dieselben Leute, die mit uns Geschäfte machen. Chemiefabriken aufbauen, Waffen liefern, Zubehör für Industrieanlagen ...« Er lehnte sich zufrieden zurück, als er Nadines finstere Miene bemerkte. »Nun tun Sie nicht so entrüstet, Miss Malten. Sie wissen doch, wie Ihre Landsleute sind.«

»Und wie sind meine Landsleute?«
Tahir nahm noch ein Mandelbällchen, hielt es hoch und zwinkerte ihr zu. »Gierig. So unbeherrscht wie ich, was Süßigkeiten angeht.« Er lehnte sich zurück und kaute.
Nadine sah ihm mit einer Mischung aus Ungeduld und Abscheu zu. Sie hatte sich niemals etwas aus Süßigkeiten gemacht, wenngleich sie das Honigtäubchen sehr genossen hatte.
»Ich werde Ihnen verraten, was manche hier über Ihre Landsleute sagen. Sie sagen: Die Deutschen kennen keine Moral. Sie haben keine Würde, verstehen Sie? Ich glaube, wir Araber, wir haben eine Würde. Es gibt Dinge, die würde ein Araber niemals tun. Aber die Deutschen, Miss Malten, verzeihen Sie meine Aufrichtigkeit, kann man dazu bringen, alles zu tun. Denken Sie an die Nazis. Denken Sie nur, was die Nazis mit den Juden gemacht haben im Dritten Reich.«
»Ich denke unaufhörlich daran.«
Tahirs Augen wurden schmal. Seine Stimme veränderte sich. »Tatsächlich? Das ist gut. Nicht, daß wir allzuviel Sympathien mit den Juden hätten. Aber wir würden niemals das tun, was Ihrem Volk eingefallen ist.«
»Es ist einem einzigen Mann eingefallen.«
»Und hat Millionen imponiert. Sie haben sich keine weiteren Gewissensbisse gemacht, nicht wahr? Sie ähneln sehr den Leuten, die heute mit uns Geschäfte machen. Und mit Libyen. Und Syrien. Und gewissen anderen Ländern.«
Nadine betrachtete Tahir nachdenklich. Sie konnte sich nicht mehr genau erinnern, wie das Gespräch auf dieses Thema gekommen war. Hatte Tahir es geschickt dorthin gelenkt? Oder war sie es gewesen?
»Nennen Sie mir Namen«, schlug Nadine vor. Eine Namensliste mit denjenigen Firmen, die das Gebot des Weltsicherheitsrates mißachteten und das Embargo unterliefen – das wäre eine gute Story, mit der sie auch Fürmann vom Wirtschaftsressort imponieren würde. Natürlich brauchte sie auch Beweise, aber sie war ja erst 36 Stunden im Lande und hatte Zeit ...
»Ich kann Ihnen keine Namen nennen. Ich bin nur ein unwichtiges Mitglied der Regierung, Miss Malten. Aber Sie sind ja auch nicht gekommen, um hier über Ihre Landsleute zu recherchieren, nicht wahr?«

»Ich bin an jeder Story interessiert, die gut ist.«
Tahir erhob sich. Er stellte sich hinter Nadines Sessel und schaute in den Nachthimmel. »Ich gebe Ihnen eine bessere Story«, murmelte er, »eine unvergeßliche Story.«
Seine Hände legten sich leicht auf ihre Schulter. Nadine fühlte durch den dünnen Stoff die Hitze seiner Handflächen. Bevor sie reagieren konnte, waren seine Finger tiefer gerutscht, hatten ihre Brüste ertastet und die Brustwarzen unter dem Baumwollstoff ihres BH. Dieses besonders keusche Modell hatte sie extra für die Reise angeschafft.
»Die viel bessere Story«, flüsterte Tahir. Sein Mund war nahe an ihrem Ohr.
Nadine sprang auf. Sie wirbelte herum. Ihr Gesicht war vor Empörung kalkweiß. »Sind Sie verrückt?« schrie sie. »Wagen Sie nicht noch einmal, mich anzufassen.«
Tahir trat einen Schritt zurück. Er hob die Arme und spreizte die Finger, als wolle er zeigen, daß er ihre Brüste nicht mehr in der Hand hielt, sie nie berührt hatte.
»Verzeihung«, murmelte er.
»Verlassen Sie mein Zimmer!« Nadines Stimme war eisig. »Verlassen Sie es augenblicklich.«
Tahir senkte den Kopf. »Ich bitte um Vergebung. Ich dachte, Sie würden es vielleicht erwarten.«
Nadine starrte ihn an. »Wie bitte?«
»Ich sehe, ich habe mich geirrt.« Tahir ließ die Arme sinken. Er ging zur Tür, ohne sie ein weiteres Mal anzusehen. »Ich werde dem Kellner Bescheid sagen, daß er Ihr Zimmer aufräumt. Schlafen Sie gut. Ich werde dafür sorgen, daß Sie morgen eine Nachricht erhalten. Freddy erwartet Sie zu einer weiteren Rundfahrt morgen um zehn. Aber das wissen Sie schon.«
»Ja, das weiß ich schon.«
Nadine wartete, bis Tahir das Zimmer verlassen hatte. Dann drehte sie den Schlüssel herum und preßte die heiße Stirn gegen das kühle Holz.
Scheiße, dachte sie, Scheiße, Scheiße.
Plötzlich fiel ihr ein, was Tahir gesagt hatte, als sie noch unbefangen miteinander geredet hatten: Die Tür kann man gar nicht abschließen.

Nadine drückte behutsam die Klinke herunter und zog daran. Die Tür ging widerstandslos auf. Sie blickte in die großen Augen des Zimmerboys, der mit sanfter Stimme fragte: »Ich darf abräumen, Miss?«

Telefax to
Miss Nadine Malten
al Fellaj Guest House
Q'uam al Hashid

Hallo Nadine,
wir haben hier Schwierigkeiten, Ihre Telefonnummer herauszubekommen. Ist der Satellit immer noch nicht in Ordnung?
Warum rufen Sie nicht an?
Der Chefredakteur fragt, ob wir schon für die Wochenendausgabe mit einer Story rechnen können, Sie haben Martin offenbar den Mund wäßrig gemacht. Er will was Lockeres, so nach dem Motto: Unsere Redakteurin im Harem des Scheichs ... Nehmen Sie's nicht ernst. Aber eine erste Reportage über das Land wäre doch vielleicht möglich, oder? Wann hören wir etwas von Ihrem Programmplan? Geben Sie Nachricht, wenn Sie die Hauptstadt verlassen. Rufen Sie mich dringend an, bitte.
Was Ihre Nachfrage über Monsieur T. betrifft: Da scheinen die Daten in allen Computern gelöscht. Versuchen Sie, mehr Details herauszubekommen, sonst können wir Ihnen von hier aus nicht helfen.
Es kursiert in Bonn übrigens das Gerücht, daß Scheich Zayed sich in Essaouria mit unserem Freund Hassan aus Bagdad getroffen hat. Sprechen Sie ihn doch einmal darauf an, wenn sich die Gelegenheit ergibt. Es soll da auch etwas mit Damaskus sein.
In jedem Fall: Halten Sie uns auf dem laufenden!
Hier hat uns nach einem Zwischenhoch von einer halben Stunde ein atlantisches Tief wieder voll im Griff.

Vermeiden Sie in Zukunft alle Wetterberichte von dort. Das halten unsere Nerven nicht aus.
Ihr
Arne Henscheid

PS: Vergessen Sie nicht, ein Interviewfoto mit dem Scheich zu organisieren. Der Chefredakteur will das unbedingt als dokumentarischen Beweis, daß Sie auch dagewesen sind.

Das Fax tickerte kurz vor Mitternacht aus der Maschine im Büro hinter der Rezeption des al Fellaj Guest House. Die Halle war verlassen, auch der Boy mit der Bohnermaschine hatte seine Arbeit längst beendet. Die mit Wüstensand gefüllten Aschenbecher waren von Kippen und Asche gereinigt. Und der Stempel einer Palme auf die glatte Oberfläche gedrückt. Erst am Morgen, kurz nach Sonnenaufgang, würde der Gärtner kommen, um die frischen Blumengestecke zu arrangieren, und die letzte Aufgabe des Nachtportiers würde es sein, die alten Zeitungen gegen neue auszutauschen, die morgens als Bündel vor der verschlossenen Hoteltür lagen, versehen mit einem Stempel der Behörde, der darüber Auskunft gab, daß der Inhalt kontrolliert worden war.
Abdul schlief auf der Pritsche in der kleinen, fensterlosen Kammer neben dem Büro. Er hatte sich eine zusammengerollte Berberdecke unter den Kopf geschoben, aber die harte Wolle kratzte im Nacken. Zudem ärgerte ihn eine Fliege, die sich nicht verscheuchen ließ und immer wieder auf seiner feuchten Stirn zur Landung ansetzte.
Abdul wachte nach einem schlechten Traum auf. Er fuhr aus dem Schlaf hoch, schüttelte sich und rieb die Augen, bis die roten Lider brannten. Abdul haßte die Nächte, die er nicht in den Armen seiner Jamila zu Hause verbrachte. Jamila hatte einen Körper, sanfter als die seidenen Kissen in der großen Suite, die für Ehrengäste des Scheichs reserviert war. Ihre Haut war noch kühler als indische Seide, und die Lieder, mit denen sie ihn nach einem anstrengenden Tag in den Schlaf wiegte, erzählten Geschichten von süßer Zärtlichkeit. Seit vier Jahren lebte Jamila in Abduls Haus, und seit vier Jahren hatte er keine andere Frau mehr begehrt. Jamila wußte das, weil sie ihren Mann kannte, so gut wie alle klugen Frauen ihren Mann

kennen. Sie war nicht zur Schule gegangen, weil ihr Vater zu der Sorte Männer gehört hatte, die die Ausbildung der Tochter für Geld und Zeitverschwendung hielten (ein Kaufmann aus Zaoued übrigens, er handelte damals mit altem Berberschmuck, den er den Frauen aus den Bergen abschwatzte).

Aber Jamila war ehrgeiziger und fleißiger als ihre Brüder, die nur das Vergnügen im Kopf hatten und mit vierzehn schon die Dienstmädchen im Haus schwängerten, ohne bestraft zu werden. Jamila brachte sich mit den Schulbüchern ihrer Brüder selber das Lesen und Schreiben bei, so daß sie, als sie später die Koranschule besuchen durfte, nichts mehr hinzulernen konnte. Jamila schrieb die Lieder auf, die sie von ihrer Mutter gelernt hatte, und die alten Zaubertricks, mit denen ihr Großvater die Kranken im Dorf in der Zeit geheilt hatte, als die Ärzte nur zweimal im Jahr nach Zaoued gekommen waren – damals, als es noch keinen Strom in Zaoued gegeben hatte und also auch keine Kühlschränke für Penizillin und Whisky. Damals, als die Kranken in den Dörfern und Oasen jenseits der Berge sich selbst überlassen waren.

Jamila war ein Glücksfall für Abdul, der in seinem Leben zuvor nicht gerade mit Glücksfällen gesegnet worden war. Und er dankte Allah für dieses Geschenk, er dankte ihm, wenn er aufwachte, wenn er sich zu Bett legte, aber auch während jeder Stunde des Tages.

»Allah, gepriesen seist du, daß du mir Jamila geschenkt hast, meine Schöne, meine Teure, die Blüte meines Gartens und das Juwel meiner Augen«, murmelte er, während er sein eingeschlafenes Bein massierte und sich umschaute. Er haßte diese fensterlose Kammer. Er haßte seinen Chef Tahir, der sich nicht darum scherte, unter welchen Bedingungen man hier arbeiten mußte.

Während er wieder darüber nachgrübelte, warum man ausgerechnet ihn zu diesem Dienst eingeteilt hatte, hörte er das Faxgerät. Er vergaß augenblicklich seinen Groll und lief auf seinen schwarzen Strümpfen – die Schuhe standen sorgfältig nebeneinander unter der Pritsche – ins Büro.

Das Fax war an Nadine Malten gerichtet, aber es war auf deutsch. Abdul beherrschte einige Sprachen, aber Deutsch war nicht darunter. Wenn man ihm erlauben würde, nach Europa zu reisen und eine Sprachenschule zu besuchen, würde er auch Deutsch lernen, hatte er

Tahir angeboten. Aber der hatte nur verächtlich geschnaubt: »Was glaubst du, wer du bist, daß wir dich nach Europa schicken? Ein Bruder des Scheichs? Ein Neffe? Ein Minister? Chef des Geheimdienstes oder was? Du bist nur ein kleines Licht, Abdul. Also, komm nie wieder mit solchem Unsinn.«

Abdul riß das Fax ab und trug es zum Schreibtisch. Er legte es in den Lichtkegel der Lampe, die er eingeschaltet hatte, und glättete es mit den Händen.

Eine Weile zögerte er. Er schaute auf die Uhr. Es war kurz vor Mitternacht. Nadine Malten in Zimmer 116 schlief sicher schon. Tahir war längst gegangen.

Er hatte Tahir beobachtet, wie er zornig, mit großen Schritten, die Halle durchquert hatte, das war gegen halb elf gewesen.

Abdul hatte gerade den Bericht für die Zentrale beendet und in einen Umschlag geschoben, als Tahir ins Büro gestürmt war und gebellt hatte: »Abdul, wenn du eine einzige Nachricht verpaßt, die an Zimmer 116 geht, dreh ich dir persönlich den Hals um.«

Tahir war ohne Stock gegangen, und das hatte ihn offensichtlich angestrengt. Abdul hatte nie verstanden, welche Kriterien Tahir dazu bewegten, sich des Stockes zu bedienen, und welche nicht. Er fand, daß der Stock ihm stand, ihm etwas Imposantes, fast Dandyhaftes gab. Einmal hatte er Tahir – das war bei einem Kamelrennen gewesen – beobachtet, wie er den Ebenholzstock mit der silbernen Krücke quer über dem Rücken hielt wie die Massai, wenn sie ihre Ziegen hüteten oder eine lange Wanderung antraten. Das hatte Abdul gerührt. Denn auch seine Familie stammte ursprünglich aus dem tiefen Afrika, aus dem Sudan, und daß er eine relativ helle Hautfarbe hatte, lag allein daran, daß seine Familie sich immer gern mit anderen Stämmen eingelassen hatte, auch mit Ägyptern, Algeriern. Jamila war viel dunkler, sie hatte eine samtene, mahagonifarbene Haut, die er liebte und so begehrte, daß er davon Herzschmerzen bekam.

Abdul wählte die Nummer der Zentrale und sagte, nachdem er eine Weile, den Hörer zwischen Schulter und Hals eingeklemmt, seine Nägel gereinigt hatte:

»Hier ist Abdul. Es ist ein Fax für Zimmer 116 gekommen.« Er lächelte und verzog das Gesicht, nachdem er kurz zugehört hatte.

»Aber es ist auf deutsch. Die Zentrale sollte inzwischen wissen, daß ich die deutsche Sprache nicht beherrsche.«
Er lauschte, nickte und verzog wieder das Gesicht. »Ich weiß, daß es ein Versäumnis ist. Was soll nun mit der Nachricht geschehen?«
Offenbar teilte man ihm am anderen Ende der Leitung mit, daß er das Fax sofort an die Zentrale weiterleiten sollte, denn er knurrte nur, legte den Hörer auf und trug die Nachricht zum Faxgerät zurück.
Er wählte die Nummer der Zentrale, drückte auf Start und wartete, bis die Maschine den Bogen einzog.
Dann ging er zum Schreibtisch zurück und wählte seine Nummer.
Er mußte lange warte, aber schließlich wurde abgenommen und sein müdes, zerfurchtes Gesicht glättete sich sofort. »Jamila, meine Blume, meine Gazelle«, flüsterte er in den Hörer, »du hast doch nicht schon geschlafen?«
»Natürlich habe ich geschlafen, Abdul. Weißt du nicht, wie spät es ist? Weißt du nicht, wie müde ich immer abends bin?«
»Doch, ich weiß es, meine Blume. Es tut mir leid. Verzeih. Aber ich mußte deine Stimme hören. Ich mußte etwas haben, das mein Gemüt erheitert. Du weißt nicht, wie schrecklich diese Arbeit hier ist, Jamila.«
»Ich weiß, daß du in dem schönsten Haus von Q'uam al Hashid ein und aus gehst. Ich wäre glücklich, wenn ich dort eine Arbeit hätte. Vielleicht als Telefonistin. Oder als Aufseherin über die Zimmerboys. Oder im Restaurant. Hast du ihnen gesagt, daß ich mir selber Englisch beigebracht habe?«
Abduls Miene verfinsterte sich. Er haßte es, wenn seine Jamila das Gespräch auf solche Themen brachte.
»Du weißt, wir beschäftigen keine Frauen.«
»Aber es gibt nun einmal Dinge, die können Frauen besser.«
Abdul marterte sich manchmal selbst mit dem Gedanken, daß seine Gazelle hier im al Fellaj arbeiten würde, ganz so wie Frauen in Ägypten oder Marokko, die schamlos den gierigen Blicken der Männern ausgesetzt waren. Er quälte sich, in dem er sich vorstellte, ein Gast – womöglich ein rosiger, feister Amerikaner – würde seine Jamila zu sich ins Zimmer rufen, um ihr obszöne Angebote zu machen. Der Gedanke genügte, um ihn zum Rasen zu bringen.

»Du weißt nicht, wovon du redest, meine Gazelle«, sagte Abdul, mühsam beherrscht. »Wir haben gerade eine Frau hier im Haus.« Er lachte. »Eine Frau wahrscheinlich, die du glühend beneiden würdest. Sie reist ganz allein. Ohne Ehemann, ohne Bruder, ohne Vater. Sie wohnt im Zimmer 116. Ein Zimmer, das man nicht einmal abschließen kann.«
»Und warum kann man es nicht abschließen?« fragte Jamila verblüfft. Es gab immer wieder Dinge, die sie von Abdul hörte und nicht verstand.
»Eine Sicherheitsmaßnahme der Zentrale.« Abdul fühlte, wie ihn plötzlich ein schlechtes Gewissen überfiel, weil er schon wieder von seiner Arbeit sprach. Man hatte ihn, als er von der Firma geholt wurde, auf Vertraulichkeit eingeschworen. Er hielt sich auch daran, sprach mit niemandem über seinen Job, nicht, wenn er seine Familie in Fuijara besuchte, nicht, wenn er sich mit seinen Freunden im Café traf. Nur Jamila vertraute er das meiste an. »Ich bin wie ein Wasserkessel«, hatte er ihr erklärt, »wenn ich gar keinen Dampf ablasse, dann pfeife ich so laut, daß die Kamele vor Schreck tot umfallen.« Jamila liebte ihn für solche Redensarten. Er konnte ihr vertrauen.
»Sie hat heute Post bekommen. Aus Deutschland.«
»Was macht sie? Handelt sie mit Waffen?«
Abdul lachte leise. »Sie ist Journalistin.«
»Journalistin?«
»Ja, jedenfalls behauptet sie das. Ich glaube, in der Zentrale ist man nicht ganz überzeugt. Es gibt da offenbar eine Geschichte in Amerika ...« Seine Stimme erstarb.
»Was für eine Geschichte in Amerika?« fragte Jamila neugierig.
»Stell nicht so viele Fragen«, knurrte Abdul ärgerlich, »ich weiß es doch auch nicht, ich habe nur gehört, wie Tahir mit Chaif darüber gesprochen hat. Sie war zu lange in Amerika.«
»Ah«, sagte Jamila, »ich verstehe.« Obgleich sie nicht verstand.
»Ich darf die Nachricht erst an sie weitergeben, wenn sie geprüft wurde. Wir müssen vorsichtig sein. Ich konnte den Namen unseres Scheichs lesen, aber ich weiß nicht, in welchem Zusammenhang er gemeint ist, ich muß die Richtlinien der Zentrale abwarten. Ach, es ist ein elendes Leben, daß ich nachts von dir getrennt bin. Sag, hast du schon geschlafen?«

»Das habe ich doch schon gesagt.«
»Hast du süß geschlafen?«
»Ja, Abdul.«
»Wie süß? Erzähl mir. Hast du auf dem Bauch gelegen oder auf der Seite? Hast du deinen süßen Daumen wieder im Mund gehabt?«
»Abdul, hör auf.«
»Ich möchte mein Gesicht in deinem Busen vergraben, Jamila, und dich nie wieder verlassen. Ich möchte mit dir nach Al Mullayn gehen, in das Haus, das meinem Vater gehört hat.«
»Abdul, ich weiß. Aber das ist Sperrgebiet. Das weißt du auch. Dort geht der Scheich mit seinen Falken auf die Jagd. Dort landen die Hubschrauber mit seinen geheimen Freunden. Dort werden wir nie hinfahren können.«
Abdul nickte bekümmert. »Ach«, seufzte er, »dieses prickelnde Wasser des Flusses, das zarte grüne Gras an seinen Ufern, die fetten Dattelpalmen und die schneeweißen Lämmer, die neben den Häusern gespielt haben.«
Jamila lachte leise. »Das ist deine Phantasie, Abdul. Nur weil du weißt, daß du nie mehr dorthin zurückkannst, malst du es dir jetzt schöner aus, als es in Wirklichkeit ist.«
»So ist das immer«, sagte Abdul, »das, was man nicht bekommen kann, ist immer das Beste.« Er murmelte noch: »Gute Nacht, meine Blume, mein Schäfchen, meine Gazelle«, und legte den Hörer auf.
Es war nicht gut, Jamila zu oft zu sagen, daß sie das Allerbeste war, das ihm in seinem Leben passiert war, und daß er insofern eigentlich ganz wunschlos glücklich war. Jedenfalls manchmal.
Kaum hatte er den Hörer aufgelegt, klingelte es schon wieder. Es war die Zentrale. Sie gab den Befehl, daß man Nadine Malten das Fax nicht ausliefern sollte.
Man hielt es nicht für nötig, Abdul die Gründe zu erläutern. Und er fragte auch nicht.

Als der Boy am nächsten Morgen das Frühstück brachte, saß Nadine schon an ihrem Schreibcomputer.
»Möchten Sie auf dem Balkon frühstücken, Miss?« fragte der Boy.
Nadine nickte, ohne von der Arbeit aufzuschauen. Die Flügeltüren

zum Balkon waren bereits geöffnet, die gelbgefiederten Vögel mit dem roten Schnabel hockten schon erwartungsvoll auf der Brüstung und schrien ihre Empörung darüber hinaus, daß man ihnen immer noch nicht den Tisch gedeckt hatte.

Nadine war, da sie die Balkontüren in der Nacht hatte aufstehen lassen, vom Vogelgezwitscher aufgewacht. Wenig später hatte der Muezzin von der nahe gelegenen Moschee zum Gebet gerufen. Allahu Akhbar. In Allahs Reich war soeben die Sonne aufgegangen.

Dann hatte sie aus dem Garten die ersten Geräusche vernommen, das gedämpfte Gemurmel der Gärtner, das Schleifen der Wasserschläuche über den Kies, das Knirschen der Schritte, das Klappern der Eisenscheren, mit denen das harte Gras geschnitten wurde.

Im Haus selber hörte Nadine nie ein Geräusch. Keine Wasserspülung, kein Telefon, keine Stimmen oder Schritte über ihren Kopf. Es war, als lebte sie in einem schalldichten Raum.

Das, was sie sonst bei ihren Aufenthalten in Hotels als äußerst angenehm empfunden hatte, wirkte hier beunruhigend. Diese watteartige Stille um sie herum. Sie konnte nicht wieder einschlafen. Ihr fiel ein, daß sie in der Schule einmal die Lehre des Faradaykäfigs diskutiert hatten, aber so genau wußte sie nicht mehr, worum es dabei ging. Der Gedanke an einen Käfig allerdings hatte sich in ihrem Kopf festgesetzt, und deshalb schlief sie bei geöffneten Balkontüren. Niemand hatte sie gewarnt, daß so etwas hier gefährlich wäre. Und wer wollte sich schon gerne die Hand amputieren lassen, nur um ein paar Seidenslips oder Reiseschecks zu stehlen?

»Sie hören nicht zu, Miss?« Der Boy stand ganz dicht hinter ihr. Er roch nach Kokosfett, als habe er seine Arme damit balsamiert. Nadine wandte sich um. Es war der Boy, der ihr Geld umgetauscht hatte. Sie konnte sich an seinen Namen nicht mehr erinnern. Sie zuckte zusammen, als sie seine Augen so ungeniert auf ihrem Gesicht spürte.

»Ich arbeite«, erwiderte sie kühl, »ich habe nicht gehört, daß Sie etwas gefragt haben.«

»War die Nacht nicht gut?« fragte der Boy.

»Warum soll sie nicht gut gewesen sein?«

»Sie arbeiten schon. Es ist noch früh. Sie sollen sich ausruhen, Miss. Sie sollen nicht nachts arbeiten.«

»Ich arbeite erst seit einer Stunde.« Nadine legte, als sie den Blick des Boys bemerkte, eine Zeitschrift auf ihr Manuskript.
»Sie sind fleißig, Miss«, sagte der Boy und tat, als interessiere er sich viel mehr für das Arrangement der Früchte, die er in einem Korb hereingetragen hatte.
»Ich bin nicht hier, um Urlaub zu machen, Hasher.«
Ganz plötzlich war ihr der Name wieder eingefallen. »Ich bin gekommen, um zu arbeiten.«
Hasher verneigte sich. Er wedelte noch einmal mit dem weißen Tuch über ihren Frühstückstisch, um die Fliegen zu vertreiben und ging zur Tür.
»Ist keine Nachricht für mich gekommen?« rief Nadine ihm nach.
Hasher hob die Schultern. »Davon weiß ich nichts, Miss.«
»Und das Telefon? Geht es wieder?«
»In Q'uam al Hashid funktioniert das Telefon immer, Miss. Wir leben nicht im Mittelalter.«
»Aber der Satellit. Man hat mir gesagt, der Satellit wäre gestört.«
Hasher blickte an die Zimmerdecke. »Ich weiß nichts von einem Satelliten, Miss. Da müssen Sie Abdul fragen, ob ein Telefongespräch angekommen ist. Abdul hatte heute nacht Dienst.«
Nadine räumte ihre Notizen zusammen und schob sie in die Schublade.
»Könnten Sie Abdul bitten, mir Bescheid zu sagen, wenn die Telefonverbindung nach Europa wieder funktioniert?«
Hasher senkte den Kopf. »Ich werde Abdul heraufschicken, Miss. Vergessen Sie das Frühstück nicht. Die Tajine schmeckt besser, wenn sie warm ist.«
Nadine lächelte. »Ja, das stimmt. Sie ist köstlich.« Sie trat auf den Balkon und inspizierte das Frühstück. Der Kaffee war dampfend heiß und stieg verführerisch in ihre Nase.
»Ich glaube, es wird mir gut schmecken, Hasher, danke.«
Hasher lächelte die Zimmerdecke an und verschwand ohne ein Wort.

Nadine war bei ihrer zweiten Tasse Kaffee, als Abdul erschien. Er sah ein bißchen zerknittert aus, obgleich er in dem Duschraum für Angestellte eine halbe Stunde lang damit beschäftigt gewesen war, sich wieder das Aussehen eines ausgeschlafenen, einsatzbereiten, leitenden Hotelangestellten zu geben. Er hatte ein frisches, weißes Hemd angezogen und aus dem Sortiment von Krawatten eine von besonders guter Qualität gewählt. Ein syrischer Gast, der im Ostflügel eine Flucht von drei Zimmern bewohnte, hatte bereits eine halbe Stunde mit ihm konferiert (Abdul hatte bis zum Schluß nicht herausbekommen können, was der syrische Gast hier eigentlich wollte), und mittags war hoher Besuch des Ministeriums für internationale Beziehungen angekündigt. Es war der letzte Tag des Ramadan, und er hatte am Morgen nicht einmal ein Glas Wasser getrunken. Neben der Pritsche hatte er seine Morgengebete mit einem Dank an Allah wegen Jamila, der Gazelle, beendet. Eigentlich sollte es ihm gutgehen, auch wenn der Tag wieder heiß und staubig zu werden versprach, aber am letzten Tag des Fastenmonats ging es ihm gewöhnlich gut. Die Vorfreude auf all die Verführungen des Leibes hielten ihn aufrecht und trugen ihn wie auf einem fliegenden Teppich über die Wirrnisse des Tages.

Als Hasher ihm jedoch gemeldet hatte, daß Nadine ihn zu sprechen wünschte, verdunkelte sich sein Gesicht, und auf seine Stirn trat Schweiß.

»Hat sie gesagt, was sie will?« forschte er.

Hasher grinste. Er genoß es, ein bißchen mehr zu wissen als Abdul. Sie waren Kumpel, sie kannten einander seit Jahren, sie hatten sich nebeneinander im Waschraum nackt ausgezogen, und einer wußte vom anderen die Länge seines Schwanzes. Dennoch gab es viele ungeklärte Dinge.

»Frag sie selbst. Sie frühstückt auf dem Balkon. Wenn du Glück hast, siehst du ihre Schenkel. Sie zieht ihren Rock immer bis hier.« Hasher legte seine Hand direkt unter sein Geschlecht und grinste. »Geh schnell. Sonst ist sie vielleicht schon im Bad, und da läßt sie dich bestimmt nicht zugucken.«

Abdul warf Hasher einen Blick stummer Empörung zu. Er haßte es, wenn Hasher ihn zu den Neigungen seiner Geilheit herabzog, als habe er, Abdul, nicht eine Frau zu Hause, die wie ein seidenes Kissen war, nachgiebig und zart, und auch voller Leidenschaft, wenn es ihnen danach war. Eine Frau, die ihn vollkommen befriedigte und keinen Raum ließ für die perversen Gedanken und Phantasien, mit denen seine Glaubensbrüder sich marterten.

»Ich werde sehen, was die deutsche Miss wünscht«, sagte Abdul hohheitsvoll. »Du weißt, daß du hier im Büro nichts zu suchen hast, geh wieder in die Pantry, und warte, ob andere Gäste dich brauchen.«
Hasher grinste. »Welche Gäste?«
Aber er folgte Abdul aus dem Zimmer. Abdul zog die Tür hinter sich zu, warf einen prüfenden Blick über den Bereich der Rezeption, fand alles in Ordnung und machte sich auf den Weg zu Zimmer 116.

Nadine genoß den Kaffee. Sie hatte das Schälchen mit dem Obstsalat geleert, das mit frischen Minzeblättern garniert gewesen war. Die Minze hatte ihren Gaumen frisch und klar gemacht, so daß sie jetzt, bei jedem Atemzug, ein angenehmes Brennen spürte. Nach kurzem Anklopfen war Abdul eingetreten. Er blieb in der Nähe der Tür stehen und schaute zu ihrem Platz auf dem Balkon hinüber. Sie hatte das Kleid tatsächlich so geschürzt, daß man ihre weißen Schenkel sehen konnte, ihre nackten, rasierten Beine in voller Länge, die bloßen Füße mit den rotlackierten Zehen. Die Ärmel ihrer blaßblauen Leinenbluse waren aufgekrempelt bis über den Ellenbogen. Sie hatte schlanke Arme und für eine Europäerin außerordentlich schmale Handgelenke. Abdul sah das alles und sah es gleichzeitig gar nicht. Er entschuldigte sich bei Allah und bei Jamila, der Gazelle, für diesen neugierigen Blick und senkte die Augen. Er war nicht einer von ihnen. Einer dieser geilen Kerle, die breitbeinig in den Kaffeehäusern saßen, ihre Hoden kratzten und schamlose Sprüche machten über die Frauen, die sie sich gekauft hatten.
»Sie wollten mich sprechen, Miss Malten?«
Nadine lächelte freundlich, sie winkte ihm und zog gleichzeitig den Rock über die Knie.
»Kommen Sie doch näher, Abdul. Das war ein herrliches Frühstück. Allein dafür lohnt sich der weite Weg nach Q'uam al Hashid. Wie heißt der Koch? Kommt er aus dieser Gegend?«
»Er ist Marokkaner, Miss. Er heißt Mehdi. Seine Hoheit der Scheich, hat ihn persönlich eingeladen, in unser Land zu kommen und hier zu arbeiten. Er ist ein Künstler.«
Nadine lachte. Sie strich ihre Haare mit der flachen Hand aus der Stirn. Sie saß in der Sonne, die schon einen leichten Bronzeton auf

ihre Haut gezaubert hatte. Nadine mochte das Gefühl von Sonne und Wärme. Es machte sie irgendwie glücklich.
»Ich wollte fragen, wie es mit dem Satelliten steht.«
Abdul runzelte die Stirn. »Welcher Satellit, Miss?«
»Der Satellit für internationale Telefonverbindungen. Gestern sagte Tahir, er sei gestört. Ich muß dringend mit Deutschland telefonieren.«
Abdul knetete seine Hände. Er lächelte. »Es tut mir leid, Miss Malten, aber der Satellit funktioniert immer noch nicht.«
»Und was ist mit dem Fax? Ich erwarte dringend eine Nachricht aus Frankfurt«, sie breitete die Arme aus, als glaubte sie immer noch, daß sie sich in seinen Schutz begeben und von ihm Hilfe erwarten könnte. »Ich komme mir wie abgeschnitten von der Welt vor. Das ist ein komisches Gefühl.«
»Ich verstehe.« Abdul nickte bekümmert. Es tat ihm leid, daß er Nadine belügen mußte, es tat ihm leid, daß diese freundliche, junge Frau keine Chance hatte. Aber was sollte er tun?
»Wieso ist der Satellit überhaupt kaputt? Ich verstehe das nicht«
»Ich verstehe es auch nicht, Miss Malten. Sie sollten Mister Tahir danach fragen. Er kann Ihnen bessere Antworten geben.« Abdul lächelte charmant. »Er wird besser bezahlt.«
Nadine betrachtete Abdul aufmerksam. Sie wußte nicht, was sie von diesem Mann halten sollte. Sie fand ihn sympathisch, aber was besagte das schon? Sie hatte keine Ahnung, ob er wichtig war und über die entscheidenden Kontakte verfügte. Sie hatte keine Ahnung, ob er eingeweiht wurde über das, was hier im Haus geschah. Sie wußte auch nicht, ob es gefährlich war, ihm Fragen zu stellen. Aber sie mußte es trotzdem versuchen.
»Darf ich Ihnen eine Frage stellen, Abdul?«
»Natürlich. Ich hoffe, daß ich Sie beantworten kann.«
»Warum kommen Sie nicht näher?« Nadine winkte ihn freundlich heran, aber Abdul zog es vor, im Schatten des Zimmers zu bleiben, so daß er vom Garten her unsichtbar war. Er haßte diese schlechtbezahlten Spione unten im Garten, die so taten, als würden sie etwas von Blumen und Pflanzen verstehen. Sie hatten den Frangi-Pani-Baum eingehen lassen, eine kostbare Pflanze, die der Bruder des Scheichs von einer Afrikareise mitgebracht hatten, und sie wußten

nicht, wie man die Bougainvillea beschneidet, die sich an den hölzernen Säulen emporrankten. Sie schnitten immer die falschen Triebe aus, nämlich genau jene, die sich gerade anschicken wollten zu blühen ... aber das ging ihn alles gar nichts an.
»Warum, Abdul, kann ich mein Zimmer nicht abschließen?«
Abdul hob die Augenbrauen. »Sie können das Zimmer nicht abschließen?« Er wandte sich um und lief zur Tür zurück. Er drehte den Schlüssel herum und wandte sich wieder strahlend an Nadine. »Sehen Sie, es funktioniert.«
»Jetzt drücken Sie bitte die Klinke«, sagte Nadine. Abdul drückte gehorsam die Klinke. Die Tür gab sofort nach. Nadine lachte. »Sehen Sie? Das habe ich gemeint.«
»Das Schloß wird nicht in Ordnung sein«, murmelte Abdul unsicher. »Ich werde dem Mechaniker melden, daß ...«
»Ist das Schloß bei den anderen Zimmern auch nicht in Ordnung?« fragte Nadine sanft. Sie war aufgestanden und ins Zimmer gekommen, die zerknüllte Stoffserviette in der rechten Hand.
Abdul erbleichte. »Das weiß ich nicht, Miss«, stammelte er, »darüber bin ich nicht informiert.«
»Aber Sie sind darüber informiert, daß man mir nachspioniert, nicht wahr? Sie wissen, daß meine Papiere durchsucht und meine Notizen kontrolliert werden, ja?«
Nadine empfand eine gewisse Genugtuung, als sie die Schweißperlen auf Abduls schöner Nase entdeckte. »Man sammelt sogar die Papierschnitzel aus meinem Papierkorb ein, um sie zusammenzusetzen, weil irgend jemand sie lesen will.« Nadine trat noch einen Schritt dichter an Abdul heran. So dicht, daß er ihr Parfüm riechen konnte. Ein ungewöhnliches Parfüm, wahrscheinlich nicht französisch, wahrscheinlich amerikanisch. Abdul beschenkte Jamila immer mit ausländischen Parfüms, sofern er Zeit hatte, die neuen Luxusgeschäfte vor dem Bab ibn Farank zu besuchen – und sofern diese ausnahmsweise geöffnet waren. Aber dieses Parfüm kannte er nicht.
»Ich möchte von Ihnen wissen, Abdul, wer so sehr an meinen Notizen interessiert ist, daß er sie aus dem Papierkorb fischen läßt, und ich möchte wissen, wer die anderen Gäste sind. Können Sie das für mich herausfinden?«

Abduls Augen irrten an Nadine vorbei. Er nahm nur vage, aus den Augenwinkeln, die Umrisse ihrer Schultern und die Form ihrer blonden Frisur wahr.
»Ich werde es versuchen«, flüsterte er.
»Bestimmt?« fragte Nadine eindringlich. »Kann ich mich auf Sie verlassen, Abdul?«
Sie nahm seine Hand. Erschrocken zog er sie zurück. Einen Augenblick kreuzten sich ihre Blicke. Nadine lächelte, um Verzeihung bittend.
»Ich weiß nicht, wen ich sonst darum bitten kann, Abdul.«
»Fragen Sie doch Tahir. Tahir wird besser bezahlt als ich. Er weiß mehr.«
Nadine seufzte. »Ich habe ein Problem mit Tahir.«
Abduls Pupillen weiteten sich. »Was für ein Problem?«
Nadine hob hilflos die Arme. »Das gleiche Problem wie mit Freddy. Komisch.« Sie schaute ihn an. »Ich habe das Gefühl, daß Sie anders sind.«
»Wie anders?«
Nadine zögerte. Wahrscheinlich war es unklug, solche Gespräche zu führen, aber sie mußte Abdul ins Vertrauen ziehen, wenn sie wollte, daß er ihr half.
»Sind Sie verheiratet, Abdul? Darf ich das fragen?«
»Ja, Miss, ja, ich bin verheiratet.«
»Und wie heißt Ihre Frau?«
»Jamila.«
»Jamila.« Nadine lächelte. »Was für ein schöner Name.«
»Kein besonderer Name, Miss. In Arabien gibt es nicht so viele Vornamen für Mädchen. Aber für Jungen auch nicht. Jamila heißt schön.«
»Bestimmt ist sie auch schön.«
Abdul strahlte. »O ja, Miss, sehr schön. Wir haben vor vier Jahren geheiratet. Sie hat bei der Hochzeit verlangt, daß ich keine weitere Frau nehme. Ich habe es bis heute nicht bereut.«
»Sie hat verlangt, daß Sie keine weiteren Frauen nehmen? Kann sie das denn?« fragte Nadine verblüfft. »Ich denke, es gibt ein Gesetz, das den Männern vier Frauen gestattet.«
Abdul wischte verlegen mit der Hand über die Lehne des Mahagoni-

stuhls. »Es gibt in Deutschland doch auch ein Gesetz, daß man Land kaufen kann, oder? Und trotzdem kaufen nicht alle Leute Land. Ich muß doch nicht vier Frauen haben.«
Nadine betrachtete Abdul nachdenklich. »Tahir hat zwei Frauen, hat er mir erzählt.«
»Ja, eine ist so alt wie er, und die andere ist sechzehn.«
»Sechzehn!« Nadine lachte überrascht. »Erst sechzehn!«
»Seine erste Frau ist sehr wütend, habe ich gehört.«
Nadine fragte sich, wieso ein Mann, der gerade ein sechzehnjähriges Mädchen geheiratet hatte, dennoch jede Gelegenheit ergriff. Sie verstand es nicht. Aber sie war auch nicht nach Q'uam al Hashid gekommen, um das zu verstehen.
»Deine Frau, arbeitet sie?«
Abdul lachte amüsiert. »O nein, Miss, das würde ich nie zulassen. Kein Hashide würde das zulassen. In diesem Land arbeiten nur Ausländerinnen, die Geld verdienen müssen. Ich verdiene genug Geld. Meine Frau muß nicht das Haus verlassen, meine Frau muß sich nicht anstarren lassen.«
»Hat sie denn einen Beruf gelernt?«
Abdul schüttelte wieder den Kopf. »Ihr Vater hat es nicht erlaubt. Sie wollte Dolmetscherin werden. Aber natürlich hat ihr Vater das nicht erlaubt. Sie spricht sehr gut Englisch, Miss. Wenn Sie sich einmal mit ihr unterhalten würden ...« Er stockte. Er bereute offenbar sofort seine Worte, aber Nadine hakte nach.
»Sie glauben, das wäre möglich? Ich könnte mit Ihrer Frau sprechen?«
Abdul schaute zur Seite. Er wußte, daß er ihr ein Geschenk machen würde, wenn er sagte: ich bringe einen Gast für dich. Eine deutsche Frau. Er wußte, daß Jamila darauf brannte, einer Frau aus Europa Fragen zu stellen. Aber er wußte auch, daß es nicht gut war, Jamila verrückte Gedanken in den Kopf zu setzen. Sie war unberechenbar. Eine Blume, ja, nachts im Bett, eine Katze aber am Tag ..., das war etwas anderes, wie sie ihn da quälte mit ihren Fragen, mit ihrer Ungeduld, mit ihrer Unzufriedenheit über das Leben im Haus, immer zwischen denselben vier Wänden, immer umgeben von denselben Frauen, der Tante, der Schwiegermutter, der Großmutter ...

»Abdul, ich wäre Ihnen überaus dankbar. Wissen Sie, es ist so schwer für mich, hier Frauen kennenzulernen. Ich möchte ihr nur ganz einfache Fragen stellen, über ihr Leben, wie sie einkauft, wie ihre Eltern leben, was sie sich von der Zukunft erhofft...«
»Von der Zukunft?« fragte Abdul argwöhnisch. »Was soll sie sich von der Zukunft erhoffen?«
Nadine hatte seinen Argwohn gespürt. »Vielleicht Kinder?« fragte sie. »Oder hat Ihre Frau keine Kinder?«
»Doch, natürlich.« Abdul schien besänftigt. Nadine wollte ihr also keine aufrührerischen Gedanken in den Kopf setzen.
»Irgendwann wollen wir Kinder. Aber jetzt noch nicht. Wenn wir zurückgehen in unser Heimatdorf, wenn ich dort wieder das Haus meines Vaters bewohnen kann, direkt am Wadi, in einem Palmenhain, mitten in einer Plantage von Dattelpalmen, Miss, am Fuß des Al-Muran-Gebirges«, seine Stimme verlor sich, erstickte fast, als würde ihn die Rührung überwältigen.
»Diese Oase, Miss«, sagte er, nachdem er sich wieder gefangen hatte, »heißt al Mullayn, Miss. Den Namen müssen Sie sich merken. Es ist der schönste Flecken, den Allah erschaffen hat. Er ist gesegnet.«
»Und warum gehen Sie nicht dorthin zurück?«
Abdul richtete sich auf, reckte den Hals, als sei ihm der Hemdkragen zu eng geworden. »Weil al Mullayn im Sperrgebiet liegt.«
»In diesem Land scheint vieles im Sperrgebiet zu liegen«, sagte Nadine trocken. »Die Regierung muß da eine Phobie haben. Als ich gestern mit Freddy zur internationalen Schule fuhr, war da auch Sperrgebiet.«
»Al Mullayn ist anders. Das ist nicht militärisches Sperrgebiet. Vielleicht doch. Aber nicht, weil es dort Ölquellen oder geheime Bunker für Panzer und Raketen gibt oder Fabriken, von denen unsere Feinde nichts wissen sollen. Al Mullayn ist die Lieblingsoase des Scheichs. Von dort geht er auf die Falkenjagd. Es gibt dort noch Gazellen und Wüstenfüchse. Und, weiter oben in den Bergen, sogar Leoparden.« Er lächelte. »Als Kind habe ich mal einen Leoparden gesehen. Er hat eine Ziege aus meiner Herde geraubt. Ich war acht Jahre alt. Ich konnte nichts tun. Ich hatte nur einen Stock. Die Ziege war krank. Sie hatte ein schlimmes Bein. Das hat der Leopard viel-

leicht gerochen, das Blut aus ihrer offenen Wunde. Ich hatte nichts, um die Wunde sauberzumachen. Mein Vater sagte, der Leopard kann das Blut riechen, auch wenn er einen Kilometer weit weg ist. Ich habe gesehen, wie er die Ziege mit einem Sprung in das Genick getötet und sie dann weggeschleift hat. Er hat sich um mich überhaupt nicht gekümmert. Ich stand da, so steif wie der Stock in meiner Hand.« Er lächelte wehmütig. »Heute bin ich froh, daß ich dem Leoparden erlaubt habe, meine Ziege zu fressen. Vielleicht hat er dadurch überlebt und konnte seine Jungen aufziehen. Vielleicht war es damals einer der letzten Leoparden im Hajargebiet. Ich möchte Jamila das Haus meines Vaters zeigen. Es ist ein großes, schönes Haus.«
»Und weißt du, was jetzt damit geschieht?« fragte Nadine. Die Geschichte hatte ihr gefallen. Sie würde sie in ihre Reportage einbauen.
Der letzte Leopard von Q'uam al Hashid. Das war nicht gerade ein politischer Titel, aber für die Wochenendausgabe gar nicht schlecht. Martin würde sich freuen ...
»Es wohnen Leute aus der Begleitung des Scheichs in dem Haus. Ein Falkner, hat man mir erzählt. Er trainiert die Falken des Scheichs, er ist ein Beduine, er versteht sehr viel von Falken. Es heißt, er habe seine Falken sogar auf Leoparden dressiert, aber das glaube ich nicht. Ein Leopard ist zu groß. Aber ich weiß, daß der Scheich schon viele Wüstenfüchse von seinem Falken hat erlegen lassen. Und Wüstenfüchse sind stark, Miss, und schnell. Sehr schnell. In dem Haus meines Vaters gab es einen Innenhof, in dem ein Feigenbaum wuchs. Es gibt nicht viele Feigenbäume in Q'uam al Hashid. Unser Baum war berühmt. Meine Mutter hat Süßspeisen aus den Feigen zubereitet und hat sie getrocknet und in kleinen Bastkörben aufbewahrt. Und jeder Gast, der uns besuchte, bekam als Abschiedsgeschenk ein Körbchen mit den Feigen. Ich komme aus einer sehr guten Familie.«
»Daran zweifele ich nicht.« Nadine legte ihre Hand vertraulich auf Abduls Schulter. »Bitte, reden Sie mit Jamila. Fragen Sie, ob ich sie heute einmal besuchen kann.« Abduls Augen verengten sich. »Heute?«
»Ja, heute morgen zeigt Freddy mir einen anderen Teil der Stadt.«

»Seien Sie vorsichtig mit Freddy, Miss.« Abdul senkte die Stimme und warf einen argwöhnischen Blick zur offenen Balkontür. Von unten drang das Schwatzen der Gärtner.
»Ich weiß, ich bin vorsichtig.«
»Freddy ist kein Hashide. Er gehört nicht richtig zu uns. Er ist eines Tages gekommen und geblieben. Mehr weiß ich nicht. Tahir vertraut ihm. Chaif vertraut ihm auch. Aber ich weiß nicht ...« Seine Stimme verlor sich.
»Okay, ich habe verstanden, danke. Mittags habe ich einen Termin beim Vizeminister für Finanzen. Das ist wichtig. Um ein Uhr. Aber am Nachmittag bin ich frei.«
Abdul seufzte. Er bereute, daß er sich auf dieses Gespräch eingelassen hatte. Aber dann dachte er an die Freude, die er Jamila machte. Und schließlich: man hatte ihm nicht den Kontakt mit Miss Malten verboten, oder? Ganz im Gegenteil. Man erwartete, daß er ein Auge auf sie hielt.
»Ich werde mit Jamila reden. Ich werde Ihnen eine Nachricht auf Ihrem Zimmer hinterlassen.« Abdul verneigte sich und ging.

Nadine hatte sich Freddy gegenüber eine Strategie zurechtgelegt. Sie würde, sobald er noch einmal die geringste Anzüglichkeit beging, einfach aus dem Auto steigen und zu Fuß weitergehen. Da sie wußte, daß man sie mit allen Mitteln daran hindern wollte, die Stadt ohne Aufpasser kennenzulernen, würde das schon die richtige Wirkung haben ...

Aber der Freddy, der sie an diesem Tag, gegen den Kotflügel seines Jeeps gelehnt, erwartete, war ein anderer. Er trug einen Maßanzug aus anthrazitfarbener Seide, dazu ein blaßrosa Hemd mit einer dunklen Krawatte. Keine Schirmmütze, dafür eine Ray-Ban-Sonnenbrille. Er sah aus wie einer von diesen reichen arabischen Söhnchen, die nichts anderes kannten als Nichtstun.

Nadine erkannte ihn zuerst nicht wieder und blieb verblüfft stehen, als sie aus dem Hotel trat.

Ein Mann in einem dunkelbraunen Burnus, die Kapuze weit ins Gesicht gezogen, näherte sich ihr eilfertig. Er zog unter seinem Umhang eine Plakette hervor, rieb sie an der Brust und hielt sie ihr hin.

Seine Füße, staubig und nackt, steckten in einfachen Gummilatschen.

»Escusez, Madame«, flüsterte der Mann, »je ne veux pas vous inconvenier, mais j'attends depuis longtemps de parler avec quelqu'un ...« Sein Französisch war fehlerfrei. Er berührte Nadine nicht, aber während er hastig die Worte hervorstieß, kam ihr beißender Knoblauchgeruch entgegen. Aus den Augenwinkeln sah Nadine, wie Freddy die Zigarette, die er eben anzünden wollte, in die Packung zurücksteckte und auf Nadine zuschlenderte.

Nadine versuchte zu entziffern, was die Plakette bedeutete. Einen Augenblick hatte sie geglaubt, er wollte sich ihr als Führer anbieten.

In Marokko und Tunesien war sie bei ihren Touren durch die alten Stadtviertel oft von Leuten verfolgt worden, die ähnliche Plaketten vorzeigten und unentwegt auf sie einredeten, ihr Dinge erklärten, die sie entweder schon wußte oder gar nicht wissen wollte, ihr einen Handel anboten, der sie nicht interessierte, und so tief in das Labyrinth der Bazare lockten, daß sie sich schließlich allein tatsächlich nicht mehr herausfand. Aber warum sollte es in Q'uam al Hashid Fremdenführer geben? In einer Stadt, in der es gar keine Fremden gab?
Freddy stieß den alten Mann mit einer brutalen Handbewegung weg. Der Mann taumelte, aber fand sein Gleichgewicht rasch wieder. Er sah Freddy nicht an. Er fixierte Nadine. »Vous êtes une femme serieuse«, flüsterte er, »je le vois. Je le sens. Je peus vous raconter des histoires ...«
»Jalla!« schrie Freddy. Zornesröte war in sein Gesicht gestiegen. Er machte eine Handbewegung, als wolle er den alten Mann mit beiden Händen in die Gasse stoßen. Der Mann warf Freddy einen eiskalten Blick zu. Er hatte weißes Haar und sehr buschige, schlohweiße Augenbrauen. Seine Haut war faltig und hatte die Farbe verwitterten Tons. Seine Augen waren blau, von einem intensiven, hellen Blau, das Nadine faszinierte. Sie lächelte unwillkürlich und nickte.
»Je comprends«, sagte sie freundlich. Und fügte hinzu: »Merci.«
»Wofür bedanken Sie sich?« herrschte Freddy sie an. »Was hat der Kerl zu Ihnen gesagt?«
Er riß die Beifahrertür des Jeeps auf und ließ Nadine einsteigen. Als er sie zuknallte, merkte Nadine, daß der Rocksaum in der Tür eingeklemmt war. Freddy bemerkte es nicht. Sie wartete, bis er auf dem Fahrersitz Platz genommen hatte und den Motor anließ. Sie drückte dann erst den Griff ihrer Tür herunter und öffnete sie.
»Was ist los?« blaffte Freddy. »Was soll das?«
Seelenruhig raffte Nadine ihren Rock und schlug die Tür wieder zu.
»Mein Rock war eingeklemmt. Sie haben es sehr eilig.« Freddy warf ihr einen Blick zu, schnaubte und fuhr los.
»Sie dürfen sich nicht von irgendwelchen Leuten einfach anquatschen lassen«, schimpfte er, während er sich mit dem Jeep in den Verkehr von Lastern, Omnibussen und Mopeds einfädelte. »Diese Leute reden dummes Zeug.«

»Das weiß ich erst, wenn ich ihnen zugehört habe«, sagte Nadine seelenruhig. »Warum reagieren Sie so gereizt? Was ist los?«
Freddy machte keine Anstalten, ihr auf die Frage zu antworten. Er fuhr aggressiver als gestern, drückte oft auf die Hupe, bremste so scharf, daß Nadine wiederholt mit dem Kopf fast gegen die Windschutzscheibe stieß. Er entschuldigte sich nie. Nadine nahm Freddys Launen gleichmütig hin. Sie war zu sehr damit beschäftigt, die Eindrücke in sich aufzunehmen. Fasziniert schaute sie aus dem Fenster, während Freddy das Rondell vor dem Bab el Kalech umrundete, ein Rondell, auf dem sich eine Gruppe von Jungen um einen Ghettoblaster versammelte, die Fahrräder neben sich auf dem verbrannten Rasen, die vorbeifahrende Autos beobachtete, während sie sich gegenseitig in die Seiten stießen, an den Haaren zogen und Grimassen schnitten.
»Wohin fahren wir?« fragte Nadine, als sie durch das Tor in die Medina fuhren. An diesem Tag herrschte reges Treiben. Männer schoben Fahrräder, die mit großen Ballen bepackt waren, kleine Laster bahnten sich hupend einen Weg durch die engen, überdachten Gassen. Frauen trugen ihre Einkäufe in großen Messingschalen auf dem Kopf nach Hause. Andere schleppten Plastiktaschen voller Gemüse, Fleisch und Hirsetüten, alle Frauen waren tief verschleiert, aber Nadine sah zum ersten Mal, daß der schwarze Tschador nicht von allen Frauen getragen wurde. Manche hatten sich in bunte Umhänge gehüllt, bodenlang und mehrfach über die Schulter geschlungen, karminrot und safrangelb, wie bunte Farbtupfer bewegten sie sich in der wogenden, dunklen Masse von Menschen.
Alle Geschäfte waren geöffnet. Der Jeep fuhr zügig, während Freddy unentwegt hupte und manchen alten Männern, die pfeiferauchend vor ihren Geschäften saßen, fast über die Füße fuhr. Ein Junge auf dem Fahrrad hängte sich hinten an den Jeep, Freddy beugte sich aus dem Fenster und fluchte, bis der Junge den Wagen losließ. Eine Frau, die außer drei kleinen Kindern auch noch ein halbes Dutzend prall gefüllter Taschen beaufsichtigen mußte, spuckte hinter dem Wagen her, der fast eines ihrer Kinder überrollt hätte.
Nadine sagte eine ganze Weile gar nichts. Sie wurde immer bleicher und immer wütender. Schließlich hielt sie es nicht mehr aus.

»Was ist das?« fragte sie kühl. »Eine Rallye? Warum fahren wir so schnell?«

»Weil wir nicht soviel Zeit haben wie diese Müßiggänger. Oh, ich hasse diese Leute, die ihren Tag damit verbringen, einen halben Ballen Stoff zu verkaufen, und dabei zehn Tassen Tee zu trinken und fünfzigmal die Geschichte ihrer kranken Mutter zu erzählen. Ich hasse diese Frauen, die durch die Souks schlendern, obwohl sie nach Hause gehören zu ihren Kindern. Ich hasse dieses ganze verdammte alte Viertel. Ich hoffe, daß der Scheich irgendwann begreift, daß er es einfach niederbrennen muß und etwas Neues bauen. Etwas Klares, Übersichtliches, wie die Markthallen, die ich Ihnen gestern gezeigt habe.«

»Klar und übersichtlich wie der Schlachthof?« fragte Nadine. »Meinen Sie es so?«

»Ich weiß, wovon ich rede.« Freddy lehnte den Kopf aus dem Fenster und schrie einem alten Mann, der vor ihm herschlurfte, etwas zu. Der Mann sprang so erschrocken zur Seite, daß er dabei seinen Stock verlor. Nadine begann, Freddy zu hassen.

»In den Souks«, sagte er, »brütet der Widerstand. Aus den Souks kommen in Arabien die Revolutionen. Immer war es so. In den Souks werden Geschäfte gemacht, von denen die Regierung nie etwas erfährt. Große Geschäfte, politische Geschäfte. Denken Sie an Beirut. Denken Sie an Damaskus und an Jericho. Das war immer schon so, man hat keine Kontrolle. Man hat keine Übersicht. Die verdammten Mullahs bestimmen alles.«

Nadine hätte sich gerne Notizen gemacht. Freddy wörtlich zitiert mit diesen Aussagen. Aber sie hielt es für klüger, ihre Tasche geschlossen zu lassen und einfach zuzuhören. Freddy warf ihr einen finsteren Blick zu. »Sie verstehen das nicht«, brummte er, »Sie werden das nie verstehen. Fremde verstehen so etwas nicht. Europäer wissen gar nicht, wie das Leben in Arabien funktioniert, über welche Kanäle, durch welche Untergrundwege. Eure Politiker reden immer mit den falschen Leuten.«

»Die Journalisten auch?«

»Was interessieren mich die Journalisten.«

»Und Scheich Zayed? Wie denkt er darüber?«

»Er ist sentimental. Ein Beduine. Von den falschen Leuten erzogen. Bewacht von Männern, die die Tradition für etwas Heiliges halten.

Man muß ihm sagen, was Sache ist. Die alten Viertel abbrennen, die Gassen, die Unterschlüpfe, die Verstecke, die heimlichen Zusammentreffen der radikalen Moslems ausräuchern.« Er atmete tief durch.
»Aber wer ist der kleine Freddy, daß er dem großen Scheich kluge Ratschläge geben darf. Der Scheich hört nicht auf Leute wie mich.«
Er bremste hinter einem Karren, der hoch mit frisch gemähtem Gras beladen war und von einem Esel gezogen wurde. »Wir sind da.«
Nadine schaute sich um. Sie standen mitten in einer engen Gasse und blockierten den Verkehr. »Wo sind wir?«
Freddy zeigte auf ein Geschäft. Es sah aus wie alle anderen. Man verkaufte Schuhe und andere Lederwaren. In der Mitte des Geschäfts, das mit Neonröhren ausgeleuchtet war, prunkte ein geschnitzter Klapptisch mit Messingplatte, und darauf ein Teetablett mit einer schimmernden Teekanne. Der Besitzer, ein junger Mann im blütenweißen Burnus, hockte im Schneidersitz neben dem Tablett und las in einer Zeitung.
»Wir müssen für Sie einkaufen.« Er stieg aus, kam um den Wagen herum und öffnete ihre Tür.
»Was einkaufen?«
»Stiefel. Oder haben Sie Schlangenstiefel mitgebracht?« Nadine lachte verblüfft. »Wofür brauche ich Schlangenstiefel? Für das Gespräch mit dem Vizeminister für Finanzen? Ist er eine solche Viper?«
Freddys Gesicht verdüsterte sich. »Sie sollten nicht so reden, Miss, der Souk hat Ohren. Zufällig ist der Vizeminister ein enger Verwandter des Scheichs. Seien sie vorsichtig.«
Er half Nadine aus dem Wagen. Der Boden der Gasse war aus gestampftem Lehm und bedeckt mit Unrat. Es roch nach faulem Obst, nach Petroleum und fremden Gewürzen. Nadine atmete tief durch. Eine verschleierte Frau, die sich an ihr vorbeischlängelte, berührte ganz flüchtig, wie zufällig, ihr Gesicht. Als Nadine sich zu ihr umwandte, war sie mit gesenktem Kopf weitergelaufen.
»Tahir hat gesagt, Sie brauchen Stiefel für die Wüste.«
»Ich fahre in die Wüste? Tatsächlich?« Nadine konnte ihre Begeisterung kaum verbergen. »Wann?«
»Morgen«, sagte Freddy düster. »Der Scheich wird Sie in der Wüste

empfangen. Ich weiß nicht, warum er das tut. Er geht auf Falkenjagd. Niemals nimmt ein Araber eine Frau mit auf die Falkenjagd.«
Nadine lächelte. Sie strahlte vor Glück. »Ich bin keine Frau, Freddy, sondern Journalistin. Der Scheich kann das offenbar gut unterscheiden. Der Scheich ist ein kluger Mann.«
Freddy schaute sie an. Lange. Nadine lächelte ihn unbefangen an. Plötzlich hatte sie das Gefühl, das Freddy seine Macht verloren hatte, seine Autorität. Er war nur noch ein Chauffeur, sonst nichts. Er kaufte Schuhe für eine Frau, die den Scheich in die Wüste begleitete ...
Freddy sah ihren Blick.
Er spuckte aus.
»Gehen wir«, sagte er rauh.

Der Händler sprang sofort auf, als er sah, daß Freddy auf sein Geschäft zusteuerte. Er scheuchte einen halbnackten Jungen, der eben hinter dem Vorhang aus bunten Plastikschnüren heraustreten wollte, mit einer herrischen Geste zurück, glättete seinen Burnus und eilte mit ausgebreiteten Armen auf Freddy zu. Dabei mußte er achtgeben, daß er nicht über die vielen Dinge stolperte, die er auf den Teppichen ausgebreitet hatte. Mit einem Blick konnte Nadine feststellen, daß sie nichts davon wollte. Die Taschen waren Repliken von Hermes-Modellen aus den siebziger Jahren, die Reisebeutel billige Imitate, die wahrscheinlich aus Taiwan eingeführt wurden, und an der Wand hingen Plastiksandalen, braun und schwarz, alle identisch, mit einer dicken Staubschicht überzogen. Im hinteren Teil des Geschäftes jedoch stapelten sich weiße Kartons, und auf jedem Stapel waren dramatisch Schuhe dekoriert, braun, poliert, aber auch rot, mit hohem Absatz, und schwarz, aus Lack mit goldenen Rosetten.
»Freddy, mein Freund und Bruder!« rief der Händler. Er strahlte. Er breitete die Arme aus, er schlug Freddy auf die Schultern und küßte ihn innig, wobei er es sorgfältig vermied, auch nur einen einzigen Blick auf Nadine zu werfen.
Sie hatte sich bereits daran gewöhnt, daß sie für viele arabische Männer nicht existierte (oder nicht existieren durfte), und gefiel sich ganz gut in der Rolle.

Während die Männer sich küßten, miteinander lachten und aufeinander einredeten, was Nadine nicht verstand, schaute sie sich in dem Laden um. Es war eines von den Geschäften, wie es sie in arabischen Bazaren Tausende gab. Nadine konnte nicht erkennen, warum Freddy gerade diesen Laden ausgesucht hatte. An der Wand, auf einem grellbunten Seidenteppich, prangte ein Foto des Scheichs, in kitschigem Goldrahmen. Nadine trat an das Bild heran und studierte es. Der Scheich sah auf jedem Bild anders aus, aber immer hatten die Hofmaler es geschafft, diesen unbestechlichen, durchdringenden Blick seiner Augen einzufangen. Nie spielte ein Lächeln um seinen schmalen Mund. Die Stirn war glatt und hochgewölbt, die Nase groß und scharf.

»Yes, Madame, this is our Royal Highness, the Scheich bin Sultan al Maktoum, Allah segne jeden seiner Schritte und hüte seinen Tag. Allah sorge dafür, daß die Sonne immer senkrecht über ihm steht und daß ihn nachts süße Träume in den Schlaf wiegen.«

»Es ist gut, Didouf«, sagte Freddy barsch, »sie erwartet solche Reden nicht. Du kannst aufhören.«

Nadine lächelte. »Es gefällt mir«, sagte sie, »ist das aus einem Gedicht?«

»Es ist aus dem faulen Mund von Didouf, es ist eine Ausgeburt seines vom Kif verstörten Gehirns. Allah wird seine Sonne für den Scheich auch scheinen lassen, wenn du deinen dreckigen Mund hältst, Didouf.«

Didouf verschränkte die juwelengeschmückten Finger ineinander und verbeugte sich vor Nadine. Er betrachtete ihre Schuhe. »Zu Ihren Diensten, Miss. Ich habe gehört, Sie kommen aus Deutschland. Ein wunderbares Land. Möge Allah seinen Menschen Vernunft geben.«

Nadine lachte. »Heißt das, sie haben bislang nicht genug Vernunft?«

Freddy zerrte Didouf weg. »Hören Sie nicht auf Ihn, Miss. Sagen Sie ihm lieber die Schuhgröße.«

»Neununddreißig.«

»Was soll das sein?« erstaunt hob der Händler die Augen.

»Neununddreißig?«

»Meine Schuhgröße.«

Der Händler führte Nadine hinter einen Stapel von Schuhkartons und bat sie, auf einem Holzschemel Platz zu nehmen. Er zog einen zweiten Holzschemel heran, setzte sich und deutete demütig auf seinen Schoß. »Wenn Sie mir Ihren Fuß zeigen würden, Miss.«
Nadine streifte die Sandale ab und streckte den Fuß aus. Er nahm ihn vorsichtig in die Hand, mit ernstem Gesicht. Als der Junge wieder neugierig hinter den gepunkteten Perlenschnüren vorlugte, fauchte er ihn an. Der Junge war blitzartig verschwunden. »Verzeihen Sie, Madame«, sagte Didouf, »aber diese Jugend heute. Sie hat keinen Respekt mehr vor den Frauen.«
Er drückte seine Faust in ihren Fußballen und bog die Zehen behutsam auseinander. Nadine fragte sich, wozu das gut sein sollte, aber sie ließ ihn gewähren. Freddy stand mit mürrischer Miene breitbeinig im Eingang und versperrte so den neugierigen Passanten die Sicht.
»Ist das Ihr Sohn?« fragte Nadine.
»Ja, Madame. Er heißt Ali. Er ist der jüngste. Seine Mutter verwöhnt ihn zu sehr. Ich schimpfe jeden Tag mit ihr. Aber sie sagt, er sei der Augapfel ihres Lebens.« Er strich mit den Fingerspitzen über ihren Spann und drehte dann den Fuß, geschickt wie ein Masseur, im Gelenk. »Was soll ich da tun, Miss? Ich will keinen Ärger im Haus, also laß ich sie mit ihrem Augapfel zärteln.«
»Was ist?« knurrte Freddy. »Weißt du immer noch nicht, welchen Schuh sie braucht? Machst du das immer mit den Frauenfüßen? Ich möchte wissen, wieviel Ärger du mit deiner Frau kriegen würdest, wenn sie das hier sehen könnte. Sie müssen sich das nicht gefallen lassen, Miss Malten. Er ist ein Fetischist. Er liebt Füße. Er läßt sich immerzu Dinge einfallen, die er mit Füßen machen kann.«
Didouf stellte Nadines Fuß behutsam auf den Boden und erhob sich.
»Hören Sie nicht auf Freddy. Freddy hat eine schmutzige Phantasie. Das hat er bei den Legionären gelernt. Ich wundere mich, daß er überhaupt in so einem Anzug gehen kann. Ich dachte, er würde sich dabei das Rückgrat verrenken.«
Didouf lachte in sich hinein, während er die Stapel von Kartons abschritt, hin und wieder einen Deckel öffnete, hineinblickte und den Deckel wieder schloß. Manchmal nahm er einen Stiefel heraus,

betrachtete ihn eine Weile nachdenklich und legte ihn dann doch wieder zurück.
»Stiefel«, sagte Didouf, »sind eine Wissenschaft. Ein Stiefel ist kein gewöhnlicher Schuh. Nicht so etwas wie eine Sandale oder ein Halbschuh, in denen der Fuß machen kann, was er will. Auch Umknicken zum Beispiel. In einem Stiefel macht der Fuß, was der Stiefel will, das ist der entscheidende Unterschied, Miss. Und nun ist es die Kunst des Stiefelmachers, den Schuh so zu fertigen, daß der Wunsch des Stiefels mit dem Wunsch des Fußeigners übereinstimmt.«
Nadine lachte. Der Händler gefiel ihr. Er hatte für sein Alter einen zu dicken Bauch und zu schlechte Zähne, Freddy hatte vielleicht sogar recht, wenn er von seinem faulen Atem sprach. Aber so nah kam er ja nicht an sie heran.
Didouf hatte endlich den passenden Stiefel gefunden. Er seufzte erleichtert, lüftete seinen Burnus, und machte es sich wieder auf dem Schemel bequem.
»Geben Sie mir noch einmal Ihren Fuß, Madame«, bat er. »Ich glaube, dies ist der Stiefel, den Ihr Fuß braucht.«
Didouf schien sich nicht daran zu stören, daß Nadine barfuß war. Sie schlüpfte also hinein, und ließ ihn das Zuschnüren übernehmen. Der Stiefel schmiegte sich an ihre Fessel und wurde darüber wieder schmaler. Er umschloß wie ein Handschuh aus weichgegerbtem Kalbfell ihre Fessel. Er saß perfekt. Das Leder war schmiegsam und zart wie Seide und fühlte sich wunderbar kühl an. »Das sind herrliche Stiefel«, rief Nadine überrascht, »sie sitzen wie eine Socke.«
»Nicht wie eine Socke, Madame«, sagte der Händler vorwurfsvoll, »sondern wie ein Stiefel, der seinen Fuß gefunden hat. Warten Sie, wir ziehen auch den anderen an.«
Freddy stand immer noch da. Mit verschränkten Armen. Er hatte die Sonnenbrille nicht abgenommen. Manchmal warf er einen argwöhnischen Blick auf den Jeep, an dem sich die Leute vorbeiquälen mußten. Einen jungen Mann, der einen großen Blechteller mit in Fett gebackenen Hefestückchen auf dem Kühler abstellen wollte, scheuchte er mit wütenden Flüchen davon. Der Junge nahm sein Tablett, aber der Blick, der Freddy traf, war voller Haß. Er rief Freddy etwas zu.

»Was hat er gesagt?« fragte Nadine, während sie den zweiten Stiefel probierte.
»Nichts Besonderes, Madame«, murmelte Didouf, »er haßt das Militär. Er sagt, daß seien alles Gangster, die man erschießen sollte. Der Junge spricht dummes Zeug, Madame. Er sollte aufpassen. Im Souk ist es gefährlich, so laut zu reden. Es gibt Leute, die seiner Meinung sind, aber es gibt andere, die diese Meinung in andere Ohren flüstern, und das kann gefährlich sein.«
Freddy hatte jetzt etwas entdeckt, das seinen Zorn noch mehr erregte. Er rannte aus dem Laden.
»Und was ist Ihre Meinung?« fragte Nadine.
Didouf schaute sie an. Seine Hände streichelten das weiche Leder an ihren Fesseln. »Ich bin nur ein armer Händler aus dem Souk, Madame. Meine Meinung ist nicht wichtig.«
»Aber ich würde sie trotzdem gerne wissen. Ich bin eine neugierige Frau.«
»Madame, ich glaube, diese Leute treiben ein Spiel mit uns. Ich glaube, es sind Menschenverächter, ja wirklich. Allah hat die Liebe zu den Menschen gefordert, aber was tun sie? Sie treten die Worte des Koran mit den Füßen, sie kümmern sich nicht darum, was mit uns passiert. Sie denken nur daran, ihren eigenen Familien die Taschen zu füllen. Sie kaufen sich Villen in Andalusien und in Miami, Madame, sie haben mehr Geld auf der Schweizer Bank als der böse Diktator von Zaire. Aber keiner spricht über sie. Sie sind schlau. Sie haben Verbindungen, sie haben Macht. Und wir sitzen hier in unseren Geschäften, werden bespitzelt und bewacht, wir dürfen das Land nicht verlassen und nicht einmal alle Orte unseres Vaterlandes bereisen, wir werden nicht nur von den Militärs kontrolliert, Madame, sondern außerdem noch von den Mullahs. Wir sind Gefangene in Q'uam al Hashid, Madame. Sie sind Journalistin. Sie werden das herausfinden und darüber schreiben, nicht wahr? Unser Scheich hat Macht, er genießt die Macht, die er über andere Länder hat, er finanziert den Terror, der die Länder, in denen es noch eine Demokratie gibt, kaputtmachen soll.« Didoufs Stimme war leiser geworden, er sprach schnell, so schnell, daß Nadine nicht jedes seiner Worte verstand. Er schaute sie nicht an, sondern drehte ihren linken Fuß in seinen Händen.

»Woher wissen Sie, daß der Scheich so etwas tut?«
»Dieses hier, diese Gasse im Souk, in dem mein Geschäft liegt, Madame, gehört zum jüdischen Viertel. Früher gab es viele Juden in Q'uam al Hashid. Silberschmiede, Sattler. Die besten Kamelsättel, Madame, haben sie von jüdischen Handwerkern bekommen. Aber jetzt leben hier keine Juden mehr. Andere Leute, Madame, die aber auch gute Verbindungen haben. Und die Geschichten hören, Madame, oh, ich sage Ihnen.«
Freddy kam zurück. Er nahm die Sonnenbrille ab und wischte sich die Stirn. »Verdammte Brut«, brummte er, »wird Zeit, daß der Ramadan zu Ende geht. Die Leute sind verrückt vor Durst und Hunger. Sie fangen wegen jeder Sache sofort einen Streit an. Blödes Pack.« Er spuckte aus.
Nadine stolzierte mit ihren weichen Stiefeln im Geschäft auf und ab. Didouf saß noch auf seinem Schemel, die Hände im Schoß gefaltet.
»Und du?« fragte Freddy mißtrauisch. »Was hast du die ganze Zeit geredet? Ich habe gesehen, wie deine Lippen sich bewegt haben, wie ein Mullah hast du gepredigt. Aber was hast du gepredigt?«
»Wir haben über Kamelsättel gesprochen«, sagte Nadine heiter. »Ich finde Kamelsättel sehr interessant. Gibt es dort, wo ich morgen hinfahre, auch Kamele?«
Freddy war immer noch mißtrauisch. Er setzte die Brille wieder auf und knöpfte sein Sakko zu.
»Keine Ahnung. Wer Jeeps hat, braucht keine Kamele. Der Jeep ist das Kamel unserer Zeit. Kamele sind etwas für störrische Beduinen, die nicht begreifen, daß ihre Zeit vorbei ist. Für die Leute, die noch wie Analphabeten in ihren Zelten in den Sandmeeren hocken und nicht wissen, daß wir diese Welt mit einem einzigen Knall – puff – in die Luft sprengen können. Wieviel kosten die Stiefel?«
»Viertausendachthundert«, sagte Didouf.
»Dir haben sie ins Hirn geschissen«, sagte Freddy.
Didouf lachte. Er war ein bißchen unsicher. »Du weißt, daß dies der korrekte Preis ist.«
»In diesem verdammten Souk gibt es keinen einzigen korrekten Preis. Also, was kosten sie?«
»Viertausendachthundert«, sagte Didouf.

Freddy nahm die Sonnenbrille ab und steckte sie in die Jackentasche. »Ich glaube, du hast mich nicht verstanden«, sagte er sanft.
»O doch, doch.« Didouf nahm abwehrend die Arme hoch. Er lächelte. Sein Lächeln hatte etwas Flehendes. »Wenn es jemand anderes gewesen wäre als du, Freddy, hätte ich gesagt, achttausend, und dann hätte ich mich herunterhandeln lassen auf fünftausend. Aber so viel kosten die Stiefel. Es ist Ziegenleder.« Er wandte sich an Nadine, als brauche er ihren Beistand. »Von Babyziegen, Zicklein. Sie sind erst ein Vierteljahr alt. Deshalb ist das Leder so weich wie ein Handschuh.«
»Die Stiefel sind wirklich wunderbar, Freddy«, sagte Nadine.
»Dreitausend«, sagte Freddy.
Didouf schüttelte den Kopf. Er war bleich geworden. Das weiche Fleisch seiner Backen zitterte. Er preßte die Lippen fest zusammen und schüttelte den Kopf.
»Viertausendachthundert.«
Freddy holte tief Luft. Nadine sah, wie Didouf sich reckte, seine Schultern hochzog. Sie sah, daß er Angst hatte, aber daß er keine andere Wahl hatte, als diesen Kampf aufzunehmen. Er fürchtete sich vor einem Kampf mit Freddy. Aber er mußte hart bleiben. Vielleicht, dachte Nadine, ist viertausendachthundert wirklich der richtige Preis.
»Ich werde alle Leute warnen, daß sie nie wieder Stiefel bei dir kaufen«, sagte Freddy. »Ich werde in der Zentrale Bescheid geben, daß du Wucherpreise nimmst.«
»Viertausendachthundert ist der richtige Preis«, flüsterte Didouf mit bleichen Lippen. »Auch bei dir in der Zentrale zahlen sie alle viertausendachthundert. Der General bin Haled ...«
»Oh, laß den General aus dem Spiel«, fauchte Freddy, »hör auf, mit Namen um dich zu werfen.« Er fügte etwas auf arabisch hinzu, das Nadine offensichtlich nicht verstehen sollte. Nadine hatte den Namen des Generals noch nie gehört. Es sagte ihr nichts. Es war also völlig unnötig, daß Freddy sich so aufregte.
Didouf kam zu ihr. Er reichte ihr demütig ihre Sandalen. »Bitte, ziehen Sie die Stiefel wieder aus, Miss. Hier sind Ihre Schuhe. Es tut mir leid, ich weiß, daß die Stiefel für Ihre Füße gemacht sind, und die Stiefel wissen das auch. Aber was können wir tun. Dieser Mensch versteht nicht, daß gute Dinge ihren Preis haben.«

»Viertausendzweihundert«, knurrte Freddy.
Nadine öffnete ihre Tasche. Sie hatte genug von diesem Spektakel. Sie konnte nicht erkennen, ob es Spiel oder Ernst war. Aber sie glaubte, daß die Panik im Gesicht des Händlers echt war. Sie wollte ihm helfen. Sie wollte ihn von der Gegenwart Freddys befreien. Sie wollte das ganze Viertel von der Gegenwart des Militärjeeps befreien. Immer mehr Leute drängten sich um das Auto, machten Bemerkungen und schlugen mit der Faust wie zufällig auf die Kühlerhaube. Freddy sah aus, als sei er jede Sekunde bereit zu einem Mord.
Nadine öffnete ihr Portemonnaie.
»Viertausendzweihundert«, sagte sie, »ist ein guter Preis.« Didouf lächelte verkrampft. Er war immer noch bleich. Er warf Freddy einen verstohlenen Blick zu. »Okay, es ist ein schlechter Preis, aber damit wir Freunde bleiben, viertausendzweihundert.«
Nadine hatte versäumt, sich im Hotelzimmer die Banknoten einzuprägen. Sie wußte nicht mehr, was ein Fünfhunderter und was ein Hunderter waren. Etwas hilflos blätterte sie in dem Geldbündel, als Freddy plötzlich sagte: »Die Miss hat nicht so viel Geld. Sie kann viertausendzweihundert nicht bezahlen.«
Nadine wandte sich zu ihm um. Ihre Augen leuchteten. »Aber ich habe genug Geld, Freddy«, sagte sie heiter, »ich habe mindestens ...«
Im gleichen Augenblick begriff sie. Sie hatte einen unverzeihlichen Fehler gemacht. Sie schob das Geldbündel mit zitternden Händen in die Brieftasche zurück. Sie schaute Freddy an. »Stimmt. Und was machen wir jetzt?«
Freddy gab mit keinem Wort zu erkennen, ob er Bescheid wußte. Seine Augen waren hinter der Ray-Ban-Brille verborgen. Didouf war endgültig verstummt.
Nadine setzte sich auf den Schemel und zog stumm die Stiefel wieder aus. Didouf tat nichts, um sie daran zu hindern. Sie trug die Stiefel zu Didouf und reichte sie ihm. Er dankte mit einem Kopfnicken und gab ihr dafür ihre Sandalen.
Nadine hatte plötzlich das Gefühl, daß sie ersticken müßte. Die Hitze in dem Souk, in den kein Windhauch gelangte, wurde gegen Mittag unerträglich. Der Geruch von Eseldung, von getrocknetem Fisch, von faulendem Gemüse und parfümierter Seife machte sie

schwindlig. Schweiß floß ihr vom Busen den Bauch hinunter. Sie hoffte, daß ihre Bluse keine Flecken bekommen würde. Die Haare klebten an ihrer Stirn. Stumm schlüpfte sie in die Sandalen.

»Ich will sie im Karton«, sagte Freddy. Er zog eine Brieftasche heraus, die gespickt mit fünf Hundert-Dirham-Scheinen war, und zählte das Geld auf das Tablett mit der Teekanne. »Ich bekomme dreihundert zurück. Das sind viertausendfünfhundert.«

Didouf eilte hinter den Perlenvorhang. Man hörte gedämpftes Gemurmel. Nadine und Freddy warteten, ohne sich anzublicken. Nach einer Weile kam Didouf wieder. Er hielt dreihundert Dirham in der Hand. Er gab sie Freddy. Dann legte er die Stiefel behutsam in den Karton und überreichte ihn Nadine. Er schaute auf ihre Fußspitzen.

»Wenn Sie das nächste Mal kommen, werde ich Ihnen Tee servieren, Madame. Ich bitte um Verzeihung, daß ich so unhöflich war, es diesmal zu vergessen.«

Freddy schnaubte. »Ich hoffe, es ist kein Tee in der Kanne. Heute ist der letzte Tag des Ramadan, Freund. Paß auf, daß die Häscher des Imam dich nicht dabei erwischen, wie du Tee mit deinen Kunden säufst, während andere fast verdursten. Kommen Sie, Miss, es ist eine Stunde Fahrt bis zum Haus des Vizeministers. Wir müssen uns beeilen.«

Der Vizeminister saß in seinem vollklimatisierten Büro an der Avenue bin Said und kaute auf einem braunen Holzstäbchen, als Nadine und Freddy zu ihm geführt wurden. Das Holzstäbchen sonderte einen braunroten Saft ab, der das Zahnfleisch und die Zähne verfärbte. Das Begrüßungslächeln des Ministers hatte dadurch etwas Zombiehaftes. Seine Stimme, kehlig und heiser, stieß die Wörter aus wie heißen Atem, es war schwer, ihn zu verstehen. Er schickte Freddy sofort hinaus, bestellte bei einem Beamten Wasser für Nadine (er selber würde, da es der letzte Tag des Ramadan war, natürlich nichts trinken) und ließ sich ihr gegenüber in einen der Besuchersessel fallen.
Er musterte Nadine neugierig und ohne die Zurückhaltung, die andere sich auferlegten, offenbar war seine Machtbefugnis so groß, daß er keine Rücksicht mehr auf alte Tabus nehmen mußte.
Er trug eine weiße Dischdascha und eine Kafyiah aus hauchzarter Seide, die mit einer kunstvoll geflochtenen, schwarzen Seidenkordel zusammengehalten wurde.
Er legte seine feisten Finger auf den Bauch und sagte: »Sie sind zu jung.«
Nadine lachte, um ihre Entrüstung zu verbergen. »Zu jung wofür?«
»Für die Aufgabe, die Sie haben.«
»Oh, danke für das Kompliment. Ich bin nicht so jung, wie Sie denken. Ich bin nicht zu jung, um für eine der wichtigsten Zeitungen von Deutschland zu arbeiten.«
»Aber was ist das für eine Arbeit? Geben Sie den Frauen Tips, wie sie günstiger einkaufen können?«
Er lachte über seinen Witz. Er zerbrach mit der rechten Hand das Holzstäbchen und nahm aus einem bemalten Lackkästchen ein neues, das er sofort zwischen die Schneidezähne schob.

Nadine öffnete ihre Tasche, nahm das Notizbuch und ihren silbernen Kugelschreiber heraus und schlug die Beine übereinander.
Sie wußte, daß sie für diesen Mann ziemlich genau dem Klischee einer kompetenten Sekretärin aus einem amerikanischen Film entsprach, aber das störte sie nicht.
»Nicht ganz«, sagte sie sanft, »meistens schreibe ich über politische Themen. Ich weiß nicht, warum Sie das sagen, Herr Minister. Um mir zu zeigen, daß Sie nichts von berufstätigen Frauen halten?«
Der Vizeminister schloß die Augen zu einem Spalt. Er beobachtete sie. »Ich halte viel von Frauen. Aber nicht in der Politik. Von Politik verstehen Frauen nichts. Politik ist Macht und Kampf. Frauen sind für den Kampf nicht geboren.«
Der große Schreibtisch im Hintergrund war fast leer. Es gab all die Utensilien, die man erwartete: einen Briefbeschwerer, eine Unterschriftenmappe, einen Stapel Broschüren, eine Weltkarte an der Wand und ein Foto, das den Vizeminister zusammen mit dem Scheich bin Zayed auf der Tribüne der Kamelrennbahn zeigte.
Während des zweistündigen Gesprächs mit Nadine klingelte kein einziges Mal das Telefon, niemand kam herein, um dem Vizeminister wichtige Zettel zuzustecken, und auch aus dem Vorraum des Ministerbüros drang kein Laut. Es sah nicht so aus, als würde der Minister sich überarbeiten.
»Ich habe ein paar Fragen vorbereitet«, sagte Nadine, nachdem der Minister auch das zweite Holzstäbchen zerbrochen hatte. »Sollten wir einfach anfangen?«
Der Minister nickte gleichmütig. Er betrachtete Nadines Knie.
»Fragen Sie, was Sie wollen. Sie werden sehen, daß Q'uam al Hashid ein blühendes, wirtschaftliches Unternehmen ist. Wir führen dieses Land wie ein Unternehmen, ein Profitcenter sozusagen«, er lachte zufrieden über das Bonmot. »Ich bin sicher, das wird Ihre Leser in Deutschland überraschen. Wir haben keine Arbeitslosen, Miss, in diesem Land, und wir werden auch nie welche haben.«
»Auch nicht, wenn die Ölquellen versiegen?«
Der Minister lachte dröhnend. »Die versiegen nicht in den nächsten zwanzig Jahren, das haben wir prüfen lassen.«
»Von wem?«
»Von amerikanischen Experten.«

Nadine schaute von den Notizen auf. »Sie vertrauen amerikanischen Experten?« Ihre Stimme klang unbekümmert, beiläufig, aber dennoch fiel der Vizeminister nicht auf sie herein.
Er beugte sich vor. »Miss Malten, wir haben nichts gegen Amerika. Wir bewundern die Amerikaner.«
»Aber Sie lieben sie auch nicht gerade.«
»Muß man jemanden lieben, um ihm zu vertrauen? Lieben tun wir unsere arabischen Brüder, wenn auch nicht alle.«
»Welche zum Beispiel nicht?«
Der Minister drückte auf einen Klingelknopf, und wenig später erschien ein Angestellter. Auch er trug eine weiße Dischdascha, auch er war also ein Einheimischer von Q'uam al Hashid, möglicherweise ein Verwandter. Nadine hatte sich sagen lassen, daß alle Schlüsselpositionen in diesem Land von Mitgliedern eines einzigen Clans eingenommen wurden. Der Minister gab mit seiner heiser-dunklen Stimme eine Anweisung auf arabisch. Der Mann verschwand wortlos.
»Entschuldigen Sie«, er lächelte, »welches war Ihre letzte Frage? Es ging um die Ölquellen.«
»Nein, verzeihen Sie. Ich fragte, zu welchem arabischen Land Sie keine Liebesbeziehung haben?«
»Sie reden gern über die Liebe, merke ich. Ja, warum eigentlich nicht. Reden wir über die Liebe, kennen Sie arabische Gedichte? Ich habe ein Buch hier, mit wunderbaren Liebesgedichten. Schade«, er stand auf und öffnete einen Schrank und zog ein schmales Bändchen heraus, »es ist auf arabisch. Aber es wäre bestimmt interessant für Sie. Zum Beispiel das Gedicht über die Augen der Berberin.«
»Glauben Sie nicht, daß wir wieder zur Politik zurückkommen sollten, Herr Minister? Ich weiß nicht, wieviel Zeit Sie für dieses Interview haben ...«
»Eine Stunde.«
»Auf meiner Liste stehen viele Fragen.« Nadine hielt die Seite mit den Notizen hoch.
»Aber wir sind beim Thema. Die ganze Zeit.« Der Minister setzte sich wieder und legte das Bändchen auf den Glastisch, der zwischen ihnen stand. »Diese Gedichte hat mein Vetter gemacht, Scheich Zayed bin Sultan al Maktoum.« Er lachte, als er Nadines Verblüffung bemerkte.

Es gefiel ihm, daß er sie überrascht hatte. »Nicht wahr, das wußten Sie noch nicht. Sie wissen so viel, aber das nicht, oder?«
Nadine schüttelte den Kopf. Sie nahm den schmalen Band in die Hand. Es war ein kunstvoll gebundenes Buch, mit einer kalligraphischen Schrift, darunter eine Zeichnung, die wirkte wie eine Kopie eines sehr alten Stiches. Ein Mann und eine Frau im Schatten einer Dattelpalme. Sie blätterte in dem Buch. Die Gedichte waren kurz, manche nur ein paar Zeilen lang. »Schade, daß ich es nicht lesen kann.«
»Ja, nicht wahr? Die Europäer kommen nach Arabien, als wenn sie dieses Land erobern wollten mit ihrer Technik, mit ihrer Wissenschaft, mit ihrer Kultur, als wären wir Barbaren. Dabei ist die arabische Schrift eine der ältesten der Welt, und niemand gibt sich die Mühe, sie zu lernen, bevor er zu uns kommt. Können Sie überhaupt kein arabisches Wort?«
»Ein paar«, sagte Nadine ausweichend. Es waren wirklich nur sehr wenige, und sie hatte keine Lust, sie vor dem Minister aufzusagen. »Wann hat der Scheich diese Gedichte geschrieben?«
»Oh, das ist noch nicht lange her. Einige sind während des Golfkrieges entstanden.« Der Minister stieß wieder sein heiseres Lachen aus. Dabei schwappte sein Bauch hin und her. »Das hätten Sie auch nicht gedacht, nicht? Der Scheich schreibt Gedichte, um sich auszuruhen von der Politik. Auszuruhen vom Tag. Nachts, allein in seinem Zelt schreibt er Gedichte.«
»In seinem Zelt?«
»Ja, er schläft meist in einem Zelt. Er haßt feste Häuser. Am meisten haßt er Häuser wie dieses.« Der Minister breitete die Arme aus. »Glas und Beton und eine Klimaanlage. Er ist ein Wüstensohn. Aufgewachsen in der Wüste, erzogen von Beduinen. Die sind anders, die wollen keine Mauern um sich herum. Außerdem ist es sicherer für einen Mann wie ihn, jede Nacht sein Zelt woanders aufzuschlagen. Wie lautet Ihre nächste Frage?«
Nadine schluckte, sie machte sich hastig Notizen. Dabei dachte sie darüber nach, ob auch sie in einem Zelt schlafen würde. Sie dachte, wie das wäre in einem Zelt, und nebenan ein Mann, gesucht und gefürchtet und bewundert, der auf seinen Kissen sitzt und Gedichte schreibt …

»Ich würde gerne mit Ihnen über Ihren Plan reden, eine Freihandelszone in Q'uam al Hashid einzurichten.«
»Diese Pläne sind Pläne.«
»Gut, das sagte ich. Aber wie können Sie sich eine Freihandelszone vorstellen in einem Land, das geschlossene Grenzen hat?«
»So geschlossen sind unsere Grenzen nicht. Sie sind doch auch hierhergekommen, oder nicht?«
»Aber ich mußte meinen Paß abgeben.«
Der Vizeminister lachte. »Und das haben Sie sich gefallen lassen?«
Nadine sah ihn überrascht an. Vor Verlegenheit bekam sie einen roten Kopf. »Hätte ich mich denn wehren können?«
Der Minister lehnte sich zurück und betrachtete Nadine wohlgefällig. »Warum fragen Sie mich das? Woher soll ich das wissen? Ich muß meinen Paß nicht abgeben, wenn ich hierher komme.« Er betrachtete aufmerksam seine Fingernägel und begann dann, sie ungeniert zu säubern.
»Aber ich sage Ihnen etwas, Miss Malten: Mich würde kein Beamter in irgendeinem Land der Welt dazu bringen, den Paß abzugeben. Wie wollen Sie dieses Land verlassen, wenn Sie keinen Paß haben?«
»Ich denke, man wird ihn mir zurückgeben, wenn ich meine Arbeit hier beendet habe.«
»So, das denken Sie. Und wann wird das sein?« Nadine hob die Schultern. »In einer Woche. In zehn Tagen. Wer weiß.«
Der Minister nickte nachdenklich. Er schenkte Nadine Wasser ein und nötigte sie zu trinken.
»Sie haben den Scheich Zayed noch nicht getroffen?«
Nadine schüttelte den Kopf.
»Aber ich glaube, er hat Sie schon gesehen.« Nadine hob erstaunt den Kopf. »Ja?«
»An dem Tag, als Sie Ihren Paß abgeben mußten. Auf dem Flughafen. Mein Vetter ist mit dem Hubschrauber gelandet. Haben Sie ihn wirklich nicht bemerkt? Er sagt, Sie hätten ihn sehr neugierig gemustert.«
»Neugier gehört zu meinem Beruf«, Nadine runzelte die Stirn. Sie erinnerte sich plötzlich sehr genau.
Ein merkwürdiges Gefühl zu wissen, daß dieser Mann sie schon kannte. Irgendwie mißfiel ihr der Gedanke.

»Mein Vetter hat wenig Vertrauen zu Journalisten«, sagte der Minister. »Er hat überhaupt wenig Vertrauen zur Presse. Die ausländische Presse lügt. Da schreiben Leute, die sind bessere Geschichtenerfinder als Shehezerade.«
Nadine protestierte. »Wir recherchieren unsere Geschichten sehr genau. Wir haben eine juristische Abteilung, die alle Artikel auf mögliche Schwächen und Schwierigkeiten prüft, bevor sie gedruckt werden. Unsere Zeitung bekommt fast nie Gegendarstellungen.«
Der Minister tat ihren Einwand mit einer lässigen Handbewegung ab.
»Das interessiert mich nicht. Ich weiß nur, daß lauter Lügen über unser Land verbreitet werden. In England, in Frankreich, in Amerika. Nur die Schweiz, die ist ein bißchen vorsichtiger.«
»Die verwalten auch die Ölmilliarden, nehme ich an. Für solche Leute ist es immer ratsam, den Mund zu halten.«
»Sind Sie gegen den Kapitalismus?« fragte der Minister lauernd.
Nadine lachte. »Überhaupt nicht. Es gibt ja kaum mehr eine Alternative, oder?«
»Und wofür waren Sie, bevor der Kommunismus zusammengebrochen ist?«
»Nicht für den Kommunismus. Wie würden Sie denn Ihr Land einordnen?«
»Wir haben die Demokratie der freien Marktwirtschaft.«
Nadine ließ sich diese Bemerkung auf der Zunge zergehen. Das klang wunderbar. Sie schrieb eifrig.
»Was schreiben Sie da?« fragte der Minister.
»Ich schreibe, was Sie gesagt haben: die Demokratie der freien Marktwirtschaft. Was ist das in Ihren Augen? Ich meine, es ist doch offensichtlich, daß dieses Land nicht demokratisch ist.«
»Wir haben ein Parlament.«
»Aber in dem sitzen keine vom Volk gewählten Vertreter, sondern Mitglieder einer einzigen Familie.«
»Nicht einer, Miss Malten, nicht einer.«
Die Tür öffnete sich, der Beamte legte einen braunen Umschlag auf den Tisch und verschwand.
»Hier«, sagte der Minister, »sind alle Daten, die Sie interessieren könnten. Über unsere Wirtschaft. Öl, Gasvorkommen, wir haben

auch Uran gefunden, wußten Sie das? Über die Entwicklung des Landes. Vor dreißig Jahren waren mehr als 70 Prozent unserer Bevölkerung Analphabeten. Jetzt besucht jeder eine Schule und lernt lesen und schreiben. Sie können hier auch alle neuen Daten über unser Sozialwesen nachlesen. Aber das wissen Sie vielleicht, daß Q'uam al Hashid eine kostenlose Gesundheitsfürsorge anbietet.«
»Wie viele Ihrer Nachbarstaaten auch.«
»Gut. Und Kuba auch zum Beispiel. Aber wir haben all die Dinge, die Kuba nicht besitzt. Wir haben genug Kliniken und Herzspezialisten und ausgebildete Fachärzte. In Kuba gibt es ja nicht einmal Mullbinden. Was soll da das Gerede von einem kostenlosen Gesundheitssystem?«
Der Minister war kein schlechter PR-Mann für dieses Land. Er überschüttete Nadine in der nächsten halben Stunde mit Zahlen und Fakten über, die absolute Steuerfreiheit, das Recht jedes Menschen auf ein Haus mit Küche und Bad (daß die Beduinen in der Wüste freiwillig auf diese Segnungen der Neuzeit verzichteten, war eine andere Sache) und darüber, daß heute die Frauen von Q'uam al Hashid sogar die Universität besuchen könnten, wenn ihre Eltern es erlaubten.
»Und?« fragte Nadine. »Erlauben es die Eltern?«
»Ein oder zwei schon«, sagte der Minister, während er sich lächelnd über den Bauch strich. »Das braucht Zeit. Aber wir haben gerade damit begonnen, in den einzelnen Fakultäten der Universität Waschräume für Ladies einzubauen. Bevor die fertig sind, können wir natürlich noch keine Frauen zum Studium zulassen. Aber darüber sollten Sie mit meinem Schwager reden.«
»Und wer ist Ihr Schwager?«
»Er ist Erziehungs- und Kultusminister. Er hat zwei Jahre in England studiert. Er ist sehr ehrgeizig. Er möchte, daß unser Land in zwanzig Jahren keine Spezialisten aus dem Ausland mehr braucht. Heute sind wir noch abhängig von dem Wissen der Europäer und Asiaten. Heute herrschen diese in den Fabriken und Laboratorien. Aber in zwanzig Jahren werden wir sie alle nach Hause schicken.« Er erhob sich und streckte Nadine übergangslos die Hand hin. »Schreiben Sie etwas Gutes über unser Land. Schreiben Sie die Wahrheit. Hören Sie endlich auf, Lügen über Q'uam al Hashid zu verbreiten. Daß der Scheich kein Terrorist ist, wissen Sie ja nun.«

»Und woher weiß ich das?« Nadine sammelte ihre Notizen zusammen und erhob sich.
»Ein Mann, der Gedichte schreibt!« rief der Minister mit heiserer Stimme, »achtet doch die Menschen!«
Er führte Nadine zur Tür. Er stieß die Tür auf. Nadine schaute sich zu ihm um. Sie blickte ihm in die Augen.
»Da gäbe es viele Beispiele«, sagte sie ruhig. Sie klopfte auf ihr Notizbuch. »Danke für das Gespräch.«
Der Vizeminister nickte knapp und zog dieTür wieder hinter sich zu.
Aus seinem Stuhl neben der Tür erhob sich Freddy.
»Okay«, sagte er, »das war's. Jetzt bringe ich Sie zurück ins Hotel.«

Freddy steuerte den Jeep über den breiten, von Oleanderbüschen durchteilten, vierspurigen Boulevard. Nadine machte Notizen. Freddy sprach ins Telefon. Seine Stimme war gedämpft, aber Nadine spürte dennoch, daß er aufgeregt oder wütend war. Sie hatte keine Ahnung, worum es ging.
In der Ferne sah sie die neuen, wie Beduinenzelte gebauten Tribünen der Kamelrennbahn. Ein Rudel hochbeiniger, ungesattelter Kamele trabte mit vorgestrecktem Hals über die staubige Piste, begleitet von Männern in offenen Autos und kleinen Jungen, die wie die Teufel hinter den Tieren herrannten, mit Stöcken auf den Boden schlugen. Wahrscheinlich schrien sie auch, riefen den Kamelen etwas Anfeuerndes zu, aber das konnte Nadine nicht hören.
Es war Betrieb auf der Straße, obwohl es Mittagszeit war und die Hitze einen Grad erreicht hatte, der fast unmenschlich war. Die heiße Luft nahm Nadine den Atem, sie brannte in der Lunge, sie stach wie mit feinen Nadeln gegen die Stirn.
Freddy beendete das Telefongespräch. Er schaute kurz zu ihr hin. Nadine notierte gerade die Einzelheiten aus dem Zimmer des Ministers, die ihr aufgefallen waren. Nadine hatte sich vorgenommen, alles zu notieren, um es später bei Gebrauch so genau wie möglich beschreiben zu können.
»Wieviel?« fragte Freddy.
»Was?«

»Wieviel Dollar haben Sie getauscht?«
Nadine zögerte. Sie legte ihren Kuli weg und schob das Notizheft in die Tasche. »Tahir hat das für mich besorgt. Hundert Dollar.«
Freddy schnaubte verächtlich. »Die meine ich nicht. Ich meine das Geld, das Sie Hasher gegeben haben. Wieviel war das?«
Nadine schloß die Augen. Scheiße, dachte sie, sie haben sogar schon seinen Namen. Ich bin ein Idiot. Ich darf solche Fehler nicht machen. Schwarzhandel ist illegal, wie der Name doch sagte. Welcher Teufel hat mich geritten? Nur, weil ich einen Beweis dafür haben wollte, daß die Währung des hashidischen Dirham nicht so stabil ist, wie immer gern behauptet wird, setze ich alles aufs Spiel?
Sie haben meinen Paß, dachte Nadine. Und sie dachte weiter: Und das Interview mit dem Scheich hat noch nicht stattgefunden.
»Wenn Sie es nicht sagen wollen, werden wir es auch so herausbekommen. Es spielt keine Rolle. Sie haben Hasher schon verhaftet. Er ist schon im El Amein.«
Nadine erstarrte. »Was ist das, El Amein?«
»Das Staatsgefängnis. Da arbeiten Profis, die werden schon alles herausfinden«, sagte er lachend und hob seine rechte Hand.
»Vielleicht nehmen sie dort nicht die amerikanische Methode, aber dann haben sie andere. Was macht das für einen Unterschied.«
»Hundert«, sagte Nadine schnell.
»Und wie war der Kurs?«
»Achtundzwanzigtausend.«
Freddy ließ einen Augenblick das Steuer los. Er pfiff durch die Zähne und schüttelte dann verbittert den Kopf. Er nahm den Hörer, tippte eine Nummer ein und begann, heftig zu reden. Ein Schwall von Wörtern ergoß sich aus seinem Mund. Nadine wurde ganz übel. Schließlich legte er den Hörer zurück.«
»Es tut mir leid«, sagte Nadine.
Freddy knurrte. »Darum geht es nicht. Es geht um diesen Schweinehund Hasher. Ich habe ihn schon lange im Verdacht gehabt.«
»Was passiert jetzt mit ihm?«
»Keine Sorge, er wird Sie nicht wieder belästigen.«
»Das habe ich nicht gemeint. Hasher war sehr höflich.« Nadine zögerte. »Höflicher als manch anderer in diesem Land.«
Freddy lachte. Er schob die Sonnenbrille ins Haar und öffnete den

obersten Hemdenknopf. Dann zerrte er die Krawatte etwas weiter auf. »Die Höflichen landen zuerst im El Amein«, sagte er fröhlich. »Keine Sorge, wir kümmern uns um ihn.«
Er bog in die Straße zum Al-Fellaj-Hotel ein. Als der Wagen vor dem Portal hielt, kam Abdul auf sie zugeeilt. Er rief Freddy etwas zu, aber Freddy grinste nur, hob die Schultern und nahm den Schuhkarton vom Rücksitz. Er drückte Abdul die Schuhe in die Hand und unterbrach seinen Wortschwall, indem er auf englisch sagte: »Das sind die Stiefel für Madame. Laß sie auf ihr Zimmer bringen.«
»Ich kann sie selber tragen.« Nadine streckte die Hand aus, aber Abdul sagte hastig: »Ich mach' das schon.« Er warf ihr dabei einen verschwörerischen Blick zu, der Nadine sofort zum Schweigen brachte.

»Um fünf Uhr«, flüsterte Abdul, als er den Karton in ihrem Zimmer auf einen Stuhl legte.
Nadine verstand nicht sofort. »Was ist um fünf?«
»Jamila, meine Frau, möchte mit Ihnen sprechen.«
»Soll ich zu Ihnen nach Hause kommen?«
Abdul schüttelte den Kopf. »Das geht nicht. Das ist unmöglich. Man wird Fragen stellen. Man hat schon so viele Fragen gestellt. Ich habe zu Jamila gesagt: Es ist besser, wir verschieben es. Aber Jamila – Sie kennen Jamila nicht –, es ist nicht leicht, etwas zu verschieben, das sie sich in den Kopf gesetzt hat. Um fünf Uhr im Hammam. Es ist gleich hier in der Nähe. Ich beschreibe Ihnen den Weg. Dort werden Sie keine Zuhörer haben. Das Hammam ist ein Badehaus nur für Frauen. Jamila geht zweimal in der Woche dorthin. Niemand wird einen Verdacht schöpfen. Und Sie sind Journalistin. Eine Journalistin, die noch nie in einem arabischen Badehaus war ...«
Er machte eine wegwerfende Handbewegung.
Nadine öffnete die Balkontüren, obgleich sie dadurch nur noch heißere Luft in das Zimmer ließ. Auf dem Balkonsims saßen die kleinen gelben Vögel mit den roten Schnäbeln und schwatzten. Die Luft war erfüllt vom Duft der Orangenblüten. In der Ferne schimmerten golden die Kuppeln der alten Moschee.
»Danke, Abdul«, sagte Nadine warm. »Sie sind ein wirklicher Freund. Ich weiß das zu schätzen.« Abdul senkte den Kopf.

»Ist eine Nachricht aus Deutschland für mich gekommen, Abdul?« fügte sie hinzu.
»Nein, keine Nachricht. Nichts ist gekommen.« Er hob den Kopf. Seine Augen waren sehr groß, als er Nadine anblickte und monoton den Kopf schüttelte. »Überhaupt keine Nachricht.«
Nadine runzelte die Stirn. »Das verstehe ich nicht. Ich warte immer noch auf eine Antwort ... ich hatte ...«
Abdul unterbrach sie sanft. »Ich verstehe es auch nicht, es tut mir leid.« Er verschwand. Nadine blickte ihm nachdenklich hinterher.

Henscheid gehörte nicht zu der Sorte von Journalisten, die auf Spesenrechnung übertrieben essen ging. Er liebte die französische Küche – noch mehr jedoch die japanische. Ich gehe meilenweit für eine Sashimi, diesen Spruch machte er gern. Aber es fiel ihm auch nicht schwer, das von seinem eigenen Geld zu tun. Sein einziges Laster war der Porsche, er interessierte sich weder für Roulette noch besonders für Frauen – schon gar nicht, wenn sie kostspielig waren –, warum also sollte er nicht die Existenz von begnadeten Köchen unterstützen? Das kam schließlich ihm zugute.

An diesem Mittag jedoch speiste er auf Rechnung des Verlages. Sein Gast war weiblich, circa dreißig Jahre alt, dunkelhaarig, ein südländischer Typ (Marias Mutter war Portugiesin), promovierte Politologin (»Der Wiederaufbau der Gewerkschaftsbewegung nach 1945«), derzeit war sie als Leiterin des renommierten Aspen-Institutes in Berlin im Gespräch.

Dr. Maria Kogon hatte ihm unaufgefordert einen brillanten Essay geschickt, eine Analyse über den Einfluß der Gewerkschaft auf die Ökonomie Schwarzafrikas, und Henscheid war fest entschlossen, den Artikel zu drucken. Tilman Schröder, dem er das Manuskript wortlos auf den Tisch gelegt hatte, hatte zwar die Stirn gerunzelt und gemeint: »So schlau sind unsere Leser nicht, daß sie das kapieren«, aber Henscheid war anderer Meinung. Zudem hatte er vor, Maria fester an den Verlag zu binden, ihr vielleicht eine Art Autorenvertrag anzubieten. Dr. Maria Kogon hatte die letzten zwei Jahre an der Universität von Nairobi als Dozentin gearbeitet und in ihrer freien Zeit all jene Länder intensiv bereist, für die seine Mitarbeiter sich zu schade waren. Henscheid haßte die Kollegen, die sich weigerten, nach Bamako zu fliegen, nur weil es dort im Grandhotel kein flie-

ßendes Wasser mehr geben sollte und zeitweilig auch keinen Strom. So etwas hielt heutzutage die Journalisten von der Recherche ab – unglaublich. Dr. Maria Kogon war aus anderem Holz geschnitzt. Sie genoß ganz offensichtlich die Coquilles St. Jacques, die auf einem Bett von Zuckerschoten und Hummersauce serviert wurden, aber er konnte sie sich ebensogut unter einem Blechdach vorstellen, mit einer Schüssel voll Süßkartoffeln auf dem Schoß. Maria berichtete gerade von dem Gespräch mit dem mexikanischen Oppositionsführer, das sie erst vor wenigen Wochen geführt hatte, als der Kellner an den Tisch trat.
»Herr Henscheid? Sie werden am Telefon verlangt.«
Henscheid tupfte den Sauternes von den Lippen und stand stirnrunzelnd auf. »Jetzt? Wer ist es?«
»Die Dame hat ihren Namen nicht genannt.«
Dr. Maria Kogon lächelte. »Ein begehrter Mann offenbar«, sagte sie amüsiert, hob das Glas und prostete ihm zu. »Gehen Sie nur.«
»Ich bin in einer Sekunde zurück, Maria«, sagte er hastig und bat mit seinem liebenswürdigsten Lächeln um Vergebung. Er nannte sie Maria, seit sie sich auf dem SPD-Kongreß vor einem Jahr in der Bierstube etwas nähergekommen waren. Nicht nahe genug für seinen Geschmack, aber immerhin nannte er sie Maria. Und wenn sie ein gutes Thema anzubieten hatte, dann rief sie ihn an und nicht Unterstöger, der viel attraktiver war. Oder Tilman Schröder, der die Macht hatte.
Es war Gerti. Sie schien es zu genießen, daß sie ihn beim Feudal-Lunch stören konnte. Sie hatte sogar einen triftigen Grund. »Unterstöger hat gesagt, ich darf Sie stören«, sagte sie, »er will sofort mit Ihnen reden.«
»Verdammt, der erste Gang steht gerade auf dem Tisch.«
»Tut mir leid. Was ist es denn?«
»Coquilles St. Jacques.«
Gerti machte ein Geräusch, als wenn sie sich erbrechen müßte, und verband mit Unterstöger, der vor Aufregung so laut schrie, daß Henscheid den Hörer mit gestrecktem Arm weghalten mußte.
»Der schnelle Egon war eben an der Strippe. Er hat Neuigkeiten über einen gewissen Tahir al Machmout alias Mohammed bin Jaouf alias Nehmed Abu Tamarin.«

Henscheid umklammerte den Hörer. »Und?«
»Sieht nicht gut aus«, sagte Unterstöger, »wenn ich Sie wäre, würde ich mir um eine gewisse Nadine Malten ein paar Sorgen machen.«
»Reden Sie keinen Unsinn, Mann.«
»Ich rede keinen Unsinn. Ich referiere nur, was der schnelle Egon herausgefunden hat. Ein IA-Mann aus der Szene der Falken. Ein Dunkelmann der Sonderklasse. Wirklich enorm, was der schnelle Egon da an Material zusammengetragen hat. Er will es nicht faxen ...«
»Und warum nicht?« bellte Henscheid. Er hatte einen hochroten Kopf.
»Weiß nicht, ist zu unsicher. Er schickt einen Kurier. Einen Vertrauensmann«, Unterstöger lächelte in sich hinein, »Sie kennen ihn doch, er spielt immer ein bißchen den Helden aus einem John-le-Carré-Thriller. Aber weiß der Himmel, vielleicht hat er sogar recht.«
»Das weiß ich erst, wenn ich das Material gesichtet habe«, knurrte Henscheid. Er wandte sich um, konnte aber Maria nicht sehen. Sie war hinter diesem riesigen Palmenkübel verborgen, mit dem der Besitzer eine andere als die Frankfurter Welt vortäuschen wollte. Draußen nieselte es.
»Bei zwei Bombenattentaten hat er ganz sicher die Hand im Spiel«, sagte Unterstöger. »Die Geschichte in Paris vor einem halben Jahr (damals wurden drei Schulkinder getötet, als eine Bombe vor dem Haus des israelischen Botschafters explodierte) und die Geschichte in Miami.« (Henscheid erinnerte sich: Fünf Tote in einem Fast-food-Laden. Die CIA hatte die Sache heruntergespielt und eine Art »Ein Mann sieht rot«-Motiv für das Blutbad angegeben. In Wirklichkeit handelte es sich aber um ein Treffen syrischer und libyscher Einkäufer mit einem mexikanischen Waffenlieferanten.)
»Außerdem«, fügte Unterstöger mit einem süßen Ton hinzu, »ist Ihr Freund ein Waffennarr. Besitzt eine ganze Sammlung von Schnellfeuergewehren. Der schnelle Egon hat einen Gewährsmann, der beschwört, daß er ihm einen Aktenkoffer gebastelt hat, der bis unter den Deckel voll ist mit Killermaterial.«
Henscheid wischte sich den Schweiß von der Stirn. »Na, dann Prost«, murmelte er, für einen Augenblick die Augen schließend.

»Ich glaube, wir sollten Nadine Malten eine Warnung zukommen lassen«, riet Unterstöger, »und zwar diskret. Und außerdem schnell. Sie hat wahrscheinlich keine Ahnung, in welcher Gesellschaft sie sich befindet.«

Henscheid sah, wie der Kellner an Marias Tisch kam, wie er sich vorbeugte, seinen Teller nahm und ihn in die Küche zurücktrug. Maria beugte sich vor, bis sie mit ihm in Blickkontakt war, hob ihr Glas und lächelte, um zu zeigen, er müsse sich nicht beeilen. Henscheid lächelte kläglich zurück.

In diesem Augenblick durchzuckte ihn der Gedanke, daß Bamako vielleicht ein sichereres Pflaster war als Q'uam al Hashid und daß er laut Vertragsstatut die Verantwortung für die Sicherheit seiner Redakteure hatte.

»Okay, ich bin in einer Stunde da. Wir holen Nadine zurück.«

»Wo sind Sie überhaupt?« fragte Unterstöger.

»Im Bistro.«

Unterstöger pfiff durch die Zähne.

»Nicht, was Sie denken. Ich habe ein wichtiges Gespräch.«

»Und immer noch nichts im Magen, nehme ich an.« Unterstöger lachte gutmütig. »Okay, die Entenbrust sei Ihnen noch gegönnt. Ich versuche inzwischen, was rauszufinden.«

»Was zum Beispiel?« fragte Henscheid.

»Na, wie man die Dame diskret erreichen kann.«

»Das versuchen wir doch schon seit 24 Stunden«, sagte Henscheid. Er blickte auf seinen Handrücken. Das Brennen hatte zugenommen. Er würde sich vom Doktor eine neue Salbe holen müssen. Das Essen war verdorben. Das Rendezvous mit Maria, von dem er sich eine ganze Menge – beruflich wie privat – versprochen hatte, so gut wie gescheitert.

Das Leben, dachte er, als er in den Nieselregen hinausschaute, ist manchmal ganz einfach zum Kotzen.

»Schlechte Nachrichten?« fragte Maria freundlich, als er zum Tisch zurückkam.

Henscheid versuchte, seine Besorgnis mit Charme zu überspielen. Er hob sein Glas. »Wie kann es in Ihrer Gesellschaft schlechte Nachrichten geben, Maria!« Er winkte dem Kellner, aber der war schon auf dem Weg und stellte den aufgewärmten Teller wieder vor ihn hin.

Henscheid blickte stirnrunzelnd auf die weichen, weißlichen Scheiben. Er fragte sich, wieso er Coquilles bestellt hatte. Er aß sonst nie Coquilles. Maria beobachtete ihn aufmerksam. »Doch schlechte Nachrichten.«
Henscheid schob dankbar den Teller zurück. »Ja«, sagte er seufzend. »Ich weiß nur noch nicht, wie schlecht sie wirklich sind.«

Nadine hatte ein einziges Mal vorher in ihrem Leben ein Hammam besucht. Auf einer Reise durch Marokko, in der Nähe von Fez, war sie durch Zufall – sie hatte die Tagebücher von Anaïs Nin im Gepäck gehabt – auf das Bad von Moulay Jacoub aufmerksam gemacht worden, einen magischen Ort, ein verzauberter Platz inmitten der Wüste, ein Bad über einer heißen Quelle, die ein Sultan einmal für seine Lieblingsfrau hatte bauen lassen und jetzt ein öffentliches Badehaus für Frauen war, eine zweistündige Busreise von Fez entfernt.

Dies war ihr zweiter Besuch. Alles hier war anders, kleiner, moderner, aber auch unübersichtlicher. Es gab keinen Himmel über dem runden Becken, in dem die Frauen nackt planschten, und es gab auch keine Cafés ringsum auf den Hügeln um das Bad, in denen die Männer sorgenvoll auf Metallstühlchen saßen und den Lustschreien der Frauen lauschten, die aus der runden Arena zu ihnen hochdrangen. Das Hammam war dunkel, aber überall an den Decken gab es elektrische Ventilatoren, die Luft in die hintersten Winkel bliesen, und die Badefrauen waren nicht nackt, sondern trugen blaßgelbe Kleider, kunstvoll geschlungene Tücher, die Nadine an die Tracht der Tamilinnen erinnerten.

Man nahm Nadine, ohne nach ihrem Namen zu fragen, wortlos lächelnd die Kleider ab und brachte sie in einen verschlossenen Raum. Man gab ihr einen Stapel Handtücher, aus dünner Baumwolle, ein Stück Seife, das nach Amber roch, ein paar hellblaue Gummipantoffeln und führte sie vorbei an Springbrunnen und Fontänen, die sich aus den gekachelten und kunstvoll bemalten Wänden in gemauerte Rinnsale in eine heiße, feuchte Kammer ergossen. Im ersten Augenblick erkannte Nadine nichts. Die Kammer war wie in einen undurchdringlichen Nebel getaucht, das Wasser lief an den gekachelten Wänden herunter auf die gekachelte Bank, zu der die Badefrau sie führte. Die Frau legte ein Tuch, das nach Kamille duftete, wie ein Kissen in ihren Rücken und gab Nadine wortlos zu verstehen, daß sie hier jetzt eine Weile bleiben müsse. Nadine nickte, schloß die Augen und konzentrierte sich auf die ersten Schweißperlen, die sich auf ihrem Bauch und zwischen den Brüsten bildeten. Nach einer Weile konnte sie die Lampe erkennen, die in der Nische hinter einer Art Metallgitter ein sanftes Licht verströmte, und sah die Malerei auf den Kacheln, schillernde Vögel mit ausgebreiteten Schwingen. Sie war allein in dem Raum, der keine Tür hatte und offenbar in einen anderen, noch heißeren Raum führte. Manchmal huschte ein blaßgelber Schatten an der offenen Tür vorbei, und sie vernahm auch Stimmen, weibliche Stimmen, gedämpft und vertraulich, wie in einem nie endenden Gespräch. Sie erschrak, als eine kühle Hand ihren Arm berührte. Eine Badefrau deutete auf eine Schale mit Rasierschaum und einen dicken Rasierpinsel. Sie lächelte und zwang Nadine mit behutsamer Unnachgiebigkeit, sich auf der feuchten Kachelbank auszustrecken und die Arme über dem Kopf zu verschränken.

Nadine gehorchte. Die Frau war jung und atemberaubend schön, wie sie fand, ein dunkelhäutiges Mädchen mit kohleschwarzen Augen und Haaren, die sich in kleineren, festen Wellen bis auf die Schulter ringelten. Ihre rechte Schulter war nackt, aber mit einem Hennamuster verziert. Sie hatte kleine geschickte Hände, die Fingernägel waren lackiert, die Handflächen von einem Hennamuster überzogen, das wie ein kunstvolles Spinnennetz bis zu den Fingerkuppen reichte.

Das Mädchen rasierte Nadines Achselhöhlen. Sie tat das schnell und geschickt, ohne Nadine ein einziges Mal weh zu tun. Kein noch so kleiner Ritz in der Haut. Sie hatte sofort die winzige Warze entdeckt, einen kleinen, dunklen, erhabenen Punkt in der linken Achselhöhle, und auf arabisch etwas gemurmelt, das Nadine beruhigen sollte. Sie würde nicht mit dem Rasiermesser daran stoßen. Nadine versuchte es mit Englisch und dann mit Französisch, aber das Mädchen schüttelte immer nur hilflos lächelnd den Kopf.

Also schwiegen sie miteinander in diesem von heißen Wasserdämpfen erfüllten Raum.

Das Mädchen schwitzte. Sie leckte die kleinen Schweißperlen, die sich auf der Oberlippe bildeten, mit der Zunge ab und warf dann jedesmal einen Blick auf Nadine, als müsse sie sich dafür entschuldigen. Nadine lächelte und schüttelte den Kopf. Sie schloß die Augen. Sie hatte es schon immer als äußerst wohltuend empfunden, wenn jemand sich mit ihrem Körper beschäftigte. Sie hatte schon einen Teil ihres mageren Salärs, das sie in der Kneipe in San Diego verdient hatte, für Extravaganzen wie eine Massage bei einer Philippinin ausgegeben (sie war mit ihren kleinen behenden Füßen auf Nadine herumgelaufen, sich mit den Händen an Seilen weiterhangelnd, die quer über den Raum in der Formosa-Street gespannt waren).
In Indien hatte sie sich Kopfmassagen machen lassen, die sie in eine Art Klarheitstrance versetzt hatten, ein Paradox, das aber dennoch möglich war. Von ihren Liebhabern hatte sie sich immer gewünscht, daß sie jeden Zentimeter ihres Körpers eroberten, daß sie sich ihres großen Zehs mit der gleichen Zärtlichkeit annahmen wie ihres Busens, ihrer Lippen und der Wölbung ihres Pos. Nadine wußte, daß die Männer (es waren nicht so berauschend viele, mit denen sie bisher geschlafen hatte) fassungslos waren über die Sinnlichkeit, mit der sie die Liebe genoß, die Hingabe und die Lust, alles, jede Berührung und jeden Kuß, bis zum Letzten auszukosten. Offenbar hatte sie es nie wirklich geschafft, diese Sinnlichkeit auch im Alltäglichen auszustrahlen. Sie bewunderte Frauen grenzenlos und voller Neid, denen man diese pantherhafte Leidenschaft schon anmerkte, wenn sie einen Raum betraten. Das Mädchen legte leicht ihre Finger auf Nadines Schenkel und bedeutete ihr, die Beine etwas zu spreizen. Erschrocken hob Nadine den Kopf. Das Mädchen begann, ohne zu fragen, ihre Schamhaare mit Rasierschaum einzupinseln. Nadine schob die Hand des Mädchens energisch weg. »No«, sagte sie streng. »No, not this.«
Die Stirn des Mädchens umwölkte sich. Sie war verwirrt und schaute mit einer Art Abscheu auf das krause, hellblonde, von ein paar kastanienfarbenen Strähnchen durchzogene Haar, das ein wildes, an den Grenzen unscharf verlaufendes Dreieck zwischen den Schenkeln bildete.
»Ich möchte, daß das bleibt«, sagte Nadine auf englisch, und dann noch einmal auf französisch. Schließlich begriff das Mädchen. Ent-

täuscht räumte sie die Dinge zusammen, nickte und führte Nadine in eine andere Kabine, in der auf den Kacheln ein Schlauch wie eine zusammengerollte Schlange lag. Nadine mußte sich mit erhobenen Armen drehen, während das Mädchen den weichen Wasserstrahl auf ihren Körper richtete.

Als auch das vorbei war, führte das Mädchen Nadine in einen Raum, der groß und rund war, mit einem Wasserbecken in der Mitte, in dem viele Frauen planschten und schwatzten, während andere auf den Bänken unter dem Säulengang lagerten, sich von Künstlerinnen ihre Brüste, den Bauchnabel, die Scham oder die Handflächen mit Henna bemalen ließen, die Haare waschen oder schneiden, die Zehennägel anmalen und Ohrläppchen durchstechen ließen. Das Mädchen zeigte Nadine einen freien Platz an einer Säule. Nadine setzte sich, benommen von dem Schauspiel der vielen nackten Frauenleiber, die so ungeniert und lustvoll miteinander umgingen, in einer Vertrautheit, die aus einer jahrtausendelangen Abgeschiedenheit von der Männerwelt entstanden war, geboren aus der Notwendigkeit, im Harem miteinander auszukommen, sich zu helfen und zu vertrauen. Anders war ein Leben nicht denkbar.

»Sister.« Eine Hand legte sich auf Nadines Stirn. »Good evening, Sister. I am Jamila.«

Unbemerkt hatte eine junge Frau sich neben Nadine gesetzt, eine etwas plumpe Frau mit ausladenden, weichen Hüften und einem großen, beinahe strengen Gesicht. Jamila war vielleicht Mitte Zwanzig, ihr Gesicht wirkte jung, während ihr Körper schon welkte, eine Haut, die nie von der Sonne berührt worden war, ein Körper, der keinen Sport treiben durfte, der nur dazu da war, dem Gatten als Kissen zu dienen, als Kelch, als Zuflucht. Nadine dachte daran, daß Abdul sie seine Gazelle genannt hatte. Sie mußte unwillkürlich lächeln. Das war es, was die Liebe vermochte. Sie verklärte alles.

»Sister, we can speak here. This is safe. Do not worry.« Jamila flüsterte, und Nadine fragte sich, warum sie flüsterte, wenn dieser Platz so sicher war. Aber dann dachte sie, daß das vielleicht die Aufregung war. Zum ersten Mal lernte Jamila eine europäische Frau kennen, zum ersten Mal hatte sie Gelegenheit, ihre Englischkenntnisse, die sie ehrgeizig ganz allein für sich gelernt hatte, bei einer Frau auszuprobieren, die schon durch die ganze Welt gereist war und alles gesehen hatte. Und die genau wußte, wie das Leben außerhalb des Hauses war, jenseits der Mauern der Medina, jenseits der Grenzen. Wo Frauen in Büros und Supermärkten arbeiteten, alleine Restaurants besuchten, zum Tanzen gingen und auf offener Straße mit Männern flirteten. Wo Frauen in winzigen Badeanzügen vor den Augen fremder Männer in den Pool sprangen, Alkohol tranken und sich scheiden ließen, wenn sie merkten, daß ihr Mann ihnen nicht mehr gefiel.

Jamilas Englisch war gut. Gut genug jedenfalls, um ein Gespräch in Gang zu halten. Jamila zerbarst fast vor Begierde zu sprechen. Über sich zu sprechen, über ihr Leben als Abduls Ehefrau, eingesperrt in seinem Haus, wie sie früher eingesperrt im Haus ihres Vaters gewesen war, dazu verurteilt, kochen und nähen zu lernen und Feste vorzubereiten wie das große Fest damals, als ihr Vater von der Pilgerreise nach Mekka zurückgekommen war.

»Eine junge Frau hat er mitgebracht, eine schwarze Frau aus dem Sudan, er hat sie einem Händler abgekauft, wirklich, Sister, ich erzähle keine Märchen, Dodo wurde sie von meinem Vater genannt, aber ich weiß nicht, ob das ihr richtiger Name ist. Meine Mutter ist krank geworden vor Kummer, weil mein Vater sie nie mehr angerührt hat, jede Nacht bei Dodo im Bett, und der beste Schmuck für Dodo, alles für Dodo, und als sie schwanger wurde, ist meine Mutter gestorben, und dann haben sie mich mit Abdul verheiratet.«

»Du hast dir Abdul nicht selber ausgesucht?«

Jamila lachte bitter. »Sister, keine Frau in Q'uam al Hashid kann sich einen Mann selber aussuchen! Wie soll das gehen? Sie sieht ja nie einen fremden Mann, sie ist eingesperrt in den Frauenteil des Hauses, sie darf nicht einmal servieren, wenn der Mann Besuch bekommt. Sie muß die Speisen in den Raum stellen, wenn die Männer noch nicht da sind, die Türen verschließen und warten.«

»Worauf warten?«

»Ob noch Essen gebraucht wird oder etwas zu trinken, ob das Essen gut gekocht ist oder ob sie etwas Neues machen soll, und dann muß sie warten, bis die Männer in das Fernsehzimmer gegangen sind, und dann kann sie aufräumen, und dann muß sie warten, bis der Besuch gegangen ist, dann kann sie auch das Fernsehzimmer aufräumen. Die Männer, Sister, können abends ausgehen in Bars und in diese Häuser, in denen man Frauen kaufen kann, pakistanische und ägyptische Frauen, aber wir, wir dürfen nichts. Darüber mußt du einmal in deiner Zeitung schreiben, Sister, über die große Ungerechtigkeit in diesem Land.«

Jamilas Augen glühten vor Eindringlichkeit. Sie faßte Nadine immer wieder an, nahm ihre Hand, legte sie auf ihre Brust, auf ihren weichen Bauch, sie legte sich neben Nadine, drückte sanft Nadines Knie, die sie angezogen hatte, herunter und preßte ihre Schenkel gegen Nadines Schenkel. »Du bist so schön, Sister. Deine Haut. Ich möchte deine Haut hier anfassen. So zart, viel zarter als meine, viel weißer, so weiß. Ach, ich verfluche Allah, Sister, daß er mich in diesem Land hat aufwachsen lassen. Warum nicht in Marokko? Oder in Tunesien? Da könnte ich studieren, an einer Universität, ich könnte mir eine Wohnung mieten, für mich ganz allein, ein Zimmer, eine Küche, ein Bad, ganz allein. Ich könnte mir selber meine Kleider kaufen, ich könnte alleine zum Friseur gehen, ich könnte mich mit Freundinnen in einem Café treffen, ich würde in einem Büro arbeiten, Sister, wie du.« Sie küßte Nadines Schulter. »Ich könnte sein wie du.«

»Würdest du gerne schreiben? Für Zeitungen?« fragte Nadine.

Jamila schüttelte den Kopf. »Ich würde Jura studieren. Anwältin werden. Ein Büro haben, das offene Türen hat für alle Frauen, die sich von ihrem Mann unterdrückt fühlen. Das für die Rechte der arabischen Frauen kämpft. So ein Büro würde ich haben.«

»Du solltest in die Politik gehen«, sagte Nadine. Sie war voller Bewunderung für den Eifer und die Ernsthaftigkeit, die aus Jamilas Worten sprach.

Jamila lachte bitter. »In die Politik gehen? Ich? Wo denn? Hier? In Q'uam al Hashid? Eher läßt der Scheich seinen Lieblingsfalken zum Präsidenten machen als das.«

»Kennst du den Scheich?«

Jamilas Augen verdüsterten sich. Ihre Lippen wurden schmal, sie rückte ein Stückchen von Nadine ab. Sie setzte sich auf und strich ihre Haare glatt.

»Hast du ihn schon einmal gesehen? Wie ist er?«

Jamila schaute Nadine wortlos an. Sie teilte ihre Haare und fing an, Zöpfe zu flechten.

»Ist er ein guter Scheich?«
»Manche sagen ja und manche sagen nein.«
»Und was sagst du?«
»Ich sage, er hat Angst vor den Mullahs. Er gibt den Mullahs immer wieder nach. Und die Mullahs hassen die Frauen.«
»Haßt der Scheich die Frauen auch?«
Jamila überlegte. Dann lachte sie. Sie streckte die Hand aus und berührte Nadines Brüste. »Du bist schön. Dich wird er nicht hassen.« Sie beugte sich vor und flüsterte Nadine ins Ohr: »Er spielt mit den Menschen. Er ist gefährlich. Wenn er Kif genommen hat, mußt du weggehen, hörst du?«
Nadine schaute Jamila an. »Woher weißt du das alles?«
Jamina lächelte. »Wir hören viel, wir hören, was die Männer sprechen. Sie können uns nicht sehen, aber wir können sie hören.«
Eine Badefrau erschien und sagte etwas zu Jamila. Jamila machte ein gleichmütiges Gesicht und nickte. Als die Badefrau verschwunden war, stand sie sofort auf.
»Allah zeige dir immer den richtigen Weg, Sister«, murmelte sie, »und er mache den Weg leicht für deine Füße. Ich muß jetzt gehen, mein Schwager wartet auf mich. Er bringt mich nach Hause zurück.«
»Ich könnte mit dir gehen«, schlug Nadine vor.
Jamila schüttelte heftig den Kopf. »Das geht nicht. Ich muß mit meinem Schwager gehen, Abdul erlaubt nicht, daß ich allein auf die Straße gehe, ohne männliche Begleitung.« Sie lächelte Nadine zu. »Wir sind Gefangene, Sister«, sagte sie mit einem traurigen Lächeln. »Schreibst du das in deiner Zeitung?« fragte sie.
Nadine nickte. »Liebst du Abdul?« fragte sie.
Jamila schaute sie an. Lange, als müsse sie über diese Frage nachdenken, weil noch nie einer sie gestellt hatte.
»Ich weiß nicht, Sister. Vielleicht wenn er stirbt, dann weiß ich es. Er ist gut zu mir. Aber ich bin eine Gefangene. Liebt man seinen Gefängniswärter? Nur weil er freundlich ist und uns zu essen gibt? Ja, wenn er die Türen des Gefängnisses aufmachen würde, Sister, dann vielleicht ...«
Der Rest ihres Satzes ging unter in dem Geschnatter zweier Frauen, die neben Nadine Platz nahmen und ungeniert auf ihre Scham-

haare starrten und darüber offenbar Bemerkungen austauschten.
Im gleichen Augenblick war Jamila verschwunden.

Als Nadine aus dem Hammam zurückkam, hatte ein anderer Concierge Dienst. Ein Mann mit Schnurrbart und einer kaum verständlichen Sprache. Er nuschelte das Englisch so, daß es fast wie Arabisch klang. Seine Augen sahen hinter extrem dicken Brillengläsern wie zwei winzige Punkte aus.
Nadine erkundigte sich nach der Telefonverbindung nach Deutschland. Der Mann schüttelte den Kopf und nuschelte. »Wie bitte?« fragte Nadine gereizt. Sie brannte darauf, Henscheid an den Apparat zu bekommen und ihm von diesem Tag zu berichten. Wie sie fand, ein sehr erfolgreicher Tag, der eine Menge von Informationen gebracht hatte. Ganz abgesehen davon, daß das Treffen mit Jamila in diesem arabischen Frauenbad sie in eine fast euphorische Stimmung versetzt hatte. Plötzlich hatte sie das Gefühl und die Zuversicht verspürt, daß sie tatsächlich ihr Versprechen einlösen und einen sehr intimen und genauen Bericht aus einem verschlossenen Land bringen könnte.
»Telephone not possible«, sagte der Concierge.
»Wieso nicht?« fragte Nadine gereizt.
»I have my order«, sagte der Mann mürrisch.
Nadine glaubte, falsch verstanden zu haben. Was hatte eine defekte Satellitenverbindung mit seinen Befehlen zu tun?
»Bitte schauen Sie nach, ob ich eine Nachricht erhalten habe.«
»No message from Germany.«
»Kein Fax?« Nadines Stimme schraubte sich vor Empörung immer höher. »Können Sie nicht wenigstens nachschauen?«
Der Mann, der bislang einen Punkt am anderen Ende der Hotelhalle fixiert hatte, wandte ihr seine glitzernden Brillengläser zu. »I tell you: no message for room 116. No Fax. No Telex.«
Nadine starrte den Mann an. Sie empfand eine spontane und wilde Abneigung gegen der Kerl und wünschte, Abdul wäre da, um ihr zu helfen.
Sie wollte ihm sagen, er solle zur Hölle fahren, und nahm ihm wütend den Schlüssel aus der Hand, der zu nichts nütze war, als er

sagte: »Only Mr. Tahir has telephoned. His car is waiting tomorrow five o'clock.«
»Fünf Uhr morgens?« fragte Nadine ungläubig.
»Yes, he is taking you to Scheich Zayed. He says, it's a long trip. He ordered a lunch basket and drinks.«

Fax to
Arne Henscheid
Q'uam al Hashid, Mittwoch abend

Salam Aleikum, Sie Treuloser!
Ich warte immer noch auf eine Nachricht von Ihnen! Was ist los? Die Telefonverbindung nach Deutschland ist unterbrochen. Aber haben Sie wenigstens mein Fax bekommen? Ich wäre für eine kurze Nachricht dankbar, auch wenn Ihr in Frankfurt entweder gerade in Arbeit oder Schnee erstickt. Morgen früh um fünf geht es ab in die Wüste. Treffen mit Scheich Zayed an einem bis jetzt noch geheimgehaltenen Ort. Irgendwo in der Wüste. Habe gearbeitet wie irre. Ihr werdet mit mir zufrieden sein. Tahir bringt mich zum Scheich. Er scheint sehr eng mit ihm zu arbeiten. Ich weiß immer noch nicht mehr über ihn.
Habe ich schon gesagt, daß man in Bahrain alle meine Papiere beschlagnahmt hat? Ich bin hier ohne Paß. Habe ich das schon gesagt?
Weiß nicht, wann ich aus der Wüste zurückkomme. Tahir hat gesagt, ich soll Sachen für ein paar Tage einpacken. Hoffe dringend auf eine Nachricht, spätestens bei meiner Rückkehr. Eventuell eine Kontaktadresse, für alle Fälle.
Möge Allah eure Arbeit weiterhin segnen.
Ich geh' jetzt schlafen.
Nadine Malten

Chef?« Arne Henscheid streckte den Kopf in Tilman Schröders Büro. »Kann ich mal eben stören?«

Tilman Schröder saß gerade über der Unterschriftenmappe. Er winkte Arne herein. »Ich bin gleich bei dir. Dieser verdammte Brief muß nur schnell raus. Ich frage mich, warum ich mich überhaupt um Leserbriefe kümmere. Ich hätte das gar nicht erst anfangen sollen, dieser Zahnarzt aus Gießen schreibt mir einmal im Monat. Ich beantworte jeden dritten Brief. Als hätte ich nichts anderes zu tun.«

Henscheid hielt ein Fax in der Hand. Er blieb neben dem Schreibtisch stehen, obwohl Tilman Schröder wiederholt einladende Gesten machte, die zum Hinsetzen aufforderten. Schließlich setzte er seine kalligraphische Unterschrift (er hatte sie schon als Pennäler geübt) unter den Brief, den seine Sekretärin getippt hatte, und sagte leutselig: »Na? Wo brennt's denn?«

Henscheid hatte seine Rede gut vorbereitet. Er wollte dem Chefredakteur nur das sagen, was er unbedingt wissen mußte. Vor allen Dingen durfte es nicht so aussehen, als habe er, Arne Henscheid, es an Aufsichtspflicht fehlen lassen in dieser Sache.

Er erklärte Schröder, daß Nadine womöglich in eine schwierige Lage geraten könne, nach allem, was sie herausgefunden hätten. Daß Nadine offenbar nicht telefonieren könne, sie hingegen aber die Nummer ihres sogenannten Hotels in keinem einzigen Hotelführer aufstöbern konnten. »Und wir haben wirklich alles versucht«, fügte Henscheid grimmig hinzu. »Und dann kam eben dieses Fax.« Er reichte es über den Schreibtisch. Schröder las. Er hatte an diesem Tag schon viele Briefe und Manuskripte gelesen. Er war in einer abgeklärten Stimmung. So schrecklich wie Henscheid konnte er das alles nicht finden.

»Sie ist ein kluges Mädchen, Arne«, sagte er, »sie kommt da ganz alleine raus. Ich hab' totales Vertrauen zu ihr. Sie beißt sich durch.«

»Es gibt Dinge, durch die können sich auch die besten Zähne nicht beißen«, bemerkte Henscheid. Er war enttäuscht. Offenbar wollte Tilman die Verantwortung nicht auf sich abwälzen lassen.

»Sie ist in Begleitung eines gesuchten Terroristen.«

Tilman schaute auf. »Ich hab' dich verstanden, Arne«, sagte er sanft. »Ich bin zwar alt, aber noch nicht taub. Ich sage dir, Nadine hat eine gute Nase. Sie wittert Gefahr, wenn Gefahr im Verzug ist.« Er gab Henscheid das Fax zurück. »Versuche trotzdem weiter, das Mädel zu erwischen. Habt ihr es schon mal über das Auswärtige Amt versucht?«

Henscheid nickte. »Wir sind dran. Aber der einzige, der sich ein bißchen auskennt, liegt gerade mit einem Hörsturz im Krankenhaus.«

Tilman nickte. »Die Menschen arbeiten alle zu viel. Apropos, Arne, hast du dir schon einmal überlegt, ob dir der Job eines stellvertretenden Chefredakteurs gefallen würde?«

Arne Henscheid starrte seinen Chef an. Wenn er je darauf gehofft hatte, daß dieser Satz einmal fallen würde, dann bestimmt nicht in diesem Augenblick. Er traf ihn so unvorbereitet, daß er fassungslos den Kopf schüttelte. Das Blut wich aus seinem Gesicht.

»Nein?« fragte Tilman Schröder erstaunt. »Und ich dachte, du denkst an nichts anderes. Da sieht man mal, wie man sich irren kann.« Er lächelte. Es gefiel ihm, daß Henscheid offenbar doch nicht so karrieresüchtig war, wie er angenommen hatte. Mit Sicherheit war auszuschließen, daß er an seinem Stuhl sägte. Er brauchte einen loyalen Mann. Und Henscheid war loyal.

»Ich hab' heute ein Mittagessen mit dem Verleger gehabt.«

Er verzog das Gesicht. »Es gab Ente mit Rotkohl. Ausgerechnet heute war mein Magen vollkommen durcheinander. Ich habe deinen Namen vorgeschlagen, Arne.«

Henscheid räusperte sich. Er reckte die Schultern. »Und?« fragte er rauh. »Wie hat der Verleger reagiert?«

Tilman Schröder lehnte sich zurück und spielte mit dem silbernen Kugelschreiber. »Er fand die Idee gut. Konstruktiv. Im Grunde ver-

traut er mir. Aber er will natürlich auch mal mit dir reden. Ich hab' gesagt, wir könnten nächste Woche mal zusammen essen, damit ihr euch ein bißchen beschnuppern könnt. Ist das okay?«
Henscheid hatte sich gefangen. Er wuchs innerlich ein paar Zentimeter. Er überlegte, daß er sich ein paar neue Hemden würde anschaffen müssen, zwei, drei Anzüge oder Kombinationen. Ein Tweed-Sakko war schon lange fällig. Als Stellvertreter kamen Aufgaben und Termine auf einen zu, bei denen schon auf korrekten Stil geachtet wurde. Nicht, daß er etwas dagegen hatte. Er liebte das diplomatische Parkett, er liebte Empfänge. Hin und wieder den Fuß in die Tür zur großen, weiten Welt stecken – das könnte ihm schon liegen.
Tilman Schröder beugte sich vor und blätterte in seinem Terminkalender. »Mittwoch? Was hast du Mittwoch mittag vor?« Als Henscheid lächelte, machte er ein Kreuzchen.
»Okay, ich check das mit dem Verleger und sag' dir Bescheid.«
Er zwinkerte Henscheid zu. »Und wegen dem Mädel – glaub einem alten Hasen: Die schafft das ganz alleine. Ich weiß das einfach.«

Als es morgens um halb fünf an ihrer Zimmertür klopfte, war Nadine schon hellwach. Aus Angst, man könnte das Wecken vergessen, hatte sie in der Nacht hundertmal die Lampe angeknipst und die Uhr an ihrem Handgelenk kontrolliert. In dieser Nacht hatte es sich merkwürdigerweise kaum abgekühlt, der Wind war abgeflaut, und Nadine hatte sich entschlossen, die Klimaanlage einzuschalten, obgleich sie sich anhörte wie ein defekter Staubsauger und ihr den kalten Kunstwind direkt auf die nackten Schultern blies. Nadine wußte aus Erfahrung, daß sie sich in der Zugluft der Klimaanlage erkältete. Sie wünschte sich einen Ventilator an der Zimmerdekke und ein Moskitonetz, das die penetranten Fliegen abhielt. In dieser Nacht waren unzählige Fliegen in ihrem Zimmer und andere Insekten, die sich von der Zimmerdecke einfach auf sie herabstürzten, ohne Geräusch. Nadine spürte nur plötzlich ein Krabbeln und Kratzen auf ihrer Haut, manchmal begann es, heftig zu jucken. Sie wälzte sich hin und her, träumte schlecht, wenn sie einschlief, und wachte sofort wieder auf, um nach der Uhr zu schauen.
Es beunruhigte sie, daß aus Frankfurt keine Nachricht kam. Wenn sie es am Abend noch nicht so ernst genommen hatte, vergrößerte sich dieses Problem während der Nacht, sie malte sich aus, was sich derzeit in der Redaktion abspielte, ein Ressortleiter, der froh war, sie loszuwerden, und der sich alle Mühe geben würde, sie in keinerlei Weise zu unterstützen. Kollegen, die neidisch waren auf ihren Job, aber war es überhaupt ein Job? Lohnte sich die Reise? Oder würde Tilman Schröder sie bei der Rückkehr vor die Tür setzen? Außer Spesen nichts gewesen, Frau Malten, ich bedaure, ich habe mich in Ihnen geirrt. Ich dachte, Sie hätten wirklich das Zeug zu einer guten Journalistin. Sie sah das hämische Grinsen von Henscheid, das amüsierte und gleichzeitig ein bißchen schadenfrohe Schulterzucken von

Unterstöger, der nett, aber schwach war und ihr bestimmt nicht helfen würde, wenn sie um ihren Job kämpfen mußte. Nadine dachte an ihre Wohnung in Frankfurt, und in dem nächsten Traum, zwischen zwei Fliegenattacken, träumte sie von einem Spinnennetz, das sich durch ihr Zimmer spannte, vom Bett zum Schrank, vom Sofa zum Eßtisch. Ein Kammerjäger in weißem Drillich, mit einem Helm auf dem Kopf und einer Giftspritze, die wie ein Rucksack an seinem Rücken hing, kämpfte sich durch ihre Wohnung. Als er die Spinnweben entfernt hatte, entdeckte der Kammerjäger in der hintersten Zimmerecke, neben dem hölzernen Schaukelpferd, das sie einmal auf einem Flohmarkt gekauft hatte, einen blauen Schuh. Einen Pumps aus blauem Krokodilleder. Er hob ihn auf und trug ihn durch die Wohnung. Anklagend hielt er ihn ihr entgegen. »Wo ist die Person«, fragte er (seine Stimme klang gespenstisch unter dem Kopfschutz), »der dieser Schuh gehört?«
Nadine hörte sich sagen, daß sie keine Person kenne, die in blauen Krokodillederschuhen herumliefe. Der Kammerjäger nahm seinen Helm ab. »Sie sind verhaftet«, sagte er. In diesem Augenblick, als Nadine glaubte, sich an sein Gesicht zu erinnern und ihn zu kennen, wachte sie auf. Ihr Kopf schmerzte, und ihre Lungen taten weh, als habe sie das Gift wirklich eingeatmet. Sie blieb einen Augenblick ruhig liegen und legte die Hände auf ihren Bauch. Die Haut war feucht von Schweiß. Sie schob die Decke zurück. Sofort begann wieder das Summen der Insekten.
Nadine erhob sich, ging zur Balkontür und schaute hinaus. Der Mond stand sehr hoch am Himmel und tauchte alles in ein blau-silbernes Licht. Nadine betrachtete sich, eine weibliche nackte Figur, die im Mondlicht badete. Sie mußte an Anaïs Nin denken, die so gerne Mondbäder nahm. Sie setzte sich draußen auf der Loggia in den Korbsessel und schloß die Augen. Die Luft hier draußen war besser, man konnte sich, wenn man intensiv genug daran dachte, sogar einen leichten Windhauch vorstellen, der der feuchten Haut Kühlung brachte. Sie legte ihre Beine auf die Balkonbrüstung.
Es war vier Uhr morgens.
Um sie herum war es vollkommen still. So still, daß Nadine vor Schreck fast das Gleichgewicht verlor, als plötzlich ein Gekko einen kleinen hellen Schrei ausstieß.

Oder war es kein Gekko gewesen?
Etwas huschte an der Wand entlang und verschwand.
Nadine ging ins Zimmer zurück und schloß die Tür.
Sie wartete mit offenen Augen, nackt unter einem dünnen Laken auf ihrem Bett, auf das Klopfen an der Tür.
Es klopfte genau eine Minute nach halb fünf.
»Yes?«
»Miss Malten, it is time to get up.«
»Thank you.« Sie glaubte, Abduls Stimme zu erkennen, war aber nicht sicher.
Rasch stand sie auf und kleidete sich an.
Die Tasche mit ein paar Dingen, von denen sie glaubte, daß sie sie in der Wüste würde gebrauchen können, stand schon reisefertig neben der Tür.

Es war noch dunkel, als Nadine das Haus verließ. In der Einfahrt parkten zwei Armeejeeps.
Im ersten saß Tahir. Am Steuer ein grimmig wirkender Soldat im Tarnanzug. Auf der querstehenden Rückbank entdeckte Nadine einen weiteren Soldaten. Auf seinen Knien lag eine Kalaschnikow.
»Guten Morgen«, sagte Nadine freundlich.
»Steigen Sie ein«, brummte Tahir.
Im gleichen Augenblick blendete der Fahrer die Scheinwerfer auf, und Nadine erkannte im ersten Jeep vier Soldaten, bis an die Zehen bewaffnet. Sie warf ihr Gepäck auf den Rücksitz und kletterte in den Wagen.
Tahir sagte etwas zu dem Fahrer, er hupte kurz, und der erste Jeep setzte sich in Bewegung.
Schweigend verließen sie das Hotelgelände, fuhren über eine menschenleere, unbeleuchtete Allee und bogen an dem Rondell vor dem Bab el Kjhalid in eine vierspurige Straße ein.
Der Fahrer achtete darauf, daß der Abstand zwischen den beiden Fahrzeugen nie mehr als zehn Meter betrug. Die Soldaten schauten sich nicht einmal zu ihnen um. Steif, mit geradem Rücken, saßen sie da, das aufgepflanzte Bajonett neben sich.
»Sieht aus, als würden wir in den Krieg ziehen«, bemerkte Nadine, als sie das Schweigen nicht mehr ertrug.

Tahir schaute sich zu ihr um. Er betrachtete sie. Nadine hatte sich in ein großes, viereckiges Tuch gewickelt, das sie einmal auf dem Indiomarkt in New Mexico gekauft hatte. Sie war ungeschminkt. Sie trug ihre neuen Stiefel zu einer weiten Baumwollhose. Ihr Körper war ebenso verhüllt wie der Körper einer arabischen Frau in ihrer Arabeya.
»Es wird eine lange Fahrt, Miss Malten«, sagte Tahir. »Warten wir ab, ob Sie auch nach acht Stunden Fahrt durch die Wüste noch so viel Humor haben.«
Sie verließen die befestigte Straße bei einem Ort, der nur aus einer Tankstelle, aus einem Laden für Plastikartikel und Matratzen aus Schaumstoff bestand. Aus einem Café, das umlagert war von mageren Hunden, und einer Armeebaracke, die sich hinter einer leuchtend weißen Mauer versteckte. Aufgepflanzt auf den beiden Türmchen der Einfahrt die Fahne von Q'uam al Hashid.
Der Fahrer kurbelte die Fenster hoch, und Tahir schenkte ihr wieder einmal nach stundenlangem Schweigen ein Wort.
»Sie sollten die Fenster auch schließen.«
»Aber dann bekomme ich keine Luft.« Die Sonne stand schon fast senkrecht an einem wolkenlosen, vor Hitze flimmernden Himmel.
»Wenn Sie das Gesicht, den Mund und die Nase voller Sand haben, werden Sie noch weniger Luft bekommen.«
Nadine kurbelte die Fenster hoch.
Der Jeep schlingerte zwischen den wellenartigen Sanddünen hinter dem ersten Jeep her, eingehüllt in eine Wolke von Sand und Staub.
Der Sand drang durch die Ritzen ins Wageninnere. Nach einer Weile konnte Nadine auf dem schwarzen Kunststoffpolster schon Zeichen malen. Ihre Lider brannten. Ihre Lippen waren so spröde, daß sie jeden Augenblick aufplatzen könnten.
»Müssen wir so dicht hinter diesem ersten Jeep fahren?« fragte Nadine nach einer Zeit.
»Ja«, sagte Tahir.
Er war offenbar beleidigt. Er hatte sich wohl vorgenommen, sie durch Nichtachtung für den Vorfall zu bestrafen. Für ihre Zurückweisung. Nadine hatte damit gerechnet, daß es fortan mit Tahir schwierig werden würde, aber sie hatte dennoch nicht ge-

glaubt, daß er sich so plump verhalten würde, wie ein beleidigter Liebhaber. Unter anderen Umständen hätte es sie vielleicht amüsiert.

»Ich habe Durst«, sagte Nadine. »Abdul hat gesagt, Sie hätten etwas zu trinken dabei.«

»Wir machen bald eine Pause.« Tahir schaute auf die Uhr. »In einer halben Stunde.«

»Aber ich habe jetzt Durst. Ich brauche keine Pause. Ich kann während der Fahrt trinken. Wo sind die Getränke?«

Tahir zeigte auf die Kühlbox. »In einer halben Stunde«, sagte er, »so schnell verdurstet man nicht.«

Nadine verkroch sich wieder in ihre Ecke. Sie beschloß, Tahir zu hassen. Sie schwor sich, kein überflüssiges Wort mehr an ihn zu richten.

Die Federung des Jeeps war erbärmlich. Die Fahrt wurde immer abenteuerlicher. Manchmal gerieten sie unversehens aus den weichen Dünen, in denen die Jeeps wie in Tiefschnee ihre Slaloms fuhren, auf einen harten Schottergrund, eine Art Vulkanstein, der nur von einer dünnen Sandschicht überzogen war. Wenn sie in ein Schlagloch gerieten, knallte Nadines Kopf gegen den Überrollbügel, und ihre Knie stießen sich an dem Metallgestänge des Fahrersitzes. Aber sie schwieg. Sie polsterte ihre Knie, so gut es ging mit dem Poncho und zog den Kopf zwischen die Schultern. Tahir saß aufrecht und unbeweglich, als sei er aus Gips. Vielleicht tat er das nur, um ihr zu zeigen, daß sie ein Schwächling war, eine Europäerin, die nichts aushielt, eine Frau, die in der Wüste nichts zu suchen hatte.

Ihre Blase fing an zu brennen.

Sie überholten eine Kamelherde, die in Reih und Glied durch die Wüste zog, anscheinend ohne menschliche Begleiter. Sie fuhren durch eine Gegend, die nur aus Dornensträuchern zu bestehen schien. Sie kamen an einer Ruinenstadt vorbei, eingefallene Türme und Häuser, in denen schwarze Vögel wohnten, die beim Herannahen der Jeeps mit zornigen Schreien aufstiegen.

»Was ist das?« fragte Nadine, sich vorbeugend.

»Hamschrout«, knurrte Tahir.

»Und was bedeutet Hamschrout?«

»Gar nichts. Nur ein Name. Eine alte Karawanserei. Hier führte die

Weihrauchstraße vorbei. Vor zweitausend Jahren. Es gibt noch viele solcher Ruinenstädte. Manche sind unter Wüstensand fast verschwunden.«

Es waren die ersten zusammenhängenden Sätze, die Tahir mit ihr seit dem frühen Aufbruch vom Al-Fellaj-Hotel wechselte.

»Haben Archäologen schon hier gearbeitet?« fragte Nadine.

»Ja, vor fünfzig Jahren. Engländer und Kanadier. Und ein französisches Team. Sie haben viele Sachen entdeckt. Das meiste haben sie aus dem Land geschmuggelt. Sie haben uns beraubt. Als unsere Regierung das merkte, hat sie alle hinausgeworfen«, er lachte, »es war sogar eine Frau dabei, eine Engländerin. Lady Remington. Es gibt Fotos von ihr in einem Buch über Arabien. Sie trug immer weiße Hosenanzüge und einen weißen Tropenhelm über einem bunten Seidentuch. Sie war immer geschminkt. Eine sehr elegante Frau, die die Leute wie Sklaven behandelt hat. Sie wollte jeden Tag baden. In einer Wanne aus rundgenähtem Leder. Es war ihre eigene Erfindung. Ein unglaublicher Luxus in einem Land, das damals ungefähr fünfzehn Brunnen hatte. Sie ließ einen Garten anlegen um Hamschrout, damit sie immer frische Tomaten und Gemüse hatte.«

»Was ist aus ihr geworden?« fragte Nadine.

Tahir schaute sie an. »Ich weiß nicht. Es ist vierzig Jahre her.«

»Hat man sie auch ausgewiesen?«

»Möglich. Vielleicht war das aber gar nicht nötig.«

»Wieso nicht nötig?«

Tahir lächelte. Es war nur ein leichtes Hochziehen der Mundwinkel. »Weil sie vielleicht schon vorher gestorben ist, Miss Malten. Dies ist ein mörderisches Klima. Und es war eine mörderische Zeit. Damals haben die Beduinenscheichs geherrscht wie Kaiser. Sie haben die Gesetze gemacht. Sie haben über Leben und Tod bestimmt. Wenn man einen Fehler machte«, er zog eine feine Linie über seinen Hals und lächelte, »aus.«

Sie schwiegen. Nadine betrachtete durch die immer trüber werdenden Fensterscheiben die ausgetrocknete, karge Landschaft. Sie hatte sich die Wüste romantischer vorgestellt. Auch dramatischer. Hier schien alles tot, verweht, vergessen. Je mehr der Fahrer schwitzte, desto stärker verströmten seine Poren einen Knoblauchgeruch, der Nadine fast den Atem nahm. Sie kurbelte das Fenster herunter und hielt ihr Gesicht mit geschlossenen Augen in den Fahrtwind. Wie feine Nadeln spürte sie die Sandkörner auf der Haut. Es tat weh. Besonders an den Lidern, an den empfindlichen Lippen. Sie zog den Kopf wieder zurück und schloß das Fenster. Tahir lächelte spöttisch, sagte aber nichts.

Zehn Minuten später hatten sie die kleine Oase erreicht. Sie hatten Wachtposten passiert, Soldaten, die ihre Kalaschnikows ins Wageninnere richteten und für einen Augenblick die Fassung verloren, als sie Nadine bemerkten, eine weiße Frau, die sie sehr freundlich anlächelte. Nadine spürte die brennenden Blicke auf dem Stückchen Haut zwischen Stiefel und Hosensaum. Wie sie ihr Gesicht abtasteten, geil und gleichzeitig scheu. Sie ahnte, worüber die Kerle später reden würden, beim Mittagessen oder bei der Siesta unter einer der kümmerlichen Palmen rechts und links der Wachhäuschen.

Tahir sprach lange mit den Wachtposten, Nadine hatte keine Ahnung, worum es ging. Offenbar mußte er viele Fragen beantworten, Tahir tat das ruhig, ohne die üblichen Paschaallüren, die Nadine sonst an ihm beobachtet hatte. Sie fand, daß die Soldaten hier etwas anders aussahen als in der Hauptstadt, andere Gesichter hatten, eine andere Nase, einen anderen Blick.

Sie wollte mit Tahir darüber reden, unterließ es aber, als sie sein grimmiges Gesicht sah.

Es gab Wasser, Limonade, kaltes Huhn, Hirsebrei, den man mit den Fingern essen mußte, und Chlub, das Fladenbrot, ungesalzen, das nur schmeckte, wenn es direkt vom Holzkohlenfeuer kam. Jetzt war es zäh wie Gummi und ebenso geschmacklos. Sie aßen schweigend, der Fahrer zusammen mit den Soldaten des ersten Jeeps.

Der Soldat, der auf der Rückbank gesessen hatte, schenkte Nadine nicht einen einzigen Blick. Er hatte ein sehr dunkles, finsteres Gesicht, er sonderte sich auch von seinen Kameraden ab, trank Wasser aus einer Feldflasche und ernährte sich von trockenen Datteln, die er aus einem selbstgenähten Lederbeutel klaubte und in den Mund warf. Nadine hatte sich in den Schatten des Jeeps gesetzt, den Rücken gegen den staubigen Reifen gelehnt. Sie bedauerte, daß sie keinen Sonnenhut mitgenommen hatte, so ein Ding aus leichtem Stroh mit breiter Krempe, die die Augen beschattete. Aber wie hätte das ausgesehen: eine Frau, gekleidet wie fürs Pferderennen in Ascot,

mitten in der Wüste, beschützt von Soldaten, die ihre Kalaschnikow nicht einmal aus der Hand legten, wenn sie sich in den Sand knieten, um zu pinkeln.
»Wie weit ist es noch?« fragte Nadine, als Tahir an ihr vorbeischlenderte, die Augen auf den Boden gerichtet, als verfolge er spielerisch eine Spur im Sand.
»Ich weiß nicht. Drei Stunden? Vier Stunden? Manchmal dauert es länger. Es kommt darauf an, wieviel Wasser der Wadi führt. Essen Sie noch etwas. Es gibt nichts, bis wir am Ziel sind.«
»Ich habe keinen Hunger.« Nadine hatte das Hühnerbein nur halb gegessen, sie hatte zu viel Sand zwischen den Zähnen, es knirschte beim Essen und nahm ihr den Appetit.
Sie wickelte den Rest in das Papier und stopfte es in die Plastiktüte zurück.
Da stand der Soldat aus ihrem Jeep auf, kam zu ihr herüber, nahm ihr die Tüte aus der Hand und wickelte das Fleisch wieder aus. Sprachlos schaute Nadine ihm zu.
Er warf ihr einen finsteren Blick zu, der aber mehr ihrer Fußspitze galt, weil er es offenbar nicht über sich brachte, ihr ins Gesicht zu sehen. Dabei stieß er ein paar arabische Wörter aus.
»Was will er?« fragte Nadine verstört. »Will er das etwa noch essen? Es ist doch genug da.«
Der Soldat nahm den Hühnerknochen mit den saftigen Fleischresten und trug es zu einem Distelstrauch. Sorgsam legte er es in eine Mulde, die der ewige Wind um den Strauch gebildet hatte.
»Für die Tiere«, sagte Tahir, »die Beduinen lassen immer die Speisereste in der Wüste zurück. Für die Füchse, die Wüstenmäuse, den Schakal, den Gekko. Die Tiere in der Wüste haben ein hartes Leben. Für so ein Festmahl wie dieses kommen sie von weit her.« Er lächelte, als er auf die Spur am Boden zeigte. »Eine Schlange. Ich frage mich, wie lange es her ist, seit sie hier war ...« Er ging weiter, den Kopf gesenkt, die Arme auf dem Rücken verschränkt wie ein Professor für Biologie, der mit seinen Schülern einen botanischen Ausflug macht.
Nadine mußte sich beherrschen, um nicht sofort aufzuspringen. Sie hatte panische Angst vor Schlangen. Vielleicht hatte sie sich hinter dem Wagenreifen zusammengeringelt? Vielleicht war sie in den Aus-

puff geschlüpft? Oder hatte sich durch den Fensterspalt ins Wageninnere gezwängt?
So beherrscht wie möglich erhob sich Nadine. Schüttelte ihre Hosenbeine, wedelte den Poncho aus und untersuchte beiläufig den Boden, auf dem sie gesessen hatte.
Der Soldat schaute zu ihr hinüber. Wahrscheinlich fragte er sich, was sie machte.
Nadine lächelte. »Snake?« fragte sie.
Der Soldat hob die Arme, schüttelte erst den Kopf und wandte das Gesicht wieder ab. Nadine hatte keine Ahnung, ob er sie überhaupt verstanden hatte.
Es war Mittag, und die Sonne hatte ihren höchsten Punkt erreicht. Von jetzt an würde es immer noch heißer werden. Erbarmungslos heiß. Der Wind, der nur noch ein laues Lüftchen war, würde ganz aufhören, und in der flirrenden Hitze würden die Wüstenlerchen stehen, reglos, und kein Blatt würde sich rühren an den Dornensträuchern.
Tahir kam zurück. »Fahren wir«, sagte er.
Willig stieg Nadine in den Wagen und machte es sich auf der Rückbank bequem. Der Soldat kletterte von hinten in den Jeep, zog seine Kafyiah zurecht, wischte den Staub von der schweißnassen Stirn und legte die Kalaschnikow über seine Knie, behutsam, als wolle er ein Baby in den Schlaf wiegen. Der Fahrer spuckte eine grüne Brühe auf den Boden, bevor er hinter das Steuer kletterte. Der erste Jeep war schon gestartet in einer Wolke aus aufwirbelndem Sand, der ihnen die Sicht nahm.
Tahir fluchte. Der Fahrer lachte und spuckte noch einmal aus. Ein grüner Fleck auf dem Armaturenbrett, den er achtlos mit dem Ärmel seines Tarnanzuges wegwischte. Nadine mußte plötzlich lachen. Jetzt weiß ich endlich, dachte sie, warum die Tarnanzüge so viele grüne Flecken haben.
Tahir wandte sich zu ihr um. Seine Augen musterten sie aufmerksam. »Was ist so lustig?« fragte er.
Nadine schüttelte den Kopf. »Nichts«, murmelte sie, während sie die Knie an den Körper zog und sich in ihren Poncho hüllte.
Als sie den Wadi erreichten, ging die Sonne hinter dem Hajar-Gebirge unter. Der Boden wurde weich, fast morastig. Mehrfach blieben

sie stecken, die Soldaten holten Schaufeln aus dem ersten Jeep und gruben den Wagen aus, während Nadine und Tahir sich die Beine vertraten. Nadines Rücken schmerzte, das Gesicht brannte. Tahir verschwand hinter einer Senke, wahrscheinlich um zu pinkeln, und Nadine wünschte sich in diesem Augenblick sehnlichst, ein Mann zu sein. Natürlich war es unmöglich, daß sie hier, sozusagen vor aller Augen, ihre Blase entleerte. Es war einfach undenkbar. Tahir kam zurück mit lockeren Schritten, ein zufriedenes Lächeln auf dem Gesicht. Nadine haßte ihn. Sie lehnte sich an den Jeep und versuchte, an etwas anderes zu denken als an ihre volle Blase.
»Woran denken Sie?« fragte Tahir, der sich neben sie gestellt hatte. »Sie sehen nicht fröhlich aus.«
Nadine wandte ihm das Gesicht zu. »Wie lange brauchen wir noch?«
»Keine Ahnung. Wie ich schon sagte: Es hängt alles davon ab, wieviel Wasser der Wadi führt.« Er schaute sich um. »Es sieht grün aus, nicht wahr? Grüner als das letzte Mal.«
»Und wann war das?«
»Vor vier Wochen. Es hat im Gebirge geregnet. Das Wasser, das von den Bergen runterläuft, sammelt sich hier im Wadi. Die Ziegen sind fett und geben gute Milch, wenn es geregnet hat. Und die Hirseernte wird besser sein als nach dem letzten Regen.«
»Ich wünschte, wir wären schon da«, sagte Nadine kleinlaut. Tahir lächelte. »Sie kommen schon früh genug an.«
Der Fahrer rief Tahir etwas zu, und Tahir nahm ihren Arm.
»Steigen Sie ein. Es geht weiter.«
Er wirkte auf einmal menschlicher, als habe er beschlossen, die unerfreuliche Geschichte im Hotelzimmer zu vergessen. Aber vielleicht war auch er einfach nur müder und dadurch nachgiebiger. Sie fuhren durch eine fruchtbare Ebene. Die Piste wurde steiniger, manchmal mußte der Fahrer um riesige Felsbrocken herumkurven, zwischen den schwarzen Lavasteinen wuchsen die Palmen in dicken Büscheln, die ersten Ziegenherden flüchteten vor den Jeeps, und kleine barfüßige Jungen rannten eine Weile lachend, einen Palmwedel schwingend, neben ihnen her.
Die ersten Beduinenzelte tauchten auf, ein Brunnen, an dem unverschleierte, kleine Mädchen herumalberten. Manche von ihnen tru-

gen die Wassereimer auf dem Kopf über schmale Pfade zurück zu ihrem Dorf und schafften es dennoch, ihnen zuzuwinken.

Die Frauen waren tief verschleiert und huschten wie schwarze Unglücksvögel über die von Unrat übersäten Gassen des Dorfes. Lehmhäuser wuchsen aus dem steinigen Granitboden, mit buntbemalten Holztüren, deren Eisenschlösser an mittelalterliche Burgtore erinnerten. Es gab einen Lebensmittelhändler, ein Café, eine Moschee, deren Vorhof mit Bastmatten ausgelegt war, magere, scheue Hunde, die vor den Jeeps flüchteten, und Hähne, die vor ihnen herstolzierten, als müßten sie den erschreckten Hennen etwas beweisen. Nadine vergaß für eine Weile ihre Agonie und schaute wie verzaubert auf das mittelalterliche Szenario. Sie dachte an den Film von Bertolucci »Himmel über der Wüste«, und an »Isabelle Eberhardts Tagebücher einer Wüstenreise«. Sie dachte, hier ist die Welt stehengeblieben. Bilder wie aus dem alten Testament.

Im gleichen Augenblick bremste der Fahrer so scharf, daß sie mit ihren Kniescheiben an die Metallstange stieß. Sie hatten das Dorf verlassen auf einer Piste, die direkt auf das Gebirge zuführte. Der Boden war karg, die Palmen kümmerlich wie die Büsche mit den gelben Kugelblüten, die an Pusteblumen erinnerten.

In dieser Ödnis hielten zwei Soldaten mit aufgepflanzten Bajonetten Wache. Sie tippten die Hand an die Mütze und ließen sich von Tahir Papiere aushändigen, die aufmerksam studiert wurden.

Die Soldaten spähten mißtrauisch ins Innere des Wagens. Nadine hatte ihre Hosen heruntergezogen und die Ärmel der Bluse bis zu den Handgelenken geschoben. Sie schaute die Soldaten nicht an, sondern blickte gleichgültig an ihnen vorbei.

Der Soldat knurrte etwas, Tahir gab eine heftige Antwort, aber er mußte dennoch aussteigen. Er folgte den beiden Soldaten zu einem Viereck, das mit dürrem Dornenreisig abgegrenzt und von spitzen Steinen befreit worden war. Hier lagen ein paar Teppiche (wahrscheinlich für die Gebete), und eine Thermoskanne lag neben einem Stapel von Trinkbechern.

Tahir mußte die Arme über den Kopf nehmen, er wurde von den beiden Soldaten abgeklopft. Die Brust, der Bauch, zwischen den Beinen, die Hosenbeine. Dann wurde der Fahrer abgetastet.

Nadine fragte sich, ob sie das auch mit ihr machen würden. Offenbar hatten die Soldaten das vor, als sie Tahir zum Jeep zurückbrachten, aber Tahir fing an zu schreien, und so mußte sie nur aussteigen und zusehen, wie die beiden Soldaten den Jeep untersuchten. Sie ließen nichts unberührt, wühlten in Nadines Taschen und unterhielten sich dabei halblaut. Tahir fing wieder an zu schreien. Er riß den Männern die Tasche aus der Hand. Einer der Soldaten grinste. Er gab der Tasche einen Fußtritt. Nadine wollte empört eingreifen, aber der Soldat, der sie auf dem Jeep begleitet hatte, flüsterte: »No, Madame.« Nadine schaute ihn an. Sprach er doch englisch? Der Soldat hatte seine Augen mit unbeweglicher Miene auf den Jeep gerichtet, als habe er nie einen Ton von sich gegeben.
Sie durften wieder einsteigen.
»Was ist los?« fragte Nadine. »Warum untersuchen die uns?«
»Sie tun nur ihre Pflicht«, brummte Tahir. Er wischte sich den Schweiß von der Stirn. »Es ist Vorschrift.«
»Wo sind wir hier?«
»Im Sperrgebiet.« Tahir wandte sich um. »Diese Männer haben noch nie eine Frau in dieses Gebiet gelassen.«
»Aber warum hat man Sie untersucht?«
»Es ist Vorschrift.«
»Das sagten Sie schon. Aber wieso? Sie sind doch ein Vertrauter von Scheich Zayed.«
Tahir schaute sie an. »Woher sollen die das wissen?« fragte er ruhig.
»Aber man kennt Sie doch!«
»Ich könnte trotzdem etwas gegen den Scheich im Schilde führen, oder nicht? In Arabien werden die Herrscher nicht vom Volk ermordet, sondern meistens von ihren Brüdern, von ihren Vertrauten. Das hat eine lange Tradition. Nennen Sie mir einen arabischen Herrscher, der in seinem Bett gestorben ist.«
Nadine dachte nach. Sie war sicher, es müßte welche geben, aber natürlich fiel ihr keiner ein. Statt dessen eine ganze Liste von ermordeten Präsidenten und Diktatoren, gewählten und selbsternannten Führern ... Sadat ...
»Nur wer mißtraut, kann überleben«, sagte Tahir, »das ist eine Grundregel für das Leben unter arabischen Brüdern. Man liebt sich, man küßt sich, man macht sich Geschenke, man gibt Versprechun-

gen, man geht Hand in Hand zu Konferenzen, aber im Gürtel steckt immer der Dolch. Nehmen Sie Assad. Der traut nicht einmal seinen Frauen.« Er lachte, als er Nadines Gesicht sah. »Sie halten das für ein Märchen?«

Er wandte sich um und deutete mit der Hand nach vorn. »Da ist die nächste Kontrolle. Ich fürchte, dieses Mal werden Sie nicht an einer Leibesvisitation vorbeikommen.«

Nadine hob die Schultern. Sie konnte sich Schlimmeres vorstellen, Tahir aber offenbar nicht.

Mit gespannten Gesichtsmuskeln starrte er auf die Militärzelte, die vor ihnen auftauchten. Das Gebiet war mit Stacheldrahtrollen gesichert. Zwei Panzer standen rechts und links am Eingang.

»Das sieht wirklich grimmig aus«, stellte Nadine mit leichtem Zittern ihrer Stimme fest.

»Es ist eines der Hauptquartiere des Scheichs.«

»Und ich dachte, er kommt hierher zur Falkenjagd?«

Tahir lächelte. »Der Scheich Zayed ist Beduine. Aber alle Beduinen sind Krieger. Er ist immer beides gleichzeitig.«

»Und zwischendurch macht er Gedichte.«

Tahir wandte sich verblüfft um. »Woher wissen Sie das?« Nadine lächelte. Sie hatte nicht vor, Tahir alles zu verraten.

»Es sind schlechte Gedichte«, sagte Tahir herablassend. »Sein Vater hat bessere gemacht. Die Gedichte seines Vaters kennt jedes Kind in Q'uam al Hashid. Die Gedichte seines Vaters sind wie Perlen einer Schnur. Zayed aber ist kein Dichter.«

Die Soldaten zwangen die Jeeps anzuhalten. Tahir verhandelte. Der Fahrer stieg aus und ließ sich untersuchen.

Dann wurde Tahir barsch aus dem Jeep geholt und in eines der Zelte geführt. Als er wieder auftauchte, war sein Gesicht vor Zorn gerötet. Nadine wartete im Wagen.

»Sie müssen auch in das Zelt«, sagte er.

Zwei Soldaten warteten am Eingang. Sie schauten Nadine nicht an. Ihre Hände waren am Lauf der Kalaschnikow, sie standen breitbeinig, den Kopf in den Nacken geworfen.

»Mir wäre lieb, wenn Sie mitkommen könnten«, flüsterte Nadine, plötzlich unsicher. »Wieso im Zelt? Wieso können die es nicht draußen machen?«

Tahir holte tief Luft. »Miss Malten, dies ist eine Situation, die es für die Soldaten vorher noch nie gegeben hat. Wie ich schon sagte, hat nie eine Frau die Oase al Falcoun besucht und ...«

»Draußen wäre es mir lieber«, flüsterte Nadine.

»Draußen ist es ganz unmöglich. Vollkommen undenkbar. Wenn jemand aus dem Dorf das sehen würde ... ein Ziegenhirte ... ein Händler ... ein Bauer ...«

Nadine schaute sich um. Das Land war von Panzern verwüstet, von Reifenspuren durchzogen, Dornenbüsche geknickt, Palmenstämme ohne Kronen ragten in die Luft.

»Gehen Sie schon«, murmelte Tahir beschwörend. »Bringen Sie es hinter sich. Es wird nichts passieren.«

Nadine atmete tief durch. Sie warf ihren Poncho auf den Sitz und schritt auf die beiden Soldaten zu, die den Zelteingang zu beobachten schienen.

»Good afternoon«, sagte sie freundlich. »Do you speak English?«

Die beiden Soldaten schauten an ihr vorbei. Einer hob seine Kalaschnikow, schlug ihr damit leicht gegen die Hüfte und bedeutete mit einer herrischen Kopfbewegung, daß sie gefälligst zu schweigen habe und sich ins Zelt begeben sollte.

»Die dürfen Sie nicht anfassen!« rief Tahir. »Lassen Sie sich nichts gefallen!«

Nadine schaute zu ihm zurück, ein hilfloser, flehender Blick. Dann war sie im Zelt.

Der Soldat bedeutete ihr, die Arme hochzuheben.

Nadine tat es ohne Widerspruch. Er zeigte ihr, daß sie die Beine auseinandernehmen müsse. Nadine gehorchte. Dann begann er, mit dem Lauf der Kalaschnikow ihren Körper abzutasten. Nadine hätte gerne gefragt, ob das Gewehr entsichert war, aber sie konnte sich ja nicht verständigen. Sie mußte sich umdrehen. Der Soldat schob den Gewehrlauf zwischen ihre Beine. Als sie durch den Hosenstoff hindurch das kalte Metall an ihrer Scham fühlte, stieß sie einen kleinen Schrei aus. Sie war kurz davor, in Panik zu geraten. Der Soldat zeigte mit keiner Miene, was er dachte. Die Kalaschnikow glitt an ihren Beinen entlang, ihren Hüften. Dann ging der Soldat um sie herum und führte den Gewehrlauf über ihre Brüste, umkreiste damit die Brüste, berührte ihren Hals, ihr nacktes Kinn.

Nadine starrte ihn an, haßerfüllt.
Seine Augen glühten. Er hatte den Mund halbgeöffnet, die Schnurrbartenden zitterten.
Plötzlich stieß er den Gewehrlauf auf den Boden und sagte etwas, was Nadine nicht verstand. Er wiederholte das Wort, etwas heftiger, und deutete auf den Eingang des Zeltes. Als Nadine wieder nach draußen trat, wichen die anderen Soldaten vor ihr zurück. Sie schritt, verfolgt von den Blicken der wilden Männer, zum Jeep.
Tahir schaute sie besorgt an. »Alles in Ordnung?«
»Natürlich«, sagte Nadine gelassen. »Ich bin nicht aus Zucker. Ich kann das aushalten.«
»Hoffentlich können die Soldaten das auch aushalten«, brummte Tahir, als er sich wieder auf seinen Sitz schwang, »es ist ein geiles Pack. Sie sind ohne Frauen hier. Seit einem Jahr. Kein Urlaub, keine Frauen, kein Spaß. Nicht einmal Musik. Es ist ein hartes Leben.« Er schaute sich kurz zu ihr um. »Wahrscheinlich werden Sie für die nächsten Monate Gesprächsstoff sein.«
Nadine hob die Schultern. »Das macht mir nichts«, sagte sie, gleichmütig aus dem Fenster schauend. »Ich würde nur gerne bald ankommen. Ich muß dringend aufs Klo.«

Hasher lag auf dem Boden. Nackter Steinfußboden. Er lag auf dem Bauch, Arme und Beine zusammengebunden. Um den Schmerz zu betäuben, hatte er sein Gesicht auf den Steinfußboden geschlagen, immer und immer wieder. Nur war er nicht so schnell bewußtlos geworden, wie er es sich gewünscht hatte.
Er blutete aus dem Mund. Vielleicht hatten sie ihm ein paar Zähne ausgeschlagen, die Lippen waren jedenfalls geplatzt. Seine Augen brannten, wenn er den Kopf hob, um auf das helle Viereck zu starren, hoch oben an der Decke, ein vergittertes Fenster, der Himmel mit einem rosigen Hauch übertüncht, seidig wie aus der feinsten Färberei.
Wenn er den Kopf weit genug in den Nacken bog, sah er das Minarett der Bou-Inania-Moschee. Er kannte jeden Mosaikstein dieser Moschee. Er kannte jede Säule, jeden Stuckbogen, den Geruch des Gemäuers, die trockene Hitze der Steine, den Weihrauch, den Schweiß der Männer, den Geruch von schlechtem Essen, der ihren Mündern entströmte, die billigen Sandalen vorn am Eingang. Das war keine Moschee für die Reichen, keine Moschee, die der Scheich oder einer aus seiner Sippe je betreten hatte. Das war die Moschee für die Zukurzgekommenen. Er hatte geglaubt, daß hier alle reich werden könnten, sogar ein Hasher Ftuli, Sohn eines Besitzlosen aus Sri Lanka, eines Schreiberlings, der sein ganzes elendes Leben damit verbracht hatte, für andere Leute Briefe an die Behörden, an die Gefängnisse, an den entlaufenen Ehemann, an die unerbittliche Großmutter, auch an die Angebetete, die Frau mit dem Gesicht einer Lilie, lauter Briefe zu schreiben, die ihn nichts angingen, für Leute, die nicht lesen und schreiben konnten, weil sie schon mit fünf Jahren in die Reisfelder geschickt wurden, mit neun Jahren ins Bergwerk getrieben und mit zwölf verheiratet wurden. Seine Mutter hatte auf

den Teeplantagen in Tamil Wadu gearbeitet und während der Ernte monatelang ihre Nächte auf einem nassen Strohsack in einer feuchten Baracke verbracht, zusammen mit vierhundert anderen Frauen. Er war aus Sri Lanka geflüchtet, hatte seinen Eltern das Geld gestohlen, um damit hierherzukommen ins gelobte Land, wo Milch und Honig flossen, nach Q'uam al Hashid, wo das Öl sprudelte und in hundert Jahren noch sprudeln würde, wo die Männer eine Million Dollar ausgeben konnten für ein Kamel, nur um es dreimal im Jahr über eine Rennstrecke rasen zu sehen. Wo man amerikanische Limousinen fuhr, obwohl man die Amerikaner haßte, wo man den Frauen Kleider aus Paris bestellte, obgleich man die Franzosen fast genauso verachtete wie die Amerikaner. Er zuckte zusammen, als er wieder einen Schmerz spürte, diesmal an seiner rechten Fußsohle. Er fragte sich, wie seine Peiniger überhaupt noch eine Stelle fanden, eine heile Stelle an seinen Beinen, eine Stelle, die noch nicht blutete, wo das Fleisch noch nicht stank, weil es versengt war von Zigarettenstummeln.

»Ich habe alles gesagt!« schrie er, preßte die Augen zusammen, riß sie im nächsten Moment wieder auf und starrte auf die Spitze des Minarettes, jeden Augenblick mußte der Muezzin kommen, um die Stunde des Gebetes auszurufen, er verstand nicht, wieso der Muezzin nicht schon längst da oben auf dem kleinen Vorsprung erschienen war, hinter der weißen Mauer. Wieso dauerte es so lange? Wieso war Allah nur mit den Reichen?

Warum half er nicht ihm, einem Gläubigen, einem demütigen Knecht Allahs, in der Stunde der Not?

»Was wollte sie von dir wissen?«

»Nichts, nichts. Sie hat mir nur hundert Dollar gegeben, damit ich sie tausche.«

»Du lügst.«

Wieder dieser Schmerz.

Für einen Augenblick verlor er das Bewußtsein. Aber ein Tritt in die Rippen weckte ihn wieder auf. »Los! Rede weiter.«

»Ich weiß nicht, was die Deutsche hier will, ich weiß nicht, warum sie hier ist. Ich habe sie nicht gefragt, ich bin nicht beim Geheimdienst, oder? Fragt doch die anderen, die dafür bezahlt werden. Fragt doch Abdul!«

Wieder ein Tritt in die Rippen. Hasher legte sein geschwollenes Gesicht auf den Steinfußboden, auf dem sich das geronnene Blut längst mit dem Dreck vermischt hatte.
»Ich kann nicht mehr sagen. Laßt mich schlafen, bitte. Ich weiß nichts mehr.«
Er schloß die Augen. Er dachte an seine Mutter. Dachte daran, wie er seine Mutter ein letztes Mal besucht hatte, auf dieser Plantage. Sie trug einen Plastikkorb auf dem Rücken, umgeschnallt wie einen Rucksack. Der Korb war zu schwer für ihren Kopf. Andere Frauen hatten den Eimer über der Stirn und gingen aufrecht. Seine Mutter ging wie eine Greisin, die Hände berührten fast den Boden.
»Ich schick dir Geld, bald«, murmelte Hasher, während er neben ihr herging, zwischen diesen mannshohen Teesträuchern, von denen das Wasser tropfte, durch den Schlamm des Bodens. Seine Mutter war barfuß, aber sie trug ein dünnes, silbernes Kettchen an ihrem Fußgelenk, und ihre Fußnägel waren dunkelrot angemalt, nur Allah wußte, warum sie das tat.
Seine Mutter blieb stehen. Sie nahm den Korb mit den Teeblättern ab, wischte mit dem Ärmel über das Gesicht, rieb die Hände an ihrem Rock und legte die Handflächen dann gegen sein Gesicht.
»Möge Allah deine Schritte segnen, mein Junge«, murmelte sie, und ihre Augen waren wie Kohlestücke, als sie ihn anschaute, »möge Allah auf dich achten, mein Sohn. Du mußt mir kein Geld schicken. Du brauchst es selbst. Ich bin alt. Wenn ich nur weiß, daß du es gut hast.« Ein trauriges Lächeln überzog ihr Gesicht. »Besser als hier muß es überall sein, meinst du nicht?«
Mutter, dachte Hasher, während die Füße ihn in die Zimmerecke traten, schau nicht her, Mutter. Das bin nicht ich, das ist nicht der Sohn, den du in deinem Bauch getragen hast, das ist nur die Hülle. Ich spüre keinen Schmerz, Mutter, es tut nicht weh, nicht wirklich. Sei ganz ruhig, Mutter. Dann bin ich es auch.
In diesem Augenblick hörten die Fußtritte auf. Hasher schloß die Augen. Tränen rollten über das Gesicht. Seine Hände waren wie abgestorben. Er wußte nicht, wie lange er schon so gefesselt war. Mittag war es gewesen. Vor sechs Stunden muß es gewesen sein.
Allahu Akhbar ...
Der Ruf des Muezzin wurde vom Wind verweht, nur Fetzen seiner

Sätze verfingen sich an dem Fenstervorsprung und fielen hinein in die Zelle, zu ihm herunter.
Ramadan war vorbei. Es war der Tag des Festes. Draußen Stimmen, auf einmal hörte er das alles, Fahrradklingeln, Hupen, die Zelle führte offenbar direkt auf eine Straße. Pferdegeklapper, Musikfetzen. Stille.
Der Muezzin hatte sein Gebet beendet.
Um diese Zeit wusch er immer seine Hände und seine Füße und begab sich in die Moschee für die Armen, für die Leute, die keinen blauen Paß hatten wie die Einheimischen vom Q'uam al Hashid.
Um diese Zeit ging er barfuß über die Bastmatten, grüßte den einen und den anderen Bekannten, murmelte Segenswünsche leise, verhalten, um sich dann in seiner gewohnten Ecke niederzulassen, unter den herrlichen blaßgrün-weißen Ornamenten in den Säulen, welche die Zederholzdecke trugen.
»Binde ihn los«, sagte der eine.
Der andere beugte sich über ihn. »Allah sei mit dir, mein Sohn«, murmelte er, während er die Knoten aufband. Als seine Beine auf den Boden schlugen, spürte er nichts. Die Arme lagen rechts und links neben ihm, wie Leichenteile, die nichts mit ihm zu tun hatten. Er öffnete die Augen und schaute seine Hand an. Dreimal hatten sie ihre Zigarette in seinen Handrücken gedrückt, das hatte er gar nicht gespürt, seine Hand hatte längst kein Gefühl mehr, das Blut war längst erstarrt.
Wenn sie das gewußt hätten, dachte er, als er auf das Leiserwerden ihrer Schritte lauschte, wenn sie das gewußt hätten. Ein einziges Lächeln spielte um seinen Mund. Es war überstanden.
Für diesmal.
Sie würden ihn freilassen. Sie hatten nicht wirklich etwas gegen ihn in der Hand. Schwarzhandel, Devisenhandel, das kannten sie. Das war illegal, aber sie konnten nichts dagegen tun. Nicht, solange der hashidische Dirham nicht konvertibel war. Hasher verstand nicht, warum der Scheich dagegen war. Aber er war auch kein Bankfachmann, oder? Er war Boy in diesem verdammten Al-Fellaj-Guesthouse, in dem die Leute ein und aus gingen wie in einem ganz normalen Hotel. Aber er, Hasher Ftuli, wußte genau, daß es kein ganz normales Hotel war.

Sie kamen erst bei Anbruch der Dunkelheit an. Nadine konnte nur das sehen, was der Lichtkegel des Jeeps erhellte. Zelte, einen Rastplatz für Kamele, Soldaten um ein Feuer, die aufsprangen, um ihnen Platz zu machen, ein Dorf, Lehmhäuser, geschlossene Fenster, Holzfenster, alle verriegelt. Ein Brunnen, Palmen, viele Palmen. Wunderbare Palmen, ein ganzer Hain. Und wieder ein Zelt. Diesmal weiß, groß, rund. Schön wie aus einem Hollywood-Film. Der Jeep hielt. Tahir schaute sich um.
»Hier werden Sie wohnen, Miss Malten. Ich hoffe, daß alles zu Ihrer Zufriedenheit sein wird.« Er lächelte. »Ich bin eigentlich fast sicher. Man wird Ihnen das Bad zeigen.« Er breitete die Arme aus. »Nun, es ist kein richtiges Bad, aber eben eines, wie die Beduinenscheichs es kennen. Es wird Ihnen gefallen. Sie wollten doch ein Abenteuer erleben, nicht wahr?«
Er half ihr aus dem Auto. Sie konnte sich kaum bewegen, sie war ganz steif.
Die Luft hier war anders. Frisch, kühl. Und vollkommen ohne Geruch.
»Schauen Sie«, Tahir deutete nach oben, »in zwei Tagen ist Vollmond.«
Zwischen den Palmenkronen leuchtete eine fast runde silberhelle Scheibe. Die Sterne funkelten. Jemand schlug eine Zeltplane zurück. Ein Mann in einem weißen Anzug, an dem silberverzierten Ledergürtel hing ein Krummdolch. Er trug ein weißes Band um die Stirn, wie die Hippies in den sechziger Jahren. Er wartete stumm.
»Das ist Ihr Diener«, sagte Tahir, »er wird Ihnen alles erklären.«
Nadine schaute sich um.
»Und was passiert weiter?«

»Sie werden essen, nehme ich an, gewisse Dinge erledigen«, er verbeugte sich, um sein Lächeln vor ihr zu verbergen, »und warten.«
»Warten?«
»Bis seine Hoheit, Scheich Zayed bin Sultan al Maktoum, Sie ruft. Oder haben Sie vergessen, warum Sie hierhergekommen sind?«
Nadine schüttelte den Kopf.
»Und wie lange werde ich warten?«
Tahir hob die Schultern. »Einen Tag? Zwei Tage? Eine Woche? Inschallah. Das weiß niemand. Sie müssen Geduld haben, Sie werden lernen, daß in der Wüste die Tage wie Wochen sind und Wochen wie Monate oder ein Jahr. In der Wüste reihen sich Sonnenaufgang und Sonnenuntergang wie Perlen auf eine Koranschnur. Das ist wunderbar. Das macht die Seele ruhig und den Geist zufrieden. Es wird Ihnen guttun, Miss Malten. Es ist eine Kur, die ich gerne allen Europäern verschreiben würde. Vergessen Sie nicht, immer die Stiefel anzuziehen, wenn Sie das Zelt verlassen. Trinken Sie viel. In diesem trockenen Klima ist es gefährlich, wenn man Körperflüssigkeit verliert. Denken Sie immer daran.« Der Fahrer hatte ihre Tasche und den Schreibcomputer aus dem Wagen genommen und reichte sie dem Diener.
Tahir verbeugte sich noch einmal. »Ich hoffe, wir sehen uns vor Ihrer Abreise aus Q'uam al Hashid noch einmal.«
Nadine runzelte die Stirn. »Bleiben Sie nicht hier?«
»Nur diesen Abend. Morgen früh vor Sonnenaufgang muß ich zurück.«
»Wieder die ganze Strecke mit dem Auto?« fragte Nadine.
Tahir lächelte. »Diesmal nehme ich einen Hubschrauber. Das Auto war nur, um Ihnen so viel wie möglich vom Land zu zeigen.«
»Wie aufmerksam«, murmelte Nadine.
Tahir reagierte nicht. Er stieg wieder in den Jeep. Die Scheinwerfer fraßen sich einen Weg durch den Palmenwald.
»Welcome, Miss«, murmelte der Diener hinter ihrem Rücken. Nadine hatte immer noch dem Jeep hinterhergestarrt. Sie konnte es nicht fassen, daß Tahir sie hier einfach ablieferte und alleinließ.
Was heißt: Eine Woche ist wie ein Monat und ein Monat ist wie ein Jahr?
Sie drehte sich um. Der Diener hielt eine Messingschale in der Hand

und über den Arm ein feuchtes Handtuch. Auf dem Wasser schwammen Rosenblätter. »Welcome, Miss«, sagte er ein zweites Mal. Nadine zwang sich zu einem Lächeln. Sie legte ihre Hände in das kühle Wasser. Ihre Augen musterten das Gesicht ihres Dieners. Er wandte die Augen ab. »Es war eine anstrengende Fahrt«, sagte Nadine.

»Ich weiß, Miss, es ist sehr weit.«

»Ich möchte zuerst das Bad sehen«, sagte Nadine.

»Natürlich, Miss, ich werde Sie hinführen.«

Er reichte ihr das Handtuch. Nadine wischte damit über ihr Gesicht. Sie war sicher, daß das Handtuch danach schwarz sein würde.

»Der Scheich bin Zayed ist nicht hier?« fragte sie.

Der Diener schüttelte den Kopf. Er wartete, daß sie ihm das Handtuch auf den Arm legte. »Er ist lange nicht hier gewesen, Miss«, sagte er, drehte sich um und ging ihr voran ins Zelt.

Der schnelle Egon holte Henscheid mitten in der Nacht aus dem Schlaf. Henscheid hatte gerade einen besonders angenehmen Traum gehabt, aus dem er sich nur ungern herausreißen ließ.

»Wißt ihr verdammten Idioten nicht, wie spät es ist?« brüllte er.

Er nahm an, es wäre die Schlußredaktion. Die saßen an der Sondernummer, die am Morgen in Druck gehen sollte. Die japanische Herausforderung. Tilman Schröder hatte gefunden, daß dieses Thema die Leser in Scharen an die Kioske treiben würde. Henscheid schnaubte nur.

»Tut mir leid, Herr Henscheid«, sagte der schnelle Egon mit ätzender Schärfe in der Stimme. »Ich weiß, Männer wie du haben es verdient, ungestört die Nacht zu verbringen. Ich bin's bloß, Egon.«

Henscheid hatte im selben Augenblick die Nachttischlampe angeknipst und sich aufgerichtet. Er fuhr, während er den Hörer zwischen Hals und Schulter klemmte, mit der anderen Hand durch seine Haare, im Schlaf klebten sie immer an der Stirn. Er haßte das.

»Egon, Mensch, entschuldige, um diese Zeit. Ich hab' echt gedacht ...«

»Ich mach's kurz«, sagte Egon, »damit du wieder schnell zu deinen süßen Träumen zurückkannst. Ich hab' die Nummer.«

»Was für eine Nummer?«

»Na, die Nummer, auf die ihr wartet. Aus diesem verdammten Drecknest, diesem arabischen Al-Fellaj-Guesthouse. Hat mich eine Menge Arbeit gekostet und ein paar sehr saubere Hundertdollarscheine ...«

»Schick uns die Rechnung, mach irgendeine Spesennummer draus«, sagte Henscheid ungeduldig. »Du bist sicher, daß es die richtige Nummer ist?«

»Klar, hab' ich schon gecheckt. Es ist bloß im Augenblick niemand da, der unsere Sprache redet. Aber vielleicht kannst du ja arabisch.«
»Ich? Salem Aleikum, mehr nicht.«
»Ach.« Ein Erstaunen lag in diesem »Ach«.
»Wieso ach?«
»Na, ich hab' läuten hören, du wolltest unbedingt diese Reise machen. Soll Trouble gegeben haben in der Redaktion, weil du das schöne Kind nicht fahren lassen wolltest, hab' ich gehört. Geht mich auch nichts an. Ich hab' bloß gedacht, wenn er sich da so reinhängt, ist er wahrscheinlich Arabist oder Agent von Saddam Hussein.« Er lachte.
Henscheids Kinn zitterte. »Das ist das Schlimme an unserer Branche, sie ist klatschsüchtig wie ein altes Weib. Ich hab' mich da aus einem ganz anderen Grund reingehängt, Egon, aber das erzähl' ich dir heute abend bestimmt nicht mehr. Hast du die Nummer parat?«
»Klar hab' ich sie parat. Die Frage ist, ob du um diese nachtschlafene Zeit einen Griffel halten kannst?«
Eine Minute später war das Telefonat beendet, und Henscheid hatte die Nachttischlampe wieder ausgeknipst. Er starrte auf die Leuchtreklame, die über seiner Zimmerdecke flimmerte. Gegenüber gab es seit kurzem eine Nachtbar, und die Einwohner hatten schon eine Bürgerinitiative ins Leben gerufen. Aber bis die Stadtpolitiker irgendeinen Entschluß faßten, schien die rote Leuchtreklame ihm nun immer noch ins Schlafzimmer. Kein Wunder, daß er feuchte Träume hatte.
Es hatte sich also schon bis nach Bonn rumgesprochen, daß er diesen Machtkampf mit Nadine geführt hatte. Ebenso hatte es sich natürlich rumgesprochen, wie die Sache ausgegangen war. Eins zu null für Nadine Malten.
Henscheid schloß die Augen. Er haßte Niederlagen, ganz besonders haßte er es aber, wenn diese Niederlagen an die große Glocke gehängt wurden.
Aber egal: Mittwoch war das Mittagessen mit dem Verleger, und wenn es alles so lief, wie er es sich vorstellte, konnte der Champagner schon eine Woche später anrollen. Arne Henscheid, stellvertre-

tender Chefredakteur, erlaubt sich, zu einem kleinen Umtrunk einzuladen ...
Als erstes am nächsten Morgen würde er versuchen, Nadine ans Telefon zu kriegen.

Nadine hatte noch nie eine Nacht in einem Beduinenzelt verbracht. Vielleicht war ihr Schlaf deshalb so leicht, daß sie bei jedem kleinen Geräusch hellwach war und senkrecht im Bett saß.
Es war stockdunkel im Zelt. Nur das winzige rote Licht der Taschenlampe, die Mehdi auf das Messingtablett neben ihrem Bett gelegt hatte, leuchtete. Nadine knipste die Taschenlampe nicht an, sie versuchte, sich so zurechtzufinden. Sie kannte die Ausmaße des sechseckigen Zeltes, wußte, daß die Zeltplane innen mit einem Musseline verkleidet war, der sich bei jedem Luftzug leise aufbauschte. Es gab eine Art Ventilation in dem Zelt, obgleich Nadine nicht wußte, wie sie funktionierte, vielleicht durch Luftschlitze, die sie nicht entdeckt hatte. Der Boden war drei- oder vierfach mit Berberteppichen belegt, die wunderbare, einfache Muster hatten, dunkelrot, schwarz und gelb. Das Bett war keine Pritsche, sondern ein breites Bett mit vier gedrechselten Pfosten. Es gab kein Moskitonetz, also mußte man wahrscheinlich auch keine Insekten fürchten. Die Geräusche, die Nadine wahrnahm, kamen vielleicht von anderen Tieren, Käfern, Mäusen, Gekkos. Sie hatte keine Ahnung, welche Tiere nachts ruhelos durch die Wüste zogen.
Hin und wieder hörte sie, wie die Wachen sich irgend etwas zuriefen, auch das konnte sie nicht verstehen, aber wieso auch.
Als sie schließlich fest eingeschlafen war, wurde sie sanft von Mehdis Hand geweckt, der ihre Schulter berührte.
»Tea, Miss«, sagte er leise. Sein Gesicht war ganz nahe, und dennoch schaute er sie nicht an.
»Was?« Nadine fuhr hoch. Der Zelteingang war zurückgeschlagen, draußen war immer noch tiefe Nacht. »Wieso Tea?«

»Early-morning-tea«, murmelte Mehdi, »vor dem Gebet. In einer Viertelstunde wird es hell.«
Er verschwand, ließ aber die Zeltplane zurückgeschlagen. Nadine konnte ihn sehen, wie er hin- und herhuschte. Er hatte offenbar eine Art Armeejacke über den weißen Anzug gezogen. Nadine sah nur die Beine, das andere verschmolz mit der Nacht. Die Luft, die hereinwehte, war kühl und trocken.
Sie trank gehorsam ihren Tee, obwohl sie noch nie morgens vor Anbruch der Dämmerung Lust auf einen Tee gehabt hatte. Aber offenbar war diese Erfindung der englischen Kolonialherren etwas, das alle eroberten Völker nachhaltig beeindruckt hatte.
Sie hörte, wie der Motor eines Lasters angeworfen wurde, hörte Stimmen, jetzt lauter, Befehle, die gebrüllt wurden, Männer, die im Chor antworteten. Sie hörte Schritte auf dem Sand, eine Art Vibration, die sich in Wellen fortsetzte bis zu dem Boden unter ihrem Bett.
Sie saß, die Kopfkissen im Rücken, aufrecht in ihrem Bett und wartete auf den Sonnenaufgang. Sie war sicher, es würde ein wunderbares Schauspiel werden.
Ein Vogel fing an zu singen. Nadine hatte nicht gewußt, daß in der Wüste auch Vögel überleben können. Aber dies war ja keine Wüste, sondern eine Oase. Sie erinnerte sich an den Palmenwald, durch den sie gefahren waren, an das Dorf aus Lehmhäusern, die alte Kasbah, eine Ruine, die kurz hinter einer zerbröselnden Lehmmauer aufgetaucht war. Kinder, Ziegen, Hunde, verschleierte Frauen. Ja, sie erinnerte sich. Es war ein ganz besonders schöner Platz, zu dem sie gefahren waren. Der Himmel wurde hell. Zuerst nur ein rotfarbener Streifen, der sich ausbreitete, die schattenhaften Dinge, die sie ausschnitthaft erkennen konnte, bekamen eine Farbe und Tiefe, eine Perspektive. Sie sah, daß Mehdi einen Tisch vor ihr Zelt stellte, daß er eine Art Plane aufspannte, ein Sonnensegel, sie sah, wie er den Tisch mit einem weißen Tuch bedeckte, einen Sessel brachte, einen Mahagonisessel mit Rohrgeflecht, geschwungene Beine und geschwungene Lehne, einen Sessel, den man sich eher in einem Biedermeierzimmer in Lyon vorstellte als hier, in einer Oase am Ende der Welt. Mehdi huschte hin und her. Wenn er sprach, waren seine Worte gedämpft, als müsse er den Schlaf des Gastes bewachen, einmal scheuchte er etwas fort, war es ein Tier?

Nadine konnte es nicht sehen. Eine silberne Schnabelkanne tauchte auf, ein Gedeck, eine Serviette, und dann sah sie, wie Mehdi eine rote Blume in einer schlanken Tonvase auf den Tisch stellte. Zweimal trat er zurück, prüfte, ob es gut war, und rückte die Vase noch etwas mehr ins Zentrum, dann wieder an den Tischrand. Diese Geste rührte Nadine so, daß sie lächeln mußte. Sie beschloß aufzustehen, da sie ohnehin nicht mehr schlafen konnte. Sie nahm ihre Sachen und ging in das Badezelt, das durch eine Art Schleuse von ihrem Schlafzelt getrennt war.
In dem Badezelt gab es einen Tisch mit einer Waschschüssel und einer wunderbar bemalten Tonkaraffe, die kaltes, frisches Wasser enthielt. Es gab Seife, Handtücher, ein Klo, das offenbar von der Art war, wie man sie auf Segelbooten benutzte, ein chemisches Klo, und eine Wanne. Mehdi hatte ihr gesagt, daß sie ihm mitteilen möge, wenn sie ein heißes Bad nehmen wollte, es sei kein Problem, aber er müsse es mindestens eine halbe Stunde vorher wissen.
Nadine wollte kein heißes Bad nehmen. Aber die Wanne gefiel ihr dennoch. Ein gußeisernes Modell, auf Löwenfüßen, mit einem Stöpsel, der offenbar aus einer Art Knetmasse handgefertigt war. Der Abfluß war direkt über einem Loch, das tief in die Erde gegraben worden war und das man mit einem Messingteller abgedeckt hatte.
Irgendwann, dachte Nadine, während sie sich mit kaltem Wasser wusch, werde ich auch ein Bad nehmen. Aber nicht jetzt. Sie hatte dazu keine Ruhe.
Im Halbschlaf war ihr einmal der Gedanke gekommen, ob man sie hierher gebracht hatte, um sie loszusein. Ihr ein Abenteuer versprach anstatt der Möglichkeit, unbequeme Recherchen und Erkundigungen anzustellen.
Die Bemerkung von Mehdi, daß der Scheich sich hier seit Wochen nicht hatte sehen lassen, machte Nadine ratlos. Warum Tahir so plötzlich verschwunden war, konnte sie auch nicht begreifen.
Als Kind hatte sie sich auch so gewaschen. Einmal hatten sie, ihre Eltern und ihre Schwester, Ferien auf dem Bauernhof gemacht. Sie war damals sechs oder sieben gewesen, ein dünnes Mädchen mit Pony und Pferdeschwanz. Sie hatte mit ihrer Schwester dieses Zimmer auf dem Dachboden des Bauernhofes geteilt, wo es kein fließen-

des Wasser gab. Jeden Morgen stellte die Bäuerin eine Karaffe mit Wasser vor ihr Zimmer. Nadine erinnerte sich an die Schlachten, die sie sich mit den nassen Waschlappen geliefert hatten. Einmal hatten sie die Schüssel aus dem Fenster gegossen, direkt über dem Hofhund, einem uralten Bernhardiner mit Bandscheibenschaden, der jaulend zusammenbrach, anstatt zu flüchten.

Gemeinsam hatten sie dann den Vormittag damit verbracht, ihn mit Strohbüscheln und Handtüchern trockenzureiben.

Sie hatte gerade ihr Gesicht in den kalten Waschlappen gelegt, als sie den Hubschrauber hörte. Es war zuerst nur ein Summen in der Luft, ein Zittern. Die Tonkaraffe klirrte leise und schlug gegen den Rand der Waschschüssel. Nadine nahm den Waschlappen und schaute hoch.

Das Dröhnen wurde stärker, der Lärm immer lauter, drohender. Es hörte sich an wie eine Invasion aus dem Weltraum. Einmal raste ein Windstoß an ihrem Zelt vorbei, und die Plane schlug gegen die Badewanne.

Nadine nahm ihr Handtuch und rannte ins Schlafzelt. Sie stellte sich vor den Ausgang und schaute hinaus. Der Hubschrauber war direkt über ihr in der Luft. Sie kannte diese Maschine, schneeweiß, mit dem Adler hinten am Heck. Sie kannte diese Maschine.

Die Palmwedel schlugen peitschend gegeneinander, junge Palmen bogen sich, als sie von dem Luftzug der Propellerflügel gestreift wurden, der Lärm wurde so unerträglich, daß Nadine das Handtuch fallenließ und sich die Finger in die Ohren steckte.

Dann war der Hubschrauber hinter den Bäumen verschwunden. Niemand war zu sehen. Vielleicht waren alle zu dem Hubschrauberlandeplatz gelaufen?

Nadine war froh, denn dieser Schlafanzug, den sie trug, war vielleicht nicht ganz das richtige Bekleidungsstück für so einen Ort.

Als sie eine halbe Stunde später vor das Zelt trat, noch damit beschäftigt, ein Tuch um ihre Haare zu knoten, und dabei die ersten Sonnenstrahlen auf ihrem Gesicht einfing, sagte jemand: »Salam Aleikum.«

Nadine fuhr zusammen. Aus den Palmen stob kreischend eine Schar kleiner schwarzer Vögel davon.

»Ich habe Sie erschreckt?« fragte die Stimme sanft. Aber es schwang so etwas wie Vergnügen mit. »Ich dachte, Sie wären eine Frau, die nichts erschrecken kann.«

Nadine drehte sich um. Auf dem Peddigrohrsessel, von dem sie geglaubt hatte, er sei für sie dort hingestellt worden, erhob sich ein Mann in einer blütenweißen Dischdascha, über die noch ein Umhang aus lehmfarbenen Rupfen gelegt war. Er war groß, mindestens ein Meter achtzig, und schlank. Seine Haut dunkel, die Haare schwarz und wellig.

Er hatte die Hände auf die Brust gelegt – Nadine registrierte sofort, daß er nicht eine dieser goldenen Rolex-Uhren trug, die hier Mode waren, sondern eine Swatch mit Kunststoffarmband, und auch keine Brillanten am kleinen Finger, dafür aber ein Band aus geflochtenen Lederstreifen am linken Handgelenk – er verbeugte sich leicht. Seine Augen ruhten auf ihr, neugierig, musternd, hellwach.

Nadine wußte sofort, wer er war. Sie hatte genug Porträts von ihm gesehen, in den Amtsstuben, in der Hotellobby, in ihrem Zimmer Nr. 116 im Al-Fellaj-Guesthouse, und sie stellte jetzt fest, daß die Bilder nicht geschönt waren. Er sah wirklich so aus, strahlend und siegesgewiß. Er war jünger als auf den Bildern und hagerer. Aber das war nur gut so.

»Scheich Zayed bin Sultan al Maktoum«, murmelte Nadine, während sie auf ihn zutrat. Sie streckte die Hand nicht aus, weil sie nicht wußte, ob sich das schickte. Sie blieb zwei Schritte von ihm entfernt einfach stehen. »Ich glaube nicht, daß ich besonders schreckhaft bin. Für gewöhnlich. Aber Sie sind aus dem Nichts aufgetaucht. Man hat mir nicht gesagt, daß ich Sie so bald treffen würde.«

»Ich bin mit dem Hubschrauber gekommen. Ich bin erst vor zwanzig Minuten gelandet. Ich soll Sie grüßen von Tahir. Er wünscht Ihnen eine gute Zeit. Tahir hat mir viel von Ihnen berichtet.«

»In zwanzig Minuten?« fragte Nadine amüsiert. Der Scheich musterte sie. Sie trug einen knöchellangen, naturfarbenen Leinenrock, dazu eine Art Maojacke, bis zum Stehkragen zugeknöpft, und ihre Stiefel. Da sie auch ihre Haare bedeckt hatte, konnte der Scheich an ihrem Äußeren nicht allzuviel Gotteslästerliches feststellen. Aber ob ihm das wichtig war?

»Tahir wußte nicht, daß ich heute morgen schon komme. Niemand wußte es.« Er legte seine Hand auf den Griff des silberbeschlagenen Krummdolches, der in seinem bunten Gürtel steckte. »Das gehört zu meinem Leben.«

»Was?«

»Daß niemand weiß, nicht einmal meine Freunde, wo ich die nächste Nacht verbringen werde.«

»Ich habe davon gehört«, sagte Nadine vorsichtig, »ein mißtrauischer Herrscher.«

»Nicht mißtrauischer als andere.« Der Scheich lächelte. Wenn er lächelte, sah man seine Zähne. Er hatte einen weichen, vollen Mund, ein energisches Kinn, das nicht rasiert war. »Vielleicht ein bißchen klüger. Ich bin 38, und keinem meiner Feinde ist es bis jetzt gelungen, in meine Nähe zu kommen. Ich hoffe, Sie sind kein Feind?«

»Das haben Sie doch bestimmt vorher prüfen lassen.«

»Ja, das ist wahr. Wir sind eben sehr vorsichtig. Aber meine arabischen Brüder sind alle sehr vorsichtig. Die Menschen sind Bestien, die sich am liebsten selbst zerfleischen.« Er deutete auf den Stuhl, auf dem er gerade gesessen hatte. »Ihr Frühstück. Worauf warten Sie noch?« Er schnippte mit dem Finger, und Mehdi erschien. Der Scheich legte seine Hand an die Kanne, runzelte die Stirn und gab mit rauhem Ton Befehle. Mehdi nahm die Kanne und verschwand.

Irgendwo zwischen den Palmen mußte das Küchenzelt liegen. Später würde Nadine versuchen, das Lager zu erkunden.

»Mehdi ist ein guter Mann. Er arbeitet für mich seit seinem fünfzehnten Lebensjahr. Aber er kapiert nicht, daß der Kaffee heiß sein muß, wenn er schmecken soll. Was haben Sie bestellt? Arabisches oder europäisches Frühstück?«

Nadine stand hinter ihrem Stuhl. Sie fand es irgendwie unkorrekt, sich zu setzen, während er noch stand.

»Ich wußte nicht, was es gibt. Ich lass' mich gerne überraschen.«

Der Scheich musterte sie. »Gilt das nur für das Frühstück?«

»Für das Frühstück und einige andere Dinge auch.« Nadine wich seinem Blick nicht aus, im Gegenteil, sie suchte den Kontakt mit seinen Augen, sie wollte von Anfang an klarstellen, daß sie ihm gewachsen war, daß sie vor Ehrfurcht keine weichen Knie bekam. Wer war er schon? Scheich eines Landes, in dem vor einer Generation noch die

Beduinen ihre Kamelkarawanen von Dorf zu Dorf geführt hatten, um die Leute mit den notwendigsten Nahrungsmitteln zu versorgen. Ein Mann, der einfach Glück hatte, daß in seinem Einflußbereich Öl entdeckt worden war. Und ein Verrückter, der sich auf unberechenbare Weise in die Weltpolitik einmischte, Waffenhändler gegeneinander ausspielte, Kriegsgegner aufeinanderhetzte und ein paar Wirrköpfe in der Welt auf falsche Ideen brachte ...

Mehdi kam zurück. Er wandte sich an den Scheich, der murmelte etwas Ungeduldiges. Mehdi schenkte Nadine Kaffee ein. Er schaute den Scheich wieder fragend an, als wolle er ihm jeden Wunsch von den Augen ablesen, aber der scheuchte ihn mit ein paar wilden Worten davon.

Nadine hatte kein Wort von dem verstanden, was zwischen ihnen passierte. Sie setzte sich.

»Ich setze mich also«, sagte sie, etwas verlegen, »weil Sie mich dazu aufgefordert haben, den Kaffee heiß zu trinken. Ich weiß nicht, ob ich Sie einladen darf, mit mir zu frühstücken? Ich bin Ihr Gast. Es klingt etwas merkwürdig, wenn ich ...«

»Ich frühstücke morgens nie«, sagte der Scheich rasch, »ich muß meinen klaren Kopf behalten. Ich esse immer erst mittags.« Der Scheich wandte sich ab, als Nadine sich setzte. Er wartete, bis sie den Sessel zurechtgerückt und die Ärmel ihrer Bluse wieder heruntergestreift hatte. Nadine bemühte sich um einen lockeren Plauderton.

»Dabei haben wir das Ende des Ramadan. Ich glaubte, alle denken nur daran, sich von morgens bis abends mit guten Speisen zu verwöhnen ...«

»Dann haben Sie das Wesen des Ramadan nicht verstanden«, der Scheich wirkte plötzlich gereizt. Nadine biß sich auf die Lippen. Es war ein Fehler gewesen, ihn auf seine Religion anzusprechen. Sie wußte nicht, ob dies die einzige Gelegenheit sein würde, mit ihm zu reden. Wieviel Zeit hatte sie? Zehn Minuten? Einen Tag? Oder mehr? Konnte sie ihn das fragen?

Mehdi brachte eine Tajine. Als er den Deckel hob, entwich ein Dampf, der nach Safran und Hirse roch und Ziegenfett. Nadine lächelte und breitete die Serviette auf ihrem Schoß aus.

»Gut?« fragte der Scheich.

»Es riecht jedenfalls gut.«

Nadine nahm einen Schluck Kaffee. Als sie die Tasse absetzte, fragte sie: »Aber eine Tasse Kaffee? Nur, um mir Gesellschaft zu leisten?«
Der Scheich schüttelte den Kopf. »Ich habe nicht viel Zeit. Ich warte auf meine Männer ...« Seine Stimme wurde immer undeutlicher. Er schaute sich um, ging hin und her.
»Darf ich Ihnen eine Frage stellen?« fragte Nadine.
»Natürlich, dazu bin ich gekommen, oder nicht?« Sein Englisch war fehlerfrei, auch wenn er einen starken, rauhen Akzent hatte. Aber es war klar, daß er Englisch nicht bei einem arabischen Lehrer gelernt hatte, sondern irgendwo in Großbritannien.
»Wieviel Zeit habe ich für mein Interview?«
»Warum wollen Sie das jetzt schon wissen?«
»Wenn es nur wenig Zeit ist«, sagte Nadine, »würde ich lieber auf dieses Frühstück verzichten. Ich bin nicht hungrig, ich kann das verschieben.« Sie legte den Deckel wieder auf die Tajine und sah den Scheich herausfordernd an. »Ich möchte die Zeit nutzen, die mir zur Verfügung steht.«
Der Scheich lächelte. Es schien ihn zu amüsieren, daß Nadine so diensteifrig war. Nadine hatte das Gefühl, daß er sie immer noch nicht wirklich ernst nahm. Das verletzte und beleidigte sie. »Ich habe sehr viele Fragen«, fügte sie hinzu, »und ich möchte Ihre Antworten gerne auf Band aufnehmen, zur Sicherheit.«
»Ah, auf Band, zur Sicherheit. Das klingt professionell.«
»Ich bin professionell«, sagte Nadine heftig.
»Natürlich, das weiß ich. Hätten wir Sie sonst eingeladen?«
»Ich möchte nicht eingeladen sein. Ich habe genug Geld dabei, um alle Spesen selber zu bezahlen.« Nadine wurde rot. Das Wort Geld hätte jetzt nicht fallen dürfen, jetzt nicht. Sie mußte damit rechnen, daß der Scheich über die Sache mit den hundert Dollar informiert war. Aber Zayed gab mit keiner Gesichtsregung zu erkennen, daß er informiert war.
»Sie werden genügend Zeit haben«, sagte er. »Essen Sie, kalt schmeckt es nicht so gut.«
Jemand näherte sich vorsichtig, als der Scheich winkte, trat der Mann aus dem Schatten des Palmenhaines. Es war ein Soldat in einer Khakiuniform. Er trug die Kalaschnikow über der Schulter. An seinem Gürtel hing ein Revolver.

Der Mann redete mit dem Scheich, es war ein Wortwechsel in einem Ton, wie er offenbar bei allen Militärs überall auf der Welt üblich war, zackig, kurz, ernst. Ohne Gemütsbewegung. Ohne Lächeln, natürlich ohne Lächeln.

Der Mann verschwand. Ein zweiter tauchte auf und trat mit dem Scheich zur Seite. Er rollte einen Plan auseinander, auf dem Nadine aus den Augenwinkeln nichts erkennen konnte. Die beiden beugten sich über den Plan, der Mann rollte ihn wieder zusammen und verschwand. Wenig später hörte sie das Dröhnen der Hubschraubermotoren. Diesesmal überflog die Maschine nicht ihr Zelt. Der Motorenlärm verebbte rasch.

Mehdi brachte Fladenbrot in einem Korb. Das Brot war warm und so dünn, daß man es mehrfach zusammenlegen konnte. Nadine bestrich es mit Honig. Sie wartete darauf, daß der Scheich sich wieder an sie wenden würde. Aber er verschwand, sie hörte ihn aus der Ferne, seine rauhe, harte Befehlsstimme. Jemand widersprach. Seine Stimme wurde lauter, noch unbeherrschter. Dann verstärkte sich auf einmal das Stimmengewirr, und man hörte das Trampeln von Schritten.

Der Scheich kam zurück. Er wischte mit dem Ärmel den Schweiß von der Stirn. »Es wird schon heiß«, sagte er, »die beste Zeit des Tages ist bald vorbei. Sie stehen früh auf.«

»Ich bin schon vor dem Morgendämmern von Ihrem Diener geweckt worden«, sagte Nadine lächelnd. »Aber es hat mir gefallen. Das erste Licht, die ersten Tierstimmen ...«

»Der Morgen in der Wüste ist das Beste. Ich stehe immer um vier Uhr auf. Bei Tagesanbruch bin ich reisefertig. Habe Zeit für viele Dinge. Es gibt Europäer, die stehen auch in der Wüste erst um neun Uhr auf. Die haben nichts verstanden. Die werden unser Land nie begreifen. Wir Beduinen haben Angst vor der Wüste, das ist eine Angst, mit der wir geboren worden sind, seit Jahrtausenden wird diese Angst von einer Generation auf die andere weitergegeben. Und trotzdem wollen wir nirgends anders leben. Man kann auch das lieben, vor dem man Angst hat.«

»Jetzt, wo man die Wüste mit dem Hubschrauber überfliegen kann, gibt es doch keinen Grund mehr, Angst zu haben.«

Der Scheich schaute sie an. »Wir haben sogar Jeeps mit Funkverkehr, und wir haben Straßen, die wie deutsche Autobahnen mitten durch die Wüste führen.« Er schaute in den Himmel. »Mein bester Freund ist in der Wüste umgekommen. Trotz Autoradio und Hubschraubern, die aufgestiegen sind, um ihn zu suchen. Die Hubschrauber sind in einen Sandsturm geraten, zwei sind abgestürzt, die anderen mußten umdrehen. Mein Freund wurde erst gefunden, als er schon tot war. Das Funktelefon hat versagt. Der Jeep war in einer Wanderdüne steckengeblieben, drei Meilen von einem Kamelpfad entfernt. Den Respekt vor der Wüste werden wir nie verlieren. Aber weil wir gelernt haben, unter den widrigsten Bedingungen zu leben, in der Hitze, ohne Wasser, in kleinen Sippen, in denen einer auf den anderen angewiesen ist, darum muß man uns ernst nehmen in der Welt. Wir sind gefährliche Feinde.«

Nadine stand auf.

»Wohin gehen Sie?« fragte er alarmiert.

»Ich würde das gerne mitschreiben«, sagte Nadine. »Ich habe alle Sachen griffbereit in meinem Zelt.«

Der Scheich schüttelte den Kopf. »Lassen Sie das. Ich muß in einer Minute weg sein. Es lohnt sich nicht. Ihr Kufta wird kalt.«

Nadine warf ihm einen verzweifelten Blick zu. »Nur noch eine Minute?« fragte sie. »Und dann?«

»Dann komme ich zurück. Und Sie können Ihr Tonbandgerät einschalten oder Ihren Schreibcomputer, was Sie wollen. Ist das Kufta gut?«

Nadine hob wortlos die Schüssel und reichte sie ihm. »Schukran.« Der Scheich nahm ein Bällchen und schob es zwischen die Lippen. »Sie sind aus gehacktem Hammelfleisch. Sehr gut, nicht?«

»Köstlich.« Nadine stellte die Schüssel auf den Tisch zurück und nahm auch ein Bällchen.

Der Scheich schaute zu, wie sie kaute. »Das beste daran sind die Hoden. Sie werden ganz klein geschnitten und dann durch den Fleischwolf gedreht und mit dem anderen Hammelfleisch vermischt. Man schmeckt es nicht raus, aber ich sage Ihnen: Ohne die Hoden wären die Kufta nicht halb so gut. Sie geben Kraft.« Er lachte. »Ich weiß nicht, ob das auch für Frauen zutrifft. Vielleicht erzählen Sie mir das heute abend, wenn ich zurück bin.« Er hatte keine Zeit mehr, sich über Nadines bleiches Gesicht zu amüsieren, zwei Beduinen kamen an den Tisch. Ein sehr alter Mann mit weißen Haaren

und weißem Bart, und ein jüngerer. Beide trugen eine sandfarbene Dischdascha, den Krummdolch im Gürtel, ihre nackten Füße steckten in Ledersandalen.
Auf der behandschuhten Hand des jüngeren saß ein Falke. Er trug einen Kopfschutz aus hellbraunem Leder, von dem Perlenschnüre herabhingen. Er saß ganz starr, den Kopf eingezogen, die Krallen in den Lederhandschuh gedrückt. »Salam Aleikum.« Der alte Mann breitete die Arme aus und ging auf den Scheich zu. Auch der Scheich breitete die Arme aus. Sie begrüßten sich, indem sie ihre Nasen gegeneinanderrieben und sich lächelnd in die Augen sahen. Der Scheich sagte etwas zu dem alten Mann in einem weichen, sanften Ton, der Mann antwortete, und beide umarmten sich. Dann begrüßte der Scheich den jüngeren Mann. Er nahm aus seinem Gürtel einen Falknerhandschuh, streifte ihn über, und der Falkner ließ den Vogel auf seine Hand wechseln. Der Scheich redete leise und eindringlich auf den Falken ein. Der reckte den Kopf und breitete behutsam seine Flügel aus.
Vorsichtig entfernte der Scheich die Lederkappe vom Kopf des Falken. Der Falke machte eine heftige Bewegung, als wolle er zustoßen, und Nadine, die fasziniert den Vorgang beobachtet hatte, zuckte erschrocken zusammen. Der Scheich lachte.
»Das ist nichts. Sie müssen keine Angst haben. Er interessiert sich nicht für Sie. Er interessiert sich nur für Wüstenfüchse, Mäuse, Gazellen und Vögel. Er ist ein Raubtier, ja, aber er ist ein gezähmtes Tier.«
Der Scheich hob den Arm, so daß der Falke mit seinem Schnabel das Gesicht berühren konnte. Nadine sah fassungslos, wie der Falke die langen Wimpern des Scheichs durch seinen Schnabel zog. Der Scheich lächelte. Er kraulte dem Falken das Gefieder. Dann redete er mit den beiden Beduinen, sie verbeugten sich in Nadines Richtung und verschwanden.
»Ich muß jetzt gehen«, sagte der Scheich.
»Und ich?« fragte Nadine.
»Sie können sich umschauen, spazierengehen, mit den Soldaten sprechen«, der Scheich lachte. »Unglücklicherweise spricht nur Mehdi ein bißchen englisch. Sie werden nicht viel Glück haben.« Er hob zum Abschied den Arm, besann sich aber und kam zu ihr

zurück. »Sagen Sie, warum geben sich so wenig Journalisten und Diplomaten Mühe, unsere Sprache zu lernen? Haben Sie einmal ausgerechnet, wie viele Menschen auf der Welt das Arabische als Muttersprache haben?«

Nadine senkte schuldbewußt den Kopf. »Ich weiß, es ist ein schweres Versäumnis. Aber diese Sprache ... die Schrift ..., man hat das Gefühl, man braucht ein Leben, um sie zu lernen.«

»Wofür sollte das Leben sonst gut sein?« fragte der Scheich, während er seinen Falken zärtlich kraulte. »Können Sie mir das beantworten?«

Er wandte sich um und ging.

»Um wieviel Uhr?« Sie lief ihm nach. »Wann kommen Sie zurück? Wann können wir miteinander reden?«

Er blieb stehen, ohne den Körper zu drehen, wandte er nur den Kopf. »Gleich nach Sonnenuntergang. Aber wenn es noch hell ist.« Er lächelte. »Ich möchte Ihr Haar sehen. Es ist blond, nicht wahr?«

Abdul hatte eine Fähigkeit, für die er sich am liebsten verflucht hätte: Er hatte so etwas wie ein drittes Gesicht, geerbt von seiner Großmutter, die allerdings im Alter so verrückt geworden war, daß man sie im Haus anbinden mußte. Sie wäre sonst losgelaufen, so wie sie gerade war, ohne Schleier, ohne Schuhe, keine Unterwäsche unter ihren fünffachen Röcken, hätte an eine Tür in der Gasse geklopft und gerufen: »Dein Sohn wird sterben!« Oder sie besuchte eine Frau am Nachmittag, brachte ihr Kuchen, Gazellenhörnchen aus Mandelteig, für die sie berühmt war, und sagte, während die andere Frau sich gerade schwer atmend auf den Brokatkissen niederließ: »Ich hätte geschworen, du hast noch viele Jahre.«

»Und?« fragte die Frau, mit angstvoll aufgerissenen Augen.

»Nicht mal ein Jahr«, sagte die Großmutter. »Die Würmer sind schon in deinen Eingeweiden. Fressen sich vor bis zum Kopf.«

Man konnte das nicht länger zulassen. Die Leute fürchteten sich zu Tode, sobald seine Großmutter nur auf die staubige Gasse hinaustrat. Selbst die Hunde flüchteten mit eingekniffenem Schwanz. Sie roch immer nach dieser Salbe, die sie selber aus Wurzeln anrührte. Sie roch so, daß man nicht mehr mit ihr an einem Tisch essen konnte. Aber sie hatte dieses dritte Gesicht. Sie irrte sich nie. Das machte die Sache noch schlimmer.

Abdul wußte, daß etwas Unangenehmes passieren würde, als er an diesem Morgen seinen Dienst antrat. Er kam von zu Hause, er hatte sich von Jamila massieren und die Haare waschen lassen, er hatte ein köstliches Couscous gegessen mit saftigen Hammelstücken und frischen Möhren, er war auf Jamilas weichen Brüsten eingeschlafen und hatte sich nach einem sorgfältigen Bad hingebungsvoll rasiert und dann von Kopf bis Fuß frisch gekleidet.

Er hatte einen Brief in der Jackentasche, von Jamila, den er Nadine geben sollte, er wußte nicht, was in dem Brief stand, Jamila hatte es ihm auch nicht erzählt, sondern den Brief mit einem roten Wachssiegel verschlossen und ein geheimnisvolles Gesicht gemacht. »Das ist Frauensache«, hatte sie gesagt, mit einem Verschwörerton. Sie strahlte, ihr Gesicht leuchtete. Abdul machte sich Sorgen. Obgleich Jamila sanft wie ein Lamm gewesen war, hatte er doch seine Zweifel, ob es richtig war, sie mit Nadine zusammenzubringen.

Jamila hatte diesen Virus im Körper, der darauf wartete aufzubrechen. Den Virus der modernen Frauen. Den Unabhängigkeitsvirus, den Freiheitsvirus, den Virus zum Ungehorsam. Abdul machte sich Sorgen.

Er hatte eben die Schlüssel vom Nachtportier übernommen und die Zeitungen in die Fächer verteilt, als das weiße Telefon klingelte. Das weiße Telefon war das internationale Telefon. Abdul räusperte sich, straffte die Schultern und nahm den Hörer ab.

Er meldete sich auf arabisch. Sagte seinen Namen und den Namen des Al-Fellaj-Guesthouse und wartete.

Eine Weile war es still. Er hörte diese Geräusche, die immer aus dem Äther kamen, ein Sirren und Sausen, als liefen die Töne wie Schallwellen durch die meilenweiten, endlosen Drähte. Dabei gab es gar keine Drähte mehr. Alles funktionierte irgendwie anders, über den Äther, drahtlos. Dafür gab es ja den Satelliten, der um die Erde kreiste, hell wie ein Stern.

»Hallo?« fragte eine zögernde Stimme am anderen Ende.

»Yes, hello«, sagte Abdul.

»You speak English?« rief die Stimme. Der Mann war aufgeregt, das konnte Abdul spüren. Immer wieder überschnitten sich ihre Stimmen, weil der Mann zu ungeduldig war, darauf zu warten, daß Abdul fertig war mit seinem Satz.

»Yes, okay, I speak English.«

»Than go.« Ein Seufzer, von der Erde hinauf zum Satelliten und von dort wieder zu ihm herunter.

Der Mann sprach jetzt schnell. Er sagte, er rufe aus Frankfurt an, er sei der Chef von Nadine Malten. Er fragte Abdul, ob er wisse, wer Nadine Malten sei.

»Yes«, sagte Abdul, »I know.«

Dann sagte der Mann, daß er seit drei Tagen versuche, die Telefonnummer herauszufinden, und Abdul sagte, daß es ihm leid tue. Der Mann fragte, ob die Faxe angekommen seien, und Abdul sagte, er wisse es nicht, obgleich er selber die Faxe vernichtet hatte, nachdem er sie an die Zentrale weitergeleitet hatte.

Daraufhin fluchte der Mann eine Weile am anderen Ende, fing sich aber und fragte, wie spät es jetzt sei.

Abdul schaute auf die Uhr und sagte wahrheitsgemäß, es sei sieben Uhr zehn.

Henscheid fluchte wieder. Er war schrecklich nervös. Die Konferenz würde gleich anfangen, und er wollte unbedingt vorher mit Nadine reden, er mußte Schröder diese Erfolgsmeldung bringen, daß er das Mädel erwischt hatte, Schröder erwartete das von ihm, das spürte er, obgleich der immer wieder beteuerte, daß das Mädel allein sehr gut zurechtkomme. Aber dennoch. Henscheid bat Abdul, ihn durchzustellen.

»Das geht nicht«, sagte Abdul.

»Wieso nicht? Sie hat das Zimmer 116. Das stand in ihrem ersten Fax.«

»Aber auf dem Zimmer ist kein Telefon.«

Henscheid fluchte wieder.

»Von wo kann sie telefonieren?«

»Man kann von der Halle telefonieren. Es gibt eine Telefonkabine«, sagte Abdul wahrheitsgemäß. Er hätte hinzufügen können, daß jedes Gespräch, welches von den Kabinen aus geführt wurde, mitgeschnitten wurde, aber er sagte es natürlich nicht. Dieser Mann mit der hektischen Stimme war also der Chef von Miss Malten. Er versuchte, sich den Mann vorzustellen. Er stellte sich einen Mann mit rotem Gesicht, runder Nase und triefenden Augen vor. Einen Mann mit schütterem, fahlem Haar und einem dicken Hintern vom vielen Sitzen auf Bürostühlen. Er gewann den Eindruck, daß dieser Chef ein unangenehmer Chef war. So unangenehm wie Tahir vielleicht. Oder, schlimmer noch, wie Chaif.

»Dann möchte ich Sie bitten, beim Zimmer Nr. 116 zu klopfen und Miss Malten aufzufordern, unten ans Telefon zu gehen. Ich werde warten. Wie lange kann das dauern?«

»Oh, nicht lange, fünf Minuten.«

»Fünf Minuten?« rief Henscheid. »Das ist eine Ewigkeit.«

Abdul lächelte. Es amüsierte ihn immer, diese Hektik der Europäer, dieses falsche Zeitverständnis. Fünf Minuten eine Ewigkeit! Sein Großvater hatte einmal vier Jahre hintereinander auf Regen gewartet. Wie nannte dieser Mensch das wohl?

»Bitte warten Sie.« Abdul legte den Hörer neben den Apparat und machte sich auf den Weg. Wenn er gegen die Brusttasche klopfte, hörte er das Knistern von Jamilas Brief. Es war eine gute Gelegenheit, den Brief abzugeben. Ganz unverfänglich. Niemand konnte argwöhnen, daß er noch etwas anderes vorhatte, als Miss Malten ans Telefon zu holen.

Er war nicht sicher, ob er richtig handelte, das war das größere Problem. Wahrscheinlich hätte er erst der Zentrale melden sollen, daß jemand aus Frankfurt mit Miss Malten sprechen wollte. Wozu hätten sie sonst die Faxe abgefangen?

Sein Schritt wurde langsamer. Er blieb stehen, runzelte die Stirn. Er nahm Jamilas Brief aus der einen Jackentasche und schob ihn in die andere.

Er ging weiter, langsamer, mit gesenktem Kopf. Er war unsicher, was richtig war.

Als er in den Flur einbog, kam ihm Ali entgegen. Ali hatte Dienst im ersten Stock.

»Salam, Ali«, murmelte Abdul und zögerte.

»Wohin willst du?« fragte Ali.

»Zimmer 116, die Deutsche.«

»Die ist nicht da.«

Abdul runzelte die Stirn. »Nicht da?«

»Mann, hast du vergessen? Wo hast du dein Hirn? Versteckst du es zwischen den Schenkeln deiner Frau? Was machst du, wenn du sie mal nicht fickst? Denkst du dann zehn Minuten an deinen Job? O Mann, laß das nicht Chaif hören, daß du deine Gedanken nicht aus dem Arsch deiner Frau kriegst.« Abdul wäre Ali an die Kehle gesprungen, wenn es nicht Ali gewesen wäre, der so redete. Er war ein geiler, kleiner Wichser. Er redete immer so, um sich abzureagieren. Ali waren die Frauen weggelaufen. Zwei Stück, eine nach der anderen, wie abgesprochen. Niemand hatte ihm erklärt, warum sie weggelaufen waren. Er wußte es selber nicht. Die anderen machten sich lustig über ihn, natürlich. Und er hatte keine andere Waffe, mit

der er zurückschlagen konnte als diese: Alle hatten ihr Hirn zwischen den Schenkeln einer Frau versenkt, während er, Ali, seinen Geist und seine Energie nur für den Job verbrauchte. In der Zentrale hatte er den Ruf eines zuverlässigen Mannes, das wußte Abdul.
»Sie ist heute morgen um vier Uhr gefahren. Zwei Jeeps. Tahir ist mitgefahren.«
Abdul seufzte. O Mann, stimmt. Er hatte es tatsächlich vergessen. Wie konnte er das vergessen? Er schlug sich gegen die Stirn.
»Du weißt nicht zufällig, wohin sie gefahren sind?«
»Wieso willst du das wissen, Bruder? Wieso ist das wichtig?« Abdul schüttelte den Kopf. »Nicht wichtig, vergiß es. Ich sage unten Bescheid.« Er drehte sich um und lief die Treppe wieder herunter.
Ali steckte seinen Kopf über das Treppengeländer. »Wem sagst du Bescheid?« rief er.
Abdul gab keine Antwort. Er war froh. Er fühlte sich leicht. Eine Verantwortung war ihm abgenommen worden. Er mußte nicht lügen, er mußte nicht einmal die Zentrale anrufen. Er hob den Hörer und rief: »Hello? Mister? From Frankfurt?«
»Yes!« brüllte Henscheid. Es waren acht Minuten vergangen. Es ging Henscheid nicht um die Kosten, die sicherlich horrend waren. Aber was in diesem Job kostete nicht ein horrendes Geld. »Wo ist sie? Kann ich Miss Malten jetzt sprechen?«
»Nein, bedaure«, Abdul brüllte ebenso zurück, »sie hat heute um vier Uhr das Haus verlassen. Sie ist mit einem Jeep weggefahren. Um vier Uhr. Oder ein bißchen später.«
Eine Weile war es still am anderen Ende der Leitung. Abdul preßte den Hörer ans Ohr. »Hello?« rief er vorsichtig. »You still there?«
Henscheid war noch da. Er saß, die Beine auf dem Schreibtisch, mit geschlossenen Augen auf seinem Sessel und rieb sich die Stirn.
»Wo ist sie hingefahren?« rief er. »Wieso so früh? Haben Sie eine Ahnung, was das zu bedeuten hat?«
»Ich habe keine Ahnung, Sir, leider, sorry.« Abdul lächelte. Es war gut, keine Ahnung zu haben. Er war sicher, es war das Beste, was einem passieren konnte.
»Wohin ist sie gefahren?«
»Ich weiß es nicht, Sir.«
»Können Sie das für mich herausfinden?«

»Sorry, Sir, leider nein. Ich habe schon gefragt. Niemand weiß es. Mister Tahir ist bei ihr. Und ein Soldat. Sie müssen sich keine Sorgen machen. Und ein zweiter Jeep mit Soldaten. Die haben alle eine Kalaschnikow, Sir. Und sie können auch damit umgehen.«
Henscheid nahm die Schuhe vom Schreibtisch. Er sprang auf. Er starrte auf sein entzündetes Handgelenk. Jetzt breitete sich diese dämliche, verfluchte Neurodermitis schon an den Armen aus. Irgendwie hatte er das Gefühl, daß Nadine Malten und seine Krankheit in einem direkten Zusammenhang standen. Es wurde immer sofort schlimmer, wenn seine Arbeit etwas mit Nadine zu tun hatte. Die Frau machte ihn rasend. Im wahrsten Sinne des Wortes. Auch wenn sie nicht da war. Auch wenn sie sich nicht meldete, toten Mann spielte. Dann besonders.
»Und Sie wissen nicht, wann sie zurückkommen wird?«
»Sorry, Sir«
»Heute noch?«
»Das glaube ich nicht, Sir. Sie hat einen kleinen Koffer gepackt. Und ihren Computer mitgenommen. Vielleicht bleibt sie eine Nacht, vielleicht viele Nächte. Das kann man nicht wissen.«
Henscheid atmete tief durch. »Danke«, brüllte er und warf den Hörer auf die Gabel. Er holte tief Luft, bis er glaubte, sein Brustkorb würde platzen. Der Regen schlug gegen die Fenster. Henscheid fühlte sich versucht, den Brieföffner durch die Scheibe zu werfen. Nur, um es einmal klirren zu hören.

Am späten Nachmittag kam Scheich Zayed zurück. Nadine saß auf ihrem Sessel vor dem Zelt und las. Das einzige Buch, das sie morgens im Al Fellaj noch schnell in die Reisetasche geworfen hatte, ein Krimi von Patricia Highsmith, der ausgerechnet im verschneiten New York spielte. Nicht ganz die richtige Lektüre für diesen Ort. Der Scheich sah müde aus. Er sah älter aus als am Morgen, und seine Augen wirkten stumpf und irrten herum, als fänden sie keinen Halt.

Nadine erhob sich und klappte das Buch zu, aber der Scheich wehrte ab. »Lassen Sie, ich störe Sie nicht.«

»Ich denke, ich bin hier, um von Ihnen gestört zu werden. Das Lesen sollte nur die Wartezeit verkürzen. Ich habe mich von dem Zelt heute nachmittag nicht weggerührt, um Sie nicht zu verpassen.« Ein müdes Lächeln erhellte für einen kleinen Moment das Gesicht des Scheichs. »Was erwarten Sie nur von mir? Daß ich die großen Mysterien der Welt für euch enträtsele? Warum bin ich so wichtig?«

»Sie wissen selbst, wie wichtig Sie sind.«

Der Scheich nahm das Buch und betrachtete es. Offenbar konnte er mit dem Autorennamen nichts anfangen, er legte es wieder hin. »Sie wollen fragen, auf welcher Seite ich stehe? Auf der Seite von Saddam Hussein oder der Seite von Bill Clinton? Ja? Sind Sie deshalb den ganzen Weg hierhergekommen?«

»Ich habe auch noch ein paar andere Fragen«, sagte Nadine, »zu anderen Themen. Sie sind ein geheimnisvoller Mann, Scheich Zayed. Sie spielen in der Weltpolitik eine Rolle, die viele von uns nicht verstehen.«

»Warum nicht?«

»Weil Ihre Entscheidungen uns unlogisch erscheinen.«

»Eure Logik muß nicht meine Logik sein.«

»Ich weiß, aber wir erkennen in Ihren Entscheidungen auch kein Konzept. Wir verstehen nicht, was Sie erreichen wollen, ob das nun logisch oder unlogisch ist. Es macht keinen Sinn.«

»Für mich schon.« Der Scheich legte seine Hände in den Nacken und drehte den Kopf, als habe er Schmerzen am Halswirbel. »Gut, dann reden wir morgen.«

»Morgen?« rief Nadine entgeistert. »Wieso nicht jetzt?«

Die Stimme des Scheich wurde eisiger. »Weil ich jetzt keine Zeit habe. Ich muß ein paar wichtige Entscheidungen treffen.« Sein Ton wechselte in Ironie. »Sinnlose Entscheidungen selbstverständlich. Mein Volk hat ein Recht darauf, daß ich mich um seine Probleme kümmere, meinen Sie nicht?«

Nadine nickte. Sie verbarg ihre Enttäuschung nicht. Sie schlug das Buch ungeduldig gegen ihre Schenkel, während sie den Scheich beobachtete. »Wann morgen?«

Der Scheich, der eben in die Hände geklatscht hatte, als wolle er seinen Diener rufen, wandte sich zu ihr.

»Das weiß ich noch nicht. Seien Sie unbesorgt. Ich werde Sie finden.« Er lachte, als gefiele ihm der Gedanke. »Weit können Sie hier nicht gehen.«

»Das habe ich schon gemerkt«, sagte Nadine kühl, »überall Stacheldraht und Wachtposten. Was wird hier eigentlich bewacht?«

»Ich.«

»Könnten Sie mir dann vielleicht einen anderen Gesprächspartner schicken, jemanden von Ihren Leuten, der englisch oder französisch spricht? Ich meine, ich sitze hier, ich verbringe hier in der Oase einen Tag, ohne daß irgend etwas geschieht ...«

»Sie sind doch spazierengegangen. Sie haben Palmen gesehen, Ziegen, Kamelmist«, er lachte, »Jeeps, den Himmel, die Sonne, Sie haben Hitze und Staub geschmeckt und gewartet. Sie haben gegessen, sich gewaschen, vielleicht auch geschlafen und auf mich gewartet. Das ist doch genug. Das können Sie doch schreiben. Das ist das Leben einer Frau. Worüber beklagen Sie sich?«

»Ich beklage mich nicht«, sagte Nadine gereizt. »Wenn ich sicher bin, daß unser Gespräch morgen stattfindet ...« Mehdi kam angelaufen. Er war barfuß, er hob beim Laufen den Saum seiner Dischdascha, um mehr Bewegungsfreiheit zu haben. Der Scheich rief ihm

etwas zu, Mehdi blieb stehen, wandte sich um und lief wieder davon.
»Es gibt hier keine anderen Gesprächspartner für Sie«, sagte er, nachdem er sich mit der Hand die Stirn massiert hatte. »Ich möchte nicht, daß Sie mit den Leuten hier reden. Es führt zu nichts. Die Leute können nichts sagen.«
»Können sie nichts sagen oder dürfen sie nichts sagen?« fragte Nadine sanft.
Der Scheich warf ihr einen Blick zu, der sie unerwartet traf. Seine Augen funkelten vor Verachtung.
»Kommen Sie jetzt mit Ihrer Vorstellung von Demokratie? Redefreiheit? Gedankenfreiheit? Pressefreiheit?« Er lachte trocken. »Das habe ich gewußt. Dies ist Arabien, meine schöne Lady. Dies ist die Wüste. Hier leben Beduinen. Die haben hier schon vor viertausend Jahren getan, wonach ihnen der Sinn stand. Egal, ob es gefährlich war oder nicht.«
»War es denn gefährlich?«
»Es ist ein leichtes, schöne Lady, einen Kopf mit einem scharfen Schwert vom Leib zu trennen. Es ist die leichteste Art, jemanden für immer zum Schweigen zu bringen.«
Nadine schüttelte fassungslos den Kopf. »Sie haben recht. Dies ist Arabien. Menschenleben zählen nicht so viel, oder?«
»Wieviel zählen Menschenleben im ehemaligen Jugoslawien? Sagen Sie mir: wieviel? Ich habe die Bilder gesehen aus Sarajevo, damals. Ich habe sie mir sehr genau angesehen. Und ich kenne die Kommentare der Politiker aus dem Westen. Ich weiß Bescheid.« Er hob die Schultern. »Schade, ich dachte, wir könnten eine Unterhaltung führen.«
»Gern.« Nadine beeilte sich, das Angebot anzunehmen. »Sehr gern. Schlagen Sie ein Thema vor.«
Mehdi kam zurück. In respektvoller Entfernung blieb er stehen.
Der Scheich tat, als denke er nach. Er runzelte die Stirn, lächelte plötzlich und schüttelte dann, als habe er eine Frage insgeheim für sich schon beantwortet, den Kopf.
»Es spielt keine Rolle, nicht wahr? Sie werden Ihre Fragen stellen, so oder so. Und ich werde sie beantworten.« Er schaute ihr wieder ins Gesicht. Jedesmal traf sein Blick sie wie ein Pfeil. Es war diese Kühn-

heit, mit der er sie anschaute, dieser Hochmut, mit dem er sich über die Regeln des arabischen Anstands hinwegsetzte, der es den Männern verbot, einer Frau ins Gesicht zu schauen. Aber vielleicht wollte er ihr nur zeigen, wie sehr er sie dafür verachtete, daß sie die Augen niemals niederschlug, wie es sich für eine Frau angesichts eines fremden Mannes geziemte. Aber wie kann ich die Augen niederschlagen, dachte Nadine, wenn ich diesen Mann doch beobachten muß? Wenn ich versuchen will, ihn zu verstehen? Ihn zu ergründen?
In das Schweigen hinein räusperte sich Mehdi und stieß ein paar rauhe hastige Sätze aus. Der Scheich nickte, auf einmal wirkte sein Gesicht wieder müde, fahl unter der Bräune. Seine Schultern senkten sich.
»Bis morgen. Ich werde dafür sorgen, daß Sie eine Petroleumlampe bekommen.«
»Wofür?« fragte Nadine.
»Damit Sie ihr Buch weiterlesen können. Hier draußen. Unter den Sternen.«
Er ging. Grußlos.

Nadine schaute ihm nach. In diesem Augenblick ertönte der Ruf zum Gebet. Die Sonne war inzwischen untergegangen, Nadine hatte nicht einmal gemerkt, wie der Himmel sich rot gefärbt hatte, rot wie vom Widerschein eines Feuers, das eine ganze Stadt verwüstete.
Nadine dachte an die Zahlen, die sie im Flugzeug gelesen hatte. Die Waffen, die Scheich Zayed angeblich ins Land geholt hatte, teuerste, modernste Geräte, Todesmaschinen. Panzer, Flugzeuge, Bodenraketen, Scud-Raketen. Sie dachte an dieses Fingerschnippen, das wahrscheinlich genügte, um die ganze Todesmaschinerie in Gang zu setzen. Nur, daß niemand wußte, auf welches Ziel die Waffen dieses Scheich Zayed gerichtet waren. Nur, daß niemand wußte, gegen welchen Feind die Terroristen in seinen Lagern ausgebildet wurden. Es war still im Camp. Vollkommen still. Die Palmenwipfel reglos, kein Windhauch durchfächelte die Kronen. Es würde noch eine halbe Stunde dauern, bevor es kühler wurde. Nadine fühlte den Schweiß auf der Stirn. Sie setzte sich, legte den Kopf zurück und blickte in den Himmel, der direkt über ihren Augen begann und nirgends endete, sie versuchte, mit den Augen diese endlose Tiefe zu durchdringen, ihren

Blick wie eine Weltraumrakete abzuschießen. Niemals in ihrem Leben hatte sie einen solchen Himmel gesehen. So seidig, so leicht zu durchbohren, so sanft, und wie tröstend das allmähliche, schüchterne Aufblinken der ersten Sterne, der großen Planeten, die Nadine nicht einzuordnen wußte, nicht in diesem Teil der Welt.
Sie dachte an den kleinen Prinzen in der Wüste, an den Brunnen und die Schlange. Sie stellte sich die Sehnsucht des kleinen Prinzen vor, wieder heimzukehren auf seinen Satelliten, von dem er nur hier in der Wüste ein kleines, fernes Blinken wahrnehmen konnte. Sie dachte an den großen Mut des kleinen Prinzen, der wußte, daß er sterben müsse, um zu seinem Planeten zurückzukehren.
Mehdi kam. In der Hand hielt er eine Petroleumlampe. Sein Gesicht glühte im Widerschein der Lampe. Er stellte sie vorsichtig auf den Tisch und trat einen Schritt zurück. »Abendessen um sieben Uhr, Miss«, sagte er. »Was möchten Sie trinken?«
»Esse ich allein?« fragte Nadine, in der unsinnigen Hoffnung, daß auf einmal wie durch Zauberhand einer auftauchen könnte, um ihr Gesellschaft zu leisten. Jemand wie der kleine Prinz oder ein anderer Gast, den der Scheich vielleicht noch vor ihr verborgen hielt. Ein Forscher vielleicht, der in den Ruinen der alten Kaiserstadt grub, ein Weltenbummler, den es hierher verschlagen hatte und dem es gleichgültig war, ob er jemals seinen Paß zurückbekäme oder nicht, so lange man ihm täglich seine Portion Kif besorgte ...
Nadine nahm sich zusammen. Ich fange an zu spinnen, dachte sie und fuhr sich mit den Händen durch die Haare. Sie hatte extra das Kopftuch abgenommen am Nachmittag, als sie sich zum Lesen vor das Zelt gesetzt hatte, um dem Scheich eine Freude zu machen, um ihn ein bißchen zu verführen, vielleicht auch das. Sie hätte sich die Mühe sparen können. Der Scheich hatte sie angesehen, direkt und beinahe schamlos in seiner Verachtung, aber nicht, wie man eine Frau ansieht, die man begehrt.
»Hast du etwas gesagt?« flüsterte Nadine.
Mehdi lächelte. »Sie werden allein essen, Miss«, sagte er.
»Und der Scheich? Mit wem ißt der?«
»Der Scheich wird heute nicht essen.«
Nadine sah überrascht auf. »Nein? Warum nicht? Ramadan ist doch vorbei.«

»Der Scheich ist traurig. Er hat heute seinen Falken verloren.«
Nadine, die sich wieder gesetzt hatte, legte die Hände auf den Tisch und beugte sich vor. Sie starrte Mehdi an. »Er hat seinen Falken verloren? Was heißt das?«
»Es war sein Lieblingsfalke. Er war mit ihm zur Jagd. Sie wollten einen Houbara jagen.«
»Was ist das?«
»Ein Vogel. Sehr selten. Aber sehr gut.« Er lächelte. »Die Männer sagen, das Fleisch vom Houbara ist gut für alles. Gibt Kraft.« Er lachte wieder. »Wenn ein Mann einen Houbara gegessen hat und abends nach Hause kommt, schläft er nicht nur mit seiner Lieblingsfrau, sondern auch noch mit allen anderen. Er kann gar nicht genug bekommen. Er will sie alle. Auch die Sklavinnen.«
»Ich verstehe«, sagte Nadine trocken, um seine Schilderung abzukürzen. Sie konnte sich schon vorstellen, was Mehdi meinte. Im Fleisch des Houbara steckten offenbar potenzfördernde Wirkstoffe. Jedenfalls bildete man sich das hier ein.
»Der Falke ist aufgestiegen, ganz normal«, sagte Mehdi, »der Falkner war da. Er hat den Houbara gesehen, er hockte auf dem Boden. So machen es die Vögel. Bewegen sich nicht, wenn der Falke aufsteigt. Der Houbara hockte schon am Boden und machte sich groß, ganz groß.«
Mehdi pumpte sich auf und spreizte die Ellenbogen ab, um zu zeigen, was er meinte. »Der Falke ist schnell, sehr schnell. Er war schon fast bei dem Houbara, wollte sich herunterstürzen, aber da war der Adler.«
»Was für ein Adler?« fragte Nadine verwirrt.
»In der Luft, ein Adler, ein Raubvogel. Der Falkner hatte den Adler nicht gesehen. Das war sein Fehler. Er muß immer darauf achten, ob ein Adler in der Luft ist, bevor er seinem Scheich das Signal gibt, den Falken loszulassen. Er hat es vergessen, ich weiß nicht, vielleicht war der Adler so schnell, vielleicht hat die Sonne ihn geblendet, vielleicht war er müde. Er hat den Adler nicht gesehen.«
»Aber was kann der Adler dem Falken tun?« fragte Nadine.
»Er kann ihn töten, Miss. Dieser Adler hat den Lieblingsfalken des Scheichs gepackt mit seinen Greiffüßen, hat ihm die Knochen gebrochen, dem Lieblingsfalken des Scheichs, und ist mit ihm davon«, er

reckte die Arme, »in den Himmel davon. Wie der Wind, wie ein Samenkorn. So klein. Niemand hat geschossen. Alle waren wie stumm, Miss. Alle standen und starrten. Es war schrecklich. Der Falke gehörte dem Scheich seit drei Jahren. Er war der beste. Er hatte goldgelbe Federn an der Brust und an den Beinen. Haben Sie ihn heute morgen gesehen? Er war so zahm, der Scheich konnte ihn ohne Handschuh auf dem Arm tragen, auf der Schulter. Der Falke hat ein Hirsekorn von seinen Lippen gepickt, ohne ihn zu berühren. Er hat die Tränen aus seinen Wimpern getrunken, das erzählt man sich, Miss, dieser Falke war etwas Besonderes. Er war eine halbe Million Dollar wert.« Mehdi bürstete mit der Hand die Sandkörner von der Tischdecke, um sich zu beschäftigen. »Deshalb ist der Scheich jetzt traurig. Er ist nie so traurig gewesen, nicht als seine Frau starb.«
»Seine Frau?«
»Ja, Zoran, seine Frau. Sie ist ermordet worden. Erschossen in ihrem Auto, als sie vom Flughafen kam. Ihre beiden Leibwächter auch. Die Mörder hat man natürlich gefunden.« Nadine starrte Mehdi an.
»Ich wußte nicht, daß der Scheich verheiratet war.« Mehdi nickte hastig. »Man darf in seiner Gegenwart nicht von ihr reden. Er hat es verboten. Jeder, der über sie redet, wird ins Gefängnis geworfen. Er will nicht erinnert werden. Alle Bilder sind verbrannt, ihre Kleider verbrannt, der Harem, in dem sie gelebt hat, zerstört.«
Nadine atmete tief durch. »Ich werde es mir merken. Ich werde sie nicht erwähnen.«
»Bitte, Miss, seien Sie vorsichtig. Sie müssen immer vorsichtig sein, Miss.«
»Ich weiß, ich habe verstanden.« Nadine lehnte sich zurück. Der Himmel war jetzt übersät mit Sternen. Sie schienen im Weltraum aufeinander zuzurasen und sich gleichzeitig voneinander zu entfernen. Es wurde einem schwindlig, wenn man so tief in den Himmel hineinschauen konnte. Es war, als stürzten die Himmelssysteme ineinander.
»Und was ist mit dem Falkner, der den Adler nicht gesehen hat?«
Mehdis Gesicht wurde ganz klein. Er preßte die Lippen zusammen und schüttelte den Kopf.
»Was wird mit ihm passieren?« drängte Nadine leise. Mehdi trat einen Schritt zurück. »Ich denke, er wird nicht weiterleben können

mit dieser Schuld. Es ist unmöglich, Miss, in unserem Land. Der Scheich hat seinen Lieblingsfalken nicht mehr. Wollen Sie später hier draußen essen oder im Zelt?«

»Draußen«, sagte Nadine, aber im gleichen Augenblick, als sie es sagte, erschauerte sie. Wie ein Schüttelfrost überfiel ein Zittern ihren Körper.

Lautlos entfernte Mehdi sich. Von der Petroleumlampe stieg ein einziges, dünnes Rauchfähnchen senkrecht in die Luft, es war immer noch vollkommen windstill.

Und es war immer noch warm.

Vielleicht, dachte Nadine, während sie die Arme um den Körper schlug, habe ich einfach Angst.

Am nächsten Morgen, vor Sonnenaufgang, waren Hubschrauber in der Luft, kreisten über dem Camp, kamen ganz tief herunter, daß die Segelplane ihres Zeltes flatterte und die Kronen der schlanken Palmen sich fast bis zur Erde bogen.

Nadine spähte hinaus. Das Tageslicht war fahl, der Himmel von einer Schwefelfarbe, wie Nadine sie noch nie gesehen hatte.

Bevor sie etwas zum Anziehen gefunden hatte und ganz vor das Zelt treten konnte, waren die Hubschrauber verschwunden wie ein Spuk.

In der Ferne bellte ein Hund. Das angstvolle Meckern einer Ziege aus dem hinteren Teil des Camps, den Nadine nicht betreten hatte, ließ sie zusammenzucken.

Der Tisch und der Mahagonisessel vor ihrem Zelt waren verschwunden. Auch Mehdi ließ sich nicht blicken.

Nadine folgte dem Angstlaut der Ziege. Sie kam zu einem Pferch, mit dürrem Dornengestrüpp abgegrenzt, in dem ein halbes Dutzend schwarz-weiß-gefleckter Zicklein in Panik herumsprangen. Das eine Zicklein hatte das Maul aufgerissen und ließ die Zunge heraushängen. Schaum stand vor seinem Mund.

Als Nadine noch stand und starrte, näherte sich ein Arbeiter, gekleidet mit einem sackfarbenen Burnus, die staubigen Füße in Gummilatschen.

Er hielt einen Stock in der Hand. Er rief Nadine etwas zu und schüttelte immer wieder den Kopf.

Nadine verstand nicht.

Der Mann sah zornig aus, erregt. Er überschüttete sie mit einem Schwall herausgestoßener Worte.
Nadine sagte ihm auf englisch, daß sie ihn nicht verstand, und trat den Rückweg an.
Auf dem Weg zurück wirbelte ein Windstoß plötzlich den Staub auf und schlug ihr die feinen Sandkörner wie mit Peitschenhieben ins Gesicht. Nadine zog das Kopftuch tief ins Gesicht und lief mit gesenktem Kopf.
So sah sie Mehdi erst, als er direkt vor ihr stand.
»Was ist los?« rief Nadine, erschöpft nach Atem ringend.
»Nichts, Miss«, sagte. Er lächelte sanft wie immer.
»Es waren Hubschrauber da«, sagte Nadine.
Mehdi nickte. »Ja, Miss.«
»Was für Hubschrauber?«
»Unsere Hubschrauber, Miss.«
Nadine sah ihn an. So ein schöner, sanfter Junge, dachte sie, und dabei hartnäckig und abweisend wie alle anderen.
»Aber weshalb sind die Hubschrauber gekommen?«
»Sie haben die Gäste des Scheichs abgeholt.«
»Gäste? Was denn für Gäste?«
»Männer. Sie haben Geschäfte gemacht. Politik. Ich weiß nicht. Jetzt sind sie alle wieder weg.«
Nadine zerrte das Tuch vom Kopf und schüttelte ihre Haare. Sie starrte Mehdi an. »Ich habe gar nicht gewußt, daß der Scheich Gäste hatte.«
Mehdi lächelte. »Der Scheich hat immer Gäste. Immer Gespräche, immer Abendessen mit Freunden. Bis in die Nacht.«
Und ich hatte keine Ahnung, dachte Nadine empört. Ich hab' allein mein Abendessen eingenommen, allein mit einer Petroleumlampe und einem räudigen Hund, der sich unter dem Tisch zusammengerollt hatte und kein Wort Englisch verstand. Ich hab' nachts im Bett an den armen Scheich gedacht, der seinen Lieblingsfalken verloren hat und seine Trauer verbergen wollte. Deshalb, dachte ich, war ich allein.
»Und jetzt ist der Scheich endlich allein?« fragte Nadine.
Mehdi verschränkte die Arme hinter dem Rücken und schaute in den Himmel. »Er ist auch abgeflogen, Miss.«

Nadine war so verblüfft, daß sie vergaß, den Mund zuzumachen. Sie starrte Mehdi an. »Abgeflogen? Scheich Zayed ist abgeflogen?«
»Ja, Miss.« Mehdi hob einen Stein auf und schleuderte ihn in die Krone der Palme. Im gleichen Augenblick glitt eine Schlange am Stamm herunter, ringelte sich zusammen und blieb reglos liegen. Mehdi lief hin, beugte sich vorsichtig über die Schlange und schlug mit dem Stein noch einmal zu. Die Schlange bäumte sich auf und fiel schlaff wieder in den Staub. Mehdi kam zu Nadine zurück, die mit angehaltenem Atem zugesehen hatte.
»Nicht gefährlich, Miss. Keine Angst. Die Schlange ist nicht sehr gefährlich. Aber man muß aufpassen.«
Nadine nickte. Sie wischte den Staub von der Stirn und betrachtete ihre schmutzige Handfläche.
»Ein Shamal«, sagte Mehdi, »kein guter Wind.«
Nadine ging ins Zelt, setzte sich auf ihr Bett und starrte auf das Muster des Berberteppichs. Eine Ziege? Ein Kamel? Ein Vogel? Vielleicht ein Houbara? Nadine hatte noch nie ein Bild von diesem Vogel gesehen, sie konnte sich nichts darunter vorstellen. Groß wie ein Hahn, hatte Mehdi gesagt. Mit starken Beinen. Der kann laufen wie eine Gazelle.
»Der Scheich ist also abgeflogen«, sagte sie. Sie hatte Mühe, diese Erkenntnis zu verarbeiten. »Ohne eine Nachricht für mich?«
»Es tut mir leid, Miss«, murmelte Mehdi.
Nadine lächelte bitter. Es tut ihm leid. Was kann ich mir dafür kaufen? Was soll ich tun? Sie schaute auf, blickte sich ratlos in dem Beduinenzelt um. Ein schönes Zelt. Am ersten Abend hatte sie sich am Ziel ihrer Träume gewähnt, als sie in diesem Zelt unter die Bettdecke gekrochen war. Hatte sich für ein Glückskind gehalten. Eine, der immer alles gelingt. Sie schloß die Augen.
»Wann kommt er wieder?«
»Ich weiß nicht, Miss. Möchten Sie Eier zum Frühstück?«
Es ist ein Spiel, dachte Nadine bitter, ein fieses, abgekartetes Spiel. Sie wollten mich aus der Hauptstadt raushaben. Sie wollten keinen Schnüffler. Vielleicht findet heute in Q'uam al Hashid etwas Wichtiges statt, etwas, das ich nicht miterleben darf, von dem ich nichts erfahren darf. Drei Hubschrauber. Es sind mindestens drei Hubschrauber gewesen. Was ist passiert?

Ich sitze hier, ausgeliefert irgendwelchen Soldaten, mit denen ich kein Wort wechseln kann, in einem Camp, in einer Oase ein paar Meilen von einem Dorf entfernt. Da gibt es Frauen, Kinder, Menschen, die vielleicht ein Auto haben, einen Laster oder ein Kamel, einen Eselskarren. Aber auch von denen wird niemand englisch oder französisch sprechen. Der Scheich hat recht. Welch ein Hochmut, in ein Land zu reisen, über ein Land berichten zu wollen, wenn man die Sprache nicht spricht, welch eine Anmaßung zu glauben, man würde irgend etwas verstehen, irgend etwas von dem begreifen, was hier vorgeht. Man wollte sie aus der Stadt herausbringen. Wollte verhindern, daß sie sich umschaut, umhört. Kein Wunder, nach den Fehlern, die sie gleich am ersten Tag gemacht hat. Geld schwarz zu tauschen. Die Naivität anzunehmen, man würde das nicht merken. Als wenn die hundert Dollar sie reicher oder ärmer machen könnten.

Nadine vergaß in ihrem Zorn auf sich selbst, daß es für sie ja am Anfang nur Neugier gewesen war, als sie sich auf das Geschäft mit Hasher eingelassen hatte.

Was hatte Tahir gesagt? Man hatte Hasher abgeholt. Man versuchte, ihn zum Reden zu bringen. Was erzählte der Junge wohl, um seinen Hals aus der Schlinge zu ziehen? Hatte er ihr vielleicht die Schuld gegeben? Erzählte er vielleicht Märchen aus Tausendundeiner Nacht? Jeden Tag ein neues Märchen, um sein Leben um einen weiteren Tag zu verlängern? Hatte er sich bereits Dinge über sie ausgedacht, die lebensgefährlich für sie waren?

Nadine ließ sich auf das Bett fallen, die Arme ausgestreckt, die Füße mit den Stiefeln immer noch auf dem Teppich. Sie schloß die Augen und stöhnte leise.

»Miss, Miss Malten«, lautlos kam Mehdi heran, »sind Sie krank, Miss? Soll ich Wasser holen?«

»Nein, danke.« Nadine schüttelte den Kopf. »Ich bin nicht krank.« Sie schaute auf. »Ich bin nur wütend, zornig, verzweifelt. Alles zusammen. Verstehst du das?«

Mehdi lächelte. Nadine erinnerte sich an ein Buch eines arabischen Schriftstellers, in dem die Augen eines Mannes beschrieben wurden: eine Dattel in einer Schale aus Kamelmilch. Damals hatte sie nicht verstanden, was er meinte. Jetzt wußte sie es.

»Wie lange muß ich hierbleiben?« fragte sie resigniert. »Wie lange muß ich hier warten?«
»Das weiß ich nicht, Miss.«
»Hat der Scheich wirklich keine Nachricht für mich hinterlassen?«
Mehdi schaute sie traurig an. Er schüttelte den Kopf.
»Und warum hat man mich nicht mitgenommen im Hubschrauber? In Q'uam al Hashid hätte ich Interviews machen können, in der Stadt herumlaufen, Leute ansehen, ich hätte ...«
Sie schwieg, als sie in Mehdis Augen sah. Er hatte recht. Wie sinnlos war es, sich aufzuregen. Es würde nichts ändern. Sie konnte nichts tun. Mehdi war der einzige im Camp, der englisch sprach, vielleicht der einzige, der sie beschützte. »Die Ziegen haben geschrien«, sagte sie. »Was sind das für Ziegen?«
»Wir haben das Zicklein geschlachtet«, sagte Mehdi. »Sie werden heute ein sehr gutes Couscous bekommen. Die Mutter schreit, weil ihr Baby weg ist.«
Nadine atmete tief durch. Sie war ziemlich sicher, daß sie das Couscous nicht anrühren würde.
»Ich nehme Eier zum Frühstück«, sagte sie, »Spiegeleier. Und ganz viel, ganz heißen Kaffee. Und Fladenbrot. Heiß und dünn.«
Mehdi lächelte. »Das habe ich auch dem Scheich gesagt: Die Miss mag Chlub. Der Scheich hat sich gefreut.«
Nadine zuckte mit den Schultern.
»Heute wird es einen Sandsturm geben«, sagte Mehdi, aus dem Zeltspalt blickend. »Besser, ich decke den Tisch hier drinnen.« Er lächelte vage in ihre Richtung. »Besser, Sie gehen heute nicht hinaus, Miss.«
Nadine hob den Kopf. »Warum?« fragte sie alarmiert.
»Ich sage nur: Es ist besser. Der Sandsturm ist gefährlich, Miss. Man sieht nichts, man verirrt sich. Nur ein paar Meter und man findet den Weg nicht mehr.«
Nadine lächelte. Sie fühlte sich erleichtert. »Und ich dachte schon, ich bin eine Gefangene.«

Der Shamal wütete zwei Tage und zwei Nächte. Nadine wagte nicht, ihr Zelt zu verlassen. Der Himmel hatte sich so verdunkelt, daß sie eine Taschenlampe brauchte, wenn sie im Bett lag und las. Der Krimi war längst zu Ende, sie hatte angefangen, ihre Beobachtungen aufzuschreiben, eine Art Tagebuch, in dem sie sorgfältig jede Beobachtung notierte, die angenehmen Gerüche, die Stimmen.

Über ihre Gefühle schrieb sie nicht. Sie hätte nicht gewußt, was sie schreiben sollte. Das Wort Angst buchstabierte ihr Computer nicht. Er machte einen weiten Umweg, um zu sagen, was Nadine fürchtete. Ausgesetzt in den Sandmeeren.

Von den Soldaten sah und hörte sie nichts. Nur das Meckern der Zicklein riß sie manchmal aus ihren Gedanken. Mehdi kam, brachte ihr Essen, räumte ihr Zelt auf, sprach mit ihr, vorsichtig, besänftigend, aber er hatte keine Nachrichten.

Niemand sonst besuchte sie in diesen zwei Tagen. Nadine stand morgens auf, zog sich an, band ein Tuch um den Kopf, verknotete es im Nacken, aber so, daß bis auf einem schmalen Spalt für Nase und Augen das Gesicht bedeckt war, und wagte sich in den Sandsturm hinaus. Die Palmkronen wurden hin- und hergeschleudert, trockene Palmwedel schlugen krachend auf den Boden.

Am nächsten Morgen waren die Palmwedel verschwunden, aber Nadine hatte keine Menschenseele zu Gesicht bekommen. Auch der Hund ließ sich nicht mehr blicken. Er wartete vielleicht, zusammengerollt in einer Höhle, das Ende des Sandsturmes ab.

Die Sandkörner drangen durch die Kleidung, fanden Ritzen und Spalten im Zelt. Wenn Nadine ein Buch aufschlug, rieselte Sand heraus. Wenn sie eine Cremetube aufschraubte, knirschte es. Sie hatte Sand zwischen den Zähnen, in den Schleimhäuten, unter den Fingernägeln. Der Wind blies mit wütender Kraft. Die Luft war heiß, mindestens vierzig Grad, und auch in der Nacht kühlte es nicht ab. Dennoch mußte man das Zelt geschlossen halten, Nadine glaubte manchmal zu ersticken.

Sie schlief kaum in diesen achtundvierzig Stunden. Sie wurde von Alpträumen geplagt, wenn sie aufwachte, war sie schweißbedeckt. Wenn sie mit der Hand über den Hals und den Busen fuhr, fühlte sie sich an wie ein Reibeisen. Ihre Haut brannte. Jeden Morgen nahm sie jetzt ein Bad. Mehdi bereitete es ihr, ohne aufgefordert zu sein. Er wußte offenbar immer, wenn sie wach wurde. Im gleichen Augenblick hörte sie Geräusche aus ihrem Badezelt. Inzwischen wußte sie, daß Mehdi das Wasser auf einem altmodischen Ofen erhitzte, in einem Topf, der zehn Liter faßte. So dauerte es eine Weile. Wenn das Bad fertig war, fuhr er leicht mit den Fingernägeln über die Zeltplane, ein Geräusch, das durch Mark und Bein ging, und rief: »Miss, Ihr Bad, es ist fertig.«

»Schukran, Mehdi«, rief Nadine. Das Bad war die Wohltat. Wenn sie aus der Wanne stieg, hatte sich unten ein Bodensatz von rotbraunem Sand gebildet, aber ihre Haut fühlte sich gut an, weich und glatt.

Am zweiten Morgen hatte sie ihn gefragt: »Wo schläfst du, Mehdi?«

Er hatte gelächelt. »Warum möchten Sie das wissen?« Da war Nadine klar geworden, daß es eine ganz und gar unziemliche Frage gewesen war. Diese europäische Neugier würde Mehdi nicht verstehen. Sie hatte sofort abgewinkt.

»Es ist nicht wichtig, Mehdi. Du mußt nicht antworten, ich stelle manchmal dumme Fragen. Wie lange wird der Shamal noch dauern?«

»Heute mittag ist es vorbei, Miss.« Als er das Leuchten auf ihrem Gesicht sah, die Erleichterung spürte, fügte er hinzu: »Ich schlafe vor dem Eingang zu Ihrem Zelt, Miss.«

Nadine starrte ihn an. »Auf dem Boden?«

»Ja, Miss.«

»Aber das ist unbequem.«

»Ich bin ein Beduine, Miss, ich bin daran gewöhnt. Ich brauche kein Dach über dem Kopf.«

»Aber bei dem Wind! Bei dem Sandsturm. Das muß schrecklich sein.«
Mehdi lachte, als er ihr Entsetzen spürte. »Ich lege mir eine Decke über den Körper, ich wickle mich ganz fest ein. Es geht sehr gut. Keine Probleme, Miss. Machen Sie sich keine Sorgen.«
Nadine sah wortlos zu, wie er ihren Frühstückstisch deckte. Wieder trug er eine schneeweiße Dischdascha, sah aus, wie aus dem Ei gepellt. Niemals wäre sie von selbst auf den Gedanken gekommen, daß er die Nacht auf dem Sandboden verbracht hatte.
»Es tut mir leid, Mehdi«, sagte sie hilflos.
»Das ist nicht nötig.«
»Aber ich habe es mir nicht ausgesucht.«
»Allah will es so, Miss. Ich bin froh, daß es so ist.« Er stellte die Kaffeekanne auf den Tisch, schlug ihre Serviette auseinander, legte sie über ihre Knie und verschwand. Der Sandsturm verschluckte seine Gestalt schon nach einer Sekunde.

Mittags flaute der Sturm plötzlich ab. Die Palmen richteten sich wieder auf, der Hund kam mit eingeklemmtem Schwanz angeschlichen und strich um ihre Beine. Nadine hatte die Zeltplane zurückgeschlagen und bestaunte das Aufatmen der Natur. Der Hund wirkte magerer als noch vor zwei Tagen, offenbar hatte er nichts zu fressen bekommen. Nadine füllte Wasser aus ihrem Krug in eine Messingschale und stellte sie auf den Boden. Der Hund schlabberte das Wasser, gierig wie ein Verdurstender. In seiner Ungeduld trat er mit der Vorderpfote schließlich auf den Rand, und das Wasser ergoß sich in den Sand. Der Hund jaulte vor Verzweiflung. Nadine wollte ihn streicheln, aber er wich erschrocken zurück. Sie füllte die Schale wieder neu und legte die letzten Kekse daneben, die sie damals im Flugzeug eingesteckt hatte, ohne genau zu wissen, warum.
Sie hörte Stimmen, lautes Rufen, dann Lachen. Ein Männerlachen, satt und tief. Motoren wurden wieder angelassen, und nach einiger Zeit sprang der Generator an. Der Ventilator an der Zeltdecke setzte sich träge in Bewegung.
Nadine atmete auf. Es sah aus, als wäre das Schlimmste überstanden.
Mehdi kam angelaufen. Er brachte den Mahagonisessel und stellte

ihn mit großer Geste vor das Zelt. »Schauen Sie den Himmel«, rief er dramatisch, »schauen Sie, wie blau.« Nadine lächelte. »Das habe ich längst gesehen, Mehdi. Ist es wirklich vorbei?«

»Vorbei bis zum nächsten Sandsturm. Ich hole den Tisch. Dann können Sie draußen arbeiten.« Er wollte wieder fortlaufen, drehte sich aber um und sagte: »Der Scheich erwartet Sie nach dem Gebet, nach Sonnenuntergang.«

»Der Scheich ist hier?«

»Eben gekommen. Mit dem Jeep. Jetzt ist er bei den Falknern.« Mehdi nickte. Er lachte. Er hatte plötzlich richtig gute Laune. Vielleicht hatte ihm der Sturm auch angst gemacht. Wer weiß, welche Geschichten er als kleiner Junge über Sandstürme gehört hatte, von seinem Vater, der vielleicht noch mit einer Kamelkarawane von Dorf zu Dorf gezogen war, um Waren zu kaufen und zu verkaufen, und die Kamele sich im Sandsturm losgerissen und in der Wüste untergetaucht waren und elend verdurstet und verhungert ... »Und wo erwartet er mich?« fragte Nadine.

»Ich werde Sie hinbringen. Ich komme Sie holen. Der Scheich sagt, Sie möchten den Apparat mitbringen.«

»Welchen Apparat?« Nadine war verwirrt. Ihr fiel ein, daß Henscheid ein Foto wollte von dem Interview. Aber wie, um Himmels willen, sollte sie ein Foto machen lassen? Hier? In-the-middle-of-nowhere ...

»Das Tonband. Sie können heute das Interview machen. Der Scheich hat den ganzen Abend für Sie Zeit.«

Nach dem Sandsturm war die Luft wieder rein und klar. Die Vögel, die sich irgendwo versteckt hatten, kamen zurück und rieben ihre Schnäbel an den harten Palmenspitzen. Mehdi hatte in ihrem Zelt so gut aufgeräumt wie ein Roomboy im First-class-Hotel. Das Bett frisch bezogen, sogar eine Blume hatte er gebracht, einen Zweig vom Flamboyant, dem Baum, der lange feuerrote Blütendolden trug. Das Wasser, das er hinstellte, war frisch und perlend wie von einer Bergquelle.

Nadines Ängste waren auf einmal wie weggewischt. Sie fühlte sich leicht und frei. Sie arbeitete intensiv, um sich auf das Interview mit dem Scheich vorzubereiten. Von den Fragen, die sie sich im Flugzeug zurechtgelegt hatte, blieb nur ein Gerüst übrig, alles andere formulierte sie um. So viel hatte sie immerhin von diesem Land gesehen, daß sie wußte: Q'uam al Hashid war ganz anders als ihre Vorstellung von dem Land.

Mehdi kam, bevor der Muezzin gerufen hatte. Er ging vor ihr her, den kleinen Sumpfpfad durch den Palmenhain vorbei an dem Küchenzelt und einer Lehmmauer, hinter der sie manchmal Motorengeräusche vernommen hatte, vielleicht waren hier die Jeeps stationiert.

Mehdi aber führte sie an der Mauer vorbei bis zum Wadi, der kaum noch Wasser führte. Sie marschierten über die Schotterpiste, vorbei an verdorrtem, jungem Gras, das den Sandsturm nicht überlebt hatte, und staubbedeckten Dornenbüschen. Gekkos huschten über die schwarzen, scharfkantigen Granitsteine. Sie gingen bis zu den Wachtposten, die ihre Gebetsteppiche vor den schäbigen Häuschen ausgerollt hatten.

Der Ruf des Muezzin ertönte genau in dem Augenblick, als die Wachtposten aus dem Haus traten, die geschulterte Kalaschnikow abnahmen und gegen die Hauswand lehnten. Mehdi berührte sanft ihren Arm. »Wir warten hier«, sagte er.

»Warum?«

»Es ist die Stunde des Gebets. Wir warten, bis sie das Gebet verrichtet haben.«

Nadine nickte. Sie schaute zu, wie die Soldaten beteten (es waren zwei, ein junger, plumper Mann in einer schäbigen, abgetragenen Uniform und ein älterer, in seinen Bewegungen zackig – ein smarter Typ, der eine Sonnenbrille trug). Der Soldat nahm die Sonnenbrille auch während des Gebetes nicht ab. Er kniete nieder, beugte sich vor, die Hände weit auseinandergebreitet und berührte mit der Stirn fünfmal den Teppich. Sie hörte auf die Entfernung von ungefähr zwanzig Metern das monotone Sprechen der Gebete; wenn sie die Köpfe hoben, trug der sanfte Abendwind die Stimmen etwas deutlicher zu ihnen hin.

»Betest du nicht?« fragte Nadine.

Er schüttelte den Kopf. »Später.«

»Mußt du dich nicht an die Zeiten halten?«

»Allah ist großzügig. Er versteht, wenn man keine Zeit hat. Er weiß, daß ich sein Diener bin. Er verzeiht mir.«

Die Soldaten hatten ihr Gebet beendet, sie standen auf, rollten die Teppiche zusammen und trugen sie in das Wachhäuschen. Dann nahmen sie die Gewehre wieder auf, versicherten sich mit einem Handgriff, daß Pistole und Dolch im Gürtel steckten, und pflanzten sich breitbeinig mitten auf der Schotterpiste auf.
Es waren nicht die Soldaten, die sie auf dem Herweg kontrolliert hatten, jedenfalls konnte Nadine sich an diese Gesichter, erschöpft und stumpf, nicht erinnern.
Mehdi rief ihnen etwas zu, und sofort entspannten sie sich noch mehr.
»Müssen wir den ganzen Weg zu Fuß gehen?« fragte Nadine. Sie hatte ihre Unterlagen, das Tonband, einen weiteren Schal und ein kleines Make-up-Set in einer Leinentasche untergebracht, die sie über der Schulter trug.
Mehdi war nicht auf die Idee gekommen, ihr die Tasche abzunehmen, aber wie sollte sie das in einem Land erwarten, in dem immer die Frauen die Lasten getragen haben?
Die Soldaten antworteten. Einer von ihnen ging in das Wachhäuschen und kam mit einem Funksprechgerät wieder heraus.
»Ein Jeep wird Sie abholen, Miss«, sagte Mehdi.
»Wo?«
»Hier.«
Mehdi machte eine vage Geste, die alles umfaßte, den Wadi, das schroff ansteigende Gebirge hinter den Palmen, die Ödnis, steinig und grau, die sich auf der anderen Seite des Wadi ausbreitete.
Nadine hatte geglaubt, daß das Dorf, durch das sie auf dem Hinweg gefahren waren, viel näher am Camp gelegen hatte. Aber von ihrem Standpunkt aus war nichts zu sehen, keine Moschee, keine Ruinen einer alten Karawanserei, nicht einmal ein Ziegenhirte mit seinen Tieren.
Der Ruf des Muezzin muß von weit her gekommen sein. Auch der Brunnen, an den Nadine sich erinnerte, umringt von tief verschleierten Frauen, lag vielleicht einen halben Tagesmarsch von hier entfernt.
Mehdi wechselte ein paar Worte mit den Soldaten, die Nadine weder anschauten noch ein Interesse zeigten, sie zu untersuchen. Offenbar hatten sie Anweisung, das zu unterlassen.

Nadine war von Kopf bis Fuß verhüllt, sie hatte dafür gesorgt, daß es auch nicht viel gab, was man anstarren konnte und was die Phantasie erregte. Ihre blonden Haare waren unter einem bunten Seidentuch versteckt, die Ärmel ihrer Leinenjacke so lang, daß sie bis über den Handrücken fielen.

»Ich werde jetzt umkehren, Miss«, sagte Mehdi, nachdem er in einem Buch eine Eintragung gemacht und der Soldat das Buch zurückgetragen hatte.

Nadine sah erschrocken auf. Sie hatte sich gerade mit einem sandfarbenen Krebs beschäftigt, der vor ihr über die Kiesel huschte, im Seitengang.

»Du gehst? Wieso wartest du nicht mit mir?«

»Ich habe zu tun, Miss.«

»Und wenn der Jeep nicht kommt?«

»Er wird kommen.«

»Spricht der Fahrer eine Sprache, die ich kenne?«

»Bestimmt. Aber wenn nicht, ist es nicht schlimm. Er weiß, daß er Sie zum Scheich bringen soll.«

Nadine atmete tief durch. »Hoffentlich.«

Die Soldaten schauten gleichmütig an ihr vorbei auf die Schotterpiste. Nichts rührte sich. Der Wind war zu schwach, selbst um das Stückchen hellblaue Plastik, das auf dem Weg lag, aufzuheben und weiterzutragen.

Allmählich kühlte sich die Luft ab um ein, zwei Grad, aber es war schon eine Erleichterung.

Nadine wandte sich an den Soldaten mit der Sonnenbrille, der sich gerade, in der Hocke an die Hauswand gelehnt, eine Zigarette drehte. »Sprechen Sie englisch?«

Der Soldat hob den Kopf, blickte aber auf die Schotterpiste. Er schüttelte den Kopf.

»Französisch?«

Wieder ein Kopfschütteln. Der jüngere Soldat verschwand in dem Häuschen, wahrscheinlich, um ihren Fragen von vornherein zu entkommen.

Der Soldat zündete die Zigarette an, ein zerknüllter, kurzer Stumpen, und inhalierte tief.

Es roch nach Asche. Ein süßer schwerer Geruch. Nadine schaute den

Soldaten neugierig an, aber er hatte sich hinter seiner Sonnenbrille versteckt, hockte mit angezogenen Knien an der Wand und tat, als existiere sie nicht. Nadine suchte sich einen breiten, runden Stein und setzte sich.

Sie nahm das Tonband, das sie zehnmal ausprobiert hatte (nichts wäre schlimmer, als wenn das Band ausgerechnet jetzt nicht funktionierte) und probierte es ein weiteres Mal aus. Dann begann sie, ziemlich ziellos, zuerst ihre Eindrücke von diesem Platz ins Mikrofon zu sprechen. Sie beschrieb den Soldaten mit seiner Haschzigarette, das Häuschen mit dem gestampften Lehmboden und dem verdreckten Fliegengitter, den Tisch, auf dem das Buch lag, in dem alle Bewegungen festgehalten wurden. Den Wadi. Das Licht auf den Bergen, über der steinigen Wüste. Den Krebs, der vor ihr hockte, seine Augen wie Antennen ausfuhr und sie anstarrte.

Plötzlich warf der Soldat die Zigarette in den Sand, erhob sich und drehte sich auf der Stiefelspitze um. Er kam zu ihr herüber und sagte etwas auf arabisch. Er deutete nach Westen.

Im gleichen Augenblick sah Nadine den Jeep, klein wie ein Käfer. Wenig später hörte sie den Motor, der unregelmäßig lief, als verschlucke er sich. Das Krachen der Achsen auf die Steine.

Der Jeep fuhr schnell. Er zog eine Fahne von Staub hinter sich her. Als er vor ihnen zum Stehen kam, legte sich die Staubwolke auf den Jeep. Die Fensterscheiben waren sofort blind.

Der Fahrer stieg aus, hustete und rief dem Soldaten etwas zu. Der Soldat antwortete nicht. Er nickte Nadine zu, und Nadine ging zum Jeep. Der Fahrer öffnete die andere Tür. Nadine kletterte in das Fahrzeug. Die Kunstlederpolster waren mit einer Staubschicht bedeckt. Alles war eingesandet und eingestaubt. Nadine zog ein Taschentuch aus ihrem Beutel und wischte den Sitz ab. Der Fahrer schaute ihr zu. Er kaute ein Kaugummi, vielleicht um sein Grinsen zu verbergen. Dann sprang er auf seinen Sitz und warf den Motor wieder an.

Nadine kurbelte die Fenster hoch, aber das half gar nichts, weil der Fahrer seines geöffnet hatte, den Ellenbogen herauslehnte wie die Halbstarken in alten, amerikanischen Filmen und dabei vor sich hinpfiff.

Nadine schwieg. Sie fuhren mehr als eine halbe Stunde, bis sie das

Dorf erreichten. Es war menschenleer. Niemand zeigte sich auf den Straßen, das Tageslicht war fast erloschen, Nadine sah nur Mauern und verschlossene Holztore, nur Gassen, in denen der Wind mit Plastikabfällen spielte, und sonst nichts.

Es war eine alte Kasbah, die man nur durch einen Schluchtweg erreichen konnte, den das Wasser des Wadi in Jahrmillionen gegraben hatte. Die Kasbah, die mittelalterliche Lehmburg, die mit ihren unregelmäßigen Zinnen wie ausgehöhlt wirkte.

Das Tor, das in die Kasbah führte, war reich verziert mit Zedernholz. Zwei Wachtposten bedienten die Seile, an denen es hochgezogen werden konnte.

Sie fuhren in das alte Fort ein wie in eine Ritterburg. Es war inzwischen so rasch dunkel geworden, daß nur die Fackeln im Innenhof ein beinahe gespenstisches Licht auf die fensterlosen Höhlen in den Lehmwänden warfen. Der Hof, in dem der Fahrer Nadine aussteigen ließ, war mit groben Steinen gepflastert. In der Mitte wuchs ein Baum, den vielleicht vier Kinder nicht umfassen konnten.

Nadine schaute in die Krone, konnte aber nicht erraten, zu welcher Gattung dieses Prachtexemplar gehörte. Der Fahrer hielt ihr die Leinentasche hin und ging voran.

Innerhalb des altes Hauses war der Boden aus gestampftem Lehm. Die Treppen hingegen waren Holzbohlen, in die manchmal gemalte Tonscherben eingelassen wurden. Das konnte Nadine gut erkennen, weil ihnen über die Treppen ein Junge entgegenkam, in einer schneeweißen Dischdascha. Er hielt eine Petroleumlampe so hoch, daß Nadine sein kindliches Gesicht und das große Erstaunen in seinen Augen erkennen konnte, als er entdeckte, daß der erwartete Gast eine Frau war.

Stumm verbeugte er sich und lief barfüßig die letzten Stufen voran. Zweimal waren sie um eine Ecke gebogen, hatten Flure durchmessen und sich unter niedrigen Holzbögen geduckt, als der schmale, muffig riechende Gang sich plötzlich öffnete und Nadine in einen strahlenden, von vielen Kerzen erleuchteten Raum trat.

Nadine blieb einen Augenblick wie geblendet stehen, bis sie begriff, daß dieses Strahlen und Glänzen von den golddurchwirkten Kissen herrührte, die überall auf den Teppichen, an den Wänden verteilt waren.

Der Scheich saß behäbig, die Beine von sich gestreckt, auf dem Teppich, die Arme auf pralle Brokatkissen gelehnt und musterte sie. Ihm gegenüber hockten zwei andere Männer, auch in der traditionellen Dischdascha, beide hatten die Kalaschnikow quer über ihre Schenkel gelegt. Der eine spielte mit seinem Dolch, auf dessen Griff Edelsteine glänzten, der andere rauchte.
Die Männer schauten sich nicht nach ihr um, obgleich sie wissen mußten, daß Nadine eingetreten war.
Der Scheich sprach halblaut einen Satz, und die beiden Männer erhoben sich sofort, verneigten sich vor dem Scheich und verschwanden durch eine unbeleuchtete Tür.
»Welcome to Aj Falloun«, sagte der Scheich und streckte die Hand aus. »Warum so scheu? Kommen Sie näher.«
Nadine hatte sich wieder gefangen. Sie trat an den Scheich heran, der seine Hand wieder auf das Kissen gelegt hatte.
»Ich wußte nicht, daß es so weit ist«, sagte sie, »wir sind fast zwei Stunden unterwegs gewesen.«
»In der Wüste sind alle Wege weit«, sagte der Scheich, »aber nur für den, der die Wüste nicht kennt. Sie haben Durst.«
»Ja, das stimmt.« Nadine nickte ernst. Es war wahr. Nichts ersehnte sie im Augenblick mehr als einen frischen Saft oder ein Glas Wasser. In ihren Wimpern klebte immer noch der Sand. Sie hatte keine Möglichkeit gehabt, sich vor dem Gespräch zu waschen.
Der Scheich schaute sie aufmerksam an. Nadine wußte nicht, ob sie sich setzen sollte, und sie wagte auch nicht, einen Fauxpas zu begehen. In den arabischen Ländern, besonders unter Beduinen, das hatte sie inzwischen gelernt, wurden diese Fehler ernster genommen als anderswo.
Also nahm sie nur die Leinentasche von den Schultern und stellte sie neben die Beine. »Ich hatte schon Angst, Sie wären wieder einfach weggefahren.« Sie machte eine Bewegung, als kreise ein Ventilator über ihren Kopf. »Mit dem Hubschrauber. Ohne eine Nachricht für mich.«
»Sie müssen nicht so viel Angst haben«, sagte der Scheich sanft. »Ich hatte Ihnen doch gesagt, wir werden dieses Interview machen.«
»Aber Sie hatten nicht gesagt, daß es noch zwei Tage dauern würde.«

»Es war Sandsturm«, sagte der Scheich.
»Ja, und Sie hatten Gäste.«
Der Scheich hob amüsiert die Augenbrauen. »Eine Journalistin ist immer auf Recherche, wie? Selbst bei einem Sandsturm in der Wüste.«
»Da gab es nicht viel zu recherchieren.«
»Warum setzen Sie sich nicht?«
»Weil Sie mich nicht aufgefordert haben.«
»Also, ich fordere Sie hiermit auf.« Der Scheich hob wieder träge die Hand und wies ihr einen Platz zu, schräg gegenüber, aber nicht auf einem der Kissen, die vorher besetzt gewesen waren. Nadine nahm sorgfältig Platz, darauf achtend, daß sie züchtig bedeckt war und keinen Anlaß zu Beschwerden gab.
»Sie müssen im Haus kein Kopftuch tragen«, sagte der Scheich, »unsere Frauen sind innerhalb ihrer Gemächer immer unverschleiert.«
Nadine lächelte. »Aber dieses sind nicht meine Gemächer, und ich bin nicht eine von Ihren Frauen.«
Sie nahm das Tonbandgerät aus der Tasche und legte es auf den Messingteller, der zwischen ihnen auf dem Teppich lag. Der Scheich schaute ihr zu, wie sie das Tonband einstellte und sich ihre Notizen zurechtlegte. Er gab keinen Kommentar ab. Er schnipste mit den Fingern, und der junge Diener erschien. Ruhig und besonnen sprach der Scheich auf ihn ein. Der Diener verschwand.
»Ich habe Ihnen Saft vom Granatapfel bestellt, das erfrischt. Und ein paar Feigen. Sie sind von unserer eigenen Ernte. Im Innenhof dieser Kasbah gibt es einen hundert Jahre alten Feigenbaum.«
Nadine erinnerte sich plötzlich. Jemand hatte von diesem Feigenbaum gesprochen, nein, von einem anderen Feigenbaum. Von einem Baum im Garten seiner Eltern ... irgendwo, in der Wüste, eine Oase ... sie überlegte noch, als der Scheich sagte: »Ich spreche nur, wenn Sie das Kopftuch endlich abnehmen.«
Nadine schob das Tuch in den Nacken, knöpfte es auf und schüttelte ihre Haare.
»Wie fließendes Gold«, sagte der Scheich, »darum werden alle arabischen Frauen Sie beneiden.«
»Und ich beneide die Frauen um ihre schöne Haut«, sagte Nadine,

»um ihre dunklen Augen und die Kunst, ihre Hände und Füße mit Hennafarbe zu bemalen. Sogar den Bauch.« Sie lächelte bei dem Gedanken an den Hammam, das Frauenbad in Q'uam al Hashid.
»Woher wissen Sie, daß unsere Frauen ihren Bauch bemalen?«
»Ich war im Hammam«, sagte Nadine.
Der Scheich nickte. Er zog die Beine unter seine Dischdascha und legte die Finger gegeneinander. »Sie haben eine halbe Stunde Zeit für Ihre Fragen«, sagte er.
Nadine schaute erschrocken auf. »Nur eine halbe Stunde?«
Der Scheich nickte ruhig.
»Aber Sie haben doch versprochen ...«
»Nach einer halben Stunde«, sagte der Scheich, »werden Sie das Tonband wieder weglegen, und dann stelle ich die Fragen.«
Er wandte unwillig den Kopf, als er ein Geräusch gehört hatte. Aber es war nur der junge Diener, der in der Tür auf ein Zeichen wartete, daß er eintreten dürfe. Er stellte vor Nadine einen Tonkrug und eines von diesen kleinen geschliffenen Gläsern, in denen auch Tee und Kaffee serviert wird. Und einen Teller mit frischen Feigen.
»Später werden wir etwas essen«, sagte der Scheich, »dies ist nur, um Ihrem Mund einen guten Geschmack zu geben. Man hat nach so einem Shamal immer noch Sand zwischen den Zähnen, nicht? Es ist furchtbar. Es ist eine Plage. Ich wünschte, Allah hätte uns mit dieser Plage verschont. Meinem Vater sind bei einem Shamal einmal zehn Kamele entlaufen, in Panik. Haben sich aus dem Kral losgerissen und auf und davon. Er sagte, er hat ihre Schreie gehört. Aber er hat sie nie wiedergefunden. Wie ist der Saft?«
»Köstlich«, sagte Nadine, »und wunderbar kalt.«
»Wir haben hier keinen Kühlschrank«, sagte der Scheich, »aber den brauchen wir auch nicht. Es gibt jahrtausendalte Traditionen, um Flüssigkeit zu kühlen. Auch vor der Erfindung der Elektrizität war man erfinderisch. Die Araber besonders. Ich sehe, Sie möchten mit Ihren Fragen beginnen.«
Er nahm demonstrativ seine Uhr ab und legte sie vor sich auf den Boden. Auch Nadine warf einen flüchtigen Blick auf das Zifferblatt. Es war zehn nach sieben.
»Gut«, sagte Nadine, »fangen wir an. Scheich Zayed, wie schätzen Sie heute die Bedeutung Ihres Landes in der Welt ein?«

Der Scheich lehnte sich zurück. Er griff nach hinten, holte eine Gebetskette aus geschnitzten Jadekugeln und begann, damit zu spielen.
»Sie wollen mich fragen, ob ich weiß, daß Q'uam al Hashid nur ein kleiner Punkt auf dem Globus ist? Sie wollen mich fragen, ob ich größenwahnsinnig bin, mich in die Weltpolitik einzumischen?«
Nadine erwiderte seinen Blick. »Wenn Sie meine Frage so interpretieren, bin ich auf die Antwort gespannt.«
»Es kommt nicht auf die Größe des Landes an, das man beherrscht. Es kommt auf die Größe des Herrschers an. Auf die Größe seiner Vision. Auf die Größe seiner Ideen. Auf seine Klugheit. Seine Weitsicht.«
»Ja, vielleicht. Und?«
»Ich glaube, ich bin klug genug, um eine wichtige Rolle in der Welt zu spielen. Sehen Sie«, er ließ die Kugeln schneller durch seine Hände gleiten, »ihr im Westen macht zu viele Fehler auf einmal.«
»Nennen Sie den wichtigsten.«
Der Scheich schloß die Augen. Er überlegte. Als er sie wieder öffnete, ließ er die Kette in seinen Schoß fallen.
»Ihr glaubt, ihr könnt die Zeit überlisten. Nein, besser«, er nahm die Kette wieder auf. Er betrachtete eine Kugel. Lange. Angestrengt. »Ihr seid zu hochmütig. Ihr habt keine Ehrfurcht.«
»Wovor?«
Der Scheich schaute sie an. »Das sagte ich doch: vor der Zeit. Vor der Geschichte. Vor der Weisheit des Propheten, der alles vorhergesagt hat. Ich kämpfe nicht gegen eure Leute, weil ich zeigen will, daß ich mir auch moderne Waffen kaufen kann. Ich kämpfe nicht gegen eure Leute, weil mir der Sozialismus besser gefällt als der Kapitalismus. Ich kämpfe gegen euch, um euch zu zeigen, wie dumm ihr seid.« Er beugte sich vor. »Läuft dieses Tonband?«
»Ja, solange das grüne Licht aufleuchtet.«
»Ich möchte nicht meine Gedanken verschwendet haben. Sie werden es so schreiben, wie ich es gesagt habe?«
»Ihre Zitate werden nicht verändert.«
»Das ist in Ordnung.«
»Scheich Zayed, stimmt es, daß Sie seit zehn Jahren den terroristischen Gruppen die Möglichkeit geben, in Ihrem Land zu trainieren?«

Der Scheich lächelte. »Wer hat Ihnen das erzählt?«
»Man kann es in Zeitungen nachlesen.«
»In was für Zeitungen?«
»In deutschen, englischen, französischen, amerikanischen.«
»Weil ihr alle von den amerikanischen Zeitungen abschreibt.«
»Ganz so ist es nicht.«
»Aber fast. Ein bißchen. Die Amerikaner sagen auch, was ihr denken sollt, wen ihr hassen und wen ihr lieben sollt. Und ihr nickt und sagt: Yes, Daddy, okay, Daddy. Wie die Sklaven früher, die keine eigene Meinung haben durften.«
Nadine beobachtete die Uhr. Sie hätte viel darauf einwenden können, wollte aber die Zeit nicht damit verschwenden, ihre eigenen Argumente zu bringen. Sie wollte die Gedankenwelt des Scheich Zayed kennenlernen. Sofern das überhaupt möglich war.
»Wie groß ist Ihre Armee?«
»Groß.«
»Was heißt das?«
»Es heißt, daß sie groß ist. Wir sagen: Allah ist groß. Und niemand fragt daraufhin: Wie groß ist Allah?«
»Das ist keine Antwort.«
»Gut. Ich gebe Ihnen eine Antwort. Von den deutschen Händlern haben wir in den letzten fünf Jahren mehr Waffen gekauft, als offiziell überhaupt produziert werden, gute Technologie. Die beste Technologie. Und Fabriken.«
»Giftgas?«
Der Scheich lächelte. »Chemie. Wir brauchen Medizin für unsere Söhne. Für die Söhne des Landes. Für die Zukunft unseres Volkes.«
»Und die Töchter brauchen keine Medizin?«
»Wenn genug da ist, bekommen auch die Töchter sie. Wir lieben unsere Töchter wie unsere Söhne. Aber die Söhne sind wichtiger. Sie müssen kämpfen für ihr Land. Sie müssen stark und gesund sein. Dafür brauchen wir Fabriken.«
»Wir haben eben von den Waffen geredet.«
»Wir haben Panzer, natürlich, wir haben Raketen. Boden-Boden-Raketen. Das wissen Sie bestimmt.«
Nadine gab nicht zu erkennen, ob sie das gewußt hatte.

»Und was ist mit Scud-Raketen?«
Der Scheich lächelte. »Wollen Sie wissen, ob ich für Saddam Hussein eingekauft habe? Ob ich ihm die Sachen geliefert habe? Er kann das selbst. Er hat bessere Verbindungen als ich. Bei ihm gehen noch mehr Deutsche ein und aus als in Q'uam al Hashid.«
»Ich würde gerne Namen wissen.«
»Was für Namen?«
»Von deutschen Waffenlieferanten. Von Waffenhändlern. Von Ingenieuren, die illegal hier arbeiten.«
»Ich kenne keine Namen.«
»Das glaube ich Ihnen nicht.«
»Ich vergesse, ich vergesse alle so schnell. Namen sind Schall und Rauch. Verwehen wie die Kamelspuren im Wüstensand. Namen sind gar nichts.«
»Sie helfen mir nicht, wenn Sie so reden.«
»Muß ich Ihnen denn helfen?«
Sie wechselten einen Blick.
»Gut. Einer der Händler, die hier gute Geschäfte machen, hat ein Auge verloren. Mit dem anderen aber sieht er für zwei.«
»Haben Sie eine Moral?« fragte Nadine. »Was ist Ihre Moral?«
»Ich weiß es nicht, was das ist.«
»Gibt es Korruption in Ihrem Land? Was glauben Sie?«
»Schauen Sie, unsere Länder sind dazu bestimmt, Handel zu betreiben. Moralisch – was Sie unter Moral verstehen – ist das vielleicht verwerflich? Doch die Moral bringt die Wirtschaft nicht voran.«
»Vorhin hat das anders geklungen.«
»Wann?«
»Als Sie uns im Westen verurteilt haben.«
»Das ist etwas anderes. Das kann man nicht vergleichen.« Der Scheich taktierte geschickt. Es war nicht leicht, ihn auf etwas festzunageln. Er berief sich immer wieder auf Allah, auf die Worte des Propheten Mohammed, auf die Tradition, auf die Kultur der Beduinen. Er bedeutete ihr damit, daß ihre Weisheit und Klugheit nicht reichte, um seine Vision zu verstehen.
Nadine schluckte ihren Zorn darüber hinunter und fragte weiter. Hakte einen Punkt nach dem anderen ab. Manche Antworten waren so gut, daß Nadine schon im Geist daraus eine Schlagzeile machte,

andere klangen poetischer, abgründiger. Alles in allem traute sie ihm nicht. Aber sie ließ ihn reden. Immer weiter. Und stellte Fragen. Manchmal blitzten seine Augen neugierig auf, wenn sie eine unerwartete Frage stellte, manchmal ließ er die Kugeln seiner Gebetskette schneller durch die Finger gleiten, einmal rief er nach dem Diener und ließ sich auch ein Glas Saft reichen. Dann war die halbe Stunde vorbei. Wortlos beugte sich der Scheich vor und zeigte mit dem Finger auf das grüne Licht. »Es leuchtet noch.«
»Ich weiß. Gott sei Dank. Ich habe schon befürchtet, daß Sand in das Gerät gekommen ist.«
»Die halbe Stunde ist vergangen. Wir haben eine Abmachung.«
Nadine lächelte. »Nicht ganz, es ist keine Abmachung, wenn einer die Regel aufstellt, ohne den anderen um seine Zustimmung zu bitten.«
»Ich muß Sie nicht um die Zustimmung bitten. Ich bin der Scheich. Ich kann Gesetze erlassen, soviel ich will.«
»Ja«, sagte Nadine, »darüber haben wir schon gesprochen. Und dennoch wollen Sie so tun, als sei dieses Land auf dem Weg zu einer Demokratie.«
Der Scheich deutete immer noch mit dem Finger auf das Band, und Nadine stellte es ab.
Er atmete zufrieden durch und lehnte sich zurück. »Ich werde dem Diener sagen, daß wir bald essen können. Sie sind eine kluge Frau. Ich glaube nicht, daß es in meinem Land eine Frau gibt, die so klug ist.«
»Weil Sie die Frauen in Ihrem Land nicht studieren lassen.«
»Wird man nur vom Studieren klug?« fragte der Scheich sanft. Nadine lächelte. Der Scheich verstand es, sie mit seinen Bemerkungen zu verunsichern. »In Europa habe ich viele Frauen gesehen, die Goldhaare haben wie Sie. Und Augen wie der Himmel vor Sonnenaufgang. Aber ich habe keine Frau gesprochen, die sich so für Männerprobleme interessiert.«
»Politik ist doch kein Männerproblem. Wir Frauen erleiden die Folgen politischer Entscheidungen doch genauso wie ein Mann.«
»Nicht, wenn die Frauen im Haus bleiben und darauf warten, daß die Männer sich um ihr Leben, um Kleidung, Nahrung, Luxus, Bequemlichkeit, um alles kümmern.«

»Vielleicht möchten manche Frauen auch hier anders leben. Man müßte ihnen einmal schildern, wie eine Frau in einem europäischen Land lebt. Wie frei, wie unabhängig von den Männern.«

»Ich werde dafür sorgen, daß Sie keine Frauen kennenlernen.«

Nadine lächelte. »Ich habe schon einige gesprochen.« Das war eine kleine Übertreibung, aber sie wirkte. Der Scheich beugte sich vor.

»Wo?«

»Das werde ich nicht sagen.« Nadine nutzte ihre Überlegenheit, um ihm noch etwas zu verraten. Ein Geheimnis, das sie kannte.

»Ihr Lieblingsfalke ist gestorben.«

Der Scheich gab mit keinem Muskel zu verstehen, wie dieser Satz auf ihn wirkte. Seine Lider zuckten nicht, seine Hände lagen ruhig auf den Polstern. Die Beine angewinkelt, dazwischen hing der weite weiße Baumwollstoff seiner Dischdascha. Nadine fuhr sich mit der Hand über die Lippen, als das Schweigen zu lange dauerte.

»Ich wollte Ihnen sagen, daß es mir leid tut. Es ist furchtbar, wenn etwas stirbt oder weggeht, das man liebt.« Im gleichen Augenblick fiel ihr ein, daß seine Frau gestorben war, und sie wußte, sie hatte wieder einen Fehler gemacht. Es gab Tabuthemen, die man nicht berühren sollte, das hatten alle ihr klarzumachen versucht, aber es hatte sie zu sehr gereizt zuzusehen, wie er die Fassung verlöre. Scheich Zayed verlor nicht die Fassung. Er schaute sie an, ruhig, er musterte sie unverhohlen und schnipste mit den Fingern. Augenblicklich tauchte der kleine, lautlose Diener auf, und der Scheich redete mit ihm.

Als er verschwand, stand der Scheich auf. Nadine fürchtete schon, das Gespräch wäre beendet, aber er streckte die Hand nach ihr aus, als wolle er ihr beim Aufstehen behilflich sein, und sagte: »Kommen Sie, Nadine, wir müssen etwas essen. Unser Magen schmerzt.«

Sie nahm seine Hand. So ging sie hinter ihm durch einen dunklen, modrigen Flur in einen anderen Raum, der ebenfalls nur mit Kerzen erleuchtet und ebenso eingerichtet war wie der erste. Nur auf dem Boden, der schichtweise mit dicken Berberteppichen belegt war, standen die Schüsseln und Teller mit Gerichten. Ein Korb mit Fladenbrot. Eine Schale mit Früchten. Ein Hammelbraten unter Minzeblättern versteckt. Ein Berg von gelber Hirse, aufgeschichtet wie eine Pyramide, und eine zweite Pyramide aus Reis. Der Scheich ließ

ihre Hand los und setzte sich. Er machte eine Handbewegung, und Nadine ließ sich ebenso im Schneidersitz nieder. Es war nicht ihre Lieblingshaltung beim Essen, aber sie würde es schon schaffen, wenn es nicht zu lange dauerte. Der kleine Diener brachte eine Schale mit Rosenwasser, und sie wuschen sich die Hände unter einem Strahl aus einer Schnabelkanne. Sie trockneten die Hände, und danach bekamen sie noch einen feuchten, eiskalten Waschlappen, um das Gesicht zu waschen. Es tat gut. Nadine spürte, wie ihr Gesicht glühte.
Der Diener schenkte Tee ein und stellte eine Wasserkaraffe auf ein Silbertablett. Dann ließ er sie allein.
Wenig später hörten sie aus einem Nebenraum Musik. Eine Art Flöte, begleitet von einem Instrument, das wie eine Sitar klang. Eine monotone hohe Melodie, endlos und gleichmäßig wie eine Karawane, die durch die Wüste marschiert. Durch das fensterlose Viereck, das zum Hof hinausführte, hörte man das trockene Knacken und Schlagen der harten Blätter des Feigenbaumes, die im Wind aneinanderstießen. Aber nur, wenn der Flötist für einen Augenblick innehielt, um Luft zu schöpfen, und der Mann mit der Sitar auf seinen neuen Einsatz wartete.
Sie aßen schweigend. Das Schweigen des Scheichs war so undurchdringlich, daß Nadine nicht ein einziges Mal wagte, das Wort an ihn zu richten. Sie aßen ohne Besteck, nur mit der rechten Hand. Nadine hatte inzwischen geübt. Sie war ganz geschickt im Formen von kleinen Bällchen, die sie in den Mund steckte. Der Scheich schien das mit Wohlwollen zu registrieren. Manchmal schob er ihr einen Teller hin oder riß von der Hammelkeule ein besonders saftiges Stück ab und reichte es ihr. Oder eine Dattel, in die er einen Pinienkern drückte, der mit Kardamom gewürzt war. Manche Speisen waren sehr scharf. Nadine trank Unmengen von dem Tee. Schließlich erschien der Diener. Wieder wuschen sie sich die Hände und das Gesicht, und dann brachte der Diener Kissen, weiche Kissen, einen Stapel Dekken, und der Scheich bereitete daraus einen bequemen Diwan, auf dem sie sitzen und den würzigen Kaffee trinken konnten.
»Möchten Sie Kif?« fragte der Scheich.
Nadine schüttelte lächelnd den Kopf.
»Es macht nichts. Hier nehmen alle Kif. Es ist nicht verboten.«

»Ich möchte trotzdem lieber nüchtern bleiben.«
»Aber vom Kif wird man nicht betrunken.« Nadine lächelte.
»Ich schon. Mir wird schwindlig.«
Der Scheich ließ sich eine Zigarette bringen. Er blies den Rauch in die Luft, und sofort war dieser parfümierte Duft im Raum, der Nadine immer ein bißchen benebelte, auch wenn sie selber nicht rauchte.
»Ich habe diesen Falken wirklich geliebt«, sagte der Scheich, sich zurücklehnend. »Er war zahm. Er hat mir nicht ein einziges Mal den Arm zerkratzt oder das Gesicht. Er hat das zuckende Herz einer Taube aus meiner Hand genommen. Einmal sogar von meinen Lippen. Die Falkner haben gedacht, ich bin verrückt.« Er schaute zur Zimmerdecke. »Aber ich war nicht verrückt. Ich wußte, daß dieser Falke mein Bruder ist.«
»Ihr Bruder?«
»Ja, der Falke war mein Bruder. Ich habe es gefühlt. Ich habe es in seinen Augen gelesen. Aber sicher war ich erst in dem Augenblick, als er die Gazelle gejagt hat. Wir hatten ihn auf eine Taube angesetzt, aber er hat die Gazelle entdeckt, hinter den Dünenkämmen, eine wilde Flucht. Wir konnten mit dem Jeep kaum folgen. Dann hat er sich auf sie gestürzt, aus großer Höhe, hat sich in ihren Rücken verkrallt und mit einem Schnabelhieb den Halswirbel gebrochen. Die Gazelle war sofort tot.« Er lächelte, als er Nadines Stirnrunzeln bemerkte.
»Falken sind die perfekten Töter. Ohne Schrei, ohne Schmerz. Sie verrichten lautlos ihr Werk, gnädig und schnell.«
»Deshalb haben Sie im Falken Ihren Bruder erkannt, weil sie ebenso töten? Lautlos, gnädig und schnell?« Es sollte ironisch klingen, dennoch war Nadine nicht ganz wohl dabei. Diese überlegene Ruhe des Scheichs, der vor ihr lagerte und Geschichten wie aus Tausendundeiner Nacht erzählte, beunruhigte sie.
»Nein, anders.« Der Scheich schüttelte den Kopf. »Wir haben die Gazelle aufgebrochen. Ich habe meinem Falken die Innereien gereicht, mit den bloßen Händen, wie es üblich ist. Das Herz, das warm war und pochte. Er hat es verschlungen. Dann den Magen. Den Magen hat mein Falke vorsichtig zerkleinert, mit der Schnabelspitze zerhackt. Bis ich den Ring gesehen habe. Einen goldenen, tau-

send Jahre alten Ring.« Er nestelte an seinem Kragen und zog unter der Dischdascha ein Kettchen heraus, an dem ein Ring baumelte. Nadine konnte aus der Entfernung nicht viel erkennen, und sie hütete sich, zu viel Neugier zu zeigen. Der Scheich drehte den Ring in den Händen. »Ich habe das prüfen lassen. Tausend Jahre alt. Ein Königsring. Er muß einem Sultan gehört haben. Ein gemeinsamer Vorfahre. Vielleicht war mein Falke einmal dieser Sultan, aus meinem Stamm. Er ist mein Bruder gewesen. Mein Herz ist voller Trauer um seinen Tod.«

Nadine schwieg. Die Musik aus dem Nebenzimmer hatte aufgehört. Es war so still, daß man die Flügelschläge der Insekten hörte, die gegen die Wände taumelten. Offenbar gab es in dieser Kasbah keinen Generator. Überall sonst wurde man vom Geräusch der Generatoren in den Schlaf gewiegt und unsanft aus ihm herausgerissen, sobald der Generator verstummte, sich verschluckte und mit wilder Kraft wieder einsetzte. Nadine haßte das Geräusch. Sie fragte sich, wie der Scheich diese ganzen Kommunikationsnetze aufrechthielt in einem mittelalterlichen Haus, Hunderte von Meilen von der Stadt entfernt.

Bevor sie die Frage stellen konnte, sagte er: »Sie werden mich morgen begleiten. Ich werde Ihnen zeigen, wie dieser neue Falke jagen kann. Er ist gut. Er wird einmal ein sehr guter Jäger werden.« Er schmunzelte. »Es wird das erste Mal sein, daß eine Frau mich begleitet. Aber Sie müssen Männerkleidung tragen. Das ist bequemer auf dem Kamel. Meine Falkner werden mich für verrückt halten. Ich mag diese Art von Überraschungen. So bleibe ich für meine Leute unberechenbar. Ich werde Sie mit dem alten Orient bekannt machen. Ich werde Ihnen das wahre Leben zeigen. Sie werden eine Geschichte schreiben über Q'uam al Hashid, die der Welt die Augen öffnet, nicht wahr?«

Nadine hob unsicher die Schultern. Aber er wehrte sofort ab. »Warten Sie nur, bis Sie all das kennenlernen, was ich über dieses Leben weiß. Wir brechen vor Sonnenaufgang auf. Meine Leute werden Sie wecken.«

Nadine erhob sich. »Dann muß ich jetzt in das Camp zurück.« Sie schaute auf die Uhr.

Der Scheich erhob sich ebenfalls. »Sie werden nicht ins Camp zurückkehren«, sagte er sanft, aber bestimmt. »Sie schlafen hier. Ein Zimmer ist vorbereitet. Ich habe das eben veranlaßt.«

»Aber meine Sachen ... das Camp ...«

Der Scheich hob die Hand, als wolle er ihr Haar berühren, zuckte aber im letzten Augenblick zurück. »Was für Sachen? Sie sind eine Abenteurerin, das fühle ich. Sie haben dieses Abenteuer gesucht, nicht? Ich kann Sie nicht ins Camp zurückschicken. Ich bin für Ihre Sicherheit verantwortlich. Diese Kasbah hat viele Zimmer.«

Nadine kam erst viel später auf den Gedanken, daß dieser Ausflug mit dem Scheich keine spontane Idee gewesen war, sondern ein langer und perfekt durchdachter Plan. Man hatte ihr ein Zimmer zugewiesen mit einem angrenzenden Bad, eine Art Bad jedenfalls, mit einer richtigen Kloschüssel und nicht diesem schmutzigen Loch, über dem man breitbeinig stehend seine Geschäfte verrichten mußte. Es gab Seife, Handtücher, und am Morgen lag auf dem Schemel im Bad eine Khakihose, weit, mit vielen Taschen, wie Nadine sie an manchen Soldaten gesehen hatte, ein Hemd, eine Weste und ein Stapel dünner Musselinetücher, in die sie sich offenbar einwickeln sollte.

Nadine kleidete sich – es war früh und so dunkel, daß sie sich im Spiegel kaum erkennen konnte – gehorsam an, verstaute ihre eigenen Kleider in dem Leinenbeutel und ihr Tonband und die Notizbücher mit den Stiften und einem Satz frischer Batterien in Klarsichthüllen, damit sie vor Sandstürmen und Staub geschützt waren. Trank von dem heißen Kräutertee, der in einer Thermoskanne neben ihrem Bett stand – sie hatte keine Ahnung, wer mitten in der Nacht den Tee gebracht hatte, und suchte, noch halb im Schlaf, in dem Labyrinth von Lehmgängen den Weg ins Freie.

Von draußen waren schon seit einiger Zeit Geräusche zu hören, rauhe Stimmen, Befehle, Rufe, auch einmal der Schrei eines Falken. Offenbar war man mit der Abfahrt beschäftigt.

Als Nadine in den Innenhof trat, wurde es gerade Tag. Ein fahles Dämmerlicht, das die Sterne allmählich verblassen ließ, überzog den wolkenlosen Himmel. Der Feigenbaum, den sie jetzt erst richtig betrachten konnte, hatte die Ausmaße eines Bodhibaumes, der Stamm, wulstig und schorfig, an einer Stelle eingerissen, als sei der

Blitz in ihn gefahren, war mit mehreren Eisenringen zusammengehalten. Eingelassen in dieses Eisen waren Haken oder kleinere Ringe, groß genug, um Stricke durchzuziehen.

Die beiden Kamele lagen mit geknickten Vorderbeinen einander gegenüber und gaben sich mit zitternden, weichen Unterlippen dem Wiederkäuen hin. Sie waren gesattelt. Von den Sätteln baumelten allerlei Gerätschaften, mit denen Nadine nichts anfangen konnte, aber sie erkannte je einen zusammengerollten Teppich, der gleichzeitig wie eine Lehne zu benutzen war. Die Steigbügel waren aus flachgeklopftem Eisen, ungepolstert, und sahen so aus, als wenn sie bei jeder unachtsamen Bewegung sofort ins Fleisch schneiden würden.

Der Scheich wartete schon. Er trug einen Anzug wie sie, eine Drillichuniform mit einer Lederweste, an seinem Gürtel hing ein Revolver, und der Krummdolch steckte in einem verzierten Lederhalfter. Er befestigte gerade eine Kalaschnikow am Sattel, als Nadine, sich fassungslos die Augen reibend, guten Morgen sagte.

»Salam Aleikum, gut geschlafen?«

»Ich habe das Gefühl, ich träume noch. Was soll das werden?« Sie deutete auf die Kamele.

Der Scheich lachte. Er schien guter Laune. Er riß ein Blatt vom Feigenbaum ab und wischte damit dem Kamel die Augenwinkel. »Das soll nichts mehr werden, ich denke, das ist schon fertig. Sie sehen seit Jahrmillionen so aus, denke ich. Es sind Kamele.«

»Das weiß ich«, brummte Nadine, die für solche Scherze noch nicht aufgelegt war. »Haben die etwas mit uns zu tun?«

»Sie werden uns zu unserem Jagdplatz bringen«, sagte der Scheich.

Ein kleiner Junge, bereits in einer Art Soldatenuniform, zwang die Kamele, sich zu erheben, was sie widerwillig taten. Ein Kamel schrie, und es war ein Schrei, der Nadine durch und durch ging, einmal hatte sie ein Kamel so schreien hören, eines dieser Sklavenkamele, die dazu verdammt waren, ihr Leben mit verbundenen Augen zu verbringen, immer im Kreis, um die Sesammühle in Betrieb zu halten.

»Warum schreit es so?« fragte Nadine erschrocken. »Ist es krank?«

»Es ist liebestoll«, sagte der Scheich lachend. »Es ist ein Hengst. Er ist in diese Stute verliebt, seit er sie gesehen hat. Aber die Stute ist nicht an ihm interessiert.« Er lachte, als er ihren besorgten Blick sah. »Keine Angst, ich nehme den Hengst und Sie die Stute.« Er gab dem Jungen Befehle. Der Junge rannte und kam mit zwei Lederbeuteln zurück. An jedem Kamel befestigte er einen Beutel. »Darauf müssen Sie achten«, sagte der Scheich, »das ist Wasser. Falls wir uns aus irgendeinem Grund aus den Augen verlieren sollten. Das Wasser ist lebenswichtig.«

»Und warum sollten wir uns aus den Augen verlieren?« fragte Nadine.

Der Scheich lächelte. Er hob die Schultern. »Der Morgen ist noch jung, und wir wissen nicht, was der Tag uns bringt, oder? Allah hat viel Phantasie.«

Nadine erwiderte nichts. Sie war zu befangen, zu verstört, etwas zu sagen.

Es fiel ihr in diesem Moment gar nicht ein, daß sie sich auch hätte weigern können. Sie mußte nicht gehorsam alles tun, was man von ihr erwartete, oder? Sie war eine Frau, die gewöhnt war, ihre Entscheidungen selbst zu treffen. Sie konnte sagen: Danke, es reicht, ich möchte in das Camp zurück, ich möchte einen Jeep, der mich nach Q'uam al Hashid zurückbringt, ich ziehe es vor, dort weiter zu recherchieren.

Aber sie sagte es nicht.

Sie stellte nicht einmal Fragen.

Sie wunderte sich nicht wirklich.

Später dachte sie, daß in dem Essen, das der Scheich ihr am Abend serviert hatte, vielleicht ein Rauschmittel gewesen war, eine Droge in der Art der Flying Mushrooms, die sie einmal auf Bali probiert hatte und denen sie einen Blackout von mehreren Stunden verdankte.

Aber ihr war nicht übel. Ihr war auch nicht schwindelig, ihr Herz raste nicht schneller als sonst, es war alles in Ordnung.

Der Morgen war angenehm kühl, der Scheich frisch rasiert, der kleine Soldat hilfreich und so unbekümmert, als habe er sein Leben lang nichts anderes getan, als zwei Menschen mit zwei Kamelen auf den Weg zu bringen.

»Ist es wirklich wahr?« fragte Nadine, nachdem der kleine Soldat

das Kamel zu ihr geführt hatte und sie einen tiefen Blick in die melancholischen und lang bewimperten Augen der Stute geworfen hatte. »Wir reiten mit Kamelen?«
»Sie haben doch keine Angst?«
Nadine schüttelte den Kopf. Nein, die hatte sie wirklich nicht. Auf einem Kamel zu reiten, das hatte sie oft genug gelesen, war zwar unbequem, aber nicht gefährlich. Kamele trotteten brav und wie abwesend durch den Wüstensand, wiederkäuend und ihre breiten, weichen Füße sanft auf den Sand aufsetzend, ein Schaukelgang, der einen seekrank werden ließ oder in eine Art Trance versetzte, einen Halbschlaf, aus dem man nur dann unsanft erwachte, wenn das Kamel ganz plötzlich beschloß, eine Rast zu machen und einfach mit den Vorderbeinen einknickte.
»Ich habe keine Angst. Ich bin nur verwundert.«
»Und wieso?« Der Scheich trug keine Kafyiah, sondern ein dünnes, zusammengerolltes, sandfarbenes Wolltuch mit langen Fransen, das er im Nacken verknotet hatte. Nur Stirn und Ohren waren bedeckt, das Gesicht und der Hals aber frei.
Er sah aus, als wäre er für einen Hollywoodfilm ausgesucht. Er sah phantastisch aus.
»Warum sind Sie verwundert, meine schöne Sklavin?« Das hatte er noch nicht gesagt. Das stand offenbar auch in diesem Drehbuch, das der Hollywoodautor ihm geschrieben hatte. Sie war nicht seine Schöne. Sie wollte nicht seine Schöne sein. Sie war eine Reporterin, die versuchte, sich ihm zu nähern – nur um ihn besser beschreiben, ihn besser verstehen zu können. Sie war eine distanzierte, kühlste beobachtende Frau. So eine Frau nennt man nicht ungestraft: schöne Sklavin.
»Bitte, das ist nicht komisch«, sagte Nadine mit irritiert hochgezogenen Augenbrauen.
Der Scheich lachte. Er war wirklich blendender Laune. Er schien sich auf diesen Ausflug zu freuen.
»Ich weiß, ich weiß, seien Sie unbesorgt. Sie sind schön, aber ich werde so tun, als merke ich es nicht. Warum also sind Sie verwundert?«
»Weil ich dachte, in einem Land, das so reich ist wie Q'uam al Hashid, hätten die Jeeps und die Panzer längst die Kamele abgelöst.«

»Das stimmt, und es stimmt auch wieder nicht. Wir brauchen die Kamele nicht mehr, um zu überleben. Wir brauchen sie nur noch, um manchmal das Leben zu führen, das uns mit unseren Vorfahren verbindet. Es ist ein Mittel, um nicht zu vergessen.«
»Was zu vergessen?«
Der Scheich blickte ihr in die Augen. »Woher unsere Kraft kommt.«
Er wandte sich ruckartig um, rief dem kleinen Soldaten, der nicht älter als zehn Jahre sein konnte, etwas zu, und der Soldat kam angerannt – er war barfuß, wie Nadine feststellte – und half dem Scheich beim Aufsteigen. Das Kamel mußte sich wieder hinlegen, der kleine Soldat zog ihm einen Strick durch das Maul, es bog den Kopf widerwillig zurück und schlug wütend mit dem Schwanz, aber es konnte sich nicht wirklich wehren. Der Scheich saß im Sattel, der kleine Soldat nahm den Strick aus dem Maul und reichte ihn ihm. Er mußte hochspringen, und der Scheich mußte sich weit herunterbeugen, damit ihre Hände sich berühren konnten.
Oben im Feigenbaum begann ein Vogel sein Morgenlied. Nadine schaute unwillkürlich nach oben.
»Es wird Zeit«, sagte der Scheich, »in einer Stunde wird die Sonne aufgehen. Wir müssen sehen, daß wir so weit wie möglich kommen in dieser ersten Stunde. Jetzt ist es noch kühl. Lassen Sie sich von Ali Akbar helfen. Es sind seine Kamele. Er weiß, wie man sie behandelt.«
»Nehmen wir Ali mit?« fragte Nadine hoffnungsvoll. Sie dachte an die Pausen, die sie machen müßten, und ihre Hilflosigkeit oben auf dem Kamel, ihre Unfähigkeit, dem Kamel Befehle zu geben, es gar in irgendeine Richtung zu lenken.
Der Scheich lachte. »Ali bleibt hier. Glauben Sie, ich habe verlernt, wie man Kamele lenkt?«
Nadine schwieg. Sie konzentrierte sich auf den komplizierten Aufstieg auf das Kamel, auf dieses Nach-hinten-Fliegen und dann wieder Nach-vorne-geworfen-Werden. Beim Hochkommen des Tieres klammerte sie sich an den vorderen Sattelknauf, ließ sich den Strick reichen und setzte sich so bequem wie möglich. Ali hob ihr rechtes Bein über den Sattelknauf, so daß sie eine Art Damensitz einnahm.
»Das sind gute Stiefel«, sagte der Scheich anerkennend, »klug, daß Sie sie mitgebracht haben.«

Nadine schaute ihn an. Dies war der Augenblick, als sie merkte, man trieb ein Spiel mit ihr. Es war schließlich nicht ihre Idee gewesen, Stiefel zu kaufen. Es war überhaupt alles nicht ihre Idee gewesen. Sie hätte den Scheich auch in der Hauptstadt interviewen können, hätte Gespräche mit den Managern der Ölraffinerien geführt, hätte Schulen besucht und mit Staatssekretären über die internationalen Beziehungen von Q'uam al Hashid geplaudert. Es wäre eine normale Reise einer Auslandsjournalistin geworden, mit einer normalen Story am Ende. Vielleicht einer außergewöhnlichen Story, was das Thema betraf. Immerhin war sie in einem Land, dessen Grenzen verschlossen waren, noch immer, auch wenn es hier und da ein paar Schlupflöcher gab.
Sie war nicht hierhergekommen, um ein Abenteuer zu erleben. Sie wollte keine Heldin sein. Nur eine Journalistin, die eine gute Story nach Hause brachte. Das war Abenteuer genug für sie.
Der Scheich rief mit rauher Stimme dem Kamel etwas zu, der kleine Soldat lief hinter dem Hengst her und schlug, kehlige Laute ausstoßend, mit einem kleinen Stock auf seine Hinterschenkel ein, und Nadines Stute folgte ohne besondere Aufforderung.
Ali reichte ihr den Stock, mit dem sie fortan dem Kamel die Richtung weisen sollte, durch leichte Schläge auf den Hals.
Der Scheich wandte sich zu ihr um. Er lachte. »Wunderbar!« rief er. »Sie sehen aus wie Ann Murphy.«
»Und wer ist Ann Murphy?«
»Sie lebt nicht mehr. Es war eine Forscherin, eine Archäologin, eine Abenteurerin, eine Verrückte, ich weiß es nicht genau. Man erzählt viele Geschichten über sie. Sie ist vor fünfzig Jahren hier gewesen, um eine alte Königsstadt auszugraben. Sie war ganz sicher, daß hier, am Djebel Klahif, eine alte Königsstadt gewesen ist. Die Sommerresidenz von König Salomon vielleicht.« Er lachte. »Sie hat vielen Männern den Kopf verdreht. Eine Frau in Männerkleidern, die perfekt arabisch sprach und Schmuck kaufte, alten, schönen Schmuck von den Berberfrauen oben im Gebirge. Abends, nach der Arbeit, zog sie diesen Schmuck an und tanzte zu der Musik, die die Arbeiter vor ihrem Zelt machten, am Lagerfeuer, nur um sie bei Laune zu halten. Ann Murphy war eine phantastische Frau. Mein Vater hat mir Fotos von ihr gezeigt. Schwarzweißfotos in einem Buch. Ich werde versuchen, dieses Buch für Sie zu besorgen.«

Nadine nickte. Sie mußte sich zu sehr auf den Tritt ihres Kamels konzentrieren, um zu antworten. Sie ritten aus der Kasbah heraus und bogen nach rechts, vorbei an einer Lehmmauer, hinter der sich ein Garten befand, von dem ein Geruch von Frische und Feuchtigkeit herüberwehte. Ein Hahn krähte, wenig später hörte sie eine weibliche Stimme.
»Hier leben ja doch Menschen«, sagte Nadine. Ihre Stute hatte beschlossen, neben dem Hengst herzutrotten. Das war praktisch, weil sie sich so besser unterhalten konnten.
»Ja, ein paar.«
»Viele Häuser«, sagte Nadine, sich umschauend, »sehen verlassen aus.«
»Das sind sie auch.«
»Und warum?«
»Weil dieses Dorf im Sperrgebiet liegt. Im Sicherheitsgebiet. Die Leute, die hier gewohnt haben, sind umgesiedelt worden.«
»Aus Sicherheitsgründen?«
Der Scheich lachte. »Ja, genau.«
»Weil Sie hier Ihr Hauptquartier haben?«
»Nicht mein Hauptquartier. Ich habe kein Hauptquartier. Ich bin an vielen Orten gern und auch nicht gern. Es kommt immer darauf an. Aber es ist einfacher für meine Leute. Sie können nicht ein ganzes Dorf kontrollieren, jeden Tag, mit all den Händlern, die kommen, all den Jeeps, die vorbeifahren. Das geht nicht. Die Lehrer, die in der Schule die Knaben unterrichten, und die Frauen, die die Mädchen unterrichten. Das sind fremde Ägypterinnen. Man weiß nicht, was in ihren Köpfen vorgeht. Man kann sie nicht immer kontrollieren.«
»Aber wieso muß man eine Lehrerin, die kleine Mädchen unterrichtet, immerfort kontrollieren?«
»Sie können falsche Gedanken im Kopf haben, nicht?« Der Scheich schaute sie an. »Sie können den Mädchen falsche Dinge erzählen. Dinge, die die Mädchen verrückt machen.«
Nadine lachte ungläubig. »Verrückt?«
Der Scheich trieb sein Kamel an. Er war plötzlich gereizt.
»Es ist besser so, glauben Sie mir.«
»Und die Leute, die früher hier gelebt haben?« fragte Nadine.
»Was soll mit denen sein?«

»Wo sind sie jetzt?«

»Oh, sie haben gute Jobs bekommen, in der Stadt, in Fabriken, auf den großen, staatlichen Farmen. Wir haben jetzt auch eine Rinderfarm, wir können unsere eigene Milch produzieren, eigene Milchprodukte, Babynahrung. Wir haben Hühnerfarmen, riesige Farmen. Die Araber lieben Hühnchen. Sie denken vielleicht, wir essen immer nur Ziegen- und Lammfleisch.«

»Ich denke gar nichts. Ich finde aber, daß es nicht besonders wichtig ist.« Nadine zögerte, dann sagte sie: »Ich glaube, ich kenne den Mann, dem die Kasbah gehört hat.«

Der Scheich starrte sie an. »Welche Kasbah? Wovon reden Sie?«

»Von dem Haus, in dem ich gestern übernachtet habe. Mit dem Feigenbaum. Jemand hat mir von diesem Haus erzählt. Von dem Feigenbaum. Es ist eine traurige Geschichte.« Sie schüttelte den Kopf. »Jedenfalls dachte ich, es sei eine traurige Geschichte.«

»Wer war der Mann?«

Nadine schaute auf. Sie begegnete dem forschenden Blick des Scheichs. »Ich kann mich nicht erinnern.«

»Das glaube ich nicht.«

»Wirklich, ich weiß es nicht mehr.«

»Es wird leicht sein, das herauszufinden. Sie haben nicht mit so vielen Menschen gesprochen.«

Nadine biß sich auf die Lippen. Ich werde nichts mehr sagen, dachte sie, ich darf nichts erzählen. Immer, wenn ich zu unvorsichtig bin, wird es gefährlich. Sofort gefährlich.

»Wenn es Ihnen wieder einfällt«, sagte der Scheich, »müssen Sie mir den Mann nennen.«

»Vielleicht war es eine Frau«, sagte Nadine rasch, um eine andere Fährte zu legen, »ich weiß es wirklich nicht mehr.«

Der Scheich ritt eine Weile schweigend. Nach einer Pause sagte er: »Ich mag es nicht, wenn die Leute über Dinge sprechen, die sie nicht verstehen.«

»Aber sie haben über etwas gesprochen, was sie gut verstehen!« rief Nadine empört. »Nämlich über ihre Heimat, ihre Kindheit.«

»Ich will nichts mehr hören.« Der Scheich trieb sein Kamel an. Sie ritten jetzt aus dem Dorf heraus. Ein Junge mit seinen Ziegen lief eine Weile neben ihnen her und lachte und winkte. Der Scheich

winkte zurück. Er wirkte freundlich und sicher. Wieso läßt er diesen Jungen hier leben, fragte sich Nadine, und Abdul mußte mit seiner Familie wegziehen? Ist Abdul ein Sicherheitsrisiko? Vertraut man ihm nicht? Aber wieso gibt man ihm dann einen wichtigen Job, wenn man ihm nicht vertraut?
Die Sonne rollte ganz plötzlich über einen Dünenkamm und warf ihnen ihr gleißendes Licht entgegen. Nadine versuchte, aus ihrer Leinentasche, die der kleine Soldat so kunstvoll an den Sattel geknotet hatte, die Sonnenbrille herauszuziehen. Sie konnte nichts sehen. Die Sonnenstrahlen stachen ihr in die Augen. Der Scheich wandte sich zu ihr um.
»Sie müssen jetzt Ihr Gesicht verhüllen«, sagte er. »Wickeln Sie sich in das Tuch ein.«
»Ich suche meine Sonnenbrille.«
»Das reicht nicht. Sie müssen sich vollkommen schützen vor der Sonne. Vollkommen. Schauen Sie.« Er knotete die Seidenkordel auf und ließ das rot-weiß karierte Tuch herunterfallen, so daß es bis auf die Schultern fiel. »Die Sonne darf nicht den Nacken berühren. Das macht krank. Schwindel, Fieber. Das ist gefährlich. Ihr Kopf muß vollkommen geschützt sein.«
Nadine breitete hilflos das große Tuch auf dem Widerrist des Kamels aus. »Ich weiß nicht, wie man das macht«, sagte sie.
»Warten Sie.« Der Scheich lehnte sein Kamel ganz dicht an ihre Stute. Sofort begann der Hengst, in den Hals der Stute zu beißen. Die Stute wehrte sich nicht, wandte nur schnaubend den Kopf ab. Der Hengst stieß einen Schrei aus. Einen wilden Schrei. Der Scheich lachte. »Er ist verrückt nach dieser Stute. Irgendwann wird er sie bekommen.«
»Nur, wenn wir es zulassen«, sagte Nadine.
»Wenn Allah es will. Geben Sie mir das Tuch. Lassen Sie mich das machen.« Geschickt drehte der Scheich das Tuch zu einer langen Schlange und begann, von der Stirn ihren Kopf einzuwickeln wie eine Mumie. Er schob das Tuch, das tatsächlich weich und kühl war, über ihrem Mund und ihrer Nase zurecht, achtete darauf, daß der Sehschlitz sich nicht verändern konnte, und schob ihre Haare unter den Kragen ihrer Weste, bevor er das Tuch im Nacken so verknotete, daß er die Enden über ihren Schultern wieder ausbreiten konnte.
»Das ist eine alte Tradition«, sagte er, »so verhüllen sich Männer

und Frauen seit Jahrhunderten, wenn sie in die Wüste reiten. Die Leute hier erwarten das von Ihnen.«

Nadine lachte. »Aber es ist niemand da.« Sie sah sich um. Bis zum Horizont schmiegte sich ein Wüstenkamm an den nächsten, war das Land nur eine Bewegung von weichen, rosig angestrahlten Sandwellen, Dünen und Tälern, ein Sandmeer in Safrangelb und Rosenrot unter einem strahlend blauen Himmel.

»Oh, es sind überall Leute postiert, Wachtposten. Überall.« Er machte eine vage Bewegung mit den Armen. »Es sind Beduinen. Sie kennen sich hier aus. Sie bemerken jede verdächtige Bewegung, jedes Geräusch, das vom Sand weitergetragen wird über Hunderte von Metern. Sie hören alles, sie sehen alles.« Er lachte. »Sie schießen sofort.«

»Sehr beruhigend«, sagte Nadine trocken. Der Hengst knabberte an der Brust der Stute. Die Stute machte einen Satz nach links, und Nadine konnte sich eben noch am Sattelknauf festhalten. Ein Fuß war aus dem Steigbügel gerutscht. Sie hatte zu tun, ihn wieder zu angeln. Als sie schließlich erleichtert aufschaute, blickte sie in das aufmerksame, leicht amüsierte Gesicht des Scheichs. »Das habe ich mir immer gewünscht«, sagte er.

»Was? Eine Frau, die vom Kamel fällt?«

Er schüttelte sanft den Kopf. »Eine Ann Murphy. Eine junge, schöne, verrückte Ann Murphy.«

»Ich bin nicht verrückt«, sagte Nadine, ein bißchen zu heftig. Der Scheich lachte. »Nein? Und warum sind Sie dann hier?«

Nadine erwiderte seinen Blick ruhig. Sie fragte sich, welchen Eindruck sie machte, verhüllt wie die Tuaregs auf dem Kamel, ein Mann und eine Frau, die sich wie ein Mann verkleidet hatte. Es erinnerte sie an Isabelle Eberhardt, die Abenteurerin, die hundert Jahre zuvor die Wüste von Algerien aus durchquert hatte, in Männerkleidung, eine Frau, die sich einen Männernamen zugelegt hatte und zum moslemischen Glauben übergetreten war. Die fließend arabisch sprach – anders als sie, eine Frau, die schlecht vorbereitet war auf dieses Abenteuer, so schlecht wie Journalisten meistens vorbereitet waren – Nadine nahm sich dabei nicht aus. Sie war eben nicht Isabelle Eberhardt, und sie war nicht Ann Murphy. In ein paar Tagen würde sie dieses Land verlassen, eine große Reportage darüber schreiben,

die den Leuten das Gefühl gab, sie hätte Jahre hier verbracht, und nie mehr zurückkommen. Ann Murphy hatte wahrscheinlich ein halbes Leben damit zugebracht, die Ruinen von Salomons Königsstadt auszugraben.
Sie schnalzte mit der Zunge und trieb die Kamelstute zu einem schnelleren Tempo an. Als sie wieder mit dem Scheich auf einer Höhe war, fragte sie: »Wie lange hat Ann Murphy hier gelebt?«
»Ich weiß nicht. Zehn Jahre? Vielleicht zwölf? Vielleicht mehr?«
»Wo ist sie gestorben?«
Der Scheich schaute sie an. Er breitete die Arme aus. »Hier.«
»Hier?« fragte Nadine verwirrt.
»Irgendwo in der Rhub al Khalid. Irgendwo im leeren Viertel.«
Er wandte den Kopf und schaute über das Sandmeer bis zu der scharfen Linie des Horizonts. Dann deutete er auf die Spuren, die sie im Sand hinterlassen hatten. Der Wind, der über die Dünenkämme strich, hatte sie schon fast wieder zugeweht, wie mit einer Puderschicht aus feinem Sand waren sie bedeckt.
»Ihre Spuren sind verweht. Irgendwo in der Wüste. Das passiert leicht, wenn man Fehler macht, Miss Malten.« Er legte seine Hände auf den Sattelknauf und beugte sich etwas vor, um seinen Worten mehr Nachdruck zu verleihen. »Hier, in Q'uam al Hashid, hier in der großen Wüste, ist es tödlich, einen Fehler zu machen.«

Arne Henscheid hatte zu einem Umtrunk in seine Wohnung gebeten. Schriftlich. Per Hausmitteilung hatte er Datum und Ort genannt, die Uhrzeit, aber nicht den Anlaß. Ein bißchen wollte er die Kollegen noch schmoren lassen. Viele dachten, Henscheid habe einen runden Geburtstag, aber sie stießen bei Gerti auf eiserne Ablehnung, die auf den Personalbögen thronte wie Zerberus, der die Pforten zur Unterwelt bewachte, selbst in dieser Phase der innigsten Feindschaft zu Henscheid.

Man einigte sich darauf, daß Henscheid fünfzig wurde, obgleich er nicht aussah wie fünfzig, aber in diesem Job, meinte Unterstöger, zählen die Jahre nicht doppelt, sondern dreifach, und Henscheid hat seine Neurodermitis ja auch nicht ohne Anlaß bekommen, wer weiß. Frauengeschichten, meinte Theo lauernd. Theo, der Chef der Dokumentation, ein Mann, der seine Nächte mit dem Oxford Dictionary teilte, erlebte gerne Tragik aus zweiter Hand.

Frauengeschichten? Vielleicht auch Männergeschichten, wer weiß, meinte Unterstöger bedächtig, worauf Gerti kreischte, Henscheid schwul? Ihr tickt doch nicht richtig.

Man beschloß, ihm weder Blumen noch ein Rasierwasser, sondern eine Packung Doppelherz zu schenken, die Kraft der zwei Herzen, sagte Unterstöger, das ist schön doppeldeutig, die kann man im Job gebrauchen, aber auch in dem Alter, in das Henscheid vielleicht kommt.

Henscheid hatte sich an dem Tag der Party freigenommen. Es war das erste Mal, daß er mehr als fünf Personen in seiner Junggesellenwohnung empfing, das erste Mal überhaupt, daß er so richtig den Gastgeber spielte, und er wollte, daß es klappte. Er wollte, daß seine Kollegen später einander anschauten und verwundert darüber nachdachten: daß der so ein Typ ist – hättet ihr das geahnt?

Champagner. Er bestellte zwei Kästen à sechs Flaschen. Ein Büfett vom Italiener. Vitello Tonnato, geschmorte Rehhaxe (eine Spezialität von Ganzoni), Langustinos in Knoblauch, jede Menge leckerer Antipasti, Salami, Melone und Parmaschinken, ein Käsebrett der Extraklasse, Tiramisu und Creme brulée, dazu frische Himbeeren, und er kaufte sogar eine Espressomaschine, mit der man auch Cappuccino herstellen konnte.
Während zwei Angestellte von Ganzoni das Büfett herrichteten und die Stehtischchen mit Wachstuchdecken bezogen, Kerzenleuchter aufstellten und den Champagner in einer Badewanne mit Eisbrokken kühlten, studierte Henscheid die Gebrauchsanweisung der Espressomaschine. Darüber vergaß er die Zeit.
Erst als die beiden Jungs, die sich als Mario und Alessandro vorgestellt hatten, in steifgebügelten, weißen Hemden und einer bodenlangen, weißen Schürze über den Jeans vor ihm auftauchten, blickte er auf die Uhr und beeilte sich. In zehn Minuten würden die Gäste kommen.

Tilman Schröder brachte seine Frau mit. Er nahm an, alle würden ihre Ehepartner mitbringen, bei einer privaten Einladung – es war ja kein Betriebsfest.
Aber nur noch Martin kam mit seiner Freundin (und die hatte sich quasi selbst eingeladen, da sie endlich einmal Martins Kollegen kennenlernen wollte), alle anderen kamen allein.
Sie nahmen den Champagnerkelch vom Plastiktablett, das Alessandro herumreichte, studierten die Bilder an den Wänden, die Bücherrücken in den selbstgezimmerten Regalen, die Flokatiteppiche, die Kiefermöbel, den Fernseher, die Videos im Regal und machten sich ihre Gedanken.
Henscheid war noch im Schlafzimmer und kämpfte mit den Manschettenknöpfen. Wie immer, wenn er aufgeregt war, dauerte alles doppelt so lange. Er haßte sich für diese Ungeschicklichkeit, aber sie war ihm angeboren.
Schließlich trat er, das dunkelblaue Sakko zuknöpfend, strahlend vor seine Gäste hin, die sich im Wohnzimmer zwischen den Stehtischchen gruppiert hatten, rieb die Hände, strich sich über die Haare und sagte: »Das finde ich klasse.«

»Was?« fragte Unterstöger freundlich, während er eine Handvoll Erdnüsse in den Mund warf.

»Na, daß wir uns mal in anderer Umgebung sehen.«

»Du hast nicht Geburtstag, oder?« fragte Martin unverblümt.

»Das wär jetzt echt schofelig von dir. Wir haben dich in der Redaktion gelöchert. Und du hast immer gesagt: kein Geburtstag.«

»Wir haben trotzdem ein Geschenk«, sagte daraufhin Sonja. Sonja war vor einem Jahr vom Auslandsressort ins Kulturressort gewechselt, aber sie und Henscheid waren in Verbindung geblieben. Sie saßen in der Kantine oft zusammen, und wenn Sonja einen Mann brauchte, der sie auf Filmpremieren begleitete, fragte sie immer zuerst Henscheid.

»Ein Geschenk?« rief Henscheid erfreut. »Mann, das wäre echt nicht nötig gewesen. Ihr seid süß, wirklich.«

Martins Freundin beugte sich zu Martin und flüsterte: »Das ist mir jetzt wirklich peinlich.« Unterstöger war auch einen Schein blasser geworden. Angesichts des Champagners, der so großzügig ausgeschenkt wurde, hätte man doch etwas anderes mitbringen müssen.

»Die Kraft der zwei Herzen«, sagte Sonja fröhlich, »das wünschen wir dir für die nächsten zehn Jahre in unserem Laden. Für Risiken und Nebenwirkungen lies bitte die Packungsbeilage oder frag deinen Arzt oder Apotheker.«

Henscheid lachte. Er warf den Kopf zurück und schlug sich auf die Schenkel. Er war an diesem Tag in einer Laune, die man mit nichts verderben konnte.

»Das finde ich witzig, echt witzig«, sagte er begeistert und schwenkte die Literflasche Doppelherz. »Und ihr wißt gar nicht, wie ihr damit ins Schwarze getroffen habt. Denn die Kraft der zwei Herzen, die brauche ich ab jetzt mehr denn je.« Er schaute zu Tilman Schröder hinüber, der am Bücherregal lehnte, und der lächelte huldvoll zurück.

»Soll ich die Katze aus dem Sack lassen, Chef?« rief er übermütig.

»Aber klar«, sagte Tilman Schröder, »alle warten drauf.«

Henscheid räusperte sich. Er stellte das Doppelherz weg und nahm einen Champagnerkelch von Alessandros Tablett. Er drehte das Glas hin und her und lächelte versonnen. Er war sich der ungeteilten Aufmerksamkeit seiner Gäste sicher. Jetzt war klar, daß Henscheid etwas Wichtiges mitzuteilen hatte, etwas, das viel wichtiger als ein runder Geburtstag war, und jetzt begriff man auch, wieso es Champagner gab und wieso Henscheid sich in die Unkosten für zwei Bedienstete gestürzt hatte.

»Lauter!« rief Martin. Dabei hatte Henscheid noch gar nichts gesagt. Die anderen lachten, wenn auch etwas verhalten. Henscheid spürte die Blicke der Kollegen.

»Ja, also«, begann Henscheid genüßlich die Sätze dehnend und Blikke werfend, »es gibt in der Tat etwas mitzuteilen.« Wieder ein Blick zu Schröder, dann zu dessen Frau, die ihn aufmerksam, aber ohne allzu offensichtliche Sympathie musterte. »Die ganze Sache liegt nun schon ein paar Tage zurück. Ganz genau sind es fünf Tage, da fragte mich unser aller Chef, ob ich mir vorstellen könnte«, er machte eine Pause und schüttelte lachend, in sich hineinlachend, den Kopf, so als könne er es immer noch nicht fassen, daß Tilman Schröder diese Frage gestellt hatte.

Martin runzelte die Stirn. Unterstöger witterte Unheil. Theo trat beherzt einen Schritt vor und sagte: »Und?« Henscheid schaute Theo an. Er lächelte. Es war ein Glanz auf seinem Gesicht, ein Strahlen. Er hob die Hände und zeigte seine rosigen, glatten Handflächen, als wolle er damit zeigen, daß er von jetzt ab nie wieder von der Geisel der Neurodermitis heimgesucht werden würde.

»Ich falle die Leiter rauf, ein bißchen.« Er räusperte sich, lachte wieder. »Manche werden es vielleicht auch stolpern nennen. Aber ich nenne es eine Herausforderung, einen wahren Glücksfall.« Er reckte sich, schaute Tilman Schröder in die Augen und sagte laut und klar: »Am ersten April werde ich zum stellvertretenden Chefredakteur befördert. Am Ersten beziehe ich ein neues Büro. Genau neben dem unseres Chefredakteurs.«

»Kein Aprilscherz?« fragte Unterstöger lauernd. »Wieso gerade am ersten April?«

Tilman Schröder trat einen Schritt vor. »Natürlich am zweiten. Am ersten tut man das nicht.« Er zwinkerte Henscheid zu. »Daraus machen die Kollegen sonst einen *running gag*. Das können wir nicht zulassen, lieber Kollege. Vertagen wir es auf den zweiten.«

Henscheid schien einen Augenblick enttäuscht, beinahe bestürzt, noch vierundzwanzig weitere Stunden würden ihn von seinem Wunschschreibtisch fernhalten. Aber was waren schließlich vierundzwanzig Stunden, dachte er, während er einen großen Schluck Champagner trank, angesichts solcher News.

»Tja«, sagte er in die Runde lächelnd, »ihr müßt weiter mit Henscheid rechnen, Leute.«

Die entstandene Unruhe hatte er natürlich vorausgesehen und Alessandro beauftragt, noch einmal mit der Flasche herumzugehen. Die Gläser wurden ein drittes Mal gefüllt, und zwar alle, selbst Theo, eigentlich ein begeisterter Abstinenzler, machte an diesem Abend mit.

Offensichtlich hatte niemand mit der Ernennung Henscheids gerechnet, sie waren alle überrascht. Schlugen ihm auf die Schulter, grinsten, gratulierten, machten Späßchen, aber er spürte: Sie hatten es nicht erwartet.

Heißt das: Sie trauten es ihm nicht zu?

Oder, daß sie es ihm nicht gönnten?

Henscheid verschwand in der Küche, gab ein paar Anweisungen, und eilte zu seinen Gästen zurück. Es war nicht wichtig. Wichtig war doch nur, daß Schröder es ihm zutraute und daß der Verleger es ihm auch zutraute. Nicht, daß das Gespräch mit dem Verleger, das am Vortag stattgefunden hatte, noch wirklich ausschlaggebend gewesen war. Der Verleger traute Schröder. Ein Vertrauen, das mit den Jahren gewachsen war. Henscheid hatte gemerkt, mit welchem Wohlwollen die Augen des Verlegers auf seinem Chefredakteur ruhten, und er hatte es Schröder auf dem Nachhauseweg auch erzählt.

»Ach was«, hatte Schröder brummig abgewehrt, »der Mann denkt nur noch daran, wie er meine Nachfolge regeln kann, ohne daß es zu allzu großer Unruhe im Verlag und bei den Anzeigenkunden kommt.«

»Das sehe ich nicht so«, war Henscheids ehrliche Meinung gewesen.

Und jetzt also die Party. Henscheid bahnte sich einen Weg zu Schröder, der seiner Frau gerade den Ärmel mit einem Taschentuch abtupfte.

»Was ist deine Meinung, Tilman?« fragte er, nachdem er Louisa Schröder begrüßt hatte.

»Wozu?« fragte Schröder. Er steckte das Taschentuch in die Sakkotasche zurück und nickte seiner Frau beruhigend zu. »Das gibt keinen Fleck. Champagner gibt nie Flecken.«
»Ich hatte auch keine Angst«, sagte seine Frau lächelnd.
»Meine Frau hat nie Angst«, meinte Schröder zu Henscheid gewandt. »Eine glückliche Natur, was? Ich habe deine Frage vergessen.«
»Ich wollte nur mal hören, wie dein Empfinden so ist. Wie die Kollegen es aufgenommen haben.«
»Oh«, Schröder sah sich vage um, »gut, oder nicht?«
Henscheids Zweifel verflogen so rasch, wie sie gekommen waren. Er wünschte nichts mehr, als daß die Kollegen es gut aufnahmen. Insgeheim wünschte er sich natürlich, daß sie ihn beneideten und daß sie ihn noch ein bißchen mehr respektierten und fürchteten als in seinem Job als Ressortleiter. Aber dafür würde er schon sorgen. Das brachte das neue Amt ganz von selbst mit sich.
»Irgendwann«, sagte Schröder in die nachdenkliche Pause hinein, »müssen wir uns dann ja auch Gedanken um deinen Nachfolger machen. Die Frage, wer wird Ressortleiter Ausland, steht jetzt im Raum.«
»Stimmt«, sagte Henscheid. Natürlich hatte er selber schon darüber nachgedacht. »Nicht leicht zu lösen, Chef.« Er zögerte, schaute sich um und dämpfte die Stimme. Die Kollegen scharten sich bereits um das Büfett und ließen sich von Mario und Alessandro die Teller füllen. Henscheid fand das stilvoller, als wenn man sich selbst bediente. »Die Lösung kann sicherlich nicht von innen kommen.«
Frau Schröder lachte, und Henscheid warf ihr einen irritierten Blick zu. »Was heißt das: von innen?«
»Keine interne Lösung«, sagte Henscheid, ein klein wenig gereizt. Er hätte es vorgezogen, dieses Gespräch ohne die Gattin des Chefredakteurs zu führen, aber das ließ sich jetzt offensichtlich nicht mehr herstellen.
»Und wieso keine interne Lösung?« fragte Schröder verblüfft. »Traust du niemandem von deinen Leuten den Job zu?«
Henscheid wiegte den Kopf. Wie Schröder sich das vorstellte, als wenn das so aus dem Ärmel zu schütteln wäre.
Ein Ressortchef Ausland. Ein Mann mit Verantwortung und Einfüh-

lungsvermögen in die internationalen Zusammenhänge, in das Ineinandergreifen verschiedener Auslandsinteressen und das Kräftespiel der Mächte. Als wenn das so leicht wäre, diese komplizierten Vorgänge jeden Tag wieder in appetitlichen Häppchen zu servieren ...

»Es ist ein schwieriges Ressort«, sagte Henscheid gedehnt. Schröder nickte. »Ich weiß. Wem sagst du das. Ich habe mir ein paar Gedanken gemacht.«

»Und?« fragte Henscheid lauernd.

»Ich würde zuerst gerne deine hören, Arne.«

Henscheid holte tief Luft. Er wollte keine Namen aus dem Hut zaubern, wie aus der Pistole geschossen hier Leute präsentieren, als wenn sie auf der Straße lägen, die guten Ressortchefs.

»Bei der Süddeutschen«, sagte er gedehnt, »sehe ich im Augenblick keinen. Seit Findling nach Rio gegangen ist ...«

»Es muß ja nicht die Süddeutsche sein.«

»Du meinst, bei der Rundschau?« Henscheid runzelte die Stirn. »Geerts? Du dachtest tatsächlich an Geerts?«

»Ich dachte an niemand speziellen.«

»In Berlin gibt es zwei oder drei Leute, die mir in der letzten Zeit aufgefallen sind«, meinte Henscheid. Er hob sein Glas und winkte Alessandro mit der Flasche herbei. »Trinkst du auch noch was? Oder möchtest du lieber Wein?«

»Ich würde noch ein Glas nehmen, bitte«, sagte Frau Schröder, als müsse sie sich in Erinnerung bringen. Später würde sie ihren Mann fragen, warum er sie zu einer Party überredet hatte, die nichts anderes war als die Fortführung von Konferenzen mit anderen Mitteln.

»Natürlich, gnädige Frau, Verzeihung.« Henscheid winkte heftiger. Eine leichte Röte hatte sein Gesicht überzogen. Schließlich, als Alessandro auftauchte, ließ auch Schröder sich das Glas noch einmal füllen. Er nahm einen Schluck, wälzte ihn im Mund herum, ließ ihn durch die Kehle laufen und sagte: »Ich hatte eigentlich erwartet, daß du Nadine vorschlägst.«

Henscheid wäre fast das Glas aus der Hand gefallen. »Nadine Malten?«

»Ich kenne keine andere Nadine.«

»Das ist nicht dein Ernst.«

Louisa Schröder, die zwei Schritte in Richtung Büfett gemacht hatte, blieb beim eisigen Ton von Henscheid stehen und wandte sich neugierig um. Ihr Mann aber lächelte. »Wieso sollte das nicht mein Ernst sein? Ich finde, sie hat ihre Sache bisher sehr gut gemacht.«
»Aber Tilman! Sie ist erst seit 18 Monaten bei uns! Seit eineinhalb Jahren!«
»Ich dachte, es wären schon zweieinhalb.«
Henscheid wurde rot. »Als wenn es darauf jetzt ankäme. Wir wollen nicht päpstlicher sein als der Papst. Aber Nadine Malten! Sie hat doch überhaupt noch nicht bewiesen, daß sie es kann.«
Tilman schaute Henscheid an. Es war dieser väterlich überhebliche Blick, den Henscheid auf den Tod nicht ausstehen konnte.
»Du hattest es auch nicht bewiesen, daß du es kannst, als ich dir die Chance gab und dich zum Ressortleiter machte.«
»Ich gehe schon mal zum Büfett«, sagte Louisa Schröder. Tilman nickte gleichmütig. Er konzentrierte sich jetzt vollkommen auf das Gespräch mit Henscheid. Dazu war ihm die Angelegenheit zu wichtig, als weiter nur zu plaudern.
»Du wußtest doch, was in mir steckt. Und wenn du mich jetzt zum Stellvertreter machst, weißt du doch auch, daß ich das Zeug dazu habe.«
»Genau«, sagte Tilman Schröder.
»Aber Nadine Malten!« Henscheid verdrehte die Augen. »Ich bitte dich! Sie ist viel zu jung!«
»Wir machen den Fehler, daß wir immer nur Leute unserer Altersklasse für fähig halten«, sagte Schröder.
»Mag schon sein. Aber sie hat doch gar keine Übung im Umgang mit Leuten. Versteht nichts von Personalführung.«
Tilman Schröder lächelte. Er trank einen Schluck. Er lächelte noch immer, als er aufschaute.
Henscheid runzelte die Stirn. »Warum lachst du jetzt so provokativ?«
»Ist das provokativ?« fragte Schröder freundlich. »Ich dachte nur gerade an deine Art der Personalführung. Wenn es danach ginge, Arne«, seine Stimme wurde ernst, fast scharf, »dann dürfte ich dich nicht zu meinem Stellvertreter machen. In Psychologie hast du eine Fünf verdient. Und das weiß du auch.«

Henscheid preßte die Lippen zusammen. Er holte tief Luft. »Wir müssen das ja auch nicht heute entscheiden«, sagte Schröder, plötzlich wieder versöhnlich gestimmt, »vertagen wir es auf morgen. Nur eine Frage noch.«

»Ja?« Arne Henscheids Stimme wurde lauernd. Er erwartete etwas Unerfreuliches. Und sein Instinkt gab ihm wieder einmal recht. Schröder stellte genau die Frage, die er nicht stellen sollte.

»Was hört ihr von Nadine und ihrem Scheich?«

Henscheid räusperte sich. »Nichts, Chef.«

»Nichts? Was heißt das?«

»Das heißt, wir haben keine Verbindung mit ihr.«

Schröders Stirn umwölkte sich. »Keine Verbindung? Noch immer nicht? Nadine ist seit zehn Tagen unterwegs. Und ihr habt keine Verbindung?«

»Sie ist abgereist aus Q'uam al Hashid, aber wir wissen nicht, wohin, nichts. Wir haben unter Mühen die Telefonnummer herausgefunden, unter der sie die ersten Tage zu erreichen war.«

»Und?«

Henscheid seufzte. »Als ich anrief, war sie gerade abgereist. Nur mit Handgepäck, morgens um halb vier hat sie das Hotel verlassen. Ist mit einem Jeep davon, in Richtung Wüste angeblich zu einem Gespräch mit Scheich Zayed.« Er seufzte.

»Angeblich. Hoffentlich.«

»Warum sagst du hoffentlich?«

Henscheid sah Schröder an. Er wand sich. Er quälte sich. Er wollte seine schöne Party nicht mit solchen Gesprächen verderben. Gerade hatte er es geschafft, Nadine für einen Tag aus seinem Kopf zu vertreiben. Und jetzt kam dieser Schröder und stellte unangenehme Fragen.

»Ich habe in Erfahrung gebracht, daß dieser Tahir bei ihr war. In dem Jeep. Und ein Soldat. Bis an die Zähne bewaffnet, was immer das bedeutet.« Er hob die Arme. »Wir wissen ja nichts über dieses verdammte Land.«

Schröder starrte Henscheid an. Dann schaute er zu seiner Frau hinüber, die sich, in der einen Hand einen gefüllten Teller, in der anderen das in eine Serviette gewickelte Besteck, nach einem Platz umschaute.

»Henscheid«, sagte er, ihn leicht an den Ellenbogen fassend, »ich erwarte, daß ihr das Problem löst. Und zwar schnell. Wir brauchen keinen Fall Küppersbusch in unserer Redaktion. Verstanden?«
Henscheid kannte den Fall. Er nickte.
»Ich sorge dafür, daß nichts passiert, Chef«, sagte er tapfer. Schröder warf ihm einen Blick zu. »Ich will diese Frau zurück, Arne, und zwar unversehrt. Genauso fröhlich und blühend wie wir sie losgeschickt haben.«
Arne nickte. Schröder ging los, drehte sich um und sagte: »Eine Frau als Ressortleiterin – eine Frau als Chefin eines so wichtigen Ressorts, das würde uns schmücken, Arne.«
Arne lächelte schief. »Du willst eine Quotenfrau? Ist das dein Ernst? Auf einem Posten, der über Auflagenzahlen mitbestimmt?«
»Keine Quotenfrau. Ich will sie. Ich glaube, sie hat das Zeug.« Er nickte ihm zu und ließ ihn stehen.
Henscheid kippte den Champagner hinunter. Er zitterte. Er bahnte sich mit einem maskenhaften Lächeln einen Weg durch seine Gäste und machte schwer atmend die Tür des Schlafzimmers hinter sich zu. Er schloß die Augen und dachte, in einem hat Schröder recht: Nadine muß her. Und zwar unversehrt. Diesen Makel will ich mir nicht am Ende meiner Zeit als Ressortchef ans Revers heften. Aber meine Nachfolgerin wird sie nicht. Niemals. Nur über meine Leiche.

Sie hatten gegen Mittag eine Senke erreicht, die vollkommen windstill war. Offenbar war es ein Platz, den Zayed kannte, von anderen Wüstentouren, mit anderer Begleitung. Zayed tränkte die Kamele, nahm ihnen die Sättel und das Zaumzeug ab und band ihre Vorderfüße mit einem weichen Strick locker zusammen, um sie an der Flucht zu hindern. Natürlich würden sie nicht fliehen, außer, wenn sie in Panik gerieten, durch einen plötzlichen Sandsturm vielleicht.

Erst, nachdem er die Kamele versorgt hatte, bedeutete er ihr, näherzukommen. Er hielt den Lederbeutel hoch und sagte ihr, sie solle ihre Hände mit den Handflächen nach oben drehen. Er tröpfelte das frische duftende Wasser über ihre Fingerspitzen, ihre Hände, die Handgelenke, und sie spürte, wie ihr Kreislauf in Bewegung geriet. Als sie vom Kamel gestiegen war, hatte sie sich schwindlig gefühlt, fast apathisch, wie nach stundenlanger Bootsfahrt auf unruhigem Meer.

Sie schauten sich an, während der feine, frische Wasserstrahl über ihre Hände lief. Sie lächelte.

»Schön«, sagte Nadine.

Er nickte. »Ich weiß. Waschen Sie Ihr Gesicht.« Sie band die Tücher ab und merkte auf einmal, daß es kühler geworden war.

Sie senkte den Kopf, um das Gesicht in die kleine Wasserlache zu legen, die sie mit ihren Handflächen gebildet hatte. Da legte er seine Hand in ihren Nacken, eine kühle sanfte Hand, rieb mit seinen nassen Fingern ihre Ohren, ihre Schläfen, die Nackenwirbel, das Schlüsselbein. Nadine verharrte reglos. Sie schloß die Augen, es war wunderbar. Sie nahm jeden dieser kühlen feuchten Wassertropfen, jede Berührung seiner Hände mit Dankbarkeit auf. Sie fühlte, wie diese Feuchtigkeit, die allmählich in der trockenen Wüstenluft verdunstete, ihr neues Leben gab.

Als er seine Hand wegnahm, richtete sie sich auf. »Das war gut.« Sein Blick streifte ihr Haar, ihre Schläfen, ihren Mund. »Ich weiß, jetzt bin ich dran.« Er reichte ihr den Lederbeutel, der schon ganz schlaff war. »Seien Sie vorsichtig. Wer in der Wüste Wasser verschüttet, ruft den Zorn Allahs hervor ...«
Er hielt ihr die Hände hin, und sie bemühte sich, einen ebenso feinen Wasserstrahl darüberrinnen zu lassen. Er senkte das Gesicht in die Handflächen, und sie legte ihre kühlen feuchten Hände in seinen Nacken.

Seine Haut glühte. Als sie eine Stelle in der Nähe des Jochbeins berührte, lief ein Schauer über seine Haut. Er hielt die Luft an und wartete.
Nadine ließ ihre Finger eine Sekunde lang auf seinem Nacken liegen, in dem Wunsch, seine heiße Haut zu kühlen, vielleicht auch, um sich zu bedanken. Er hatte ihr etwas geschenkt, das kostbar war. Er hatte ihr die Wüste gezeigt. Er hatte ihr einen einfachen Beduinen gezeigt, der mit ergreifender Anmut archaische Dinge tat. Dinge, wie Kamele tränken, Dinge, wie einen Platz in der Wüste suchen, der sicher war. Er hatte ihr gezeigt, wie lange man schweigen kann, wenn man nebeneinander auf Kamelen durch die Einsamkeit reitet, durch das endlose Nichts. Er hatte ihr auf diese Weise etwas erklärt, das sie noch nicht wußte: wie sehr Schweigen verbindet. Sie fühlte sich ihm sehr nah.
Aber als sie in seine brennenden Augen sah, erschrak sie. Sie wandte den Blick ab und wich ein paar Schritte zurück. Sie räusperte sich und versuchte, wieder diese Distanz zwischen sich und ihn zu legen. Er war dabei, eine Grenze zu überschreiten, und das war nicht gut. Sie hatten diese Grenze vielleicht schon überschritten. Er hatte seine Hand auf ihren bloßen Nacken gelegt, und sie hatte dasselbe bei ihm getan. Es war eine Geste, ein Ritual, wie es unter Beduinen üblich war, so hatte er es ihr bedeutet. Aber stimmte das auch? »Was denkt die schöne Sklavin jetzt?« fragte Zayed. Er hatte seine Kopftücher zusammengerollt und neben die anderen Sachen auf den Boden gelegt.
Nadine schluckte. »Ich dachte gerade an unser Interview.«
Sein Lächeln erlosch. Er hatte verstanden.

»Ich frage mich, ob wir heute Gelegenheit haben, ein oder zwei Punkte zu vertiefen.«

»Welche Punkte?«, fragte Zayed.

»Ich würde gerne mit Ihnen über den Terror sprechen, als politisches Druckmittel. Ich würde gerne mit Ihnen über die Ausbildungslager für Terroristen reden, die Sie in Ihrem Land unterhalten sollen.«

Zayed warf ihr einen Blick zu, den sie nicht deuten konnte, und stapfte die Düne hinauf. Er blieb oben auf dem Kamm stehen und schaute nach Westen. Sein Gesicht war scharf wie das eines Falken gegen die leuchtende Helligkeit des Himmels.

Zayed blieb so stehen, lange, den Blick nur nach Westen gerichtet. Nadine konnte die Augen nicht von ihm lösen. Hinter sich hörte sie das sanfte Schnauben der Kamele, das leise Wiederkäuen, das Knirschen der winzigen Sandkörner, die sich aneinanderrieben, wenn die Kamele ihre großen weichen Füße bewegten.

Ich werde nicht mit ihm schlafen, dachte Nadine. Jetzt weiß er es. Ich bin nicht eine von diesen Frauen, die so willfähig seinem Charme erliegen. Wenn er mich dazu durch die Wüste geschleppt hat, tut es mir leid. Sein Pech. Ich bin gekommen, um diesen Mann kennenzulernen. Um über ihn zu schreiben, um zu verstehen, warum er so geheimnisvoll und so gefährlich ist.

Ich bin nicht hierhergekommen, um in eine Liebesaffäre zu geraten. Meinen Verstand schalte ich nicht ab. Gefühle kann ich beherrschen. Das habe ich in Amerika und Deutschland schließlich gelernt. Ich weiß sehr gut, zu was es führen würde, wenn ich mich jetzt auf einen Flirt einließe: Es würde ins Chaos führen, es würde mich in Abgründe stürzen, in ein Labyrinth, aus dem ich mich nicht befreien kann.

Wenn ich jetzt mit Ihnen schliefe, mein Scheich, dann verspielte ich meine Karriere, meinen Ruf als Journalistin. Dann hätte ich nur Ihr Vorurteil über westliche Frauen bestätigt, nicht wahr? Aber ich bin nicht eine von denen, die ihren Verstand sausen lassen, nur weil ein Scheich einen Tag mit ihr auf Kamelen durch die Wüste geritten ist.

Zayed drehte sich um. Er musterte die Kamele, die sich dicht nebeneinander gelegt hatten und ihre Hälse aneinanderrieben.

Er kam den Dünenhang herunter und ging an Nadine vorbei, als

nähme er sie gar nicht wahr. Er bückte sich, um seine Kopftücher wieder aufzunehmen, drehte sie zwischen den Fingern so geschickt, daß Nadine nicht verstand, wie er es schaffte, sie zu verknoten.
Dann nahm er die Sättel und legte sie den Kamelen wieder auf. Dabei sprach er in sanftem, beruhigendem Ton auf die Tiere ein. Er löste ihre Fesseln. Er befahl ihnen aufzustehen. Dann erst wandte er sich an Nadine, die wie angewurzelt auf einem Fleck stehengeblieben war. »Wir reiten weiter«, sagte er. »Es ist noch weit.«
Nadine folgte ihm, mit dem Wasserbeutel und ihren Tüchern. Sie blieb dicht vor ihm stehen und sah ihm in die Augen. Kühl sagte sie: »Das war eine kurze Rast.«
Zayed reagierte nur mit einem Schulterzucken. Er half ihr nicht, die Kopftücher zu richten. Er schaute ihr zu, wie sie sich damit abmühte. Irgendwann fragte sie ihn, leicht gereizt und auch verlegen: »Gut so?«
Wieder nur ein Schulterzucken. Sein Gesicht verriet Gleichmut, Gleichgültigkeit. Er sah aus, als könne er sie ebensogut hier, mitten in der Wüste, zurücklassen.
Er war unberechenbar. Hatte sie einen Fehler gemacht?
Einen, der in der Wüste tödlich sein konnte?

Nadine wachte mitten in der Nacht auf. Als sie die Augen aufschlug, sah sie die Sterne. Millionen Sterne, die wie Brillanten am nachtschwarzen Himmel blitzten. Es war eine mondlose Nacht. Der Wind war frisch. Er strich über ihr Gesicht, durch das Haar, er brachte den Geruch der beiden Kamele, einen harzigen Moschusgeruch, vermischt mit ihrem Dung. Die Kamele lagen ungefähr zehn Schritte von ihnen entfernt, mit erhobenem Kopf, der leicht hin und her schaukelte, käuten sie wieder. Sie ließen die Unterlippe hängen, Nadine konnte das nicht so genau sehen, aber inzwischen war ihr der Anblick dieser beiden Kamele so vertraut, daß sie sie auch im Dämmerlicht wahrnahm. Sie richtete sich halb auf und betrachtete, auf den Ellenbogen gestützt, Scheich Zayed bin Sultan al Maktoum im Schlaf. Er hatte seinen Kopf wieder in diese meterlangen Tücher gerollt, so geschickt, daß sie gleichzeitig ein weiches Polster für den Kopf und die Arme boten, er lag auf der Seite, sie konnte sein Profil studieren, die scharfe, gebogene Nase, die sanft geschwungenen Augenbrauen über seinen kohlschwarzen Augen, in die sie am Abend etwas zu lange geschaut hatte, die weichen Lippen, die sie etwas zu lange geküßt hatte, die entblößten Unterarme, die unter dem dünnen Tuch, das er in der Nacht über sie gebreitet hatte, heraussahen. Kräftige, dunkle Arme und sehr schmale, sensible Hände, die in diesem Land aber nichts Besonderes waren, Tahir hatte solche Hände, Abdul hatte ähnliche Hände, offenbar alle Beduinen. Dabei wußte sie gar nicht, ob Tahir auch Beduine war, vom gleichen Stamm wie Zayed. Sie wußte eigentlich nichts.

Er berührte sie nicht im Schlaf. Er lag auf der Seite, die Beine nicht angewinkelt, er schlief vollkommen ruhig, ganz reglos. Sie war nicht sicher, wie fest er schlief, bei einem Mann wie Zayed war man nie

sicher. Vielleicht hatte er so dünne Lider, daß er sie beobachten konnte, ohne die Lider zu öffnen. Vielleicht sah er alles, was sie tat.
Sie setzte sich auf und schlug die Arme um die Knie. Nachdem sie miteinander geschlafen hatten, hatte der Scheich sie ermahnt, sich wieder anzuziehen, wegen der Kälte, wegen des Windes, der jeden Augenblick stärker werden und einen kleinen Sandsturm entfachen könnte. Nichts war unerträglicher als dieser feine Sand zwischen den Schenkeln, diese winzigen Körnchen, die sich in jede feuchte Pore schmiegten und später, am nächsten Morgen, beim Kamelritt zu Höllenqualen führten. Sie hätte lieber nackt unter diesem Sternenzelt geschlafen, umfächelt vom Wind, in dieser Luft, die nach gar nichts roch, weil es nichts gab. Zuerst hatte sie auch die Kamele nicht gerochen. Unter diesem kalten Sternenlicht, diesem unbarmherzigen Himmel, an dem nie eine Wolke stand, der am Tage von einer Helligkeit war, die die Augen zerstörte, ja, sie wäre gerne nackt in seinen Armen einfach eingeschlafen. In den Armen eines Beduinen, auf dem Berberteppich, den Kopf auf zusammengerollten Musselintüchern, neben diesem Lederbeutel mit frischem Quellwasser und dem anderen Beutel, in dem sich frische Datteln befanden, sie hatten nur diese Datteln gegessen und ein Stück sehr sauren Ziegenkäse, aber es war genug gewesen. Das Wasser hatte eine Wirkung wie starker Wein gehabt, die Datteln waren wie Austern, der Teppich, auf dem sie gespeist hatten, wie ein damastüberzogener Chippendale-Tisch im Drei-Sterne-Restaurant.
Mit einem Wort: Es war wunderbar gewesen.
Perfekt für Nadine Malten, eine 31jährige Journalistin, die Amerika von West nach Ost und von Nord nach Süd durchquert, die Lappland und Finnland, Indonesien und Hongkong bereist hatte. Nichts war vergleichbar mit diesem Ritt durch die Wüste, mit dieser kleinen Oase, zu der Zayed sie zielsicher geführt hatte, eine Senke hinter den hohen Dünen, die sie erklommen hatten, hinter den unzähligen Mulden und Dünentälern, die sie durchquert hatten, eine Art Schlucht, viel tiefer gelegen als das übrige Wüstenland, mit vier Palmen und einem Brunnen, der aber nur für Wissende, für Eingeweihte als Brunnen zu erkennen war. Das Wasser, das Zayed mit Hilfe einer Seilwinde aus der schier unendlichen Tiefe dieses Brunnens ge-

schöpft hatte, war wie das Wasser eines Bergquells, und das hatte sie nicht verstanden. Sie hatte gemeint, es müsse brackig und süßlich, voller Mikroben und kleinem ekligen Gewürm sein, aber es roch wie perlendes Perrier. Nein, viel besser.
Er hatte zuerst sie trinken lassen, dann hatte er den Kamelen Wasser gegeben, und dann hatte er getrunken. Lange, aus der hohlen Hand mit geschlossenen Augen, konzentriert und versunken wie ins Gebet.
Inzwischen kannte sie jede seiner Körperhaltungen. Die Geste, mit der er eine Haarsträhne aus dem Gesicht wischte. Die Art, wie er den Ärmel vom Handgelenk zurückschlug, um auf die Uhr zu schauen. Wie er sein Kamel anspornte oder lobte, die Biegung seiner Wirbelsäule, die Hüften, alles. Sie war über endlose Kilometer, über namenlose Stunden hinter ihm geritten, ihre Kamelstute war in die Fußstapfen des Hengstes getreten, mit schlafwandlerischer Sicherheit, eine Minikarawane von zwei Kamelen und zwei Menschen. Er hatte sich nur manchmal, viel zu selten, nach ihr umgeblickt, ernst, aufmerksam. Er hatte sie nie gefragt, ob ihr etwas weh tue, ob sie müde sei, hungrig oder ob sie Durst habe, und sie hatte nie etwas gesagt. Sie hatte verstanden, daß man nichts sagte, wenn man sowieso nichts ändern konnte.
Sie hatte verstanden, daß sie nur eine Möglichkeit hatte, heil aus der tödlichen Wüste herauszukommen: indem sie ihm blind vertraute.
Als er das Lager für die Nacht herrichtete, mit dieser Gelassenheit und Selbstverständlichkeit, in der sie gerührt den Beduinenjungen wiedererkannte, wußte sie längst, daß alle ihre Vorsätze zunichte waren. Sie wußte, daß sie mit ihm schlafen würde, lange bevor er sie angeschaut und gesagt hatte: »Zieh dich aus!«
Sie war abgestürzt. Vom sicheren Klippenrand einfach kopflos in die Tiefe. Sie hatte den Verstand verloren, soviel wußte sie noch. Irgendwann an diesem Tag hatte sie aufgehört, an das Interview und an Arne Henscheid zu denken. Frankfurt war so weit entfernt wie der Mond, ihre Karriere etwas so Irreales wie ein Wolkenkratzer oder ein McDonald's. Jetzt war sie in der Wüste, hatte einen Sonnenuntergang erlebt in der absoluten Stille, in der Reglosigkeit. Hatte Hitze und Staub, Durst und die vollendete Schönheit des Sandmeeres

erlebt. Sie kannte die samtene Weichheit von Kamellippen und den melancholischen Blick der Tiere hinter den gebogenen Wimpern. Hatte sie sich zuerst in die Kamele und dann in Zayed verliebt? Oder erst in die Wüste und dann in sein Gesicht, seine ernsten, aufmerksamen Augen? Oder erst in die Hände, die ihren Nacken gekühlt, und dann in den archaischen Anblick eines Brunnens zwischen vier Palmen in der Wüste? Sie wußte es nicht. Sie wollte es nicht mehr wissen. Es war zu spät.

Sie hatte sich fallenlassen. War eingetaucht wie eine Süchtige, wie eine Dürstende in diese fremde Welt, diesen maghrebinischen Zauber, den Zayed um sich verbreitete. Das Geheimnis, das sie schon immer gelockt hatte, das Unbekannte, das sie schon immer gereizt hatte, diese neue Welt von Gefühl und Geruch, Entsagung und Begierden, sie hatte sich nach seinem ersten Kuß gesehnt wie nach dem ersten Schluck Wasser, sie hatte die Augen geschlossen und einfach gewartet, während er sich um die Dinge kümmerte, von denen sie nichts verstand. Hatte mit klopfendem Herzen darauf gewartet, daß er sich endlich über ihr Gesicht beugen, daß er endlich seine Lippen auf ihre Lippen legen würde. Von der Hitze und der Trockenheit aufgesprungene Lippen mit weichen tiefen Furchen, heiße trockene und gleichzeitig unglaublich sensible Lippen. Sie hatte das alles gewollt; daß er ihr Haar nahm, um sein Gesicht damit zu bedecken, daß er die hellen Strähnen auf seiner nackten Brust ausbreitete wie einen Fächer, sie hatte gewollt, daß er ihr zuschaute, als sie sich auszog. Niemals war sie sich ihrer weißen Haut mehr bewußt als in dieser Nacht, als der Mond auf ihren nackten Körper schien. Niemals hatte sie einen dunkleren und kräftigeren Körper auf sich gehabt, niemals einen Mann geliebt, der so wild und gleichzeitig so besorgt war, ihr nicht weh zu tun. Seine Stirn, mal von der Konzentration auf ihre Reaktionen in tiefe Falten gelegt, und dann wieder weich und gelöst, wenn er sicher war, daß sie ihm folgte, daß sie alles genoß, alles, während die Sterne über ihnen zusammenstürzten und die Kamele leise schnaubend den leichten Nachtwind begrüßten, der ihr Fell streichelte.

Während er sie liebte, sprach Zayed arabisch. Es klang weich, zärtlich und poetisch. Sie war sicher, sie würde keinen dieser Laute vergessen, und nichts würde je damit vergleichbar sein. Ganz, als habe ihr Leben nur darin bestanden, die Zeit bis zu diesem Augenblick zu überbrücken, wo ein Beduine in der Rhub al Khalid sie liebte, auf einer Decke, die nach Kamelhaar roch, in den schwarzen Schatten, die die Palmen auf den vom Mondlicht gebleichten Wüstensand warfen. »Mehr«, flüsterte sie, während sie sein Ohr küßte, »ich will mehr davon! Nicht genug! Nie genug!« Er lachte, er warf sich herum und rollte sie auf seinen Bauch. Sie war über ihm, ihre Brüste streiften seine Stirn, er zog sie zu sich herunter, nahm ihr Gesicht in seine Hände und murmelte: »Das hast du die ganze Zeit gewollt, nicht?«

Nadine schüttelte den Kopf. »Nein, nein, niemals.«

»Doch, ich habe es gefühlt. Du hast gerochen wie eine Frau, die geliebt sein möchte.«

»Das kann man doch nicht riechen.«

»Doch. Ein Beduine kann das. Jeder Mann kann das.«

Sie lachte. »Ich bin verrückt.«

»Natürlich, das wissen wir doch die ganze Zeit.«

»Und eine Verrückte schläft mit einem Mann wie dir.«

»Sagen wir so: Die verrückten und die ganz klugen Frauen.«

»Findest du es klug, daß ich mir dir schlafe?«

Zayed küßte ihren Bauch.

»Heute sieht der Mond aus wie eine junge Frau«, sagte er leise. »Gestern noch sah er aus wie ein alter mürrischer Mann.«

War das eine Antwort gewesen?

Als er auf dem Rücken lag und sie sich über ihn beugte, spiegelten sich die Sterne in seinen Augen. Das machte sie fassungslos.

Der Wind frischte auf. Behutsam zog Nadine das Tuch bis zur Nasenspitze. Die Kamele wurden unruhig. Sie schaute sich um. Es war ihr, als habe sie eine Bewegung gesehen. Ein kurzer, winziger Moment, in dem eine Gestalt über dem Dünenkamm sichtbar geworden war – sie schliefen in einer kleinen, sehr engen Mulde, die Zayed mit »Pocket« bezeichnete. Er sagte, Pockets seien für Jeeps mörderisch, aber zum Schlafen gut wie ein Bett. Er hatte recht gehabt.

Nadine lächelte. Sie betrachtete sein Gesicht. Er sah nicht aus wie der Mann, den die Welt fürchtete. Nun gut, die Welt fürchtete ihn nicht wirklich, aber er verstand es immer wieder, die Welt zu irritie-

ren. Er war mächtig genug, Unruhe zu stiften. Reich genug, ein Heer von Söldnern und Legionären zu beschäftigen, die bereitwillig gegen jeden in den Krieg ziehen würden, den er als Feind bezeichnete. Irgendwo hier waren vielleicht auch die Scud-Raketen in unterirdischen Bunkern versteckt, Abschußrampen, irgendwo gab es vielleicht Start- und Landebahnen für Phantom-Jäger, listig camoufliert, sie würde das nie erfahren.
Dafür wußte sie jetzt, daß Zayed ein erfahrener, sensibler und unermüdlicher Liebhaber war. Sie kannte seine Gedichte. Er hatte ihr zwei Gedichte aufgesagt, in einer Stimme, die sie wirklich berührt hatte, in einer anderen Stimme, einer Art monotonen Singsang, als spräche er die Verse des Koran. Sie hatte ihm beim Beten zugesehen, obwohl ihm das zuerst nicht recht war, aber nachher war sie dankbar für diesen Beweis von Vertrauen. Er hatte die Augen geschlossen beim Beten, und seine Stirn hatte nicht den Boden berührt. Seine Füße waren klein und schmal, die Zehennägel eingewachsen. Er hatte behaarte Beine. Einen sehr festen, glatten Bauch. Er hatte sich, bevor sie miteinander schliefen, gewaschen. Sich umgedreht, so daß sie nur seinen kleinen Hintern sehen konnte und die dunklen Haarbüschel. Sie betrachtete diesen Mann, der ihr noch vor 24 Stunden so fremd und nun auf eine gewisse Weise so vertraut war, und versuchte, sich zurechtzufinden. Liebte sie ihn etwa? Hatte sie sich verliebt? Oder hatte es sie nur gereizt, von einem Scheich wie Zayed verführt zu werden?
Sie versuchte, sich ihre Frankfurter Wohnung vorzustellen. Den Oleandertopf, den sie der Nachbarin zur Pflege gegeben hatte zusammen mit dem Farn und der Zimmerpalme. Ihr Sofa. Die Küche mit der Spüle aus Granit, die sie immerhin ein Viertel ihres Monatsgehaltes gekostet hatte. Sie dachte an ihr Schlafzimmer. Die weißen Gardinen aus Leinen, die Sonnenblenden, die man so stellen konnte, daß das Licht in waagerechten Streifen hereinfiel, und sie fragte sich, ob die Sehnsucht nach diesem Leben hier sie nicht verzehren würde, wenn sie morgens wieder ihren Tee aufbrühen und im Bad das heiße Wasser anstellen würde. Vorsichtig nahm sie den Lederbeutel, öffnete den Verschluß und trank.
»Du sollst schlafen«, murmelte er, »es ist noch zu früh. Wir brechen erst in einer Stunde auf.«

Sie reichte ihm den Beutel. »Willst du?«
Er schüttelte den Kopf. »Ich trinke nur, wenn ich Durst habe, nicht aus Langeweile.«
Schuldbewußt verschloß sie den Lederbeutel.
Sie legte sich wieder hin und blickte auf die Sterne. Er zog sie sanft in seine Arme. Er küßte ihren Hals, ihr Ohr, ihre Schläfen. Er küßte diesen Nerv an ihren Schläfen, der oft solche Schmerzen verursachte. Das war besonders schön, wie seine Lippen über diese Nerven, so dünn unter der Hautoberfläche, entlangfuhren. So beruhigend. So gut. Sie schloß die Augen. Er grub seine Nase in ihre Halsmulde.
»Erst in einer Stunde wird es Tag«, murmelte er, »schlaf, Nadine, schlaf.«
Gehorsam schloß sie die Augen und schmiegte sich mit ihrem Bauch an seinen Rücken. »Ich liebe dich«, flüsterte sie. Es kam ihr vor, als schaute Zayed sie in diesem Augenblick fest an.

Sie erwachte, als Zayed sich über sie beugte und dadurch einen Schatten auf ihr Gesicht warf. Die Sonne war aufgegangen und hatte ihr Lager gewärmt, Nadine hatte sich wohlig noch einmal umgedreht und war, mit der warmen Morgensonne im Gesicht, wieder eingeschlafen.
»Es ist Zeit«, Zayed richtete sich wieder auf. »Wir müssen noch zwei Stunden reiten, bis wir das Lager erreichen.«
»Zwei Stunden? Dann hätten wir doch gestern noch bis zum Lager kommen können.«
»Aber wir hätten nicht diese Nacht gehabt. Wenn du Wasser brauchst, um dich zu waschen, sei sparsam. Im Lager gibt es genug. Aber solange wir unterwegs sind, müssen wir vorsichtig sein.«
»Zwei Stunden.« Nadine erhob sich und faltete das Tuch, das sie über sich gebreitet hatten, zusammen. »Du glaubst, wir könnten in den nächsten zwei Stunden verdursten?«
Zayed war zu den Kamelen gegangen, offenbar hatte er sie schon versorgt, sie standen wiederkäuend unter der Palme und machten ganz zufriedene Gesichter. Die Satteltaschen waren schon wieder beladen.
»Aber in zwei Stunden kann ein Sandsturm aufkommen, der uns zwingt, Rast zu machen. Für einen Tag. Aber auch für länger.

Wir sind nicht die Herrscher der Wüste. Die Wüste beherrscht uns.«

Nadine ließ aus dem Lederbeutel Wasser in die hohle Hand fließen und rieb sich damit das Gesicht. Dann trank sie einen Schluck. »Tee gibt es nicht?« fragte sie, als sie hinter ihn trat und ihre Hände um seine Taille legte. »Ich dachte, bei den Beduinen gibt es immer Tee, zu jeder Tages- und Nachtzeit. Ich dachte, ihr seid so ein gastfreundliches Volk.«

Zayed drehte sich um. Er hielt ihre Hände fest. »Willst du Tee?«

»Nein«, sie schaute ihm in die Augen und schüttelte amüsiert den Kopf, »war nur ein Spaß. Meinen Early-morning-tea kann ich wieder trinken, wenn ich zu Hause bin.« Sie lachte. »Ich bin keine englische Imperialistin, keine Tochter eines alten indischen Colonels, der sentimentalen Bräuchen nachhängt. Aber morgens, bevor ich ins Bad gehe, koch' ich mir immer einen Kräutertee. Minze oder Kamille, je nach Lust.«

Zayeds Gesicht verdunkelte sich. »Was ist zu Hause für dich?«

»Frankfurt.« Nadine lachte. Sie schaute in den Himmel, suchte ihn ab bis zum Horizont nach einer winzigen Wolke. »So ein Himmel über Frankfurt, und ich könnte mich mit der Stadt versöhnen. Sie ist grauenvoll, weißt du. Wörtlich: Das Grau der Stadt ist ein Grauen. Ich kann mir überhaupt nicht mehr vorstellen, wie ich das immer ausgehalten habe.«

»Du mußt es ja nicht aushalten«, sagte Zayed.

Nadine lachte. »Du meinst, ich sollte mich aus meiner Dachwohnung stürzen? Wegen Schlecht-Wetter-Depression?«

»In der Wüste stirbt man nicht an Schlecht-Wetter-Depression. Aber man kann wahnsinnig werden, wenn man sich nicht vor der Mittagssonne schützt. Wenn man kein Wasser hat. In der Wüste stirbt man einen anderen Tod.«

Nadine schaute ihn an. Sie bog ihren Körper ein wenig zurück, als wolle sie sein Gesicht aus der Ferne mustern. Mit einer gewissen Distanz.

»Ich liebe meinen Beruf«, sagte sie, »ich liebe meine Arbeit in dem Verlag. Wenn ich arbeite, vergesse ich das Wetter. Jedenfalls zeitweise. Und irgendwann kommt der Mai und der Juni, und der ist in Deutschland schön. Auf den Mai freue ich mich.«

»Der ist schon bald.«
»Ich weiß.« Sie seufzte tief und schaute sich um. Sie schlenderte zu ihrer Stute und streckte die Hand aus, um ihren Kopf zu kraulen. Die Stute warf den Kopf herum und trottete, soweit es die zusammengebundenen Beine erlaubten, tiefer in den Schatten der Palmen.
»Sie mag mich nicht.« Nadine hob hilflos die Arme. »Wieso mag sie mich nicht?«
»Kamele schließen nicht Freundschaften wie Menschen. Sie brauchen Zeit, sich zu gewöhnen. In zwei Wochen vielleicht, da wird sie dir überall hin folgen.«
Nadine lachte. »In zwei Wochen kann sie mir nicht folgen. Es sei denn, wir buchen für sie einen Platz neben mir im Flugzeug.«
Zayed erwiderte nichts. Er löste die Fußfessel an seinem Kamel und gab ihm einen aufmunternden Klaps auf den Hintern. Der Hengst machte einen Satz und lief dann im Paßgang der Stute nach. Als er sie erreicht hatte, biß er ihr in die Flanke, so daß die Stute aufschrie.
»Du redest zu viel von der Rückreise», sagte Zayed, »du redest zu viel von Abschied. Das ist nicht gut.«
»Nicht gut? Aber es ist eine Tatsache. Ich bin zu alt, um die Augen vor der Realität zu verschließen.«
Zayed nickte. Er ging zum Lager zurück und rollte den Teppich zusammen. Er band die Schnüre um den Teppich und lud ihn geschickt auf das Kamel, hinter den Sattelknauf, als eine Art Rükkenlehne.
»Du machst das so geschickt wie Ali«, sagte Nadine anerkennend. »Vielleicht sollte ich eine Story über den Beduinen Zayed schreiben. Vielleicht ist das die bessere Geschichte.«
»Als welche?«
»Als die über den Scheich, der seine Ölmilliarden in die Finanzierung von Geheimarmeen steckt.«
»Willst du das schreiben?«
Etwas warnte Nadine, daß sie dabei war, unvorsichtig zu werden. Sie lachte, schüttelte den Kopf und wechselte rasch das Thema. »Heute nacht habe ich einmal geglaubt, einen Menschen zu sehen.« Sie deutete auf einen Dünenkamm, in den der Wind gleichmäßige Rillen und Wellen gedrückt hatte. Ein paar Dornenbüsche duckten sich unter dem Kamm in eine Mulde.

»Das waren die Büsche«, sagte Zayed gleichmütig.
»Nein, nicht die Büsche. Ich dachte, ein Mensch. Er bewegte sich. Tauchte auf und verschwand. Ich bin kein Beduine, Zayed, aber ich weiß, daß Büsche nicht auftauchen und wieder verschwinden können.«
»Die Kamele haben sich bewegt. Manchmal wandern sie ein Stück trotz ihrer Fesseln.«
»Zayed, es waren nicht die Kamele.«
Alle Sachen waren auf den Kamelen verstaut. Zayed bot ihr noch einen Schluck Wasser und eine Handvoll Datteln an, die sie im Stehen aß. Sie schaute sich um. Wohlgefällig.
»Keine Luxussuite kann das bieten«, sagte sie. »Von jetzt an wird es für mich der schönste Ort der Welt sein. Es ist ein Hotel erster Klasse, wirklich.« Sie lachte. »Das Grandhotel zu den vier Palmen. Kein schlechter Name, oder? Wie wär das als Buchtitel?«
»Ein bißchen nichtssagend.«
»Aber wenn man dann im Buch erfährt, was in diesem Grandhotel nachts alles passiert?« Sie ließ sich von Zayed in den Sattel helfen. Die Kamelstute hatte sich folgsam hingekniet und reagierte auch nicht heftig, als sie Nadines Gewicht auf ihrem Rücken spürte. Sanft erhob sie sich. Zayed ging zu seinem Kamel, befahl ihm, sich niederzuknien, saß auf und schlug ihm ermunternd mit einem Stöckchen gegen den Hals, das Kamel trottete los.
Im gleichen Augenblick hörte Nadine Motorengeräusche. Ein Motor wurde angelassen. Ein Diesel. Kein Zweifel. Sie reckte sich, um über die Dünenkämme zu schauen, aber dahinter waren nur weitere Dünen, endlos.
»Zayed!« rief sie heiser. »Hörst du das auch?«
Er wandte sich nicht um. Er trieb sein Kamel zu größerer Eile an.
»Was?«
»Motoren, ein Auto. Ich glaube, ein Jeep.«
»Ich habe nichts gehört.«
Nadine schlug auf ihr Kamel ein. »Was muß ich sagen, damit es schneller läuft?« rief sie. »Renn doch nicht so. Ich bin nicht so schnell.«
Zayed wandte sich um. »Es ist nichts. Es ist nicht wichtig. Mach dir keine Gedanken. Wir sind in Sicherheit. Nichts kann passieren.«

Nadine sah ihn mit großen Augen an. »Aber ich habe mir keine Gedanken gemacht, Zayed! Ich habe nicht eine Sekunde daran gezweifelt, daß wir in Sicherheit sind.« Das war die Wahrheit. Sie hatte sich niemals beim Übernachten unter freiem Himmel, so sicher gefühlt wie in der Nähe dieses Menschen. Sie war sicher gewesen, geborgen und vollkommen glücklich.
»Es sind meine Leute«, brummte Zayed. Offenbar machte es ihm keinen Spaß, ihr das zu enthüllen. »Sie sind verpflichtet, mich zu bewachen.« Er runzelte die Stirn. »Aber sie sollten das so tun, daß man sie nicht bemerkt.«
Nadine starrte ihn fassungslos an. »Sie haben uns die ganze Zeit beobachtet?«
»Es ist ihr Job. Dafür werden sie bezahlt.«
»Du meinst, die haben zugesehen, wie wir uns geliebt haben?« Nadine schaute sich um. Die Wipfel der Palmen lugten noch eben aus dem endlosen Wellensandmeer hervor. Und sie hatte geglaubt, sie wären die einzigen Menschen im Umkreis von sieben Kamelstunden! Sie hatte geglaubt, es wäre ein Abenteuer wie das von Isabelle Eberhardt, wie das von dieser sagenhaften Ann Murphy. Welche Ernüchterung.
»Es ist möglich, daß sie es gesehen haben.«
»Und das findest du nicht gräßlich?«
Zayed lächelte. »Was ist gräßlich, wenn ein Mann mit einer schönen blonden Frau schläft? Was ist gräßlich, wenn er ihren Körper mit seinem Körper vereint? Es ist eine uralte Geschichte.« Er lachte, als er Nadines blitzende Empörung bemerkte. »Es ist eine Geschichte, die so normal ist wie der Gesang der Vögel im Orangenhain, so normal wie der Schrei der Lämmer nach der Geburt. Worüber regst du dich auf? Sie haben nichts gesehen, was sie nicht schon wußten.«
Nadine schüttelte den Kopf. Sie konnte nichts sagen. Sie war zu verwirrt.
»Sie werden verschwinden, Nadine«, sagte Zayed, als könne sie das trösten, »sie nehmen eine andere Route zum Lager. Aber sie müssen das Gebiet sichern. Es gibt überall Feinde. Überall lauern Leute, die ein Vermögen damit verdienen können, wenn sie mir eine Kugel durch die Brust jagen. So ist das nun mal. Ich nehme an, auch eure befreundeten Länder haben ein Kopfgeld auf mich angesetzt.«

»Das ist lächerlich!« rief Nadine empört. »Wir leben nicht in Bananenrepubliken!«

»Sie wollen mein Leben, Nadine. Viele Schweinehunde irgendwo auf der Welt haben Geld ausgesetzt auf meinen Kopf. Und so viele Verrückte hier denken, daß es Q'uam al Hashid besser ginge, wenn ich tot wäre. Wer kümmert sich um mein Volk, wenn sie mir den Hals durchschneiden? Ich bin wie ein Vater zu meinem Volk. Aber sie begreifen es nicht. Hier in der Wüste leben Beduinenfürsten wie vor fünfhundert Jahren. Sie verstehen nicht, daß die Politik jetzt in der Hauptstadt gemacht wird.«

Er hatte sein Kamel näher an Nadine herangedrängt. Der Hengst reckte seinen Hals, um die Stute zu beißen. Nadine versuchte, ihn mit ihrem Stock abzuwehren.

»Du mußt das verstehen. Ich kann es mir nicht erlauben, eine romantische Nacht mit einer blonden Lady in der Wüste zu erleben, unter Sternen, ohne daß für meine Sicherheit gesorgt ist.«

Nadine atmete tief durch. »Du bist ja krank. Du hast ein krankhaftes Sicherheitsbedürfnis. Ich hätte das wissen müssen, daß wir von deinen Soldaten dabei beobachtet werden, wenn wir uns lieben. Wenn du mir das gesagt hättest...« Sie biß sich auf die Lippen und schwieg.

»Nadine, meine Soldaten kümmern sich nicht um das, was ich tue, wenn sie wissen, daß es privat ist. Sie zielen mit ihren Kalaschnikows auf die Sterne, sie pulen in den Zähnen, sie pinkeln auf die Gekkos, sie träumen von einer Bauchtänzerin, sie denken an ihre Pilgerreise nach Mekka – aber sie achten nicht auf uns. Sie sind so erzogen. Sie müssen wegsehen.«

»Du erlebst häufig solche Nächte?«

Zayed schaute sie an, ein langer Blick aus sehr schwarzen Augen, den sie nicht deuten konnte.

»Du bist nicht so wichtig, wie du denkst«, sagte Nadine heftig. »Du bist nicht der Mann, dem man auf Schritt und Tritt folgt, selbst zu einer harmlosem Falkenjagd in die Wüste, um dich umzubringen. Da gibt es ganz andere, für die die Geheimdienste sich interessieren.«

»Nenn welche.«

Nadine mußte nicht lange überlegen. »Was ist mit General Ne win in

Burma? Was ist mit dem Chef der Tonton Macoutes in Haiti, der die Insel mit unglaublichem Terror überzieht? Und der Clanchef Aidid in Somalia, der aus der UNO ein Marionettentheater gemacht hat, glaubst du, der wird nicht mehr gehaßt? Und General Bashir im Sudan? Und was ist mit Gaddafi?«

»Du vergißt Saddam Hussein, meinen arabischen Bruder.«

»Ich hätte ihn schon noch genannt.«

»Aber wieso nicht an erster Stelle? Saddam ist Beduine, wie ich. Unsere Vorfahren haben dieselben Wurzeln, der elfte Name in meiner Ahnenkette ist auch sein elfter Name, Mustafa bin Kedir. Saddam denkt wie ich. Er fühlt wie ich. Er ist mein Bruder. Er will nicht, daß Arabien den Mullahs gehört. Aber es soll auch nicht wie diese verkommenen westlichen Länder werden. Saddam ist ein stolzer Araber. Er will ein großes arabisches Reich. Er will Macht. Das will ich auch.«

Eine Weile ritten sie schweigend. Es mußte ein schwieriges Stück Wüste durchquert werden. Eine Wanderdüne, in der die Kamele nur unter Mühen Tritt fassen konnten.

Nadine konnte, obgleich sie sich alle Mühe gab, nicht ein einziges Mal mehr einen der Soldaten sehen, hörte auch keine Motorengeräusche mehr. Wenn es nicht diesen einen Augenblick in der Nacht gegeben hätte – sie würde immer noch an ein romantisches Liebesabenteuer mit einem aufregenden, fremden, wunderbaren Mann glauben können. Aber so? »Das Grandhotel zu den vier Palmen«, sagte sie bitter, als sie an den Rastplatz dachte, der sie so überwältigt hatte in seiner Schönheit und Verlorenheit unter dem großen Sternenhimmel, »kein schlechter Buchtitel. Man müßte nur im Untertitel schreiben: ›Ein Hochsicherheitstrakt‹.«

Zayed deutete nach Süden. »In einer Stunde sind wir in einem anderen Hochsicherheitstrakt. Aber da gibt es Duschen. Die Jeeps, über die du dich so beklagst, haben Wasserkanister mitgebracht. Und Schläuche. Und Duschköpfe. Du bekommst ein Badezelt, in dem du duschen kannst wie in einem Grandhotel. Du kannst deine Bitterkeit und deine Enttäuschung abwaschen. Und den Geruch von unserer Liebe. Vielleicht fühlst du dich dann besser.« Er hob sein Kinn. Sein Blick war entschlossen, fremd, unnahbar.

»In den Augen deiner Leute bin ich eine Hure«, sagte Nadine.

Zayed schwieg.
»Es stimmt doch, oder?«
Zayed wandte ihr das Gesicht zu. Seine Augen glühten. Er nickte. »Vielleicht. Aber ist das wichtig?«
»Natürlich ist es wichtig.«
»Warum?«
Nadine starrte ihn an. »Warum? Warum? Weil ich nicht als Hure behandelt werden möchte. Weil ich respektiert werden möchte.«
Zayed lächelte nachsichtig. »In den Augen der arabischen Männer sind alle weißen Frauen Huren. Sie verschleiern sich nicht, sie zeigen ihre nackten Schenkel, ihre nackten Arme, ihren Hals. Sie lassen ihr Goldhaar im Wind wehen wie eine Verlockung, sie lächeln den Männern schamlos ins Gesicht, sie blicken fremden Männern ungeniert in die Augen, wenn sie mit ihnen reden, sie senken nie den Kopf, sie respektieren nicht die Gesetze des Korans. Es ist egal, ob du mit mir geschlafen hast oder nicht. Sie werden dich in jedem Fall wie eine Hure behandeln.«
Nadine brauchte eine Weile, um diese Worte in sich aufzunehmen. Sie schluckte.
»Okay«, sagte sie ruhig, »aber du wirst ihnen klarmachen, daß sie mich trotzdem zu respektieren haben, nicht wahr?«
Zayed lächelte. »Das ist nicht nötig.«
»Wieso nicht? Wieso nicht?« Nadine schrie fast. Sie wußte selbst nicht, warum sie sich so aufregte, sie war kurz davor, ihre Fassung zu verlieren, in Tränen auszubrechen. Zu weit hatte sie sich vielleicht von den Gewohnheiten entfernt, die ihr die Ruhe und die Sicherheit gegeben hatten, von ihren Dingen entfernt, dummen, lächerlichen Dingen wie ihren Cremetöpfen, ihrer Wäsche, ihren Kleidern, ihren Büchern, ihrem kleinen Kassettenrecorder mit Kopfhörern und den Musikkassetten von Sade und Diana Ross, von Phil Collins und Joe Cocker. Sie hatte sich zu weit entfernt. Das war die Erklärung. Sie hatte, ohne es zu wollen und im richtigen Augenblick zu merken, zu viele Verbindungen gekappt, zu viele Brücken hinter sich abgebrochen. Sie besaß in diesem Augenblick nichts mehr als einen Leinenbeutel, in dem sich ein Tonband befand, ein Notizblock (in den sie in dieser Liebesnacht nicht einen einzigen Satz geschrieben hatte), ein paar Stifte, einen Waschlappen (den sie aus dem Badezimmer

in der Kasbah entwendet hatte), ein paar Taschentücher und ihre Brieftasche mit dem Geld im Gegenwert von hundert Dollar und Kreditkarten, die in der Wüste so unnütz waren wie ein Gefäß zur Herstellung von Eiswürfeln. Die Sonne stieg unbeirrt höher auf dieser vorgeschriebenen Bahn, bis zu dem höchsten Punkt, den sie in den nächsten drei Stunden erreichen würde. Vielleicht hatte Zayed die Wahrheit gesagt, als er erklärte, sie würden zwei Stunden bis zum Lager brauchen. Vielleicht aber auch nicht. Vielleicht gab es gar kein Lager. Vielleicht würde er sie einfach hierlassen, mit einem halbleeren Wasserbeutel und einem Kamel, das sie nicht verstand, ohne Orientierung, ohne Anleitung, wie man in dieser mörderischen Wüste überlebt. Ich werde wahnsinnig, dachte Nadine. Die Sonne stach wie mit Nadeln in ihre Augen. Sie schob die Tücher noch tiefer.

»Ich habe Durst«, flüsterte sie, »kann ich einen Schluck Wasser bekommen?«

»Natürlich, warte. Ich helfe dir.« Er trieb sein Kamel neben ihres, löste die Flasche, den Verschluß und reichte ihr den Beutel. Nadine schaute ihn an. Seine Augen waren klar und ruhig. Ihre Augen hingegen brannten, die Lider waren geschwollen, sie war sicher, daß sie immer mehr einer Hexe ähnelte, mit struppigem, sandverkrustetem Haar, mit einer Haut, die sich von der Stirn her schälte, es brannte, als würde jemand Salz in eine offene Wunde streuen. »Ich sehe schrecklich aus, nicht wahr?« flüsterte sie verzagt, als sie ihm die Flasche zurückgab.

Er schüttelte den Kopf. »Du siehst wunderbar aus. Du weißt es.«

Nadine lächelte bitter. »Ich bin naiv. Ich mache zu viele Fehler. Immerzu mache ich Fehler. Ich hasse mich.« Sie streckte die Hand aus und legte sie auf seinen Arm. »Es ist nicht deine Schuld. Es ist meine Schuld. Ich weiß es.«

Zayed musterte sie aufmerksam. »Von welcher Schuld sprichst du?«

»Ich weiß es nicht.« Nadine schaute mit brennenden Augen auf die blendende Weite des gelben Sandes. »Ich weiß nicht«, flüsterte sie. »Ich wünschte, wir wären bald da.«

Zayed nickte. Auch seine Augen suchten das Sandmeer vor ihnen ab und rechts und links. Seine Augen waren scharf wie die Augen eines Falken. Aber er sagte nicht, was er suchte. Und er sagte auch nicht, ob er gefunden hatte, was er suchte. Er trieb die Kamele zur Eile an. Nadine verhüllte ihr Gesicht bis auf einen winzigen Spalt, den sie für die Augen freiließ. Aber auch das war beinah unnötig. Sie hatte das Interesse für die Landschaft verloren, die Begeisterung, die Neugier. Das Fremde war auf einmal ablehnend und flößte Angst ein. Und wenn sie mit ihren brennenden Augen auf den Kopf des Kamels starrte, von ihrem schwankenden Hochsitz aus, diesen Kopf, der sich so arrogant und selbstsicher bewegte, mit diesen von langen Wimpern beschatteten Augen, die sich nicht fürchteten vor der Hitze, vor der Endlosigkeit des Weges, wenn sie das Zittern dieser langen, schlaffen Unterlippe ihrer Kamelstute beobachtete, war dieses Tier auf einmal kein Freund, sondern ein unbegreifliches Wesen, das sie zu einem unbekannten Ziel trug, mit jedem Schritt weiter weg von dem Camp, aus dem sie gestartet waren, weiter weg von Q'uam al Hashid und dem Flughafen, von dem ein Learjet starten und sie zurückbringen könnte in die Sicherheit des Gewohnten, weg von diesem gefährlichen Platz mit einer orientalischen Magie, weg von dem Mann mit seinem satanischen Zauber. Was hatte sie getan?

Sie kamen über ein Dünengebirge, erschöpft, durstig, schwindlig von der brennenden Sonne und dem heißen Wind, der ihnen unablässig feinen Sand in die Augen getrieben hatte, und plötzlich tauchte vor ihnen, wie eine Fata Morgana, ein Zeltdorf auf. Beduinenzelte aus weißen Leinenstoffen mit Tiermotiven bedruckt. Vordächer, unter denen Teppiche ausgerollt und dicke Kissen aufgeschichtet waren. Eine Wasserpfeife, silbern, auf einem Tisch, von dem bunte Wolltroddeln herabhingen. Keramikschüsseln mit Wasser, auf denen frische Rosenblüten schwammen.

Mehdi tauchte aus der Dunkelheit des Zeltes auf und kam ihnen entgegen, in weiten, weißen Hosen, einem weißen Hemd und einem breiten Silbergürtel, an dem ein Krummdolch hing. Er lief und trug in ausgestreckten Händen eine Schüssel, über die Arme zwei Tücher gebreitet.

Zayed brachte das Kamel zum Stehen. Die Stute, müde und erschöpft, machte es ihm sofort nach, ohne daß Nadine ein Kommando geben mußte. Sie stützte sich auf den Sattelknauf und schaute Mehdi aus ihren entzündeten Augen an wie eine Erscheinung.

Mehdi lächelte in ihre Richtung, ohne sie direkt anzusehen.
»Guten Tag, Miss«, sagte er, und dann wandte er sich an seinen Herrscher, der sich das Tuch vom Kopf riß und es einfach in den Sand fallen ließ. Sein Gesicht wirkte blaß und fahl.
»Salam aleikum«, sagte Mehdi, während er dem Scheich das Wasser reichte.
»Aleikum salam.« Zayed sprach schnell auf Mehdi ein. Mehdi hörte zu, nickte, lief zurück, tauschte die Schüssel gegen eine andere und reichte sie Nadine. Eine gelbe Rose trieb auf der Oberflächer, zwei Blütenblätter hatten sich gelöst.
Nadine nahm die beiden Blütenblätter und legte sie auf die schmerzenden Augenlider. »Schön, dich wiederzusehen, Mehdi«, sagte sie freundlich, während sie die kühle Frische auf den Lidern genoß. »Ich dachte, ich würde dich nie wiedersehen. Dich nicht, das Lager nicht, die Wüste ist endlos, Mehdi.«
Mehdi lachte. »Sie haben nur einen winzigen Teil gesehen.«
»Ich weiß. Aber jetzt kann ich mir den Rest vorstellen.« Sie ließ die Blütenblätter herabfallen und legte ihre Hände in das frische, kühle Wasser, ließ die Pulsadern abkühlen und spürte sofort, wie es sie belebte, erfrischte. »Wie bis du hierhergekommen?«
»Mit dem Jeep, Miss. Wir haben die Ausrüstung gebracht.« Er deutete auf das Zelt. »Das Zelt aufgebaut. Die Falkner sind schon seit gestern hier.« Er wandte sich an den Scheich und sprach mit ihm.
Zayed hob den Kopf. Er lachte. Zu Nadine sagte er: »Sie haben einen Wüstenfuchs gesehen. Wunderbares Fell. Vielleicht können wir heute nachmittag jagen. Du wirst sehen ...« Er brach mitten im Satz ab und blickte auf das Zelt. Er stellte Mehdi wieder eine Frage auf arabisch, Mehdi antwortete. Zayed nickte.
Wieder in Nadines Richtung sagte er: »Das ist dein Zelt. Du kannst es alleine bewohnen. Wenn ich zu den Mahlzeiten dein Gast sein darf.« Er schaute ihr ganz kurz in die Augen. »Und vielleicht in der Nacht? Wenn die blonde Lady nicht mehr zürnt.«
Nadine gab keine Antwort. Sie ließ sich vom Kamel gleiten, jeder Muskel, jeder Gesäßknochen schmerzte. Breitbeinig und steif ging sie auf das Zelt zu. Mehdi folgte ihr. »Ich habe Ihre Sachen mitgebracht, aus dem Lager, Miss«, sagte er, »es liegt alles auf dem Hokker.«

Nadine glaubte zu träumen. Da war ihre Wäsche, da war der lange Baumwollrock und die weite Leinenbluse, gewaschen und gebügelt, ein Wunder.
Sie drehte sich zu Mehdi um. Sie streckte ihm dankbar die Hand hin, die Mehdi erschrocken übersah. »Danke«, sagte sie, »ich danke dir sehr, Mehdi. Ich habe gedacht, ich müßte den Rest meines Lebens in diesen Kleidern herumlaufen.«
»Die Uniform steht Ihnen gut, Miss«, sagte Mehdi, während er seine Blicke auf ihre Stiefelspitzen richtete. Die Stiefel waren staubig und verschwitzt. Nadine träumte davon, sie von den Füßen zu schleudern und die brennenden, geschwollenen Füße in kaltes Wasser zu tauchen. Sie schaute sich in dem Zelt um. Es gab eine Matratze, groß wie ein Kingsizebett, mit Teppichen bedeckt. Darüber, am Zelthimmel befestigt, hing ein Moskitonetz aus weißem Tüll. Bis auf zwei Hocker war das Zelt leer. Ein schmaler Durchgang führte zum Badezelt, ganz ähnlich dem, das sie schon kannte. »Der Scheich hat gesagt«, fragte Nadine vorsichtig, »daß es hier eine Dusche gibt?«
Mehdi lachte. »Sehr praktisch, sehr gut. Das Wasser ist ein bißchen warm von der Sonne. Aber morgen früh ist es kalt.«
»Ich hätte es lieber umgekehrt«, sagte Nadine. Mehdis Fröhlichkeit steckte sie an. »Aber das wird sich wohl nicht machen lassen. Ich würde mir auch gerne die Haare waschen.«
»Es ist alles da, Miss.« Mehdi eilte ihr ins Badezelt voraus. Stolz zeigte er auf die akkurat zusammengelegten Handtücher, in die ein großes, hellblaues Seifenstück eine tiefe Mulde gedrückt hatte, auf ein Glas, in dem ihre Zahnbürste steckte. Die Zahnseide hatte er um eine kleine Vase gebunden, in der eine Rose steckte, offenbar hatte er keine Vorstellung, wozu diese dünnen Fäden dienten. Er hatte versucht, sie zu einer Schleife zu binden. Es war rührend. Mehdi verfolgte aufmerksam ihre Blicke. Als er merkte, daß Nadine zufrieden war, lachte er und zeigte seine ebenmäßigen weißen Zähne.
»Du bist heute so fröhlich, Mehdi«, sagte Nadine amüsiert.
Mehdi nickte. Er lachte. Nadine fragte sich, was der Grund für diese Fröhlichkeit war. Sie wußte es nicht.
Einen Augenblick hatte sie den Verdacht, daß er sich über sie amüsierte. Sie stellte sich vor, daß die Nachricht von ihrem sexuellen Abenteuer sich wie ein Lauffeuer im Zeltlager herumgesprochen

hatte. Sie schloß die Augen und atmete tief durch. Was hatte Zayed gesagt? Sie zielen mit den Kalaschnikows auf die Sterne. Sie denken an eine Bauchtänzerin, an die Pilgerreise nach Mekka. Ich brauche eine Dusche.

Mehdi nickte. Er verschwand lautlos. Nadine streifte ihre Kleider ab, warf alles in eine Ecke und stellte sich unter die improvisierte Dusche. Sie ließ das Wasser über das Gesicht laufen, die Haare, Schultern und Brüste, den Bauch. Spreizte die Schenkel. Das Wasser brannte zuerst auf der Haut und wurde dann immer sanfter, immer schmeichelnder. Nadine stand da mit geschlossenen Augen. Sie verbrauchte das ganze Wasser. Wartete noch auf die letzten Tropfen, bevor sie nach dem Handtuch griff.

Einen Spiegel gab es im Badezelt nicht und im Schlafzelt auch nicht. Aber sie brauchte keinen Spiegel. Kämmte das Haar aus dem Gesicht und straff in den Nacken. Zog die frische Wäsche an, schlüpfte in den langen, nach Jasmin duftenden Baumwollrock und die gebügelte weite Bluse. Sie band keinen Gürtel um, damit die Luft darunter zirkulieren konnte. Sie tupfte Creme auf ihr Gesicht, den Hals, die Lippen und trat wieder vor das Zelt.

Zayed lagerte auf den Kissen und rauchte eine Wasserpfeife. Er war allein. Er schaute sie an, seine dunklen Augen glühten. »Schöne Lady«, sagte er.

Nadine lachte. »Ich fühle mich wie Phönix aus der Asche. Diese Dusche war das Beste, was ich je im Leben hatte.«

»Wasser ist ein wunderbares Element«, sagte Zayed. »Wasser ist ein poetisches Element. Ich habe viele Gedichte auf das Wasser gemacht. Vielleicht, wenn du in der Stimmung bist, werde ich dir heute abend wieder ein Gedicht zitieren.«

Nadine schaute ihn an. »Du glaubst, der Zauber wirkt noch ein zweites Mal?«

Zayed lächelte. »Ein drittes und viertes Mal. Setz dich doch, mach es dir bequem. Mehdi bringt gleich Tee und Früchte. Und in einer halben Stunde essen wir. Dann machen wir eine halbe Stunde einen Mittagsschlaf, und dann beginnt die Jagd.« Er betrachtete ihre Aufmachung. »Für die Jagd würde ich die Kleider empfehlen, die du auf dem Ritt getragen hast.«

Nadine nickte. Ihr war alles recht. Sie trank langsam, jeden winzigen Schluck genießend, den frischen, heißen Minzetee. Sie aß eine Dattel, danach ein paar Trauben.
»Mußt du dich nicht um dein Volk kümmern?« fragte sie, als sie ihn betrachtete in der Pose vollkommener Ruhe und Entspannung.
»Das habe ich schon getan«, sagte Zayed. »Ich habe telefoniert. Ich habe mit meinen Leuten geredet.« Er lächelte. »Keine Angst, es ist alles ruhig. Niemand wurde gesehen, der mir den Hals durchschneiden wollte.«
Nadine schaute sich um.
»Hier ist es schön«, stellte sie fest.
»Noch schöner als im Grandhotel zu den vier Palmen?« fragte Zayed amüsiert. »Hier gibt es nicht einmal vier Palmen. Hier gibt es gar nichts. Nur einen Brunnen. Diesen Brunnen haben die Beduinen vor tausend, vielleicht vor zweitausend Jahren gegraben. Das Wasser läuft sehr tief unter dem Sand, durch den es gefiltert wird. An dieser Stelle haben schon vor tausend Jahren die Händler ihre Kamele getränkt. Aber tausend Jahre sind hier wie ein Tag. In der Wüste gibt es keine Zeit. Alles bleibt ewig. Der Sand, die Sterne, die Sonne am Tag und die Kälte in der Nacht. Alles ewig.«
Nadine nickte. Sie legte sich zurück, die Hände auf dem Bauch und lächelte. »Wirklich schön. Der Hauch der Ewigkeit umweht uns. Ich glaube, der Zauber des Orients hat mich überwältigt.«
»Willst du hierbleiben?« fragte Zayed.
Nadine zuckte zusammen. »Hierbleiben? Wie meinst du das?«
»Bei mir bleiben?«
Nadine starrte ihn an. Sie versuchte, aus seiner Miene herauszulesen, was er wirklich dachte. »Aber das geht nicht. Ich bin eine weiße Frau. Mit einer anderen Kultur. Einer anderen Religion. Ein Beduine darf doch eine solche Frau gar nicht heiraten.«
»Ich bin der Scheich«, sagte Zayed, »ich mache die Gesetze.«
Nadine lächelte. »Es ist schön hier. Wunderbar, zauberhaft, geheimnisvoll. Mir gefällt diese Welt. Aber ich gehöre nicht hierher. Ich gehöre nach Frankfurt, zu meinem Beruf.«
»Ich bin der Scheich«, sagte Zayed sanft, »und ich habe deinen Paß.«
Die Jagd begann am frühen Nachmittag, in einer sehr flachen

Gegend unweit von ihren Zelten, dort, wo die weichen Wellen der Sanddünen ganz plötzlich abgelöst wurden von hartem Boden, der wie mit einer Salzkruste bedeckt schien. Granitbrocken, achteckig, rissig, lagen am Weg. Einmal fuhren sie an Ruinen vorbei, Lehmbauten, verlassen. Auf den Resten der Trümmer spazierten Soldaten, das Gewehr im Anschlag. Sie patrouillierten, als die drei Jeeps vorbeikamen, hin- und hergeschleudert von den Unebenheiten. Es gab keine Wolke, kein Tier. Sie hatten die Falken bei sich. Zayed hielt seinen Falken auf der behandschuhten rechten Hand, er saß auf einem Sitz, einem drehbaren Hochsitz, der hinten auf einem der Jeeps aufmontiert war. Neben dem Fahrer ein Mann, der mit einem Fernglas den Horizont absuchte. Die Hitze flimmerte.

Mehrfach hatte Nadine die Vision einer Fata Morgana, einen schimmernden Teich am Ende der Schotterebene, mit einem Dorf und Minaretten, schneeweiß, und jadegrünen Kuppeln von wunderbaren, mit Goldspitzen gekrönten Moscheen.

Aber die Jeeps bretterten durch diese Fata Morgana hindurch, und es war nichts als Hitze und Staub. Zayed sprach nicht mit ihr. Er sprach nur mit seinen Soldaten, seinen Falknern, den Fahrern. Manchmal hielten sie an und stellten die Motoren ab, und einer der Jäger lief ein paar Schritte und lauschte.

Reglos stand er da, den Kopf erhoben, zeigte ihnen sein stolzes Profil und lauschte auf die Stille. Nadine wußte nicht, ob er etwas hörte, der Scheich gab sich nicht die Mühe, ihr etwas, auch nur Bruchteile der Konversation zu übersetzen.

Der Falke auf dem Handschuh hockte ohne Regung, den Kopf zwischen den kräftigen Flügeln, die Krallen vorsichtig, beinah sanft in das dicke Leder gedrückt.

Die Sonne senkte sich langsam. Die Hitze blieb. Heiße Luft nahm ihnen den Atem.

Plötzlich bremsten die Jeeps. Die Falkner riefen sich rauhe Sätze zu, die Fahrer sprangen aus den Wagen und begannen wild, an den Reifen herumzumontieren, Zayed hob mit der Hydraulik seinen Spähersitz bis zum Anschlag. Er saß jetzt hoch über ihr, sein Kopf von schräg unten betrachtet, gegen den feuerroten Himmel, wie eine Monumentalaufnahme aus Hollywood.

Mittags hatten sie nebeneinander auf dem großen Bett unter dem Moskitonetz gelegen, ohne sich zu berühren. Der Scheich war in Gedanken versunken, so schien es ihr, er schaute sie nicht an. Er lag auf dem Rücken, seine Augen starr gegen die Decke gerichtet. Nadine versuchte nicht, ihn aus seinen Gedanken zu reißen, sie hatte selber genug Probleme. Der Mittagsschlaf dauerte exakt zwanzig Minuten. Da erschien Mehdi im Zelteingang – sie hatten die Plane des Vordaches nicht heruntergelassen, jeder hätte hineinschauen können, aber außer Mehdi wagte sich keiner in die Nähe des Zeltes – und rief Zayed leise etwas zu. Zayed brummte, richtete sich auf und beugte sich über Nadine, um sein Gesicht für einen Augenblick an ihren Hals zu legen. »Ich freue mich auf diese Nacht, meine Schöne«, sagte er und lächelte in ihre Augen.

»Zayed«, flüsterte Nadine, als er sich erhob und die Schuhe mit aus dem Zelt nahm, um sie draußen anzuziehen. Sie hatten ihre Kleider anbehalten. »Zayed, ich muß dich etwas fragen.«

»Frag mich heute nacht«, sagte Zayed.

»Du kannst die Frage sehr leicht beantworten.«

Er zog die Stiefel an, kam zu ihr zurück. Vor dem Bett blieb er stehen. »Ich möchte aber nicht. Ich möchte nicht sprechen, hörst du. Wir gehen auf die Jagd. Das ist ein stummer Sport. Man spricht nicht auf der Jagd.« Er legte seinen Zeigefinger an die Nase. »Schon gar nicht über Dinge, die den Falken beleidigen können. Wenn du dich umgezogen hast, brechen wir auf.« Er verschwand gebückt aus dem Zelt. Nadine blieb nichts anderes übrig, als sich umzuziehen und ihm zu folgen.

Sie entdeckten irgendwann den Fuchs. Nicht Nadine, sie sah nichts. Aber die Treiber waren aufgeregt, der Falkner gab seinem Kollegen stumme Zeichen, merkwürdige Dinge passierten, einer verschwand, gebückt, im Schleichgang und duckte sich hinter einen Stein. Ein anderer lief bis zu einem vertrockneten Dornenbusch und blieb dort reglos stehen.

Zayed saß oben auf seinem Himmelsthron und hielt den Falken. Er sprach mit dem Falken. Leise, eindringlich. Der Falke reckte den Kopf. Machte kurze, vorsichtige Pumpbewegungen mit den Flügeln. Knirschte mit dem scharfen, gebogenen Schnabel. Stieß kleine, kurze Laute aus. Zayed hob die rechte Hand und zog ihm vorsichtig die

Lederkappe vom Kopf. Der Falke schloß die Lider und öffnete sie sofort wieder. Seine Augen, bernsteinfarben, mit einer unglaublich großen Pupille, tasteten alles ab. Das Gesicht des Scheichs, das Auto, der Platz, auf dem er saß, die anderen Autos, die Falkner, die Treiber, die Fahrer, den Himmel, den Sand, die Granitsteine, den Dornenbusch.

Er pumpte noch mehr Luft unter die Flügel. Er breitete die Flügel allmählich aus, im Zeitlupentempo. Er reckte den Kopf, als mache er Übungen gegen einen steifen Hals. Er trippelte auf dem Handschuh hin und her. Er stieß zwei-, dreimal einen kurzen Schrei aus, so leise und kurz, daß Nadine glaubte, er käme von einem anderen Tier.

Zayed sprach mit dem Falken. Der Falke suchte den Himmel ab, den Sand, den Horizont.

Plötzlich gab der Treiber beim Dornenbusch ein Zeichen. Im gleichen Augenblick klinkte Zayed die Fußfesseln los und reckte den behandschuhten Arm in die Luft. Und der Falke stieß ab, breitete die Schwingen, schlug sie kraftvoll und stieg in den Himmel. Pfeilgerade in Richtung Südwesten. Seine Schwingen rauschten. Der Luftzug war zu spüren. Alle starrten auf den Vogel.

Zayed rief dem Fahrer etwas zu, der schon am Steuer saß, der Fahrer warf den Motor an und startete. Sie folgten dem Falken, der schnell flog, immer schneller. Sie rasten über die Schotterebene, die in blutrotes Licht getaucht war. Ein Stein flog gegen die Windschutzscheibe, aber nichts passierte. Zayed schrie. Der Fahrer brüllte zurück. Sie beschleunigten das Tempo. Über ihnen, vor ihnen der Falke mit weit ausgebreiteten Schwingen, ein vorgereckter Kopf, ein zum Töten bereiter Schnabel, Beine unter den Bauch gezogen. Zayed beugte sich vor. Er rief etwas. Im gleichen Augenblick stürzte der Falke sich aus dem Himmel herab.

Und dann sahen sie den Fuchs. Ein leuchtendes Etwas, wie ein Feuerschweif, das über die Ebene raste, Schutz suchte, wo es war, sprang, flog, ein Trommelwirbel von kleinen, rotbepelzten Läufen. So schnell wie vielleicht niemals zuvor war der Fuchs in seiner Todesangst. Und der Falke über ihm. Tausend Meter über ihm in der Luft. Dann kam der Augenblick, wo der Schatten des Falken auf den Fuchs fiel. Der Fuchs verharrte. Duckte sich. Machte sich klein, über ihm der Falke reglos, mit ausgebreiteten Schwingen hing er in der Luft.

Der Fuchs schaute nach oben. Angstvoll. In Panik. Todesangst. Und da stieß der Falke zu. Sauste herab wie ein Schwert, der Fuchs warf sich auf den Rücken, eine Ergebenheitsgeste, ein letzter verzweifelter Versuch, vom Tod verschont zu werden, aber der Falke sauste herunter, und da versuchte der Fuchs im letzten Augenblick, doch noch zu entkommen. Es war zwecklos, natürlich, die Falkner wußten es schon. Sie hatten die Motoren abgestellt. Sie saßen da, wie erstarrt, mit glänzenden Augen.

Der Falke hieb seinen Schnabel in den Hals des Tieres und brach ihm mit einem einzigen Hieb das Genick. Das Tier fiel zur Seite, zuckte, bäumte sich noch einmal auf und war still. Nadine atmete ganz vorsichtig. Sie hatte Angst, man würde ihr Stöhnen hören. So einen Tod hatte sie noch nie gesehen. So einen lautlosen, brutalen und gleichzeitig barmherzigen Tod. Der Falke saß auf seiner Beute. Seine Krallen in das Bauchfell geschlagen. Er zerrte an dem Kadaver, bis er ihn in Lage hatte. Seine Krallen schlug er in den Bauch. Er hob den Kopf und stieß einen Schrei aus.

Zayed nahm zum erstenmal von Nadine Notiz. Er kletterte von seinem Hochsitz. Er schaute sie an mit dem triumphierenden Gesicht des Siegers, der den Feind geschlagen hatte. »Er hat den Fuchs«, sagte er.

»Ich habe es gesehen«, erwiderte Nadine.

Zayed sprang vom Jeep. Im Laufen zog er seinen Krummdolch aus dem Gürtel. Der Falke saß auf seiner Beute und sah ihn an.

Zayed lief. Erst als er kurz vor dem Vogel war, verlangsamte er den Schritt und begann, mit dem Falken zu reden. Der Falke schwieg und schaute. Zayed kniete neben dem Fuchs. Der Falke ließ von der Beute und entfernte sich drei, vier Flügelschläge weit. Er hüpfte einen Augenblick federnd auf dem Boden herum, nervös, unruhig, ungeduldig, mühsam gezähmt, sich mühsam beherrschend, während er den Scheich nicht aus den Augen ließ.

Der Scheich schlitzte mit einem Hieb dem Fuchs den Bauch auf. Der Falke sprang, hüpfte. Und stand wieder reglos. Er hackte mit dem Kopf, mit dem Schnabel in die Luft, als wolle er noch jemandem den Halswirbel durchtrennen mit einem einzigen Hieb. Das Blut schoß aus der Bauchhöhle. Zayed hielt das Herz des Tieres in der Hand. Einen blutenden Klumpen, vielleicht noch zuckend.

Der Falke kam näher, zwei Sprünge brauchte er. Reckte den Hals, faßte mit dem Schnabel nach dem Herz und verschlang es auf der Stelle. Schluckte, würgte. Sprang zur Seite, reckte wieder den Kopf. Der Scheich überreichte ihm den Magen. Dann die Leber. Den Darm. Die Nieren. Es war eine Zeremonie. Ein Ritual. Beide wußten es, der Falke und der Mensch. Der Falke wurde belohnt für seine Klugheit, seine Schnelligkeit, dafür, daß er sich hatte zähmen lassen. Der Falke bekam den Teil der Beute, der ihm der liebste war. Das warme, noch zuckende Herz, das frische Blut. Der Falke war zufrieden.

Als der Scheich sich erhob, hatte er blutige Hände. Er rief dem Falkner etwas zu, und der holte den Falken ab. Der Falke war gesättigt. Ruhig. Aber die Aufmerksamkeit seines Blickes ließ nicht eine Sekunde nach. Er sah alles. Er wußte alles. Nadine hatte noch nie vorher diese Mischung aus Respekt und Furcht einem Tier gegenüber gehabt.

Zayed kam zum Jeep zurück. Das Blut tropfte von seinen Händen. Er lachte ihr zu, er sprach englisch. »Hast du ihn gesehen?« rief er. »Er hat den Fuchs auf drei Kilometer gesehen. Er ist gut. Ich schwöre dir, er ist gut.«

»Ich habe es gesehen«, sagte Nadine.

Jemand brachte ihm ein Tuch, und er wischte das Blut ab, achtlos, schlampig, so daß die Hände immer noch rot waren, als er das Tuch zurückgab.

Um die Beute kümmerte Zayed sich nicht. Die wurde von einem Treiber geholt und hinten auf den zweiten Jeep geworfen. Niemand schenkte dem erlegten Tier Beachtung. Der Scheich war vergnügt. Er war zufrieden. Er schlug dem Fahrer auf die Schulter und sagte lachend etwas zu ihm. Der Fahrer grinste und spuckte aus.

Der Falkner stieg in den zweiten Jeep. Er hatte die Lederkappe und den Handschuh. Zayed kümmerte sich nicht mehr um den Falken. Er lehnte sich zurück und sagte zu Nadine: »Das meine ich.«

In der Nacht nannte er sie »meine Füchsin«. Er vergrub sein Gesicht in ihren Haaren, zog die Strähnen durch seinen Mund, kaute darauf, roch daran, er flocht Zöpfe und legte sie Nadine wie einen Kranz um die Stirn. Er spielte mit ihr, er liebkoste sie, er küßte sie und wandte

sich dann urplötzlich von ihr ab, um nach dem mobilen Telefon zu greifen und heftige Befehle zu rufen, er wälzte sich wieder zu ihr herum, legte seine Hände auf ihre Brust und schaute sie an, ruhig, aufmerksam, mit Augen, die vor Leidenschaft glühten.
Sie ließ es zu, daß er sie »meine Füchsin« nannte, sie ließ es zu, daß er mit ihr spielte wie mit einem Kätzchen, er war ein leidenschaftlicher Liebhaber, ein bißchen zynisch vielleicht, er genoß es, sie zu erregen und dann für Augenblicke, die wie Ewigkeiten waren, zu vergessen. Nadine fluchte und biß in die Kissen, nannte ihn auf deutsch einen Schuft, und er lachte, weil er das nicht verstand.
Wenn er telefonierte, hockte sie sich hinter ihn, er saß auf der Bettkante, sie schmiegte sich an seinen Rücken und legte ihr Haar wie einen Vorhang vor sein Gesicht.
Ich werde meine Hände und Füße mit Henna bemalen, dachte sie, während die arabischen Laute ihres Liebsten wie Kiesel durch ein Bachbett rollten und sie einlullten. Ich werde lernen, mit einem Falken zu jagen wie er. Er wird mir einen Falken schenken mit goldenem Gefieder, und beim Festmahl im Zelt wird mein Falke hinter mir sitzen und mich bewachen mit scharfen Augen. Ich werde die Sprache der Beduinen lernen, und der Rhythmus ihrer Tage wird mein Rhythmus werden. Mein Geliebter wird mir ein Pferd schenken, einen wilden Wüstenhengst, und ich werde lernen, ihn zu zähmen. Ich werde mit Zayed durch arabische Länder reisen, werde in Zelten und Militärcamps, in Hütten und Palästen schlafen. Ich werde ein Leben haben wie in meinen Träumen, wild und wunderbar. Wir werden unter klarem Himmel schlafen neben unseren Kamelen. Wir werden Wasser aus Lederschläuchen trinken, die Gazelle wird mein Wappentier werden, zart und zäh. Ich werde eine Wüstentochter sein und unter Beduinen leben wie eine Einheimische, in wallenden arabischen Gewändern. Ich werde einen Hammel schlachten lassen, wenn mein Geliebter von der Reise zurückkommt, und ihm Rosenwasser über die Hände gießen. Er wird niemals eine andere Frau lieben als mich. Wir werden uns ein Haus suchen, eine alte Kasbah, und hinter Lehmmauern einen Garten anlegen, Datteln und Feigen pflanzen, Wein züchten und Olivenbäume wässern. Abends werden wir unsere Füße im klaren Wasser eines Wadi kühlen, und mein Geliebter wird mir den Sternenhimmel erklären. Eines Tages,

wenn ich die Sprache beherrsche, werde ich Gedichte auf arabisch schreiben und sie ihm abends vortragen, wenn er seine Kif-Pfeife raucht...

Zayed hatte das Gespräch beendet.

Er legte den Apparat zurück, drehte sie herum, daß sie auf dem Rükken lag, setzte sich rittlings auf sie, hielt ihre Arme an den Handgelenken fest und fragte auf englisch: »Was hast du eben gesagt? Was redest du die ganze Zeit?«

Sie lachte. Sie versuchte, in seine Hand zu beißen, um sich zu befreien. »Selbstgespräche.«

»Macht man das bei euch?«

»Manchmal, wenn der Liebhaber mitten in der Nacht telefoniert. Mit wem hast du geredet?«

»Mit den Leuten in meinem Haus in Q'uam al Hashid.«

»Ach, du hast da ein Haus? Ich denke, du bist immer auf der Flucht, wie Salman Rushdie.«

»Erwähne diesen Namen nicht in meiner Gegenwart. Ich habe es dir erklärt, oder nicht?«

Sie lachte. Sie zog ihn zu sich herunter, biß vorsichtig in seine Unterlippe. »Sind wir hier sicher?« flüsterte sie. Ihre Augen sprühten Feuer. Sie fühlte sich gut, sie war vielleicht doch eine Abenteurerin. Sie hatte nicht die geringsten Gewissensbisse, nicht die leisesten Skrupel, daß sie hier nackt mit diesem Mann im Bett lag, den viele Menschen für einen Mörder hielten, einen Wahnsinnigen, einen Unruhestifter. Es war aufregender, mit einem Unruhestifter im Bett zu liegen als mit einem Sachbearbeiter vom Einwohnermeldeamt. Es war besser, sich in einem Beduinenzelt in der Wüste zu lieben, in einer mondlosen Nacht, bewacht von einem Dutzend Männern mit Kalaschnikows, als allein in Frankfurt in einer Dachwohnung vor dem Fernseher einzuschlafen.

Oder etwa nicht?

»Du findest es gut, nicht?« flüsterte Zayed an ihrem Ohr. »Du liebst es, wenn ich solche Sachen mit dir mache.«

»Ja«, lachte Nadine, »ja, ich liebe es.«

»Okay, dann fangen wir noch einmal von vorne an.«

Er spreizte ihre Beine und legte seinen Kopf in ihren Schoß, er küßte sie und nannte sie seine Füchsin. Und Nadine dachte, während er sie

immer mehr erregte, an diese Hand, die ein blutendes Herz gehalten hatte, frisch ausgebrochen aus dem Bauch einer Füchsin.
Nadine dachte an diese Kumpanei des Scheichs und des Falken, an das geheimnivolle Einverständnis, an das Ritual aus Blut und Tod und Wildheit und Zähmung. Sie wimmerte leise vor Lust.
»Du bist gut«, sagte Zayed zufrieden. »Ich habe es gleich zu Tahir gesagt, als ich dein Bild gesehen hab'. Die ist gut, habe ich gesagt. Wie eine Füchsin. Ich werde mit ihr in die Wüste gehen, hab' ich gesagt. Ich werde ihr zeigen, daß alles, was sie bisher über mich und mein Land gedacht hat, Unsinn ist. Dummer blanker Unsinn.«
»Küß mich«, flüsterte Nadine, den Kopf auf dem Teppich, mit den Armen nach einem Halt suchend. »Küß mich, schnell, bitte.«

Sie frühstückten gemeinsam. Mehdi brachte alles vor das Zelt, baute auf dem großen Messingtablett Früchte auf und kleine süße Kuchen und Hefeteig, der in Fett gebacken war, und Kaffee, der nach Zimt und Kardamom duftete, der Falkner hatte den Falken gebracht und ihn auf seinen Pflock neben die Kissen gesetzt, auf denen der Scheich ruhte.
Nadine trug einen langen Leinenrock und eine lange Leinenbluse und ein Chiffontuch um den Kopf, und das alles war wie im Film und nicht Realität. Gleich würde Bertolucci hinter dem Jeep auftauchen und rufen: »Cut.«
»Das ist Hollywood«, sagte Nadine, »das alles ist unwirklich.«
»Was ist unwirklich?« fragte Zayed. »Der Himmel? Die Sonne? Die Hitze? Diese Passionsfrüchte da? Hast du sie probiert?«
Er schnitt eine für sie mit einem scharfen Messer in zwei Hälften und reichte sie ihr. »Nimm.«
»Heute morgen«, sagte Nadine, »habe ich mir ausgerechnet, daß ich schon zwölf Tage in diesem Land bin.«
»Erst zwölf Tage?«
»Ich denke, ich werde bald nach Frankfurt zurückfliegen.«
Sie sagte es beiläufig, ohne die Stimme zu heben, ohne besondere Erregung in der Stimme, sie war sicher, daß ihr Herzschlag kein bißchen schneller wurde. Sie sagte: »Man wartet dort auf mich.«
»Laß sie warten«, sagte Zayed. Er nahm die Kaffeekanne hoch. »Kaffee?«

Nadine nickte, er schenkte ein und gab Mehdi ein Zeichen, mehr Kaffee zu holen. Das Telefon lag neben seinem rechten Knie. Es surrte alle zehn Minuten, Zayed sprach schnell und heftig, aber wenn er den Hörer aus der Hand legte, entspannte er sich sofort wieder und schenkte Nadine einen strahlenden Blick.
»Du hast viel zu tun«, sagte Nadine.
»Nicht so viel.«
»Deine Leute in der Hauptstadt warten auf dich.«
»Sie warten immer. Sie können warten. Alles hat Zeit.«
»Fährst du heute nach Q'uam al Hashid zurück?«
Zayed lehnte sich in die Kissen zurück. Er lächelte amüsiert. »Warum hast du es so eilig? Gefällt es dir hier nicht mehr? Langweilt dich die Wüste schon? Du hast erst einen winzigen Teil gesehen. Wir könnten weiterreiten, auf den Kamelen, ich könnte dir eine Ruinenstadt zeigen ... einen Staudamm, irgendwann ist da einmal Wasser gewesen, ein Wadi. Ich könnte dir das zeigen.«
Nadine lachte. »Der Scheich Zayed bin Sultan als Fremdenführer. Eine neue Rolle. Das macht einen komischen Eindruck, oder?«
Zayed schaute sie ruhig an. »Auf wen? Nichts, was wir hier tun, kann irgendeinen Eindruck machen. Weil niemand etwas darüber erfahren wird.«
Nadine preßte die Lippen zusammen. Sie schaute in das gleißende Sonnenlicht. Ihre Lider zuckten. »Die Soldaten sehen es.«
»Meine Soldaten sehen nur das, was sie sehen dürfen. Ich entscheide, was meine Soldaten sehen.«
Er erhob sich. Er stellte sich breitbeinig vor sie hin und schaute zu ihr herunter. »Was ist los?«
Ihr Lächeln war hilflos. »Ich bin ein bißchen verwirrt.«
»Eine kluge Frau verwirrt?« Zayed lachte. »Das glaube ich nicht. Was könnte dich verwirren?«
»Das weißt du genau – hast du es darauf angelegt?«
Zayed nahm ihre Hände und legte sie auf seine Brust. »Du kannst bleiben, solange du willst. Wenn wir wieder in die Stadt zurückkommen, kannst du deine Geschichte faxen, und das Interview, alles, was deine Redaktion von dir erwartet.« Er lachte. »Oder vielleicht auch nicht erwartet.«

Nadine schloß gequält die Augen. »Mir wird ganz übel, wenn ich an Frankfurt denke. An die Dunkelheit. An die verbissenen Gesichter meiner Kollegen. An dieses ganze verkrampfte Leben ...«
Zayed schob seine Hand unter ihre Haare und ließ sie wieder fallen. »Du kannst bleiben, solange du willst.«
Sie schmiegte sich an ihn. »Ich hab' alles vergessen. Meine Papiere sind in Bahrain. Ich weiß nicht mehr, wie es war, als ich nach Q'uam al Hashid gekommen bin. Was ich gedacht habe ... was ich gewollt habe ...«
»Du hast auf dem Flugfeld gestanden. Eine schöne blonde Frau allein auf dem Flugplatz von Q'uam al Hashid. Ich bin mit dem Hubschrauber gelandet. Als ich ausgestiegen bin, haben unsere Blicke sich gekreuzt.« Er wiegte sie zärtlich. »Da habe ich es gewußt.«
»Was gewußt?«
»Daß du verloren bist. An den Orient. An die arabische Welt. Du hast es im Blut, Nadine. Du gehörst hierher ...«
Sie richtete sich mühsam auf. Sie schaute ihn an. »Wieso hast du es gewußt?«
»Ich bin ein Beduine«, sagte er zärtlich. »Vergiß das nicht. Ich wußte, du wirst deiner Redaktion eine Geschichte liefern, mit der sie nicht rechnen. Du wirst die Wahrheit schreiben über unser Land, nicht wahr? Und über seinen Herrscher.« Er küßte ihre Augenlider. »Du kennst ihn besser als jeder andere westliche Mensch.«
Nadine versuchte, sich von ihm zu lösen, aber er hielt sie fest.
»Ich weiß nicht mehr, ob das so gut ist, Zayed.«
»Natürlich ist es gut.«
»Ich habe gegen die Regeln verstoßen.«
»Was für Regeln?«
»Journalistische Regeln. Man darf sich nicht einlassen, nicht auf diese Weise einlassen mit einem Menschen, den man beschreiben will.«
»Aber warum nicht?«
Nadine stützte sich auf und schaute ihn an. Er spielte mit einer Haarsträhne. Er lächelte.
»Ich kann nicht mehr klar denken. Man ist nicht mehr kritikfähig. Du bist anders als alle Männer, die ich bisher getroffen habe.« Sie

lachte. »Ganz anders als Arne Henscheid. Ich wünschte, du würdest ihn kennen. Dann könnten wir zusammen über ihn lachen.«
Zayed runzelte die Stirn. »Wer ist das? Dein Geliebter?«
»Mein Chef. Ressortleiter Ausland.«
»Wie ist er?«
Nadine verdrehte die Augen. Sie dachte nach. »Blaß. Dünn. Nervös. Ängstlich. Ehrgeizig. Unsportlich. Ein Stadtmensch. Fährt einen Porsche, aber bringt seine Wäsche selbst in den Waschsalon. Weißt du, daß er mir diese Reise nicht gegönnt hat? Er wollte selber kommen.«
Zayed lachte. »Hier gibt es keine Waschsalons.«
In diesem Augenblick brachte Mehdi frischen Kaffee. Zayed entspannte sich, und Nadine holte tief Luft. Sie setzten sich wieder, tranken Kaffee, schauten in die flimmernde Hitze, Zayed telefonierte, Mehdi brachte ihr eine Schale Wasser, um die Hände zu waschen, dann stand Nadine auf, um ihr Notizbuch zu holen. Während Zayed immer noch telefonierte und dabei manchmal mit der Hand über ihre Knie unter dem Baumwollstoff strich, schrieb sie ihre Gedanken auf, das, was sie nicht vergessen durfte.
Sie dachte an Arne Henscheid. Sie stellte sich vor, wie sie in der Konferenz über sie redeten. Vielleicht stapelten sich im Al-Fellaj-Guesthouse schon die Faxe. Vielleicht suchte man sie bereits, machte sich Sorgen. Sie lächelte, der Gedanke war irgendwie angenehm.
»Wir fahren in die Stadt zurück«, sagte Zayed, als er aufgelegt hatte. »Aber erst machen wir einen kleinen Umweg über Yahia al Zaer.«
»Was ist das?«
»Eine kleine Wüstenstadt. Nichts Besonderes. In der Nähe sind Ölraffinerien. Früher war es nur ein Marktflecken. Kamelmarkt, jeden Dienstag. Heute gibt es fünfmal soviel Einwohner wie früher. Gastarbeiter aus Pakistan, aus Ägypten, eine Schule, einen Markt. Drei, vier reiche Familien, alte Beduinenfamilien aus meinem Stamm. Es hat ein kleines Problem in Yahia al Zaer gegeben. Der Imam mußte das Problem regeln, und heute wird sein Befehl ausgeführt.« Er schaute sie an. Lächelnd ließ er die Gebetskette durch die Finger gleiten. »Sie ist fast so schön wie du. Und beinahe so klug wie du. Ein bißchen jünger, das schon. Ich habe sie auf eine Schule geschickt, aber das war schon ein Fehler. Ich verstehe nicht, warum kluge Frauen gleichzeitig so dumm sind.«

Nadine runzelte die Stirn. Sie versuchte, den Sinn seiner Worte zu verstehen. Es amüsierte Zayed offensichtlich, daß sie nichts begriff.
»Sie heißt Achwas. Sie ist die Frau meines Schwagers.« Er schüttelte den Kopf. »So eine große Dummheit.«
»Du sprichst in Rätseln.« Nadine spürte, daß sie zunehmend gereizt wurde.
Zayed schaute auf. »Tue ich das?« sagte er lächelnd. »Das wollte ich nicht. Ich weiß nicht, ob es meinem Schwager recht ist, wenn ich von der Schande erzähle, die Achwas über seine Familie gebracht hat. Mein Schwager ist außer sich vor Wut.« Er hob die Schultern. »Ich wäre es auch.«
Er schnipste mit dem Finger, Mehdi eilte lautlos herbei und begann, den Tisch abzuräumen. Im Hintergrund spürte Nadine die Unruhe, die dem Aufbruch voranging. Der Falke reckte seinen Kopf, er trug keine Lederkappe, er schaute aufmerksam jeder Bewegung von Mehdi zu. Wenn Mehdi ihm zu nahe kam, reagierte der Falke mit einem leichten Kopfzucken oder einem Schnabelhieb, der ins Leere ging.
Zayed strich mit dem Zeigefinger sanft und beruhigend über das Gefieder des Falken und sprach leise auf ihn ein. Der Falke zog seinen Kopf leicht ein und rieb seinen Schnabel an der Hand des Scheichs. Sie kommen sich näher, dachte Nadine. Sie werden Freunde. Noch ein paar blutende Herzen aus der Hand seines Herrn, und der Falke wird zutraulich wie der erste.
Ganz unvermittelt sagte Zayed, während er dem Falken in die starr aufgerissenen Augen blickte: »Achwas hat der Familie ihres Mannes Schande bereitet. Es ist herausgekommen. Sie tut es seit Monaten, aber jetzt ist es erst herausgekommen. Eine Dienerin hat geredet, aus Respekt vor Allah und den Gesetzen des Koran.«
Nadine spürte, wie Panik sie ergriff. »Was hat sie getan?«
»Sie hat Briefe geschrieben. Liebesbriefe. An einen Jungen, den sie früher auf dem Schulweg getroffen hatte. Einen Studenten. Niemand interessiert sich für diesen Studenten. Aber sie konnte ihn nicht vergessen. Sitzt da und schreibt Briefe, während ihr Mann dafür sorgt, daß Geld ins Haus kommt.«
»Woher weiß man, was in den Briefen steht?« fragte Nadine.
»Sie hat sie nicht abgeschickt. Die Dienerin hat sie gefunden und der

Mutter meines Schwagers gezeigt.« Er lächelte. »Es ist, wie es immer ist: Keine Geheimnisse der Frauen bleiben verborgen. Sie denken, daß sie im Harem sicher sind, unbeobachtet, daß sie im Harem Geheimnisse haben können, aber das ist nicht wahr. Die Dienerin hat sich an ihr gerächt, weil sie ihr das Kleid nicht geschenkt hatte, daß ihr versprochen war.« Zayed lächelte. »Dumm, nicht wahr? Ein Kleid zu versprechen und dann nicht zu schenken. Das ist ein verhängnisvoller Fehler.«

»Was passiert mit ihr?« fragte Nadine.

Zayed erhob sich. Er schob die Gebetskette wieder in die Tasche zurück und streckte die Hand aus, um Nadine beim Aufstehen behilflich zu sein. »Das, was immer mit Frauen in solchen Situationen geschieht. Hast du deine Sachen gepackt?« Er bückte sich nach ihrem Notizbuch, warf einen Blick darauf und gab es ihr. »Was du immer schreibst.«

»Nicht, was du denkst«, sagte Nadine leichthin.

»Woher weißt du, was ich denke?«

Nadine, die ins Zelt gegangen war, drehte sich um und schaute ihn an. »Es stimmt«, sagte sie leise, »ich weiß nicht, was du denkst. Wie lange werden wir fahren bis zur Hauptstadt?«

»Den ganzen Tag«, sagte Zayed, »wenn uns nicht ein Hubschrauber abholt in Yahia al Zaer. Aber das ist noch nicht sicher. Beeil dich. Es ist spät. Wir wollen rechtzeitig in Yahia sein, damit wir den Augenblick nicht verpassen.«

Tahir tauchte unangemeldet im Al-Fellaj-Hotel auf, und er war offensichtlich schlecht gelaunt.

Abdul, der in seinem kleinen Büro in einer ausländischen Zeitschrift blätterte, die der Engländer in seinem Zimmer gelassen hatte, schreckte schuldbewußt hoch und ließ die Zeitschrift unter den Tisch gleiten.

Tahir zog verächtlich die Mundwinkel hoch. Er überblickte die Unordnung, das Chaos in dem kleinen Büro, aber anstatt Abdul zu tadeln, nahm er nur mit spitzen Fingern die Socken hoch, die Abdul auf dem Polstersessel abgelegt und dort vergessen hatte, und legte sie auf Abduls Schuhe, die wie immer neben der Pritsche standen. Abdul fuhr sich verlegen durch die Haare, er war noch unrasiert, er war ungewaschen, aber das lag nur daran, daß es an diesem Tag keinen einzigen Gast im Al Fellaj gab. Abdul hatte das Gefühl, daß die Gäste immer weniger wurden, und er wußte nicht genau, woran es lag. Seiner Meinung nach hatte sich im Land nichts verändert, der Scheich Zayed regierte despotisch wie eh und je, die Mullahs straften, und die Sicherheitspolizei verbreitete Angst und Terror im Souk. Die Ölquellen waren nicht versiegt, und der Scheich hatte nach wie vor Gefallen daran, sein Militär mit immer neuen Waffen und Techniken auszurüsten. In dem neuen Viertel neben der Medina wurde gebaut, wenn auch nicht mehr so viel wie noch vor zwei, drei Jahren, aber dennoch war es eine Tatsache, daß man immer weniger Ausländer in Q'uam al Hashid sah.

Deshalb hatte Abdul an diesem Morgen, als die Zeitungen wie üblich, mit dem Stempel der Kontrollbehörde versehen, vor der Palasttür abgelegt worden waren, nicht reagiert. Die Dienstboten, die kaum etwas zu tun hatten, kamen durch den Hintereingang, sie besaßen einen Schlüssel, und es war schließlich nicht Abduls Aufga-

be, sich darum zu kümmern, daß die Gläser poliert und die Kaffeekannen gespült waren. Im Restaurant waren für diesen Mittag vier Tische reserviert worden vom Wirtschaftsministerium, aber offenbar waren es keine Gäste, die auch im Al Fellaj untergebracht waren. Tahir setzte sich. Er schlug die Beine übereinander und balancierte seinen Ebenholzstock auf den Knien.
»Du mußt deine Uhr zum Uhrmacher bringen, Abdul«, sagte er sanft.
Abdul errötete. Er stopfte sein zerknautschtes Hemd in die Hose und schob den Gürtel zurecht. Es war ihm außerordentlich peinlich, daß Tahir ihn so sah, zerzaust und zerknittert, der Raum erfüllt von den Ausdünstungen seines Körpers, es wäre eine gute Gelegenheit gewesen, Tahir zu bitten, ihm für die Nacht ein Zimmer zu genehmigen, das ein Fenster hatte, aber andererseits war es auch wieder keine gute Gelegenheit, denn Tahir hatte schlechte Laune. Er war blaß, die steile Falte hatte sich tiefer in die hohe Stirn gegraben, seine manikürten Hände hielt er so starr, als müsse er gegen ein Zittern ankämpfen.
»Wir haben zur Zeit keine Gäste«, sagte Abdul in einem sehr demütigen Ton, »deshalb habe ich mir erlaubt ...«
»Wenn deine Frau sehen würde, welche Zeitungen du liest, würde sie dich verachten.«
Abdul schob die Zeitung mit den bloßen Füßen weiter unter den Tisch. »Es ist nur dieses eine Foto«, sagte er hastig, »es ist nichts Verbotenes.«
»Allah sieht alles«, sagte Tahir sanft, und Abdul nickte, biß sich auf die Lippen und wartete.
»Sie kommt zurück«, sagte Tahir.
Abdul hob den Kopf. Er verstand nicht. Sein Kopf war voll von anderen Dingen. »Wer kommt zurück?«
»Die Deutsche, von Zimmer 116. Ich muß kontrollieren, ob alles in Ordnung ist.« Er streckte die Hand aus. »Gib mir den Schlüssel.«
Abdul nickte. Er stand auf, er machte einen weiten Bogen um Tahir, um ihm seinen Körpergeruch zu ersparen, er kannte Tahir. Seine Nase war so empfindlich wie die eines Fuchses. Er lief zur Rezeption, zog eine Tischschublade auf und entnahm ihr einen Schlüssel, der ein kleines Pappschildchen trug mit einem Hinweis in arabischen Zeichen.

»Es ist das Vorhängeschloß, das wir immer benutzen«, sagte Abdul. »Der Schlüssel klemmt ein bißchen, aber es ist das sicherste, weil wir nur einen Schlüssel haben. Wenn Sie mögen, begleite ich Sie.«
Tahir erhob sich. Er strich über sein dunkles Sakko, an dem nicht ein Fusselchen war, aber offenbar wollte er sich reinigen vom Muff dieses Raumes. »Mach Ordnung, Abdul«, sagte Tahir freundlich, als er sich zur Tür wandte. »Du weißt, wer heute mittag zum Essen kommt?«
»Eine Delegation vom Wirtschaftsministerium.«
»Genau. Mit den Leuten von der Sicherheit. Und die kennst du, nicht?« Er grinste und zwinkerte Abdul zu. »Die drehen das Unterste nach oben, wenn ihnen danach ist.«
Abdul erwiderte das Lächeln. Es erleichterte ihn zu sehen, daß Tahirs Laune sich allmählich besserte. »Ich werde in die Küche gehen und Ihnen einen Kaffee machen lassen«, sagte er.
Tahir nickte gleichmütig. »Ich habe noch nicht gefrühstückt. Wenn sie schon arbeiten, dann sollen sie mir gleich ein richtig gutes Frühstück machen.« Er schaute Abdul an. »Wenn du gewaschen und umgezogen bist – warum leistest du mir nicht Gesellschaft? Bestelle eine Pastilla mit Täubchenfüllung. Für zwei.«
Abdul errötete. Er senkte den Kopf. »Der Prophet hat diesen Tag gesegnet«, murmelte er, in der Stellung verharrend, bis Tahirs Schritte verklungen waren.

Abdul wußte nicht, was Tahir in Nadines Zimmer zu tun hatte, und er hütete sich, neugierige Fragen zu stellen, als Tahir nach einer Viertelstunde zurückkam und den kleinen mit Mosaiksteinchen gekachelten Raum betrat, der für intime Feste gedacht war. Ein Springbrunnen plätscherte, an den gekachelten Wänden lehnten dicke Brokatpolster auf den gemauerten Bänken, die rot und grün bemalten Bodenfliesen glänzten, als habe man einen Eimer Wasser noch eben darüber gegossen. Das hohe Fenster, vergittert, ließ ein Stück Himmel und die obersten Zweige eines Orangenbaumes hereinleuchten. Das Fenster war geöffnet, und die frische trockene Morgenluft erfüllte den Raum.
»Ein wunderbarer Tag«, sagte Abdul, als er sich händereibend Tahir gegenüberstellte.

Tahir nickte. Er reichte Abdul die Schale mit der Pastilla, von der er sich schon die Hälfte abgebrochen hatte. Seine rechte Hand war besprenkelt mit Puderzucker und Zimt, und Tahir leckte genüßlich die Finger ab.

»In Europa«, sagte Tahir, »in Frankreich würden sie dem Patissier für diese Pastilla drei Michelin-Sterne zugestehen. Weißt du, was das ist?«

Abdul nickte eifrig. »Es ist mein Traum, eines Tages in Frankreich zu arbeiten, in einem Fünf-Sterne-Hotel mit einem Restaurant, das drei Michelin-Sterne hat.«

Tahir schaute ihn an, schob ein Stück von der gezuckerten Pastilla zwischen die Lippen und schaute wieder weg.

»Weißt du genau, woraus diese Füllung besteht?«

»Der Koch nimmt Täubchenfleisch, durchgedreht, gehackte Mandeln, Zimt, in Passionsfruchtsaft eingelegte Nierchen, die ebenfalls durch den Fleischwolf gedreht werden, und ich glaube, kleingehackte Datteln.«

Tahir leckte wieder die Finger. »Es gibt nichts Besseres«, sagte er, während er Abdul ein Zeichen gab, ihm Kaffee nachzuschenken, »unsere Küche ist in vielen Dingen der französischen Küche meilenweit voraus. Denken wir einmal an das Mechoui. In ganz Frankreich gibt es keinen Koch, der so ein zartes Lammfleisch bereiten kann. Und warum nicht? Weil sie keine Wüste haben, in der sie ein Lamm eingraben und langsam gardünsten lassen können, weil sie keine Sonne haben, die die Minze so aromatisch, und keinen Boden, der die Blätter so groß und fleischig macht. Arabien ist ein gesegnetes Land, Abdul.«

Abdul lächelte zufrieden. »Ich weiß.«

»Es hat keinen Sinn, sich nach anderen Ländern zu sehnen, wenn man weiß, daß es hier am besten ist.«

Abdul warf Tahir einen flüchtigen Blick zu. Aber Tahirs Gesicht wirkte entspannt und freundlich. Abdul beschloß, einen Vorstoß zu wagen. »Tahir, meine Frau Jamila ...« Er zögerte, als er sah, daß die steile Falte ein bißchen tiefer wurde. »Du kennst doch meine Frau Jamila? Sie kommt aus dem gleichen Dorf wie ich. Ihre Schwester ...«

»Ich weiß, ich kenne Jamila. Ich kenne ihre Eltern. Es ist eine gute

Familie.« Tahir trank einen Schluck Kaffee, schloß die Augen, öffnete sie wieder und fügte hinzu: »Im Prinzip.«
»Jamila ist eine liebe, gehorsame Frau. Aber sie ist unruhig, Tahir. Sie liegt mir in den Ohren. Sie möchte arbeiten. Sie hat sich selber die englische Sprache beigebracht, Tahir. Und nun möchte sie damit auch etwas anfangen. Sie sagt, es ist ihr zu langweilig zu Hause.«
»Mach ihr ein Kind«, sagte Tahir gleichmütig.
Abdul errötete. »Sie sagt, damit will sie noch warten.«
»Warten? Wieso warten?«
»Ich weiß es nicht.« Abdul hob hilflos die Schultern. »Sie sagt, vielleicht gehen wir ins Ausland, und dann ist ein Kind ein Problem, weil sie dann wieder nicht arbeiten kann...«
»Ihr geht nicht ins Ausland«, sagte Tahir barsch, »du stehst nicht auf der Liste. Hast du einen Antrag gestellt?«
Abdul nickte, und schüttelte dann sofort den Kopf. »Ich möchte..., das heißt, ich will..., aber ich wollte erst einmal fragen..., ich wollte wissen, wie Sie darüber denken...«
»Schade«, sagte Tahir, »du hättest das früher tun sollen. Ich fürchte, jetzt ist es zu spät.«
»Zu spät?« flüsterte Abdul. Ein Entsetzen kroch in ihm hoch, er spürte, wie seine Wirbelsäule kalt wurde, wie es zwischen den Schulterblättern schmerzte. Immer, wenn er in Panik geriet, übermannte ihn dieser Schmerz zwischen den Schulterblättern. »Die Ehre der Familie deiner Frau ist befleckt«, sagte Tahir, »weißt du das nicht?«
Abdul riß die Augen auf. Entsetzt schüttelte er den Kopf. »Du kannst es auch nicht wissen. Es ist erst vor einer Woche ans Licht gekommen, und man hat darauf geachtet, daß niemand es erfährt, bevor alle Einzelheiten geklärt sind. Aber jetzt weiß man genau Bescheid. Wie ich schon sagte, deine Frau Jamila kommt aus einer guten Familie ... im Prinzip. Es gibt eben immer wieder schwarze Schafe. Das ist ein Unglück.«
»Ich weiß, ein großes Unglück«, flüsterte Abdul. Er faßte sich unwillkürlich ans Herz. »Darf ich wissen, was...«
»Es ist eine Cousine von Jamila, sie heißt Achwas. Kennst du sie? Hast du je von ihr gehört?«
Abdul nickte. Seine Augen waren in Panik ganz weit aufgerissen. Er

kannte Achwas sehr gut. Jamila liebte Achwas. Sie waren zusammen aufgewachsen, sie hatten zusammen gespielt, sie waren zusammen von Jamilas Großmutter erzogen worden, hatten die Koranschule gemeinsam besucht und sich Geheimnisse anvertraut... Abdul erbleichte. Er starrte Tahir an.

»Was hat sie getan?«

Tahir lehnte sich zurück. Er schloß die Augen zu einem Spalt und beobachtete Abdul. Er sah, daß Abdul litt, er spürte, daß Abdul eine Gefahr witterte, für sich, seine Frau, sein Leben. Das war in Ordnung. In Q'uam al Hashid gehörte es zum guten Ton, Angst zu haben. Aber dennoch war es immer wieder interessant, die unterschiedlichen Ausdrucks- und Erscheinungsformen von Angst zu sehen. Tahir traute Abdul zu, daß er sich vor Angst in die Hosen machen könnte, schon bei den kleinsten Folterungen, bei den harmlosesten Sachen, die man machte, um etwas zu erfahren, was sonst vielleicht nicht zu erfahren war.

»Ich sehe, du hast Angst«, sagte Tahir.

Abdul wischte sich mit der Hand über die feuchte Stirn. Er lächelte tapfer. »Angst? Ich? Aber warum? Ich habe nichts getan. Ich bin mir keiner Schuld bewußt, und was Jamila betrifft, meine Frau, sie hat...«

»Sie ist eine gute Freundin von Achwas, nicht wahr? Die beiden sind zusammen aufgewachsen.«

Abduls Gesichtsfarbe wechselte in ein fahles Grau. Seine Lippen zitterten. Er nickte. »Ja«, flüsterte er, »aber sie hat niemals...«

»Darum geht es nicht. Es ist nicht wichtig. Ich wollte dich nur warnen. Ich wollte Jamila warnen. Sie soll keine unvorsichtigen Dinge sagen oder tun. Sowieso ist es heute oder morgen vorbei.«

Abdul hielt die Luft an. »Was?« keuchte er.

»Ich meine, mit Achwas. Der Imam hat die Strafe verkündet. Es ist beschlossen. Ihr Ehemann hat eingewilligt, ihr Ehemann ist zu Recht empört. Die Ehre seiner Familie ist befleckt. Achwas hat Schande über seine Familie gebracht. Das muß getilgt werden, gesühnt.«

»Was hat Achwas gemacht?« flüsterte Abdul. »Sie ist so eine sanfte, liebe Frau, sie kann...«

»Oh, auch sanfte, liebe Frauen können glühende Liebesbriefe schreiben, nicht wahr? Und was ist, wenn diese Liebesbriefe an einen anderen Mann gerichtet sind? An einen Fremden? Einen Studenten, der ihr irgendwann einmal durch die Gassen nachgelaufen ist, der vielleicht einmal ihr Gesicht unverschleiert gesehen hat und ihr ein Lächeln schenkte? Nun, wie denkst du darüber?«

Abdul schüttelte hilflos den Kopf. »Ich weiß es nicht. Achwas ist eine brave Frau. Ein bißchen romantisch vielleicht, schwärmerisch . . ., sie liebt ihren Mann, sie liebt die Familie ihres Mannes, ihre Schwiegermutter, die Schwägerinnen, ich weiß, daß Jamila nur Gutes erzählt . . ., ich glaube nicht, daß Achwas ihren Mann betrügt.«

»In Gedanken, Abdul, und das ist fast noch eine größere Sünde. In Gedanken kann man Dinge tun, die einem in Wirklichkeit nicht einfallen würden, zu denen einem der Mut fehlt. Glaubst du nicht auch?« Er schoß die Frage ab, pfeilschnell, daß Abdul zusammenzuckte. Er errötete.

»Glaubst du nicht auch?« wiederholte Tahir.

Abdul bekam einen heißen Kopf. »Schon möglich«, murmelte er, »aber Achwas hat keine schmutzige Phantasie. Sie würde nie . . .«

Tahir schnalzte ungeduldig mit der Zunge. Er erhob sich. Er ging zu der roten Seidenkordel, die neben der Tür hin, und zog daran. Wenig später kam ein Bediensteter und brachte Wasserschalen. Als Tahir sich die Hände an einem nach Minze duftenden Handtuch abtrocknete, sagte er: »Bring es Jamila schonend bei, ja? Wir möchten keinen Skandal.«

Abdul lief hinter Tahir her quer durch die Halle.

»Aber welche Strafe hat der Imam über sie verhängt?«

Tahir blieb stehen. Er schaute durch die Halle, durch das offene Portal auf die Blumenrabatte, in der schon wieder ein dunkelhäutiger Gärtner kniete und Unkraut zupfte. Tau lag auf den roten Kelchen der Hibiskusblüten. Die Calendula öffneten eben ihre Blütenkränze. Vor dem Portal standen zwei Bedienstete in schneeweißer Livree. Der Morgen war klar und strahlend.

»Tod durch Steinigen«, sagte Tahir, schwang seinen Ebenholzstock und schritt durch die Halle davon, mit diesem leicht hinkenden Gang, der in manchen Augenblicken etwas Dandyhaftes hatte.

Tilman Schröder hatte es erwischt. Ausgerechnet er, der sich jedesmal rechtzeitig im Sommer gegen Grippeviren impfen ließ, der nie ohne Wollschal das Haus verließ und Zugluft mied wie die Pest – ausgerechnet er lag seit zwei Tagen im Bett. Er wußte auch, wo er sich die Erkältung geholt hatte, und das ergrimmte ihn noch mehr. Auf dem Rückweg von Henscheids Party – die seine Frau übrigens noch quälender empfunden hatte als er selbst – waren sie, schuldlos, in einen Auffahrunfall verwickelt worden. Ein Laster war auf dem Messeschnellweg gegen die Leitplanke geprallt, und obgleich seine Frau rechtzeitig den Wagen zum Stehen gebracht hatte, waren sie von einem gepanzerten Volvo mit Wucht gegen den Laster geschoben worden. So stand ihr Mercedes, eingekeilt zwischen Laster und Volvo, unbeweglich, unverrückbar, um Viertel nach zwölf, bei einer Temperatur von fünf Grad plus und leichtem Sprühregen, und sie mußten sich mit einem brüllenden Volvofahrer und einem zerknirschten Lastwagenfahrer auseinandersetzen, während sie auf die Polizei warteten. Die Zeugenaufnahme dauerte eine Ewigkeit, und dann verging eine weitere Ewigkeit mit Warten auf den Abschleppwagen. Tilman Schröders feine Nappaslipper waren inzwischen durchnäßt, der Regen lief ihm in den Hemdkragen, es war nur eine Frage der Zeit, wann es ihn erwischen und aufs Krankenlager werfen würde.

Louisa Schröder ließ sich in ihrer Bank entschuldigen, um den wehleidigen Gatten zu pflegen, sie machte ihm Umschläge, kochte Holunderblütensuppe mit Grießklößchen, eine Speise, die er schon als Kind immer verlangt hatte, wenn er Fieber hatte, stellte ihm alle zwei Stunden eine frischgepreßte heiße Zitrone ans Bett, flößte ihm löffelweise reinen Bienenhonig ein und vertrieb ihm die Zeit mit Rommé- und Halmaspielen, für Scrabble fühlte er sich zu schwach.

Der Arzt kam, verschrieb leichte homöopathische Mittel und erklärte Louisa Schröder im Hinausgehen mit gedämpfter Stimme, daß sie sich keine Sorgen machen sollte, der Grippevirus, den Schröder so fürchtete, war es nicht, sondern eine leichte Erkältung, die man sich in diesem regnerischen und zu kalten Frühling leicht holen konnte.

Als Tilman Schröder am vierten Tag mit bleicher, fast durchscheinender Stirn, tränenden Augen und geröteter Nase wieder ins Büro kam, hatte Henscheid die Nachfolge schon angetreten.
Er war mit seinen Büchern, Akten und den Bechern mit Filzstiften in sein neues Büro umgezogen, hatte die zwei Topfpflanzen und das Kaffeeservice für Besucher von Gerti nachtragen lassen und empfand es beinah als Wink des Schicksals, daß Schröder ihm die Dienstgeschäfte sozusagen gleich nach Amtsantritt ganz überließ. Wie mit Schröder und dem Verleger vereinbart, hatten sie Unterstöger erst einmal zum kommissarischen Ressortleiter Ausland ernannt. Was allerdings nicht bedeutete, daß Unterstöger plein pouvoir hatte. Letztendlich entschied Henscheid nach wie vor, welche Themen auf die Auslandsseiten kamen, welcher Autor verpflichtet und welcher Reporter mit den Recherchen beauftragt wurde.
Unterstöger hatte sofort begriffen, daß er als wirklicher Nachfolger von Henscheid nicht in Frage kam. Dazu fehlte ihm die Hausmacht, der Instinkt, die richtigen Intrigen anzuzetteln, und vielleicht überhaupt der Geschmack an der Macht. Amüsiert, mit einem Lächeln, das immer gleichzeitig bei den Kollegen um Verständnis warb, spielte er den Mittler zwischen dem vierten und dem siebten Stock und scheute sich auch nicht, hin und wieder unverblümt mitzuteilen, daß Henscheids Meinung zu einem strittigen Punkt nicht seine Meinung war.
Tilman Schröder und der Verleger waren übereingekommen, die Frage über Henscheids Nachfolge nicht ad hoc zu entscheiden, sondern sich bei der Wahl Zeit und Augenmaß zu gönnen. Dennoch war Henscheid entschlossen, die Sache voranzutreiben. Er wollte, daß sein Nachfolger feststand, bevor Nadine Malten zurückkam. Er wollte es ganz besonders, seitdem Tilman Schröder hatte durchblikken lassen, daß er sie womöglich als Kandidatin in Betracht zog.

Schröder, einen roten Wollschal zweifach um den Hals geschlungen, in der rechten Hand ein Paket Papiertaschentücher, ließ sich schwer in den schwarzen Ledersessel fallen, den Henscheid dem Schreibtisch schräg gegenüber plaziert hatte.
»Na, wie läuft's«, fragte er und gab sich dann einem Niesanfall hin.
»So gut, daß du noch ein paar Tage zu Hause bleiben kannst, um dich auszukurieren«, sagte Henscheid fröhlich. Er deutete auf die Farblithos der Wochenendbeilage. »Wir haben, glaube ich, eine sehr gute Mischung für die Wochenendbeilage. Zwei satte Stories, und dann diese Affäre in London, Florentine hat uns einen herrlichen Hintergrundbericht geliefert.«
Tilman Schröder schob das benutzte Papiertuch diskret in die Sakkotasche. Er nickte. Er fuhr sich mit den Händen über das Gesicht, schloß die tränenden Augen und schaute aus dem Fenster. »Gib doch mal eine Geschichte, eine Untersuchung in Auftrag, warum es in diesem verdammten Land keinen Frühling mehr gibt.«
Henscheid lachte. Seit er diesen neuen Posten hatte, der ihn vierundzwanzig Stunden am Tag beschäftigte, der ihm stündlich zu neuen Adrenalin-Schüben verhalf, kümmerte ihn das Frankfurter Sauwetter nicht mehr. »Im Wonnemonat Mai«, sagte er aufgeräumt, »kriegen wir schon unsere Ration Sonnenschein.«
Tilman Schröder nickte. »Und wie lange ist es noch bis dahin?« In den letzten beiden Tagen hatte er sich wieder etwas intensiver mit der Frage des Seniorenwohnsitzes beschäftigt, hatte die Immobilienanzeigen studiert und sich mit Klimatabellen von Mallorca und den Kanarischen Inseln beschäftigt. Es wurde immer deutlicher für ihn, daß er in diesem Land nicht alt werden wollte. Oder um es mit den Worten seiner Frau zu sagen: Du hast Angst, Tilman, daß du in diesem Land nicht alt werden kannst.
»Was gibt es Neues von Nadine?« fragte Tilman Schröder. Von Frankfurt zum besseren Wetter und von dort zu Nadine, die sich irgendwo in der Wüste befand, war es nur ein kleiner Schritt.
Henscheid seufzte, seine Lippen wurden etwas schmaler, er wich dem Blick seines Chefs aus. »Nicht viel, fürchte ich.«
Schröder runzelte die Stirn. »Was heißt das?«
»Wir versuchen immer noch, mit ihr Kontakt aufzunehmen. Das ist nicht einfach.«

»Im Klartext?« Schröders Stimme verlor den wehleidigen, kränkelnden Ton, er beugte sich vor, die Hände zwischen die Knie geklemmt. »Heißt das, ihr habt immer noch nicht mit ihr gesprochen?«
Henscheid atmete tief durch. »Ich fürchte, genau das heißt es.« Er begann, hektisch auf seinem Schreibtisch herumzuwühlen. »Aber wir sind dran, und wir bleiben dran, Chef, keine Bange.«
Er schob Tilman Schröder einen Zettel zu. »Das ist unser Kontaktmann. Er hat uns versprochen, sich um die Sache zu kümmern. A-Priorität. War nicht einfach, ihn davon zu überzeugen. Wir haben die Syrer zu Hilfe gebeten. Die sollen immer noch die besten Kontakte nach Q'uam al Hashid haben.«
Tilman Schröder las den Namen. Er schaute auf. »Sagt mir nichts.« Er gab Henscheid den Zettel zurück. »Was soll ich damit anfangen?«
»Kamal Hassan arbeitet an der syrischen Botschaft in Q'uam al Hashid. Er ist der Experte für Sicherheit, wenn ich das richtig verstanden habe.«
Tilman Schröder verzog das Gesicht. »Ich schätze mal, daß die ganze syrische Botschaft in Q'uam al Hashid nur aus Sicherheitsexperten besteht.«
»Mag sein«, Henscheid stand auf, mit dynamischen Schritten ging er zum Fenster. Er genoß die Weiträumigkeit seines neuen Büros. Den ersten Tag hatte er praktisch damit zugebracht, das Zimmer zu durchmessen, von der Tür zum Schreibtisch, vom Fenster zum Bücherregal, von der Sitzecke zum kleinen Leuchttisch, den er sich – übrigens ohne schriftliche Genehmigung – hatte aufstellen lassen, um mit dem Art director gleich hier an Ort und Stelle die Fotos zu sichten.
Henscheid stützte die Arme aufs Fensterbrett und schlug die Beine übereinander, während er seinen Chef anschaute.
»Kamal Hassan mag ein windiger Hund sein, wer ist das nicht. Aber der deutsche Botschafter in Damaskus schwört auf ihn. Er sagt, wenn überhaupt jemand etwas in diesem Land herausfinden kann, dann ist es Kamal Hassan. Deshalb haben wir grünes Licht gegeben, mit ihm Kontakt aufzunehmen.«
»Und das Auswärtige Amt?« fragte Tilman Schröder. »Unternehmen die von sich aus nichts?«

»Dafür ist es zu früh.« Henscheid betrachtete seine Hände, die wunderbar geheilt waren. Er betrachtete sie wohlgefällig. Es war nicht auszuschließen, daß diese Krankheit auch etwas mit Nadine Malten zu tun hatte. Seit sie das Flugzeug nach Bahrain bestiegen hatte, ging es ihm besser.

»Wir müssen immer noch davon ausgehen, daß Nadine okay ist. Wir wissen, sie ist mit dem Scheich unterwegs. Irgendwo in der Wüste. Wir haben keinerlei Hinweis, daß sie gegen ihren Willen dort ist.« Er lächelte süffisant. »Die letzten Fotos vom Scheich hast du gesehen? Ich hatte sie auf deinen Schreibtisch legen lassen.«

Tilman Schröder nickte. »Ein bißchen unscharf.«

»Wir sind froh, daß wir überhaupt etwas bekommen haben. Aber immerhin erkennt man deutlich, daß der Scheich ein attraktiver Mann ist.«

Tilman Schröder schaute erstaunt auf. »Findest du?«

»Mit den Augen einer Frau gesehen. Er hat so etwas von einem Naturburschen, außerdem verkörpert er diese besondere, geheimnisvolle, beinahe mystische Macht, die diese Diktatoren umgibt. Das Foto mit dem Falken sagt doch alles.«

»Klär mich auf. Mir fehlt da offenbar der richtige Blick.«

Henscheid lächelte. »Du kennst Nadine. Eine Abenteurerin.«

»Findest du?« fragte Schröder erstaunt.

»Eine Frau, die noch alles für möglich hält.«

Schröder lächelte. »Das ist doch in Ordnung.«

»In gewisser Weise. Ich fürchte nur ...«, Henscheid stieß sich von der Fensterbank ab und schlenderte zu seinem Schreibtisch zurück, »daß Nadine einfach noch nicht die Reife hat, um zu wissen, wie weit man gehen kann.« Er warf Schröder einen Blick zu. »Viele Frauen haben eine Schwäche für das Orientalische. Für diesen üppigen, sinnlichen Luxus, für Märchen aus Tausendundeiner Nacht.«

Schröder lachte trocken. »Scheich Zayed ist nicht gerade dafür bekannt, daß er Märchen aus Tausendundeiner Nacht erzählt, oder? Das ist ein Terrorist, ein gefährlicher Politiker, ein Verrückter, der auf Festen mit seiner Kalaschnikow rumballert und Raketen bunkert. Einer, der mit den amerikanischen und europäischen Ölinteressen spielt wie kleine Jungs mit dem Jojo.« Er schüttelte fassungslos

den Kopf. »Tausendundeine Nacht. Nicht eine Sekunde glaube ich an so was.«
Henscheid musterte seinen Chef. Der zog wieder ein Papiertaschentuch heraus, schloß die Augen, zog die Augenbrauen zusammen und wartete auf den nächsten Niesanfall.
Der Mann wird alt, dachte Henscheid ohne das geringste Gefühl von Mitleid. Der Tag ist nicht mehr fern, da ist er nicht mehr tragbar für eine moderne, dynamische Zeitung wie die unsere. Als der Niesanfall vorbei war und Schröder die Augen wieder öffnete, lächelte Henscheid. »Auf alle Fälle haben wir die Sache im Griff. Ich bleib dran, keine Bange. Wir haben mit dem Botschafter in Damaskus vereinbart, daß wir täglich einmal telefonieren. Für Kamal Hassan ist es natürlich lebensgefährlich, eine andere Nummer als die seiner Freunde in Damaskus zu wählen. Wir müssen über Umwege gehen, aber es funktioniert.«
»Gibt es irgendeinen kleinen Hinweis darauf, wie es funktionieren kann?« fragte Tilman Schröder. »Ich meine, wie dieser Kamal an Informationen über Nadine kommen will?«
Henscheid schüttelte den Kopf. »Du weißt doch, wie diese Sicherheitsleute sind. Machen aus allem ein Geheimnis. Was sie unter keinen Umständen preisgeben, sind die Namen ihrer Mittelsmänner, ihrer Zuträger. Kommt hinzu, daß wir ja auch nicht mit Geld gewinkt haben. Wir bitten den Mann um einen Gefallen. Mehr nicht. Wir wissen ja gar nicht, ob es wirklich nötig ist, ob Nadine wirklich in Schwierigkeiten steckt.«
Schröder nickte. Er rieb sich das Kinn. Er sah nachdenklich und unschlüssig aus.
Dafür wirkte Henscheids Stimme um so fester und entschlossener.
»Bis wir nicht vom Gegenteil überzeugt sind, nehmen wir an, daß Nadine auf eigene Faust so lange unterwegs ist. Daß sie einer guten Story auf der Spur ist. Vielleicht hat sie einfach keine Möglichkeit, mit uns Kontakt aufzunehmen.«
»Ich dachte, diese modernen Wüstensöhne sind alle Telefonfetischisten, laufen nie ohne Satellitenschüssel herum. Können von jeder Palme aus mit der Welt kommunizieren.«
Henscheid lachte. »Woher hast du denn diese Weisheit?«
»Keine Ahnung. Wahrscheinlich aus Berichten der Konkurrenz.« Er

erhob sich. »Du hast recht. Wir müssen uns nicht unnötig Sorgen machen. Es stimmt, Nadine ist jung, abenteuerlustig, ein bißchen verrückt.« Er lächelte versonnen. »Aber genau das gefällt mir an ihr.« Er wandte sich um und schaute Henscheid an. »Ich bin übrigens immer noch überzeugt, daß es richtig war, sie dahinzuschicken. Daß sie so lange wegbleibt, kann nur ein Zeichen dafür sein, daß sie eine gute Story mit nach Hause bringt.«
Henscheid hob die Schultern. Er würde den Alten in seinem Glauben bestärken, wenngleich er persönlich anderer Meinung war. Aber dieser Streit war ausgetragen, er war eins zu null für Nadine ausgegangen, und er hatte jetzt andere Dinge um die Ohren, als solche alten Sachen noch einmal aufzuwärmen. »Ich habe übrigens neulich, ganz ohne irgendwelche verbindliche Absprachen, mal ein Bierchen mit Krieger getrunken.«
»Krieger?« Schröder blieb stehen. »Wer ist Krieger?« fragte er verwirrt.
»Der Bonner Korrespondent der TAZ. Ich habe dir gesagt, mir gefällt seine Schreibe. Sein Stil. Er hätte nichts dagegen, zu einem anderen Blatt zu wechseln. Er ist ein guter Mann. Hat fabelhafte Kontakte. Kennt Leute aus der nachfolgenden Generation, weißt du, junge, leidenschaftliche Reporter, mit denen er zusammen studiert oder volontiert hat. Auch eine Zeitung wie unsere braucht eine Blutauffrischung.«
Schröder lächelte. »Ich weiß. Deshalb hatte ich ja damals Nadine Malten geholt.« Er legte die Hand auf die Türklinke. »Übrigens gegen deinen Rat, wenn du dich erinnerst.«

Kamal Hassan verließ das Gebäude der syrischen Botschaft im Borj-Yerdi-Viertel gegen ein Uhr mittags. Er nahm den Hauptausgang, nickte dem wachhabenden Beamten zu, der in seinem kleinen Häuschen salutierte, und stieg in den Nissan, der im Gegensatz zu den meisten Wagen der syrischen Botschaftsangehörigen kein syrisches Kennzeichen trug.
Kamal Hassan war wie immer westlich gekleidet, er trug eine dunkle Popelinehose, ein offenes Hemd mit halbem Arm, darunter ein T-Shirt und darüber ein weites, ebenfalls dunkles Leinensakko, das geschickt die Konturen seiner 38er Smith & Wesson verbarg, die er im Schulterhalfter unter der Achsel trug.
Kamal war ein Mann von 54 Jahren, der zwei Dutzend Jahre seiner Dienstzeit in Botschaften wie dieser verbracht hatte: ein hellhöriger Betonbau im Neustadtviertel irgendeiner lausigen Stadt, in einem lausigen Dritte-Welt-Land, in einem Büro mit Neonleuchten und Fliegengitter, einem Ventilator, der im günstigsten Fall auch funktionierte, einer Klimaanlage, aus der es beständig tropfte, Schreibtische mit brüchigem Resopalbelag, Putzfrauen, die entweder schlampig oder vom feindlichen Geheimdienst waren, kurzum, Kamal Hassan hatte sich damit abgefunden, daß das Leben für ihn nicht mehr viele angenehme Überraschungen bereithalten würde. Als der Botschafter ihn fragte, an einem Oktoberabend in seinem Lieblingscafé in Damaskus, ob er unter Umständen bereit wäre, ihn nach Q'uam al Hashid zu begleiten, hatte er einen Augenblick geschwiegen und dann gefragt: »Unter was für Umständen?«
Der Botschafter hatte dies näher erläutert, allerdings in einem Gespräch, das in seiner Wohnung stattfand, in einem abhörsicheren Raum, in dem zur Tarnung immer Musik lief, eine italienische Oper. Angeblich liebte der Botschafter italienische Opern, es war aber

auch möglich, daß er herausgefunden hatte, diese Musik mit den schrillen Opernarien und den unvermittelten Paukenschlägen zerstöre besser jedes Gespräch als ein Zerhacker.
Die Bezahlung, die der Botschafter ihm angeboten hatte, überstieg das Gehalt, mit dem auszukommen er gelernt hatte, um ein Vielfaches. Zudem stellte der Botschafter eine Villa für Kamal persönlich in Aussicht, mit Pool und Dienstbotentrakt, etwas, was Kamal zum ersten Mal im Leben erfahren ließ, welche Freuden die Arbeit im Außenministerium für einige Auserwählte bereithielt. Dazu der Nissan, ein Spesenkonto und die Erlaubnis, alle zwei Monate für fünf Tage nach Damaskus zu fliegen.
Kamal überschlief das Angebot eine halbe Nacht und rief den Botschafter morgens um vier Uhr an, um zuzusagen. Er hatte es schon zwei Wochen nach Dienstantritt in Q'uam al Hashid bitter bereut. Die Dienstvilla war ein Rohbau, von dem sich die Handwerker aus unerklärlichen Gründen zurückgezogen hatten, der Staub von vielen Sandstürmen hatte sich auf alles gelegt, der Pool war ein Loch, das man mit der Spitzhacke in den beinharten Boden geschlagen hatte, die Terrasse eine Ladung Schotter. Das ganze Viertel eine verlassene Baustelle. Kamal bezog fürs erste ein Zimmer im Al-Fellaj-Guesthouse und verbrachte die Abende damit, die Jeunesse dorée von Q'uam al Hashid zu beobachten (natürlich nur die Männer, denn die Frauen lebten auch hier im verborgenen), wie sie in der Lobby herumlümmelten, Tee tranken, Whisky aus Kaffeetassen schlürften und Kif rauchten.
Er freundete sich ein bißchen mit Tahir an, ein bißchen mehr mit Abdul, und als er eines Tages aus Zufall Freddys Dienste in Anspruch nehmen mußte (sein Auto war zur Reparatur), hatte er fortan in Q'uam al Hashid einen wirklichen Freund.
Freddy war Palästinenser und schon deshalb für den Syrer ein angenehmer Gesprächspartner. Freddy kannte Damaskus und half Kamal, sein Heimweh zu überbrücken, indem er sich ganz plötzlich an irgendeine Straßenkreuzung, auf der ein halbblinder Verkehrspolizist Dienst tat, an einen Seidenhändler im Souk oder ein Kaffeehaus vor den Toren der Altstadt erinnerte. Freddy hatte sogar einmal – er war damals Bodyguard eines syrischen Waffenhändlers – an einer feudalen Hochzeit im Sheraton teilgenommen und konnte sich

genau an die fünfzehnjährige Braut erinnern, die fast unter den schweren Brokatkleidern erstickt war.
Kamal liebte die Geschichten. Als er eine Weile im Irak gearbeitet hatte – Kamal bekam nicht ganz genau heraus, was es dort zu tun gab –, wurde er hartnäckig von einer jungen Frau aus der irakischen Oberschicht verfolgt, einer Intellektuellen, wie er sagte, die hoffte, mit seiner Hilfe das Land verlassen zu können. Unglücklicherweise aber, so Freddy, bekam ein Offizier der irakischen Luftwaffe das schöne Kind zu Gesicht, als er mit ihr ein Hotel in Bagdad verließ. Der General, ein Weiberheld, wollte dieses Mädchen, und zwar wollte er es sofort. Er schickte zwei Adjutanten, aber das Mädchen weigerte sich, mit ihm zu gehen. Sie klammerte sich an Freddy, behauptete – was eine Lüge war –, daß Freddy ihr Liebhaber und sie mit ihm verlobt wäre, und flehte die Männer an, sie bei Freddy zu lassen. Freddy spürte, daß sie eine Todesangst vor diesem General hatte, und tat, was man als Kavalier in solchen Augenblicken zu tun hatte: Er gab sie nicht her. Auch nicht, als man ihm drohte. Die Adjutanten machten kurzen Prozeß, sie schlugen Freddy im Dienstbotenaufzug des Hotels zusammen und schlossen ihn in einer Personaldusche ein. Das Mädchen nahmen sie mit. Aber sie weigerte sich noch immer, mit dem General zu schlafen, sie kämpfte wie eine Löwin, noch, als sie nackt auf seinem Generalschreibtisch lag. Da schleuderte er sie auf den Boden und befahl seinen Männern, Chilipulver in ihre Vagina zu streuen. Wenn die Erzählung des völlig verstörten Mädchens stimmte, dann befand sich auf dem Schreibtisch des Generals ein ziselierter Silberstreuer, wie er im viktorianischen England für Puderzucker benutzt wurde, bis oben mit extra scharfem Chilipulver gefüllt, das er seinen Widersachern ad libitum entweder in die Augen, die Nasenlöcher, die Ohren oder in den After streuen ließ...
Diese Geschichte hatte Freddy ihm eines Nachts erzählt, als sie ziemlich zugekifft im El Glaoui, einem marokkanischen Restaurant in der Medina, gesessen hatten.
Um die Freundschaft zu festigen, hatte Kamal Hassan auch eine Geschichte aus seinem bewegten Leben zum besten gegeben (aus der Zeit, als er im Sudan Dienst tat und sich in ein Mädchen verguckte, von dem er später erfuhr, daß sie die Sklavin eines Clan-Chefs war), und als das abgehandelt war, konnten sie einander gestehen, daß sie

eigentlich mit Frauen nicht viel im Sinn hatten, sondern eine Männerfreundschaft für das wertvollere, intensivere und auch beglükkendere Erlebnis hielten.
Natürlich war es opportun, solche Liebe im verborgenen blühen zu lassen. Freddy besuchte Kamal Hassan nur im Schutz der Dunkelheit. Die Wohnung, die Kamal Hassan inzwischen gemietet hatte, war klein, schäbig, laut und in den Sommermonaten stickig wie eine finnische Sauna, aber sie hatte den Vorteil, daß sie am Rande der neuen Ausländersiedlung lag, in der Nähe der großen Kreuzung, die zum Flughafen führte, eine Straße, die viel befahren, aber wenig beachtet wurde, da sie weder über Bürgersteige zum Flanieren noch über Geschäfte und Cafés verfügte, in denen man sich aufhalten und herumspionieren konnte.
Natürlich hatte Freddy ihm von der blonden Deutschen erzählt, dieser arroganten jungen Frau, die ihn herumkommandiert und seine lockeren Sprüche für Anzüglichkeiten gehalten hatte, dabei hatte er nur so getan, als sei er scharf auf sie, um sein Image als Weiberheld aufrechtzuhalten. Bislang, so glaubte er wenigstens, wußte niemand, daß er schwul war und einen Geliebten hatte, der Mitglied der syrischen Botschaft war.
Kamal hatte sich an dieser jungen Blondine nicht besonders interessiert gezeigt. Sie war eine von vielen Frauen, die der Scheich aus Europa einfliegen ließ, um sie zu testen, um sie zu benutzen und fallenzulassen. Es war die übliche Geschichte, und sie würde auf die übliche Weise enden.
»Glaub nicht, daß deine Deutsche mir leid tut«, hatte Kamal bei einer Gelegenheit gesagt, »wenn diese Frauen so dämlich sind, auf einen Mann wie Scheich Zayed reinzufallen. Wenn sie sich nicht die Mühe machen, sich über diesen Mann zu informieren, dann müssen sie eben die Konsequenzen tragen.«
»Vielleicht haben sie keine Möglichkeit, sich zu informieren«, sagte Freddy, dem Nadine ein bißchen leid tat, auch wenn sie ihn so schnöde behandelt hatte.
Kamal lachte. »Hör zu, wir haben doch auch die Möglichkeit, oder? Wir wissen genau, mit was für einem Typen wir es zu tun haben. Wieso sollten die Deutschen das nicht wissen? Sie haben den bestbezahlten Geheimdienst der Welt.«

»Der bestbezahlte muß nicht der beste sein«, meinte Freddy trocken. »Sie ist nicht gekommen, um seinen Harem zu bereichern.«
»Sondern?« fragte Kamal.
»Sie ist Journalistin.«
»Hat sie das gesagt?«
Freddy nickte. »Sie hat es gesagt, und Tahir hat es bestätigt. Sie ist offizieller Gast.«
Kamal lachte und hob die Schultern. Er stand auf, zog die Gardinen zu und löschte alle Lichter bis auf die Weihrauchkerzen, die auf dem Silbertablett brannten.
»Wieviel Zeit hast du?« fragte er, während er den Gürtel seines seidenen Morgenrocks aufzog. Freddy streifte die Socken ab. Er wußte, daß Kamal es haßte, wenn sie sich halb ausgezogen liebten. Deshalb ließ er seine Unterwäsche zu Hause, bevor er zu Kamal fuhr. Denn Kamal haßte auch den Anblick von Slip oder Unterhemd.
»Um zehn ruft Tahir mich an. Da muß ich zurück sein.«
Kamal schaute auf die Uhr. »Zwei Stunden. Beeil dich.«
Freddy trat von hinten an ihn heran und preßte seinen Leib gegen Kamals Rücken. »Zwei Stunden, das ist doch nicht schlecht«, flüsterte er.

Tage später, an einem Freitag, einem Feiertag, als sie zusammen im Bett frühstückten, sagte Kamal: »Sie suchen deine blonde Lady.«
»Die Deutsche?« fragte Freddy neugierig.
»Ja, die Deutsche. Sie suchen sie schon seit einer Woche.«
»Wer sucht sie?«
»Ihre Leute.«
»Und wer ist das?«
»Na, du hast mir doch erzählt, daß sie Journalistin ist. Die Redaktion in Frankfurt sucht sie.«
Freddy lachte. »Wissen die etwa nicht, wo sie ist? Ich denke, sie hat den Auftrag, ganz offiziell, eine Geschichte über dieses lausige Land zu schreiben.« Er kicherte in sich hinein. »Das möchte man lesen, was eine Frau über so ein Scheißland schreibt.«
»Wieso auf einmal Scheißland? Ich denke, du bewunderst Scheich Zayed.«

»Stimmt. Ich bewundere ihn, wie ich Napoleon bewundert hätte, wenn ich sein Soldat gewesen wäre. Er hat das, was Mächtige haben müssen. Er ist verrückt. Und er hat Charisma. Er kann mit einem Augenaufschlag erreichen, daß seine Leute sich vor ihm in den Staub werfen.«

»Das ist nicht schwierig, wenn man vorher bewiesen hat, wie leicht man den eigenen Leuten die Kehle durchschneidet.«

Freddy runzelte die Stirn. »Hat er das wirklich getan?«

»Man sagt es.«

»Ich glaube es nicht. Ich glaube wohl, daß es viele Leute in seiner Umgebung gibt, die ein paar Leute mehr oder weniger auf dem Gewissen haben...«

»Eher mehr«, sagte Kamal trocken.

»Okay, aber Scheich Zayed...« Er klopfte auf das Kopfkissen und stützte seinen Ellenbogen darauf, während er Kamal betrachtete. »Weißt du, daß er Gedichte schreibt?«

Kamal lachte ungläubig. »Gedichte? Zayed?«

Freddy nickte. »Tahir hat es mir erzählt. Er mußte zwei Nächte lang sich die Gedichte von seinem Scheich anhören. Und nach jedem Gedicht hat Zayed ihn angeguckt und gefragt: ›Wie findest du es?‹ Und Tahir hat in die Hände geklatscht, seine Lippen vor Bewunderung gespitzt und gesagt: ›Du bist der größte Dichter Arabiens.‹«

Kamal und Freddy lachten. Sie lachten so, daß der Kaffee über den Tassenrand schwappte.

»Tahir hat mir das Folgende nicht erzählt. Aber ein anderer enger Freund von Scheich Zayed.« Freddy lächelte. Er tupfte mit der Serviette den Kaffee von der Untertasse. »Das heißt, ich weiß nicht, ob er heute noch ein Freund vom Scheich ist.«

»Was hat er dir erzählt?«

»Daß die Gedichte gar nicht von ihm sind. Er läßt sie schreiben. Er hält sich einen Dichter.« Freddy grinste. »Ist das nicht köstlich? Unser Scheich hält sich einen Mann, der nichts anderes tun muß, als Tag und Nacht Gedichte zu verfassen. Liebesgedichte. Zayed glaubt, daß so etwas bei Frauen unheimlich ankommt. Was meinst du?«

Kamal hob die Schultern. Er drehte den Löffel im Honigglas und schob ihn zwischen die Lippen. Ein Honigtropfen fiel auf seine Brust

und sickerte durch das Gestrüpp seiner schwarzen, lockigen Haare. »Sieh dir diese Schweinerei an«, schimpfte er.
Freddy beugte sich über den Freund und leckte den Honig auf, zog ihn mit den Zähnen aus den Haaren. Kamal lehnte sich mit geschlossenen Augen zurück und lächelte.
»Sie wollen wissen, wo die Deutsche jetzt ist.«
»Bezahlen sie dich dafür?« murmelte Freddy, der immer noch mit Kamals Brust beschäftigt war.
Kamal schüttelte den Kopf. »Es ist ein Geschäft auf Gegenseitigkeit, weißt du. Eine Hand wäscht die andere. Die Europäer machen das immer so.«
»Mhmh«, brummte Freddy.
»Heißt das, du weißt, wo die Deutsche ist, oder heißt das, du weißt es nicht?«
»Es heißt, ich weiß es nicht genau. Sie ist mit dem Scheich in der Wüste. Sie sind vor vier Tagen aufgebrochen oder vor fünf Tagen, ich hab' mir kein rotes Kreuz in den Kalender gemacht. Aber wenn du willst, kann ich mich erkundigen.«
Kamal streichelte Freddys Rücken. »Ich wußte, daß du mir helfen kannst.«
Freddy hob den Kopf. »Klar kann ich dir helfen«, sagte er grinsend.

Lange bevor sie die Wüstenstadt Yahia al Zaer erreichten, kamen sie auf eine Asphaltstraße, schmal genug für einen Armeejeep, aber lebensgefährlich, wenn ihnen ein hochbeladener Laster entgegenkam. Der Laster gab Blinkzeichen, hupte wie verrückt, um den entgegenkommenden Verkehr von der Straße zu fegen. Aber neben dem Asphalt war Sand, Treibsand, weich und gefährlich, in dem man bei zu hoher Geschwindigkeit leicht ins Schlingern geriet. Deshalb fuhren beide, Laster und Jeep, mit unverminderter Geschwindigkeit auf der schmalen Asphaltstraße aufeinander zu, und bis zur letzten Sekunde war unentschieden, wer weichen und wer siegen würde.

Nadine und Zayed saßen im ersten Jeep, der andere folgte, ein dritter, in dem die Falkner und Treiber saßen, war vor der Asphaltstraße in die andere Richtung abgebogen. Nadine war übel von der Schaukelei in dem heißen, geschlossenen Wagen, aber sie gab sich Mühe, es nicht zu zeigen.

Zayed saß vorn neben dem Fahrer, der eine Kalaschnikow auf den Knien hielt. Hinter Nadine saßen zwei weiter bis an die Zähne bewaffnete Soldaten und fixierten die Umgebung, als rechneten sie damit, daß jeden Augenblick aus dem Hinterhalt ein Attentat auf sie verübt würde. Die Männer wirkten nervös, aber Zayed war entspannt und fröhlich. Er drehte sich hin und wieder zu Nadine um und tätschelte ihre Hand, die sich um die Rückenlehne des Fahrersitzes krampfte.

»Das sind keine amerikanischen Autobahnen, was?« sagte er aufgeräumt, als der Jeep mit atemberaubender Geschwindigkeit in die Kurve ging. »Ich kenne die amerikanischen Autobahnen, vierspurig, sechsspurig, drei Stockwerke übereinander. Ich war in Chicago und Detroit.«

Nadine fragte sich, was Zayed in Chicago und Detroit gemacht hatte. Sie wußte, daß Zayed in England ausgebildet war, daß er dort die Universität besucht hatte, aber von seinem Amerikaaufenthalt war nichts in den Unterlagen gewesen, dessen war sie sicher, so etwas fiel ihr immer auf. Immerhin betrachtete sie Amerika wie eine Art Wahlheimat, und es wäre auch ein guter Ansatzpunkt für ein Gespräch gewesen – wenn es sich steifer und förmlicher gestaltet hätte.
»Du warst in Amerika?« fragte sie so beiläufig wie möglich.
Zayed nickte unbekümmert. »Ja, dreimal. Mir gefällt New York, aber ich hasse Los Angeles.«
»Warum?«
»Zu viele Schwule. Die ganze Stadt stinkt nach Tunten. Eine Stadt wie Sodom und Gomorrha. So sagt ihr doch?«
Nadine lachte. »So sagen wir, aber nicht gerade, wenn wir von L. A. reden. Mir hat die Stadt gefallen. Ich habe in der Nähe studiert.«
Zayed wandte sich zu ihr um. »Du magst Schwule?«
Nadine hob lächelnd die Schultern. »Die, die ich kenne, gefallen mir gut. Warum sollte ich mich daran stören?«
»Sie fallen als deine Liebhaber aus.«
»Ich kann nicht die ganze Männerwelt lieben, oder?« sagte Nadine leichthin. Das Gespräch hatte eine Wendung genommen, die ihr nicht gefiel, aber sie wollte Zayed nicht brüskieren.
Zayed musterte sie. Lange, bevor er antwortete: »Du ja, du kannst das.«
»Was?«
»Alle Männer lieben. Ihr Frauen seid doch frei.« Er lachte, als sei ihm gerade ein guter Witz eingefallen. »Ein Kontinent voller Huren! Was für ein Gedanke!«
Nadine schwieg und schaute aus dem Fenster. Zayed lächelte spöttisch, als er merkte, daß er sie beleidigt hatte. In einem leichteren Ton fuhr er fort: »Detroit ist schmutzig, aber auf andere Art, Schlote, Fabriken. Der Himmel ist schmutzig. Als ich dort ankam, hab' ich gedacht, ein Shamal, der grauen Wüstensand bringt. Aber dann habe ich gemerkt, daß es dort immer so ist.«
»Was hast du in Detroit gemacht?«
Zayed setzte sich wieder gerade auf seinen Sitz und blickte geradeaus. »Das habe ich vergessen«, sagte er knapp.

Der Laster tauchte ganz plötzlich aus einer langgezogenen Rechtskurve auf, hinter einem Haufen scharfkantiger Granitfelsen, die wie hingeworfen neben der Straße lagen. Er blinkte. Es war einer dieser Laster, deren Ladung mit Planen abgedeckt war, aber so achtlos, daß die losen Enden im Wind flatterten und die Plane sich blähte wie ein Heißluftballon. Vorn im Fahrerhaus blinkten kleine batteriegetriebene Lämpchen, und an den Standarten der Kotflügel flatterten grellbunte Wimpel aus Alufolie.

Der Laster blinkte wieder.

Irgend etwas überzeugte Nadine davon, daß dieser Fahrer nicht wie alle anderen im letzten Augenblick ihrem Jeep ausweichen würde. Vielleicht war es die unbekümmerte Art, wie der Laster geschmückt war, oder der braune Arm des Fahrers, der aus dem Fenster hing.

Zayed sagte etwas zum Fahrer, und der Fahrer hupte. Es war eine besondere Hupe, eine Hupe, wie sie nicht nur die Armeejeeps hatten. Es war ganz offensichtlich eine Warnung. Aber der Laster hatte die Warnung nicht gehört, oder er kannte das Zeichen nicht. Er blinkte und hupte zurück. Der Jeep beschleunigte. Nadine krallte sich an der Fahrerlehne fest, sie schloß die Augen, riß sie aber sofort wieder auf, und nur in diesem Bruchteil einer Sekunde war der Laster schon wieder nähergekommen. Der Fahrer trug eine Spiegelsonnenbrille und hatte einen Bart. Die Sonne schien ihm direkt ins Gesicht.

»Zayed«, rief Nadine, »bitte.«

»Was?« rief Zayed fröhlich. »Was bittest du?«

»Das Auto, der Laster ..., ich habe Angst.«

Zayed schrie den Fahrer an, der Fahrer hupte wieder und lenkte das Fahrzeug ganz auf die linke Seite, um dem Laster noch einen Viertelmeter Manövrierraum zu geben. Aber der Laster hielt einfach auf den Jeep zu.

»Zayed!« schrie Nadine. »Tu was!«

In dieser Sekunde begriff der Fahrer des Lasters, daß der Jeep es ernst meinte. Er riß das Steuer herum, der Vorderreifen geriet in den weichen Treibsand, der Laster schlingerte, die Plane wurde losgerissen, und wie von einer ungeheuren Fliehkraft getrieben, flogen Kisten mit Datteln durch die Luft. Der Laster kippte, obwohl es für einen Augenblick so aussah, als würde der Fahrer, der jetzt beide Hände am Lenkrad hatte und starr geradeaus stierte, den Wagen doch wie-

der in seine Gewalt bekommen. Aber schließlich kippte er und blieb wie eine Schildkröte auf der Seite liegen, mit rotierenden Rädern, die ins Leere griffen. Der Jeep hielt auch. Der Fahrer nahm eine Kalaschnikow und sprang aus dem Wagen. Die beiden Soldaten waren schon abgesprungen und rannten auf den Laster zu. Nadine sah, als sie den Kopf wandte, daß auch der zweite Jeep hielt, auf der Höhe des umgekippten Lasters. Alle Soldaten umstanden das Fahrzeug.
Es dauerte eine Weile, dann wurde die Fahrertür von innen nach oben aufgedrückt, und der Fahrer stieg aus. Er trug keine Sonnenbrille mehr, und Blut rann von seiner Stirn. Vielleicht war er mit dem Kopf gegen die Windschutzscheibe geprallt, vielleicht war sie sogar zersprungen. Nadine konnte das von ihrem Platz aus nicht sehen.
Der Fahrer hatte Mühe, von seinem Fahrzeug zu klettern, offenbar hatte er starke Schmerzen in seinem linken Bein. Er legte die Hand an das Gesicht und betastete das Blut. Verstört schaute er die Männer an, die ihre Gewehre auf ihn gerichtet hatten. Nadine sah, daß zwei der Soldaten inzwischen das Gebiet sicherten, als rechneten sie mit einem Hinterhalt, als sei dies alles ein getarntes Manöver, um den Scheich zum Anhalten zu bewegen.
Aber um sie herum war nichts als Hitze und Staub, Wüste und Steinhaufen bis zum Horizont.
Der Fahrer mußte sich mit den Händen auf den heißen Reifen stützen, während die Soldaten ihn auf Waffen durchsuchten. Dabei gingen sie nicht zimperlich mit ihm um. Nadine sah, daß der Fahrer zusammenzuckte und hörte einen unterdrückten Schrei, als sie ihm den Lauf der Kalaschnikow zwischen die Beine stießen.
»Warum machen sie das?« fragte Nadine erbost.
»Vorsichtsmaßnahme«, knurrte Zayed, der das Schauspiel angespannt verfolgte.
»Was für eine Vorsichtsmaßnahme?«
»Diese Gegend ist unsicher«, sagte Zayed. »Eine alte Stammesfehde. Ich habe damit nichts zu tun. Das ist noch aus der Zeit meines Großvaters. Damals hat ein anderer Beduinenfürst hier regiert. Auch ein störrischer, alter Mann wie mein Vater. Die beiden haben sich gehaßt und bekämpft. Und die dummen Leute glauben, das muß immer so weitergehen, sie verstehen nicht, daß ich jetzt ihr

Vater bin. Daß ich die Leute ihres Stammes ebenso liebe wie die Leute meines Stammes. Sie wollen es nicht verstehen.«
Die Soldaten ließen vom Fahrer ab und schauten zum Jeep. Einer kam zu ihnen und redete eine Weile auf Zayed ein. Offenbar teilte er ihm mit, was das Verhör ergeben hatte. Zayed zuckte nur mit den Schultern und knurrte etwas. Die Soldaten liefen zurück.
»Was passiert jetzt?« fragte Nadine.
»Wir fahren weiter«, antwortete Zayed. »Wir haben schließlich eine Verabredung in Yahia al Zaer. Einer meiner Männer bleibt bei ihm. Es wird eine Gerichtsverhandlung geben, man wird ihn verurteilen.«
»Was wird mit ihm passieren?«
Der Fahrer stieg ein, der Soldat nahm wieder hinten Platz, die Fahrt ging weiter. Als Zayed ihre Frage nicht beantwortete, stellte Nadine sie ein zweitesmal. »Was wird mit ihm geschehen?«
»Unsere Gerichte sind unabhängige Gerichte. Sie beschließen ein Urteil, an das der Angeklagte sich zu halten hat. Woher soll ich wissen, was unsere unabhängigen Richter beschließen?«
Der Fahrer, der bislang kein Wort an Nadine gerichtet hatte, sagte plötzlich auf englisch: »Er hat den Scheich beleidigt. Er hat unsere königliche Hoheit, Scheich Zayed bin Sultan al Maktoum, beleidigt. Er hatte keinen Respekt vor ihm – die Richter werden sagen, daß so einer kein Recht hat, unter der Sonne Allahs und in diesem gesegneten Land zu leben, in dem der Scheich wie ein Vater zu seinem Volk ist.«
Zayed lächelte. »Da hast du es gehört. So denkt unser Volk. So denken meine Leute. Klar und logisch. Und gerecht.«
Nadine ließ sich zurückfallen. Sie fuhr mit den Händen über das heiße Gesicht. Sie betrachtete Zayeds Rücken, seine Schultern, das scharfe Profil. Sie versuchte, sich daran zu erinnern, daß sie in der Nacht noch miteinander geschlafen hatten. Es kam ihr vor, als sei es in einem anderen Leben gewesen. Zayed, mit seinem Gespür für Stimmungsumschwünge, wandte sich um und musterte sie. »Du machst dir zu viele Sorgen, meine Füchsin«, sagte er sanft. »Es hat alles seine Richtigkeit. Du mußt lernen, mir zu vertrauen.«
Nadine senkte den Blick.

In Yahia al Zaer erwartete sie eine Eskorte an dem Rondell vor der eigentlichen Stadt. Hier gab es drei Tankstellen, eine Autowerkstatt, einen Friseur, ein Kaffeehaus und einen Gemischtwarenladen, der den gepflasterten Vorplatz mit Matratzen und Metallbettgestellen dekoriert hatte, mit Blechtöpfen, die so groß waren, daß man das Fleisch eines ganzen Hammels darin kochen konnte. In den Schaufenstern hingen rosa Kunstseidenkleidchen mit Rüschen und Spitzen für kleine Mädchen, die noch zu jung waren, um einen Schleier zu tragen.

Die Eskorte bestand aus drei weißen Limousinen, glänzend poliert, die sofort ihr Martinshorn aufheulen ließen und vor ihnen die Straße freifegten, die Radfahrer in den Staub scheuchten, die Gruppe schwarzverschleierter Mädchen, die offenbar aus der Schule kam, die Händler mit ihren Karren, den Mann mit dem Esel, die Mopedfahrer, alle.

Zayed lag entspannt auf seinem Sitz zurückgelehnt und lächelte. Das Volk, das erschreckt von der Fahrbahn gesprungen war, konnte ihn nicht erkennen, er war zu schnell. Aber Nadine war auch nicht sicher, ob sie ihm zugejubelt hätten, wenn sie ihn erkannt hätten.

Der Verkehr wurde immer dichter, das Martinshorn wütender, aber sie mußten dennoch das Tempo verlangsamen. Sie umkreisten die Lehmmauern der Altstadt, über die nur zwei filigrane Minarette ragten, fuhren in eine Seitenstraße, bogen an einer Reihe von Schuppen oder Baracken ab, von denen Nadine später die Vorderseite sah und wußte, daß sie sich auf dem Platz des Kamelmarktes befanden, einem freien, offenen Platz, staubiger Boden, dürftig beschattet von mageren Palmen.

Hier hatte sich das Volk von Yahia al Zaer versammelt. Dicht an dicht standen die Menschen, Männer in blütenweißer Dischdascha, die Feiertagskafyiah um den Kopf geschlungen, aber auch einfache Berber in braunen Umhängen und Männer in schäbiger europäischer Kleidung, Arbeiter aus Pakistan und dem Jemen, Filipinos, die auf den Farmen und in den Raffinerien arbeiteten. Die Männer wichen respektvoll zurück, als der Jeep durch die Menge fuhr, und starrten neugierig auf die weiße, unverschleierte Lady, die im Fond saß und versuchte, mit einem Arm ihr Gesicht zu verbergen.

Die Frauen standen auf der anderen Seite des Platzes zusammengepfercht, aneinandergedrängt in ihren schwarzen Arabeyas, in diesen kunstseidenen Kutten, über die sie noch ein weites, schwarzes Umhängetuch geschlungen hatten, so verschleiert, daß für die Augen nur noch ein schmaler Schlitz blieb. Manche von ihnen, die in der ersten Reihe standen, wollten zurückweichen, wurden aber von Männern grob immer wieder nach vorn gestoßen.

Es machte auf Nadine den Eindruck, als seien sie gegen ihren Willen hier, als habe man sie gezwungen, dem Schauspiel zuzusehen, das jetzt, wo der große Herrscher, seine königliche Hoheit, Scheich Zayed bin Sultan al Maktoum, gekommen war, augenblicklich beginnen würde.

Nadine sah, daß in der Mitte ein Kreis freigehalten war, von einem Durchmesser, wie man ihn bekommt, wenn man ein Pferd an der Longe abreitet. Dieser Kreis war vollkommen leer, aber an den Rändern begrenzt von Steinen, scharfen, kantigen Granitsteinen, hart und glänzend, hinter denen die Menge wartete.

Vielleicht hatte es vorher ein Stimmengewirr gegeben, Unruhe, Gedrängel, Streitereien, Rufe. Jetzt jedenfalls, wo der Fahrer den Motor des Jeeps abstellte und die Fenster herunterkurbelte, war es still. So still, daß man die Stimme eines Vogels hörte, der über dem leeren Kreis reglos in der Luft stand.

Es roch nach Schweiß, nach Kameldung, nach frischem Teer und faulem Gemüse. Nach süßem Parfüm, und aus all den Gerüchen heraus filterte Nadine dennoch Zayeds Körpergeruch heraus. Er wandte sich zu ihr um. Er lächelte. Seine Augen glänzten. »Du wirst etwas sehen, was man dir nicht in vielen arabischen Ländern zeigt. Es ist etwas, das überall noch angewandt wird, ein Gesetz der Scharia, aber man läßt Ausländer nicht zugucken. Du aber bist privilegiert. Du hast Glück. Ich gebe dir die Chance, das zu sehen.«

»Vielleicht will ich es gar nicht sehen«, sagte Nadine. Ihre Stimme bebte. Ihr war übel. Sie hätte etwas darum gegeben, wenn sie den Jeep verlassen und sich irgendwo in einem Kaffeehaus hätte verkriechen können. Dabei wußte sie noch nicht einmal, was für ein Schauspiel sie sehen würde.
»Es ist eine gute Lektion für dich«, sagte Zayed barsch.
»Eine Lektion?« fragte Nadine verblüfft. »Wozu brauche ich eine Lektion?«
»Du bist doch gekommen, um uns zu verstehen, nicht wahr?«
Nadine nickte. Sie wartete.
»Und du bist gekommen, weil du ein Abenteuer erleben wolltest.« Er zwinkerte ihr zu. »Nun, jetzt erlebst du ein Abenteuer.«
Es gab eine Bewegung in der Menge. Manche wichen zurück, ein paar der Männer in den blütenweißen Gewändern jedoch drängten weiter nach vorn, dicht an den Steinkreis heran.
»Das ist Achwas«, sagte Zayed und zeigte nach vorn.
Nadine sah, daß man eine Frau herausschleifte. Ein junges Mädchen. Sie trug Plastiksandalen an den bloßen, mit Henna bemalten Füßen, sie trug ein Kleid, bodenlang, mit einem Gürtel in der Taille gehalten, aus Kunstseide, grün. Darunter lange, enge Hosen, die sich eng an die Fußknöchel schlossen. Über der Hose einen weiteren, bodenlangen Unterrock, der weiß war und mit Spitzen besetzt. Sie war nicht verschleiert, trug aber ein Kopftuch, das ihre Haare bedeckte.
Obwohl sie von dunkler Hautfarbe war, wirkte ihr Gesicht fahl, aschfahl wie der Tod.
Ihre Hände waren gefesselt. An den gefesselten Händen zog sie ein Mann in den leeren Kreis. Ein anderer folgte. Er bückte sich, er sprach mit ihr, aber sie fing plötzlich an zu schreien und hüpfte wie ein Derwisch herum. Sie zuckte, ihr ganzer Körper war gekrümmt von Konvulsionen, sie schlug den Kopf hin und her, aber jemand kam und hielt sie fest, und so konnte der Mann die Fußfessel anlegen, sie mit den Handfesseln verbinden und verschnüren.
Sie fiel wie ein Paket zu Boden. Sie schrie. Sie spuckte. Sie biß in den Staub, sie spuckte den Staub wieder aus. Sie wälzte sich herum, ihr Kopftuch verrutschte und ein Schwall wunderbar glänzender schulterlanger Haare ergoß sich über ihr Gesicht. Sie war jung. Nadine schätzte sie auf siebzehn oder achtzehn. Nicht mehr.

»Was geschieht mit ihr?« flüsterte Nadine. Ihre Kehle war so trokken, daß sie keinen Ton herausbrachte.
»Du wirst es gleich sehen«, sagte Zayed. Er preßte die Hände zwischen die Knie und beugte sich vor, um besser zu sehen. Seine Miene war reglos. Die Augen glänzten nicht mehr, das Lächeln war erloschen. Er blickte mit versteinerter Miene auf das junge Geschöpf, das sich im Staub wand.
Jemand sprach, laut, monoton. Die Menge fiel ein. Es war wie ein Singsang, wie eine Melodie, die die Menschen in Trance versetzte. Plötzlich hörte die Stimme auf, mit einem Schrei, und der Mann, der eben den Vorsänger gemacht hatte, hob einen Stein und schleuderte ihn auf die gefesselte, auf dem Boden liegende Frau. Der Stein traf sie am Rücken, und die Frau bäumte sich auf und schrie vor Schmerz. Sie hob den Kopf und schaute in die Richtung des Mannes, der den Stein geworfen hatte, und sie spuckte den Sand aus, da traf sie der zweite Stein mitten ins Gesicht.
»O mein Gott, o lieber Gott, o bitte nicht, bitte, bitte, lieber Gott«, flüsterte Nadine. Sie ballte die Fäuste und steckte sie in den Mund. Sie schloß die Augen. Die Augen brannten, die Kehle war trocken, ihr Körper schmerzte, der Rücken, das Gesicht, sie spürte jeden einzelnen Stein, in die Seite, die Niere, die Brust, den Kopf, die Schultern, die Frau schrie und schrie. Die Menge schwieg.
Ein Mann bückte sich, hob einen Stein und schleuderte ihn. Manchmal zuckte das Opfer, bäumte sich verzweifelt auf, aber irgendwann zuckte sie nicht mehr, schrie nicht mehr, spuckte kein Blut mehr, keinen Sand, die Haare hatten die Farbe von Staub, das Kleid die Farbe von Blut, das Gesicht war ein Klumpen Fleisch.
Nadine verstand nicht, warum sie nicht ohnmächtig wurde. Sie begriff nicht, warum man in solchen Augenblicken nicht einfach den Verstand verlor, die Besinnung, einfach wegtauchte in die tiefe, dunkle Bewußtlosigkeit. Es gibt keine Gnade, dachte Nadine, es gibt kein Entrinnen, o lieber Gott, was tue ich hier?
Sie warf sich nach vorn, packte Zayeds Schultern, krallte ihre Finger in seinen Hals und schrie heiser: »Sag, daß sie aufhören sollen!«
Zayed schüttelte sie ab wie ein lästiges Kind. »Das kann ich nicht.«
»Zayed! Bitte! Du bist ihr Herrscher! Sag etwas, bitte! Bitte!«

»Sie werden nicht auf mich hören. Sieh sie doch an, die Menge, sie wollen es so, sie wollen, daß der Wille Allahs sich erfüllt, sie wollen, daß das Urteil des Imam vollstreckt wird. Es ist ein religiöses Urteil, Nadine, für eine religiöse Schande, ich mische mich nicht ein.«
Nadine fiel zurück. Sie konnte nicht mehr hinschauen. Sie glaubte zu ersticken. »Du willst, daß sie stirbt!« schrie sie. »Du willst, daß sie sie töten.«
Zayed wandte langsam den Kopf. Er betrachtete Nadine mit einem Ausdruck von Arroganz und Verachtung. »Sie ist eine Hure«, sagte er ruhig. »Warum machst du dir soviel Gedanken um eine Hure?«
Nadine hätte in diesem Augenblick zugeschlagen, wenn Zayed nicht plötzlich weggetaucht wäre hinter die hohe Lehne mit der Kopfstütze. Sie stieß die Tür auf, sprang aus dem Jeep und rannte los.
Sie hörte, daß Zayed etwas rief, aber sie reagierte nicht. Die Menge stand dicht beieinander. Als Nadine plötzlich auftauchte, eine weiße, unverschleierte Frau, in hellen Kleidern, mit blonden Haaren, über die sie achtlos ein Kopftuch gebunden hatte, wichen die Leute zurück. Starrten sie an wie eine Erscheinung. Jemand rief etwas, und wie eine Welle setzte sich dieses Wort, dieser Ruf, den sie nicht verstand, in der Menge fort. Nadine schlug mit den Händen um sich, um sich Platz zu verschaffen. Sie wollte diese Baracken erreichen, diese Hütten, in denen die Kamelhändler während der Markttage den Schatten suchten, sie wollte weiter die Straße hinunter bis zu einem Kaffeehaus, einem Hotel für Händler und Beamte, das sie an der Straße gesehen hatte, sie wollte untertauchen, sich verstecken, warten, bis es vorbei war, die Apokalypse, bis die Menschen auseinandergegangen und sich beruhigt hatten. Die Frau würde tot sein, kein Zweifel. Und es würden andere Frauen auf dieselbe Weise sterben, unschuldig wie diese, während die Männer weiterhin ein ungeniertes Leben führen konnten. Als sie lief, mit trockenem Hals und brennenden Augen vorwärtstaumelte, mit den Armen hilflos rudernd und um sich schlagend, spürte sie zuerst nicht die Veränderung, die in der Menge vor sich ging. Eine Weile glaubte sie immer noch, daß die ganze Aufmerksamkeit dem Opfer da in der Mitte des Kreises galt, dieser jungen, achtzehnjährigen Frau, die unter ihrem Kopfkissen die eigenen Liebesbriefe, die sie nicht abgeschickt hatte, verborgen hatte. Aber dann sah sie plötzlich, daß die Leute sie

anschauten. Ihr direkt ins Gesicht. Ohne Scham, ohne Respekt, ohne Zurückhaltung, ohne Scheu. Sie sah den Haß und die Wut. Sie sah, daß die Erregung über den kollektiven Mord, den sie gerade begangen hatten, diese rituelle Trance, in der sie sich befanden, sich plötzlich gegen sie richtete. Die Männer spuckten ihr ins Gesicht, traten ihr in den Weg, griffen nach ihren Armen, ihren Schultern, rissen an ihrem Tuch, ihrem Rock. Eine Gruppe schwarzgekleideter Frauen schrie auf und folgte ihr wie ein Schwarm wilder Krähen, während sie lief und stolperte, und lief, hinfiel, sich aufraffte und weiterlief.

Zwei Männer mit Sonnenbrillen, auf einem Mofa, waren plötzlich neben ihr. Sie trugen offene Hemden, und an ihrem Hals glitzerten Goldkettchen. Sie riefen ihr etwas zu, sie versuchten, sie umzufahren, sie aus dem Gleichgewicht zu bringen, aber Nadine war auf der Hut. Nadine lief jetzt dicht an den Hauswänden entlang, die Menge folgte ihr, sie hörte das Keuchen und das Scharren der Füße hinter ihrem Rücken. Der Mopedfahrer versuchte, sie gegen die Wand zu drängen, der Beifahrer riß die Sonnenbrille herunter und sprang vom Sozius, bereit, sie mit den eigenen Händen zu erwürgen, als auf einmal ein Schuß fiel. Hart und kurz. Der Mann auf dem Mofa versteinerte. Die Menge erstarrte. Nadine sackte langsam an der Hauswand herunter, ihre Beine waren weich, ohne Kraft, ihr Gesicht tränenverschmiert, bleich, mit blutenden Lippen, die Bluse zerrissen, das Haar wirr. Ich sehe aus wie eine Hexe, dachte sie, als sie in die Richtung des Mannes schaute, der sie eben töten wollte, ich verstehe, daß ihr mich umbringen wollt. Was tue ich hier.

Es war der Fahrer des Scheichs, der sie am Arm hochriß, vor sich herstieß, indem er wild in die Menge schrie und sie zu dem Jeep brachte, der in einiger Entfernung mit laufendem Motor stand. Die beiden Soldaten hatten sich neben dem Jeep aufgestellt, mit der Kalaschnikow im Anschlag.

Der Fahrer stieß Nadine in den Jeep, sprang in den Wagen, die Soldaten klammerten sich an dem Türgriff fest, und der Wagen raste davon, mit offenen Türen. Zayed hatte sich vorn vor den Sitz gekauert, die Hände über dem Kopf.

Sie rasten aus der Stadt heraus, an dem Rondell vorbei, an dem keine Eskorte wartete, sie jagten über die Asphaltstraße, die verlassen war,

Gott sei Dank, sie fuhren eine halbe Stunde, und Zayed, der sich wieder aufgerichtet und Platz genommen hatte, sagte kein Wort.
Nadine lag auf dem Rücksitz zusammengekrümmt und schluchzte. Sie konnte nicht aufhören zu weinen. Sie konnte die Tränen nicht zurückhalten, obgleich sie sich dafür haßte, sie fühlte sich so elend, daß sie sterben wollte.
»Eine Journalistin«, sagte Zayed und spuckte aus, »eine Journalistin also.« Er schlug auf seine Schenkel und lachte grimmig. »Eine kleine Hure wie alle anderen. Eine feige, kleine Hure.«
Plötzlich drehte er sich herum und riß sie an ihrem Ärmel hoch. Ihr tränenverschmiertes Gesicht war ihm zugewandt, aber sie sah ihn kaum. »Und ich habe gedacht, du bist wirklich anders. Eine zweite Ann Murphy. Eine Frau, die fühlt wie ich. Die stark ist, eine Füchsin. Ich habe dich mit auf die Jagd genommen, ich habe dir mein Land gezeigt. Ich habe mit dir geredet und mit dir geschlafen. Du verstehst nichts. Du wirst nie etwas verstehen. Du bist eine kleine, dumme Hure wie alle anderen. Du widerst mich an.«
Der umgekippte Lastwagen war noch da. Und der zweite Jeep. Es waren noch andere Wagen da, kleine Laster, in die die Dattelkisten umgeladen wurden.
Zayed redete mit dem Fahrer. Der Fahrer hielt und zerrte Nadine aus dem Auto. »Was ist los?« schrie Nadine. »Was macht ihr mit mir?«
»Geh mit ihnen!« rief Zayed. »Geh!«
Der Fahrer zog sie, Nadine kämpfte. »Ich will meine Sachen!« schrie sie. »Ich will meine Tasche! Meinen Computer!«
Sie warfen ihr das Zeug auf die Straße nach. Nadine bückte sich und sammelte alles aus dem Staub. Ihre Wäsche, ihr Make-up, ihre Hose, die Bluse, ein weiteres Tuch, Stifte, das Notizbuch. Sie kroch auf den Knien, schluchzte, schluckte die Tränen herunter, haßte sich für ihre Tränen, für ihre Angst, sammelte alles zusammen, und in der Zwischenzeit gab der Fahrer Gas, und der Jeep mit Scheich Zayed bin Sultan al Maktoum raste über das glitzernde, schwarze Asphaltband, das die Wüste in zwei Hälften teilte, davon.
Kniend, die Hände voller Staub, das Gesicht verschmiert, blickte Nadine ihnen nach. »Ich will dich nie wiedersehen«, schrie sie, »verschwinde!«
Sie raffte sich mühsam auf, schleppte die Tasche und den Computer,

von dem sie nicht wußte, ob er noch funktionierte, zu dem anderen Jeep. Schweigend blickten die Soldaten sie an. Sie hob die Schultern, schob mit dem Unterarm die Haare aus dem Gesicht, wischte mit dem Ärmel das Blut von den Lippen. »Bitte«, sagte sie, »bringen Sie mich nach Q'uam al Hashid?«
Einer der Soldaten drückte den Lauf der Kalaschnikow zwischen ihre Rippen und bedeutete ihr so, daß sie einsteigen solle. Sie kletterte in den Wagen, preßte ihre Sachen gegen den Bauch und saß so, steif und unbeweglich, über Stunden, während sie der Hauptstadt des Landes entgegenfuhren. Niemand sprach mit ihr ein Wort.

Vor dem Al-Fellaj-Guesthouse bremste der Jeep, und man warf sie hinaus. Mit ihren Sachen. Im Wegfahren rief der Fahrer dem schön gekleideten Boy am Entree etwas zu. Der Boy machte ein Gesicht, das blank war vor Fassungslosigkeit, und es dauerte eine Weile, bis er begriff, was Nadine zu ihm sagte.
»Ich habe ein Zimmer hier. Kann man das in mein Zimmer bringen, bitte?«
Abdul stand hinter der Rezeption und füllte ein Formular aus, als Nadine, gefolgt von dem Boy, die Halle betrat. Nadine bemerkte seine kurze Verwirrung. Sie trat auf ihn zu und fragte mit einem hilflosen kleinen Lächeln: »Hab' ich mein Zimmer immer noch, Abdul?«
»Aber ja, Miss, natürlich, Miss. Ich weiß nicht, Mister Tahir ist einmal dagewesen. Das Zimmer ist verschlossen ..., wir wollten sicher sein, daß Ihre Sachen unberührt sind, Miss ... Einen Augenblick, ich hole den Schlüssel ...« Er wandte sich um, zögerte und kam zu ihr zurück. Er schaute sie forschend an. »Ich hoffe, Sie hatten eine angenehme Reise.«
Nadine lächelte. Sie war froh, ein bekanntes, freundliches Gesicht zu sehen. Abdul war ihr Freund, das hatte sie beschlossen, ob er nun ein Spion war, der auf sie angesetzt war, oder nicht. In diesem Land brauchte man Freunde. Sonst fühlte man sich verloren.
»Angenehm?« Sie hob die Schultern. »Ich möchte dazu nichts sagen, Abdul. Darf ich jetzt in mein Zimmer?«
»Sie bluten an der Lippe«, murmelte Abdul, bevor er davoneilte, um den Schlüssel zu holen.

Abdul ging vor ihr her. Seine Schritte waren steif, die Schultern hochgezogen wie bei einem Mann, der sich in der Situation nicht richtig wohl fühlte. Nadine spürte, daß er ihrem Gespräch ausweichen wollte, aber sie sagte dennoch, als sie vor der Zimmertür standen: »Ich muß mit Tahir sprechen, Abdul. So schnell wie möglich.«

Abdul lächelte bekümmert. »Ich weiß nicht, ob das möglich sein wird, Miss Malten.«

»Und warum nicht?«

»Nun, Mister Tahir ist ein sehr wichtiger Mann. Er hat in dieser Zeit sehr viel zu tun. Wir haben eine Delegation aus...«

»Es ist dringend, Abdul«, sagte Nadine eindringlich. Sie faßte seinen Arm, aber der Blick, den Abdul dem Boy zuwarf, der ihnen gefolgt war, ließ Nadine sofort zurückzucken. Sie verbarg die Hände auf dem Rücken, um nicht ein weiteres Mal einen Fehler zu machen. »Aber du versuchst es, nicht wahr? Sag, Nadine Malten muß ihn sprechen, sehr dringend.«

»Ich werde es versuchen, Miss.«

Abdul ließ sie eintreten, der Boy legte ihren schmutzigen Beutel auf einen Hocker, und beide verschwanden.

Das Zimmer wirkte aufgeräumt, aber ansonsten unberührt. Die Gardinen waren vorgezogen, die Balkontüren verschlossen.

Nadine ließ Luft und Licht herein, schaute in die Schränke, um sich zu vergewissern, daß ihre Sachen noch da waren. In der Schreibtischschublade fand sie Farbbänder für die Maschine, einen zweiten Notizblock und einen Teil ihrer Aufzeichnungen, die sie zurückgelassen hatte.

Sie suchte sich frische Kleider heraus, zog sich aus, ließ die schmutzigen Sachen einfach auf den Boden des Badezimmers fallen und drehte den Wasserhahn auf.

Es war die Stunde des Sonnenunterganges. Der Himmel färbte sich rosa, dann violett, die Vögel, die eben noch ein schrilles Konzert gegeben hatten, verstummten genau in dem Augenblick, als der letzte Sonnenstrahl erlosch. Dafür begannen die Grillen zu zirpen. Vom nahen Minarett erklang die Stimme des Muezzin, der leichte Abendwind trug den Duft der Orangenblüten in das Zimmer, aus dem Garten erscholl das unbekümmerte Lachen eines Kindes, eine Frauenstimme, dann war es ruhig.

Nadine glitt in das lauwarme Wasser und schloß die Augen. Wenn ich aufwachen könnte und alles wäre nur ein Traum, dachte sie. Wenn ich aufwachen könnte, und alles wäre nicht wahr.

Am nächsten Morgen – Nadine hatte wie tot geschlafen – brachte ein Boy, an dessen Gesicht sie sich vage erinnerte, das Frühstück. Nadine saß in dem blauen Kaftan, der zusammengefaltet auf dem Badezimmerhocker gelegen hatte, an ihrem Schreibtisch und arbeitete. Der Schreibcomputer hatte einen Defekt, den sie nicht beheben konnte. Vielleicht waren Sandkörner in das komplizierte Innere gelangt, oder der Computer verübelte, daß man ihn einfach auf die Straße geschleudert hatte.

Nadine versuchte, aus ihren Aufzeichnungen, die manchmal im ratternden Jeep, manchmal im Licht einer Kerze oder Petroleumlampe gemacht worden waren, die Geschichte zu rekonstruieren. Das Tonbandinterview mit dem Außenminister war okay, und auch das Gespräch, das sie mit Jamila geführt hatte (es schien ihr eine Ewigkeit entfernt, daß sie im Badehaus gewesen war), konnte komplett zusammengestellt werden. Glücklicherweise hatte sie die Aufzeichnungen von dem Gespräch die ganze Zeit bei sich behalten. Die Gespräche mit Freddy, nur skizzenhafte Aufzeichnungen, schrieb sie sorgfältig ab, bevor sie sich an das Porträt von Scheich Zayed bin Sultan al Maktoum machte. Sie arbeitete konzentriert und erlaubte sich keine gedankliche Ablenkung.

»Das Frühstück, Miss«, sagte der Boy. Er hatte den typischen Akzent der Pakistani, er stand mit dem schweren Tablett wartend an der Tür.

»Auf den Balkon, bitte«, Nadine bedeckte instinktiv ihre Aufzeichnungen mit einer alten Ausgabe der Herald Tribune, die man liegengelassen hatte, und stand auf.

Die Balkontüren zur Loggia standen schon offen. Nadine hatte bereits dort den Sonnenaufgang erwartet, den Ruf des Muezzin, das Morgenkonzert der Vögel, hatte die ersten Eselskarren auf dem Weg zu den Feldarbeiten beobachtet, die überladenen Busse, die man manchmal hinter den Palastmauern erkennen konnte, auf dem Weg ins Zentrum.

Jetzt setzte sie sich wieder, breitete die Serviette auf ihre Knie und schaute zu, wie der Boy den Tisch für sie deckte. Die Gerichte, die unter den Tonhauben der Tajineschüsseln verborgen waren, kannte sie inzwischen alle, der Geruch von Honig, Zimt und Kardamom, der von der mit Puderzucker bestäubten Pastilla ausging, war ihr vertraut, auch der Duft des frischen Fladenbrotes, mit Olivenöl besprenkelt. Der würzige Kaffee, die gelbe Sahneschicht auf der Kamelmilch, in der die Müsliriegel schwammen.

Der Boy arbeitete flink und geschickt. Er schenkte ihr Kaffee ein und legte das Besteck so zurecht, daß sie es greifen konnte, ohne den Sessel zu verrücken.

»Schukran«, sagte Nadine, »danke.«

»It's okay, Miss?« Der Boy musterte noch einmal sein Werk, nickte zufrieden und wandte sich zur Tür. Als er das Zimmer halb durchquert hatte, schaute er sich zu ihr um.

»Hasher kommt nicht mehr. Ich bringe jetzt immer das Frühstück.«

Nadine spürte einen Stich, einen schmerzhaften Stich in ihrer Magengrube. »Hasher?« fragte sie, als müsse sie sich mühsam erinnern. Dabei wußte sie im ersten Augenblick, daß der Boy den Kellner meinte, der Nadine am ersten Morgen bedient hatte.

»Hasher, Sie wissen, ein Landsmann, er hat für Sie das Geld getauscht. Die hundert Dollar.«

»Genau«, sagte Nadine. Sie schluckte. »Was ist mit ihm?«

»Sie haben ihn abgeholt, Miss. Ich weiß nicht. Ich habe versucht zu fragen, wo er ist, ob er zurückkommt. Man weiß nicht. Abdul weiß nicht und Chaif auch nicht. Vielleicht sagen sie nur, aber ich glaube, sie wissen nicht, es gibt zu viele Plätze, wo er sein kann. Zu viele Gefängnisse.«

Er kam ein paar Schritte zurück. »Bitte, wenn man Sie fragt . . ., bitte, wenn man mit Ihnen redet . . ., können Sie versuchen, das herauszufinden?«

Nadine nickte. »Natürlich«, sagte sie, »ich werde es versuchen. Was genau soll ich fragen?«

Der Boy trat noch zwei Schritte vor. Jetzt war sein Körper halb im Licht der Sonne, das durch die Tür ins Zimmer fiel. Er trug Plastiksandalen, blau. Seine Zehen waren verkrüppelt.

»Fragen Sie, ob er noch lebt, Miss. Bitte. Damit ich seiner Familie Bescheid geben kann. Seine Familie wartet auf das Geld, das er jeden Monat schickt.«

»Ob er noch lebt?« wiederholte Nadine fassungslos. »Du meinst...«

Der Boy hob die Arme. »Ich weiß nichts. Ich darf nichts sagen. Ich bin nur hier, um zu arbeiten und Geld zu verdienen. Ich habe keinen Paß. Man hat ihn mir abgenommen, als ich hier über die Grenze kam. Ohne Paß bist du ein Niemand...«

»Ich habe auch keinen Paß«, murmelte Nadine. »Mir haben sie den Paß auch abgenommen, als ich hier ankam.«

»Aber Sie kennen Tahir. Sie kennen den Scheich. Sie waren mit dem Scheich im Camp. Sie können fragen, bitte, Miss.« Seine Augen flehten.

Nadine biß sich auf die Lippen. »Ich werde es versuchen«, sagte sie, »ich verspreche es. Wie heißt du?«

»Anees«, flüsterte der Boy und verschwand.

Der Hunger, den Nadine eben noch verspürt hatte, war verflogen. Hilflos saß sie vor ihrem Frühstückstisch, die eiskalten Hände zwischen die Knie geklemmt.

Unten im Garten rollten die Arbeiter einen Schlauch aus und schraubten einen Rasensprenger an das Ende. Immer wieder warfen sie verstohlene Blicke nach oben in ihre Loggia. Nadine tat, als merke sie es nicht. Sie ging in ihr Zimmer und zog an der roten Kordel neben der Tür.

Sekunden später erschien ein Mann, den Nadine nicht kannte. Er trug eine Dischdascha, aber sein Kopf war entblößt. Ein weißhaariger, freundlicher alter Herr, der sich steif verbeugte.

Nadine verbeugte sich auch. Sie wartete, bis er den Kopf gehoben, seine wäßrigen, halbblinden Augen auf einen Punkt in der Ferne gerichtet hatte.

»Ist Abdul heute morgen da?« fragte sie. »Hat er Dienst?«

Der weißhaarige Mann nickte.

»Gut«, sagte Nadine. »Ich möchte ihn bitten, zu mir zu kommen.«

Sie wartete ab, aber das Gesicht des Mannes verharrte in stumpfer Reglosigkeit. »Haben Sie verstanden? Sprechen Sie englisch?«
Der Mann holte tief Luft und nickte.
Wortlos verließ er das Zimmer.
Nadine ging zu ihrem Frühstück zurück, setzte sich, breitete ein zweites Mal die Serviette über den Knien aus und beschloß, wie auch am ersten Tag in Q'uam al Hashid, mit der Pastilla zu beginnen.

Abdul erschien mit einem zerknitterten, müden Gesicht. Er hatte wieder einmal Nachtdienst gehabt, wieder einmal war er in der stikkigen Kammer auf der Pritsche von Alpträumen geplagt worden, zudem hatte das Wasser in der Personaldusche nicht funktioniert, und er hatte sein Gesicht, wie früher als Ziegenhirte, in eine Schüssel tauchen müssen, etwas, das er als würdelos und demütigend empfand.
»Miss«, sagte er beim Eintreten, bevor Nadine überhaupt ein Wort äußern konnte. »Tahir wird heute gegen zwölf Uhr hier sein. Er bittet Sie, das Hotel nicht zu verlassen.«
»Warum bittet er mich das?«
Abdul rang die Hände. »Ich weiß nicht. Es ist viel Verkehr auf der Straße, Miss. In der Zeit nach Ramadan kommen die Händler zurück, um Geschäfte zu machen, sie eilen vom Land zurück in die Stadt. Vielleicht fürchtet Tahir, daß Sie sich verlaufen. Oder daß Sie von einem Auto überfahren werden, ich weiß nicht.«
Abdul trat vorsichtig näher. Aber er blieb auf der Schwelle zur Loggia stehen. Nadine argwöhnte, daß er nicht vom Garten aus gesehen werden wollte. Hier mißtraute einer dem anderen.
»Abdul, ich wollte dich bitten, mir einen Plan der Flugzeuge zu verschaffen, die den Shamal-Flughafen morgen verlassen.«
Abdul schaute sie verdutzt an. »Aber das kann ich nicht, Miss.«
»Du könntest am Flughafen anrufen.«
»Ja, das kann ich, aber sie werden mir keine Auskunft geben.«
»Und warum nicht? Als Angestellter des Al Fellaj mußt du das doch wissen.«
Abdul schüttelte den Kopf. »Der Flugplan ist Geheimsache. Hier weiß niemand, wann ein Flugzeug startet und wann ein Flugzeug landet.«

Nadine lächelte irritiert. »Aber es gibt einen Tower, Abdul, bei dem muß jeder Pilot Start und Landung melden.«
»Ich weiß, Miss, aber der Flughafen ist militärisches Sperrgebiet, und im Tower sitzen Offiziere.«
Nadine schwieg nachdenklich. Sie faltete ihre Serviette zusammen.
»Ich muß zurück nach Frankfurt, Abdul«, murmelte sie, »aber ich habe meinen Paß nicht, und ich habe kein Flugticket.« Sie schaute auf. »Ist das so üblich?«
Abdul lächelte traurig. »Ich weiß nicht. Ich habe dieses Land noch nie verlassen.«
»Aber die anderen Gäste, die hier wohnen, du hast gesagt, es kommen Gäste aus England, Amerika, Frankreich, China ..., wie verlassen sie das Land?«
»Mit dem Flugzeug. Mit einer Maschine des Scheichs.« Er holte tief Luft. »Es ist besser, Sie sprechen mit Tahir darüber. Um zwölf Uhr wird er hier sein. Bitte, verlassen Sie nicht das Hotel. Sie bringen mich sonst in große Schwierigkeiten. Man hat mir befohlen, auf Sie aufzupassen.«
Nadine starrte ihn an. »Ist das eine Drohung von Tahir? Bin ich eine Gefangene?«
Abduls Gesicht legte sich in bekümmerte Falten. »Ich weiß nicht, was vorgefallen ist, Miss. Ich weiß nicht, warum sich alles verändert hat. Als Sie losgefahren sind in die Wüste, waren Sie ein Staatsgast und jetzt ...« Seine Stimme verstummte.
»Was ist jetzt?« rief Nadine.
Abdul hob die Schultern. »Sprechen Sie mit Tahir. Ich habe unten zu tun.«
Nadine schaute ihm sprachlos nach. Sie schüttelte erbost den Kopf, während sie im Zimmer auf und ab wanderte.
Es war halb neun. Noch dreieinhalb Stunden bis zu dem Treffen mit Tahir. Nadine beschloß, in den Garten zu gehen. Man würde ihr wohl nicht verbieten, den Garten des Hotels zu betreten. Sie wollte sich unter einen Orangenbaum setzen und nachdenken.
In dreieinhalb Stunden, dachte sie grimmig, wird mir doch etwas einfallen.

Natürlich«, sagte Tahir, »könnten Sie jederzeit das Land wieder verlassen, wenn da nicht dieses Problem wäre.«

Sie saßen im Garten, im hinteren Teil der Orangenplantage, dort, wo die harten Ackerschollen schon nicht mehr gerecht wurden und Disteln und anderes Unkraut entlang der Bewässerungsleitungen sprießen konnte. Sie saßen auf einer Steinbank im Schatten eines achteckigen, offenen Baus, dessen Wände mit blaugrünen Mosaikkacheln geschmückt waren. Tahir hatte ihr, als ihr Gespräch noch den lockeren Plauderton hielt, erzählt, daß dies das Mausoleum eines Sultans aus dem Omajidengeschlecht war, eines Mannes, der für kurze Zeit auch die Oasen von Q'uam al Hashid erobert hatte, bevor die Beduinenfürsten ihn in einem gemeinsamen Kriegszug vertrieben hatten. Es war ein schöner Ort, Vogelgezwitscher, im Hintergrund das staubiggrüne Laub einiger knorriger Olivenbäume, noch weiter der rote Lehmboden, der dann in das Gelb des Wüstensandes überging. Der Horizont, eine flimmernde Linie von Hitze und Licht. Kein Motorengeräusch, nur hin und wieder der trotzige Schrei eines Esels.

Nadine hatte sehr wohl den Punkt registriert, an dem Tahirs Stimme den Ton eines Staatsanwalts angenommen hatte, hart, unnachgiebig, und dennoch bemüht, so etwas wie Gerechtigkeit zu verkörpern.

»Was für ein Problem?« fragte Nadine. Sie versuchte, gleichmütig zu klingen, selbstbewußt. Sie versuchte, immer noch die Fiktion aufrechtzuerhalten, daß sie eine freie Journalistin war, die aus freien Stücken in dieses Land gekommen war, mit dem Dokument einer offiziellen Einladung, und der es freistand, Q'uam al Hashid zu verlassen, wann immer sie ihre Recherchen abgeschlossen hatte, spätestens jedoch, wie es in ihrem Visum stand, nach drei Wochen.

Als Tahir nichts erwiderte, hob Nadine die Stimme. Immer noch schaffte sie es, ihre Erregung und ihre Panik nicht zu zeigen.
»Mein Visum gilt drei Wochen, heißt das, Sie wollen mich so lange hier festhalten? Ich bin jetzt zwölf Tage hier. Ich habe genug gesehen.« Sie lächelte tapfer und korrigierte sich. »Das ist natürlich Unsinn. Ich habe nicht genug gesehen. Aber offenbar alles, was man mir zu sehen erlaubte. Ich möchte nach Hause, Tahir, nach Frankfurt, in mein Land, in meine Redaktion. Ich werde dafür bezahlt, daß ich arbeite. Ich bin sicher, in Frankfurt macht man sich schon Gedanken.«
Tahir spielte mit dem Silberknauf seines Spazierstocks. Er zeichnete mit dem Finger die feinen silbernen Konturen des Falkenkopfes nach. »Man hätte sich in Frankfurt früher Gedanken machen sollen.«
»Was heißt das?« fragte Nadine barsch.
Tahir hob den Kopf, schloß die Lider zu einem Spalt und sagte: »Vielleicht hätte man einen männlichen Kollegen schicken sollen. Oder eine Frau, deren Beine nicht so lang und deren Haar nicht so blond ist.«
Nadine schwieg. Sie zog den Saum ihres Baumwollrockes über die Schuhspitzen, als wolle sie sie vor seinen Augen endgültig verbergen. Ob er wußte, daß sie mit Zayed geschlafen hatte?
»Das Problem«, sagte Tahir sanft, »das wir mit Ihnen haben, ist wirklich schwierig.«
»Sie haben es mir immer noch nicht erklärt«, sagte Nadine hitzig.
»Ich versuche es gerade. Sie haben eine religiöse Feier gestört. Der Imam bebt vor Zorn.«
Nadine starrte Tahir fassungslos an. »Was habe ich?«
»Sie haben damit die Gefühle des islamischen Volkes von Q'uam al Hashid verletzt.« Er wandte ihr sein Gesicht zu. »Es tut mir leid, Miss Malten, aber so gut hätten Sie vorbereitet sein müssen: Kein Heide hat das Recht, sich in unsere religiösen Belange einzumischen. Sie haben die Gefühle der Moslems mit Füßen getreten.«
Nadine sprang auf. Ihr Gesicht glühte. »Aber das war keine Feier, Tahir! Das war Terror! Reiner, blanker Terror an einer unschuldigen Frau! Es war eine Hinrichtung, Mord.« Sie rang nach Luft, sie schüttelte mit einer heftigen zornigen Kopfbewegung die Haare aus der

Stirn. »Man hat diese Frau umgebracht, Tahir. So etwas nennen Sie eine religiöse Feier?«

Tahir seufzte. Er legte den Stock behutsam auf den Boden. »Diese Frau war nicht unschuldig, Miss Malten. Sie hat sich gegen ihren Mann aufgelehnt, sie hat Ehebruch begangen, indem sie sexuelle Träume mit einem anderen Mann hatte. Sie hat die Ehre der Familie ihres Mannes beleidigt. Sie mußte sterben.«

Nadine ließ sich wieder neben Tahir auf die Bank fallen. »Das ist verrückt«, flüsterte sie. »Es ist grausam und ungerecht und wahnsinnig. Die Männer in diesem Land dürfen alles tun, was ihnen Spaß macht.« Sie hob den Kopf und starrte Tahir an. »Sie dürfen westliche Kleidung tragen, Frauen wie Huren behandeln, sie dürfen in Diskotheken gehen, tanzen, rauchen, Alkohol trinken, sie dürfen über Leben und Tod der Frauen entscheiden, und die Frauen dürfen noch nicht einmal von einem anderen Leben träumen? Ist das Ihr Ernst, Tahir? Sind das die religiösen Gefühle, die Sie meinen? Die ich angeblich verletzt habe?«

Tahir blickte in den Himmel, an dem ein Adler seine Kreise zog. »Ich sage es so, wie der Scheich es mir erklärt hat. Ich sage es so, wie der Imam es mir berichtet hat.«

Nadine runzelte die Stirn. »Welcher Imam?«

»Der Geistliche von Yahia al Zaer. Er ist ein wichtiger Mann, einer der höchsten religiösen Führer in unserem Land. Er hat das Urteil über das Mädchen gesprochen. Er ist selber dabeigewesen, bei der Vollstreckung.«

»Sie meinen, er war Augenzeuge eines widerlichen Mordes«, sagte Nadine erregt.

»Der Scheich war außer sich vor Zorn. Sie sind aus dem Auto gesprungen und weggelaufen durch die Menge. Sie haben die religiöse Andacht gestört.«

Nadine beugte sich vor. Sie zwang Tahir, ihr in die Augen zu sehen. »Andacht?« flüsterte sie. »Das nennen Sie eine Andacht?«

»Es war für den Scheich eine schwierige Situation. Er hat eine weiße Frau mitgenommen zu einem moslemischen, zu einem religiösen Ereignis. Er hätte das nicht tun sollen. Aber er dachte, Sie benehmen sich so, wie man es von einer Journalistin erwartet.«

»Und, was erwartet man von einer Journalistin?«

»Daß sie Ruhe bewahrt. Daß sie zuschaut und zuhört. Mehr nicht. Sie aber sind aus dem Auto gesprungen, Sie haben geschrien ...«
»Ich habe nicht geschrien«, sagte Nadine zitternd. »Ich konnte gar nicht schreien.«
»Sie haben Worte in einer gotteslästerlichen Sprache geschrien, mitten in einer moslemischen Feierstunde. Es geht nicht, Nadine. Es gibt keine Möglichkeit, Sie da herauszuholen. Selbst wenn der Scheich es wollte: Die Worte des Imam gelten mehr in dieser Angelegenheit.« Er seufzte und hob den Stock wieder auf. »Aber ich fürchte, der Scheich möchte Ihnen nicht einmal helfen.« Er stand auf und schaute zu ihr herab. »Sie können dieses Land nicht verlassen in der nächsten Zeit. Der Imam hat mir mitteilen lassen, daß er Sie als seine Gefangene betrachtet. Sie dürfen weiter hier wohnen, im Al Fellaj. Es wird Ihnen an nichts fehlen. Aber Sie dürfen den Pool nicht benutzen und das Hotelgelände nicht verlassen. Natürlich dürfen Sie auch nicht telefonieren.«
»Wie lange?« Nadines Stimme bebte.
»Das weiß ich nicht. Das hängt vom Willen des Imam ab.« Tahir stützte sich auf seinen Stock, lächelte milde. »Schauen Sie, Nadine, wenn Sie es sich nicht auch mit dem Scheich verscherzt hätten – dann gäbe es Möglichkeiten, Sie aus dem Land zu bringen, bevor der Imam seinen Richterspruch gefällt hat. Aber so ...«
Nadine starrte Tahir an. Sie war verstört. Die Panik kroch ihr die Wirbelsäule hoch. Es war, als riebe sie jemand mit Eisstücken ab.
»Was wird der Imam beschließen?« fragte sie flüsternd.
Tahir hob die Schultern. »Ich weiß es nicht, Miss Malten. Ich weiß es wirklich nicht. Möge Allah Ihnen beistehen. Möge Allah Ihnen verzeihen, was Sie unserem Volk und unserem moslemischen Glauben angetan haben. Ich kann es nicht. Ich bedauere zutiefst, aber ich kann nichts mehr für Sie tun.« Er senkte den Kopf, wandte sich ruckartig um und ging mit schnellen, unregelmäßigen Schritten davon.
Nadine blieb wie versteinert zurück.

Sie ist zurück.«
»Wer?«
»Die Deutsche. Sie ist gestern abend gekommen. Sie wohnt wieder im Al Fellaj. Gleiches Zimmer.«
Freddy und Kamal saßen in einem ihrer Lieblingscafés in der westlichen Medina, von der es nur einen Steinwurf zur Moschee und dem alten Badehaus war, das man wegen technischer Mängel vor ein paar Monaten geschlossen hatte. Früher trafen sich in dem Café die Männer nach ihrem rituellen Badehausbesuch, um Majoun zu kauen, eine Paste aus Haschisch, Datteln und Honig, für die das Café in Q'uam al Hashid berühmt war.
Kamal hatte die zweite Portion Tee bestellt und studierte gerade die Speisekarte, die mit Kreide auf eine verwitterte Tafel am Durchgang zur Küche angebracht war, als Freddy die Mitteilung über Nadine machte.
Er wandte sich um, stützte den Ellenbogen auf den schmierigen Resopaltisch und starrte Freddy an.
»Einfach so?«
Freddy lächelte. Wie immer hatte das Majoun-Kauen seinen Gesichtsausdruck verändert. Er war weicher geworden, unaufmerksamer der Blick, er war in diesen Augenblicken einem schwärmerischen, jugendlichen Filmhelden aus einem Fellini-Film sehr ähnlich. Kamal mochte das. Er mochte den Freddy, der seine Vergangenheit abschütteln konnte wie Regentropfen auf dem Cape, der auf einmal wieder jung und unbekümmert lachen konnte, der glaubte, irgendwann würde diese Welt so gut werden, wie Allah sie gemeint hatte.
»Nicht einfach so«, sagte Freddy. Er goß sich eine weitere Tasse Tee ein und versuchte, mit den Fingern ein Teeblatt herauszufischen, »es muß etwas passiert sein.«

»Was?«
»Weiß ich nicht. Abdul sagt, Tahir schweigt wie ein Grab. Es muß etwas passiert sein in Yahia al Zaer. Ich weiß nicht. Ich habe keine Ahnung. Es ist Monate her, seit ich dieses lausige Nest zum letzten Mal besucht habe. Ich hasse diese fanatischen Moslems dort. Ich hasse den Imam, der jeden Freitag seine Gemeinde fanatisiert mit seinen Sprüchen.«
Kamal runzelte die Stirn. »Yahia al Zaer? Warte. Ich glaube, ich habe da etwas gehört.« Er winkte dem Kellner und bestellte mit Gemüse gefülltes Fladenbrot, eine vegetarische Speise, die für ihn am bekömmlichsten war nach dem Genuß von Majoun.
»Sie haben da gestern eine Frau gesteinigt«, sagte er. »Achtzehn Jahre alt, verheiratet mit einem wichtigen Mann. Ich habe seinen Namen vergessen.«
»Was hat sie getan?«
»Ehebruch«, sagte Kamal. »Aber ich glaube nicht daran. Ich glaube, der Imam hat nur einen Vorwand gesucht, um seine Macht zu demonstrieren. Er wollte wieder einmal das fanatische Leuchten in den Augen seiner Gläubigen sehen.«
Freddy grinste. »Wenn man dich reden hört, könnte man glauben, du hast dem Islam abgeschworen.»
»Ich bin in Damaskus geboren und in Damaskus aufgewachsen«, sagte Kamal ungerührt. »Da sieht man die Dinge nicht so streng. Vergiß nicht, daß die strenggläubigen Iraner nach Syrien flüchten, wenn sie einmal so richtig die Sau rauslassen wollen. Ich habe Geistliche erlebt, die freitags zum Heiligen Krieg aufrufen und samstags im Sheraton von Damaskus den Whisky literweise aufs Zimmer bestellen.«
Freddy lachte. Er riß ein Stück von dem warmen Fladenbrot ab, das der Kellner in einem Plastikkörbchen an den Tisch gebracht hatte, und rollte es zusammen, bevor er es in den Mund steckte. Er liebte Kamal am meisten, wenn er so redete. Wenn er sein wahres Ich zeigte. Wenn er sich zu dem Zyniker bekannte, der er war.
Ein Polizist betrat das Café, die Kalaschnikow lässig über der Schulter, die Hand am Revolvergriff. Er schaute sich mißtrauisch um. Freddy zog automatisch seinen Kopf zwischen die Schultern, aber Kamal winkte ihm unbekümmert zu, und der Typ machte ein Zei-

chen, daß er Kamal erkannt hatte, daß alles in Ordnung war, und verschwand wieder. Eine Weile schwiegen die beiden. Das Essen wurde gebracht, Kamal bestellte eine Flasche Wasser ohne Kohlensäure. Sie aßen wortlos. Eine Katze strich um ihren Tisch herum, machte einen Buckel und streifte an ihren Hosenbeinen entlang. Nacheinander warfen Kamal und Freddy ihr etwas zu, das sie gierig verschlang.

»Es gibt eine Anordnung«, sagte Freddy, während er kaute, »daß die Deutsche keinen Kontakt mit Frankfurt haben darf. Sie darf das Hotel nicht verlassen. Sie muß auf weitere Anweisungen warten.«

»Was für Anweisungen?«

»Keine Ahnung.« Freddy warf der Katze einen Bissen zu, der auf ihrem Rücken landete. Die Katze floh in großen Sprüngen, kehrte aber nach einer Weile zurück. Sie war so mager, daß man bei jedem Schritt sehen konnte, wie das Fell sich über den Rippenbögen spannte.

»Du mußt doch wissen, was für Anweisungen sie meinen!«

Freddy hob die Schultern. Es sah aus, als habe er keine Lust mehr, weiter über das Thema zu reden. Er schenkte Kamal einen zärtlichen Blick, aber der reagierte gereizt. »Ist das eine Anweisung vom Scheich?«

»Der Scheich hat sie fallenlassen. Er ist nicht mehr an ihr interessiert.« Freddy grinste. »Hast du etwas anderes erwartet?«

Kamal schüttelte den Kopf. »Ich verstehe immer noch nicht. Worauf soll sie warten?« Er zögerte. »Du glaubst, sie werden sie umbringen?«

Freddy zuckte mit den Achseln. »Vielleicht, es hängt alles vom Imam ab. Von dem Imam aus Yahia al Zaer. Bis er sich entschieden hat, darf sie sich jedenfalls nicht vom Fleck rühren.«

Kamal seufzte. Er schob den Teller zurück und wischte mit einem Stück Fladenbrot das Öl von den Lippen. »Das hört sich nicht gut an.«

Freddy lächelte. »Ja, das denke ich auch.«

Die Nachricht, die Henscheid von Kamal erhielt – mit dem Umweg über Damaskus und als verschlüsselter Code –, klang nicht gut. Henscheid erhielt die Nachricht, als er gerade seinen Regenmantel umhängen, die Lampen in seinem neuen großen Büro ausknipsen und das Haus verlassen wollte. Seine Sekretärin (wie froh war er, daß er sich nicht mehr mit Gerti rumschlagen mußte) hatte das Haus längst verlassen, und die türkischen Arbeiter der Reinigungsfirma waren mit ihren Riesenstaubsaugern durch die Büros gezogen, hatten Papierkörbe geleert und Aschenbecher gereinigt, Teller gespült und Klos geputzt. Es war völlig still.

Auch Tilman Schröder hatte das Haus bereits Stunden zuvor verlassen. Ein Gespräch mit einem wichtigen Anzeigenkunden, zu dem er Henscheid eigentlich mitnehmen wollte, aber als der Anzeigenkunde hatte durchblicken lassen, daß er einen Tisch für zwei Personen im »Kaviar« ausgesucht hatte, machte Tilman Schröder sein Angebot wieder rückgängig.

Henscheid war es recht, er hatte genug zu tun, er war immer noch de facto zuständig für das Auslandsressort – Unterstöger zeigte immer deutlicher, daß er den Anforderungen nicht gewachsen war –, und gleichzeitig rollte eine Lawine von Personalproblemen auf ihn zu. Alles unangenehme Entscheidungen, die Schröder vor sich hergeschoben und die er nun ihm, Henscheid, auf den Schreibtisch gekippt hatte, damit er sich unbeliebt machen konnte und Schröder dastand wie der gute Mensch aus Frankfurt.

Henscheid war nicht so blöd, daß er das Spiel nicht durchschaute. Aber er machte gute Miene. Er war jetzt Stellvertreter und hatte Macht, viel mehr Macht als zuvor. Als das Telefon klingelte und er in den Regenmantel schlüpfte, dachte er, es wäre Sonja, mit der er noch zu einem Absacker bei Jimmy verabredet war.

»Ich bin schon auf dem Weg, Liebchen«, rief er fröhlich. »Wenn du mich nicht aufhalten würdest, könnte ich schon im Lift stehen.«
Einen Augenblick war es still, dann räusperte sich jemand, und eine männliche Stimme sagte, einigermaßen aufgeräumt: »Ich fürchte, das ist nicht das Liebchen. Das ist die Botschaft in Damaskus.«
Henscheid setzte sich. Er klemmte den Hörer zwischen Hals und Schulter und griff nach einem Bleistift. Das war eine instinktive Reaktion, um schnell mitschreiben zu können, wenn es etwas zu notieren gab.
»Ich fürchte«, sagte der Mann aus Damaskus, »ich habe schlechte Nachrichten.«
»Was ist mit Nadine?« fragte Henscheid.
Und der Mann aus Damaskus, den Henscheid noch nie gesehen und von dem er – um seine Person zu schützen – auch nicht den richtigen Namen kannte, erzählte, was er über Nadine Malten herausgefunden hatte. Als Henscheid den Hörer auflegte, blieb er eine Weile reglos sitzen. Dann ging er durch das Haus, öffnete alle Zimmer und lief durch alle Flure, in der vagen Hoffnung, vielleicht doch noch einen Kollegen zu treffen, dem er sein Leid klagen konnte.
Er befand sich in einem Zustand zwischen Empörung und Triumph. Hatte er, Arne Henscheid, nicht immer gesagt, daß Nadine dieser Aufgabe nicht gewachsen war? Hatte er nicht zu bedenken gegeben, daß es der reine Wahnsinn war, eine junge Frau in ein chauvinistisches Land wie Q'uam al Hashid zu schicken? Und hatten sie ihm daraufhin nicht falschen Ehrgeiz vorgeworfen? Hatte sie ihn nicht als Intriganten denunziert?
Jetzt verlangte man von ihm, daß er für Nadine die Kohlen aus dem Feuer holte. Jetzt mußte er sich etwas einfallen lassen. Er war ihr Ressortleiter. Immer noch. Er war ihr Chefredakteur. Jedenfalls stellvertretend.
Nachdem er bei seinem Streifzug nur verwaiste Flure angetroffen hatte, kehrte Henscheid in sein Zimmer zurück und formulierte ein Fax, das er sofort abschickte. Eine Kopie des Faxes legte er auf Schröders Schreibtisch, mit der Randbemerkung: »Muß dringend mit Dir darüber reden. A. H.«
Dann löschte er zum zweitenmal das Licht und machte sich auf den Weg zu Jimmy.

Es war tatsächlich nach Mitternacht, als er dort eintraf. Sonja hatte dem Barkeeper eine Nachricht für ihn hinterlassen: »Hatte keine Lust mehr, auf Dich zu warten. Sooo toll bist Du nun auch wieder nicht. Sonja.«

Telefax to
Nadine Malten
Al-Fellaj-Guesthouse
Q'uam al Hashid
Room 116

Please hand over urgently!!!

Hallo, Nadine,
bitte geben Sie umgehend ein Lebenszeichen!!! Wir sind wirklich in großer Sorge. Unsere Nachforschungen haben wenig ergeben, aber doch genug, um zu wissen, daß Sie sofort zurückkommen sollten.
Offenbar ist es nicht möglich, telefonischen Kontakt mit Ihnen herzustellen. Aber wir werden es unverdrossen weiter versuchen. Die Botschaften in den Vereinigten Arabischen Emiraten sind alle benachrichtigt, auch wenn sie wenig ausrichten können.
Man versucht, Ihnen zu helfen.
Aber Sie müssen uns auch helfen, Nadine. Versuchen Sie, uns eine Nachricht zukommen zu lassen.
Verdammt noch mal, was ist eigentlich passiert?

Arne Henscheid,
Mittwoch nach Mitternacht
immer noch auf Posten in der Redaktion

Abdul zog das Fax aus der Maschine, studierte es, ging auf bloßen Füßen nach vorn in den Empfang und wählte die Nummer der Zentrale.
»Hier Abdul, es ist wieder ein Fax gekommen. Ja, für die Deutsche.

Ja, auf deutsch, nehme ich an. Was soll ich damit machen?« Er lauschte, zupfte an seinen Schnurrbarthaaren, die er schon zwischen die Zähne nehmen konnte, wenn er sie langzog, und nickte schließlich.

Er legte den Hörer auf, nahm das Fax, legte es wieder in die Maschine und tippte die Nummer der Zentrale in den Apparat. Er schaute zu, wie die Maschine das Papier verschlang, abtastete und wieder ausspuckte, wartete auf das grüne Okay-Zeichen und schlurfte zu seiner Pritsche in der fensterlosen Kammer zurück. Er zog das Telefon an der langen Schnur zu sich heran und wählte die Nummer von zu Hause.

Wie immer dauerte es lange, bis Jamila abnahm, wie immer war ihre Stimme süß und schwer vom Schlaf, und er lächelte, als er ihr langgezogenes Seufzen hörte.

»Jamila, meine Gazelle, die Sonne meiner Tage, Allah segne deinen süßen Schlaf.«

»Wie kann Allah meinen Schlaf segnen, wenn du ihn dauernd störst? Was ist los, Abdul? Warum rufst du an? Weißt du nicht, wie spät es ist?«

»Doch, meine Gazelle, verzeih mir, ich mußte mit jemandem sprechen, ich mache mir Sorgen um deine Freundin.«

»Meine Freundin? Von wem redest du? Seit wann machst du dir Sorgen um meine Freundinnen?«

»Es geht um die Deutsche aus Zimmer 116.«

Jamilas träger, schläfrig-mürrischer Ton veränderte sich schlagartig.

»Nadine?« fragte sie hellwach.

Abdul nickte. Er rieb sich den Nacken, der immerzu schmerzte. »Sie ist seit gestern abend zurück.«

»Was!« Jamilas Stimme überschlug sich. »Und du hast es mir nicht erzählt?«

»Ich durfte nicht, Jamila, meine Gazelle, schimpf nicht mit mir, höre mir zu, ich glaube, es ist ernst. Du weißt, was in Yahia al Zaer passiert ist?«

»Sprich nicht davon.«

»Jamila, mein Täubchen, wir haben hundertmal darüber geredet, ich bin ja auf deiner Seite. Das Problem ist, glaube ich, daß die Deutsche in Yahia al Zaer war und alles gesehen hat. Und ich glaube, es hat ihr nicht gefallen, was sie gesehen hat.«

Jamila schnaubte. »Was Wunder! Sie hat gesehen, wie ungerecht, wie gotteslästerlich dieser Staat ist! Sie hat gesehen, daß wir Frauen weniger wert sind als die Ziegen auf dem Feld. Sie hat gesehen, daß die Männer die Frauen behandeln wie – wie ...«

»Jamila, willst du kommen und mit der Deutschen reden?«

Jamila war still. Ihre laute, klagende Stimme verstummte augenblicklich. »Worum bittest du mich?« flüsterte sie fassungslos.

Abdul saß auf seiner Pritsche, starrte auf das vergilbte Foto seines Herrsches in dem vergoldeten Rahmen, das ihn als gütigen Vater und strahlenden Herrscher zeigte, und schloß die Augen.

»Sie tut mir so leid, Jamila. Sie weiß nicht, wie es um sie steht. Tahir hat heute mit ihr gesprochen, aber ich glaube nicht, daß sie verstanden hat, was er ihr sagen wollte. Sie ist den ganzen Tag im Garten herumspaziert, ein Buch unter dem Arm, ihre Notizen in der Tasche, hat sich auf die Bank gesetzt und geschrieben, hat die Sonnenbrille in die Haare geschoben und ihr Gesicht gebräunt. Jamila, du mußt mit ihr reden. Ich fürchte, sie werden sie verschwinden lassen. Wie alle anderen.«

Jamila zögerte. Sie überlegte.

Abdul stellte sich seine kleine süße Frau vor in diesem dünnen Nachthemd, mit den kleinen Pantöffelchen, in denen ihre süßen Füße steckten, mit dem zerzausten Haar, das sich bis auf die Brustspitzen ringelte, er war zu Tränen gerührt. Und er wollte ihr in diesem Augenblick sagen, daß er sich geirrt habe, daß alles in Ordnung sei, sie solle wieder zurückgehen in ihr Bettchen, solle sich in die Decken kuscheln und von ihrem Abdul träumen, aber da sagte Jamila ruhig und gefaßt: »Ich werde kommen, Abdul. Achte darauf, daß die Seitentür geöffnet ist.«

Als Abdul schon auflegen wollte, rief sie ins Telefon: »Abdul? Besorg mir etwas von dem Kuchen, du weißt schon, aus Mandelteig, den der Koch aus Marokko immer macht.«

Abdul lächelte. »Ich gehe sofort in die Küche, meine Gazelle.«

Als er auflegte und in seine Schuhe schlüpfte, um zum Küchentrakt hinüberzugehen, klingelte das Telefon in der Rezeption. Es war die Zentrale.

Sie sagten ihm, sie hätten das Fax entschlüsselt, aber es beinhalte einige noch ungelöste Rätsel. Sie schärften ihm ein, daß Nadine keinen Kontakt zu irgendwem haben dürfe. Abduls Herz schlug etwas heftiger, aber er sagte mit klarer Stimme, daß er verstanden habe, und legte auf.

Nadine hatte keineswegs – wie Abdul vermutete – sorglos und unbekümmert den Tag verbracht. Daß sie sich den ganzen Tag im Garten aufhielt, lag ausschließlich daran, daß sie nicht in ihrem Zimmer sein konnte. Sie fühlte sich da wie eine Gefangene, zudem war ihr bewußt geworden, daß man sie rund um die Uhr bewachte. Aus der Loggia neben ihrem Zimmer lugte immer wieder ein Gesicht herüber, und jedesmal, wenn sie die Zimmertür aufriß, war da ein Boy, der entweder den Steinboden neben dem Kokosläufer wischte, oder der alte Mann mit den weißen Haaren und dem freundlichen Gesicht, der nicht einmal so tat, als habe er vor ihrer Zimmertür etwas zu erledigen, sondern nur die Hände über der Brust faltete und sich stumm verbeugte.

Natürlich versuchte sie zu telefonieren. Natürlich entwarf sie eine ganze Reihe von Faxen und Telexen, die sie an die Rezeption brachte mit der Bitte, sie sofort abzuschicken. Abdul ließ sich bei dieser Gelegenheit nicht blicken, er war immer auf geheimnisvolle Weise gerade dann nicht auffindbar, wenn sie ihn zu sprechen wünschte.

Schließlich kam Nadine zu dem Schluß, daß er Angst hatte, man würde über sein freundschaftliches Verhältnis zu ihr reden, und es würde womöglich ans Licht kommen, daß Nadine und Jamila sich in dem Hammam getroffen hatten. So stromerte sie durch den Garten, hielt sich in der Nähe des Al-Bustan-Restaurants auf, immer in der Hoffnung, einen Europäer, Amerikaner oder Australier zu Gesicht zu bekommen, einen Menschen, der Gast war wie sie und dem sie klarmachen konnte, in welcher Situation sie sich befand.

Dabei war das nicht einfach, denn sie hatte aus Tahirs Andeutungen geschlossen, daß der Imam wütend über sie sei und ihr nicht erlaubte, das Land zu verlassen, bis er eine Entscheidung gefällt hatte –

oder sein Zorn verraucht war. Was ihr wirklich die meisten Sorgen machte, war, daß der Scheich sich weigerte, mit ihr zu sprechen.
Bei einem zweiten Treffen mit Tahir – was zufällig zustande gekommen war und Tahir ganz offensichtlich in große Verlegenheit brachte – hatte Nadine ihn ohne Umschweife gebeten, einen Kontakt mit dem Scheich herzustellen. Tahir trug eine Aktenmappe bei sich und machte einen gehetzten Eindruck. Offenbar befand er sich auf dem Weg zu einer Unterredung, die irgendwo in diesem Gästehaus stattfand, das Nadine immer mehr wie ein Labyrinth erschien. Da er nicht stehenblieb, um mit ihr zu reden, lief Nadine neben ihm her.
»Ich muß mit Zayed reden«, rief Nadine flehend. »Ich bin sicher, es ist alles ein großes Mißverständnis!«
Tahir warf ihr im Gehen – er hatte seinen Stock nicht bei sich und hinkte deshalb stärker – einen verächtlichen Blick zu. »Seine Hoheit der Scheich ist an einem Gespräch mit Ihnen nicht interessiert, Miss Malten.«
»Woher wissen Sie das so genau?«
»Weil er es gesagt hat.«
»Sie haben also mit ihm gesprochen?«
Tahir lachte trocken. »Dazu brauchte ich nicht jeden Tag mit ihm zu reden.«
»Aber, aber wie können Sie das dann so einfach behaupten! Der Scheich und ich ...« Sie zögerte, sie biß sich auf die Lippen, aber sprach dann doch weiter. »Der Scheich und ich sind sehr vertraut miteinander. Es war nicht nur dieses Interview, was mich bewogen hat, bei ihm in der Wüste zu bleiben ...«
Tahir blieb nun doch stehen. Sie waren an einer Art Kreuzgang angekommen, einem Innenhof, in dessen Mitte ein Brunnen plätscherte. Der Innenhof war mit einem Türmchen aus geschnitztem Holz und bunten Glasscheiben überdacht. Offenbar wollte Tahir nicht, daß sie ihm weiter folgte.
»Miss Malten«, sagte er trocken, »es ist nicht das erste Mal, daß der Scheich von einer weißen Frau begleitet wurde. Und es ist nicht das erste Mal, daß er von ihr nach ein paar Tagen genug hatte. Er hat Sie schon vergessen, Nadine.«
Nadine starrte ihn an. Sie wußte nicht, ob Haß und Wut, daß sie ihn

damals abgewiesen hatte, aus seinen Worten sprachen oder ob es wahr war, was er sagte.
»Bitte gehen Sie in Ihr Zimmer zurück, Nadine, ich werde versuchen, Ihnen zu helfen. Es ist einfach zu früh, um sich wirklich Sorgen zu machen.«
Das sagte er nur, davon war Nadine überzeugt, um das Gespräch zu beenden. Sie nickte und wandte sich wortlos um.

Als es an der Tür leise pochte, saß Nadine aufrecht im Bett. Sie hatte bislang kein Auge zugetan, es war nach Mitternacht, sie hatte gearbeitet, ohne ihren Schreibcomputer, hatte versucht, so genau wie möglich ihre Tage zu rekonstruieren. Es war eine Beschäftigung gewesen, mit der sie sich ablenken konnte, jedenfalls für eine Weile. Als sie abends im Restaurant etwas essen wollte, schickte man sie zurück mit der Bemerkung, daß ihr das Essen auf das Zimmer gebracht würde. Seitdem hatte sie nicht einmal mehr den Kopf auf den Flur gesteckt.
Als es jetzt klopfte, mitten in der Nacht, in der sich Nadines Ängste und Panik noch verstärkt hatten, war sie überzeugt, man würde sie abholen und in ein Gefängnis bringen, dahin, wo man Hasher gebracht und gefoltert hatte.
»Yes?« rief sie mit belegter Stimme, während sie die Decke bis ans Kinn zog. Sie war nicht in der Lage, aufzustehen, ihre Beine hätten ihr ohnehin nicht gehorcht.
Die Tür wurde geöffnet, jemand huschte herein. Nadine tastete nach dem Lichtschalter, aber da spürte sie schon weiche Hände auf ihrem Arm, roch ein süßes Parfum von Jasmin und Rosenblüten und hörte eine flüsternde weibliche Stimme. »No light, please.«
Nadine richtete sich auf. Sie versuchte, die verhüllte Gestalt in dem schwachen Licht, das der schmale Mond durchs Fenster warf, zu erkennen. »Jamila!« rief sie. Im gleichen Augenblick hatte Jamila ihre kleinen kühlen Hände auf ihren Mund gepreßt.
»Psst«, machte Jamila, »leise, die Wände haben Ohren.«
Sie nahm Nadines Hand, bedeutete ihr, daß sie aufstehen und ihr ins Badezimmer folgen sollte. Dann ließ sie das Badewasser an, und während das Wasser in die Wanne rauschte, saßen die beiden Frauen auf den marokkanischen Hockern und redeten.

Jamila erklärte, daß Abdul sie hereingeschmuggelt hatte, daß Abdul den Koch und den Mann auf dem Flur bestochen hatte (sie erklärte nicht, womit) und daß sie nur kurz bleiben könne. Nadine lächelte. Am liebsten hätte sie sich in Jamilas Arme geworfen. Diese Erleichterung zu wissen, sie hatte eine Freundin. Nadine nahm Jamilas Hände und legte sie an ihr Gesicht, um zu zeigen, wie dankbar sie war. Dann erzählte sie skizzenhaft, was passiert war. Sie versuchte selbst noch, sich Klarheit darüber zu verschaffen. Jamila hörte zu und schüttelte immer wieder betrübt den Kopf.

»Du hast mit dem Scheich geschlafen?« fragte sie.

Ihre schwarzen Augen sahen Nadine aufmerksam an. Nadine wollte ausweichen, aber sie wußte, daß sie ehrlich sein mußte. Sie nickte. Jamila schlug die Hände über dem Kopf zusammen. »Warum hast du das getan?«

»Ich weiß es nicht«, sagte Nadine müde. Sie wußte es in diesem Augenblick wirklich nicht mehr genau.

»Aber du warst ein offizieller Gast! Du hattest eine Einladung zu einem Interview! Du hättest dich weigern können! Ich glaube nicht, daß du Schwierigkeiten bekommen hättest, wenn du dich geweigert hättest.« Sie schaute Nadine an, als erwarte sie eine Antwort, aber als Nadine schwieg, fragte sie: »Hat er dich gezwungen?«

Nadine schüttelte den Kopf.

»Warum hast du es dann zugelassen?«

»Er hat mir gefallen«, sagte Nadine. Sie lächelte hilflos, als müsse sie dafür bei Jamila um Verständnis werben. »Er ist schön. Er ist so anders als die Männer, die ich kannte. Wir waren zusammen auf der Falkenjagd, wir sind auf Kamelen durch die Wüste geritten, wir haben unter Sternen übernachtet und uns einen Beutel Datteln und einen Beutel mit Wasser geteilt. Und ich habe gedacht ...«

Jamila nahm ihre Hände. »Meine Schwester«, sagte sie sanft, »meine Schwester, es bricht mir das Herz, aber du hast einen großen Fehler gemacht. Du hast deine Würde verloren, deine Unverletzlichkeit als Gast. Du bist jetzt in den Augen des Scheichs nichts weiter als eine Hure, die man nimmt und wegwirft. Der Scheich hat in seinem Leben schon viele Huren weggeworfen, glaube mir, meine Schwester, ich könnte dir Geschichten erzählen ...«

Nadine war den Tränen nahe. Die Aufregung, die Angst, das Gefühl des Verlorenseins in der Fremde, alles schlug über ihr zusammen. Am liebsten hätte sie ihren Kopf an Jamilas Schulter gebettet, das Gesicht in der schwarzen Arabeya versteckt und einen Tag und eine Nacht lang nur geweint.

Jamila aber zwang sie, sich zusammenzunehmen. »Der Imam wird dich töten lassen«, sagte sie.

Nadine starrte sie an.

Jamilas Augen glühten. Sie faßte Nadines Schultern.

»Ich werde dir helfen, meine Schwester. Jamila wird dir helfen.«

»Und wie willst du das machen?«

»Ich werde mit Abdul sprechen.« Jamila stand auf. Das Wasser stand schon fast bis zum Rand der Badewanne. Sie stellte den Hahn etwas schwächer.

»Aber Abdul hat Angst«, sagte Nadine. »Er hat viel zu verlieren.«

»Genausoviel wie ich«, sagte Jamila. Ihre Stimme klang hart und entschlossen. »Ich muß jetzt gehen.«

Nadine nickte. Sie löschten das Licht im Bad, bevor sie die Tür öffneten. Jamila huschte durch das Zimmer zur Tür.

»Ich weiß nicht, wann es sein wird«, wisperte sie, »du mußt dich bereithalten, verstanden?«

Sie öffnete die Tür, schaute den Flur entlang, warf Nadine eine Kußhand zu und war verschwunden.

Es gab immer häufiger Augenblicke, in denen Nadine Wahn und Wirklichkeit verwechselte. Sie glaubte, niemals einschlafen zu können, aber wenn sie dann plötzlich hochfuhr und das Licht anknipste, erinnerte sie sich an ihren Traum. Diese Träume aber waren nie so schrecklich wie die Wirklichkeit und das Bewußtsein realer Angst, das sie sofort ergriff, wenn sie erwachte.

Seit sie das Flugzeug nach Q'uam al Hashid bestiegen hatte, fühlte sie sich wie in einem Film. Sie war eine Statistin, nicht die Heldin, weiß Gott, nein, dann hätte sie ja ihren Text gekannt, dann hätte der Regisseur sie über das Ende des Films aufgeklärt und hätte ihr genau das Wesen und die Wichtigkeit ihrer Rolle beschrieben. So torkelte sie blind von einer Szene in die nächste, verständnislos die Dinge betrachtend, die um sie herum aufgebaut worden waren, die Kulisse von Oasen und Wüstendörfern, Kamelritten und Nächten unter

Sternen. Aber auch die andere, die dunkle Seite war Teil eines Filmes. Der undurchsichtige Tahir mit den eleganten Manieren, Freddy, dem man eine Hand zu Brei geschlagen hatte, und Jamila, die Frau zwischen zwei Welten.

Nadine klammerte sich an den Gedanken, daß Jamila ihr helfen würde, wenn ihr auch in dieser Nacht und am folgenden Tag nicht eine einzige Möglichkeit einfiel, wie das zu machen wäre.

Abdul ging ihr weiter aus dem Weg, vielleicht hatte er auch wirklich seinen freien Tag, sie hatte keine Möglichkeit, das zu überprüfen. Natürlich hatte man ihre Faxe nicht abgeschickt, natürlich hinderte man sie weiterhin daran, das Hotel zu verlassen, aber nie ohne eine Entschuldigung und Ausrede anzubringen, die für einen naiven Besucher plausibel klingen mußte.

Die Straßen waren gesperrt, die Läden geschlossen, ein Sandsturm war vorhergesagt worden, oder sie würde in Kürze eine wichtige Nachricht erhalten, und es sei doch besser, wenn sie dann erreichbar wäre. Nadine nickte jedesmal ergeben, wenn eines ihrer kleinen Manöver mißlungen war, und kehrte in ihr Zimmer zu dem Buch zurück, das sie schon zum dritten Mal durchgelesen hatte. Zayed blieb unsichtbar. Er schickte keine Nachricht, er hatte sie ganz offensichtlich wirklich vergessen.

Nadine schrieb mit der Hand das Tonband mit dem Interview ab, sie kopierte sogar die Gedichte, die er ihr in englischer Übersetzung vorgetragen hatte, als das Tonband noch lief. Sie konnte nicht mehr verstehen, warum diese Gedichte sie damals so fasziniert hatten.

Sie versuchte, Zeichnungen anzufertigen von Zayed, von Tahir, von dem sanften Mehdi, der ihre Kleider gewaschen und gebügelt hatte, sie zeichnete aus dem Gedächtnis sogar den Falken, wie er das blutige Herz aus der Hand seines Herrn nahm. Nadine war nicht sehr begabt im Zeichnen, aber die Beschäftigung mit diesen Dingen lenkte sie ab. Da es schwieriger war, die Erinnerungen mit dem Malstift festzuhalten als in Worten, mußte sie sich mehr konzentrieren, und das war eine Wohltat.

Der Tag verging wie alle anderen mit dem Ruf des Muezzin in der Morgendämmerung, mit Frühstück und einem verzweifelten Versuch, Tahir, den Scheich, die Redaktion in Frankfurt oder eine Botschaft zu erreichen, mit der Stille während des Mittagsgebetes, der

Hitze in den Stunden am Nachmittag, dem lähmenden Schweigen der Vögel, die in den Baumkronen hockten, reglos, und auf den Abendwind warteten, der manchmal Kühlung brachte und eine Ahnung von Frische, wenn er über das Gebirge kam.
Nadine hatte ihre Sachen gepackt. Alles stand griffbereit neben dem Bett.
Der Muezzin rief zum Abendgebet, die Vögel begannen ihr Konzert und hörten ebenso unvermittelt auf, wenn die letzten Lichtstrahlen am Himmel sich verdunkelten. Nadine bestellte ein Abendessen und machte einen zweiten Versuch, auf sich aufmerksam zu machen. In der Halle traf sie nie mehr einen Menschen wie diesen Mann in dem italienischen Anzug, sie hätte etwas darum gegeben, seinen Namen zu wissen, seine Adresse. Das Haus war in Schweigen gehüllt, als habe man schalldichte Wände eingezogen, daß man sie zur Ruhe bringen würde, wenn sie zu toben anfinge, und zwar auf eine Weise, die ihr den Verstand raubte. Also versuchte sie, gelassen zu scheinen. Sie war nicht sicher, daß ihr das immer gelang.

Kamal hatte Tahir bislang erst einmal getroffen, und zwar anläßlich eines Festes, das der Scheich zum zehnten Jahrestag seiner Machtübernahme gegeben hatte. Auf der Tribüne hatte er während des Kamelreitens neben Tahir gesessen und später, beim Hammelessen im großen Festzelt, noch einmal Gelegenheit gehabt, ein paar belanglose Sätze mit Tahir zu tauschen. Tahir hatte damals auf ihn den Eindruck eines sehr westlich orientierten Mannes gemacht, obgleich er traditionelle Kleidung trug und hohe Summen auf ein Kamel setzte, das der Familie des Justizministers gehörte. Während der Feier trank Tahir nur Tee und Wasser, aber Kamal hatte später, bei einer anderen Gelegenheit, als Tahirs Name fiel, durch Zufall gehört, daß er ein leidenschaftlicher Weintrinker war und einen Grappa von einem Marc de Champagne unterscheiden konnte, den er als Frankophiler übrigens bevorzugte.

Bevor Kamal an diesem Vormittag Tahir einen Besuch abstattete, hatte er sich bei Freddy über weitere Details erkundigt. Aber Freddy, der schon oft mit Tahir zusammengetroffen war, konnte nichts weiter beisteuern als eine einzige Bemerkung.

»Er ist eine Schlange«, sagte er, »nimm dich vor ihm in acht.«

Kamal hatte gelächelt. »Es geht nicht um mich.«

»Warum sonst sollte man einen Mann wie Tahir aufsuchen?«

»Es geht um die Deutsche.«

Sie hatten im Bett gelegen und die Schallplatte gehört, die Kamal Freddy geschenkt hatte: eine Band aus Damaskus, die zu der Zeit viel von sich reden machte.

Freddy war aus dem Bett gesprungen, daß der Boden vibrierte und die Nadel auf der Platte weiterrutschte. »Halt dich da raus!« rief er entsetzt. »Misch dich bloß nicht ein. Das ist eine vollkommen verfahrene Kiste.«

»Ich habe es meinen Leuten in Damaskus versprochen«, sagte Kamal ungerührt. »Sie wollen nur ein paar Informationen. Sie verlangen nicht von mir, daß ich sie da raushole.«
Freddy starrte Kamal an. Er raufte sich die Haare. »Das würdest du auch nicht schaffen. Nicht bei einem Typen wie Tahir. Er ist eine Schlange.«

Daran mußte Kamal denken, als er jetzt in Tahirs Büro geführt wurde. Obgleich Tahir keinen offiziellen militärischen Rang bekleidete, lag sein Büro im militärischen Teil des Flughafens (wenn man davon absah, daß strenggenommen der ganze Flughafen militärisches Sperrgebiet war). Von seinem Schreibtischstuhl aus konnte Tahir über die Stacheldrahtrollen und das Rollfeld auf die neue Abfertigungshalle schauen, einen maurischen Palast mit goldenen Kuppeln und grünglasierten Dachpfannen, ein Witz, wenn man bedachte, daß noch nie eine einzige Linienmaschine auf diesem Flughafen gelandet war und die Wartehallen und VIP-Räume täglich geputzt wurden, auch wenn kein einziger Passagier sie betreten hatte.
Tahir trug eine Art Phantasieuniform, sandfarben, und mehrere Orden auf der Brust. Er roch nach einem teuren Eau de toilette. Auf seinem Schreibtisch stand ein silbernes Kaffeegeschirr, an den Wänden hingen Stiche arabischer Landschaften, mindestens sechzig Jahre alt, geschmackvoll gerahmt.
Tahir erhob sich und kam um den Schreibtisch herum. Er streckte Kamal die Arme entgegen. »Salam aleikum, mein lieber Freund! Möge Allah auf Ihr Dach das Glück regnen lassen.«
Kamal lächelte. Er setzte sich auf den harten Stuhl, den Tahir ihm zuwies. Tahir lehnte am Schreibtisch und blickte Kamal abwartend an.
»Wir kennen uns flüchtig«, sagte Kamal, »ich hatte die Ehre, zum zehnjährigen Jubiläum Seiner Hoheit Scheich Zayeds zum Kamelrennen eingeladen zu sein. Damals hatten wir die Plätze nebeneinander.«
Tahir lachte. »Lieber Freund, glauben Sie, ich hätte das einen Augenblick vergessen? Dieser herrliche Tag, in dem das Licht unseres verehrten und geliebten Scheichs heller strahlte als je zuvor, ist auch mir unvergeßlich. Allah beschütze ihn.«

Sie lächelten sich an, Tahir bot Kaffee an und Zigaretten. Sie sprachen über die Aussicht, Kamelrennen in andere Länder zu exportieren, um dem wertvollen kulturellen Erbe den Stellenwert zu geben, den es verdiente. Sie waren beide der Meinung, daß die Rennkamele im Stall des Scheichs zu den besten des Jahrgangs gehörten, und wünschten sich, daß eines Tages wenigstens ein Rennen mit Kamelen aus einem der Bruderländer möglich sein würde.
»Vielleicht Syrien«, sagte Tahir, »Ihr Land und unser Land haben immer gute Beziehungen gepflegt, nicht wahr? Nichts hat je die Freundschaft zwischen diesen Bruderländern getrübt.«
»Deshalb«, sagte Kamal, »wage ich auch, mit einer Bitte zu Ihnen zu kommen.«
Tahir veränderte seine Miene um keine Nuance. »Schütten Sie Ihr Herz aus, lieber Freund. Sagen Sie, was immer Sie bedrückt, und ich werde versuchen, Ihnen zu helfen. Inschallah.«
»Es geht um eine Deutsche namens Nadine Malten«, sagte Kamal. Er schaute absichtlich an Tahir vorbei, registrierte dennoch, wie er plötzlich die Schultern reckte. »Ich bin von meiner Regierung beauftragt worden, Sie zu fragen, wie Sie die Chancen sehen, daß Miss Malten in ihr Land zurückkehren kann.«
Als Tahir den Kopf hob, um zu antworten, fügte Kamal schnell hinzu: »In aller Demut möchte ich Ihnen versichern, daß natürlich jeder Entschluß, den Sie gefällt haben, von uns respektiert wird. Wir haben kein unmittelbares Interesse an der Dame, wir möchten nur in diesem Fall etwas behilflich sein.«
»Ist sie eure Spionin?« fragte Tahir.
Kamal lehnte sich zurück und lachte. »Ich glaube nicht, daß sie dazu das Zeug hat. Eine Spionin, die solche Fehler macht, würden wir sofort fallenlassen. Oder besser: gar nicht erst anwerben.«
»Sie hat zwei unverzeihliche Fehler gemacht«, fügte Tahir hinzu, »sie hat es sich mit dem Scheich verdorben – warum, das entzieht sich meiner Kenntnis –, und sie hat das Gefühl der Moslems verletzt, das der Leute von Yahia al Zaer, vor allen Dingen aber hat sie den höchsten Imam beleidigt, und der vergibt nicht.«
Tahir seufzte, betrachtete seine gepflegten Fingernägel und verschränkte die Hände hinter dem Rücken. »In diesem speziellen Fall, lieber Freund, fürchte ich, daß wir beide nichts, aber auch gar nichts

tun können. Uns sind die Hände gebunden, nicht wahr? Eine scheußliche Situation.« Er bedeutete Kamal, daß er leider nicht mehr Zeit für ihn erübrigen könnte, und führte ihn zur Tür, wobei er freundschaftlich seine Hand auf Kamals Schulter legte.

»Kennen Sie Miss Malten persönlich?« fragte Tahir.

Kamal schütttelte den Kopf.

»Schade, Sie haben etwas versäumt. Miss Malten ist eine sehr interessante und faszinierende Person.«

»Das glaube ich gerne«, sagte Kamal. »Der Scheich hat einen guten und unfehlbaren Geschmack.«

Tahir lächelte. »Außerdem ist sie nach europäischen Maßstäben außerordentlich attraktiv. Ich kann bis heute nicht verstehen, warum sie diesen Fehler begangen hat.« Er nahm die Hand von Kamals Schulter. Als Kamal sich ihm zuwandte, dämpfte er die Stimme und fügte hinzu: »Ich hatte sie gewarnt, aber sie wollte mir nicht glauben.« Er seufzte, zuckte mit den Achseln und ging in sein Büro zurück.

Jamila hatte ihr alles ganz genau erklärt. Jamila hatte vor ihr gekniet, auf dem gekachelten Badezimmerboden, ihre Hände genommen und gesagt: »Schwester, du mußt mir zuhören. Du mußt dir alles merken. Alles ich wichtig, auch das Kleinste.«
Nadine hatte in den vergangenen drei Tagen kaum mehr ihr Zimmer verlassen. Das Essen, das man ihr brachte, und das immer noch genauso liebevoll zubereitet war, rührte sie nicht an. Ekel würgte sie, sobald sie den Tondeckel von der Tajine hob und den Duft von gehacktem Täubchenfleisch, süßem Zimt und Honig wahrnahm. Sie trank nur noch Tee und aß, wenn sie Hunger verspürte, eine der frischen Datteln, die ihr täglich aufs Zimmer gebracht wurden. Den Dattelkern hielt sie so lange im Mund, bis er einen bitteren Geschmack bekam, dann spuckte sie ihn ins Klo.
Stundenlang lag sie zusammengerollt auf ihrem Bett, bei offenen Balkontüren, und versuchte, sich in den Schlaf zu hypnotisieren. Schlaf schien ihr wie eine Vorstufe des Todes, eine sanfte Form des Nicht-mehr-in-der-Welt-Seins. Sie hatte, wenn sie schlief, auch keine Alpträume mehr. Wie auf weichen Kissen, die man einem Kamel auf den Rükken gebunden hatte, schaukelte sie durch das flimmernde Licht, eingelullt von der Hitze und dem Summen der Fliegen um ihren Kopf.
Wenn sie schlief, waren die Probleme auf einmal wie aufgelöst, dann hatte sie keine Verantwortung, mußte nicht immer wieder über Fehler nachgrübeln, die ihr unterlaufen waren, dann gab es für sie keine Gefahr, manchmal fühlte sie sich so weich gewiegt, daß es ihr vorkam, als sie sei gar nicht mehr am Leben.
Jamila machte sich Sorgen, als sie Nadine in dieser Verfassung antraf. Jamila schlug ihr mit einem feuchten Lappen sanft gegen den Hals und die Stirn, Nadine lächelte, als sei das ein Spiel, und versteckte dann schnell den Kopf in den Armen.

»Schwester!« wisperte Jamila beschwörend. »Hör zu, hier sind deine Kleider. Zieh ein Stück über das andere, hörst du. Zieh alles an. Es ist wichtig. Zwei Paar Hosen und drei Röcke. Verknote das Tuch über der Bluse und zieh darüber die Jacke. Hör mir zu, Schwester, und dann erst die Arabeya. Und jetzt zeige ich dir, wie du das Gesicht so verschleierst, daß man nichts von dir sieht, nicht einmal die Augen, du aber trotzdem alles erkennen kannst.«
Jamila erklärte ihr den Weg, den sie im Dunkeln durch das Hotel finden mußte, den Ausgang, vor dem die Lieferanten hielten. Sie erklärte Nadine, wie der Laster aussah, der sie zur Grenze bringen würde, über die Grenze. Sie nannte ihr den Namen des Fahrers, Ahmed Yacoubi. Er würde sie an allen Kontrollen vorbeischleusen, bis sie in Sicherheit wäre. Er kenne sich aus, er habe alle Papiere, die ihn berechtigten, die Grenzen zu passieren.
»Aber warum tut er das?« fragte Nadine verwirrt. »Warum will er mir helfen?«
Jamilas Antwort war unverständlich und geheimnisvoll. »Er hat seine Gründe.«
Abdul, sagte Jamila, würde dafür sorgen, daß alle Türen zur rechten Zeit offenstünden und niemand im Hotel sie bei ihrer Flucht aufhalten würde. Es sei aber wichtig, daß sie auch schon bei ihrem Weg durch das Hotel und den Garten zum Wirtschaftsgebäude vollkommen verschleiert sei, und zwar so verschleiert, »daß nicht ein Zentimeter deiner weißen Haut plötzlich im Mondlicht aufleuchtet, verstehst du mich, Schwester?«
Nadine nickte und versprach, sich alles zu merken.
Sie stellte ihre Uhr, prüfte, ob alle Sachen verstaut waren, zählte ihr Geld, kontrollierte ein weiteres Mal die Uhr, um sicherzugehen, daß sie nicht plötzlich stehenblieb, und ging, zum ersten Mal seit drei Tagen, in den Garten hinaus, um den Duft der Orangenblüten einzuatmen und sich den Gärtnern in ihrer westlichen Kleidung zu zeigen.
Der Himmel an diesem Tag war mit einem Schleier aus gelbem Sand überzogen. Aber die Hitze war noch intensiver geworden.
Einmal traf Nadine auf Abdul, der gerade einen Boy beschimpfte. Nadine lächelte ihm zu, aber Abdul wandte sich sofort ab. Nadine ging in ihr Zimmer zurück, starrte auf ihre Uhr und wartete.

Während Nadine die Tage der Ungewißheit und des Wartens in einer Art Trance verbracht hatte, war sie von dem Augenblick an, als es Zeit war, in die arabischen Kleider zu steigen, hellwach. Sie hatte die Gardinen zur Loggia vorgezogen und das Licht soweit wie möglich gelöscht, weil sie den Verdacht nicht los wurde, daß das Zimmer mit einer Videokamera abgetastet wurde. Sie zog sich im Bad um. Sie zog ein Kleidungsstück über das andere, bis sie so unförmig und unbeweglich wie ein kleines Mädchen aus dem chinesischen Norden war. Dann verschleierte sie sich nach der Methode, die Jamila ihr gezeigt hatte. Sie vergaß nichts. Ihren Schreibcomputer ließ sie zurück, weil er ohnehin unbrauchbar geworden war.

Sie löschte das Licht, bevor sie das Zimmer verließ.

Der Flur war nur schwach beleuchtet und leer. Wie Abdul es geschafft hatte, die Leute im geeigneten Moment von ihren Wachtposten zu locken, war ihr ein Rätsel, vielleicht würde sie es irgendwann einmal erfahren. Irgendwann, wenn Abdul und Jamila in Frankfurt vor ihrer Wohnung auftauchten oder wenn ein Anruf kam aus der Schweiz, aus Frankreich, von einem Drei-Sterne-Restaurant. Nadine war sicher, daß Abdul an seiner Flucht aus Q'uam al Hashid arbeitete, ruhig und besonnen, und sie hoffte inständig, daß ihre Flucht seine eigenen Pläne nicht zunichte machte oder um Jahre zurückwarf. Sie hoffte, daß er umsichtig genug gewesen war, den Verdacht von sich und Jamila abzuwenden.

Der Lastwagen wartete unbeleuchtet neben dem Eingang. Ahmed Yacoubi kauerte mit steinerner Miene hinter dem großen Lenkrad, als Nadine ihre Tasche nach hinten warf und auf den Beifahrersitz kletterte.

»Ahmed Yacoubi?« fragte sie vorsichtig. Ahmed nickte nicht einmal, er warf den Motor an und gab Gas.

Als Nadine zurückschaute, sah sie eine Gestalt im bodenlangen Burnus, die die beiden schweren Holztore wieder schloß und die Riegel vorschob.

Es war eine Stunde nach Mitternacht. Fünf Stunden konnten sie im Schutz der Dunkelheit fahren, dann käme unverweigerlich der Morgen.

Aber wo würden sie dann sein?

Nadine betrachtete den Fahrer von der Seite. Sie richtete nie ein Wort

an den Mann. Seine strenge, beinahe schroffe Miene, die finster entschlossen zusammengezogenen Brauen, die Art, wie er vorgebeugt Stunde um Stunde fuhr, das Lenkrad mit beiden Händen fest umklammernd, deutete irgendwie an, daß er nicht mit ihr reden wollte. Vielleicht konnte er es auch nicht. Vielleicht beherrschte er keine andere Sprache außer Arabisch.
Sie passierten mehrfach Kontrollen auf ihrem Weg. Wachtposten leuchteten mit der Taschenlampe ins Wageninnere, Nadine drehte ihren Kopf ein wenig weg und zeigte den Leuten nur das schwarze Tuch, mit dem sie verhüllt war. Ihre Hände hatte sie unter das Cape gesteckt. Sie hatte Jamilas Warnung im Ohr, daß nicht ein Zentimeter ihrer hellen Haut sichtbar sein dürfte. Dann wäre alles verloren.
Ahmed reichte immer zwei Pässe heraus und redete rauh und barsch mit den Leuten. Manchmal war seine Stimme etwas weicher und freundlicher, einmal begrüßte er einen der Polizisten sogar auf Beduinenart mit einem Nasenkuß. Er mußte die hintere Klappe des Lasters öffnen, und Nadine hörte die polternden Schritte der beiden auf der Ladefläche. Es schien ihr, daß der Laster unbeladen war. Vielleicht sollte er eine Fracht aus einem Nachbarland abholen.
Sie fuhren weiter, immer in Richtung Nordosten. Nadine erschrak, als der erste fahle Lichtschein des aufgehenden Tages die Landschaft erhellte. Sie waren in einem unwegsamen Gelände, auf einer schmalen Schotterstraße, die sich schnurgerade in das Nichts zog.
Bevor sie den nächsten Posten erreichten, spürte Nadine schon, daß Ahmed sich fürchtete. Er saß noch gerader, noch angespannter, die Zähne fest aufeinandergepreßt. Sie roch plötzlich seinen Schweiß.
Die Wachleute stürzten aus ihrem Steinhäuschen, sie waren in Wolldecken gehüllt, um sich vor der Nachtkälte zu schützen, und als Ahmed die Fahrertür öffnete und ausstieg, sah Nadine, daß er die Hände hob und der Lauf einer Kalaschnikow direkt auf sein Gesicht gerichtet war, in einer Entfernung von vielleicht fünfzig Zentimetern. Ein anderer Soldat tastete ihn ab, die Beine, die Hüften, dabei verrutschte seine Wolldecke und fiel auf den Boden, der Soldat fluchte und spuckte. Ahmed murmelte etwas Besänftigendes, und dann mußte er wieder hinten den Laderaum öffnen, aber diesmal stiegen sie nicht auf, sondern knallten die Türen gleich wieder zu. Eine Minute später durfte Ahmed Gas geben.

Er fuhr angespannt einige Kilometer weiter, die Straße war inzwischen eine reine Schotterpiste, und sie führte einen grauen Berg aus spitzen Granitsteinen hinauf. Der Laster schleuderte nach rechts und links, rutschte auf den vom Tau benäßten Steinen, sackte manchmal mit der Hinterachse weg, aber Ahmed fing ihn immer wieder auf.

Dann hatten sie den Hügelkamm erreicht. Ahmed bremste, lehnte sich zurück und griff nach einer Thermoskanne, die hinter seinem Sitz verborgen war. Er schraubte den Deckel ab, wischte mit dem Ärmel über den Rand und reichte ihr die Kanne. Er lächelte. Er deutete mit einer entspannten, weit ausholenden Geste auf die Ebene, die sich vor ihnen auftat.

»Das ist das Land von Sultan bin Ghedir«, sagte er in rauhem, unbeholfenem Englisch. »Er ist mein Freund. Er ist ein guter Mann.«

Nadine schaute ihn an, als müsse sie seine Worte erst wirklich begreifen. »Wir sind nicht mehr in Q'uam al Hashid?«

Ahmed lachte. Er deutete auf die Kanne und sagte: »Trink, das ist gut, das ist Kaffee.«

Nadine trank, wischte die Öffnung dann mit einem Zipfel ihrer Arabeya ab und gab die Kanne zurück. Sie schaute auf die Ebene, die vor ihnen lag. Sie war genauso gelb und grau und steinig und unbewohnbar, sie sah keine Ziege, kein Dorf, keine Oase, keinen Brunnen, und dennoch schien es ihr, als die Sonne jetzt über den Horizont kroch und alles in einen rosigen Schimmer tauchte, daß das Land des Sultan bin Ghedir ein wunderbares Land war.

»Ich bringe dich zum Flugplatz«, sagte Ahmed. »Er ist klein. Ich kenne die Leute. Sie fliegen dich nach Bahrain. Hast du Geld?«

Als Nadine nickte, fragte er: »Viel Geld?«

»Dreitausend Dollar«, sagte Nadine.

Ahmed lachte. »Das ist genug.«

Er schraubte die Thermoskanne wieder zu, löste die Handbremse und ließ den Wagen auf der Schotterpiste hinunterrollen in das gelobte Land des Sultan bin Ghedir.

Sie landete um elf Uhr dreißig Ortszeit in Frankfurt.

Die Papiere, die ihr das Konsulat in Bahrain ausgestellt hatte – provisorische Dokumente, mit unzähligen Stempeln versehen –, sahen zwar abenteuerlich aus und erregten den Argwohn des diensteifrigen Paßbeamten, aber als Nadine zum weiteren Beweis, daß sie tatsächlich diese Dame war, deren Paß man in einem Land, das der Beamte nicht einmal aussprechen konnte, abgenommen hatte, weitere Dokumente vorlegte, ihren Führerschein, ihren Blutspendeausweis, ihre Mitgliedskarte im Tennisclub, ihre Mitgliedsnummer in der Staatsbibliothek, ließ der Beamte sie schließlich durch. Hinter ihr hatte sich bereits eine Schlange gebildet, eine Gruppe von mindestens vierzig Japanern, die offensichtlich alle im gleichen Flugzeug angereist waren und nun im gleichen Hotel übernachten würden.

Während Nadine auf ihr Gepäck wartete, ging sie zu einem der Kartentelefone und wählte die Nummer der Redaktion. Die Konferenz war vorbei, Henscheid mußte an seinem Platz sitzen.

Gerti meldete sich mit ihrer fröhlichen, lauten Stimme.

»Hallo«, sagte Nadine, »ich bin's.«

»Wer spricht?« rief Gerti ins Telefon. »Etwas lauter bitte, diese verdammte Kaffeemaschine ist so laut.«

»Nadine.«

Einen Augenblick war es still. Dann Gertis Stimme, gedämpfter. »Nadine? Von wo rufst du an? Sollen wir zurückrufen?«

»Ich bin in Frankfurt«, sagte Nadine. Sie lächelte. Es war gut, Gertis Stimme zu hören. Sie konnte sich vorstellen, wie Gerti den linken Unterarm auf den großen Busen legte und sich in ihrem Schreibtischstuhl zurücklehnte.

»In Frankfurt, o Mann, du hast keine Ahnung, was wir deinetwegen

hier für Aufstände hatten. Wieso hast du dich nicht früher gemeldet?«
»Es ging nicht«, sagte Nadine. »Kann ich Arne Henscheid sprechen? Oder ist er noch in der Konferenz?«
»Das entzieht sich meiner Kenntnis, Süße«, sagte Gerti. Ihre Stimme tropfte vor Süffisanz. »Wenn du Henscheid sprechen willst, mußt du die Nummer der Chefredaktion wählen.«
Nadine schwieg verwirrt. Sie schaute sich um. Das Gepäckband begann sich in Bewegung zu setzen, die roten Lampen leuchteten auf.
»Wieso Chefredaktion?« fragte Nadine.
Gerti lachte tief und behaglich. Nadine spürte förmlich das Beben ihrer Körperfülle. »Ich hab' ihn weggegrault. Aber das ist eine lange Geschichte. Wenn er geblieben wäre, wäre ich gegangen. Soll ich dich hochstellen?«
»Warte.« Nadine stellte sich auf die Zehenspitzen. Sie konnte das Gepäckband nur ausschnittweise erkennen. Samsonitekoffer schwebten vorbei. Sie hatte nur ein staubiges, lausiges Stück von Reisesack dabei. Der Rest war im Al Fellaj geblieben. Sie hatte keine Lust gehabt, ihre Flucht an zu viel Gepäck scheitern zu lassen.
»Gerti?«
»Ja, meine Süße, ich bin noch da. Aber was ist mit dir? Es gibt einen höllischen Krach da im Hintergrund.«
»Ich bin am Gepäckband. Hier sind vier Maschinen gleichzeitig angekommen. Gerti, sag schnell, wer ist denn jetzt Ressortleiter Ausland?«
»Das ist noch geheim, Süße. Ich glaube, die Chefredaktion beehrt sich heute irgendwann, es bekanntzugeben. Wenn du dich beeilst, kannst du noch Augenzeuge werden.« Sie kicherte. »Das sind doch immer die schönsten Augenblicke, wenn man den blanken Frust in den Augen der werten Redakteure leuchten sieht.«
»Eigentlich bin ich total kaputt«, Nadine zögerte.
»Soll ich dich nicht wenigstens schnell mal hochstellen zu Henscheid?«
Nadine stellte sich für eine winzige Sekunde das Gesicht von Henscheid vor, aufgeblasen vor Wichtigkeit hinter dem Schreibtisch im neunten Stock, und wußte im gleichen Augenblick, daß es so nicht ging, nicht am Telefon.

»Okay, ich nehme ein Taxi und komm' vorbei. Es liegt ohnehin auf dem Weg zu meiner Wohnung. Ciao, bis gleich.«

»Ciao, Süße«, flötete Gerti und legte auf.

Nadine stellte sich vor, wie Gerti, nachdem sie den Hörer zurückgelegt hatte, aufgesprungen und trotz ihrer Leibesfülle mit unvorstellbarer Leichtigkeit durch die Zimmer tobte, um zu rufen: »Ihr glaubt nicht, wer eben angerufen hat!«

Sie schleuderte den Reisesack auf einen Gepäckkarren und schob ihn zum Ausgang. Der Taxifahrer machte sich nicht die Mühe, sich aus seinem Sitz zu erheben, um ihr mit dem Gepäck zu helfen.

Er faltete die Zeitung zusammen, die er gerade las, und drehte sich wortlos abwartend zu ihr um.

Nadine nannte die Adresse ihres Verlages.

Der Himmel hatte sich inzwischen schon wieder bezogen. Kurz vor der Mainbrücke gerieten sie in einen Stau.

Der Fahrer fluchte. »Das ist jetzt jeden verdammten Tag so.«

»Was ist passiert?« fragte Nadine freundlich.

Der Fahrer betrachtete sie durch den Rückspiegel. »Passiert? Wieso muß immer irgend etwas passiert sein? Diese Stadt geht vor die Hunde, über kurz oder lang.« Er drückte auf die Hupe.

»Man müßte auswandern«, fluchte er.

»Wohin?« fragte Nadine. Sie schaute aus dem Fenster, vor ihr und neben ihr ragten die Container der Laster auf.

»Vollkommen schnuppe«, brummte der Fahrer, »überall ist es besser als hier.«

Nadine ließ ihr Gepäck beim Pförtner. Sie überlegte kurz, ob sie erst einen Waschraum aufsuchen und sich noch einmal zurechtmachen sollte, entschied sich dann aber dafür, so erschöpft und übernächtigt und zerzaust, wie sie nun einmal war, vor ihren Chef zu treten. Es machte mehr Eindruck.

Im Flugzeug, auf der letzten Strecke von Bahrain nach Frankfurt, als die Panik langsam von ihr abgefallen war und sie den ersten Gin Tonic seit Ewigkeiten zu sich genommen hatte, hatte sie sich immer wieder die Ankunftsszene in der Redaktion vorgestellt. Die Vorfreude darauf, Henscheids Gesicht, das Staunen der Kollegen und das väterliche Schulterklopfen des Chefredakteurs zu erleben, der ja immer schon gewußt hatte, wie gut sie war, hielt immer noch an. Dennoch hatte Gertis Bemerkung sie verwirrt.

Arne Henscheid war also in die Chefredaktion berufen. Eine logische Entscheidung aus der Sicht von Tilman Schröder, eine Katastrophe in Nadines Augen. Und, da war sie sicher: Viele fühlten wie sie. Alle Kollegen, die von Henscheid geknechtet und gedemütigt worden waren, die Henscheid mal wie Lakaien und mal wie dumme Jungs behandelt hatte, alle, deren Manuskripte er verhunzt oder ganz verworfen hatte, alle diejenigen sagten sich jetzt sicher – wie Nadine –, daß alles nur noch schlimmer werden würde, von dem Augenblick an, wo Henscheid mehr Macht hatte.

Sie nahm den Aufzug in den fünften Stock. Und sie stieß fast mit Unterstöger zusammen, der mit einem Stapel von Korrekturfahnen am Aufzug vorbei ins Archiv hastete.

»Hallo«, sagte Nadine.

Unterstöger blieb stehen, runzelte die Stirn, starrte Nadine an. Dann klemmte er die Fahnen zwischen die Knie und breitete die Arme aus.

»Die verlorene Tochter!« rief er. »Komm in meine Arme! Laßt uns ein Kalb schlachten und ein Fest feiern! Sie ist zurückgekehrt.«
Nadine lachte. Sie umarmte Unterstöger und küßte ihn, obgleich sie seinen ungepflegten Bart immer abstoßend gefunden hatte.
»O Mann«, seufzte sie, sich umschauend, während Unterstöger sie wieder freigab, »ich kann es überhaupt nicht fassen.«
»Daß es hier so schön ist?« fragte Unterstöger feixend.
»Daß ich wieder da bin. Es ist ... ein Traum.«
Unterstöger schaute sie an. Er wiegte den Kopf. »Du mußt irgendwas verwechseln, Nadine. Ein Traum ist das Leben hier nicht. Frag die Kollegen. Sie werden es dir bestätigen.« Er rubbelte freundschaftlich ihre Haare und schrie vor sich her: »Du hast was verpaßt, Nadine.«
»Und zwar?«
»Ich habe den Laden hier geschmissen, als du nicht da warst. Ich war dein Chef, in absentia«, er grinste. »Leider habe ich keine Chance mehr, dir zu beweisen, wie gut ich bin.«
»Und wieso nicht?«
»Man hat mir den Job nur kommissarisch anvertraut. Jetzt ist man entschlossen, mich wieder abzulösen. Wie war es bei den Söhnen der Wüste?«
»Willst du es in einem Satz oder in einer Story von vier Folgen?«
Unterstöger lachte gutmütig. »Erst einmal am liebsten in einem Satz.«
Nadine schüttelte den Kopf. »Das geht nicht.«
Gerti erschien in der Tür des Sekretariats. »Ich hab's gewußt. Sie ist wieder da und noch genauso verdammt hübsch wie immer. Und verdreht meinem Lieblingschef schon wieder den Kopf.«
»Schmeichlerin«, sagte Unterstöger gutmütig. »Das sagst du ja nur, weil meine Tage gezählt sind.«
Nadine stand immer noch unschlüssig vor der geschlossenen Fahrstuhltür. Sie schaute den Flur entlang, hörte das Ticken des Fernschreibers, das Rattern der Schreibmaschine aus Olaf Bertrams Zimmer (er hielt sich immer noch für eine Art Hemingway, der auf alte Gewohnheiten nicht verzichten wollte), sie sah ein Wesen mit halblangen Haaren und weitem Männersakko eine Kaffeetasse über den Flur balancieren, offenbar eine neue Kollegin, die nicht einmal

den Kopf hob, um in ihre Richtung zu schauen, sie hörte Telefone, Walkie-talkies, und plötzlich rief jemand: »Unterstöger, Mann, wo bleibst du, ich hab Kiew dran.« Und Unterstöger stürzte davon, Gerti zupfte in den spiegelnden Fahrstuhltüren ihre Bluse zurecht, und Nadine fragte sich plötzlich: Was tue ich hier?

»Tja«, Henscheid stieß seinen Schreibtischstuhl vom Tisch ab, verschränkte die Arme über der Strickweste und strahlte sie an. »Seit Sie weg sind, hat sich einiges in diesem Laden verändert, Nadine.« Er holte tief Luft und schaute sich wohlgefällig in seinem lichtdurchfluteten Büro um. »Ich brauche tagsüber nicht einmal mehr die Schreibtischlampe. Da unten in meiner Kammer habe ich mir einen Augenschaden geholt. Tja, alles strebt ans Licht, Nadine.«

Er hatte ihr keinen Platz angeboten, also blieb Nadine stehen, obgleich ihre Beine vor Müdigkeit ganz unsicher waren.

»Herzlichen Glückwunsch«, sagte Nadine.

Henscheid richtete sich auf seinem Stuhl auf. »Danke, kann ich brauchen. Obgleich ich mir diese Aufgabe hier natürlich zutraue. Keine Frage.«

»Natürlich«, sagte Nadine. Eine bleierne Müdigkeit überfiel sie plötzlich, und sie mußte angestrengt gegen den Impuls kämpfen, herzhaft zu gähnen.

»Tja, Nadine, Sie haben uns ganz schön Kopfzerbrechen bereitet.« Er beugte sich vor und fixierte sie durch seine Brille. »War vielleicht doch eine Nummer zu groß, das Ganze, oder? Hat Papa wohl im nachhinein doch recht bekommen, daß es besser gewesen wäre, einen älteren, erfahrenen Kollegen zu schicken?«

»Ich bin wieder da«, sagte Nadine. Sie schaute zum Panoramafenster hin. Dieses oberste Stockwerk des alten Backsteinhauses war in den siebziger Jahren von einem Architekten gnadenlos in ein Penthaus verwandelt worden. Penthäuser waren damals in Mode. Die Wände aus Gips, die Decken so niedrig, daß man sie mit ausgestreckter Hand berühren konnte.

Schwarze Wolken ballten sich über den Bankentürmen der Innenstadt. Sicher würde es heute noch regnen.

»Sie sind wieder da, stimmt.« Henscheid nickte wohlgefällig. »Aber das hat mich auch einige Mühe und gute Beziehungen gekostet. Ich habe mein Renommee beim Auswärtigen Amt aufs Spiel gesetzt, Nadine. Ich mußte mit offenen Karten operieren, ich mußte denen erzählen, daß wir so dämlich gewesen waren, ein hübsches, blondes, unerfahrenes Ding an die Front zu schicken. Na, die Kommentare hätten Sie hören müssen.«

»Ich habe die Story«, sagte Nadine. Ihre Stimme gefror vor verhaltener Wut. »Ich habe das Interview. Ich habe alles gekriegt, was ich wollte.«

Henscheid schaute sie an, dann blickte er auf seine Handrücken, die von einem milden Rot waren. Er würde es nicht zulassen, daß wegen dieser Frau seine Neurodermitis einen neuen Schub bekam.

»Aber um was für einen Preis, Nadine. Sie plaudern mit Scheich Zayed ein bißchen über Gott und die Welt, während wir uns hier ein Bein ausreißen, um Sie da wieder rauszubringen.«

Nadine runzelte die Stirn. Sie setzte sich. Sie konnte einfach nicht mehr stehen. »Wer hat sich ein Bein ausgerissen?«

Henscheid schoß die Frage ab wie einen Extrapfeil, den er im Köcher zurückbehalten hatte: »Kennen Sie Kamal?«

Nadine schüttelte verwirrt den Kopf.

»Kamal Hassan? Von der syrischen Botschaft in Q'uam al Hashid?«

Nadine schüttelte den Kopf. »Ich habe während der ganzen Zeit keinen einzigen Syrer getroffen.«

Henscheid schaute sie an, runzelte die Stirn, legte seine Hände flach auf den Tisch und sagte, tief Atem holend: »Na, wie auch immer. Wann können wir die Story haben?«

»Ich fange sofort an«, sagte Nadine, »ich komme direkt vom Flughafen, ich wollte jetzt erst einmal nach Hause, eine Dusche..., meine Haare...« Sie machte eine hilflose Gebärde, die offenbar Henscheid amüsierte.

»Aber klaro«, sagte er jovial, »die Dame muß sich erst wieder stadtfein machen. Versteh ich. Versteh ich alles. Andererseits: Bei den Kosten muß auch etwas bei rauskommen.«

»Das wird es auch«, sagte Nadine kühl. »Ich habe das im Flugzeug mal überschlagen, was ich platzmäßig brauche: Ich könnte mit der Seite drei auskommen, wenn ich einen ganzen Aspekt aufhebe, zum Beispiel für die Wochenendausgabe.«

Henscheid grinste. »Die ganze Seite drei?«

»Ja. Die Geschichte über die Situation der Frauen in Q'uam al Hashid hat zwar natürlich auch etwas mit der politischen Lage zu tun, aber es wäre ein sehr guter Aufmacher für die Wochenendbeilage.«
Henscheids Grinsen wurde immer breiter. Er schien sich fabelhaft zu amüsieren. »Die ganze Seite drei und einen Aufmacher für die Wochenendbeilage? Nadine«, er holte tief Luft, »in dieser Welt sind auch noch ein paar andere Dinge passiert, außer daß Sie ein bißchen durch die Wüste getourt sind. Haben Sie ein Foto von Ihrem Interview mit dem Scheich?«
Nadine schüttelte den Kopf.
Henscheid hob verwundert die Augenbrauen. »Warum nicht?«
»Das Interview«, versuchte Nadine zu erklären, »fand mitten in der Wüste statt. In einem Militärcamp. Es gab überhaupt keine Möglichkeit...«
Henscheid unterbrach sie. »Für einen guten Journalisten gibt es immer eine Möglichkeit. Schade.«
Sie zog die Strukturpläne für die nächste Ausgabe näher zu sich heran.
»Aber das Interview gibt etwas her?«
»Mehr als ich zu hoffen wagte«, sagte Nadine.
Henscheid markierte mit dem Filzstift eine Stelle auf einem der Bögen. »Ich kann Ihnen drei Spalten auf Seite drei der Freitagsausgabe anbieten. Maximal vier, falls die UNO-Resolution bis dahin nicht durch ist. Kommen Sie damit aus?«
»Niemals«, rief Nadine entrüstet. »Das wäre Wahnsinn! Da würden wir eine superinteressante Story echt verschenken. 220 Zeilen! Das ist doch ein Witz! Ich war fast drei Wochen unterwegs, ich habe...«
»Die Qualität einer Story mißt sich nicht daran, wie lange die Recherchen gedauert haben. Wir sind nicht bei Vanity Fair, Nadine.« Henscheid erhob sich und trat ans Fenster. Das Sakko, das er achtlos über die Stuhllehne gehängt hatte, war verknittert, das Revers verknüllt. Nadine registrierte es mit Genugtuung.
»Vielleicht sollte ich die Story Vanity Fair anbieten«, sagte Nadine zornig. »Die würden sich wenigstens erst einmal anhören, was ich zu sagen habe.«
Henscheid wandte sich um, die Hände hinter sich auf den Fenster-

sims gestützt. »220 Zeilen maximal: Sie haben einen Vertrag mit dieser Zeitung, Nadine. Sie sind auf unsere Kosten und unsere Verantwortung gereist. Ich hoffe, Sie haben Ihren Vertrag gut gelesen.«
Nadine wich seinem herausfordernden Blick nicht aus. »Ist Tilman Schröder da?« fragte sie. »Kann ich ihn gleich einmal sprechen?«
Henscheid schüttelte lächelnd den Kopf. »Er ist zu Hause. 39 Grad Fieber. Starke Erkältung. Zweimal nicht auskuriert, so was rächt sich irgendwann. Ich fürchte, diesen kleinen Kampf müssen wir beide zu Ende ausfechten. Nadine. Schröder ist frühestens Ende nächster Woche wieder an Deck, und bis dahin wollen wir Ihre Geschichte im Blatt haben.«
Nadine ging wortlos zur Tür. Beim Gehen spürte sie plötzlich, daß sie noch Wüstensand in den Schuhen hatte. Das machte diese Szene für sie noch unwirklicher. Henscheids neue Sekretärin, eine zierliche rothaarige Person mit zu krauser Dauerwelle, schaute von ihrem Computer auf, als Nadine das Sekretariat durchquerte.
»Nun?« fragte sie freundlich. »Froh, wieder daheim zu sein?«
Nadine warf ihr einen Blick zu, der alles bedeuten konnte, und ging.

Louisa Schröder hatte nun schon den dritten Tag ihres kostbaren Urlaubs hingegeben, um ihren Mann zu pflegen. Sie wußte, daß er nicht ernstlich krank war, der Arzt hatte es mehrfach bestätigt und sie ermuntert, ihn doch in der Wohnung allein zu lassen.

»Er ist erwachsen, Frau Schröder! 38,7 Grad Fieber sind nicht lebensbedrohlich.«

»Aber wenn mein Mann es anders sieht«, hatte sie resignierend erwidert. Der Arzt hatte sich den Mantel übergezogen, seine Tasche genommen und ihr die freie Hand entgegengestreckt. »Da muß er durch, Frau Schröder. Die Erkältung ist hartnäckig und unangenehm, aber es ist nichts weiter. Und der verschwindet nicht deshalb schneller, weil Sie bei ihm auf der Bettkante sitzen.«

»Er haßt Krankheiten«, sagte Louisa Schröder, »er haßt es, wenn er so reduziert ist.«

Der Arzt war schon im Flur. »Manche Menschen«, sagte er, »sind ihr ganzes Leben lang reduziert. Und damit müssen sie auch zurechtkommen.«

Louisa hatte wehmütig gelächelt und an die Arbeit gedacht, die in der Bank auf sie wartete – die Tokioter Börse spielte seit dem letzten japanischen Korruptionsskandal endgültig verrückt –, und war in die Wohnung zurückgekehrt.

»Louisa? Meine Liebe?« Tilman Schröders Stimme war – wie immer, wenn er kränkelte – belegt und brüchig, und wie eine leise Melodie schwang immer ein penetrantes Selbstmitleid mit. »Könntest du das Fenster öffnen, bitte? Ich fürchte, ich habe wieder einen Schweißausbruch. Dieses gräßliche Fieber raubt mir alle Kräfte.«

Tilman Schröder trug über seinem Pyjama einen Bademantel mit indischem Muster. Er lag im Wohnzimmer auf der Couch und ver-

suchte, das Kreuzworträsel des ZEIT-Magazins zu lösen. Eine Beschäftigung, die ihn, wenn er bei Kräften war, angenehm unterhielt. Jetzt bekam er davon nur zusätzliche Kopfschmerzen. »Hör dir das an: ›Massenquartier für Kopflastige‹. So ein Schmarrn. Was soll das sein?«
Louisa Schröder tat, als denke sie sekundenlang darüber nach. Seine Leidenschaft für diese vertrackten Kreuzworträtsel hatte sie noch nie geteilt. »Keine Ahnung, Lieber«, sagte sie heiter, während sie das Fenster in die Kipplage brachte. »Der Doktor sagt übrigens, du hast ihm heute sehr gut gefallen.« Sie wandte sich zu ihm um. »Es geht aufwärts. Morgen hast du bestimmt kein Fieber mehr.«
Tilman Schröder warf seiner Frau einen langen Blick zu und seufzte. »Henscheid spielt nun schon seit drei Tagen den Chef. Kein Anruf! Keine Nachricht. Er hat mich in diesen drei Tagen nicht ein einziges Mal um Rat gefragt.«
»Sei doch froh. Er will dich nicht belasten, damit du um so schneller gesund wirst.«
Tilman Schröder schüttelte den Kopf. »Das glaube ich nicht. Ich glaube, er genießt meine Abwesenheit, er probt den Chefredakteur.«
»Deine Sekretärin hat Blumen geschickt.«
»Blumen!« Es klang, als würde er sie am liebsten in den Papierkorb stopfen. »Blumen sind nicht das, was ich erwartet habe.«
»Was denn?«
Tilman Schröder schob die Wolldecke, die Louise ihm über die Knie gelegt hatte, zur Seite und betrachtete seine bleichen Füße.
»Ich dachte, sie würden einen Hilferuf schicken. Einen Kurier, einen Fahrer mit den Fahnen, den aufgerissenen Seiten. Ich dachte, sie würden meine Entscheidung erbitten.« Er lächelte hilflos. »Oder wenigstens meinen Rat.«
In diesem Augenblick erlöste die Türklingel Louisa Schröder von einer Antwort. Dieses Gespräch hatte sie befürchtet, es hatte irgendwann kommen müssen. Dieser melancholisch-sehnsüchtige Gesichtsausdruck, mit dem ihr Mann das Telefon fixiert hatte in den letzten Tagen: Natürlich hatte sie gewußt, was dahintersteckt. Tilman Schröder hatte Angst, nicht mehr gebraucht zu sein. Nicht mehr wichtig zu sein. Er hatte Angst, daß es auch ohne ihn gehen

würde. Ebensogut, wenn nicht besser. Daß sich alle auf einmal anschauten und sagten: »Nanu, es geht ja auch ohne den Alten.« Sie hatte sich schon einen kleinen Monolog zurechtgelegt, von dem sie aber befürchtete, er würde ihn nicht überzeugen. Louisas tiefste Erkenntnis war die, daß jeder ersetzbar war in dem Job, sogar ein Kanzler, sogar ein Papst. Wieso sollte es nicht ebenso für einen Chefredakteur gelten?

»Hallo«, sagte Nadine Malten. »Ich komme bestimmt zu einer ganz ungünstigen Zeit.«
Louisa kannte diese junge Frau mit den hellen Augen und den sehr hellen Haaren nicht. Eine Frau, die gleichzeitig erschöpft und kämpferisch wirkte, mit einer metallisch harten Stimme, die darauf deuten ließ, daß sie in einer wichtigen Angelegenheit kam. »Ich bin Nadine Malten. Eine Mitarbeiterin. Sie sind Frau Schröder, nicht wahr?« Nadine streckte die Hand aus. »Ich weiß, daß er krank ist. Ich habe es eben in der Redaktion erfahren. Ist es sehr schlimm? Die Grippe?«
»Er hat ein bißchen Fieber«, sagte Louisa Schröder. »Es ist eine verschleppte Erkältung.«
Nadine nickte. Sie schaute Louisa Schröder eindringlich an. »Ich würde ihn trotzdem wahnsinng gern ganz kurz sprechen. Ich brauche seinen Rat. Seine Hilfe.« Sie zögerte, hob die Schultern und fügte hinzug: »Er ist der einzige, der mir helfen kann.«
Aus dem Wohnzimmer kam Tilman Schröders klagender Ruf: »Wer ist es Louisa? Ist es für mich?«
Louisa Schröder zog Nadine in die Wohnung. »Er ist im Wohnzimmer. Gehen Sie zu ihm.«
»Ich störe nur ganz kurz.« Nadine dämpfte automatisch die Stimme, wie fast jeder, der ein Krankenzimmer betritt. »Ich versprech's.«
Louisa Schröder lächelte. »Es macht nichts. Er ist nicht so krank. Gehen Sie nur. Die zweite Tür.«

»Nadine!« Tilman Schröder war so überrascht, daß er von der Couch aufsprang. »Wenn ich mit allem gerechnet hätte – aber ausgerechnet Sie?«
»Ich komme sozusagen direkt vom Flughafen.« Nadine schaute an

sich herunter. »Entschuldigen Sie, wenn ich ein bißchen ungebügelt aussehe. Ich glaube, ich bin seit drei Tagen und drei Nächten ununterbrochen unterwegs. Mein Taxi wartet draußen. Ich wollte erst nach Hause, duschen, mich umziehen, aber dann habe ich es einfach nicht mehr ausgehalten.« Sie lächelte entwaffnend. »War das Ihre Idee, Arne Henscheid zum Stellvertreter zu machen?«

Tilman Schröder musterte seine Redakteurin. Er zog seine Augenbrauen etwas nach oben, aber das Lächeln konnte er nicht ganz unterdrücken. »Das ist typisch Nadine. Immer direkt, immer offen. Immer auf Angriff. Ja, es war meine Idee.«

»So. Tja. Na dann...« Nadine sah sich in dem Wohnzimmer um, mit einem Blick, der wenig Neugier verriet. Vor Müdigkeit hätte sie sich jetzt gerne in einen der weichen Sessel fallenlassen, aber es war nicht der richtige Moment. Sie mußte das erst hinter sich bringen. Und dann konnte sie entspannen. In ihren eigenen vier Wänden.

»Was ist los?« fragte Tilman Schröder sanft. »Was ist passiert?« Er faßte behutsam ihre Schulter und führte sie zu einem Sessel. »Wir waren sehr in Sorge um Sie. Tagelang hatten wir keine Ahnung, wo Sie waren. Kein Lebenszeichen von Ihnen. Nichts.«

»Ich war in der Wüste«, sagte Nadine. »Mit Scheich Zayed. Ich war mit ihm zur Falkenjagd.«

Tilman Schröder stieß einen überraschten Laut aus. »Zur Falkenjagd?«

Nadine nickte. »Ich war in seinem Camp. In einem seiner Camps. In einer alten Kasbah. Ich war sein Gast.« Sie sah Tilman Schröder an. »Wir waren Tag und Nacht zusammen. Ich habe eine sehr gute Story mitgebracht, Herr Schröder.«

Tilman Schröder nickte bedächtig. »Daran zweifele ich nicht. Ich habe nicht eine Sekunde daran gezweifelt, daß Sie Ihren Job anständig machen.«

»Ich habe eine Steinigung erlebt. Eine Frau, die vom Imam zum Tode durch Steinigen verurteilt worden war, wegen nichts, wegen einer Lappalie. Sie hatte die Ehre der Familie des Mannes verletzt.«

Tilman Schröder lachte. »Das nennen Sie eine Lappalie?«

»Dann habe ich es verspielt.«

»Was?«

»Das Vertrauen des Scheichs. Sein Interesse an mir, alles.« Nadine

holte tief Luft. »Ich mußte fliehen aus Q'uam al Hashid. Ich hatte Anlaß zu glauben, daß man mich nicht wieder lebend aus dem Land läßt.«
Tilman Schröder schloß die Augen und strich sich über die Stirn. Als er aufschaute, stand Louisa in der Tür. »Kaffee?« fragte sie. »Oder lieber Tee? Etwas Frisches?«
Nadine schüttelte den Kopf. Auch Tilman Schröder winkte ab. Er wartete.
Nadine brauchte einen Augenblick, um sich zu konzentrieren. Die Müdigkeit wirkte inzwischen wie eine Droge. Sie fürchtete, ihre Stimme würde immer langsamer, schleppender. Sie hatte schon kein wirkliches Gefühl mehr für den Klang ihrer Stimme.
»Und jetzt?« fragte Tilman Schröder sanft. »Warum sind Sie zu mir gekommen?«
»Ich brauche die ganze Seite drei«, sagte Nadine, »und ich möchte eine Titelstory für die Wochenendbeilage schreiben. Es wird die beste Geschichte, die ich je geschrieben habe. Es wird eine gute Geschichte für das Blatt, Herr Schröder. Sie können sich damit schmücken.«
Tilman Schröder nickte. »Da bin ich sicher.«
»Arne Henscheid gibt mir nur drei Spalten.« Nadines Stimme wurde wieder schärfer. »Aber dafür habe ich das nicht alles mitgemacht. Nicht für zweihundertzwanzig Zeilen.«
Tilman Schröder drückte Nadine mit väterlicher Strenge in einen Sessel. »Ich denke, wir sollten doch einen Tee trinken. Haben Sie nicht so viel Kraft?«
Nadine schaute zu ihm auf. Ihre Haut war von der Anspannung und der Müdigkeit so fahl, daß jede einzelne Sommersprosse auf dem Nasenrücken zu sehen war. Unter den Augen war die Haut dünn wie Pergament. Die feinen blauen Äderchen zeichneten sich ab. »Wenn ich die ganze Seite drei bekomme, trinke ich einen Liter Tee, wenn Sie das wollen«, sagte sie.

Als Nadine gegangen war, rief Tilman Schröder in der Redaktion an. Er ließ sich mit Arne Henscheid verbinden und kam sofort zur Sache. »Arne, Nadine bekommt die ganze Seite drei.« Arne Henscheid blieb stumm. Er saß in seinem neuen Büro, die Füße auf dem

Schemel mit den Archivmappen und blickte auf die Weltkarte an der gegenüberliegenden Wand. »Arne?« fragte Tilman Schröder, »bist du noch dran?«

Henscheid nahm die Füße vom Schemel und trat ans Fenster. »War sie bei dir?« fragt er. »Hat sich sofort über mich beschwert, was? Das ist typisch für das Mädel. Akzeptiert einfach nicht, was man ihr sagt, sondern versucht, einen gegen den anderen auszuspielen.« Er holte tief Luft. »Ich weiß schon, warum ich dein Urteil nie geteilt hab. Diese Frau ist auf einem Ego-Trip, aber wir hier in der Redaktion machen keine Zeitung, um die Eitelkeit der einzelnen Journalisten zu befriedigen. Wir machen ein Blatt, das die Leser interessiert.«

»Eben«, gab Tilman Schröder trocken zurück, »deshalb will ich, daß Nadine Malten für ihre Story die ganze Seite drei bekommt. Was habt ihr für Freitag als großes Thema geplant?«

Arne Henscheid schloß die Augen. Er rieb seine brennenden Handrücken am Jackett. Diese verdammte Neurodermitis.

»Den Machtkampf in Italien«, sagte er. »Sehr heiße Story.«

»Hast du sie schon gelesen?«

»Sie kommt erst Donnerstag. Vorher schafft der Reiner das nicht.« Reiner war der Korrespondent in Rom.

»Dann schiebst du die Geschichte eben auf montags und bringst Freitag den Ruf des Falken.«

Arne lachte grimmig. »Das soll der Titel sein? Der Ruf des Falken?«

»Ja, Arne«, sagte Tilman Schröder ruhig, »das soll der Titel sein.«

Einen Augenblick war es still, Tilman lauschte angespannt, er hatte das Gefühl, Arne habe die Hand auf die Muschel gelegt, offenbar war jemand in sein Zimmer getreten. Plötzlich war wieder das Rauschen da, das Brausen des Verkehrsstroms, den man durch das offene Fenster von Arne Henscheids Zimmer hörte.

»Tilman?« fragte Henscheid.

»Ja.«

»Tilman«, Arne Henscheid holte tief Luft, »du hast eine Erkältung, du hast dich offiziell wegen Krankheit abgemeldet, und ich habe offiziell die Geschäfte übernommen. Ich bin dein Stellvertreter, Tilman, ich weiß. Aber wenn du nicht da bist, dann fälle ich die Entscheidungen, das war so abgemacht. Das war doch immer klar, oder nicht? Wenn du wieder an Deck bist, dann übernimmst du wieder das Kommando.« Seine Stimme wurde zwei Nuancen weicher. »Sei mir nicht böse, Tilman, aber ich glaube wirklich nicht, daß du von deinem Krankenlager aus die Situation hier beurteilen kannst. Wir ertrinken in Material, in Stories, Tilman. Lauter IA-Geschichten. Wir können nicht das Blatt leerräumen, nur weil Nadine Malten sich bequemt hat, aus diesem lausigen Land zurückzukehren.«

Tilman Schröder überlegte nur zwei Sekunden. »In einer Stunde bin ich im Büro«, sagte er. »Sag schon mal Bescheid, daß sie meine Krankmeldung zurücknehmen sollen.« Er legte auf, eilte in die Küche, wo Louisa gerade Omelettes in der Pfanne wendete, und rief heiter: »Für mich kein Mittagessen, Liebes, ich geh' ins Büro.«

Epilog

Ein Jahr später nahm Nadine Malten in Hamburg den Egon-Erwin-Kisch- Preis entgegen.

Sie dankte mit einer kleinen Rede, die sie nicht vorbereitet hatte, weil solche Reden vorher nicht üblich gewesen waren. Nach der Preisverleihung, als die Juroren, die Gäste und die anderen Preisträger zusammen mit einer Schar von Reportern, die über das Ereignis berichten wollten, Nadine Malten in den Nebenräumen der Bar belagerten, kam ein Fernsehreporter mit Kameramann auf sie zu. Sie hatte gerade von einem Tablett ein Sandwich und ein Glas Champagner genommen und schaute sich nach Tilman Schröder um. Er hatte sie zu diesem Ereignis begleitet und mit väterlichem Stolz jedem verkündet, daß Nadine Malten seine Entdeckung wäre. Tilman Schröder stand am Büfett und prüfte mit kennerischem Blick das Angebot.

»Frau Malten?« Nadine drehte sich um. Der Kameramann brachte seine Kamera in Position. Der Reporter lächelte gewinnend. »Wir drehen schon – darf ich Ihnen ein paar Fragen stellen?«

Nadine lächelte, das Sandwich in der Hand.

»Die Frage kommt ein bißchen spät, oder? Wenn Sie schon drehen.«

»Entschuldigung. Wir schneiden das natürlich raus. Wollen wir jetzt anfangen?«

»Gerne.« Nadine blies sich eine Haarsträhne aus dem Gesicht und wartete. Der Reporter räusperte sich und fragte mit routinierter Glätte: »Nadine Malten. Sie sind 32 Jahre. Sie sind Ressortleiterin Ausland. Und haben soeben den angesehensten Preis entgegengenommen, den der deutsche Journalismus zu vergeben hat. Sind Sie jetzt wunschlos glücklich?«

»Natürlich nicht«, sagte Nadine.

»Was fehlt denn noch?«
Nadine lachte. Sie schob ihre Haare aus der Stirn und legte den Kopf etwas zur Seite, als wolle sie gleich einen Flirt beginnen. »Ein Anruf aus Hollywood«, sagte sie, »von einem Produzenten oder einem Regisseur, der mir anbietet, aus der Story ein Drehbuch zu machen.«
Sie trat noch einen halben Schritt näher an die Kamera heran. »Hey«, sagte sie fröhlich, »Bob, Bruce, Ted oder wie immer Sie heißen. Warum rufen Sie nicht einfach an und sagen: Ich kaufe die Story. Warum tun Sie es nicht?«
Das rote Lämpchen oben auf der Kamera leuchtete, das hieß, sie war immer noch auf Sendung. »Lassen Sie das Ticket einfach am Schalter hinterlegen.«
Nadine hob das Glas und prostete dem Reporter zu. Dann wandte sie sich um und schlenderte, verfolgt von der Kamera, auf das Büfett zu. Eine selbstbewußte, schlanke junge Frau in einem schwarzen ärmellosen Kleid, die sich bald in nichts mehr von den anderen weiblichen Gästen unterschied. Eine Frau, die wußte, was kommen würde.

ECON UNTERHALTUNG

Brigitte Blobel
Das Haus des Portugiesen
Roman
TB 27125-3

Lara, aufgewachsen auf einer rauhen, kalten Nordseeinsel, träumt seit ihrer Kindheit von »ihrem« Paradies, einem Ort des wahren Glücks. Eines Tages trifft sie Sten Noldy, der sie nach Sri Lanka mitnimmt, in das Haus des Portugiesen. Lara entdeckt leuchtende Farben, fremde Gerüche, berauschende Schönheit und die Zerbrechlichkeit ihres Traumes.

Brigitte Blobel
Der Duft des Fremden
Roman
TB 27101-6

Mit diesem Roman ist es Brigitte Blobel gelungen, das spannende Psychogramm einer Frau zu zeichnen, die verzweifelt versucht, Beruf und Weiblichkeit, Abenteuer und Ehrgeiz in Einklang zu bringen.

Brigitte Blobel
Schöne der Nacht
Erotische Erzählungen
TB 27096-6

Geschichten voller Sehnsucht und Sinnlichkeit, voller Glut und Begierde. Die Autorin Brigitte Blobel entführt Leserinnen und Leser in das schamlos-schöne Land sexueller Wünsche und Träume.

U012

ECON TASCHENBÜCHER

ECON

ECON UNTERHALTUNG

Peter Ustinov
Neues aus der alten Welt
TB 27130-X

Die zweite Sammlung Ustinovs regelmäßiger Kolumnen aus dem »European« – zeitlos, voller Esprit und pointiert.
»Sir Peter Ustinov ist ein intelligenter Mann mit vielfältigen Talenten – er versteht zu unterhalten, das konnte er immer schon.« (Die Welt)

Peter Ustinov
Der Mann, der es leicht nahm
TB 27171-7

In diesen acht Kurzgeschichten begegnen wir skandalumwitterten Avantgardekomponisten und der russischen Seele, gewieften Fälschern und einem Schweizer auf dem Mond. Wieder einmal erweist sich das Multitalent Peter Ustinov mit entwaffnendem Charme als Meister seines Fachs.

Peter Ustinov
Mit besten Grüßen
TB 27206-3

»Was Peter Ustinov so unvergleichlich macht, ist zu allererst die Tatsache, daß es wohl keinen anderen Künstler mit so vielen unterschiedlichen Begabungen auf einem solch hohen Niveau gibt.« (Die Welt)

U 006

ECON TASCHENBÜCHER

ECON

ECON UNTERHALTUNG

Peter Watson
Die Sixtinische Auktion
TB 27027-3

Ein Erdbeben hat das italienische Städtchen Foligno furchtbar verwüstet, und Papst Thomas, der erste Amerikaner auf dem Stuhl Petri, entschließt sich zu einer sensationellen Tat: Er läßt Raffaels »Madonna von Foligno« versteigern und spendet den Erlös für den Wiederaufbau der Stadt. Doch damit schafft er sich unversöhnliche Feinde: in den eigenen Reihen, in der Mafia, in der internationalen Politik.

Peter Watson
Steine des Verrats
TB 27097-4

Im Mittelpunkt dieses spannenden und exzellenten Romans steht eine Erpressung großen Stils, in die selbst das englische Königshaus verwickelt wird und die den angesehenen Direktor der Königlichen Gemäldesammlung in eine Geschichte um Mord und Gewalt hineintreibt.

Peter Watson
Lügenlandschaft
TB 27008-7

Das geheimnisvolle Gemälde »Lügenlandschaft« enthält verschlüsselte Hinweise auf das Versteck eines Millionenschatzes: Die Schatzsuche gerät für die junge, attraktive Isobel Sadler und den Londoner Kunsthändler Michael Whiting zu einem lebensbedrohlichen Abenteuer.
»Eine intelligent konstruierte Story aus dem Kunsthändler-Milieu« Buchmarkt.

U 007

ECON TASCHENBÜCHER

ECON